DU CÔTÉ
DE CHEZ SWANN

Professeur émérite à l'université Paris 3-Sorbonne nouvelle, Jean Milly a consacré plusieurs ouvrages à Proust : *La Phrase de Proust*, Honoré Champion, 1983 ; *Proust dans le texte et l'avant-texte*, Flammarion, 1985 ; *Proust et le style*, Slatkine Reprints, 1990. Il est l'auteur d'une édition critique et génétique de *L'Affaire Lemoine, pastiches* (Slatkine Reprints, 1994), et a dirigé l'ensemble de l'édition d'*À la recherche du temps perdu* dans la collection GF.

Chercheur au CNRS, Bernard Brun est responsable du programme Marcel Proust à l'Institut des textes et manuscrits modernes. Rédacteur du *Bulletin d'informations proustiennes* et directeur de la série *Marcel Proust* (Lettres modernes, Minard), il est notamment l'auteur de *Marcel Proust* (Le Cavalier bleu, 2007), et a édité, dans les collections GF et Le Livre de Poche, plusieurs volumes de la *Recherche.*

Professeur à l'université Paris 8, Anne Herschberg Pierrot enseigne la littérature française des XIXe et XXe siècles. Auteur, notamment, de *Stylistique de la prose* (Belin, 1993, rééd. 2003) et du *Style en mouvement : littérature et art* (Belin, 2005), elle a édité, au Livre de Poche, *Le Dictionnaire des idées reçues* suivi du *Catalogue des idées chic* de Flaubert (2007) et, chez Christian Bourgois, les *Carnets du voyage en Chine* de Roland Barthes (2009).

MARCEL PROUST

À LA RECHERCHE DU TEMPS PERDU

Édition établie sous la direction
de Jean MILLY

DU CÔTÉ DE CHEZ SWANN

Préface
par
Jean MILLY

Édition du texte, introduction, notes, chronologie et bibliographie
par
Bernard BRUN
et Anne HERSCHBERG PIERROT

GF Flammarion

À la recherche du temps perdu
est publié intégralement dans la collection
GF-Flammarion :

DU CÔTÉ DE CHEZ SWANN.
À L'OMBRE DES JEUNES FILLES EN FLEURS (2 volumes)
LE CÔTÉ DE GUERMANTES (2 volumes).
SODOME ET GOMORRHE I et II (2 volumes).
LA PRISONNIÈRE (première partie de SODOME ET GOMORRHE III).
ALBERTINE DISPARUE (deuxième partie de SODOME ET GOMORRHE III).
LE TEMPS RETROUVÉ.

On trouvera en fin de volume
un résumé de Du côté de chez Swann,
l'accueil de la critique,
une bibliographie et une chronologie.

Édition revue et mise à jour en 2009.
ISBN : 978-2-0812-2916-7

SIGLES ET ABRÉVIATIONS

AD	*Albertine disparue*, GF-Flammarion, 2003.
BIP	*Bulletin d'informations proustiennes*, Presses de l'École normale supérieure, puis Éditions Rue d'Ulm à partir de 1999.
BMP	*Bulletin Marcel Proust* (remplace le *BSAMP* à partir de 1989), Illiers-Combray.
BSAMP	*Bulletin de la Société des amis de Marcel Proust et des amis de Combray*, Illiers-Combray.
CSB	*Contre Sainte-Beuve*, précédé de *Pastiches et mélanges* et suivi d'*Essais et articles*, édition établie par Pierre Clarac et Yves Sandre, Gallimard, « Bibliothèque de la Pléiade », 1971.
Corr.	*Correspondance de Marcel Proust*, texte établi par Philip Kolb, Plon, 1970-1993, 21 volumes. Le chiffre romain, dans les références, indique le volume.
Gu. I	*Le Côté de Guermantes I*, GF-Flammarion, 1987.
Gu. II	*Le Côté de Guermantes II*, GF-Flammarion, 1987.
JFF 1re p.	*À l'ombre des jeunes filles en fleurs* (première partie), GF-Flammarion, 1987.
JFF 2e p.	*À l'ombre des jeunes filles en fleurs* (deuxième partie), GF-Flammarion, 1987.
JS	*Jean Santeuil*, précédé de *Les Plaisirs et les Jours*, édition établie par Pierre Clarac et Yves Sandre, Gallimard, « Bibliothèque de la Pléiade », 1971.

NAF	Nouvelles acquisitions françaises (section du département des Manuscrits de la Bibliothèque nationale de France).
Pris.	*La Prisonnière*, GF-Flammarion, 1984.
RTP	*À la recherche du temps perdu.*
SG vol. 1	*Sodome et Gomorrhe* (premier volume), GF-Flammarion, 1987.
SG vol. 2	*Sodome et Gomorrhe* (deuxième volume), GF-Flammarion, 1987.
Sw.	*Du côté de chez Swann* (présente édition).
TR	*Le Temps retrouvé*, GF-Flammarion, 1986.

INTERVIEW

« **Daniel Mendelsohn,**
pourquoi aimez-vous *Du côté de chez Swann* ? »

Parce que la littérature d'aujourd'hui se nourrit de celle d'hier, la GF a interrogé des écrivains contemporains sur leur « classique » préféré. À travers l'évocation intime de leurs souvenirs et de leur expérience de lecture, ils nous font partager leur amour des lettres, et nous laissent entrevoir ce que la littérature leur a apporté. Ce qu'elle peut apporter à chacun de nous, au quotidien.

Né en 1960 à Long Island, Daniel Mendelsohn est critique littéraire, traducteur et écrivain : ses deux derniers ouvrages traduits en français sont Les Disparus *(prix Médicis 2007 du roman étranger) et* L'Étreinte fugitive *(2009). Il a accepté de nous parler de* Du côté de chez Swann *de Proust, et nous l'en remercions.*

Quand avez-vous lu ce livre pour la première fois ? Racontez-nous les circonstances de cette lecture.

J'avais vingt ans, et j'étais en deuxième année de lettres classiques à l'université de Virginie. C'était l'été, un été poisseux, brûlant, typique de cette région (l'université se trouve dans une cuvette entourée de montagnes). J'étais chez mon mentor, une helléniste remarquable qui s'appelle Jenny Strauss Clay, et nous étions assis dans son salon, immobiles et ruisselants de sueur (personne n'avait la climatisation, à l'époque), quand elle m'a dit : « Je sais ce qu'on devrait faire, on devrait lire Proust. » Le lendemain, nous nous sommes retrouvés chez elle, avec l'un de mes camarades ; et nous avons commencé à lire *Du côté de chez Swann* à haute voix, à tour de rôle tous les trois. Et nous avons recommencé le jour suivant, de sorte qu'à la fin de l'été, j'avais lu le roman entièrement. J'étais alors dans un moment très particulier de ma vie, un moment d'éveil, tout à la fois littéraire et érotique. Je dois dire que, même si j'avais étudié le français auparavant, je ne connaissais vraiment pas la littérature française à cette époque – à l'exception des auteurs du XVIIe siècle, que mon prof au lycée m'avait fait lire. C'était donc bizarre car j'avais lu et relu Mme de Sévigné mais je ne connaissais ni Balzac, ni Flaubert, ni Stendhal. Étrange initiation ! J'ai donc basculé dans Proust le temps de cet été suspendu par la chaleur, et le début du roman demeure pour moi intimement lié à cette atmosphère épaisse, immobile et moite.

Votre coup de foudre a-t-il eu lieu dès le début du livre ou après ?

Le coup de foudre s'est produit dès les premières lignes : dès que Jenny a commencé à lire, j'ai été frappé par le sentiment d'une *reconnaissance*, et j'ai eu la certitude que ce livre m'accompagnerait toute ma vie. Évidemment, je ne connaissais rien du tout au monde sophistiqué qu'il déployait, moi, jeune Américain qui venais d'une banlieue toute neuve ; mais le livre avait une telle profondeur, une qualité d'expérience si aiguë qu'il m'a possédé tout de suite.

Relisez-vous ce livre parfois ? À quelle occasion ?

Je relis Proust très, très souvent, et tout particulièrement quand je m'apprête à me plonger dans l'écriture. Il m'est difficile de dire exactement pourquoi ; c'est quelque chose d'analogue à une expérience que me racontait mon grand-père : en Europe de l'Est où vivait notre famille jadis, chaque fois que l'on s'apprêtait à partir en voyage, on allait au cimetière, pour rendre visite à ses morts ; c'était un rituel indispensable, comme s'il fallait revenir à soi pour pouvoir partir. Quand je lis Proust avant d'écrire, c'est exactement du même ordre.

Est-ce que cette œuvre a marqué vos livres ou votre vie ?

Profondément. D'abord parce que l'œuvre de Proust est hantée par des thèmes qui m'obsèdent (le temps, la mémoire, le désir...), comme, d'ailleurs, l'œuvre de Cavafy, un poète que j'aime et lis depuis toujours. Plus précisément, c'est la présence du passé dans le présent qui me paraît centrale chez Proust – une question qui me préoccupe beaucoup. Et puis il y a la question du style : j'y ai été d'autant plus sensible que ma découverte de Proust a été, je l'ai dit, de l'ordre de la récitation (et je songe, là encore, à Cavafy, que j'ai également appris en le récitant à haute voix, et pas « *off the page* »). Avec Proust, j'ai découvert une chose que j'ignorais quand j'étais jeune : ce que c'est qu'un style, ce qu'un style peut exprimer, les possibilités infinies qu'il recèle. Je n'écris pas comme Proust, naturellement ; mais j'ai été marqué par la manière dont son style éprouve, transforme son lecteur : tout simplement, par exemple, parce que quand vous commencez de lire une phrase, vous ne savez pas où elle va vous emmener. Lire Proust, c'est faire une expérience existentielle.

Quand on est écrivain et qu'on se nourrit de Proust, on prend très vite conscience de cela : le bonheur, qui nous préoccupe tous, n'est pas chose si essentielle – car, quelle que soit votre vie, elle peut être métamorphosée par l'écriture et devenir littérature. Tout est matériau pour l'écrivain ; du reste, *À la recherche du temps perdu* est un roman qui parle de ce que c'est que devenir celui qui pourra écrire *À la recherche du temps perdu*. Il faut avoir écrit ce livre pour pouvoir être en mesure de le faire ; à la fin du roman, le roman peut commencer vraiment.

Quelles sont vos scènes préférées ?

Il y en a tant… je ne saurais toutes les citer. L'une des scènes les plus drôles de la littérature, c'est celle, bien sûr, du dîner avec les tantes du narrateur, autour de la caisse de vin d'Asti envoyée par Swann : elle est à la fois hilarante et profondément tendre, c'est une scène que tout le monde aime. Mais, pour ma part, quand je pense à *Du côté de chez Swann*, ce qui me vient toujours à l'esprit, ce sont ces innombrables petits moments qui contiennent la suggestion ténue d'une vie secrète ou cachée du narrateur, comme l'évocation de la chambre où il se rend en sanglotant, après l'humiliation de sa grand-mère, cette « petite pièce sentant l'iris, et que parfumait aussi un cassis sauvage, poussé au-dehors entre les pierres de la muraille et qui passait une branche de fleurs par la fenêtre entrouverte. Destinée à un usage plus spécial et plus vulgaire, cette pièce, d'où l'on voyait pendant le jour jusqu'au donjon de Roussainville-le-Pin, servit longtemps de refuge pour moi, sans doute parce qu'elle était la seule qu'il me fût permis de fermer à clef, à toutes celles de mes occupations qui réclamaient une inviolable solitude : la lecture, la rêverie, les larmes et la volupté. »

Je trouve absolument géniale la façon dont il mêle ici le secret, la vie privée, la lecture, l'érotisme, et la tristesse ; c'est un des moments les plus brillants de la littérature du XXe siècle, à mon avis.

Il y a aussi cette scène de la première rencontre du narrateur avec Odette de Crécy, chez son oncle : l'enfant est émerveillé par celle qu'il appelle la « dame en rose », mais sent bien qu'il se passe alors des choses qu'il ne comprend pas, et qu'il comprendra un jour. Quand vous êtes enfant, vous assistez ainsi à des scènes dont vous percevez bien qu'elles sont significatives pour les adultes, même si vous n'en déchiffrez pas le sens vous-même. C'est exactement ce que vit le narrateur face à son oncle et à Odette.

Y a-t-il, selon vous, des passages « ratés » ?

À mon sens, il n'y en a aucun dans *Du côté de chez Swann* ; c'est un livre parfait, où tout « fonctionne » et vous emmène là où il faut aller. En revanche, il y a de nombreux passages peu crédibles dans *La Prisonnière* : ces longues scènes où le narrateur décrit le corps d'Albertine endormie, on n'y croit pas un instant. Pas seulement parce que Proust était homosexuel et qu'Albertine est un leurre (l'histoire d'amour de Swann et d'Odette sonne parfaitement juste, de bout en bout) ; mais sans doute parce que le corps d'une femme qui dort ne l'intéressait pas du tout. De toute façon, Albertine est un personnage raté.

Cette œuvre reste-t-elle pour vous, par certains aspects, obscure ou mystérieuse ?

Obscure, non ; mais mystérieuse, oui, par beaucoup d'aspects. Il y a tout simplement la distance culturelle, qui doit être conquise mais ne disparaît jamais complètement : pour un Américain, vous imaginez la difficulté à déchiffrer les arcanes de la société française de la Belle Époque… rien n'est immédiat. Quand j'ai lu Proust pour la première fois, je ne savais pas quel était ce roman que la mère du narrateur lui lit avant le sommeil, *François le Champi*. Quand vous venez d'ailleurs, vous ne parvenez jamais à faire totalement disparaître cet écran que représente l'appartenance d'une œuvre à une culture différente, même si vous vous familiarisez avec cette œuvre. Vous pouvez avoir le sentiment que ce voile disparaît par moments – ainsi quand j'ai « rencontré », dans *Swann*, le prince de Galles ou même Mme de Sévigné, que j'avais lue auparavant –, il n'en demeure pas moins. Et, d'une certaine manière, c'est une chose très heureuse.

Quelle est pour vous la phrase ou la formule « culte » de cette œuvre ?

Plus encore que la première phrase du livre, si célèbre, celle qui me bouleverse par-dessus tout est celle-ci :

« Je me demandais quelle heure il pouvait être ; j'entendais le sifflement des trains qui, plus ou moins éloigné, comme le chant d'un oiseau dans une forêt, relevant les distances, me décrivait l'étendue de la campagne déserte où le voyageur se hâte vers la station prochaine ; et le petit chemin qu'il suit va être gravé dans son souvenir par l'excitation qu'il doit à des lieux nouveaux, à des actes inaccoutumés, à la causerie récente et aux adieux sous la lampe étrangère qui le suivent encore dans le silence de la nuit, à la douceur prochaine du retour. »

C'est une phrase emblématique, qui illustre parfaitement le pouvoir du style de Proust : vous commencez de lire cette phrase, qui parle elle-même de voyage, et elle vous conduit à un endroit qu'elle seule connaît. La mention apparemment désinvolte du voyageur, des sons, et ainsi de suite, recouvre en fait des thèmes très amples, notez-le : l'allusion du début à un long voyage, qui s'achève dans la « douceur du retour », ne renvoie bien sûr pas seulement au processus de reconquête de la mémoire, mais aussi à l'« itinéraire » accompli par le roman lui-même tout au long de sa trajectoire, depuis le premier volume jusqu'aux derniers mots du *Temps retrouvé*.

Si vous deviez présenter ce livre à un adolescent d'aujourd'hui, que lui diriez-vous ?

Récemment, j'ai eu une discussion avec une jeune Américaine, une danseuse de ballet, qui m'a dit qu'elle avait commencé de lire Proust, en anglais bien sûr, et que c'était dur. C'est une jeune fille qui danse depuis qu'elle a six ans, qui n'a pas lu énormément de livres parce qu'elle n'en a pas eu le temps. Je lui ai dit qu'il fallait qu'elle continue de lire, même si elle ne comprenait pas tout : parce que lire Proust, et surtout lire *Du côté de chez Swann*, qui est dans une certaine mesure un livre *sur* l'expérience de ce que c'est de commencer à pénétrer les mystères et les secrets qui entourent la vie adulte, c'est faire l'expérience de la vie même. La littérature est censée donner un sens, une forme à la vie, qui est, par essence, chaotique ; dès les premières pages du roman, où l'on se trouve dans l'étrange paysage entre sommeil et réalité, les formes perçues à moitié, l'effort qu'il faut pour distinguer le côté réel et concret de la vie de son côté imaginaire et intérieur, on voit Proust en proie à l'acte même de donner une forme à ce chaos, en le révélant, pas en le réduisant. Il en restitue l'étrangeté, l'opacité. J'ai dit à cette jeune fille, il faut continuer à lire, parce qu'il faut continuer à vivre.

Ce que je dirais à cet adolescent, aussi, que je ne lui ai pas dit à elle, c'est qu'*À la recherche du temps perdu* est absolument un livre pour lui, puisque ce dont il parle, au fond, c'est de ce qui se passe entre l'enfance et la vie adulte.

*
* *

Avez-vous un personnage « fétiche » dans cette œuvre ? Qu'est-ce qui vous frappe, séduit (ou déplaît) chez lui ?

Quand on me pose cette question, personne ne me croit quand je réponds que c'est Odette. Pour moi, elle est l'une des créations les plus achevées de Proust. Odette est réelle : elle est en guerre, elle veut réussir, elle est vaniteuse et snob, elle veut piéger Swann et elle y parvient ; c'est un sujet magnifique, et aussi, de toute évidence, un objet – en fait l'*epitômé*, dans le roman, de ce que c'est qu'être *un objet* du regard, du désir, d'un autre. Et bien que l'auteur ne l'habite pas comme il habite Swann ou le narrateur, son caractère a la texture de la réalité. Comme nous, elle réfléchit constamment à la manière dont elle apparaît aux yeux des autres. La duchesse de Guermantes est une figure extraordinaire, mais en fin de compte c'est une figure, un mirage ; Odette, elle, est à mon avis pleinement vivante. Et, d'une certaine manière, touchante, dirai-je.

Pensez-vous que ce personnage commette des erreurs au cours de sa vie de personnage ?

Je n'arrive pas à penser aux personnages d'un roman en ces termes, je ne me suis jamais dit, ah, si Lucien de Rubempré avait agi autrement, il aurait été heureux... Il n'y a pas d'erreurs dans un roman, les personnages font ce qu'ils doivent faire.

Quel conseil lui donneriez-vous si vous le rencontriez ?

Je ne donnerais aucun conseil à Odette, je lui en demanderais...

Si vous deviez réécrire l'histoire de ce personnage aujourd'hui, que lui arriverait-il ?

L'histoire d'Odette n'a pas à être réécrite, elle se produit chaque jour… quand vous lisez Proust, vous n'avez aucunement la sensation de regarder un film en costumes ! Tout cela est bien réel, bien vivant, et le restera aussi longtemps que la nature humaine demeurera ce qu'elle est.

*
* *

Le mot de la fin ?

J'aimerais revenir sur ce qui est à mes yeux l'un des moments les plus émouvants peut-être de toute la littérature. Plus loin dans la *Recherche* (dans *Sodome et Gomorrhe*), le narrateur fait la connaissance, à Balbec, d'un vieil homme très pauvre mais aux goûts raffinés, qui s'appelle le comte de Crécy, dont il se met à apprécier beaucoup la compagnie. À un moment donné, le narrateur se demande s'il va lui dire qu'une ancienne courtisane de sa connaissance – c'est-à-dire Mme Swann – portait le même patronyme ; mais, par délicatesse, il ne le fait pas. C'est beaucoup plus tard qu'il découvre, par le baron de Charlus, la vraie histoire de cet homme charmant – que c'était, en fait, le premier mari d'Odette. Pour le narrateur, voyez-vous, le nom d'Odette était un nom d'emprunt, un de ces noms à particule dont raffolaient les demi-mondaines d'alors ; supposition que Proust nous permet de faire également. Le moment où il se rend compte que le nom d'Odette est en fait authentique, qu'il est celui de l'homme qu'elle a ruiné au début de sa carrière, est pour moi un moment foudroyant. Tout ce que le narrateur et le lecteur croyaient savoir d'elle s'écroule avec cette révélation. C'est ainsi que, dans la vie, vous croyez que vous savez ; mais vous ne savez rien, et rares sont les moments qui vous permettent d'en prendre conscience. C'est exactement le cheminement que j'ai tenté d'accomplir dans *Les Disparus* : mesurer à quel point on ne sait, au fond, rien des autres, y compris de ceux qu'on aime. Être emprisonné en soi, être dans l'impossibilité de vraiment *connaître* les autres, c'est à la fois la beauté et la cruauté de notre vie ; de la compréhension poignante de ce fait, Proust est le maître suprême.

De tels moments peuvent aussi être cruels, horribles. Dans *Du côté de chez Swann*, je pense à la scène bien connue où le narrateur épie Mlle Vinteuil et son amie, leurs jeux avec le portrait du père disparu de Mlle Vinteuil : quelque chose se dévoile, quelque chose de terriblement cruel, cette prise de conscience que les êtres qu'on croit connaître le mieux vous sont radicalement étrangers – inconnaissables. Une révélation d'autant plus violente, dans le cas de Mlle Vinteuil, qu'elle touche aux liens familiaux et à la sexualité. Chaque fois que je relis *Swann*, je m'approche de cette scène en espérant que non, elle ne va pas avoir lieu… Oui, c'est un côté de l'écriture de Proust qu'il faut absolument chérir, bien que ce soit difficile, répugnant : la franchise presque laide avec laquelle il aborde les choses affreuses, monstrueuses de la vie.

À LA RECHERCHE DU TEMPS PERDU

Préface

Dans sa préface à *Tendres Stocks* de Paul Morand, en 1921, Marcel Proust déclare avec quelque désinvolture avoir plus urgent à faire – terminer son propre livre – que d'écrire « une préface pour un auteur déjà connu qui n'en a pas besoin ». On pourrait à plus forte raison lui appliquer cette formule. Car sa gloire est maintenant, et depuis longtemps, largement établie, et la somme des commentaires sur *À la recherche du temps perdu* dépasse de loin la taille du livre.

Plutôt que de détourner l'attention des lecteurs vers des modes d'emploi et des interprétations, n'est-il pas en effet préférable de les inviter à se plonger directement dans le texte, à appréhender sans intermédiaire toute sa richesse, à laisser le charme opérer et, peu à peu, selon le conseil de l'auteur, à s'y lire eux-mêmes ? C'est à coup sûr l'approche la plus souhaitable. Pour beaucoup, cependant, elle reste difficile, parce que le temps a passé et que les conditions culturelles ont changé ; elle semble réservée aux *happy few* qui connaissent bien l'époque et la société représentées, l'histoire générale de l'art et de la littérature, et qui ne sont pas déroutés par le style périodique. Proust, cet écrivain si volontiers cité, est en fait largement méconnu, parce qu'il est à peine lu par un public de plus en plus pressé, qui butte sur d'innombrables allusions historiques et artistiques et sur la complexité de certaines analyses. Aussi les éditions récentes sont-elles le plus souvent accompagnées d'un abondant appareil critique. Mais tout autant que de projeter ces éclairages sur les détails, il est nécessaire aujourd'hui de poser à l'œuvre des questions plus générales, de lui demander ce que l'écrivain a voulu dire d'essentiel, et ce qu'il a encore à nous dire qui nous touche actuellement et à quoi il ne songeait peut-être pas alors.

Par quel aspect faut-il donc aborder la *Recherche* ? Est-ce la peinture d'une société, un roman psychologique, autobiographique, initiatique, un ouvrage sur la littérature, une œuvre symboliste, une défense de l'homosexualité ? À divers degrés, elle est tout cela, et plus encore. C'est Proust qui a opéré le meilleur rapprochement en la comparant avec *Les Mille et Une Nuits* : sur un fond de mort menaçante, qu'il faut éviter chaque jour comme le faisait la sultane Schéhérazade, il nous raconte une histoire merveilleuse et complexe, qui ne nous conduit pas dans les ruelles de Bagdad ou les palais de Samarkand, mais des jardins d'un village français aux couloirs d'un hôtel de station balnéaire, des canaux de Venise aux rues sombres du Paris nocturne, en passant par les feux de l'Opéra et des salons aristocratiques. Il nous y fait suivre un héros-narrateur qui cherche d'abord à étancher sa soif d'émerveillement, puis à découvrir la vérité et le sens de la vie. Il nous convie à prendre part avec lui aux fêtes, constamment renouvelées, de la sensibilité, de l'intelligence et de la parole, et à le suivre dans la douleur et la déception ; on peut dire de lui, comme de la sultane, qu'il s'est « heureusement appliqué à la philosophie, à la médecine, à l'histoire et aux beaux-arts » ; sans cesse, il mêle le jugement esthétique ou psychologique, ou encore l'expression de sa sensibilité, à la narration. Comme cette dernière est cependant celle d'une seule et même histoire, comportant plusieurs niveaux liés entre eux, et orientée vers un terme annoncé, l'invitation qu'il nous adresse n'est pas de nous distraire seulement pendant quelques pages, mais de nous installer pour une longue période avec son roman et de nous en imprégner.

Notre édition

Depuis les années 1980, après l'acquisition d'un grand nombre de cahiers manuscrits par la Bibliothèque nationale de France et leur ouverture à la consultation des chercheurs, les nouvelles éditions se sont multipliées, toutes très nettement améliorées par rapport aux précédentes. L'édition GF-Flammarion, publiée en dix volumes à partir de 1984 (et ayant commencé par *La Prisonnière* pour des raisons complexes de passage dans le domaine public), présente le texte le plus exact possible, contrôlé, surtout pour les trois dernières parties, posthumes, sur les cahiers, les dactylographies et, le cas échéant, sur les épreuves d'imprimerie corrigées. Nous avons voulu nous conformer au mieux, dans ces parties, à la ponctuation et à la disposition graphique qui étaient celles de Proust. Celui-ci ponctuait beaucoup moins ses phrases que ne l'ont fait les éditeurs précédents dans un souci de correction scolaire. Il se conformait à l'usage du débit oral, qui distingue les différentes parties des phrases par des changements d'intonation plutôt que par des pauses. De même, il n'aimait pas découper ses longues périodes parce que leur dimension lui apparaissait nécessaire, et il ne voulait pas fragmenter son récit par de fréquents alinéas ; il le faisait surtout aux changements d'épisodes, à de longs intervalles. De plus, il exigea – mais n'obtint pas dès le début – qu'on supprimât les blancs de ses dialogues, afin de faire « entrer davantage les propos dans la continuité du texte ». Le résultat est une écriture étonnamment homogène, par vastes coulées intégrant faits, paroles et pensées dans une sorte d'immense monologue où doivent être rétablies par le lecteur les inflexions de la voix. Écriture, on le constate, des plus modernes.

Chacun des volumes de cette collection offre une documentation aussi développée et à jour que le permet le format de poche. Les notes précisent de nombreux points d'histoire, de civilisation, de genèse, de déplacements (car Proust transportait très souvent des fragments d'un endroit à un autre, parfois d'un volume à un autre, ou rajoutait tardivement des commentaires, des digressions, des rappels). On trouvera en outre dans chaque volume une introduction, des documents annexes, un court dossier sur la réception de l'œuvre, un résumé et une chronologie, présentés sous une forme discrète, de façon à ne pas entraver la lecture cursive, qui reste l'essentiel. Il nous a fallu tenir compte de ce que la connaissance de Proust et de son œuvre a progressé à pas de géant depuis une vingtaine d'années. Cette progression, nous la devons en particulier à plusieurs grands ouvrages, souvent collectifs, qu'il faut mentionner : l'édition de la *Correspondance* de l'écrivain par Philip Kolb (Plon, 21 vol., 1970-1993), suivie d'un choix de *Lettres* complété d'inédits par Françoise Leriche (Plon, 2004) ; l'*Index général* de cette correspondance, sous la direction de Kazuyoshi Yoshikawa (Presses de l'université de Kyoto, 1998) ; *Marcel Proust*, *biographie*, par Jean-Yves Tadié (Gallimard, 1996) ; le monumental *Dictionnaire Marcel Proust*, sous la direction d'Annick Bouillaguet et Brian G. Rogers (Slatkine, 2004) ; *Proust inachevé*, par Nathalie Mauriac Dyer (Champion, 2005) ; et le début, en 2008, de la vaste édition en fac-similé, diplomatique et critique, des *Cahiers 1 à 75* des ébauches de la *Recherche*. S'y ajoutent de nombreuses thèses et études de pointe portant notamment sur le temps, l'intertextualité, l'ironie, l'usage du vocabulaire religieux, et des travaux de colloques.

L'histoire d'une vocation littéraire

Le récit est celui d'un narrateur adulte qui, à l'exception de l'épisode d'« Un amour de Swann », relate sa vie à la première personne. C'est, en trame de fond, l'histoire d'une vocation littéraire, qui naît pendant l'enfance, s'estompe devant les occupations d'une existence mondaine et amoureuse, puis se confirme peu à peu. Les allusions à des événements extérieurs permettent de situer *grosso modo* l'époque de cette histoire : le héros naît vers 1880, traverse les débuts de la IIIe République, l'affaire Dreyfus, la Première Guerre mondiale ; le moment où, à la fin, il décide d'écrire un roman fondé sur ses souvenirs, se situe vers 1919.

Voici les grandes lignes de l'ouvrage, succinctement retracées partie par partie :

Du côté de chez Swann. « Combray » : le narrateur évoque le temps ancien où il se couchait de bonne heure et avait des insomnies qu'il occupait en se rappelant les différentes chambres qu'il avait habitées dans sa vie, puis toute cette vie elle-même. Ainsi lui reviennent de ses vacances à Combray, quand il était enfant, le « drame » de son coucher, les représentations d'une lanterne magique, les visites de M. Swann, une inoubliable scène du baiser du soir demandé à sa mère. Puis surgit un souvenir de l'âge adulte, celui d'une petite madeleine dont le goût a fait renaître, par une réminiscence involontaire, tout l'ancien Combray : le village, ses habitants, les mœurs familiales et sociales, les promenades du côté de chez Swann ou du côté de Guermantes, le raidillon des aubépines où il aperçoit pour la première fois Gilberte Swann, une scène d'homosexualité à laquelle participe Mlle Vinteuil, l'apparition de la duchesse de Guermantes, une première page que le héros écrit sur les clochers de Martinville. Il se réveille au matin, après l'évocation de ces souvenirs.

« Un amour de Swann » : bien des années avant que le narrateur ait connu Swann à Combray, celui-ci, homme de la meilleure société et aux fréquentations aristocratiques, est introduit à Paris dans le milieu bourgeois et intellectuel des Verdurin, par une demi-mondaine, Odette de Crécy, qui fait partie de leurs familiers et dont il est tombé amoureux. Swann entend chez eux, puis plus tard chez la marquise de Saint-Euverte, une sonate de Vinteuil qui devient « l'air national » de cet amour. Mais Odette semblant accorder ses faveurs à M. de Forcheville, Swann devient jaloux. Il est exclu du clan Verdurin. Il se détache de son amour.

« Noms de pays : le Nom » : revenant à son adolescence, le narrateur raconte ses rêves de voyage, puis ses jeux à Paris dans les jardins des Champs-Élysées. Il est alors amoureux de Gilberte Swann.

À l'ombre des jeunes filles en fleurs. « Autour de Mme Swann » (ce chapitre devait être la fin de *Du côté de chez Swann*, mais en a été détaché pour ne pas entraîner un volume trop long) : le héros fait la connaissance du pédant ambassadeur Norpois, assiste à une représentation de *Phèdre* jouée par la Berma, déjeune avec l'écrivain Bergotte, mais tous trois, pour des raisons diverses, le déçoivent. Gilberte se lasse de ses assiduités, au moment où Mme Swann (l'ancienne Odette d'« Un amour de Swann ») lui ouvre largement son salon. Il cesse d'aimer la jeune fille.

« Noms de pays : le pays » : deux ans plus tard, il va en vacances à Balbec, une station marine, avec sa grand-mère. Sa chambre, au Grand-Hôtel, lui cause une véritable torture morale. Sa grand-mère retrouve une ancienne camarade de pension, la marquise de Villeparisis, avec laquelle ils font des promenades en voiture. Il devient l'ami de l'officier Robert de Saint-Loup, neveu de la marquise, et fait aussi la connaissance d'un oncle de Robert, le baron de Charlus, homme étrange. Il entre en relations avec le peintre Elstir, qui le reçoit dans son atelier et lui commente ses toiles. Grâce à lui, il est présenté à une « petite bande » de jeunes filles en vacances dont l'une surtout, Albertine, sportive et de manières insolentes, a attiré son attention : profitant d'une occasion favorable il tente, mais en vain, de l'embrasser.

Le Côté de Guermantes I : La famille du héros s'installe à Paris dans un appartement voisin de l'hôtel du duc de Guermantes, et l'imagination du jeune homme s'enflamme pour le mystère émanant du nom de cette famille. Il aperçoit la duchesse à une soirée à l'Opéra et reçoit d'elle un gracieux sourire. Aussitôt il devient amoureux d'elle. Ne réussissant pas à l'approcher au cours de ses promenades matinales, il met en œuvre une stratégie détournée en se rendant à Doncières où Saint-Loup, neveu de la duchesse, est en garnison : il espère grâce à lui se faire inviter chez les Guermantes. Revenu à Paris après une conversation téléphonique inquiétante avec sa grand-mère, il trouve celle-ci malade. Il fait la connaissance de la maîtresse de Saint-Loup, l'actrice Rachel, qu'il a déjà, en réalité, rencontrée dans une maison de passe. Une « matinée » chez Mme de Villeparisis lui permet de faire ses premiers pas dans le monde ; M. de Charlus s'offre à diriger sa vie. Un jour où le jeune homme fait une promenade avec sa grand-mère aux Champs-Élysées, celle-ci a une petite attaque.

Le Côté de Guermantes II : On assiste à la dernière maladie et à la mort de la grand-mère. Albertine rend visite au héros à Paris : elle a beaucoup changé, et ne refuse plus son baiser ni ses caresses. Peu après, Saint-Loup en permission emmène son ami au restaurant et lui fait rencontrer la jeunesse aristocratique. L'invitation tant attendue à un dîner chez la duchesse de Guermantes arrive enfin. Le héros y rencontre toute la haute société, entend les plaisanteries de la duchesse et les boutades du duc, et finit la soirée déçu par la mondanité, quoiqu'il soit devenu désormais l'un des intimes de ses hôtes. Après le dîner, il se rend chez M. de Charlus pour lui en faire le récit, mais une scène violente éclate entre eux. Un peu plus tard, il assiste à la dernière rencontre de M. et Mme de Guermantes avec Swann, qui leur annonce, sans les émouvoir, qu'il est gravement malade et qu'il va bientôt mourir.

Sodome et Gomorrhe I (publié à l'origine à la fin du volume du *Côté de Guermantes II*) : Le narrateur fait retour sur sa découverte de l'homosexualité de M. de Charlus et des relations de celui-ci avec l'ancien giletier Jupien. La scène est longuement décrite. Dans un commentaire très oratoire, la condition des homosexuels est rapprochée de celle des Juifs.

Sodome et Gomorrhe II : La princesse de Guermantes convie à son tour le héros à une soirée. Plusieurs invités de marque refusent de présenter le jeune homme au prince, mais M. de Bréauté s'en charge. Cette soirée est le sommet de sa réussite mondaine ; il sera désormais invité partout. Il effectue un second séjour à Balbec. Le souvenir inattendu et douloureux (« intermittence du cœur ») de sa grand-mère morte lui revient brusquement dans sa chambre d'hôtel. Il retrouve Albertine, avec laquelle il fait de nombreuses promenades dans les environs, mais dont le comportement équivoque le rend jaloux. Ils rencontrent Charlus faisant la cour à un jeune militaire, le musicien Morel. Ils rendent visite aux Verdurin, qui reçoivent dans leur propriété de la Raspelière de nombreux artistes et intellectuels : M. de Charlus, le docteur Cottard, le professeur Brichot entre autres. La lassitude à l'égard d'Albertine survient, le héros songe à rompre avec elle. Mais, lors d'un retour de la Raspelière dans le petit train d'intérêt local, elle lui parle de Mlle Vinteuil et de son amie comme de deux connaissances intimes. Sa jalousie se ranime : il persuade la jeune fille de rentrer à Paris avec lui, et annonce à sa propre mère sa décision d'épouser Albertine.

Sodome et Gomorrhe III, 1re partie : La Prisonnière : Pendant près d'un an, Albertine séjourne à Paris chez le héros, qui la surveille de très près, tout en la comblant de cadeaux ; mais il éprouve de l'irritation en sa présence, car elle l'empêche de travailler, et de la jalousie dès qu'elle veut sortir ou semble seulement penser à d'autres personnes. On apprend la mort de Bergotte, survenue à une exposition de peinture ; puis celle de Swann. Le héros se rend seul chez les Verdurin à un concert organisé pour Morel par le baron de Charlus, qui se comporte à l'égard des invités comme l'hôte véritable. Il assiste à une longue conversation érudite entre Charlus et Brichot sur l'homosexualité. On interprète le septuor de Vinteuil, qui émeut profondément le héros et lui fait comprendre que la vie est transfigurée par l'art. Après le concert, M. et Mme Verdurin provoquent une brouille entre Morel et le baron, qui sort assez piteusement. À son retour chez lui, le héros essuie la colère d'Albertine ; désormais leur vie n'est qu'une suite de disputes et de réconciliations. Il songe à rompre définitivement avec elle, mais, au moment où il se dispose à le faire, elle s'enfuit.

Sodome et Gomorrhe III, 2e partie : Albertine disparue. (Cette partie, posthume comme la précédente et la suivante, présente d'abord une version longue dans les cahiers, avec comme titre provisoirement prévu *La Fugitive*, puis un état extrêmement abrégé et inachevé, intitulé *Albertine disparue*, retrouvé en 1986, et rédigé par Proust quelques jours avant sa mort. Ce dernier état, très incomplet, fait l'objet de discussions entre les spécialistes. Dans la présente édition, nous faisons le point sur la question et faisons apparaître dans un même *continuum* les deux versions successives. Le résumé ci-après est fondé sur la version longue.)

Partagé entre le désir de reprendre Albertine et celui de ne pas la revoir, le héros fait alterner les démarches pour provoquer son retour, par l'intermédiaire de Saint-Loup, et des lettres consommant la rupture. Mais Albertine meurt accidentellement d'une chute de cheval. Le chagrin du héros est immense, il revit en souvenir tout son passé avec la jeune fille. Pourtant, la jalousie se glisse dans le regret, et il lance des enquêtes sur ce qu'était réellement la vie de son amie. Il découvre ainsi, mais de façon non vérifiée, l'homosexualité d'Albertine. Par étapes survient l'oubli : quand il poursuit de ses assiduités une jeune inconnue qui se révèle être Gilberte Swann ; quand il apprend un projet de mariage d'Albertine qu'il avait ignoré ; quand il visite Venise avec sa mère et ne retrouve qu'une faible émotion en reconnaissant dans un tableau de Carpaccio le modèle d'une robe de Fortuny qu'il lui a offerte. Dans le train du retour, il apprend des mariages étranges qui bouleversent les normes sociales. Il revoit à Combray Gilberte, devenue Mme de Saint-Loup, qui lui avoue l'avoir aimé jadis lors de ses promenades du côté de chez Swann. Elle lui parle de l'infidélité de son mari qui la trompe avec d'autres hommes.

Le Temps retrouvé (cette dernière partie est restée dans les cahiers dans un état partiel, auquel s'ajoutent de multiples additions et collages). Le narrateur achève son séjour auprès de Gilberte en lisant un extrait inédit du *Journal* des Goncourt sur les Verdurin. Cette lecture le décourage un peu plus de la littérature. Après des années passées dans une maison de santé, il revient à Paris pendant la guerre ; il retrouve la société Verdurin préoccupée de jouissance tout en passant son temps en commentaires sur la situation. Saint-Loup a un comportement héroïque au front mais fréquente pendant ses permissions les maisons de passe pour homosexuels ; il finit par mourir au combat. Charlus, déchu, est germanophile et saisit toutes les occasions d'assouvir ses goûts particuliers. Morel déserte. Après la fin de la guerre et un nouveau séjour dans une maison de santé, le héros se rend à une matinée chez la nouvelle princesse de Guermantes, qui n'est autre que Mme Verdurin, veuve et remariée avec le prince. Plusieurs sensations inattendues provoquent en lui des réminiscences involontaires, comme jadis la petite madeleine. En attendant dans la bibliothèque la fin d'un morceau de musique, il a la révélation que les souvenirs involontaires nous font atteindre une réalité éternelle. Il découvre l'importance, en littérature, du travail du style, de la métaphore, et la place primordiale de l'expérience vécue. Puis, dans le salon, il constate que les invités qu'il connaît depuis longtemps ont tant changé qu'il les prend pour des personnes déguisées. Beaucoup ont modifié leur situation sociale : l'aristocratie a vu son prestige décliner, la grande bourgeoisie a pris le devant de la scène. Le héros fait la connaissance de la fille de Gilberte, Mlle de Saint-Loup, âgée de seize ans, en laquelle se rejoignent les deux côtés de Swann et de Guermantes. Maintenant prêt à écrire un livre tiré de sa propre vie, il conçoit le temps passé comme un ensemble de relations entre les événements et les êtres. Le temps est aussi pour lui, qui est malade, une incitation à se hâter d'écrire, par fragments juxtaposés, une œuvre de longue haleine comparable à une cathédrale ou à une robe… et inscrite dans le Temps.

La quête initiatique du héros

On voit par ce sommaire que ce n'est pas l'intrigue qui fait l'originalité de cette œuvre. Celle-ci tient surtout à ce que Proust installe massivement, pour la première fois, le roman français dans des domaines qui étaient jusque-là ceux de la poésie et de la religion : la recherche d'une vérité essentielle sur le monde, le passage par une initiation. Le héros enfant est saisi par des appels qui lui parviennent à travers la lecture, les œuvres d'art, le théâtre, les spectacles de la nature, le désir sexuel naissant, des incidents émaillant ses promenades. D'autres lui parviennent, plus tard, des villes et des pays où il désire se rendre, des noms prestigieux de certaines personnes, de la beauté féminine, des jeunes filles, de la peinture, de la musique, de la mondanité, de l'art militaire, des grandes œuvres littéraires, des inventions modernes, de réminiscences. Certains de ces appels prennent la forme d'énigmes : la personnalité de Charlus, la mort (de sa grand-mère, de Bergotte, de Swann, la sienne propre), la vérité d'Albertine, l'homosexualité, les intermittences du cœur, la jalousie, la cruauté, le chagrin, l'oubli, la double personnalité de Saint-Loup. Parallèlement à ces questions apparaissent des signes, d'abord obscurs, et dont le déchiffrement constitue la dynamique du récit : signes de la mondanité, de l'amour, des impressions, de l'art. Leur éclaircissement en reste à des impasses pour ce qui concerne les premiers et les seconds, mais les signes provenant des impressions et de l'art finissent par être interprétés lors de la révélation finale. Cette quête passe par les épreuves et l'humiliation : déception que les Noms soient plus riches en charge imaginaire que les personnes et les lieux qui les portent, que l'aristocratie, ardemment courtisée, ne révèle que des personnalités mesquines, que les voyages soient moins exaltants que la rêverie sur l'indicateur des chemins de fer, que l'amour soit chaque fois un échec, que l'amitié se voie trompée. Plusieurs des principaux personnages, initiateurs du héros, poursuivent une quête identique, mais inaboutie : Swann, l'amateur d'art, meurt sans avoir produit d'œuvre et sans avoir compris que la sonate de Vinteuil aurait dû l'orienter vers des problèmes d'ordre esthétique ; le baron de Charlus connaît la déchéance mondaine et le gâtisme, sans avoir non plus rien produit et en n'ayant perçu dans le septuor qu'une occasion de promouvoir son protégé Morel. Au héros seul une forme de salut est promise, à travers la réalisation future de son œuvre : le livre dans lequel il reviendra sur sa propre vie.

L'emploi du pronom « je » d'un bout à l'autre (sauf dans « Un amour de Swann ») enveloppe le lecteur d'une présence constante : celle du héros vivant les événements à toutes les époques de sa vie, et celle du narrateur qu'il est devenu, placé par rapport au premier à des distances variables. Ce narrateur est pour le moins autant un commentateur inlassable, qui analyse les événements et les caractères, et en tire des leçons générales, avant de les rassembler à l'occasion de la révélation finale ; il adopte un ton sentencieux pour formuler des vérités pour lui indiscutables. Aussi le lecteur se trouve-t-il impliqué dans tous les cas comme destinataire. Il se sent bientôt proche de l'auteur aussi bien que du narrateur, ou du moins il s'interroge sur le degré de présence de Proust dans son œuvre. Aujourd'hui que nous connaissons davantage la vie de l'écrivain et sa correspondance, nous percevons mieux la partie de cache-cache que l'auteur joue avec nous. Nous avons découvert que la « captivité » d'Albertine dans *La Prisonnière*, sa fuite, sa recherche, sa mort, le chagrin et l'oubli dans *Albertine disparue*, sont largement inspirés de l'aventure de Proust avec Alfred Agostinelli. Dans *La Prisonnière* encore, il donne à son héros son propre prénom, Marcel, même s'il assortit cette désignation de réserves. Il fait mourir Bergotte devant la *Vue de Delft* de Vermeer, tableau différent de tous ceux qu'il mentionne dans le roman, et le plus loué, parce que lui-même le considère comme « le plus beau tableau du monde » après l'avoir vu deux fois en compagnie de personnes aimées. Dans *Contre Sainte-Beuve*, c'est-à-dire dans les tout débuts de la rédaction du roman, Proust a insisté sur la distinction entre les deux *moi*, celui de l'homme et celui de l'écrivain. Pourtant, comment ne pas penser que le narrateur est le porte-parole de Proust quand il affirme dans *Le Temps retrouvé* : « la matière de mon expérience serait la matière de mon livre » ? L'œuvre entretient en somme des rapports variables, parfois assez directs, avec la vie, sans toutefois être calquée sur elle. L'élément autobiographique est nécessaire, car il fournit l'expérience existentielle, gage d'authenticité, mais il est fortement transformé. Ainsi, c'est une enfance très recomposée que nous raconte « Combray », présenté comme une terre de racines, alors que Proust n'a fait que peu de séjours à Illiers ; c'est par une systématisation tardive, qui ne correspond guère à la topographie réelle de ce lieu, que les côtés de Méséglise et de Guermantes s'opposent diamétralement ; ce n'est pas à la fin de sa vie que Proust, comme le héros, a commencé d'écrire, mais dès le lycée ; c'est par construction esthétique que le personnage bénéficie d'initiateurs mondains (Swann, Charlus, Saint-Loup) et artistiques (Bergotte, Elstir, Vinteuil) dont les rôles sont complémentaires : une vie réelle ne présente évidemment pas ces beaux agencements.

La vision du monde et de l'art

Sa conception de la réalité, du monde et de l'art, Proust l'a déjà assez largement exposée dans un livre préparé entre 1895 et 1900, mais abandonné, *Jean Santeuil.* Il la développe dans les premiers essais du grand roman (en 1908-1909), qu'on a appelés *Contre Sainte-Beuve*, lui donne une forme complète dans un premier état du *Temps retrouvé* de 1910-1911 (publié en 1982 sous le titre *Matinée chez la princesse de Guermantes*). Cette théorie apparaît tout d'abord dans les premiers cahiers manuscrits comme faisant l'objet d'une conversation du héros avec sa mère. Elle éclate, plus tard, en diverses parties, et se retrouve, dans le roman définitif, dans des fragments très éloignés les uns des autres : les rencontres avec Bergotte, le contact avec diverses œuvres d'art, les conversations littéraires avec Albertine, la méditation sur certaines lectures comme le *Journal* des Goncourt, et finalement lors de la matinée chez la princesse de Guermantes. L'écrivain a toujours tenu à souligner l'importance qu'il accordait à cette base théorique, assez peu perceptible dans *Du côté de chez Swann*, mais qu'il annonçait pour les volumes suivants. Il explique l'avoir dispersée pour éviter qu'elle n'apparaisse massivement, comme la marque du prix sur un objet offert.

Sa composante psychologique, concernant la mémoire, le sommeil, le rêve, l'habitude, le nervosisme, s'est constituée à partir d'abondantes lectures (Proust était fils et frère de médecins) comme celles de Ribot, d'Hervey de Saint-Denis, de Pierre Janet, de Binet, de Boutroux, de Maury, du Dr Sollier dont il fut un temps le patient. Les composantes d'esthétique et de philosophie générale comportent des correspondances avec la pensée de Séailles, dont il fut l'élève à la Sorbonne, et de Schopenhauer ; il leur doit sa conception de l'art comme la plus élevée des activités humaines, et de la musique comme le principal des arts. Il a beaucoup étudié et admiré l'esthète anglais John Ruskin, dont il a traduit en 1904 et 1906 deux essais, *La Bible d'Amiens* et *Sésame et les lys*, mais dont il conteste la méthode de contact direct avec les œuvres d'art, qu'il taxe d'idolâtrie. Il connaît Walter Pater à travers Oscar Wilde. Mais pas plus dans sa correspondance que dans ses esquisses il n'est explicite sur sa dette envers ces auteurs, sauf Ruskin. En revanche, il manifeste dans l'œuvre sa reconnaissance envers plusieurs écrivains français, Mme de Sévigné, Chateaubriand, Stendhal, Barbey d'Aurevilly, Balzac, Flaubert, Nerval et Baudelaire, et laisse transparaître des dettes envers Saint-Simon, George Sand et divers contemporains qu'il n'hésite d'ailleurs pas à plagier. Il attaque certains autres auteurs, notamment Sainte-Beuve auquel il reproche son goût du biographique, de l'anecdote et de la conversation, et ceux qui relèvent selon lui de la littérature de « notation » ou de la littérature militante. Il emprunte à Richard Wagner sa conception de la complémentarité entre les arts et celle de la composition par *leitmotive*. Plus personnelle est sa propre théorie de la métaphore, parallèle à celle de la mémoire involontaire et selon laquelle deux éléments, séparés dans le temps et dans l'espace peuvent être rapprochés par l'esprit, et dégagent alors une essence, un moment d'éternité. L'application pratique qu'il en fait consiste à faire jouer dans les deux sens une construction binaire : tantôt deux éléments distincts sont rapprochés (comme les éléments marins et les éléments terrestres dans un tableau d'Elstir), tantôt le récit avance par dédoublements successifs (la jalousie de Swann préfigurant par exemple celle du héros). Si des influences livresques se font encore sentir dans ses appréciations sur l'architecture, ses goûts en peinture dépendent beaucoup plus de contacts avec des œuvres découvertes dans des reproductions, dans des musées ou chez de riches particuliers.

La conception du temps mise en œuvre dans le roman est d'abord celle d'un temps discontinu, spatialisé, perçu par des changements brusques affectant les personnages et les situations : Charlus, cru d'abord amant d'Odette, se révèle homosexuel ; les deux côtés divergents de Combray sont réunis à la fin. Ce temps est apparemment perdu, non seulement parce que passé, mais parce que inutile, dépensé en loisirs vains, en quêtes amoureuses sans succès, en ascension mondaine suivie de déception, comme le montre particulièrement la dernière scène du livre où les membres du gratin de la société sont devenus des pantins dérisoires. Pourtant, cette ultime réapparition coïncide avec le moment où le héros vient de *retrouver* le temps, et cela de deux façons : en comprenant d'une part que les réminiscences involontaires permettent d'atteindre à des essences extra-temporelles libérées de l'universelle dérive, c'est-à-dire à un « temps pur » dans lequel sont sauvés les moments privilégiés du passé et les instants présents auxquels ils viennent s'associer ; et, d'autre part, que ces moments ne peuvent être mis au jour dans leur pleine richesse que par l'intermédiaire d'un livre à écrire inscrit dans le temps comme histoire du personnage et comme temps de l'écriture, dans une lutte contre la mort qui laisse aléatoire l'achèvement de l'entreprise. Le temps retrouvé relève donc à la fois de l'éternité et du temps fugitif. L'extra-temporel devient « temps incorporé ».

Mais la *Recherche* illustre au moins autant sa propre pratique d'écriture : « Voici comment j'écris », semble nous dire tantôt le narrateur, tantôt Proust lui-même. La page de « Combray » sur les clochers de Martinville est un premier exercice littéraire du futur narrateur, porteur d'enseignements sur sa technique impressionniste et ses métaphores. La description du port de Carquethuit peint par Elstir est une transposition littéraire de la métaphore pratiquée par le peintre. La sonate, et surtout le septuor de Vinteuil, font de l'art musical un modèle pour la littérature lorsqu'ils expriment les nuances les plus intimes de la sensibilité et font jouer entre eux des thèmes récurrents. Les parties rédigées les dernières accentuent ces retours du roman sur lui-même, comme dans le passage des glaces de *La Prisonnière*, véritable autopastiche, ou la mort de Bergotte, cet écrivain regrettant, peut-être comme Proust lui-même, la sécheresse de ses derniers livres. D'autres fragments manifestent une réflexivité négative, sous la forme de textes repoussoirs, modèles de ce qu'il faut éviter, comme les jugements littéraires de Bloch ou de la marquise de Villeparisis, la poésie « naturelle » de Françoise et le style « artiste » des Goncourt.

La lecture de la fin du *Temps retrouvé* nous plonge, en réalité, dans une situation contradictoire : le héros y fait preuve d'une grande confiance dans son projet romanesque et en récapitule les principes, qui ont guidé en fait l'ouvrage qui s'achève. Or, dans les parties rédigées les dernières, *La Prisonnière*, *Albertine disparue*, les descriptions de Paris pendant la guerre dans *Le Temps retrouvé*, le récit échappe à ces principes et, éclatant sous l'effet de forces centrifuges, part dans des directions nouvelles et très différentes du projet initial : l'homosexualité féminine, les alliances matrimoniales imprévisibles, la guerre. Cela peut être dû à une question de chronologie, la partie théorique remontant à l'intention première et la rédaction s'étalant sur quatorze années, incorporant l'actualité nouvelle, ou bien à ce que l'écriture proustienne tend fondamentalement à s'écarter de l'unité. En fait, les deux tendances opposées, centripète et centrifuge, coexistent : l'une qui applique par avance la théorie exposée à la fin, par la métaphorisation généralisée, la recherche de grandes lois psychologiques et sociales, l'unité postulée derrière les phénomènes contradictoires du réel ; l'autre qui pratique le discontinu thématique et chronologique, qui déplace sans cesse des fragments rédigés et les replace ailleurs, laissant des failles narratives ou grammaticales innombrables (souvent peu perçues par le lecteur car Proust les masque derrière un appareil très voyant d'articulations grammaticales et logiques), qui développe les motifs par déploiements binaires ou multiples (on a pu parler pour sa prose de « reproduction par scissiparité »), effet d'un intellectualisme anxieux faisant passer constamment d'un terme à son contraire, à ses complémentaires, à tous ses correspondants possibles. À l'intérieur du cadre projeté, auquel il paraît s'être tenu dans l'ensemble et qu'il voulait consacrer en inscrivant le mot « fin » au terme du Cahier XX manuscrit, de vives poussées vers l'éclatement ne cessent de s'exercer, provenant de blocs narratifs non prévus au départ, d'origine personnelle (l'histoire d'Albertine) ou historique (la guerre), venus faire dévier le projet ; d'autres, pourtant prévus, comme l'homosexualité, le retournement des personnages, le fonctionnement du langage à vide chez un Norpois, donnent lieu à des expansions infinies et comme irrépressibles. Enfin, la mise au net, inachevée, des ouvrages posthumes se caractérise par la prolifération d'innombrables ajouts, parfois insituables dans le récit, s'engendrant les uns les autres et dont on ne voit pas ce qui les aurait arrêtés si l'auteur avait pu continuer sa tâche.

L'évolution de l'œuvre

C'est ce qu'illustrent les grandes lignes de la naissance et de la publication d'*À la recherche du temps perdu.* À partir de thèmes déjà abordés dans *Jean Santeuil* (l'enfance, la vie familiale, les vacances, la mémoire, évoquées à la troisième personne) se forme un projet hésitant entre un essai critique à propos de Sainte-Beuve et un texte narratif évoquant des souvenirs de réveils, puis la conversation d'un personnage avec sa mère. Des enrichissements et modifications se produisent en plusieurs étapes : le récit, très vite, opte pour la première personne ; en 1910-1911 apparaît la notion de temps retrouvé, qui replace les souvenirs rapportés dans l'axe d'une vocation littéraire et occupe la place théorique anciennement dévolue à l'essai. En 1912, le roman, qui doit s'intituler *Les Intermittences du cœur*, a déjà sa première partie, *Le Temps perdu*, dactylographiée, et la seconde, *Le Temps retrouvé*, rédigée sous forme manuscrite. Après de vaines tentatives pour trouver un éditeur pour cette première partie, Proust la fait publier à compte d'auteur par Grasset en 1913. La fin est coupée et attend d'être présentée avec le second volume, annoncé comme devant se nommer *Le Côté de Guermantes*, *Le Temps retrouvé* devant passer à la troisième place. Le titre général est devenu *À la recherche du temps perdu.* La guerre interrompt en 1914 la publication du *Côté de Guermantes.* Proust, qui pour raisons de santé n'est pas mobilisable, travaille considérablement sur la suite de son projet, le remanie, y introduit de nouvelles parties. Le deuxième volume ne paraît qu'au début de 1919 sous le titre *À l'ombre des jeunes filles en fleurs*, chez un nouvel éditeur, Gaston Gallimard, de même que tous les suivants, c'est-à-dire *Le Côté de Guermantes I* en 1920, *Le Côté de Guermantes II* et *Sodome et Gomorrhe I* en un même volume en 1921, *Sodome et Gomorrhe II* en avril 1922. Proust, malade et depuis longtemps reclus chez lui, s'épuise à ces publications et à la préparation des volumes à venir encore. Il meurt d'une pneumonie le 18 novembre 1922, en laissant incomplètement revue la dactylographie du volume suivant, *Sodome et Gomorrhe III, première partie : La Prisonnière.* Gallimard le publie sous le titre simplifié *La Prisonnière* en 1923. La suite, abandonnée en plein remaniement, devait s'intituler *Sodome et Gomorrhe III, deuxième partie : Albertine disparue*, et Gallimard la publie sous une forme contestable et sous le titre *Albertine disparue*, en 1925. *Le Temps retrouvé*, toujours à l'état inachevé dans les cahiers manuscrits, paraît enfin en 1927.

Les avant-textes (ainsi appelle-t-on toutes les traces écrites qui précèdent le texte publié) nous renseignent sur la manière de travailler de l'écrivain. Pas de dossiers documentaires comme chez Zola, pas même de plan précis ; mais d'abord quelques linéaments et citations dans des carnets, suivis d'innombrables ébauches, en premier lieu sur des feuilles volantes, puis dans des cahiers d'écolier. Ces ébauches deviennent peu à peu des manuscrits suivis, souvent augmentés de *paperoles*, feuillets ou morceaux de papier collés sur les pages et les uns aux autres. Le travail de modification reprend sur ces manuscrits, se prolonge sur les dactylographies et les épreuves d'imprimerie (multipliées, au désespoir des imprimeurs) et semble ne cesser qu'à regret. Les premières esquisses ne suivent pas un fil narratif, mais sont des développements thématiques indépendants, mêlant récit et commentaire, à la manière d'une nébuleuse, de nombreuses fois recommencés, puis dispersés dans des cahiers divers, pour former des ensembles, eux-mêmes très souvent défaits et reconstruits autrement pendant toute la correction, jusqu'aux dernières épreuves. Ainsi, le septuor de Vinteuil devait initialement prendre place, sous la forme d'un quatuor, à la fin du *Temps retrouvé*, lors de la matinée Guermantes et immédiatement avant la révélation que connaît le héros : c'était donc l'un des éléments de cette révélation. Dans cette version ancienne, la fonction de la musique vis-à-vis de la littérature était plus explicitement formulée : le rapport entre la sonate et le septuor était présenté comme analogue à celui qui unit l'épine blanche et l'épine rose dans « Combray » ou l'amour pour Albertine et l'ensemble des amours du héros, c'est-à-dire un rapport d'homologie, du simple au complexe ; ce même type de relation engendre l'œuvre littéraire et c'est ainsi que le chapitre « Combray » présente dans l'unité et la simplicité, à la manière d'une ouverture musicale, des thèmes qui sont par la suite largement déployés et savamment entrelacés.

Métaphore, phrase, discours : la question du style

Du style, Proust déclare qu'il n'est pas seulement une question de technique, mais de vision. Le sien, reconnaissable entre tous, est étroitement lié à sa conception de l'art, et se manifeste à tous les niveaux, du mot à la structure générale, dans trois domaines essentiellement : la métaphore, la phrase et le discours. La métaphore est la face rhétorique de ce qu'est en psychologie le souvenir involontaire. Elle englobe la métaphore au sens traditionnel et la comparaison. Elle consiste à prendre deux termes distincts et, en partant d'un élément de sens qu'ils possèdent en commun, à poser entre eux une relation étroite d'analogie ou de similitude. Comme le souvenir involontaire, elle extrait de deux faits réels un moment d'éternité : « en rapprochant une qualité commune à deux sensations, l'écrivain dégage leur essence commune en les réunissant l'une et l'autre pour les soustraire aux contingences du temps, dans une métaphore » (*Le Temps retrouvé*). C'est une figure à la fois d'intellection (par laquelle nous saisissons une vérité sous ses deux aspects, abstrait et sensible), d'affectivité (car la possession de cet élément commun, de cette « harmonie », nous procure une jouissance) et de construction (puisque cette vérité, nous avons à en faire tenir les composants dans « les anneaux nécessaires d'un beau style »). Faisant appel, par au moins l'un de ses termes, au concret, la métaphore fait en permanence appel à notre imagination sensorielle et à notre expérience vécue. Ainsi les souvenirs de lecture à Combray associent-ils le tintement de la clochette à une couleur dorée, les visites de Swann à des paniers de framboises et à un brin d'estragon. Prise dans une acception plus large, la métaphore participe même de la construction du récit grâce à des rapprochements d'éléments descriptifs ou narratifs d'abord présentés comme distincts. Le cas le plus évident est celui des deux côtés de Combray, si diamétralement opposés au début, et réunis à la fin ; ou celui de Venise, dans *Albertine disparue*, présentée comme un autre Combray. À un niveau intermédiaire, cette figure participe à l'expansion textuelle, quand un objet est métaphoriquement caractérisé par des objets qui l'entourent : un clocher parmi les champs de blé a l'aspect d'un épi, d'autres, au bord de la mer, évoquent un poisson ou un coquillage. Dans les passages les plus élaborés, Proust procède non plus par métaphores ponctuelles, mais par véritables gerbes de métaphores.

C'est toutefois la phrase, si caractéristique, qui est le cadre de base du style proustien. Elle fournit même, le terme s'appliquant à des arts différents, un des thèmes récurrents de l'œuvre : en effet, les belles *phrases* de Bergotte provoquent chez le héros le premier appel vers la littérature ; une petite *phrase* musicale, longuement évoquée, est le joyau de la sonate de Vinteuil ; cette même *phrase*, combinée à d'autres, structure avec elles le septuor et sert de modèle esthétique général ; les grands thèmes sensibles, typiques de certains écrivains, sont dans *La Prisonnière* appelés leurs *phrases-types.* Rapportée à l'écriture proustienne, la phrase est d'abord, comme chez le Bergotte du début, le lieu d'une transformation du donné brut de la langue en un matériau d'art : incrustée d'images, constellée d'assonances et d'allitérations, relevée par de subtiles inversions, tressée de cadences empruntées à la poésie et de rythmes oratoires, elle se voit enfin insuffler un « accent », c'est-à-dire la capacité d'exprimer de manière indirecte, et souvent involontaire, la personnalité profonde de l'artiste. Elle est à l'image du petit pan de mur jaune, fait de plusieurs couches superposées de peinture, admiré dans un tableau par Bergotte mourant. Ensuite intervient un travail en étendue qui aboutit à ces longues phrases complexes, si particulières qu'on a souvent tendance à ne voir qu'elles, avec leurs nombreuses subordinations, coordinations et parenthèses. Loin d'être la conséquence de la hâte ou d'une incapacité à condenser, elles sont généralement – les brouillons successifs nous le montrent – le fruit de multiples essais, raturés et repris. Si elles sont aussi nombreuses et aussi amples, c'est que Proust, grâce à elles, part à la recherche des essences en lançant sur le réel des réseaux d'interrogations, procédant par oppositions, distinctions, parallélismes et comparaisons de toutes sortes. Ou bien c'est que, ayant eu d'abord l'intuition d'une de ces essences, il l'évoque, dans un large mouvement expansif, par la *duplication*, dont le second terme est souvent le plus développé (d'où une fréquente allure *décentrée* des phrases), ou par la mise en parallèle de groupes plus nombreux, ou par l'homologie, qui en est une variante, ou encore par le développement cyclique, qui fait reparaître des éléments de distance en distance. Ces deux dernières modalités appartiennent également au domaine de la musique, que privilégie le narrateur. Aussi peut-on recommander au lecteur qui hésite au seuil des périodes les plus longues de leur prêter une attention de type musical, en se laissant porter par les rythmes et les alliances de mots, sans s'obliger à une lecture analytique : il vaut mieux se laisser porter par le courant d'un fleuve qu'essayer d'en compter les gouttes. On pourra toujours revenir ultérieurement sur les détails. Il est vrai que Proust aime les détours, les ralentissements, les approfondissements, et il agit souvent dans la phrase comme dans la construction de son roman : il pose d'abord le schéma général et la chute, puis développe les parties intermédiaires. La syntaxe d'ensemble de ses périodes est rarement prise en défaut ; en lecteur de Chateaubriand et de Flaubert, il connaît toutes les ressources de la prose poétique, mais il se plaît à en faire éclater les cadres, par « surnourriture » comme il dit lui-même. On trouve cependant, dans les dernières parties de l'œuvre, des ruptures de construction, des lacunes provenant de défauts de relecture ou d'additions qu'il n'a pas eu le temps de bien intégrer. Il joue aussi des phrases et de leurs éléments comme un peintre joue des couleurs, des ombres, des masses et des reflets, selon des combinaisons qui lui sont propres (on pense évidemment à Elstir et à tous ceux qui lui ont servi de modèles). Contrairement à une idée reçue, les phrases longues n'apparaissent pas continuellement chez lui, ni toujours dans les mêmes proportions : plus fréquentes dans les premiers volumes et le dernier, elles sont le plus souvent associées à certains thèmes de contenu (le souvenir, le temps, la lecture, les chambres, les églises, l'homosexualité), et à certains personnages (« je », bien sûr, mais aussi tante Léonie, Françoise, Legrandin, Swann, Elstir…). Préparées par le contexte ou inattendues, elles peuvent prendre, isolées, le relief de la Berma en scène interprétant *Phèdre*, ébaucher, à plusieurs, des figures de ballet comme le font les clochers de Martinville, ou, en solides cohortes, édifier un monument aussi massif que la description de l'église de Combray. Proust se montre, en cette matière, un poète, un musicien, un peintre, un architecte, un chorégraphe.

Au niveau des énoncés, le discours proustien est encore très spécifique. Fortement centré sur le « je » du narrateur, il implique l'existence d'un lecteur destinataire, et véhicule à son intention de nombreux éléments oraux, même dans ses parties abstraites (nous laissons ici de côté le discours direct des personnages) : des interpellations, des exclamations et interrogations rhétoriques, de nombreux « appuis du discours » et présentatifs (*certes*, *seulement*, *oui*, *mais non*, *hélas*, *n'est-ce-pas*, *pour dire vrai*, *voici*, *voilà*, etc.), des corrections, des parenthèses, des retours en arrière, des digressions. D'ailleurs, la ponctuation des manuscrits, nous l'avons vu, est de type oral, c'est-à-dire assez raréfiée et plaçant les quelques virgules aux sommets intonationnels de la phrase. Mais ce caractère oral ne se confond pas avec ce que Proust appelle le style de conversation, c'est-à-dire celui qui recherche les bons mots et les amabilités, auquel il est farouchement hostile, comme le montre sa critique de Sainte-Beuve. Ses phrases de commentaire sont surtout une *figuration* du discours oral, de type démonstratif, qui donne au texte vie et force communicative, mais exige néanmoins une lecture patiente, avec des pauses et des reconstructions mentales (tout comme Swann convertit la sonate de Vinteuil en représentations d'« étendue », de « groupements symétriques », d'« architecture »). Nous percevons alors la « voix » du narrateur, plus intellectuelle que physique. Bien différente est celle que Proust prête à ses personnages, car quoique figurée elle aussi et condensée en traits frappants, elle sert surtout à caractériser, voire à caricaturer : nul ne peut confondre entre elles les voix de la mère, de Swann, de Françoise, de tante Léonie, de Bloch, de Norpois, de Charlus et de tant d'autres.

Cette souplesse se retrouve dans les emprunts à d'autres discours, littéraires ou non. Proust est un gigantesque adaptateur des idées et des paroles d'autrui, qu'il reproduit de façon tantôt cryptée, tantôt ouverte, faisant preuve ainsi d'une vaste culture que son lecteur est invité à retrouver ou, bien souvent, à découvrir. On a pu rédiger de véritables dictionnaires de ses allusions et références à la littérature et aux autres arts. La reconnaissance de celles-ci est une sorte de passeport permettant de circuler sans encombre dans son univers. Ces emprunts peuvent servir d'appuis à l'argumentation générale, comme les imitations de Mme de Sévigné ou des Goncourt, et les allusions à tant d'écrivains et d'artistes qui inscrivent l'auteur dans une immense chaîne poétique remontant jusqu'à l'Antiquité. Ils peuvent servir de garants, même s'ils ne sont pas explicites, de sa compétence dans tel ou tel domaine : ainsi de la description de l'église de Combray, tirée presque textuellement de celle de la cathédrale de Chartres par Émile Mâle, des références à telle ou telle école médicale ou psychologique, et de l'explication de l'homosexualité. D'autres fois ils permettent de représenter la persistance dans le présent d'usages d'une autre époque, comme les renvois aux *Mémoires* de Saint-Simon et à *La Comédie humaine* de Balzac, appliqués à la société des Guermantes. Dans tous les cas, ces emprunts, même s'ils sont textuels, sont « proustisés », c'est-à-dire ajustés à des situations du roman et à l'orientation générale que Proust veut lui donner. Ils ne rompent pas l'homogénéité de l'ensemble.

Aucun fait, aucune parole ou pensée d'un personnage ou du héros lui-même, d'abord filtré par la mémoire affective, puis reconstruit selon les normes du temps retrouvé, n'échappe à l'évaluation permanente du narrateur. Toute la *Recherche* se déroule à l'intérieur de sa conscience intuitive ou raisonnante, d'où sa cohérence et sa puissance de persuasion. Reposant sur une psychologie « dans l'espace et dans le temps », elle met en relation des temporalités et des localisations différentes, rappelant par exemple, à propos d'un volume aperçu dans la bibliothèque parisienne du prince de Guermantes, la lecture par la mère de *François le Champi* à Combray. Ces mises en rapport conduisent à des généralisations : sur l'aristocratie et son esprit (l'esprit Guermantes est longuement évoqué), sur les domestiques et les classes populaires (les valets de pied, le giletier Jupien, les laitières, les cochers ou conducteurs d'omnibus), sur la médecine, la diplomatie, l'armée en garnison et en guerre, la mode et, bien sûr, la vie morale (le snobisme, la jalousie) et sociale. Dans tous ces cas, le présent « éthique » des verbes prend la place du passé du récit et crée un arrière-plan permanent de sagesse au-delà des contingences.

Proust et nous

L'attirance que le lecteur éprouve pour le roman tient à plusieurs facteurs. Un facteur mimétique, d'abord. Certes, nous ne pouvons plus, aujourd'hui, nous identifier pleinement au héros : les types sociaux, les codes de vie publique et privée ont fortement changé. Mais nous nous sentons encore concernés par l'analyse des caractères et des passions. Qui pourrait se percevoir totalement étranger aux grandes « lois » concernant le sommeil, le souvenir, les intermittences du cœur ? Sur qui peuvent manquer totalement de prise les évocations de la vie affective : la sensibilité enfantine, les relations avec les parents, l'enthousiasme, les premiers émois sexuels, l'amour, la jalousie, l'ambition ? Qui n'a rencontré telle ou telle personne assimilable par quelque trait à Mme Verdurin, à Legrandin, à Norpois ?

La seconde forme d'attirance est de type initiatique, puisque le livre est un roman d'apprentissage. Le narrateur, qui se présente comme le mieux informé, mais ne veut pas tout nous dire, nous engage à le suivre, lorsqu'il était plus jeune, dans sa recherche de la vérité sur la vie, la société, l'amour et l'art. À tout moment il nous adresse des signes d'encouragement ou de connivence. Il nous rend complices de sa démarche. Il exige de nous la confiance, il nous impose de parcourir avec lui les méandres de son itinéraire, il écarte de nous les conceptions qui ne sont pas les siennes. Au dernier moment, après nous avoir exposé sa théorie littéraire, il nous engage à reprendre toute notre lecture du livre dans la perspective du temps retrouvé qu'il vient de définir : alors, l'initiation du héros fait place à celle du lecteur, invité à se lire lui-même à travers cette vie racontée.

Enfin, Proust agit sur nous par la séduction, plus indirecte que les formes précédentes, qui reposent sur des valeurs de vérité. Elle tient à sa maîtrise des jeux symboliques, à sa capacité d'animer un fonctionnement ludique des signes. Il est un extraordinaire metteur en scène, qui propose dès le début de multiples spectacles dont certains sont rituels, comme les projections de la lanterne magique, qui font faire au héros l'apprentissage de la cruauté et de la tristesse ; ou soulèvent en lui un mélange de répulsion et d'attraction, comme celui des quelques gouttes d'alcool proposées au grand-père malade, suivi de la masturbation dans le petit cabinet ; ou comme la scène (littéralement *montée* par les deux comparses) d'outrage à la photographie de Vinteuil à Montjouvain. Il nous propose toutes sortes de spectacles animés : les manèges de tante Léonie avec ses visiteurs, de Legrandin le snob, de Françoise avec la fille de cuisine, des promenades des deux côtés de Combray. La théâtralité, déjà inscrite dans le « drame du coucher », règne de part en part, et pas seulement à propos des acteurs comme la Berma et Rachel. Le roman met en scène le salon des Verdurin et ceux des aristocrates, leurs déjeuners et leurs dîners, les saluts du duc et sa visite pendant l'agonie de la grand-mère, le jet d'eau, la colère de Charlus contre le héros, les adieux de Swann malade, les saynètes du petit train de la Raspelière, les réveils dans *La Prisonnière*, l'« opéra » des cris de Paris, la grande soirée musicale chez les Verdurin, les décors changeants de Venise, la découverte de l'homosexualité de Charlus, sa flagellation, l'illumination de Paris pendant les attaques aériennes, le carnaval de la dernière matinée Guermantes. Dans ces passages si savamment animés, Proust laisse jouer l'attrait de l'illusion consentie et feint de nous effrayer ou de nous amuser, en ménageant une distance qui préserve en définitive notre liberté.

Le comique proustien est omniprésent dans le langage des personnages et propre à chacun d'eux. Le parler de Françoise pimente « Combray », comme celui des tantes, de Legrandin et du jardinier. C'est aussi un comique de gestes et un comique social. Il repose d'abord et très largement sur l'ironie, en soulignant des contradictions verbales ou situationnelles (telle Mme Verdurin « sanglotant d'amabilité »). Mais à mesure que le récit progresse, cette ironie qui raillait tant d'individus ou de catégories, et toujours si réjouissante pour le lecteur qui participe en quelque sorte au jeu de massacre, évolue vers l'humour, en ce sens que le narrateur s'y englobe, et que les personnages et les situations changent ou s'inversent. Lui-même se dépeint comme naïf, arriviste, paresseux. Ceux dont il faisait la satire se retrouvent nombreux à la dernière matinée du *Temps retrouvé*, enlaidis et ridicules, mais il se dépeint à son tour comme atteint par le même vieillissement. La comparaison insistante qu'il fait de cette scène avec un théâtre comique et même un guignol atténue l'horreur qu'inspirent les personnages ; nous sommes du reste invités à faire preuve à leur égard, et par ricochet au nôtre, de compréhension : ces êtres sont « des poupées, mais qu'il fallait lire sur plusieurs plans à la fois [...], des poupées extériorisant le Temps qui d'habitude n'est pas visible, pour le devenir cherche des corps et [...] s'en empare pour montrer sur eux sa lanterne magique ». L'humour ne serait-il pas, aussi bien que le temps, la lanterne magique qui projette sa lueur dansante et transformatrice sur l'ensemble de l'œuvre ? Il marque également les passages où le narrateur s'imite lui-même et semble nous inviter à ne pas prendre trop au sérieux son style métaphorique, et peut-être même sa théorie esthétique. L'image de l'homme représentée (personnages, auteur et lecteur compris) est souvent outrée et dévalorisante, mais elle est variée, pleine de contradictions non surmontées, et somme toute plutôt indulgente parce que inaccomplie. Malgré le ton dogmatique de la fin du roman, Proust ne conclut pas définitivement (la mort, avec un humour noir, l'y a aidé). Même s'il prône le salut par l'art après son tableau sombre de l'humanité, les passages écrits les derniers – c'est-à-dire après le cahier où figure le mot « fin » –, qui devaient servir de transition vers une suite, restent ambigus : Bergotte, comme tout écrivain, survivra-t-il à l'oubli ? Était-il un grand artiste ou un raté ? Albertine était-elle coupable ou innocente ? Censé se lire lui-même dans le livre, le lecteur se trouve renvoyé à ses propres contradictions.

*
* *

En quoi cette œuvre multiple peut-elle nous toucher aujourd'hui ? Probablement pas par ce qui a fait scandale à partir de *Sodome et Gomorrhe*, l'obsession de l'homosexualité : celle-ci ne choque plus dans l'état de nos mœurs ; Proust n'apparaît plus comme ce guide perspicace et implacable de l'enfer qu'ont vu en lui Mauriac et Bernanos. Ni par la longue plongée dans des catégories sociales aujourd'hui disparues et qui étaient déjà datées de son temps. Ni non plus par des analyses excessivement développées. La vaste culture livresque et artistique qu'il déploie est certes un régal, mais surtout pour un public déjà cultivé. Ce que l'on peut, plus immédiatement, trouver dans la *Recherche*, c'est le récit d'une vie si intensément revécue et méditée qu'il nous est difficile de ne pas en prendre notre part ; d'autant plus que notre époque manifeste un intérêt accru pour l'autobiographie et les fictions qui en dérivent, ainsi qu'en témoignent les œuvres de Claude Simon, de Serge Doubrovsky ou d'Annie Ernaux. Le monde pittoresque et étrange que Proust déploie sous nos yeux, nous le percevons moins comme une reconstitution réaliste que comme un immense spectacle, ou un conte, ou un rêve où sont pourtant mis en scène des comportements et des travers que nous connaissons bien : nous sommes toujours sensibles au ridicule des parvenus, au formalisme des milieux rétrogrades, au rigorisme moral ; nous retrouvons autour de nous la camaraderie médiatique, la vie de salon, l'engouement pour les technologies nouvelles, la persistance de l'antisémitisme (élargi maintenant à la phobie des immigrés pauvres) ; nous subissons le langage ésotérique des spécialistes et le français altéré de nombreux locuteurs. Des aspects fondamentaux de la vie psychologique n'ont pas changé et leur analyse reste actuelle : l'attachement à la mère, la découverte de l'amour, la jalousie, l'ambition, le snobisme. Certes, de grands sujets abordés par Proust ne se présentent plus à nous de la même façon, et d'autres, nouveaux et multiples, se sont emparés de notre attention ; mais l'auteur de la *Recherche* peut nous aider à les considérer avec le recul et l'acuité dont lui-même a fait preuve. La majeure partie de l'espace social en France est aujourd'hui occupé par les classes moyennes et laborieuses ; le deuxième conflit mondial, la Shoah, le partage du monde en deux blocs, puis la mondialisation, les drames du Moyen-Orient, le terrorisme ont changé les perceptions de la vie politique et rendu moins actuelles les rivalités nationales en Europe occidentale, la guerre a cessé d'être idéalisée ; le tiers monde a vu croître son importance, des pays que l'éloignement rendait plutôt mythiques (le Japon, la Chine) nous sont désormais plus proches ; le cinéma est devenu un art plénier ; la télévision, les transports rapides ont transformé nos vies quotidiennes ; la vitesse est devenue la première des vertus ; l'informatique a modifié toutes les activités humaines, y compris le travail des écrivains. Mais lire Proust, c'est une occasion de réactualiser les questions qu'il pose (que l'on adhère ou non aux réponses qu'il donne) sur l'art, la vie morale et sociale, la fonction de l'écrivain, la maladie, la mort. C'est en même temps porter sur notre vie actuelle, sur nos semblables et sur nous-mêmes le regard sans concession, mais finalement solidaire, de cet individualiste.

Jean MILLY.

INTRODUCTION

Histoire d'un texte : les cahiers de la *Recherche*

Brouillons et manuscrits

L'ensemble des documents conservés à la Bibliothèque nationale de France, à Paris, comprend essentiellement 62 Cahiers de brouillon et 20 Cahiers d'un manuscrit pour la partie du roman qui va de *Sodome et Gomorrhe* au *Temps retrouvé*. Mais cette classification est largement erronée, car elle confond brouillons et manuscrits. Ont été classés parmi les brouillons : les Cahiers 9 et 10 (avec des feuilles volantes) qui forment un manuscrit pour « Combray » ; les Cahiers 15 à 19 (et 22) qui forment un manuscrit pour « Un amour de Swann » (avec des feuilles volantes arrachées à ces cahiers) ; 24, 20 et 21, qui forment un manuscrit pour tout ce qui concerne Mme Swann et sa fille ; 35, qui est un manuscrit pour le séjour au bord de la mer qui terminait la première partie du roman dans un état premier, en 1911. Il en va de même pour les Cahiers 34, 35, 44 et 45 qui forment, dès 1912, un manuscrit pour ce qui deviendra *Le Côté de Guermantes I*. D'autres fragments du manuscrit traînent dans ce que l'on appelle les cahiers de brouillon : 34, 33 et 46 pour les séjours balnéaires avec les jeunes filles, un bout de phrase de 55 pour *Le Temps retrouvé*, 59 à 62 pour les additions aux manuscrits, aux dactylographies et aux épreuves – trois types de documents en interdépendance constante dans le travail proustien d'écriture.

De la même manière, le classement thématique, qui fait correspondre chaque cahier de brouillon à une section précise du roman achevé en 1927 à titre posthume, devrait être remplacé par un autre, stratigraphique, qui restituerait les différentes étapes successives de la rédaction de l'œuvre, en 1909, en 1911, en 1914 et à partir de la Grande Guerre. Un fragment de brouillon correspond à un état du chantier, bien plus qu'à un segment du récit. On aurait ainsi plusieurs couches se recoupant parfois, ou plutôt une série de cercles concentriques, avec des transversales, mais tous à partir du *Contre Sainte-Beuve*. L'analyse interne aussi bien que matérielle des cahiers, celle des quelques séries numérotées par Proust et l'étude comparée de la biographie, de la correspondance et des documents manuscrits pourraient y aider.

À ces documents s'ajoutent un ensemble de dossiers appelés « reliquats des manuscrits » et qui conservent, reliés ensemble, plusieurs séries de feuillets séparés des cahiers. Une belle reliure en maroquin rouge fabriquée pour les besoins de la cause souligne l'échec d'une classification thématique : ce ne sont pas des « restes », des déchets, et leur exploitation est difficile mais passionnante car, loin de former des rédactions rejetées par l'écrivain, ce sont en général des feuilles rédigées pour préparer directement les dactylographies.

Les dactylographies sont conservées aussi, avec des « reliquats » encore, qui sont indispensables pour étudier la genèse de l'œuvre, et ses transformations successives. Mais cette fois, il s'agit vraiment de pages qui n'ont pas été retenues pour former la copie. Deux autres remarques sont à faire, concernant les dactylographies. Tout d'abord, elles font entrer le roman en chantier dans le domaine du publiable et du social, et elles forment ainsi un frappant contraste avec les cahiers de brouillon et même de manuscrit, qui sont très morcelés, discontinus. Des matériaux narratifs se perdent pendant le travail de dactylographie, mais assez peu. Au contraire, des réseaux thématiques se constituent ou se resserrent. Une construction se dessine, après le désordre apparent, le foisonnement narratif des brouillons et des manuscrits, qui rétrospectivement apparaissent comme de l'inachevé, de l'interrompu, même si cette impression ne rend pas compte du formidable investissement de l'écriture, au moment précis où la plume court sur chaque feuille de papier.

Proust cependant, et c'est la deuxième remarque, corrigeait abondamment ses dactylographies, comme s'il s'agissait de brouillons encore. L'œuvre est toujours inachevée, ou plutôt en perpétuel devenir, quel que soit le degré atteint par son élaboration : il n'y a pas de fin prévisible au travail de l'écrivain.

On peut en dire autant des nombreux jeux d'épreuves conservés, même s'ils sont lacunaires. Disons simplement qu'il est étonnant qu'ils aient été conservés, puisque l'usage est qu'ils restent entre les mains des typographes, après l'impression de l'ouvrage. Le mystère n'est pas résolu mais il nous révèle une surprise qui n'est pas des moins fortes : c'est toujours ce travail indéfini à partir de documents qui ne devraient théoriquement plus changer de forme, qui devraient être fixés par l'impression. Mais cette remarque vaut surtout pour *Du côté de chez Swann*, dont les documents préparatoires forment bien la moitié du fonds Proust, si l'on considère ce volume dans son état premier, comme *Le Temps perdu* (*Swann*, *Jeunes Filles* et une partie de *Guermantes I*). Le reste du roman, par précipitation, par maladie, a été moins remanié et retravaillé. À partir de *La Prisonnière*, il est quasiment posthume.

Il faut noter des lacunes cependant : la pauvreté en dossiers de travail, en notes de l'écrivain (4 carnets seulement, plus celui dont on sait qu'il se trouve dans une collection particulière). Est-ce que Proust rédigeait immédiatement, sans réunir de documentation au préalable, ou a-t-on perdu ses notes ? Le « manuscrit » des *Jeunes Filles* a été découpé et dispersé entre les 50 exemplaires d'une édition de luxe, mais c'étaient simplement des placards augmentés de considérables additions. De nombreux cahiers ont été conservés jusqu'à une date récente par un collectionneur, qui ne les montrait pas. Dans le courant de l'année 1984, la Bibliothèque nationale a pu faire l'acquisition de ces treize cahiers. Trois d'entre eux sont des brouillons pour Swann (63, 68 et 69), deux pour *Guermantes* (66 et 67), six au moins concernent le « récit d'Albertine » (64, 65, 70, 71, 72 et 73), un dernier cahier d'additions (75) et enfin le Cahier « Babouche » (74) pour *Le Temps retrouvé*.

Mais il faut noter aussi, parmi les collections non encore cataloguées du fonds Proust de la Bibliothèque nationale de France, un cartonnier qui contient des documents achetés il y a quelques années, constitués de paperoles décollées, de morceaux de brouillon, de manuscrit et de dactylographie pour l'ensemble de l'œuvre romanesque. On peut décrire schématiquement les caractéristiques des trois cahiers qui concernent *Du côté de chez Swann* : la suite du premier manuscrit pour « Combray » (63), un montage de brouillons sur les promenades et les lectures à Combray (68) qui sera repris dans les feuilles volantes, et un premier brouillon pour ce qui deviendra le début d'« Un amour de Swann » (69 qui complète le Cahier 22, en 1909).

Une façon d'écrire

La description critique du fonds Proust est déjà une manière d'étudier l'histoire du texte. Mais il est possible d'en dire plus. Proust écrivait au lit, à la plume mécanique, détails anecdotiques et insignifiants s'ils ne déterminaient pas une technique d'écrivain. Il ne paginait pas ses cahiers de brouillon ni ne les numérotait (il le faisait pour les cahiers de manuscrit), et il préférait donner des noms à ces pages ou à ces cahiers. Il les désignait aussi par de petits dessins. Ce refus de l'arithmétique, lié à une écriture fragmentaire, dispersée et répétitive (Proust rédigeait plusieurs fois le même segment narratif : son écriture se répète à l'infini), explique la difficulté du classement. Longtemps les chercheurs proustiens ont renoncé à une vision synthétique de l'ensemble du fonds, préférant en tirer des citations ou des exemples isolés. Henri Bonnet, Maurice Bardèche, Claudine Quémar ont renversé cette tendance, et les chercheurs réunis autour de l'équipe Proust du C.N.R.S. leur ont emboîté le pas [1]. Une écriture dispersée et répétitive donc, avec cependant quelques regroupements, à l'intérieur de chaque cahier, autour de thèmes ou de motifs assez voisins, contigus ou antithétiques : Proust essayait de se rappeler dans quel cahier il fallait rédiger de préférence tel ou tel morceau. Une écriture concentrique mais qui se disperse, dans toutes les directions, autour du *Contre Sainte-Beuve*. Une écriture plutôt centrifuge donc, qui joint de façon contradictoire, à travers les réécritures et les répétitions, le désir de condenser le récit et la pulsion instinctive de le laisser se développer à l'envi. À partir de chacun des atomes narratifs esquissés dans le *Contre Sainte-Beuve* (1908-1909), par cette réécriture expansive et dispersive, le récit se développe sans cesse et sans but apparent dans les brouillons de 1910.

Cette réécriture, cette fragmentation et cette dispersion permettront, à partir de 1911 et de la constitution de l'œuvre romanesque en tant que telle, de la décision de publier, une série de rappels thématiques et narratifs constants. La volonté de créer un réseau de correspondances internes est née d'une intention de l'écrivain, bien sûr, mais surtout de sa façon de rédiger dès le départ, à partir d'un noyau qui se développe dans tous les sens. Quand Proust abandonne le *Contre Sainte-Beuve*, les principaux fils de l'histoire sont rédigés. Quand il fait dactylographier un premier volume du roman, le reste est esquissé en brouillons sinon prêt en manuscrits. Après la Grande Guerre, quand commence la publication défini-

1. Tous ces travaux, qui ont renouvelé la critique génétique en la faisant passer de l'histoire littéraire à l'interprétation, ont été malheureusement publiés en ordre dispersé. Voir notamment les six numéros parus des *Études proustiennes*, Gallimard, et les trente-neuf numéros du *Bulletin d'informations proustiennes*, Presses de l'École normale supérieure.

tive, la rédaction de tout un manuscrit d'ensemble est achevée, sous une forme première tout au moins. À chaque étape de la réorganisation, les correspondances peuvent ainsi être soulignées par l'écrivain. On sent le désir constant de rédiger un diptyque, de créer des symétries, un rythme binaire qui conduira, dans le roman imprimé, à couper en deux ou à répéter systématiquement les épisodes et les scènes (le temps perdu et le temps retrouvé, Gilberte et Albertine, les deux séjours à Balbec, etc.). Ce rythme binaire est cependant resté très longtemps dans les brouillons en concurrence avec un rythme ternaire (trois séjours à Balbec, par exemple), lié à une étape de la rédaction où le système bipartite n'existait pas encore clairement (avant l'invention du temps perdu et du temps retrouvé).

À l'inverse, la publication progressive des volumes permettait, au fur et à mesure, d'enrichir le manuscrit et d'organiser un jeu d'interactions entre les premières parties et les dernières. *Le Temps retrouvé* dans sa version de 1911, par exemple, ne faisait que reprendre les éléments d'un premier volume dactylographié, et des parties de *Guermantes* et de *Sodome* esquissées en brouillons. Mais le manuscrit pour *Le Temps retrouvé*, qui était terminé dans ses grandes lignes en 1918, sept ans plus tard s'adapte, lui, aux éléments narratifs plus récents et aux situations différentes contenues dans les divers volumes qui existaient tous alors déjà sous forme manuscrite, depuis l'invention d'Albertine en 1914.

Naissance d'un roman

La vision d'un dessein d'ensemble, la fragmentation de la rédaction comme la dispersion du récit, l'écriture simultanée et répétitive de toutes les parties de l'œuvre à chacune des différentes étapes du projet, expliquent la clarté de la construction romanesque à travers les contradictions des méthodes de travail de l'écrivain, si bien révélées par l'observation des dossiers conservés. Mais n'anticipons pas sur ce qui n'existe pas encore, à partir de ce qui est un chantier indécis. Le roman est né en 1909, d'une réutilisation des matériaux narratifs constitués par les œuvres de jeunesse, principalement le *Jean Santeuil*, discontinu, interrompu, des traductions de Ruskin, des articles et des pastiches. Mais ces matériaux ont été transformés complètement par le projet du *Contre Sainte-Beuve* (fin 1908). Un projet contradictoire : une critique de la conversation à travers une discussion avec maman (Cahiers 3, 2, 5 et 1). Un projet discontinu, d'après ce qui en reste, et qui très vite, dès le début de 1909, à partir des feuilles volantes et des cahiers, a pris des formes évolutives : un essai, un récit, un roman (Cahiers 4, 31 et 36, 7 et 6, 51). Proust cherchait une forme, à partir de la problématique des genres littéraires. Nous ne pensons pas qu'il ait jamais existé de manuscrit complet pour le *Contre Sainte-Beuve* : nous n'étudions en tout cas que les traces conservées. Mais, à vrai dire, cette question n'a guère de sens. Proust appelait encore *Sainte-Beuve*, fin 1909, ce qui était déjà un roman, et c'est cette confusion qui a trompé de nombreux critiques. La réponse est assez simple, cependant : l'essai projeté fournissait un cadre théorique (critique littéraire et esthétique) et un système original de voix narratives (une série de décrochements dans le passé d'un narrateur) qui, conjugués ensemble et avec le matériau accumulé pendant les « années de jeunesse », ont débouché sur une forme romanesque sans solution de continuité. Au printemps de 1909, les Cahiers 25, 26, 12, 32, 27, 23, 29, 8 et 63 formaient déjà l'essentiel d'un récit à Combray, au bord de la mer, à Paris, qui ne faisait que reprendre les éléments du *Contre Sainte-Beuve* (l'ordre n'est pas certain). Swann, sa femme et sa fille, Sodome étaient en place, et la question de dater la naissance du roman est ainsi sans objet. Automne 1909, avec la rédaction d'un manuscrit pour « Combray » et du début de la dactylographie ? C'est oublier que jusqu'en fin 1910-début 1911, jusqu'à l'invention d'un *Temps retrouvé*, l'œuvre se terminait sans doute encore, dans le projet de Proust, par la discussion critique, littéraire et esthétique.

Il est plus important de noter la volonté, présente dans chaque page des brouillons comme du roman terminé, pour qui sait lire (et le roman est aussi une méthode de lecture), de mêler le récit à la démonstration esthétique, philosophique. Chacun des fils narratifs est aussi une illustration de la théorie. Le milieu Guermantes cherche à découvrir la « vraie réalité », qui est le but du narrateur. Il la cherche dans le système des valeurs mondaines. Le monde, Sodome, les voyages (Combray, Balbec, Doncières, Paris, Venise) structurent dès le départ l'œuvre en chantier autour d'un « je » qui s'exprime à différents niveaux du passé. Une critique de l'intelligence et de la conversation se dessine, mais aussi de l'imagination et des apparences : noms de pays et noms de personnes. Mettre la démonstration esthétique au début ou à la fin de l'essai, au milieu ou au terme du roman : c'est un problème qui a longtemps retardé Proust et justifie ses hésitations, mais qui trouvait dès le départ sa solution dans chaque ligne de l'écriture.

Le roman de 1911

« Combray » n'est pas terminé avec le manuscrit et la dactylographie lacunaires de la fin 1909. De nombreux cahiers de complément, qui selon la méthode de Proust mêlent les intrigues et les fragments (Cahiers 28, 14 et 30, 37, 38, 68, 13 et 11), développent le projet de démonstration littéraire et esthétique, à travers un récit toujours plus circonstancié. Dans ces Cahiers de 1910-1911, Bergotte, Elstir, la Berma, Vinteuil (mais ce ne sont pas les noms définitifs) incarnent la littérature, la peinture, l'art dramatique, la musique. Quelques pages du Cahier 11 formeront une partie du manuscrit pour « Combray » et pour *Le Temps retrouvé* : brouillons et manuscrits se confondent souvent. Et toujours, l'écrivain travaille plusieurs parties ensemble, pour ce qui n'est pas encore « Un amour de

Swann », mais où apparaît déjà une démonstration de l'amour et de la musique (Cahiers 22 et 69, 15 à 19). Pour des séjours à la mer (« Querqueville » : 64 et 65). Pour ce qui n'est pas encore *Le Côté de Guermantes*, mais où apparaît une démonstration du monde (Cahiers 66 et 67, 39 à 43). Pour *Le Temps retrouvé*, dont les brouillons ont été rédigés en partie avant « Un amour de Swann ».

Dès le début de 1911, Proust a réuni dans ses cahiers la matière de ce qui n'est pas encore un roman en deux volumes, ni trois, comme ce sera le cas plus tard, mais qui a déjà une structure binaire : le futur *Swann* (en manuscrit), le futur *Guermantes* (en brouillon). La mort de la grand-mère (rédigée plusieurs fois, comme tous les épisodes l'ont été, à chaque étape du projet, et dès les Cahiers 29 ou 14, mais maintenant dans le Cahier 47), cette mort qui est celle de la mère enterre définitivement le projet de discussion finale, et donc le *Contre Sainte-Beuve.* Proust en tire les conséquences : des éléments pour un futur *Sodome*, qui n'a pas encore ce nom ni cette expansion (Albertine n'existe pas, même si l'homosexualité est présente) sont en place (Cahiers 47, 48 et 50). Les Cahiers 50, 58 et 57, 11, 13 et 74 terminent un état premier du roman sur l'« Adoration perpétuelle » et le « Bal de Têtes », reprenant l'intrigue et le personnel mondain des brouillons de *Guermantes* auxquels ils doivent être comparés et qui leur sont symétriques. Le Cahier 51 bouclait le *Contre Sainte-Beuve.* Mais avec le Cahier 57, c'est le cycle du roman de 1911 qui s'achève provisoirement. La réécriture des mêmes scènes correspond cependant à un changement radical de projet : la découverte d'un temps retrouvé qui coupe en deux le roman, mais pas dans le sens de l'épaisseur des volumes qui de toute façon ne sont pas encore constitués ; verticalement plutôt, au niveau de chaque scène maintenant dédoublée et qui acquiert brusquement une double signification.

Les transformations du roman

C'est donc fin 1910-début 1911 que nous situons le remplacement de la matinée de conversation avec maman par la matinée du *Temps retrouvé* (qui est d'ailleurs une soirée à cette époque). Cette transformation d'une œuvre qui n'est plus tout à fait en brouillons n'est certes pas la première. Le refus de Valette à la fin de 1909 en avait déjà sans doute entraîné une (refus de publier le *Contre Sainte-Beuve)*. Mais cette fois, la transformation est radicale. Proust remanie la dactylographie en chantier du *Temps perdu* (premier volume du roman qui était alors intitulé *Les Intermittences du cœur*) pour rédiger *Le Temps retrouvé*. De nombreux critiques ont montré ce travail de suppression et de déplacement des éléments de la démonstration esthétique qui étaient jusqu'alors dispersés dans les brouillons, les manuscrits et les dactylographies de l'œuvre en chantier, et donc aussi dans le fil du récit. Le temps perdu ne sera pas immédiatement retrouvé : les souvenirs involontaires ou non, les impressions poétiques et les effets de symétrie qui jalonnent le roman attendront leur explication finale.

Ce faisant, Proust réintroduit en partie la linéarité du roman d'apprentissage et d'initiation dans une œuvre qui avait pour pivot une chronologie morcelée à travers les différents niveaux de rétrospection d'un « je » (héros-narrateur). Mais ce faisant, il souligne une structure binaire, antithétique, qui sera à son tour bouleversée par les transformations ultérieures du roman.

Celles-ci peuvent être reconstituées sommairement, en comparant les documents à la correspondance. Les refus de publier de Calmette (1910) et de Fasquelle (1912) sont des incidents mineurs par rapport au gigantesque travail d'édition qui commence chez Grasset en 1913. Répétons d'abord que Proust continue à écrire et à réécrire, constamment, les mêmes éléments de son œuvre, indéfiniment et simultanément. La dactylographie ne l'empêchait pas de poursuivre ses brouillons et ses manuscrits.

Mais cette fois, il est obligé de mettre en forme. La dactylographie du *Temps perdu* est trop longue pour l'éditeur (elle se terminait à la fin d'un premier séjour au bord de la mer, sans les jeunes filles et sans Albertine évidemment, avec la rédaction du manuscrit du Cahier 35, en 1912). Mais Proust ne le sait pas encore. Le manuscrit de ce qui deviendra *Le Côté de Guermantes I* (Cahiers 34, 35, 44 et 45) est prêt dès 1912 et dactylographié début 1913. Mais la fabrication des épreuves pour le premier volume, en 1913, confirme la nécessité de partager l'œuvre en trois volumes, et il faut alors changer les titres. *Du côté de chez Swann* est imprimé, et l'annonce faite au verso du faux titre permet d'analyser les transformations :

> *Le Côté de Guermantes* (Chez Mme Swann. Noms de pays : le pays. Premiers crayons du baron de Charlus et de Robert de Saint-Loup. Noms de personnes : la duchesse de Guermantes. Le salon de Mme de Villeparisis).
>
> *Le Temps retrouvé* (À l'ombre des jeunes filles en fleurs. La princesse de Guermantes. M. de Charlus et les Verdurin. Mort de ma grand-mère. Les intermittences du cœur. Les « Vices et les Vertus » de Padoue et de Combray. Mme de Cambremer. Mariage de Robert de Saint-Loup. L'Adoration perpétuelle).

Le premier volume (*Swann*) est écourté, un deuxième volume (*Guermantes*) est mis en épreuves. Il comprend la fin du premier volume dactylographié, c'est-à-dire de ce qui deviendra la plus grande partie des *Jeunes Filles* (mais sans les jeunes filles et sans Albertine précisément), et la dactylographie de *Guermantes I*. Une première version de *Guermantes* était donc terminée en épreuves quand la Grande Guerre éclata. Mais en même temps, Proust finit de rédiger, dans les Cahiers 70 et 35, 34 et 33, le manuscrit d'un second séjour au bord de la mer avec les jeunes filles, lequel, avec les Cahiers 47, 48, 50, 58, 57, 11 et 13, forme la matière, sinon la copie définitive, du troisième volume annoncé lors de la publication de *Du côté de chez Swann*.

Cette transformation est aisée à suivre, si l'on oublie les titres des *Jeunes Filles* et de *Guermantes*, en abandonnant toute vision rétrospective de l'œuvre, pour analyser le contenu. Le premier volume recoupé perd de son sens, le deuxième est fait de deux parties différentes, et l'analyse du milieu Guermantes se trouve ainsi également coupée en deux : la progression dans la connaissance de l'univers mondain (Villeparisis, Saint-Loup, Charlus, duchesse et princesse de Guermantes) se disloque pour des raisons purement éditoriales. On a maintenant du mal à discerner la cohérence de la critique de l'imagination : noms de pays (Balbec), noms de personnes (Guermantes). Deux séjours à Balbec s'organisent cependant : avec et sans jeunes filles. Un troisième est prévu peut-être, d'après les quelques traces laissées dans les brouillons des Cahiers 27 et 13. Albertine apparaîtrait alors, dès le remaniement des épreuves Grasset en 1913. Mais cette réorganisation est plutôt une déstabilisation du texte (déstabilisation qui est une des lois fondamentales de l'écriture proustienne dans son expansion infinie), laquelle amorce de plus graves transformations.

La Grande Guerre

En 1916 le manuscrit pour le futur *Guermantes II* est achevé, mais tout est déjà transformé depuis deux ans, non seulement par la guerre et l'interruption de la composition, mais surtout par l'invention d'Albertine. Nous ne referons pas le travail de reconstitution de Yoshikawa[1] ; regardons simplement ce qui reste dans les cahiers. Les Carnets 2, 3 et 4 (1913-1914) esquissent l'intrigue conservée dans un nouveau manuscrit pour

1. Kazuyoshi Yoshikawa, « Remarques sur les transformations subies par la *Recherche* autour des années 1913-1914 d'après des cahiers inédits », *BIP*, n° 7, 1978.

À l'ombre des jeunes filles en fleurs (cette fois, les Cahiers 46 et 54 présentent deux séjours avec Albertine), poursuivie dans ce qui reste des brouillons pour *Sodome et Gomorrhe*, *La Prisonnière*, *La Fugitive* (les deux derniers volumes ne formaient au départ que des parties de *Sodome*) : Cahiers 52 à 56 (1915). Les lacunes sont très importantes dans les brouillons, mais, dès 1916, Proust avait de quoi rédiger le manuscrit de *Sodome* au *Temps retrouvé*, et c'est la version à peu près définitive, dans les vingt Cahiers de mise au net (1916-1918).

Le reste est l'histoire de la lente publication du roman, telle qu'il est possible de la reconstituer d'après l'examen de la correspondance, des épreuves et des originales. *Swann* est republié en 1917 par la N.R.F. Suivent les *Jeunes Filles* (1918), les deux *Guermantes* (1920-1921), les deux *Sodome* (1921-1922). Les autres volumes sont posthumes. Mais Proust travaillait ensemble à toutes ces différentes parties. Répétons ce que nous avons déjà dit, qui est essentiel et qui oblige à regarder chacun des documents conservés de façon à la fois syntagmatique et paradigmatique. Un travail constant de relecture et de réécriture simultanées permet à Proust un double mouvement : enrichissement des cahiers (de brouillon ou de manuscrit) par « surnourriture », « ajoutage » des correspondances avec les autres brouillons de la même époque, correspondant au même état du texte, ou avec les volumes en cours de publication. Et diffusion dans ces volumes du matériau manuscrit accumulé, comme c'était le cas dans chacun des cahiers de brouillon.

Albertine est ainsi redistribuée dans tous les volumes, à partir de la création du personnage : dans *À l'ombre des jeunes filles en fleurs* (deuxième partie), dans *Le Côté de Guermantes*, etc. La fin de la rédaction du manuscrit correspond en effet au début du travail de publication du deuxième volume (*Jeunes Filles*). Il suffisait à Proust de relire et de réadapter chaque volume au grand développement du roman, dans un mouvement de va-et-vient ; tout comme il faut que les chercheurs qui étudient brouillons et manuscrits les lisent, non seulement dans le sens du récit, mais dans le sens de l'histoire du texte. Le mouvement horizontal et linéaire cède alors la place à un autre, vertical, stratifié ou circulaire, qui est plus proche de l'authenticité de l'œuvre. Les cahiers d'ajoutages (Cahiers 59 à 62 et 75, 1917-1922) témoignent de cette dernière étape du travail de Proust (mais, à vrai dire, elle n'est pas dernière, elle intervenait dès le départ), la plus harassante, celle qui donne au roman son économie définitive. Mais là encore, l'expression est inexacte : il n'y avait aucune raison pour que s'arrêtât, autrement que par la mort, le système de correspondances instauré par les retours en arrière d'une écriture qui continuait de progresser. Cette tâche, en tout cas, empêchera l'écrivain, après *Guermantes*, de s'atteler à une autre qui était aussi importante pour lui, nous l'avons vu : la correction des dactylographies et des épreuves. Les volumes du roman sont publiés dans des conditions difficiles, et avec une médiocre qualité d'exécution. Ce travail d'édition restait à compléter. Nathalie Mauriac Dyer, par exemple, a étudié les dernières transformations du roman en 1922 et la publication posthume des trois derniers volumes inachevés.

B. B.

Du côté de chez Swann

Du Contre Sainte-Beuve *à l'écriture de la* Recherche *(1908-1909)*

En 1908, Proust n'est pas un romancier. Il n'a rien publié de narratif depuis les petits textes des *Plaisirs et les jours* (1896) et le projet romanesque de *Jean Santeuil* (1895-1900) est resté en chantier, faute d'une synthèse entre des fragments discontinus. En revanche, de 1900 à 1906, il se fait le traducteur et le commentateur de Ruskin : « John Ruskin », écrit à la mort de l'écrivain, « Pèlerinages ruskiniens en France [1] », paru la même année (1900), et surtout les préfaces à la traduction de *La Bible d'Amiens* (1904) et de *Sésame et les lys* (1906) sont un hommage à la pensée de Ruskin et un prétexte à développer des idées esthétiques divergentes. La réflexion sur Ruskin conduit ainsi à une critique de l'idolâtrie de la lecture et à une méditation sur les rapports de l'artiste et du réel : c'est le fil conducteur de la préface à *Sésame et les lys*, parue initialement sous forme d'article (« Sur la lecture »), dans *La Renaissance latine* (1905). La mention des livres lus autrefois suscite l'évocation des jours et des

1. « John Ruskin », *La Chronique des arts et de la curiosité*, 27 janvier 1900, « Pèlerinages ruskiniens en France », *Le Figaro*, 13 février 1900. Proust reprend dans *Pastiches et mélanges* (1919) le premier article, ainsi que « Ruskin à Notre-Dame d'Amiens » (*Mercure de France*, avril 1900, qui devait constituer la seconde partie de la préface à *La Bible d'Amiens*), et la préface à *Sésame et les lys* (parue d'abord dans *La Renaissance latine* du 15 juin 1905 sous le titre « Sur la lecture » et devenue dans *Pastiches et mélanges* « Journées de lecture »).

lieux de l'enfance, marquant la supériorité définitive de l'impression revécue sur le contenu des lectures (« Ce qu'elles laissent surtout en nous, c'est l'image des lieux et des jours où nous les avons faites »). Dans ce qui est une ébauche des journées de lecture à Combray, Proust théoricien essaie une écriture qui illustre l'idée par l'anecdote narrative, avant de passer dans un second temps à une mise en cause directe du fétichisme des livres. « Sur la lecture » constitue le premier essai publié de mise en œuvre de la théorie dans une narration qui simule la productivité de l'idée. Il marque aussi l'imbrication, fondamentale chez Proust, de l'œuvre critique et fictionnelle, que manifeste encore la « critique en action » des *Pastiches* publiés dans *Le Figaro* en 1908 et 1909.

Mais en 1908 Proust semble également se remettre à une activité romanesque. On en a plusieurs témoignages, d'inégale importance. Dans une lettre de février à Mme Straus, Proust indique son désir de se « mettre à un travail assez long [1] », idée qu'il confirme en mai dans une lettre à Louis d'Albufera qui énumère ses travaux en cours :

> J'ai en train :
> une étude sur la noblesse
> un roman parisien
> un essai sur Sainte-Beuve et Flaubert
> un essai sur les Femmes
> un essai sur la Pédérastie
> (pas facile à publier)
> une étude sur les vitraux
> une étude sur les pierres tombales
> une étude sur le roman [2].

1. Lettre à Mme Straus [2 février 1908] (*Corr.*, VIII, n° 12). Toutes les références à la *Correspondance* de Proust, sauf indication contraire, renvoient à l'édition Plon par Philip Kolb.
2. [5 ou 6 mai 1908] (*Corr.*, VIII, n° 53).

Les notes du Carnet 1 (1908-1911) renforcent aussi l'hypothèse d'un retour au roman [1]. Elles comprennent notamment un bilan de *Pages écrites* [2] qui correspondent, semble-t-il, aux 75 feuillets décrits par Bernard de Fallois dans la préface à son édition du *Contre Sainte-Beuve*, aujourd'hui disparus, à l'exception du texte de « Robert et le chevreau » et de la rêverie sur les noms nobles [3]. Claudine Quémar [4] suppose qu'au premier semestre 1908, et jusqu'à la fin de l'été, Proust travaille à un projet de roman à la première personne, selon trois grandes directions : une enfance et une adolescence à la campagne, centrée autour de l'amour de la mère et de la fascination pour une famille d'ancien lignage ; une idylle de plage, le héros hésitant entre quatre jeunes filles ; une liaison sans bonheur à Paris avec l'une d'elles, dans un contexte proche du Paris balzacien. Le roman, cependant, s'enlise au cours de l'été, divisé entre plusieurs tentations : celle d'un roman d'amour et de mœurs, mais aussi d'apprentissage, celle d'un roman de l'expérience du temps et de la mémoire involontaire, qui mette en œuvre une philosophie de l'art.

À l'automne 1908, Proust se consacre à un autre projet, ébauché depuis le printemps : une étude sur Sainte-Beuve. Mais il hésite sur la forme à lui donner : celle d'un récit ou d'un essai dogmatique [5] ? Il commence

1. Voir Marcel Proust, *Carnets*, édition établie et présentée par Florence Callu et Antoine Compagnon, Gallimard, 2002, Carnet 1, f° 3, p. 34-35.

2. Carnet 1, f° 7v°, p. 43, liste datée de l'été 1908.

3. *Contre Sainte-Beuve*, éd. Bernard de Fallois, Gallimard, 1954, rééd. « Idées », 1973, p. 345-354 et 324-336. Les 75 feuillets dont parle Bernard de Fallois ne figurent apparemment pas dans l'inventaire du fonds Proust du département des Manuscrits de la Bibliothèque nationale de France.

4. Claudine Quémar, « Autour de trois "avant-textes" de l'"ouverture" de la *Recherche* : nouvelles approches des problèmes du *Contre Sainte-Beuve* », *BIP*, n° 3, printemps 1976, p. 7-29.

5. Voir les lettres de la mi-décembre 1908 à Georges de Lauris et à Mme de Noailles (*Corr.*, VIII, n° 170 et 171) et cette note du Carnet 1 (f° 10v°), éd. cit., p. 49-50 : « La paresse ou le doute ou l'impuissance

par rédiger sur des feuilles détachées un exposé de sa critique de Sainte-Beuve [1]. Il continue sur des cahiers de brouillon, où la rédaction des fragments théoriques alterne avec celle de fragments narratifs, comprenant des pastiches, comme dans le Carnet 1 [2].

Si les proustiens se sont divisés sur la question de l'autonomie d'un *Contre Sainte-Beuve* narratif et sur sa relation à la genèse de la *Recherche*, il est du moins certain qu'il n'a jamais existé de texte continu d'un *Contre Sainte-Beuve* en forme de récit (version de Fallois) ou en forme d'essai dogmatique (version de Clarac et Sandre, dans l'édition de la Pléiade) [3] : l'édition de Fallois est un montage de morceaux narratifs dispersés dans les Cahiers, celle de Clarac et Sandre une sélection des fragments théoriques. Dans chacun des deux cas, les éditeurs ont fait les choix de leur hypothèse, en laissant de côté ce qui s'y mêlait d'hétérogène. Claudine Quémar et Bernard Brun ont renforcé de façon convaincante l'idée d'une filiation directe de la *Recherche* avec un *Contre Sainte-Beuve*, « récit » [4].

---

se réfugiant dans l'incertitude sur la forme d'art. Faut-il en faire un roman, une étude philosophique, suis-je un romancier ? »

1. Réunies dans le volume « Proust 45 » (première numérotation donnée par la Bibliothèque nationale de France, qui correspond actuellement au volume NAF 16636).

2. Dix cahiers de brouillon, anciennement numérotés par la Bibliothèque nationale de France 1 à 5, 7, 8, 31, 36 et 51, correspondant aux cotes NAF 16641 à 16645, 16647-16648, 16671, 16676 et 16691. À cela s'ajoutent trois cahiers de la collection Guérin, entrés en 1984 à la Bibliothèque nationale de France : pour *Du côté de chez Swann*, les Cahiers 63, 68 et 69. Voir ci-avant l'introduction de Bernard Brun, p. 42-43.

3. Gallimard, 1971.

4. Claudine Quémar, art. cit. ; Bernard Brun, « L'édition d'un brouillon et son interprétation : le problème du *Contre Sainte-Beuve* », dans *Essais de critique génétique*, Flammarion, 1979, p. 151-192, « *Le Temps retrouvé* dans les avant-textes de Combray », *BIP*, n° 12, 1981, p. 7-50, et « Le dormeur éveillé. Genèse d'un roman de la mémoire », *Études proustiennes* IV, Gallimard, 1982, p. 241-316, qui donne la transcription et le commentaire du préambule du récit à travers les Cahiers Sainte-Beuve.

Rappelons-en brièvement les étapes. Fin octobre-novembre 1908, Proust rédige sur les feuillets rassemblés dans le volume « Proust 45 » des réflexions sur Sainte-Beuve, qui font de la critique de l'intelligence le point de départ d'une théorie esthétique impliquant une théorie de la connaissance [1]. Il dresse en même temps une liste de réminiscences, dont on trouve une énumération partielle dans le Carnet 1 [2]. Ces réflexions se poursuivent dans les Cahiers de l'automne-hiver 1908-1909, au milieu de fragments de récit, par l'étude d'écrivains méconnus par Sainte-Beuve : Nerval, Baudelaire, Balzac. Le projet entre cependant en concurrence avec un scénario narratif en deux parties, qu'on peut reconstituer de la façon suivante. Le narrateur, malade, et qui ne dort plus que le jour, raconte une matinée d'un passé relativement récent où, déjà malade et couché depuis une heure, il attend dans un demi-sommeil le lever du jour et l'entrée de sa mère, qui à huit heures doit lui apporter le premier courrier et lui dire bonsoir. Cette attente se double de l'espoir de voir enfin publier un article écrit pour *Le Figaro*. Après l'entrée de la mère avec le courrier et l'article du *Figaro*, enfin paru, la matinée aurait dû se poursuivre, exceptionnellement (le personnage étant censé dormir le jour), par une conversation sur un nouveau projet d'article – portant cette fois sur Sainte-Beuve – qui aurait constitué la seconde partie de la matinée. Le récit aurait

1. Sur la reprise par la *Recherche* des théories de l'art et de la connaissance issues de la philosophie du premier Schelling et de Schopenhauer, en partie filtrée par les philosophes idéalistes français de la fin du XIXe siècle – l'art comme réconciliation de l'esprit et du monde, incarnation du vouloir universel –, on pourra se reporter aux travaux d'Anne Henry : *Marcel Proust. Théories pour une esthétique*, Klincksieck, 1981, et *Marcel Proust romancier. Le Tombeau égyptien*, Flammarion, 1983.

2. Les feuillets 1-6, 9-11 du volume « Proust 45 » ont été publiés par Pierre Clarac et Yves Sandre, éd. cit., p. 211-216, sous le titre, probablement erroné, de « Projets de préface ». Les réminiscences mentionnées étaient plus vraisemblablement destinées à la conversation finale avec maman, du *Contre Sainte-Beuve*, récit.

ainsi présenté l'article se faisant dans la fiction : une telle version n'a jamais abouti et n'a d'ailleurs jamais existé sous une forme linéaire et continue. En fait le préambule de la matinée, ressassé dans le Cahier 3 [1], se développe démesurément, au détriment de la conversation finale, sans cesse ajournée jusqu'à ce qu'éclate la structure même de la matinée, à partir du Cahier 4.

Les Cahiers 3 et 2 (fin novembre-décembre 1908), 1 et 5 (janvier-février 1909) ébauchent les fragments d'un récit qui se transforme en roman à partir du Cahier 4 et dans les Cahiers 31, 36, 7 et 6, 51, entre mars et fin mai-début juin 1909.

Le Cahier 3 met en place un double thème, de façon confuse : le récit singulatif, rétrospectif, à la première personne, de l'attente de l'aube et de l'article du *Figaro* se double du récit itératif, à la troisième personne, du chaos spatio-temporel qui accompagne le brusque réveil d'un dormeur, la nuit, et de la résurrection du passé que déclenche la mémoire de son corps, à la recherche du plan de la chambre. L'obscurité, commune à la chambre du dormeur éveillé et à celle du personnage de la matinée, assure une transition entre ces deux espaces-temps de référence, et les relie à une troisième situation : celle d'un malade qui, réveillé à minuit, confond la lumière sous la porte avec le rai du jour. Mais ce Cahier marque surtout les hésitations du récit entre des temps parfois contradictoires et des personnes (un *je* et un *il*) dont les expériences n'arrivent pas à se relier. Le fil chronologique de la matinée se croise ainsi avec l'évocation, singulative, de la nuit précédente, mais aussi avec celle, itérative, des nuits du dormeur éveillé et des souvenirs qu'elles suscitent. Le récit de cette matinée s'accompagne de la notation de perceptions et de réminiscences qui entraînent le

1. Et, auparavant, dans deux fragments du volume « Proust 45 » (NAF 16636, f°s 7-8v^{o}) et Proust 88 (NAF 16729, f°2), édités, comme les autres avant-textes de ce début, par Bernard Brun dans « Le dormeur éveillé… », art. cit.

lecteur, à partir de l'unité spatiale de la chambre, vers d'autres matinées et d'autres temps. C'est au cours du travail sur le Cahier 3 que Proust découvre – sans en prendre tout de suite conscience – l'une des articulations narratives qui lui permettent de relier le « je » et le « il », l'expérience singulative d'une matinée et celle, répétitive, des nuits du dormeur. L'opposition entre un « autrefois » révolu et un « aujourd'hui », temps des sommeils diurnes, crée la possibilité d'un double retour en arrière qui inclut les souvenirs du dormeur éveillé, autrefois, la nuit, dans ceux du narrateur de la matinée. Reprises au début du Cahier 5 (envers), ces données deviennent dans le nouveau préambule du Cahier 1 : « Au temps de cette matinée dont je veux fixer je ne sais pourquoi le souvenir j'étais déjà malade, j'étais/je restais [1] levé toute la nuit, me couchais le matin et dormais le jour. Mais alors était encore très près de moi un temps que j'espérais voir revenir et qui aujourd'hui me semble avoir été vécu par une autre personne où j'entrais dans mon lit à dix heures du soir, et avec quelques courts réveils dormais jusqu'au lendemain matin. » Se met en place une structure à quatre temps, qui se transformera en structure à trois temps dans la version publiée, par ellipse du temps de la matinée : le narrateur, malade (aujourd'hui – temps de la narration) évoque une matinée où, déjà malade, dans un demi-sommeil, attendant la venue du jour (naguère – temps de la matinée), il se souvient de l'époque révolue où il dormait la nuit (autrefois – temps du dormeur), et lors d'insomnies se souvenait d'un passé plus ancien (autrefois, il y a longtemps – temps du héros). Le « je » devient le support d'une double remémoration qui permet d'abandonner l'ordre linéaire du récit au profit de l'ordonnancement des souvenirs dans une mémoire concentrique.

Ce sont précisément les souvenirs du dormeur, d'abord rêves-réminiscences, ouverts sur les jours lointains de

1. Cité *ibid*, p. 266. « Étais » et « restais » (l. 2) sont rayés.

l'enfance et de l'adolescence, puis souvenirs nés de la mémoire du corps dans son effort pour recomposer l'espace de la chambre qui constituent la seconde base de la transformation du récit en roman. Le Cahier 5 et le Cahier 1 manifestent ainsi un élargissement de l'univers au clan familial et à des figures extérieures (le vieux curé, le pêcheur, la châtelaine de Réveillon), tandis que se constitue de façon autonome le personnage de Françoise. L'importance des matériaux accumulés fait ainsi dériver la narration hors du cadre de la matinée. Et c'est bien la mémoire organique qui engendre le roman : les souvenirs du corps – proches des réminiscences fondées sur la sensation – font émerger les épisodes du passé et tout un monde de densité romanesque, à partir de l'évocation des chambres habitées autrefois, qui deviennent, dans la version dernière, l'axe topographique du roman.

Le Cahier 1 marque la prise de conscience de ces deux découvertes d'écriture : la possibilité de faire naître le récit de l'opposition entre aujourd'hui et autrefois, et des souvenirs engendrés autrefois par la conscience du corps du dormeur éveillé. Le préambule de l'essai devenait ainsi prologue du roman. Par là, Proust découvrait un moyen de rassembler les morceaux écrits de 1908 et des fragments antérieurs, comme ceux de *Jean Santeuil*. Il inscrivait aussi dans la fiction son essai théorique contre l'intelligence en faisant sortir des erreurs des sens, de la confusion sensorielle, la vérité d'un passé oublié. C'était retrouver un mode d'écriture fondé sur l'analogie et la mise en relation de sensations éloignées dans le temps et l'intégrer à un système de production romanesque.

Au printemps 1909, le Cahier 4, puis les Cahiers 31, 36, 7, 6 et 51 mettent en place les linéaments de la *Recherche*, mais de façon encore discontinue. Le Cahier 4 propose un canevas du futur *Swann* et des *Jeunes Filles*, esquissant la fascination du héros pour la comtesse qui habite au fond de la cour, et les éléments de vacances à Combray et au bord de la mer. Le Cahier suivant (31) propose un roman de Swann et une présentation des Verdurin, qui se poursuivent au Cahier 36 et dans le Cahier 7. Le Cahier 31 évoque encore les vacances du bord de mer où le héros se lie d'amitié avec Montargis, futur Saint-Loup, qui l'introduit à Paris chez Mme de Villeparisis et chez Mme de Guermantes, la comtesse du fond de la cour. S'esquissent en même temps que les traits du récit des *Jeunes Filles* et de *Guermantes* ceux de *Sodome* et du *Temps retrouvé*, avec le thème de l'homosexualité, un récit de M. de Gurcy/Guercy/Guerchy, futur Charlus (Cahiers 7 et 6, puis 51) et un premier « bal de têtes » chez la princesse de Guermantes (Cahier 51)[1]. Mais, comme le souligne Bernard Brun[2], à la fin du printemps 1909 le temps retrouvé n'existe pas encore comme moment de la révélation : le « bal de têtes » fait partie du souvenir rétrospectif du narrateur, non du temps de la Matinée, et les motifs de la vocation littéraire et de l'angoisse d'écrire n'apparaissent pas.

Quant à la conversation avec maman, préparée jusqu'au Cahier 4, elle disparaît quand éclate la structure de la Matinée, pour réapparaître, pourvue d'une autre signification, sous la forme de la Matinée chez la princesse de Guermantes, ultime avatar de cette matinée de conversation du *Contre Sainte-Beuve-récit*.

La rédaction de « Swann » (1909-1910)

Fin mai-début juin 1909, Proust commence une rédaction suivie de « Combray » dans les Cahiers 8 et 12. Il dessine les premiers éléments des vacances à Querqueville (futur Balbec), reprend dans des Cahiers de préparation le travail sur les deux côtés et sur Querqueville, sur Swann et sur Gilberte, à partir des ébauches des Cahiers Sainte-Beuve, dont il garde le fil narratif. Il s'agit alors bien de *Swann* et non plus d'un *Contre Sainte-Beuve-*

1. Le Cahier 51 a été publié dans *Matinée chez la princesse de Guermantes*, éd. critique établie par Henri Bonnet avec la collaboration de Bernard Brun, Gallimard, 1982, p. 13-79.

2. « *Le Temps retrouvé* dans les avant-textes de Combray », art. cit.

récit, même si Proust continue, jusqu'à la fin de 1909, à nommer son roman *Contre Sainte-Beuve, souvenir d'une matinée*[1]. Mais il s'agit d'un premier état de *Swann*, qui apporte une transformation importante dans le schéma du *Contre Sainte-Beuve.* Proust intègre à la trame narrative une partie des réminiscences dont il avait dressé la liste sur les feuillets réunis dans le volume « Proust 45 », à l'automne 1908, et dont il avait tiré la comparaison du dormeur éveillé, fondatrice du récit[2]. Alors que dans le projet Sainte-Beuve, les réminiscences, vraisemblablement destinées à la conversation finale, ne faisaient pas partie des souvenirs du dormeur, dans le premier état du roman, l'expérience de la madeleine (d'abord biscotte ou pain grillé) est insérée dans le récit rétrospectif, et surtout dotée, en plus de la fonction philosophique qu'elle possédait dans le *Contre Sainte-Beuve*, d'un rôle narratif. Dans *Jean Santeuil* apparaissaient déjà des souvenirs involontaires, mais ils restaient à l'état de fragments discontinus. Proust applique dans *Swann* le principe découvert dans « Sur la lecture », esquissé dans le prologue du *Contre Sainte-Beuve* – fonder un récit d'enfance sur la réminiscence –, et il l'utilise en complément de la mémoire volontaire. Si, en effet, la réminiscence involontaire peut seule restituer la plénitude du passé, il revient à la mémoire volontaire, partielle, mais répétitive et organisatrice, de pouvoir générer le récit et rassembler les fragments du passé en créant des interférences entre les niveaux et dans l'ordre de la narration. Cette réunion des deux mémoires, dont l'une inclut l'autre (l'expérience de la madeleine fait partie des souvenirs du dormeur), ouvre la possibilité d'un espace d'apprentissage entre un narrateur omniscient, un dormeur qui n'a pas encore eu la révélation mais qui est entré dans l'univers de la réminiscence – par le souvenir des chambres et l'expérience de

1. Voir la lettre de Proust à Alfred Vallette [mi-août 1909] (*Corr.*, IX, n° 78).
2. Bernard Brun, « Le dormeur éveillé… », art. cit.

la madeleine – et un personnage qui commence une initiation, fondée sur les sensations poétiques, sur les illusions de l'imagination et les déceptions du réel. Mais dans cette version de 1909, les réminiscences sont d'emblée expliquées par le narrateur, ce qui prive le récit d'une dimension de l'apprentissage : dans cet état de *Swann*, et jusque sur la dactylographie, le temps est immédiatement retrouvé.

De cette version du manuscrit encore incomplet de « Combray », Proust fait établir une copie, à l'automne 1909, en vue d'une publication en feuilleton dans *Le Figaro* : le Cahier 9 et le Cahier 10 (qui s'arrête aux visites à la tante Léonie), ainsi qu'un 3e Cahier [1], contiennent une copie partielle du manuscrit de « Combray », la synthèse des Cahiers 8 et 12 et des Cahiers de préparation. Proust dicte le texte à ceux qu'il nomme les « brillants dioscures de la sténographie [2] », le modifiant parfois en cours de route, et retravaillant lui-même certains passages sur les Cahiers. De ce manuscrit de « Combray », en partie autographe, qui prend souvent l'allure d'un brouillon, Robert Brydges [3] a retracé le fil avec une grande précision. Les trois Cahiers de 1909 sont à compléter par les feuilles détachées dans le volume « Proust 21 [4] », pour le récit de la madeleine et l'évocation des deux côtés, et par les passages du Cahier 11, qui

1. Il appartient aux Cahiers provenant de la collection Guérin (Cahier 63). Proust numérotait ces cahiers : « 1er », « 2e », « 3e ».

2. Lettre à Reynaldo Hahn, du 26 novembre 1909 (*Corr.*, IX, n° 116). Voir les commentaires de Françoise Leriche dans « Une nouvelle datation des dactylographies du *Temps perdu* à la lumière de la *Correspondance* », *BIP*, n° 17, 1986, p. 7-19.

3. Robert Brydges, « Remarques sur le manuscrit et les dactylographies du *Temps perdu* », *BIP*, n° 15, 1984, p. 11-28, et « Analyse matérielle du *Temps perdu* », *BIP*, n° 16, 1985, p 7-10

4. NAF 16703, f 6-14, pour l'épisode de la madeleine. Les feuillets concernant les deux côtés constituent plusieurs séries, numérotées à partir de 1, avec dans l'ensemble un état autographe et une copie. Voir Robert Brydges (1984), p. 18-21.

forment la conclusion de « Combray », à l'exception des deux dernières pages, ajoutées sur la dactylographie.

Toujours à l'automne 1909 [1], Proust fait transcrire à la machine le texte manuscrit des trois Cahiers, soit 155 pages d'une dactylographie répartie en trois dossiers, dont la couverture, conservée au département des Manuscrits de la Bibliothèque nationale de France (NAF 17630), porte en tête : « 1er cahier (duplicata) », « 2e cahier », « 3e cahier » – appellatifs des Cahiers de 1909. Ce sont vraisemblablement les exemplaires de cette dactylographie qui sont presque simultanément remis fin novembre 1909 à Georges de Lauris, et transmis à Calmette (le 5 décembre) par l'intermédiaire de Beaunier [2].

En 1910, Proust continue le travail sur *Swann*, parallèlement à la mise en chantier des autres parties du roman. Outre les compléments de « Combray », il rédige « Un amour de Swann [3] » et « Noms de pays », qui comprend alors un récit parisien (actuellement : « Noms de pays : le nom » et « Autour de Mme Swann ») et un récit de Cricquebec (autre nom de Balbec) sans les jeunes filles. Le manuscrit du récit parisien commence dans le Cahier 20 et se poursuit de manière sinueuse dans quatre Cahiers et sur les feuilles du volume « Proust 21 », à l'exception de deux pages. Manquent en revanche les trois quarts du récit de Bricquebec, dont on possède cependant une partie dans la mise au net d'Albert Nahmias, secrétaire de Proust [4].

1. Selon l'hypothèse de Françoise Leriche, art. cit., reprise par Anthony Pugh dans *The Growth of À la recherche du temps perdu. A Chronological Examination of Proust's Manuscripts from 1909 to 1914*, vol. 1-2, University of Toronto Press, 2004.

2. Voir les lettres 115 et 118 à Georges de Lauris (*Corr.*, IX).

3. Cahiers 15-19 ; une partie des feuilles, découpées pendant le travail de dactylographie, se retrouve dans le volume « Proust 21 ».

4. NAF 16704. Voir à ce sujet les précisions de R. Brydges (1984).

La dactylographie de « Swann » (1909-1912)

Six dactylographes en tout ont travaillé sur le manuscrit de *Swann*[1]. En juillet 1911, miss Coecilia Hayward, dactylographe anglaise attachée au Grand-Hôtel de Cabourg, prend la suite des 155 premières pages transcrites à la machine à l'automne 1909. Elle continue à dactylographier « Combray » sous la dictée d'Albert Nahmias, qui annote les Cahiers et surveille la progression du travail. Miss Hayward s'occupe encore à Cabourg d'une partie d'« Un amour de Swann », dont la frappe est ensuite complétée à Paris, à l'automne 1911, par trois autres dactylographes[2]. Un(e) sixième commence le récit parisien de « Noms de pays » en mars 1912[3], en copiant les Cahiers 20, 21, 24 de Proust, annotés par Nahmias. C'est miss Hayward, alors à Paris, qui termine la dactylographie de « Noms de pays », en mai-juin 1912, à partir d'une mise au net de Nahmias.

La dactylographie de *Swann* (712 p.) est ainsi terminée à la fin du mois de juin 1912. Elle constitue alors la première partie d'un ouvrage en deux volumes intitulé *Les Intermittences du cœur* (jusque sur les premiers placards

1. Selon R. Brydges, *ibid.*, p. 11, n. 2, Proust faisait établir pour chaque page deux copies dactylographiées en plus de l'original. *Grosso modo*, l'original servait à ce que la BnF a appelé « 2e dactylographie » – en fait la dactylographie ayant reçu les corrections originales et servi pour l'impression (NAF 16733, 16734, 16735). Une des copies était utilisée comme double, appelée par la BnF « 1re dactylographie » (NAF 16730, 16731, 16732), la seconde copie étant gardée en réserve, selon R. Brydges « pour remplacer des pages trop corrigées, comme brouillon pour des additions manuscrites, ou comme outil pour remanier le texte ». Une grande partie des copies en surnombre se retrouve ainsi dans le volume intitulé par la BnF « Reliquat des dactylographies » (NAF 16752).

2. Les dactylographes, plus à l'aise en français que miss Hayward, copient alors directement le manuscrit de Proust. Nahmias corrige ensuite la dactylographie.

3. D'après Françoise Leriche, qui se fonde sur la *Correspondance* (*Corr.*, XI, lettres nos 24 et 40), la période se situe approximativement entre le 12 et le 29 mars, miss Hayward terminant entre le 13 mai et le 27 juin 1912 (voir les lettres à Nahmias, *ibid.*, nos 33 et 84).

Grasset) et divisé en I, *Le Temps perdu*, II, *Le Temps retrouvé*, que Proust propose à Fasquelle, et à la NRF, au cours du second semestre de 1912, à Ollendorff, puis à Grasset au début de 1913. Sur la dactylographie de « Combray » il a introduit une modification majeure liée à la création, à la fin de 1910, du *Temps retrouvé*, comme temps du narrateur et de la révélation. Décidant de séparer le temps de l'apprentissage de celui de l'illumination, Proust déplace certains épisodes ou remet leur interprétation à la fin du roman [1] : il reporte à la fin de l'œuvre l'explication de la réminiscence de la madeleine et découpe ou raye des passages qu'il réutilisera dans *La Prisonnière* et *Albertine disparue* (l'explication des *Vices* et des *Vertus* de Giotto et l'anticipation du voyage à Padoue, la révélation de la communication entre les deux côtés de Combray et de la réalité des sources de la Vivonne) [2], ainsi que dans *Le Temps retrouvé* (le souvenir de la lecture de *François le Champi* et la réminiscence du pavé). C'était ouvrir la dimension d'un roman philosophique fondé sur l'apprentissage des signes et la révélation dans le temps du rôle de l'art.

La publication de « Swann » (1913)

Des fragments de « Combray » paraissent en prépublication dans *Le Figaro* entre mars 1912 et mars 1913 [3], et,

1. Voir Bernard Brun, « *Le Temps retrouvé* dans les avant-textes de Combray », art. cit., « "Une des lois vraiment immuables de ma vie spirituelle", quelques éléments de la *démonstration* proustienne dans les brouillons de *Swann* », *BIP*, n° 10, automne 1979, p. 23-38, et « Note sur la genèse du *Temps retrouvé* », *BIP*, n° 11, 1980, p. 49-50. Certaines suppressions, comme celle du bruit d'une fourchette lié à la halte du train, sont pratiquées sur les Cahiers d'ajouts, avant la dactylographie.

2. Ces deux révélations prennent place en effet à la fin d'*Albertine disparue*, et non au début du *Temps retrouvé*, selon la nouvelle édition d'*Albertine disparue* par Jean Milly et celle du *Temps retrouvé* par Bernard Brun.

3. 21 mars 1912, « Au seuil du printemps. Épines blanches, épines roses » ; 4 juin 1912, « Rayon de soleil sur le balcon » ; 3 septembre, « L'église de village » ; 25 mars 1913, « Vacances de Pâques ».

durant le second semestre de 1912, Proust se préoccupe de trouver un éditeur. Dans sa *Correspondance*, il prévoit environ 1 250 à 1 400 pages au total, réparties en deux volumes [1], voire en trois : mais en divisant le deuxième volume et non le premier. « Pour le premier volume, écrit-il à Gaston Gallimard (à peu près 550 pages), il faudrait qu'il paraisse en une fois, sinon un seul tome, au moins en plusieurs fascicules paraissant simultanément », à l'encontre du « second volume, au moins aussi long, mais qui, lui, pourrait sans inconvénient être divisé en deux volumes [2] ». Proust prend pour modèle de densité typographique l'édition Fasquelle de *L'Éducation sentimentale* de Flaubert, ou encore, mais à un moindre titre, celle de *Travail* de Zola [3]. Après les divers refus des éditeurs, l'œuvre est soumise à Grasset, et un contrat à compte d'auteur signé le 11 mars 1913. Les premiers placards, composés pendant la première quinzaine d'avril, sont abondamment corrigés, ce qui augmente les délais de fabrication et les dimensions de *Swann :* « Mes corrections jusqu'ici (j'espère que cela ne continuera pas), écrit Proust à Jean-Louis Vaudoyer le [12 avril 1913], ne sont pas des corrections. Il ne reste pas une ligne sur 20 du texte primitif (remplacé d'ailleurs par un autre). C'est rayé, corrigé dans toutes les parties blanches que je peux trouver, et je colle des papiers en haut, en bas, à droite, à gauche, etc. [4]. » Il envisage bien de réduire les alinéas des dialogues, pour accroître la continuité de son texte et aussi pour gagner de la place, mais se heurte sur ce point

1. Voir les lettres d'octobre 1912 à Antoine Bibesco et à Louis de Robert (*Corr.*, XI, n°s 127 et 133), et celle de novembre 1912 à Gaston Gallimard (*Corr.*, XI, n° 144).

2. Lettre à Gaston Gallimard [peu après le 5 nov. 1912] (*Corr.*, XI, n° 144).

3. Voir *ibid.*, ainsi que la lettre à Antoine Bibesco (*Corr.*, XI, n° 127), et celle adressée à Bernard Grasset [peu après le 24 février 1913] (*Corr.*, XII, n° 34).

4. *Corr*, XII, n° 56.

à la tradition des typographes[1]. Il finit par se résigner, sur les instances de Louis de Robert, à couper son premier volume avant la fin de la dactylographie de « Noms de pays[2] ». Il a désormais choisi pour titre général de l'œuvre *À la recherche du temps perdu*, et pour le premier tome, *Du côté de chez Swann*, sur lequel, pourtant, il hésite, tant qu'il n'a pas fixé sa nouvelle fin. À Louis de Robert, qui n'aimait pas ce titre, il propose *Charles Swann* ou *Premiers Crayons de Charles Swann*, et encore : « Aimeriez-vous : *Avant que le jour soit levé ?* (moi pas). J'ai dû renoncer à *Les Intermittences du cœur* (titre primitif), à *Les Colombes poignardées*, à *Le Passé intermittent*, à *L'Adoration perpétuelle*, à *Le Septième Ciel*, à *À l'ombre des jeunes filles en fleurs*, titres qui d'ailleurs seront des chapitres du troisième volume. » Il évoque encore dans la même lettre ces titres révélateurs, pour l'ensemble de l'œuvre : « *Jardins dans une tasse de thé*, ou *L'Âge des noms* pour le premier. Pour le deuxième : *L'Âge des mots*. Pour le troisième : *L'Âge des choses*[3] », auxquels il renoncera également. Les titres des trois volumes sont fixés en octobre 1913, tels qu'ils seront annoncés au début de l'édition de *Swann* : *Du côté de chez Swann*, *Le Côté de Guermantes*, *Le Temps retrouvé*. Le premier volume paraît chez Grasset le 14 novembre 1913. Proust aura corrigé cinq séries d'épreuves, les principales corrections portant sur les premiers placards[4]. Outre la modification

1. Voir les lettres de Proust à Bernard Grasset [peu avant la fin mai 1913] (*Corr.*, XII, n° 82), et à Louis de Robert, de la [seconde quinzaine de juin] (*Corr.*, XII, n° 94).

2. Lettre à Louis de Robert [juillet 1913] (*Corr.*, XII, n° 100) : « Mais mon œuvre en elle-même y perdra beaucoup. Le second volume paraîtra mauvais, le troisième aussi, par rupture d'équilibre. »

3. Lettre à Louis de Robert [juillet 1913] (*Corr.*, XII, n° 103).

4. Proust a reçu de Bernard Grasset trois jeux d'épreuves, qui nous sont parvenus dans un état incomplet. Deux sont conservés à la BnF. Le troisième, le plus corrigé, est entré à la Fondation Martin Bodmer, à Cologny (Suisse), en 2000. Il correspond à la version définitive du texte remise par l'écrivain à l'imprimeur. Voir Vérène de Soultrait, « *Du côté de chez Swann*. Premières épreuves corrigées et relation des trois placards », *BIP*, n° 31, 2000, p. 171-180.

du titre général de l'ouvrage, et des points de détail, elles concernent le déplacement de portraits et de descriptions, liés à la fragmentation et la mise à distance d'éléments du récit. Ainsi du portrait initial de Swann, condensé dans la version définitive, de celui de Legrandin, dissocié en deux morceaux, de la description de l'église de Combray, qui faisait suivre initialement la présentation défavorable du curé par l'évocation antithétique du héros-narrateur [1], et des airs fredonnés par le grand-père antisémite, associés d'abord à l'arrivée de Swann puis à celle des camarades juifs du héros. Surtout, Proust se décide à tailler une nouvelle fin pour *Swann* dans les épreuves déjà composées de « Noms de pays » (qu'il envoie à Lucien Daudet à l'automne de 1913) [2]. La fin de la promenade au Bois de Mme Swann (prise dans ce qui est actuellement « Autour de Mme Swann ») sert de conclusion à ce premier volume, moyennant quelques raccords (ainsi le déplacement du dîner Norpois) et l'ajout des dernières lignes sur les placards de *Swann*. Une telle coupure déséquilibrait l'ouvrage, comme le prévoyait Proust, en dissociant l'ensemble de « Noms de pays », prévu initialement comme un tout, qui faisait se répondre l'initiation parisienne et celle de Balbec, la rêverie sur les noms et la confrontation avec le pays réel. L'effet de dissociation est d'autant plus accentué en 1913, que le deuxième volume, retardé par la guerre, n'est publié qu'en 1919. Les deuxièmes épreuves Grasset n'apportent que deux modifications importantes. L'une, fondamentale pour l'économie de l'œuvre, concerne la fusion du Vington naturaliste avec le Berget de la sonate dans le personnage du musicien Vinteuil. L'autre concerne l'unification des noms de lieux, avec l'addition

1. Voir Claudine Quémar, « L'Église de Combray, son curé et le Narrateur (trois rédactions d'un fragment de la version primitive de Combray) », *Études proustiennes* I, Gallimard, 1973, p. 277-342.

2. Lettre à Lucien Daudet [entre la mi-octobre et la mi-novembre 1913] (*Corr.*, XII, n° 128).

de l'érudition étymologique du curé. Les dernières épreuves n'ajoutent que des précisions de détail, l'ensemble de ces documents, que nous présentons plus loin, étant fort lacunaire.

Proust s'occupe activement de la diffusion de son ouvrage, au total bien accueilli, malgré des contresens que l'auteur ne manque pas de relever[1]. Le premier tirage, de 1 750 exemplaires, est vite épuisé, et, si l'on en croit la *Correspondance*, Grasset tire quatre éditions de *Swann* en deux mois. La deuxième édition du volume paraît après la guerre à la NRF, qui a repris les droits de Grasset. L'achevé d'imprimer date du 14 juin 1919[2]. L'ouvrage suit l'édition au printemps de *Pastiches et mélanges* et précède d'une quinzaine de jours le second tome de la *Recherche du temps perdu*, prévu pour la fin du mois de juin. Mais ce n'est plus la même œuvre qu'annonçait l'édition de 1913 : pendant les années de guerre, elle s'est développée et l'invention du personnage d'Albertine a conduit à la création du cycle de *La Prisonnière* et d'*Albertine disparue*. C'est désormais un roman en sept volumes que publie la NRF de 1919 à 1927.

Un roman philosophique et son narrateur

Dès avant la parution de *Swann*, Proust prend soin d'affirmer qu'il ne s'agit pas de souvenirs d'enfance, écrits au hasard de la plume, dont le charme résiderait dans le petit détail d'une mémoire attendrie : « Si l'ouvrage est un roman, écrit-il par exemple à Antoine Bibesco en 1912, si la liberté de ton l'apparente semble-t-il à des Mémoires, en réalité une composition très

1. Voir ci-après le dossier de presse, notamment l'article de Paul Souday.

2. Voir Henri Bonnet, *Marcel Proust de 1907 à 1914*, Nizet, 1971, p. 176-177, et la lettre de Proust à André Gide, du [dimanche 22 mars 1914] (*Corr.*, XIII, n° 54).

stricte (mais à ordre trop complexe pour être perceptible) le différencie extrêmement des Mémoires : il n'y a dedans de contingent que ce qui est nécessaire pour exprimer la part du contingent dans la vie. Et par conséquent dans le livre, ce n'est plus contingent [1]. » Par ces avertissements, répétés dans ses lettres ou ses interviews, Proust cherche à pallier les difficultés d'une publication fragmentaire de son œuvre, auprès d'un public qui, en 1913, ne dispose que du premier volume. « Cathédrale », « tapisserie », les métaphores qualifiant l'ouvrage soulignent la nécessaire interdépendance de volumes que seules les contraintes éditoriales forcent à dissocier. Proust insiste sur le caractère démonstratif d'un ensemble dont la composition, dissimulée, est à « large ouverture de compas ». « Enfin je trouve un lecteur qui *devine* que mon livre est un ouvrage dogmatique et une construction ! » dit-il à Jacques Rivière en février 1914 ; et il ajoute : « J'ai trouvé plus probe et plus délicat comme artiste de ne pas laisser voir, de ne pas annoncer que c'était justement à la recherche de la Vérité que je partais, ni en quoi elle consistait pour moi. Je déteste tellement les ouvrages idéologiques où le récit n'est tout le temps qu'une faillite des intentions de l'auteur que j'ai préféré ne rien dire. Ce n'est qu'à la fin du livre, et une fois les leçons de la vie comprises, que ma pensée se dévoilera [2]. »

L'écriture, fragmentaire, digressive, analogique, accentue les correspondances à distance, oblige à traverser le texte et à lui superposer une relecture. Le système narratif de *Swann* en fait ainsi l'ouverture d'un cycle qui lui donne sens rétrospectivement.

L'*incipit* du roman (« Longtemps je me suis couché de bonne heure ») fait reposer le système narratif sur un « je » venu de nulle part mais forcément complexe. Il

1. Lettre à Antoine Bibesco [peu avant le 25 octobre 1912] (*Corr.*, XI, n° 127).

2. Lettre à Jacques Rivière [vendredi 6 février 1914] (*Corr.*, XIII, n° 43).

désigne à la fois le sujet de l'énonciation (le narrateur, instance ultime du récit) et le sujet de l'énoncé (le héros de l'histoire) – correspondant à deux temps éloignés l'un de l'autre, entre lesquels se glisse insensiblement le temps du « dormeur éveillé ». De fait, Proust efface de la version définitive (sur dactylographie) toute référence au temps de la matinée des Cahiers Sainte-Beuve, mais aussi toute indication permettant de situer le narrateur [1]. Cette imprécision qui l'entoure fait de l'instance narrative une voix fantôme qui se glisse dans les souvenirs du dormeur, émerge dans les jugements ironiques, l'interrogation sur les signes du réel ou dans les indications de régie (« comme on verra plus loin »), souvent ajoutées sur les dernières épreuves. Il ne s'agit pas d'une inadvertance du texte mais d'un effet d'estompage, propre à favoriser les interférences entre l'histoire et le commentaire, propre à briser aussi la linéarité du roman d'apprentissage et la continuité du modèle autobiographique. Le brouillage des repères temporels transforme également la temporalité de Combray en « îlots [2] » discontinus, à la manière dont les deux côtés sont pour le héros des espaces sans communication. Cela revient à suggérer la distance temporelle traversée, l'écart entre autrefois et aujourd'hui.

L'unité de *Swann* tient en partie à sa structure narrative [3], qui le rattache à l'ensemble de la *Recherche*, et fait le lien entre ses trois chapitres, comme elle relie le début à la fin de la *Recherche* : les souvenirs du dormeur éveillé encadrent la première remémoration de Combray, l'expérience de la madeleine et la seconde évocation de Combray, qui finit par un retour au même dormeur éveillé : mais le jour a remplacé la pleine nuit de l'Ouverture. « Un amour de Swann » s'insère dans les réminiscences nocturnes et se

1. Proust supprime sur dactylographie ce début : « Pendant les derniers mois que je passais dans la banlieue de Paris avant d'aller vivre à l'étranger, le médecin me fit mener une vie de repos. »

2. Voir Paul Ricœur, *Temps et Récit* II, Seuil, 1984, p. 204.

3. Avec la réserve que l'on sait sur le découpage de « Noms de pays ».

termine par le rêve de Swann et son réveil au matin, tandis que « Noms de pays » s'ouvre par l'évocation de la chambre de Balbec, « parmi les chambres dont j'évoquais l'image dans mes nuits d'insomnie ». Insensiblement le récit s'engage dans un voyage à travers les chambres remémorées dans l'Ouverture, jusqu'à celle de Tansonville dans *Le Temps retrouvé*. À partir de Tansonville, la distance entre le héros et le narrateur s'amenuise, les nuits d'insomnies sont remplacées par des soirées de veille mondaine, pour devenir les nuits de l'écrivain au travail. À ce cadre narratif, qui sous-tend l'ensemble de l'œuvre, s'ajoute la symétrie bien connue entre l'Ouverture de « Combray » et la conclusion du *Temps retrouvé* : la paronymie de « longtemps » et de « dans le Temps », mais aussi le parallélisme narratif entre l'épisode de la madeleine et celui des réminiscences dans la bibliothèque du prince de Guermantes : chacun délimite une frontière entre un avant et un après, mais seule l'expérience de l'« Adoration perpétuelle » dégage, rétrospectivement, le sens de l'expérience première, et assure le passage de la notion de temps retrouvé au sens d'éternité à celle de temps restauré, incarné dans l'œuvre d'art. L'histoire romanesque s'inscrit entre ces deux pôles : celui des réminiscences inaugurales (les chambres, puis la madeleine), celui de la révélation finale. Et c'est en cela, que le roman proustien bouleverse la structure classique du roman d'apprentissage [1]. Il fait dépendre l'acquisition de la vérité non d'une progression harmonieuse et continue du héros, mais d'une « visitation » liée au hasard, préparée par des moyens narratifs.

Pourtant, « Combray » forme aussi un récit clos sur l'unité temporelle du dimanche (renforcée sur la version imprimée). Cette unité se compose de séquences itératives (matinées, déjeuners, après-midi, soirées habituelles du dimanche en alternance avec les soirées des samedis de mai, comme les déjeuners du samedi établissent un

1. Voir Paul Ricœur, *Temps et Récit* II, *op. cit.*, p. 198, n. 1 et 209 *sq.*

changement dans le rythme des repas) qui brouillent le développement chronologique de la journée. De plus elle interfère avec deux autres unités temporelles [1], discontinues : celle des saisons (de Pâques à l'été, puis l'automne), et celle des années (vieillissement du héros, vieillissement et mort de la tante Léonie, transformation de Legrandin). Enfin, elle se trouve dominée, à partir des « deux côtés », par la structure d'opposition géographique. Cette technique narrative conduit à un effet d'achronie favorisant l'insertion de digressions qui, outre leur rôle de complément narratif (par exemple avec l'histoire de la dame en rose) et de régie du récit (anticipations au début de la scène de Montjouvain) ont une valeur cognitive (digression sur Bergotte et la lecture, sur l'église de Combray, sur la duchesse de Guermantes et les noms...). C'est que le rôle imparti à la démonstration proustienne assure aussi la cohésion des chapitres de *Swann*. « L'Âge des noms » relie la rêverie sur les images (projections de la lanterne magique, tapisseries et vitraux de l'église de Combray) à la rêverie sur les noms, noms de personnes (Gilberte, Swann, les Guermantes) et noms de pays (Balbec, Florence et les noms de villes normandes) dans une critique de l'idolâtrie des modèles livresques (fétichisme du héros admirateur de Bergotte) et picturaux (fétichisme de Swann). Et la rêverie sur les noms établit une relation entre les lieux : Combray, le Paris des Champs-Élysées, et le Balbec imaginé.

« L'Âge des noms » est l'âge des impressions poétiques et d'une interrogation sur les signes comme l'âge du désenchantement devant la fuite du sens, et l'illusion d'une vocation manquée.

L'efficacité romanesque de ce premier volume tient alors à ce qu'il utilise le récit d'enfance et sa thématique pour souligner l'étape des illusions dans la structure

---

1. Sur la temporalité de « Combray », voir John Porter Houston, « Les structures temporelles dans la *Recherche* », dans *Recherche de Proust*, Seuil, « Points », 1980, p. 88-104.

d'apprentissage, dans l'« odyssée d'une conscience » (Anne Henry), et servir une stratégie du leurre[1], qui exige une initiation du lecteur et intègre la lecture à la traversée de l'écriture.

Entre « Combray » et « Noms de pays », pourtant, « Un amour de Swann » introduit dans la narration soutenue par le « je » la dissonance d'un récit à la troisième personne.

A. H. P.

1. Voir la lettre de Proust à Jacques Rivière de février 1914 (*Corr*, XIII, n° 43), sur la conclusion désenchantée de *Swann*.

« Un amour de Swann »

Le principe des voix narratives

Le premier problème qui se pose au lecteur d'« Un amour de Swann » est celui de la disposition des voix narratives. L'écriture à la troisième personne, à l'intérieur d'un roman autobiographique, ne fait que souligner l'hétérogénéité temporelle de ce chapitre de *Du côté de chez Swann*, qui se situe à une époque où le narrateur de la *Recherche* n'était pas encore né.

Mais si l'on regarde la genèse, on s'aperçoit que cet épisode a été rédigé en même temps que « Combray » ou que les autres parties du roman, dans les cahiers de brouillon. À partir de 1909, Proust reprend quelques-unes des nouvelles réunies en 1896 sous le titre *Les Plaisirs et les Jours*. Le deuxième chapitre de « La Mort de Baldassare Silvande » peut être considéré comme un premier « modèle ». Plus importantes, « Mélancolique Villégiature de Mme de Breyves » et « La Confession d'une jeune fille » (chapitres III et IV) décrivent les ravages de l'amour. Dans la première nouvelle, l'héroïne s'appelle Françoise mais dans les deux les rôles sont inversés par rapport à ce que connaîtra Swann, et c'est la jeune femme qui aime. Dans « La Fin de la jalousie », qui remet en scène les personnages de Françoise et d'Honoré, c'est le point de vue masculin qui prévaut, et c'est là l'un des premiers véritables avant-textes pour « Un amour de Swann ».

De 1895 à 1899 le dossier de *Jean Santeuil*, inachevé et non publié par Proust, reprend cette thématique de la jalousie amoureuse. Dans le chapitre intitulé « De l'amour » par l'éditeur (« Bibliothèque de la Pléiade », p. 745-850) sont réunies les esquisses les plus caractéristiques. Proust travaille à un « contre Stendhal ». La jalousie se manifeste au hasard des soirées, des rendez-vous avec Françoise. Jean frappe au carreau, mais il s'est trompé de fenêtre. La lettre lue à travers l'enveloppe et l'allusion à la sonate de Saint-Saëns complètent ces brouillons qui sont déjà très proches de ce que nous connaissons.

Dans les Cahiers de brouillon 31 et 36 (début 1909), Proust rédige un premier schéma narratif de l'amour de Swann pour « une veuve entretenue ». Dans le Cahier 31 principalement, Swann rencontre « Sonia » chez les X, qui deviendront bien vite les Verdurin, ce qui permet à Proust d'ébaucher ce qui deviendra l'*incipit* provisoire du futur « Un amour de Swann » : « Connaissez-vous les Verdurin ? » (Cahier 31, f° 14v°). Le Cahier 36 fait simplement allusion au mariage de Swann, à sa mort. Ces fragments sont intercalés dans les cahiers entre un portrait de la grand-mère, l'évocation de l'amitié du héros pour celui qui deviendra Saint-Loup, sa rencontre chez Mme de Villeparisis avec la duchesse de Guermantes et celle avec les jeunes filles. À l'époque des Cahiers Sainte-Beuve, Proust rédigeait ensemble les fils différents d'un récit qui allait peu à peu se transformer en roman.

La reprise des *Plaisirs et les Jours* et de *Jean Santeuil* peut ainsi expliquer la permanence d'un « il » à travers la genèse du roman. Dans les Cahiers 25, 26 et 12, qui datent eux aussi de 1909, on retrouve la troisième personne en alternance avec la première, c'est-à-dire, plus précisément, Swann en concurrence avec le héros pour l'amour des jeunes filles de la plage.

Dans le Cahier 26 (f°s 26-36), des réflexions du narrateur sur l'amour de Swann et sur l'avantage qu'il peut tirer de ses relations mondaines auprès de la femme aimée précèdent des fragments sur les jeunes filles rencontrées par le héros au bord de la mer. C'est un cousin qui raconte l'histoire de Swann au narrateur, un cousin que nous aurons l'occasion de rencontrer plus loin.

Plus ancienne que le Cahier 26, une partie du Cahier 25 (f°s 27-39) montre une grande confusion entre les amours de Swann et les rencontres du héros. Les jeunes filles s'appellent Anna ou Septimie, etc., et la concurrence du « je » et du « il » est très vive. Maurice Bardèche l'avait bien observé dans ses transcriptions : « De toutes ces femmes Anna et Septimie étaient les deux qu'il aimait le moins. Quand il dut aller à Querqueville, il ne s'informa pas si elles y venaient [...]. C'est curieux, disait-on, l'année dernière Swann aimait bien Anna. Cette année il l'a prise en horreur [...]. Une époque vint où la voyant moins souvent et toujours seule, le souvenir de ces choses qui me rendaient jaloux finit par ne plus revenir, les périodes heureuses se prolongèrent, mon sang se remit à couler heureusement dans mon cœur. »

Dans les fragments du Cahier 12 (f°s 259-269), le transfert est opéré, ainsi que la distribution des rôles, même si c'est encore le nom d'une des jeunes filles de la plage qui apparaît associé à la jalousie de Swann : « Une fois que Forcheville avait maltraité son frère devant eux [...]. Swann se rappelait par moment le brillant qu'avait pris l'œil d'Anna à ce moment-là. »

Les brouillons donnent une petite idée de ce qui aurait pu être dans le roman, des fils narratifs qui ont été esquissés mais qui ont disparu par la suite : il y a dans ces cahiers plusieurs romans possibles. Tous ces fragments épars préparent visiblement ou complètent un état suivi d'« Un amour de Swann ». Ainsi le Cahier 22, qui forme avec le Cahier 69 une première rédaction cohérente du chapitre étudié, en 1909 encore, reprend de très près le dossier de *Jean Santeuil*. Dans ce cahier, par exemple, le prénom de Françoise est finalement remplacé par celui d'Odette.

La reprise de pages anciennes, une théorie antistendhalienne de l'amour, une hésitation sur les rôles respectifs accordés à Swann et au héros, permettent de donner quelques éléments de solution au problème posé. Mais il ne faut pas oublier non plus que Proust entendait mettre en œuvre dans son roman – et c'est là l'un des principes de sa modernité –, une construction narrative spéciale, une structure originale qu'il définit dans sa correspondance : « C'est un livre d'événements, de reflets d'événements les uns sur les autres à des années d'intervalle » (lettre à Vallette, août 1909). La discontinuité temporelle était ainsi plus forte encore dans les avant-textes, dans le projet romanesque, qu'elle ne l'est restée dans les volumes imprimés, et c'est elle qui explique l'hétérogénéité des voix narratives. La réécriture, le recopiage d'un brouillon à un autre peut expliquer, à partir de *Jean Santeuil* et même avant, cette hésitation sur la place à accorder aux jeunes filles rencontrées au bord de la mer. On s'aperçoit ainsi que la genèse d'« Un amour de Swann » rejoint celle d'*À l'ombre des jeunes filles en fleurs*, qui devait d'abord former, par souci de symétrie, un chapitre du dernier volume de l'œuvre (en 1913) et qui sera publié, en 1919, en un volume autonome.

En attendant, la difficulté d'accorder les voix narratives est devenue réelle pour Marcel Proust romancier qui utilise, dans le Cahier de la collection Guérin complémentaire du Cahier 22, toujours en 1909, le subterfuge d'un autre narrateur : le cousin, que l'on a rencontré dans d'autres brouillons, le cousin qui présente Swann à Odette au théâtre, et qui raconte l'histoire au narrateur : « Ce fut à cette époque que Swann qui avait été présenté autrefois dans un théâtre à celle qui devait un jour devenir sa femme et qu'il n'avait jamais revue, la rencontra avec mon cousin [...]. » Subterfuge maladroit. Mais la peinture de la mondanité verdurienne, à laquelle Proust, dans ces deux cahiers, oppose déjà la noblesse authentique et la noblesse d'Empire, cette théorie antistendhalienne de l'amour qu'il avait précisée depuis *Les Plaisirs et les Jours* devaient se trouver complètement transformées par l'introduction, dans le dossier d'« Un amour de Swann », d'un élément nouveau : le problème de la musique, qui entraîna des remaniements considérables dans les manuscrits.

La musique

Dans l'initiation du héros de la *Recherche*, dans la hiérarchie des beaux-arts pour la découverte de la vérité, la musique tient une place importante. Plus importante peut-être que la littérature ou que le théâtre, évoqués dans « Combray » mais désamorcés dans « Autour de Mme Swann » par les personnages de Bergotte et de la Berma. Seul le peintre Elstir, qui apparaît dans *À l'ombre des jeunes filles en fleurs*, peut prétendre à supplanter la musique, mais elle lui sera liée dans le reste du roman, comme on le verra. En 1911, dans les brouillons du *Temps retrouvé*, Wagner et *Parsifal* jouent encore un rôle essentiel à l'intérieur des Cahiers 58 et 57 (voir *Matinée chez la princesse de Guermantes* dans la bibliographie).

La musique cependant disparaît progressivement de la dernière partie de l'œuvre, au profit d'une intégration plus grande dans le manuscrit, les dactylographies et les épreuves d'« Un amour de Swann ». Pourquoi ce déplacement en sens contraire ? La musique est éliminée du *Temps retrouvé* dans sa version publiée, à partir du manuscrit de 1917-1919, pour être banalisée dans ses liens avec l'amour de Swann, pour être reprise plus tard dans *La Prisonnière*, avec le septuor de Vinteuil entendu par le héros. C'est que la genèse d'« Un amour de Swann » fonctionne autour de la musique, tout autant que de l'amour, par la mise en position d'une phrase musicale à l'intérieur d'un discours amoureux.

Nous avons vu qu'il y avait plusieurs étapes dans cette genèse. Les Cahiers Sainte-Beuve ignorent cette problématique de la musique. Mais le Cahier 22, qui complète le Cahier 69 déjà nommé (1909), forme un récit autrement plus important que les Cahiers 31 et 36. Dans le Cahier 22 Proust refait la deuxième partie d'« Un amour de Swann » (la soirée Saint-Euverte) pour placer la musique pendant une soirée aristocratique (mais il ne s'agit pas encore d'une soirée Saint-Euverte) qui forme un pendant antithétique aux soirées Verdurin. C'est là un système binaire qui reproduit celui de « Combray » (les deux côtés) et qui amènera l'écrivain à diminuer l'importance des Verdurin. Il supprimera sur ses épreuves l'*incipit* comparant les Verdurin à certaines places de Venise (voir l'appendice).

Plusieurs cahiers, plusieurs fragments complètent le Cahier 69 et le Cahier 22, à la même époque. Dans le Cahier 49, le héros rencontre Swann au cours d'une soirée chez les Marengo : c'est la noblesse d'Empire, plus tard évoquée dans Doncières, qui fait ici opposition aux Verdurin. Mais Proust a hésité. Swann discute avec le héros « d'un morceau symphonique que je n'ai jamais l'occasion d'entendre et que j'ai beaucoup aimé autrefois ». Dans le même fragment (f°s 12 à 32), il propose au héros de passer « 24 heures à Combray, voir mes groseilles et mes roses ». Les liens entre les Cahiers 22 et 49 sont très étroits. Le Cahier 14 (f°s 5 à 7) contient un brouillon très important, qui précise le Cahier 22 et qui sera directement réutilisé dans le manuscrit (Cahier 15, f°s 9 à 12). Le rapport entre la phrase musicale et l'amour n'a rien à voir avec le désir sexuel ni avec l'intelligence. Il s'agit d'un brouillon pour la première partie d'« Un amour de Swann », intitulé « À ajouter sur la sonate de Saint-Saëns », dans lequel Proust souligne également son architecture binaire : « Quand il l'entendit pour la première fois. »

Dans le Cahier 28, le fragment intitulé « Swann et la mélodie quand il la réentendra » marque davantage encore la structure binaire (écouter/réécouter). Swann demande à celui qui deviendra Charlus de passer deux jours à Combray voir « ses groseilles et ses roses ». Et le futur Charlus lui propose de l'accompagner chez les Verdurin. Le Cahier 27 présente avec le Cahier 14 les plus importants brouillons. Swann retourne dans le monde quand il ne peut plus voir Odette (f°s 1 à 12). Il lui envoie de l'argent pour un voyage qui sera celui de Bayreuth (f°s 22 à 26). La jalousie de Swann est ensuite précisée (f°s 46-47) : « Intercalage sur Swann ou peut-être dans le 1er Cahier », ce cahier étant alors le premier du manuscrit, le Cahier 15. Plus loin, sur les f°s 48 à 50, Proust développe les motifs de la tristesse et du plaisir de la musique : « À ajouter à la soirée chez les X » (il s'agit ici non plus des Verdurin mais de ce qui deviendra les Saint-Euverte). Ces fragments sont mêlés à d'autres, dans les cahiers, qui concernent l'intrigue du héros avec Gilberte. Les lecteurs auront reconnu beaucoup des motifs développés dans le texte imprimé. Ces cahiers sont en relation directe avec le manuscrit.

Le manuscrit d'« Un amour de Swann », en 1910-1911 (Cahiers 15 à 19), reproduit cette transformation binaire (Verdurin et Saint-Euverte, musique et souvenir de la musique), la musique étant alors, chez les Verdurin, dissociée de la théorie esthétique pour être attachée à l'amour, mais pour être, chez Mme de Saint-Euverte, rattachée à la mémoire involontaire et donc à l'esthétique proustienne. Encore faut-il remarquer qu'à cette époque le nom de Saint-Euverte est encore concurrencé par celui de Cambremer, de la princesse de Parme ou de Mme Franquetot. Proust refait alors la première moitié d'« Un amour de Swann » dans ce qui est maintenant une partie des feuilles volantes de « Proust 21 », formées pour l'essentiel des pages arrachées au Cahier 16. C'est ainsi que l'on trouve maintenant dans le texte des correspondances précises entre les deux types de soirées, entre les deux systèmes de mondanité.

Le manuscrit

Proust avait d'abord mis l'accent sur la description du milieu Verdurin, et c'était l'élément original par opposition avec *Les Plaisirs et les Jours* ou *Jean Santeuil* : les premiers *incipit* en sont l'indice. Mais en cherchant une place pour le motif musical attaché à l'amour, il est amené à introduire un autre monde, celui de l'aristocratie. Il doit alors remanier toute sa première partie (les visites aux Verdurin) pour composer son manuscrit des Cahiers 15 à 19. La position de la musique détermine la soirée Saint-Euverte dès 1909 (même si le nom de Saint-Euverte n'est pas encore inventé à cette époque), elle diminue l'importance des Verdurin et oblige l'écrivain à refaire le début d'« Un amour de Swann » pour introduire un système binaire (Verdurin et Saint-Euverte, entendre et réentendre).

Le lien avec *Le Temps retrouvé* est alors très fort. Proust introduit la sonate de Saint-Saëns dans le Cahier 69 et dans le Cahier 22, dans les Cahiers 27 et 14, puis dans son manuscrit, en vue de la démonstration esthétique qu'il a projetée : le héros initié fera ce que n'a pas pu réaliser Swann simple dilettante. Ce qui était, au départ, des visites habituelles aux Verdurin devient deux soirées successives, sans abandonner pour autant un rythme répétitif. C'est qu'il faut trois étapes dans l'audition de cette sonate : une allusion à la première audition, avant l'amour pour Odette ; une deuxième chez les Verdurin ; une troisième chez les Saint-Euverte.

Le manuscrit des Cahiers 15 à 19 est prêt en 1911. La même année Proust avait rédigé dans les Cahiers 58, 57 et sur une partie du Cahier 11 un premier état suivi du *Temps retrouvé*, brouillons où la musique, celle de Wagner, de *Parsifal*, tient un rôle prépondérant dans l'initiation du héros. Dans le manuscrit d'« Un amour de Swann », le motif musical est déprécié, lié aux errances de l'amour. Proust cherchait-il alors un effet de symétrie, comme il les aimait tant ? Toujours est-il qu'il supprimera plus tard, dans le manuscrit du *Temps retrouvé* (1917-1919), ce motif musical et que, dès la dactylographie de 1911 et dans les épreuves de 1913, il complétera et enrichira le lien musical entre Swann et Odette[1].

1. Voir à ce sujet les travaux de Françoise Leriche, notamment « La question de la représentation dans la littérature moderne », thèse de l'université de Paris VII, 1990.

Mais ce n'est pas une simple suppression du *Temps retrouvé*. Il y a redistribution de la musique dans l'œuvre entière, de « Combray » à *La Prisonnière*. Dans « Combray », aubépines et épines roses annoncent la blanche sonate que Swann entend chez les Verdurin (1913), et qui est opposée au rougeoyant septuor que le héros entend pour la première fois dans *La Prisonnière* (1917). « Un amour de Swann », malgré le dilettantisme de Charles Swann, est aussi un microcosme de l'esthétique du *Temps retrouvé*. Swann réentend la sonate comme le héros entendra le septuor et « réentendra » les aubépines. La musique de Vinteuil restera attachée à la philosophie du narrateur, à la mémoire involontaire, dans la mesure où elle est présentée comme un souvenir double. Mais elle est aussi supérieure, dans la hiérarchie des arts, à la peinture, qui montre un Swann aveuglé par l'amateurisme, aimant Botticelli à travers Odette, ou l'inverse, incapable de terminer sa monographie sur Vermeer. Le peintre Elstir est anonyme et ridicule dans « Un amour de Swann ». La peinture sera absente du *Temps retrouvé*.

Que reste-t-il de l'amour ? Odette reparaît dans *Le Temps retrouvé*, comme Mme Verdurin ou Mme de Saint-Euverte, par le souci des rappels symétriques qu'affectionnait l'écrivain. Gilberte ne parle pas de son père, mais de son mari défunt : Charles Swann a disparu complètement, et c'est la seule disparition complète de toute l'œuvre, avant la mère. Le personnage ne survit guère à l'échec de son amour. Dans la genèse, son rôle s'est redistribué. Le héros reprend à son compte toutes les amours de ce coureur de femmes, l'amour pour les jeunes filles, celui pour Albertine. Albertine détruit définitivement le personnage. Mais Swann resurgit à un autre niveau du texte, plus profond. Père castrateur dans « Combray » où ses visites frustrent le héros du baiser maternel, il reproduit dans le héros, dans son amour pour Albertine, les manières de la jalousie et du masochisme.

En expliquant la technique des voix narratives et l'insertion de la musique dans l'œuvre, nous n'avons pas l'impression d'avoir épuisé la signification d'« Un amour de Swann ». Le lien entre le héros et Swann, entre Swann et Combray, est fortement souligné dans le texte. Pour ne donner qu'un exemple : le rapport entre le musicien d'« Un amour de Swann » (qui s'appelle Berget ou Verdet sur les dactylographies encore) et le savant Vington qui figure dans « Combray » n'est apparu à l'écrivain que bien tardivement, pendant la correction des épreuves. Proust alors réunit les deux personnages. D'autre part, l'invention et le perfectionnement d'un style qui tient à la fois de Flaubert et du décadentisme fait problème. Ce style est plus flagrant dans « Un amour de Swann » que dans « Combray », et il rompt avec la suite de l'œuvre, après *À l'ombre des jeunes filles en fleurs*, rédigée plus rapidement. Quant aux questions se rapportant à la chronologie externe, ou interne, de ce chapitre, elles sont traitées directement dans les notes.

B. B.

DOCUMENTS UTILISÉS

(Bibliothèque nationale de France, département des Manuscrits, pour les dactylographies et les épreuves.)

« COMBRAY »

Dactylographies

Première dactylographie, NAF 16730. 270 ff.

Deuxième dactylographie, NAF 16733. 265 ff. (Dactylographie ayant en fait servi pour l'impression et portant les corrections autographes de Proust, recopiées sur la « première dactylographie ».)

Reliquat, NAF 16752 (f°s 102-218, 225-236).

Épreuves Grasset

Premières épreuves corrigées, incomplètes, NAF 16753 : placards 1, 4-6, 23 (fragment), 25-26, du 31 mars au 24 avril 1913 (cachet de l'imprimeur). Manquent les placards 2, 3, 6 (fragment), 7-22, 24, 27-29.

Premières épreuves non corrigées, incomplètes, NAF 16754 : placards 2-5 (fragment), 7-23, 27-29, du 1er avril au 25 avril 1913. Manquent les placards 1, 5 (fragment), 6, 24-26.

Deuxièmes épreuves corrigées, complètes, NAF 16755 : p. 1 à 226 (numérotée au crayon 228, pagination de l'imprimeur), du 30 mai au 17 juin 1913.

Troisièmes épreuves non corrigées, complètes, NAF 16757 : p. 1 à 229, du 31 juillet au 7 août 1913.

Quatrièmes épreuves non corrigées, incomplètes, NAF 16758 : p. 1-16, du 13 octobre 1913.

Bonnes feuilles de l'édition Grasset, 1913, NAF 16777 : p. 1-229.

Éditions Grasset (1913) et NRF, Gallimard (1919), dans les exemplaires de la Bibliothèque nationale de France, département des Imprimés (Réserve). Cotes : Rés. p. Y^2.1901 (Grasset, 1913) et Rés. p. Y^2.1902 (NRF, 1919).

A. H. P.

« Un amour de Swann »

Première dactylographie, Bibliothèque nationale de France, NAF 16731 (il s'agit en fait d'une copie de la « deuxième » dactylographie).

Deuxième dactylographie, NAF 16734, corrigée.

Premiers placards Grasset incomplets, NAF 16753 : pl. 36 du 30 avril 1913 (cachet de l'imprimeur), pl. 44 du 8 mai, pl. 46 du 9 mai, tous corrigés.

Premiers placards complets, NAF 16754 : pl. 30 à 53 du 25 avril au 15 mai 1913, non corrigés.

Deuxièmes épreuves incomplètes, NAF 16755 : p. 226 à 384 (pagination de l'imprimeur) de juin 1913, corrigées.

Troisièmes épreuves incomplètes, NAF 16756 : p. 287 à 462 du 9 au 30 août 1913, corrigées.

Troisièmes épreuves incomplètes, NAF 16757 : p. 231 à 462 du 7 août au 1er septembre 1913, non corrigées.

Quatrièmes épreuves incomplètes, NAF 16758 : p. 257 à 468 du 13 au 16 octobre 1913, corrigées.

Cinquième épreuves incomplètes, NAF 16758 : p. 449 à 468 du 27 octobre 1913, non corrigées.

Éditions Grasset (1913) et NRF, Gallimard (1919), dans les exemplaires conservés à la bibliothèque de l'École normale supérieure, dédicacés à Robert Dreyfus.

B. B.

« NOMS DE PAYS »

Dactylographies

Première dactylographie, NAF 16732. 317 ff.

Deuxième dactylographie, NAF 16735. 317 ff.

Reliquat, NAF 16752, f°s 98-101, 223-224, 245, 288-313 (corrections d'Albert Nahmias).

Épreuves Grasset

Premières épreuves corrigées, incomplètes, NAF 16753 : placards 53 (2e partie)-58 (numéroté à la main 57-58), 59 (fragment), 74-75, du 16 mai au 27 mai et du 5-6 juin 1913. Manquent les placards 53 (1re partie) et 59 (fragment).

Premières épreuves non corrigées, incomplètes, NAF 16754 : placards 53-59, 74-75, du 15 mai au 27 mai 1913 et du 5-6 juin 1913. Manquent une partie du placard 54 et du placard 55.

Troisièmes épreuves corrigées, incomplètes, NAF 16756 : p. 463-509, datées du 1er septembre 1913. Une partie de la numérotation de l'imprimeur est interrompue et remplacée par une pagination autographe de Proust, qui substitue aux feuillets des troisièmes épreuves des fragments des premiers placards (paginés p. 479-485 quater, et 501-509, la p. 479 portant le titre « Intermittences », « placard 56 », daté 17 mai 1913, et la p. 504, « placard 75 », daté « 6 juin 1913 »). La pagination est continue, mais il manque des pages entre 504 et 505.

Troisièmes épreuves non corrigées, incomplètes, NAF 16757 : p. 463-496, 501-504, datées du 1er septembre 1913.

Quatrièmes épreuves corrigées, incomplètes, NAF 16758 : p. 469-519, du 16-17 octobre 1913.

Cinquièmes épreuves non corrigées, incomplètes, NAF 16758 : p. 469-498, 27 octobre 1913.

Bonnes feuilles de l'édition Grasset, 1913, p. 468-523.

Éditions Grasset (1913) et NRF, Gallimard (1919), dans les exemplaires de la Bibliothèque nationale de France, département des Imprimés (cotes ci-dessus).

A. H. P.

L'ÉTABLISSEMENT DU TEXTE

Le texte de référence est celui de la Nouvelle Revue française, en 1919, qui modifie sur quelques points de détail l'édition Grasset de 1913, sans que l'on sache si Marcel Proust a surveillé de près la réimpression. La séparation des différentes parties du texte, par des espaces blancs, par des astérisques, suit l'originale, en dépit des incohérences que les typographes ont laissé passer en ne respectant pas toujours les indications portées par l'écrivain sur les épreuves, notamment pour ce qu'il appelait les « grands alinéas ». Il est apparu impossible de recomposer le texte en se fondant sur des placards qui ne sont conservés que sous forme fragmentaire pour Grasset, et pas du tout pour Gallimard. Proust a laissé passer ces incohérences, en s'en plaignant toutefois, dans les différentes éditions qu'il est censé avoir revues de son vivant.

Les dialogues, nombreux, sont encadrés par des guillemets, les répliques étant introduites par des tirets avec, à chaque fois, un alinéa. Une fois encore, les corrections de Proust sur les épreuves n'ont pas été respectées. Elles tendaient à faire de ces dialogues des blocs plus compacts qu'ils ne le sont actuellement, des ensembles qui se distinguaient à peine des segments narratifs. Nous avons adopté un moyen terme, qui tente de respecter le fragile équilibre entre un discours oral et un récit.

Proust est déjà très loin, par certains côtés, du lecteur contemporain. Les graphies ont donc été modernisées. « Grand-mère » prend maintenant un tiret dans l'usage courant. Nous transcrivons « entrouvrir » en un seul mot (et non pas : « entr'ouvrir »). En revanche, les noms de titres nobiliaires prennent une majuscule, comme dans les volumes posthumes établis d'après les seuls manuscrits. C'est que Proust écrivait « Duchesse », là où les usages de l'imprimerie imposent « duchesse ».

Nous expliquons en note les difficultés de lecture qui peuvent être élucidées par le collationnement avec les manuscrits, les dactylographies et les épreuves corrigées. Mais c'est à titre exceptionnel, et toujours en l'expliquant en note, que nous rectifions le texte des éditions originales. Sans cette discipline, il n'y aurait pas d'établissement possible pour un texte qui a été dès le départ assez mal composé.

B. B.

DU CÔTÉ
DE CHEZ SWANN

À MONSIEUR GASTON CALMETTE

Comme un témoignage de profonde
et affectueuse reconnaissance.

Marcel PROUST [1].

Première partie

COMBRAY [2]

I

Longtemps, je me suis couché de bonne heure [3]. Parfois, à peine ma bougie éteinte, mes yeux se fermaient si vite que je n'avais pas le temps de me dire : « Je m'endors. » Et, une demi-heure après, la pensée qu'il était temps de chercher le sommeil m'éveillait ; je voulais poser le volume que je croyais avoir encore dans les mains et souffler ma lumière ; je n'avais pas cessé en dormant de faire des réflexions sur ce que je venais de lire, mais ces réflexions avaient pris un tour un peu particulier ; il me semblait que j'étais moi-même ce dont parlait l'ouvrage : une église, un quatuor, la rivalité de François Ier et de Charles Quint [4]. Cette croyance survivait pendant quelques secondes à mon réveil ; elle ne choquait pas ma raison mais pesait comme des écailles sur mes yeux et les empêchait de se rendre compte que le bougeoir n'était plus allumé. Puis elle commençait à me devenir inintelligible, comme après la métempsycose les pensées d'une existence antérieure ; le sujet du livre se détachait de moi, j'étais libre de m'y appliquer ou non ; aussitôt je recouvrais la vue et j'étais bien étonné de trouver autour de moi une obscurité, douce et reposante pour mes yeux, mais peut-être plus encore pour mon esprit, à qui elle apparaissait comme une chose sans cause, incompréhensible, comme une chose vraiment obscure. Je me demandais quelle heure il pouvait être ; j'entendais le sifflement des trains qui, plus ou moins éloigné, comme le chant d'un oiseau dans une forêt, relevant les distances, me décrivait l'étendue de la campagne déserte où le voyageur se hâte vers la station prochaine ; et le petit chemin qu'il suit va être gravé dans son souvenir par l'excitation qu'il doit à des lieux nouveaux, à des actes inaccoutumés, à la causerie récente et aux adieux sous la lampe étrangère qui le suivent encore dans le silence de la nuit, à la douceur prochaine du retour.

J'appuyais tendrement mes joues contre les belles joues de l'oreiller qui, pleines et fraîches, sont comme les joues de notre enfance. Je frottais une allumette pour regarder ma montre. Bientôt minuit. C'est l'instant où le malade, qui a été obligé de partir en voyage et a dû coucher dans un hôtel inconnu, réveillé par une crise, se réjouit en apercevant sous la porte une raie de jour. Quel bonheur, c'est déjà le matin ! Dans un moment les domestiques seront levés, il pourra sonner, on viendra lui porter secours. L'espérance d'être soulagé lui donne du courage pour souffrir. Justement il a cru entendre des pas ; les pas se rapprochent, puis s'éloignent. Et la raie de jour qui était sous sa porte a disparu. C'est minuit ; on vient d'éteindre le gaz ; le dernier domestique est parti et il faudra rester toute la nuit à souffrir sans remède.

Je me rendormais, et parfois je n'avais plus que de courts réveils d'un instant, le temps d'entendre les craquements organiques des boiseries, d'ouvrir les yeux pour fixer le kaléidoscope de l'obscurité, de goûter grâce à une lueur momentanée de conscience le sommeil où étaient plongés les meubles, la chambre, le tout dont je n'étais qu'une petite partie et à l'insensibilité duquel je retournais vite m'unir. Ou bien en dormant j'avais rejoint sans effort un âge à jamais révolu de ma vie primitive, retrouvé telle de mes terreurs enfantines comme celle que mon grand-oncle me tirât par mes boucles et qu'avait dissipée le jour – date pour moi d'une ère nouvelle – où on les avait coupées. J'avais oublié cet événement pendant mon sommeil, j'en retrouvais le souvenir aussitôt que j'avais réussi à m'éveiller pour échapper aux mains de mon grand-oncle, mais par mesure de précaution j'entourais complètement ma tête de mon oreiller avant de retourner dans le monde des rêves.

Quelquefois, comme Ève naquit d'une côte d'Adam, une femme naissait pendant mon sommeil d'une fausse position de ma cuisse. Formée du plaisir que j'étais sur le point de goûter, je m'imaginais que c'était elle qui me l'offrait. Mon corps qui sentait dans le sien ma propre chaleur voulait s'y rejoindre, je m'éveillais. Le reste des humains m'apparaissait comme bien lointain auprès de cette femme que j'avais quittée il y avait quelques moments à peine ; ma joue était chaude encore de son baiser, mon corps courbaturé par le poids de sa taille. Si, comme il arrivait quelquefois, elle avait les traits d'une femme que j'avais connue dans la vie, j'allais me donner tout entier à ce but : la retrouver, comme ceux qui partent en voyage pour voir de leurs yeux une cité désirée et s'imaginent qu'on peut goûter dans une réalité le charme du songe. Peu à peu son souvenir s'évanouissait, j'avais oublié la fille de mon rêve.

Un homme qui dort, tient en cercle autour de lui le fil des heures, l'ordre des années et des mondes. Il les consulte d'instinct en s'éveillant et y lit en une seconde le point de la terre qu'il occupe, le temps qui s'est écoulé jusqu'à son réveil ; mais leurs rangs peuvent se mêler, se rompre. Que vers le matin après quelque insomnie, le sommeil le prenne en train de lire, dans une posture trop différente de celle où il dort habituellement, il suffit de son bras soulevé pour arrêter et faire reculer le soleil, et à la première minute de son réveil, il ne saura plus l'heure, il estimera qu'il vient à peine de se coucher. Que s'il s'assoupit dans une position encore plus déplacée et divergente, par exemple après dîner assis dans un fauteuil, alors le bouleversement sera complet dans les mondes désorbités, le fauteuil magique le fera voyager à toute vitesse dans le temps et dans l'espace, et au moment d'ouvrir les paupières, il se croira couché quelques mois plus tôt dans une autre contrée. Mais il suffisait que, dans mon lit même, mon sommeil fût profond et détendît entièrement mon esprit ; alors celui-ci lâchait le plan du lieu où je m'étais endormi, et quand je m'éveillais au milieu de la nuit, comme j'ignorais où je me trouvais, je ne savais même pas au premier instant qui j'étais ; j'avais seulement dans sa simplicité première, le sentiment de l'existence comme il peut frémir au fond d'un animal ; j'étais plus dénué que l'homme des cavernes ; mais alors le souvenir – non encore du lieu où j'étais, mais de quelques-uns de ceux que j'avais habités et où j'aurais pu être – venait à moi comme un secours d'en haut pour me tirer du néant d'où je n'aurais pu sortir tout seul ; je passais en une seconde par-dessus des siècles de civilisation, et l'image confusément entrevue de lampes à pétrole, puis de chemises à col rabattu, recomposaient peu à peu les traits originaux de mon moi.

Peut-être l'immobilité des choses autour de nous leur est-elle imposée par notre certitude que ce sont elles et non pas d'autres, par l'immobilité de notre pensée en face d'elles. Toujours est-il que, quand je me réveillais ainsi, mon esprit s'agitant pour chercher, sans y réussir, à savoir où j'étais, tout tournait autour de moi dans l'obscurité, les choses, les pays, les années. Mon corps, trop engourdi pour remuer, cherchait, d'après la forme de sa fatigue, à repérer la position de ses membres pour en induire la direction du mur, la place des meubles, pour reconstruire et pour nommer la demeure où il se trouvait. Sa mémoire, la mémoire de ses côtés, de ses genoux, de ses épaules, lui présentait successivement plusieurs des chambres où il avait dormi, tandis qu'autour de lui les murs invisibles, changeant de place selon la forme de la pièce imaginée, tourbillonnaient dans les ténèbres. Et avant même que ma pensée, qui hésitait au seuil des temps et des formes, eût identifié le logis en rapprochant les circonstances, lui – mon corps – se rappelait pour chacun le genre du lit, la place des portes, la prise de jour des fenêtres, l'existence d'un couloir, avec la pensée que j'avais en m'y endormant et que je retrouvais au réveil.

Mon côté ankylosé, cherchant à deviner son orientation, s'imaginait, par exemple, allongé face au mur dans un grand lit à baldaquin et aussitôt je me disais : « Tiens, j'ai fini par m'endormir quoique maman ne soit pas venue me dire bonsoir », j'étais à la campagne chez mon grand-père, mort depuis bien des années ; et mon corps, le côté sur lequel je reposais, gardiens fidèles d'un passé que mon esprit n'aurait jamais dû oublier, me rappelaient la flamme de la veilleuse de verre de Bohême, en forme d'urne, suspendue au plafond par des chaînettes, la cheminée en marbre de Sienne, dans ma chambre à coucher de Combray, chez mes grands-parents, en des jours lointains qu'en ce moment je me figurais actuels sans me les représenter exactement et que je reverrais mieux tout à l'heure quand je serais tout à fait éveillé.

Puis renaissait le souvenir d'une nouvelle attitude ; le mur filait dans une autre direction : j'étais dans ma chambre chez Mme de Saint-Loup, à la campagne ; mon Dieu ! il est au moins dix heures, on doit avoir fini de dîner ! J'aurai trop prolongé la sieste que je fais tous les soirs en rentrant de ma promenade avec Mme de Saint-Loup, avant d'endosser mon habit. Car bien des années ont passé depuis Combray, où, dans nos retours les plus tardifs, c'était les reflets rouges du couchant que je voyais sur le vitrage de ma fenêtre. C'est un autre genre de vie qu'on mène à Tansonville, chez Mme de Saint-Loup, un autre genre de plaisir que je trouve à ne sortir qu'à la nuit, à suivre au clair de lune ces chemins où je jouais jadis au soleil ; et la chambre où je me serai endormi au lieu de m'habiller pour le dîner, de loin je l'aperçois, quand nous rentrons, traversée par les feux de la lampe, seul phare dans la nuit.

Ces évocations tournoyantes et confuses ne duraient jamais que quelques secondes ; souvent, ma brève incertitude du lieu où je me trouvais ne distinguait pas mieux les unes des autres les diverses suppositions dont elle était faite, que nous n'isolons, en voyant un cheval courir, les positions successives que nous montre le kinétoscope.

Mais j'avais revu tantôt l'une, tantôt l'autre, des chambres [5] que j'avais habitées dans ma vie, et je finissais par me les rappeler toutes dans les longues rêveries qui suivaient mon réveil ; chambres d'hiver où quand on est couché, on se blottit la tête dans un nid qu'on se tresse avec les choses les plus disparates : un coin de l'oreiller, le haut des couvertures, un bout de châle, le bord du lit, et un numéro des *Débats roses* [6], qu'on finit par cimenter ensemble selon la technique des oiseaux en s'y appuyant indéfiniment ; où, par un temps glacial le plaisir qu'on goûte est de se sentir séparé du dehors (comme l'hirondelle de mer qui a son nid au fond d'un souterrain dans la chaleur de la terre), et où, le feu étant entretenu toute la nuit dans la cheminée, on dort dans un grand manteau d'air chaud et fumeux, traversé des lueurs des tisons qui se rallument, sorte d'impalpable alcôve, de chaude caverne creusée au sein de la chambre même, zone ardente et mobile en ses contours thermiques, aérée de souffles qui nous rafraîchissent la figure et viennent des angles, des parties voisines de la fenêtre ou éloignées du foyer et qui se sont refroidies ; – chambres d'été où l'on aime être uni à la nuit tiède, où le clair de lune appuyé aux volets entrouverts, jette jusqu'au pied du lit son échelle enchantée, où on dort presque en plein air, comme la mésange balancée par la brise à la pointe d'un rayon ; – parfois la chambre Louis XVI, si gaie que même le premier soir je n'y avais pas été trop malheureux et où les colonnettes qui soutenaient légèrement le plafond s'écartaient avec tant de grâce pour montrer et réserver la place du lit ; – parfois au contraire celle, petite et si élevée de plafond, creusée en forme de pyramide dans la hauteur de deux étages et partiellement revêtue d'acajou, où dès la première seconde j'avais été intoxiqué moralement par l'odeur inconnue du vétiver, convaincu de l'hostilité des rideaux violets et de l'insolente indifférence de la pendule qui jacassait tout haut comme si je n'eusse pas été là ; où une étrange et impitoyable glace à pieds quadrangulaire, barrant obliquement un des angles de la pièce, se creusait à vif dans la douce plénitude de mon champ visuel accoutumé un emplacement qui n'y était pas prévu ; où ma pensée, s'efforçant pendant des heures de se disloquer, de s'étirer en hauteur pour prendre exactement la forme de la chambre et arriver à remplir jusqu'en haut son gigantesque entonnoir, avait souffert bien de dures nuits, tandis que j'étais étendu dans mon lit, les yeux levés, l'oreille anxieuse, la narine rétive, le cœur battant : jusqu'à ce que l'habitude eût changé la couleur des rideaux, fait taire la pendule, enseigné la pitié à la glace oblique et cruelle, dissimulé, sinon chassé complètement, l'odeur du vétiver et notablement diminué la hauteur apparente du plafond. L'habitude ! aménageuse habile mais bien lente et qui commence par laisser souffrir notre esprit pendant des semaines dans une installation provisoire ; mais que malgré tout il est bien heureux de trouver, car sans l'habitude et réduit à ses seuls moyens il serait impuissant à nous rendre un logis habitable.

Certes, j'étais bien éveillé maintenant, mon corps avait viré une dernière fois et le bon ange de la certitude avait tout arrêté autour de moi, m'avait couché sous mes couvertures, dans ma chambre, et avait mis approximativement à leur place dans l'obscurité ma commode, mon bureau, ma cheminée, la fenêtre sur la rue et les deux portes. Mais j'avais beau savoir que je n'étais pas dans les demeures dont l'ignorance du réveil m'avait en un instant sinon présenté l'image distincte, du moins fait croire la présence possible, le branle était donné à ma mémoire ; généralement je ne cherchais pas à me rendormir tout de suite ; je passais la plus grande partie de la nuit à me rappeler notre vie d'autrefois, à Combray chez ma grand-tante, à Balbec, à Paris, à Doncières, à Venise, ailleurs encore, à me rappeler les lieux, les personnes que j'y avais connues, ce que j'avais vu d'elles, ce qu'on m'en avait raconté.

À [7] Combray, tous les jours dès la fin de l'après-midi, longtemps avant le moment où il faudrait me mettre au lit et rester, sans dormir, loin de ma mère et de ma grand-mère, ma chambre à coucher redevenait le point fixe et douloureux de mes préoccupations. On avait bien inventé, pour me distraire les soirs où on me trouvait l'air trop malheureux, de me donner une lanterne magique, dont, en attendant l'heure du dîner, on coiffait ma lampe ; et, à l'instar des premiers architectes et maîtres verriers de l'âge gothique, elle substituait à l'opacité des murs d'impalpables irisations, de surnaturelles apparitions multicolores, où des légendes étaient dépeintes comme dans un vitrail vacillant et momentané [8]. Mais ma tristesse n'en était qu'accrue, parce que rien que le changement d'éclairage détruisait l'habitude que j'avais de ma chambre et grâce à quoi, sauf le supplice du coucher, elle m'était devenue supportable. Maintenant je ne la reconnaissais plus et j'y étais inquiet, comme dans une chambre d'hôtel ou de « chalet », où je fusse arrivé pour la première fois en descendant de chemin de fer.

Au pas saccadé de son cheval, Golo, plein d'un affreux dessein, sortait de la petite forêt triangulaire qui veloutait d'un vert sombre la pente d'une colline, et s'avançait en tressautant vers le château de la pauvre Geneviève de Brabant [9]. Ce château était coupé selon une ligne courbe qui n'était autre que la limite d'un des ovales de verre ménagés dans le châssis qu'on glissait entre les coulisses de la lanterne. Ce n'était qu'un pan de château et il avait devant lui une lande où rêvait Geneviève qui portait une ceinture bleue. Le château et la lande étaient jaunes et je n'avais pas attendu de les voir pour connaître leur couleur car, avant les verres du châssis, la sonorité mordorée du nom de Brabant me l'avait montrée avec évidence. Golo s'arrêtait un instant pour écouter avec tristesse le boniment lu à haute voix par ma grand-tante et qu'il avait l'air de comprendre parfaitement, conformant son attitude, avec une docilité qui n'excluait pas une certaine majesté, aux indications du texte ; puis il s'éloignait du même pas saccadé. Et rien ne pouvait arrêter sa lente chevauchée. Si on bougeait la lanterne, je distinguais le cheval de Golo qui continuait à s'avancer sur les rideaux de la fenêtre, se bombant de leurs plis, descendant dans leurs fentes. Le corps de Golo lui-même, d'une essence aussi surnaturelle que celui de sa monture, s'arrangeait de tout obstacle matériel, de tout objet gênant qu'il rencontrait en le prenant comme ossature et en se le rendant intérieur, fût-ce le bouton de la porte sur lequel s'adaptait aussitôt et surnageait invinciblement sa robe rouge ou sa figure pâle toujours aussi noble et aussi mélancolique, mais qui ne laissait paraître aucun trouble de cette transvertébration.

Certes je leur trouvais du charme à ces brillantes projections qui semblaient émaner d'un passé mérovingien et promenaient autour de moi des reflets d'histoire si anciens. Mais je ne peux dire quel malaise me causait pourtant cette intrusion du mystère et de la beauté dans une chambre que j'avais fini par remplir de mon moi au point de ne pas faire plus attention à elle qu'à lui-même. L'influence anesthésiante de l'habitude ayant cessé, je me mettais à penser, à sentir, choses si tristes. Ce bouton de la porte de ma chambre, qui différait pour moi de tous les autres boutons de porte du monde en ceci qu'il semblait ouvrir tout seul, sans que j'eusse besoin de le tourner, tant le maniement m'en était devenu inconscient, le voilà qui servait maintenant de corps astral à Golo. Et dès qu'on sonnait le dîner, j'avais hâte de courir à la salle à manger où la grosse lampe de la suspension, ignorante de Golo et de Barbe-Bleue, et qui connaissait mes parents et le bœuf à la casserole, donnait sa lumière de tous les soirs ; et de tomber dans les bras de maman que les malheurs de Geneviève de Brabant me rendaient plus chère, tandis que les crimes de Golo me faisaient examiner ma propre conscience avec plus de scrupules [10].

Après le dîner, hélas, j'étais bientôt obligé de quitter maman qui restait à causer avec les autres, au jardin s'il faisait beau, dans le petit salon où tout le monde se retirait s'il faisait mauvais. Tout le monde, sauf ma grand-mère qui trouvait que « c'est une pitié de rester enfermé à la campagne » et qui avait d'incessantes discussions avec mon père, les jours de trop grande pluie, parce qu'il m'envoyait lire dans ma chambre au lieu de rester dehors. « Ce n'est pas comme cela que vous le rendrez robuste et énergique, disait-elle tristement, surtout ce petit qui a tant besoin de prendre des forces et de la volonté. » Mon père haussait les épaules et il examinait le baromètre, car il aimait la météorologie, pendant que ma mère, évitant de faire du bruit pour ne pas le troubler, le regardait avec un respect attendri, mais pas trop fixement pour ne pas chercher à percer le mystère de ses supériorités. Mais ma grand-mère, elle, par tous les temps, même quand la pluie faisait rage et que Françoise avait précipitamment rentré les précieux fauteuils d'osier de peur qu'ils ne fussent mouillés, on la voyait dans le jardin vide et fouetté par l'averse, relevant ses mèches désordonnées et grises pour que son front s'imbibât mieux de la salubrité du vent et de la pluie. Elle disait : « Enfin, on respire ! » et parcourait les allées détrempées – trop symétriquement alignées à son gré par le nouveau jardinier dépourvu du sentiment de la nature et auquel mon père avait demandé depuis le matin si le temps s'arrangerait – de son petit pas enthousiaste et saccadé, réglé sur les mouvements divers qu'excitaient dans son âme l'ivresse de l'orage, la puissance de l'hygiène, la stupidité de mon éducation et la symétrie des jardins, plutôt que sur le désir inconnu d'elle d'éviter à sa jupe prune les taches de boue sous lesquelles elle disparaissait jusqu'à une hauteur qui était toujours pour sa femme de chambre un désespoir et un problème.

Quand ces tours de jardin de ma grand-mère avaient lieu après dîner, une chose avait le pouvoir de la faire rentrer : c'était – à un des moments où la révolution de sa promenade la ramenait périodiquement, comme un insecte, en face des lumières du petit salon où les liqueurs étaient servies sur la table à jeu – si ma grand-tante lui criait : « Bathilde ! viens donc empêcher ton mari de boire du cognac ! » Pour la taquiner, en effet (elle avait apporté dans la famille de mon père un esprit si différent que tout le monde la plaisantait et la tourmentait), comme les liqueurs étaient défendues à mon grand-père, ma grand-tante lui en faisait boire quelques gouttes. Ma pauvre grand-mère entrait, priait ardemment son mari de ne pas goûter au cognac ; il se fâchait, buvait tout de même sa gorgée, et ma grand-mère repartait, triste, découragée, souriante pourtant, car elle était si humble de cœur et si douce que sa tendresse pour les autres et le peu de cas qu'elle faisait de sa propre personne et de ses souffrances, se conciliaient dans son regard en un sourire où, contrairement à ce qu'on voit dans le visage de beaucoup d'humains, il n'y avait d'ironie que pour elle-même, et pour nous tous comme un baiser de ses yeux qui ne pouvaient voir ceux qu'elle chérissait sans les caresser passionnément du regard. Ce supplice que lui infligeait ma grand-tante, le spectacle des vaines prières de ma grand-mère et de sa faiblesse, vaincue d'avance, essayant inutilement d'ôter à mon grand-père le verre à liqueur, c'était de ces choses à la vue desquelles on s'habitue plus tard jusqu'à les considérer en riant et à prendre le parti du persécuteur assez résolument et gaiement pour se persuader à soi-même qu'il ne s'agit pas de persécution ; elles me causaient alors une telle horreur, que j'aurais aimé battre ma grand-tante. Mais dès que j'entendais : « Bathilde, viens donc empêcher ton mari de boire du cognac ! » déjà homme par la lâcheté, je faisais ce que nous faisons tous, une fois que nous sommes grands, quand il y a devant nous des souffrances et des injustices : je ne voulais pas les voir ; je montais sangloter tout en haut de la maison à côté de la salle d'études, sous les toits, dans une petite pièce sentant l'iris, et que parfumait aussi un cassis sauvage[11] poussé au-dehors entre les pierres de la muraille et qui passait une branche de fleurs par la fenêtre entrouverte. Destinée à un usage plus spécial et plus vulgaire, cette pièce, d'où l'on voyait pendant le jour jusqu'au donjon de Roussainville-le-Pin, servit longtemps de refuge pour moi, sans doute parce qu'elle était la seule qu'il me fût permis de fermer à clef, à toutes celles de mes occupations qui réclamaient une inviolable solitude : la lecture, la rêverie, les larmes et la volupté [12]. Hélas ! je ne savais pas que, bien plus tristement que les petits écarts de régime de son mari, mon manque de volonté, ma santé délicate, l'incertitude qu'ils projetaient sur mon avenir, préoccupaient ma grand-mère, au cours de ces déambulations incessantes, de l'après-midi et du soir, où on voyait passer et repasser, obliquement levé vers le ciel, son beau visage aux joues brunes et sillonnées, devenues au retour de l'âge presque mauves comme les labours à l'automne, barrées, si elle sortait, par une voilette à demi relevée, et sur lesquelles, amené là par le froid ou quelque triste pensée, était toujours en train de sécher un pleur involontaire.

Ma seule consolation, quand je montais me coucher, était que maman viendrait m'embrasser quand je serais dans mon lit [13]. Mais ce bonsoir durait si peu de temps, elle redescendait si vite, que le moment où je l'entendais monter, puis où passait dans le couloir à double porte le bruit léger de sa robe de jardin en mousseline bleue, à laquelle pendaient de petits cordons de paille tressée, était pour moi un moment douloureux. Il annonçait celui qui allait le suivre, où elle m'aurait quitté, où elle serait redescendue. De sorte que ce bonsoir que j'aimais tant, j'en arrivais à souhaiter qu'il vînt le plus tard possible, à ce que se prolongeât le temps de répit où maman n'était pas encore venue. Quelquefois quand, après m'avoir embrassé, elle ouvrait la porte pour partir, je voulais la rappeler, lui dire « embrasse-moi une fois encore », mais je savais qu'aussitôt elle aurait son visage fâché, car la concession qu'elle faisait à ma tristesse et à mon agitation en montant m'embrasser, en m'apportant ce baiser de paix, agaçait mon père qui trouvait ces rites absurdes, et elle eût voulu tâcher de m'en faire perdre le besoin, l'habitude, bien loin de me laisser prendre celle de lui demander, quand elle était déjà sur le pas de la porte, un baiser de plus. Or la voir fâchée détruisait tout le calme qu'elle m'avait apporté un instant avant, quand elle avait penché vers mon lit sa figure aimante, et me l'avait tendue comme une hostie pour une communion de paix où mes lèvres puiseraient sa présence réelle et le pouvoir de m'endormir. Mais ces soirs-là, où maman en somme restait si peu de temps dans ma chambre, étaient doux encore en comparaison de ceux où il y avait du monde à dîner et où, à cause de cela, elle ne montait pas me dire bonsoir. Le monde se bornait habituellement à M. Swann[14], qui, en dehors de quelques étrangers de passage, était à peu près la seule personne qui vînt chez nous à Combray, quelquefois pour dîner en voisin (plus rarement depuis qu'il avait fait ce mauvais mariage, parce que mes parents ne voulaient pas recevoir sa femme), quelquefois après le dîner, à l'improviste. Les soirs où, assis devant la maison sous le grand marronnier, autour de la table de fer, nous entendions au bout du jardin, non pas le grelot profus et criard qui arrosait, qui étourdissait au passage de son bruit ferrugineux, intarissable et glacé, toute personne de la maison qui le déclenchait en entrant « sans sonner », mais le double tintement timide, ovale et doré de la clochette pour les étrangers, tout le monde aussitôt se demandait : « Une visite, qui cela peut-il être ? » mais on savait bien que cela ne pouvait être que M. Swann ; ma grand-tante parlant à haute voix, pour prêcher d'exemple, sur un ton qu'elle s'efforçait de rendre naturel, disait de ne pas chuchoter ainsi ; que rien n'est plus désobligeant pour une personne qui arrive et à qui cela fait croire qu'on est en train de dire des choses qu'elle ne doit pas entendre ; et on envoyait en éclaireur ma grand-mère, toujours heureuse d'avoir un prétexte pour faire un tour de jardin de plus, et qui en profitait pour arracher subrepticement au passage quelques tuteurs de rosiers afin de rendre aux roses un peu de naturel, comme une mère qui, pour les faire bouffer, passe la main dans les cheveux de son fils que le coiffeur a trop aplatis.

Nous restions tous suspendus aux nouvelles que ma grand-mère allait nous apporter de l'ennemi, comme si on eût pu hésiter entre un grand nombre possible d'assaillants, et bientôt après mon grand-père disait : « Je reconnais la voix de Swann. » On ne le reconnaissait en effet qu'à la voix, on distinguait mal son visage au nez busqué, aux yeux verts, sous un haut front entouré de cheveux blonds presque roux, coiffés à la Bressant [15], parce que nous gardions le moins de lumière possible au jardin pour ne pas attirer les moustiques et j'allais, sans en avoir l'air, dire qu'on apportât les sirops ; ma grand-mère attachait beaucoup d'importance, trouvant cela plus aimable, à ce qu'ils n'eussent pas l'air de figurer d'une façon exceptionnelle, et pour les visites seulement. M. Swann, quoique beaucoup plus jeune que lui, était très lié avec mon grand-père qui avait été un des meilleurs amis de son père [16], homme excellent mais singulier, chez qui, paraît-il, un rien suffisait parfois pour interrompre les élans du cœur, changer le cours de la pensée. J'entendais plusieurs fois par an mon grand-père raconter à table des anecdotes toujours les mêmes, sur l'attitude qu'avait eue M. Swann le père, à la mort de sa femme qu'il avait veillée jour et nuit. Mon grand-père qui ne l'avait pas vu depuis longtemps était accouru auprès de lui dans la propriété que les Swann possédaient aux environs de Combray, et avait réussi, pour qu'il n'assistât pas à la mise en bière, à lui faire quitter un moment, tout en pleurs, la chambre mortuaire. Ils firent quelques pas dans le parc où il y avait un peu de soleil. Tout d'un coup, M. Swann prenant mon grand-père par le bras, s'était écrié : « Ah ! mon vieil ami, quel bonheur de se promener ensemble par ce beau temps. Vous ne trouvez pas ça joli tous ces arbres, ces aubépines et mon étang dont vous ne m'avez jamais félicité ? Vous avez l'air comme un bonnet de nuit. Sentez-vous ce petit vent ? Ah ! on a beau dire, la vie a du bon tout de même, mon cher Amédée ! »

Brusquement le souvenir de sa femme morte lui revint, et trouvant sans doute trop compliqué de chercher comment il avait pu à un pareil moment se laisser aller à un mouvement de joie, il se contenta, par un geste qui lui était familier chaque fois qu'une question ardue se présentait à son esprit, de passer la main sur son front, d'essuyer ses yeux et les verres de son lorgnon. Il ne put pourtant pas se consoler de la mort de sa femme, mais pendant les deux années qu'il lui survécut, il disait à mon grand-père : « C'est drôle, je pense très souvent à ma pauvre femme, mais je ne peux y penser beaucoup à la fois. » « Souvent, mais peu à la fois, comme le pauvre père Swann », était devenu une des phrases favorites de mon grand-père qui la prononçait à propos des choses les plus différentes. Il m'aurait paru que ce père de Swann était un monstre, si mon grand-père que je considérais comme meilleur juge et dont la sentence, faisant jurisprudence pour moi, m'a souvent servi dans la suite à absoudre des fautes que j'aurais été enclin à condamner, ne s'était récrié : « Mais comment ? c'était un cœur d'or ! »

Pendant bien des années, où pourtant, surtout avant son mariage, M. Swann, le fils, vint souvent les voir à Combray, ma grand-tante et mes grands parents ne soupçonnèrent pas qu'il ne vivait plus du tout dans la société qu'avait fréquentée sa famille et que sous l'espèce d'incognito que lui faisait chez nous ce nom de Swann, ils hébergeaient – avec la parfaite innocence d'honnêtes hôteliers qui ont chez eux, sans le savoir, un célèbre brigand – un des membres les plus élégants du Jockey-Club [17], ami préféré du Comte de Paris et du Prince de Galles [18], un des hommes les plus choyés de la haute société du faubourg Saint-Germain.

L'ignorance où nous étions de cette brillante vie mondaine que menait Swann tenait évidemment en partie à la réserve et à la discrétion de son caractère, mais aussi à ce que les bourgeois d'alors se faisaient de la société une idée un peu hindoue et la considéraient comme composée de castes fermées où chacun, dès sa naissance, se trouvait placé dans le rang qu'occupaient ses parents, et d'où rien, à moins des hasards d'une carrière exceptionnelle ou d'un mariage inespéré, ne pouvait vous tirer pour vous faire pénétrer dans une caste supérieure. M. Swann, le père, était agent de change ; le « fils Swann » se trouvait faire partie pour toute sa vie d'une caste où les fortunes, comme dans une catégorie de contribuables, variaient entre tel et tel revenu. On savait quelles avaient été les fréquentations de son père, on savait donc quelles étaient les siennes, avec quelles personnes il était « en situation » de frayer. S'il en connaissait d'autres, c'étaient relations de jeune homme sur lesquelles des amis anciens de sa famille, comme étaient mes parents, fermaient d'autant plus bienveillamment les yeux qu'il continuait, depuis qu'il était orphelin, à venir très fidèlement nous voir ; mais il y avait fort à parier que ces gens inconnus de nous qu'il voyait, étaient de ceux qu'il n'aurait pas osé saluer si, étant avec nous, il les avait rencontrés. Si l'on avait voulu à toute force appliquer à Swann un coefficient social qui lui fût personnel, entre les autres fils d'agents de situation égale à celle de ses parents, ce coefficient eût été pour lui un peu inférieur parce que, très simple de façon et ayant toujours eu une « toquade » d'objets anciens et de peinture, il demeurait maintenant dans un vieil hôtel où il entassait ses collections et que ma grand-mère rêvait de visiter, mais qui était situé quai d'Orléans [19], quartier que ma grand-tante trouvait infamant d'habiter. « Êtes-vous seulement connaisseur ? je vous demande cela dans votre intérêt, parce que vous devez vous faire repasser des croûtes par les marchands », lui disait ma grand-tante ; elle ne lui supposait en effet aucune compétence et n'avait pas haute idée même au point de vue intellectuel d'un homme qui dans la conversation évitait les sujets sérieux et montrait une précision fort prosaïque non seulement quand il nous donnait, en entrant dans les moindres détails, des recettes de cuisine, mais même quand les sœurs de ma grand-mère parlaient de sujets artistiques. Provoqué par elles à donner son avis, à exprimer son admiration pour un tableau, il gardait un silence presque désobligeant et se rattrapait en revanche s'il pouvait fournir sur le musée où il se trouvait, sur la date où il avait été peint, un renseignement matériel. Mais d'habitude il se contentait de chercher à nous amuser en racontant chaque fois une histoire nouvelle qui venait de lui arriver avec des gens choisis parmi ceux que nous connaissions, avec le pharmacien de Combray, avec notre cuisinière, avec notre cocher. Certes ces récits faisaient rire ma grand-tante, mais sans qu'elle distinguât bien si c'était à cause du rôle ridicule que s'y donnait toujours Swann ou de l'esprit qu'il mettait à les conter : « On peut dire que vous êtes un vrai type, monsieur Swann ! » Comme elle était la seule personne un peu vulgaire de notre famille, elle avait soin de faire remarquer aux étrangers, quand on parlait de Swann, qu'il aurait pu, s'il avait voulu, habiter boulevard Haussmann ou avenue de l'Opéra, qu'il était le fils de M. Swann qui avait dû lui laisser quatre ou cinq millions, mais que c'était sa fantaisie. Fantaisie qu'elle jugeait du reste devoir être si divertissante pour les autres, qu'à Paris, quand M. Swann venait le 1er janvier lui apporter son sac de marrons glacés, elle ne manquait pas, s'il y avait du monde, de lui dire : « Eh bien ! Monsieur Swann, vous habitez toujours près de l'Entrepôt des vins, pour être sûr de ne pas manquer le train quand vous prenez le chemin de Lyon ? » Et elle regardait du coin de l'œil, par-dessus son lorgnon, les autres visiteurs.

Mais si l'on avait dit à ma grand-tante que ce Swann qui, en tant que fils Swann était parfaitement « qualifié » pour être reçu par toute la « belle bourgeoisie », par les notaires ou les avoués les plus estimés de Paris (privilège qu'il semblait laisser tomber un peu en quenouille), avait, comme en cachette, une vie toute différente ; qu'en sortant de chez nous, à Paris, après nous avoir dit qu'il rentrait se coucher, il rebroussait chemin à peine la rue tournée et se rendait dans tel salon que jamais l'œil d'aucun agent ou associé d'agent ne contempla, cela eût paru aussi extraordinaire à ma tante qu'aurait pu l'être pour une dame plus lettrée la pensée d'être personnellement liée avec Aristée dont elle aurait compris qu'il allait, après avoir causé avec elle, plonger au sein des royaumes de Thétis, dans un empire soustrait aux yeux des mortels et où Virgile nous le montre reçu à bras ouverts [20] ; ou – pour s'en tenir à une image qui avait plus de chance de lui venir à l'esprit, car elle l'avait vue peinte sur nos assiettes à petits fours de Combray – d'avoir eu à dîner Ali Baba, lequel quand il se saura seul, pénétrera dans la caverne, éblouissante de trésors insoupçonnés.

Un jour qu'il était venu nous voir à Paris après dîner en s'excusant d'être en habit, Françoise ayant, après son départ, dit tenir du cocher qu'il avait dîné « chez une princesse », – « Oui, chez une princesse du demi-monde ! » avait répondu ma tante en haussant les épaules sans lever les yeux de sur son tricot, avec une ironie sereine.

Aussi, ma grand-tante en usait-elle cavalièrement avec lui. Comme elle croyait qu'il devait être flatté par nos invitations, elle trouvait tout naturel qu'il ne vînt pas nous voir l'été sans avoir à la main un panier de pêches ou de framboises de son jardin et que de chacun de ses voyages d'Italie il m'eût rapporté des photographies de chefs-d'œuvre [21].

On ne se gênait guère pour l'envoyer quérir dès qu'on avait besoin d'une recette de sauce gribiche ou de salade à l'ananas pour des grands dîners où on ne l'invitait pas, ne lui trouvant pas un prestige suffisant pour qu'on pût le servir à des étrangers qui venaient pour la première fois. Si la conversation tombait sur les princes de la Maison de France : « des gens que nous ne connaîtrons jamais ni vous ni moi et nous nous en passons, n'est-ce pas », disait ma grand-tante à Swann qui avait peut-être dans sa poche une lettre de Twickenham [22] ; elle lui faisait pousser le piano et tourner les pages les soirs où la sœur de ma grand-mère chantait, ayant pour manier cet être ailleurs si recherché, la naïve brusquerie d'un enfant qui joue avec un bibelot de collection sans plus de précautions qu'avec un objet bon marché. Sans doute le Swann que connurent à la même époque tant de clubmen était bien différent de celui que créait ma grand-tante, quand le soir, dans le petit jardin de Combray, après qu'avaient retenti les deux coups hésitants de la clochette, elle injectait et vivifiait de tout ce qu'elle savait sur la famille Swann, l'obscur et incertain personnage qui se détachait, suivi de ma grand-mère, sur un fond de ténèbres, et qu'on reconnaissait à la voix. Mais même au point de vue des plus insignifiantes choses de la vie, nous ne sommes pas un tout matériellement constitué, identique pour tout le monde et dont chacun n'a qu'à aller prendre connaissance comme d'un cahier des charges ou d'un testament ; notre personnalité sociale est une création de la pensée des autres. Même l'acte si simple que nous appelons « voir une personne que nous connaissons » est en partie un acte intellectuel. Nous remplissons l'apparence physique de l'être que nous voyons de toutes les notions que nous avons sur lui et dans l'aspect total que nous nous représentons, ces notions ont certainement la plus grande part. Elles finissent par gonfler si parfaitement les joues, par suivre en une adhérence si exacte la ligne du nez, elles se mêlent si bien de nuancer la sonorité de la voix comme si celle-ci n'était qu'une transparente enveloppe, que chaque fois que nous voyons ce visage et que nous entendons cette voix, ce sont ces notions que nous retrouvons, que nous écoutons. Sans doute, dans le Swann qu'ils s'étaient constitué, mes parents avaient omis par ignorance de faire entrer une foule de particularités de sa vie mondaine qui étaient cause que d'autres personnes, quand elles étaient en sa présence, voyaient les élégances régner dans son visage et s'arrêter à son nez busqué comme à leur frontière naturelle ; mais aussi ils avaient pu entasser dans ce visage désaffecté de son prestige, vacant et spacieux, au fond de ces yeux dépréciés, le vague et doux résidu – mi-mémoire, mi-oubli – des heures oisives passées ensemble après nos dîners hebdomadaires, autour de la table de jeu ou au jardin, durant notre vie de bon voisinage campagnard. L'enveloppe corporelle de notre ami en avait été si bien bourrée, ainsi que de quelques souvenirs relatifs à ses parents, que ce Swann-là était devenu un être complet et vivant, et que j'ai l'impression de quitter une personne pour aller vers une autre qui en est distincte, quand, dans ma mémoire, du Swann que j'ai connu plus tard avec exactitude je passe à ce premier Swann – à ce premier Swann dans lequel je retrouve les erreurs charmantes de ma jeunesse, et qui d'ailleurs ressemble moins à l'autre qu'aux personnes que j'ai connues à la même époque, comme s'il en était de notre vie ainsi que d'un musée où tous les portraits d'un même temps ont un air de famille, une même tonalité – à ce premier Swann rempli de loisir, parfumé par l'odeur du grand marronnier, des paniers de framboises et d'un brin d'estragon.

Pourtant un jour que ma grand-mère était allée demander un service à une dame qu'elle avait connue au Sacré-Cœur (et avec laquelle, à cause de notre conception des castes elle n'avait pas voulu rester en relation malgré une sympathie réciproque), la Marquise de Villeparisis, de la célèbre famille de Bouillon, celle-ci lui avait dit : « Je crois que vous connaissez beaucoup M. Swann qui est un grand ami de mes neveux des Laumes. » Ma grand-mère était revenue de sa visite enthousiasmée par la maison qui donnait sur des jardins et où Mme de Villeparisis lui conseillait de louer, et aussi par un giletier et sa fille, qui avaient leur boutique dans la cour et chez qui elle était entrée demander qu'on fît un point à sa jupe qu'elle avait déchirée dans l'escalier. Ma grand-mère avait trouvé ces gens parfaits, elle déclarait que la petite était une perle et que le giletier était l'homme le plus distingué, le mieux qu'elle eût jamais vu. Car pour elle, la distinction était quelque chose d'absolument indépendant du rang social. Elle s'extasiait sur une réponse que le giletier lui avait faite, disant à maman : « Sévigné n'aurait pas mieux dit ! » et en revanche, d'un neveu de Mme de Villeparisis qu'elle avait rencontré chez elle : « Ah ! ma fille, comme il est commun ! »

Or le propos relatif à Swann avait eu pour effet non pas de relever celui-ci dans l'esprit de ma grand-tante, mais d'y abaisser Mme de Villeparisis. Il semblait que la considération que, sur la foi de ma grand-mère, nous accordions à Mme de Villeparisis, lui créât un devoir de ne rien faire qui l'en rendît moins digne et auquel elle avait manqué en apprenant l'existence de Swann, en permettant à des parents à elle de le fréquenter. « Comment, elle connaît Swann ? Pour une personne que tu prétendais parente du maréchal de Mac-Mahon [23] ! » Cette opinion de mes parents sur les relations de Swann leur parut ensuite confirmée par son mariage avec une femme de la pire société, presque une cocotte que, d'ailleurs il ne chercha jamais à présenter, continuant à venir seul chez nous, quoique de moins en moins, mais d'après laquelle ils crurent pouvoir juger – supposant que c'était là qu'il l'avait prise – le milieu, inconnu d'eux, qu'il fréquentait habituellement.

Mais une fois, mon grand-père lut dans un journal que M. Swann était un des plus fidèles habitués des déjeuners du dimanche chez le Duc de X..., dont le père et l'oncle avaient été les hommes d'État les plus en vue du règne de Louis-Philippe. Or mon grand-père était curieux de tous les petits faits qui pouvaient l'aider à entrer par la pensée dans la vie privée d'hommes comme Molé, comme le Duc Pasquier, comme le Duc de Broglie [24]. Il fut enchanté d'apprendre que Swann fréquentait des gens qui les avaient connus. Ma grand-tante au contraire interpréta cette nouvelle dans un sens défavorable à Swann : quelqu'un qui choisissait ses fréquentations en dehors de la caste où il était né, en dehors de sa « classe » sociale, subissait à ses yeux un fâcheux déclassement. Il lui semblait qu'on renonçât d'un coup au fruit de toutes les belles relations avec des gens bien posés, qu'avaient honorablement entretenues et engrangées pour leurs enfants les familles prévoyantes ; (ma grand-tante avait même cessé de voir le fils d'un notaire de nos amis parce qu'il avait épousé une altesse et était par là descendu pour elle du rang respecté de fils de notaire à celui d'un de ces aventuriers, anciens valets de chambre ou garçons d'écurie, pour qui on raconte que les reines eurent parfois des bontés). Elle blâma le projet qu'avait mon grand-père d'interroger Swann, le soir prochain où il devait venir dîner, sur ces amis que nous lui découvrions. D'autre part les deux sœurs de ma grand-mère, vieilles filles qui avaient sa noble nature mais non son esprit, déclarèrent ne pas comprendre le plaisir que leur beau-frère pouvait trouver à parler de niaiseries pareilles. C'étaient des personnes d'aspirations élevées et qui à cause de cela même étaient incapables de s'intéresser à ce qu'on appelle un potin, eût-il même un intérêt historique, et d'une façon générale à tout ce qui ne se rattachait pas directement à un objet esthétique ou vertueux. Le désintéressement de leur pensée était tel, à l'égard de tout ce qui, de près ou de loin semblait se rattacher à la vie mondaine, que leur sens auditif – ayant fini par comprendre son inutilité momentanée dès qu'à dîner la conversation prenait un ton frivole ou seulement terre à terre sans que ces deux vieilles demoiselles aient pu la ramener aux sujets qui leur étaient chers – mettait alors au repos ses organes récepteurs et leur laissait subir un véritable commencement d'atrophie. Si alors mon grand-père avait besoin d'attirer l'attention des deux sœurs, il fallait qu'il eût recours à ces avertissements physiques dont usent les médecins aliénistes à l'égard de certains maniaques de la distraction : coups frappés à plusieurs reprises sur un verre avec la lame d'un couteau, coïncidant avec une brusque interpellation de la voix et du regard, moyens violents que ces psychiatres transportent souvent dans les rapports courants avec des gens bien portants, soit par habitude professionnelle, soit qu'ils croient tout le monde un peu fou.

Elles furent plus intéressées quand la veille du jour où Swann devait venir dîner, et leur avait personnellement envoyé une caisse de vin d'Asti, ma tante, tenant un numéro du *Figaro* où à côté du nom d'un tableau qui était à une Exposition de Corot, il y avait ces mots : « de la collection de M. Charles Swann », nous dit : « Vous avez vu que Swann a "les honneurs" du *Figaro* ? – Mais je vous ai toujours dit qu'il avait beaucoup de goût, dit ma grand-mère. – Naturellement toi, du moment qu'il s'agit d'être d'un autre avis que *nous* », répondit ma grand-tante qui sachant que ma grand-mère n'était jamais du même avis qu'elle, et n'étant pas bien sûre que ce fût à elle-même que nous donnions toujours raison, voulait nous arracher une condamnation en bloc des opinions de ma grand-mère contre lesquelles elle tâchait de nous solidariser de force avec les siennes. Mais nous restâmes silencieux. Les sœurs de ma grand-mère ayant manifesté l'intention de parler à Swann de ce mot du *Figaro*, ma grand-tante le leur déconseilla. Chaque fois qu'elle voyait aux autres un avantage si petit fût-il qu'elle n'avait pas, elle se persuadait que c'était non un avantage mais un mal et elle les plaignait pour ne pas avoir à les envier. « Je crois que vous ne lui feriez pas plaisir ; moi je sais bien que cela me serait très désagréable de voir mon nom imprimé tout vif comme cela dans le journal, et je ne serais pas flattée du tout qu'on m'en parlât. » Elle ne s'entêta pas d'ailleurs à persuader les sœurs de ma grand-mère ; car celles-ci par horreur de la vulgarité poussaient si loin l'art de dissimuler sous des périphrases ingénieuses une allusion personnelle qu'elle passait souvent inaperçue de celui même à qui elle s'adressait. Quant à ma mère elle ne pensait qu'à tâcher d'obtenir de mon père qu'il consentît à parler à Swann non de sa femme mais de sa fille qu'il adorait et à cause de laquelle, disait-on, il avait fini par faire ce mariage. « Tu pourrais ne lui dire qu'un mot, lui demander comment elle va. Cela doit être si cruel pour lui. » Mais mon père se fâchait : « Mais non ! tu as des idées absurdes. Ce serait ridicule. »

Mais le seul d'entre nous pour qui la venue de Swann devint l'objet d'une préoccupation douloureuse, ce fut moi. C'est que les soirs où des étrangers, ou seulement M. Swann, étaient là, maman ne montait pas dans ma chambre. Je dînais avant tout le monde[25] et je venais ensuite m'asseoir à table, jusqu'à huit heures où il était convenu que je devais monter ; ce baiser précieux et fragile que maman me confiait d'habitude dans mon lit au moment de m'endormir il me fallait le transporter de la salle à manger dans ma chambre et le garder pendant tout le temps que je me déshabillais, sans que se brisât sa douceur, sans que se répandît et s'évaporât sa vertu volatile et, justement ces soirs-là où j'aurais eu besoin de le recevoir avec plus de précaution, il fallait que je le prisse, que je le dérobasse brusquement, publiquement, sans même avoir le temps et la liberté d'esprit nécessaires pour porter à ce que je faisais cette attention des maniaques qui s'efforcent de ne pas penser à autre chose pendant qu'ils ferment une porte, pour pouvoir, quand l'incertitude maladive leur revient, lui opposer victorieusement le souvenir du moment où ils l'ont fermée. Nous étions tous au jardin quand retentirent les deux coups hésitants de la clochette. On savait que c'était Swann ; néanmoins tout le monde se regarda d'un air interrogateur et on envoya ma grand-mère en reconnaissance. « Pensez à le remercier intelligiblement de son vin, vous savez qu'il est délicieux et la caisse est énorme », recommanda mon grand-père à ses deux belles-sœurs. « Ne commencez pas à chuchoter, dit ma grand-tante. Comme c'est confortable d'arriver dans une maison où tout le monde parle bas. – Ah ! voilà M. Swann. Nous allons lui demander s'il croit qu'il fera beau demain », dit mon père. Ma mère pensait qu'un mot d'elle effacerait toute la peine que dans notre famille on avait pu faire à Swann depuis son mariage. Elle trouva le moyen de l'emmener un peu à l'écart. Mais je la suivis ; je ne pouvais me décider à la quitter d'un pas en pensant que tout à l'heure il faudrait que je la laisse dans la salle à manger et que je remonte dans ma chambre sans avoir comme les autres soirs la consolation qu'elle vînt m'embrasser. « Voyons, monsieur Swann, lui dit-elle, parlez-moi un peu de votre fille ; je suis sûre qu'elle a déjà le goût des belles œuvres comme son papa. – Mais venez donc vous asseoir avec nous tous sous la véranda », dit mon grand-père en s'approchant. Ma mère fut obligée de s'interrompre, mais elle tira de cette contrainte même une pensée délicate de plus, comme les bons poètes que la tyrannie de la rime force à trouver leurs plus grandes beautés : « Nous reparlerons d'elle quand nous serons tous les deux, dit-elle à mi-voix à Swann. Il n'y a qu'une maman qui soit digne de vous comprendre. Je suis sûre que la sienne serait de mon avis. » Nous nous assîmes tous autour de la table de fer. J'aurais voulu ne pas penser aux heures d'angoisse que je passerais ce soir seul dans ma chambre sans pouvoir m'endormir ; je tâchais de me persuader qu'elles n'avaient aucune importance, puisque je les aurais oubliées demain matin, de m'attacher à des idées d'avenir qui auraient dû me conduire comme sur un pont au-delà de l'abîme prochain qui m'effrayait. Mais mon esprit tendu par ma préoccupation, rendu convexe comme le regard que je dardais sur ma mère, ne se laissait pénétrer par aucune impression étrangère. Les pensées entraient bien en lui, mais à condition de laisser dehors tout élément de beauté ou simplement de drôlerie qui m'eût touché ou distrait. Comme un malade, grâce à un anesthésique, assiste avec une pleine lucidité à l'opération qu'on pratique sur lui, mais sans rien sentir, je pouvais me réciter des vers que j'aimais ou observer les efforts que mon grand-père faisait pour parler à Swann du Duc d'Audiffret-Pasquier[26], sans que les premiers me fissent éprouver aucune émotion, les seconds aucune gaieté. Ces efforts furent infructueux. À peine mon grand-père eut-il posé à Swann une question relative à cet orateur qu'une des sœurs de ma grand-mère, aux oreilles de qui cette question résonna comme un silence profond mais intempestif et qu'il était poli de rompre, interpella l'autre : « Imagine-toi, Céline, que j'ai fait la connaissance d'une jeune institutrice suédoise qui m'a donné sur les coopératives dans les pays scandinaves des détails tout ce qu'il y a de plus intéressants. Il faudra qu'elle vienne dîner ici un soir. – Je crois bien ! répondit sa sœur Flora, mais je n'ai pas perdu mon temps non plus. J'ai rencontré chez M. Vinteuil un vieux savant qui connaît beaucoup Maubant, et à qui Maubant a expliqué dans le plus grand détail comment il s'y prend pour composer un rôle. C'est tout ce qu'il y a de plus intéressant. C'est un voisin de M. Vinteuil, je n'en savais rien ; et il est très aimable. – Il n'y a pas que M. Vinteuil qui ait des voisins aimables », s'écria ma tante Céline d'une voix que la timidité rendait forte et la préméditation, factice, tout en jetant sur Swann ce qu'elle appelait un regard significatif. En même temps ma tante Flora qui avait compris que cette phrase était le remerciement de Céline pour le vin d'Asti, regardait également Swann avec un air mêlé de congratulation et d'ironie, soit simplement pour souligner le trait d'esprit de sa sœur, soit qu'elle enviât Swann de l'avoir inspiré, soit qu'elle ne pût s'empêcher de se moquer de lui parce qu'elle le croyait sur la sellette. « Je crois qu'on pourra réussir à avoir ce monsieur à dîner, continua Flora ; quand on le met sur Maubant ou sur Mme Materna[27], il parle des heures sans s'arrêter. – Ce doit être délicieux », soupira mon grand-père dans l'esprit de qui la nature avait malheureusement aussi complètement omis d'inclure la possibilité de s'intéresser passionnément aux coopératives suédoises ou à la composition des rôles de Maubant, qu'elle avait oublié de fournir celui des sœurs de ma grand-mère du petit grain de sel qu'il faut ajouter soi-même pour y trouver quelque saveur, à un récit sur la vie intime de Molé ou du Comte de Paris[28]. « Tenez, dit Swann à mon grand-père, ce que je vais vous dire a plus de rapports que cela n'en a l'air avec ce que vous me demandiez, car sur certains points les choses n'ont pas énormément changé. Je relisais ce matin dans Saint-Simon quelque chose qui vous aurait amusé. C'est dans le volume sur son ambassade d'Espagne ; ce n'est pas un des meilleurs, ce n'est guère qu'un journal, mais du moins un journal merveilleusement écrit, ce qui fait déjà une première différence avec les assommants journaux que nous nous croyons obligés de lire matin et soir. – Je ne suis pas de votre avis, il y a des jours où la lecture des journaux me semble fort agréable... », interrompit ma tante Flora, pour montrer qu'elle avait lu la phrase sur le Corot de Swann dans *le Figaro.* « Quand ils parlent de choses ou de gens qui nous intéressent ! » enchérit ma tante Céline. « Je ne dis pas non, répondit Swann étonné. Ce que je reproche aux journaux c'est de nous faire faire attention tous les jours à des choses insignifiantes tandis que nous lisons trois ou quatre fois dans notre vie les livres où il y a des choses essentielles. Du moment que nous déchirons fiévreusement chaque matin la bande du journal, alors on devrait changer les choses et mettre dans le journal, moi je ne sais pas, les... Pensées de Pascal ! (il détacha ce mot d'un ton d'emphase ironique pour ne pas avoir l'air pédant). Et c'est dans le volume doré sur tranches que nous n'ouvrons qu'une fois tous les dix ans, ajouta-t-il en témoignant pour les choses mondaines ce dédain qu'affectent certains hommes du monde, que nous lirions que la Reine de Grèce est allée à Cannes ou que la Princesse de Léon a donné un bal costumé. Comme cela la juste proportion serait rétablie. » Mais regrettant de s'être laissé aller à parler même légèrement de choses sérieuses : « Nous avons une bien belle conversation, dit-il ironiquement, je ne sais pas pourquoi nous abordons ces "sommets" », et se tournant vers mon grand-père : « Donc Saint-Simon raconte que Maulévrier avait eu l'audace de tendre la main à ses fils. Vous savez, c'est ce Maulévrier dont il dit : "Jamais je ne vis dans cette épaisse bouteille que de l'humeur, de la grossièreté et des sottises." – Épaisses ou non, je connais des bouteilles où il y a tout autre chose », dit vivement Flora, qui tenait à avoir remercié Swann elle aussi, car le présent de vin d'Asti s'adressait aux deux. Céline se mit à rire. Swann interloqué reprit : « Je ne sais si ce fut ignorance ou panneau, écrit Saint-Simon, il voulut donner la main à mes enfants. Je m'en aperçus assez tôt pour l'en empêcher[29]. » Mon grand-père s'extasiait déjà sur « ignorance ou panneau », mais Mlle Céline, chez qui le nom de Saint-Simon – un littérateur – avait empêché l'anesthésie complète des facultés auditives, s'indignait déjà : « Comment ? vous admirez cela ? Eh bien ! c'est du joli ! Mais qu'est-ce que cela peut vouloir dire ; est-ce qu'un homme n'est pas autant qu'un autre ? Qu'est-ce que cela peut faire qu'il soit duc ou cocher s'il a de l'intelligence et du cœur ? Il avait une belle manière d'élever ses enfants, votre Saint-Simon, s'il ne leur disait pas de donner la main à tous les honnêtes gens. Mais c'est abominable, tout simplement. Et vous osez citer cela ? » Et mon grand-père navré, sentant l'impossibilité, devant cette obstruction, de chercher à faire raconter à Swann, les histoires qui l'eussent amusé disait à voix basse à maman : « Rappelle-moi donc le vers que tu m'as appris et qui me soulage tant dans ces moments-là. Ah ! oui : "Seigneur, que de vertus vous nous faites haïr[30] !" Ah ! comme c'est bien ! »

Je ne quittais pas ma mère des yeux, je savais que quand on serait à table, on ne me permettrait pas de rester pendant toute la durée du dîner et que pour ne pas contrarier mon père, maman ne me laisserait pas l'embrasser à plusieurs reprises devant le monde, comme si ç'avait été dans ma chambre. Aussi je me promettais, dans la salle à manger, pendant qu'on commencerait à dîner et que je sentirais approcher l'heure, de faire d'avance de ce baiser qui serait si court et furtif, tout ce que j'en pouvais faire seul, de choisir avec mon regard la place de la joue que j'embrasserais, de préparer ma pensée pour pouvoir grâce à ce commencement mental de baiser consacrer toute la minute que m'accorderait maman à sentir sa joue contre mes lèvres, comme un peintre qui ne peut obtenir que de courtes séances de pose, prépare sa palette, et a fait d'avance de souvenir, d'après ses notes, tout ce pour quoi il pouvait à la rigueur se passer de la présence du modèle. Mais voici qu'avant que le dîner fût sonné mon grand-père eut la férocité inconsciente de dire : « Le petit a l'air fatigué, il devrait monter se coucher. On dîne tard du reste ce soir. » Et mon père, qui ne gardait pas aussi scrupuleusement que ma grand-mère et que ma mère la foi des traités, dit : « Oui, allons, va te coucher. » Je voulus embrasser maman, à cet instant on entendit la cloche du dîner. « Mais non, voyons, laisse ta mère, vous vous êtes assez dit bonsoir comme cela, ces manifestations sont ridicules. Allons, monte ! » Et il me fallut partir sans viatique ; il me fallut monter chaque marche de l'escalier, comme dit l'expression populaire, à « contre-cœur », montant contre mon cœur qui voulait retourner près de ma mère parce qu'elle ne lui avait pas, en m'embrassant, donné licence de me suivre. Cet escalier détesté où je m'engageais toujours si tristement, exhalait une odeur de vernis qui avait en quelque sorte absorbé, fixé, cette sorte particulière de chagrin que je ressentais chaque soir et la rendait peut-être plus cruelle encore pour ma sensibilité parce que sous cette forme olfactive mon intelligence n'en pouvait plus prendre sa part. Quand nous dormons et qu'une rage de dents n'est encore perçue par nous que comme une jeune fille que nous nous efforçons deux cents fois de suite de tirer de l'eau ou que comme un vers de Molière que nous nous répétons sans arrêter, c'est un grand soulagement de nous réveiller et que notre intelligence puisse débarrasser l'idée de rage de dents, de tout déguisement héroïque ou cadencé. C'est l'inverse de ce soulagement que j'éprouvais quand mon chagrin de monter dans ma chambre entrait en moi d'une façon infiniment plus rapide, presque instantanée, à la fois insidieuse et brusque, par l'inhalation – beaucoup plus toxique que la pénétration morale – de l'odeur de vernis particulière à cet escalier. Une fois dans ma chambre, il fallut boucher toutes les issues, fermer les volets, creuser mon propre tombeau, en défaisant mes couvertures, revêtir le suaire de ma chemise de nuit. Mais avant de m'ensevelir dans le lit de fer qu'on avait ajouté dans la chambre parce que j'avais trop chaud l'été sous les courtines de reps du grand lit, j'eus un mouvement de révolte, je voulus essayer d'une ruse de condamné. J'écrivis à ma mère en la suppliant de monter pour une chose grave que je ne pouvais lui dire dans ma lettre. Mon effroi était que Françoise, la cuisinière de ma tante qui était chargée de s'occuper de moi quand j'étais à Combray, refusât de porter mon mot. Je me doutais que pour elle, faire une commission à ma mère quand il y avait du monde lui paraîtrait aussi impossible que pour le portier d'un théâtre de remettre une lettre à un acteur pendant qu'il est en scène. Elle possédait à l'égard des choses qui peuvent ou ne peuvent pas se faire un code impérieux, abondant, subtil et intransigeant sur des distinctions insaisissables ou oiseuses (ce qui lui donnait l'apparence de ces lois antiques qui, à côté de prescriptions féroces comme de massacrer les enfants à la mamelle, défendent avec une délicatesse exagérée de faire bouillir le chevreau dans le lait de sa mère, ou de manger dans un animal le nerf de la cuisse). Ce code, si l'on en jugeait par l'entêtement soudain qu'elle mettait à ne pas vouloir faire certaines commissions que nous lui donnions, semblait avoir prévu des complexités sociales et des raffinements mondains tels que rien dans l'entourage de Françoise et dans sa vie de domestique de village n'avait pu les lui suggérer [31] ; et l'on était obligé de se dire qu'il y avait en elle un passé français très ancien, noble et mal compris, comme dans ces cités manufacturières où de vieux hôtels témoignent qu'il y eut jadis une vie de cour, et où les ouvriers d'une usine de produits chimiques travaillent au milieu de délicates sculptures qui représentent le miracle de saint Théophile [32] ou les quatre fils Aymon [33]. Dans le cas particulier, l'article du code à cause duquel il était peu probable que sauf le cas d'incendie Françoise allât déranger maman en présence de M. Swann pour un aussi petit personnage que moi, exprimait simplement le respect qu'elle professait non seulement pour les parents – comme pour les morts, les prêtres et les rois – mais encore pour l'étranger à qui on donne l'hospitalité, respect qui m'aurait peut-être touché dans un livre mais qui m'irritait toujours dans sa bouche, à cause du ton grave et attendri qu'elle prenait pour en parler, et davantage ce soir où le caractère sacré qu'elle conférait au dîner avait pour effet qu'elle refuserait d'en troubler la cérémonie. Mais pour mettre une chance de mon côté, je n'hésitai pas à mentir et à lui dire que ce n'était pas du tout moi qui avais voulu écrire à maman, mais que c'était maman qui, en me quittant, m'avait recommandé de ne pas oublier de lui envoyer une réponse relativement à un objet qu'elle m'avait prié de chercher ; et elle serait certainement très fâchée si on ne lui remettait pas ce mot. Je pense que Françoise ne me crut pas, car, comme les hommes primitifs dont les sens étaient plus puissants que les nôtres, elle discernait immédiatement, à des signes insaisissables pour nous, toute vérité que nous voulions lui cacher ; elle regarda pendant cinq minutes l'enveloppe comme si l'examen du papier et l'aspect de l'écriture allaient la renseigner sur la nature du contenu ou lui apprendre à quel article de son code elle devait se référer. Puis elle sortit d'un air résigné qui semblait signifier : « C'est-il pas malheureux pour des parents d'avoir un enfant pareil ! » Elle revint au bout d'un moment me dire qu'on n'en était encore qu'à la glace, qu'il était impossible au maître d'hôtel de remettre la lettre en ce moment devant tout le monde, mais que, quand on serait aux rince-bouche, on trouverait le moyen de la faire passer à maman. Aussitôt mon anxiété tomba ; maintenant ce n'était plus comme tout à l'heure pour jusqu'à demain que j'avais quitté ma mère, puisque mon petit mot allait, la fâchant sans doute (et doublement parce que ce manège me rendrait ridicule aux yeux de Swann), me faire du moins entrer invisible et ravi dans la même pièce qu'elle, allait lui parler de moi à l'oreille ; puisque cette salle à manger interdite, hostile, où, il y avait un instant encore, la glace elle-même – le « granité » – et les rince-bouche me semblaient receler des plaisirs malfaisants et mortellement tristes parce que maman les goûtait loin de moi, s'ouvrait à moi et, comme un fruit devenu doux qui brise son enveloppe, allait faire jaillir, projeter jusqu'à mon cœur enivré l'attention de maman tandis qu'elle lirait mes lignes. Maintenant je n'étais plus séparé d'elle ; les barrières étaient tombées, un fil délicieux nous réunissait. Et puis, ce n'était pas tout : maman allait sans doute venir !

L'angoisse que je venais d'éprouver, je pensais que Swann s'en serait bien moqué s'il avait lu ma lettre et en avait deviné le but ; or, au contraire, comme je l'ai appris plus tard, une angoisse semblable fut le tourment de longues années de sa vie et personne, aussi bien que lui peut-être, n'aurait pu me comprendre ; lui, cette angoisse qu'il y a à sentir l'être qu'on aime dans un lieu de plaisir où l'on n'est pas, où l'on ne peut pas le rejoindre, c'est l'amour qui la lui a fait connaître, l'amour, auquel elle est en quelque sorte prédestinée, par lequel elle sera accaparée, spécialisée ; mais quand, comme pour moi, elle est entrée en nous avant qu'il ait encore fait son apparition dans notre vie, elle flotte en l'attendant, vague et libre, sans affectation déterminée, au service un jour d'un sentiment, le lendemain d'un autre, tantôt de la tendresse filiale ou de l'amitié pour un camarade. Et la joie avec laquelle je fis mon premier apprentissage quand Françoise revint me dire que ma lettre serait remise, Swann l'avait bien connue aussi cette joie trompeuse que nous donne quelque ami, quelque parent de la femme que nous aimons, quand arrivant à l'hôtel ou au théâtre où elle se trouve, pour quelque bal, redoute, ou première où il va la retrouver, cet ami nous aperçoit errant dehors, attendant désespérément quelque occasion de communiquer avec elle. Il nous reconnaît, nous aborde familièrement, nous demande ce que nous faisons là. Et comme nous inventons que nous avons quelque chose d'urgent à dire à sa parente ou amie, il nous assure que rien n'est plus simple, nous fait entrer dans le vestibule et nous promet de nous l'envoyer avant cinq minutes. Que nous l'aimons – comme en ce moment j'aimais Françoise – l'intermédiaire bien intentionné qui d'un mot vient de nous rendre supportable, humaine et presque propice la fête inconcevable, infernale, au sein de laquelle nous croyions que des tourbillons ennemis, pervers et délicieux entraînaient loin de nous, la faisant rire de nous, celle que nous aimons. Si nous en jugeons par lui, le parent qui nous a accosté et qui est lui aussi un des initiés des cruels mystères, les autres invités de la fête ne doivent rien avoir de bien démoniaque. Ces heures inaccessibles et suppliciantes où elle allait goûter des plaisirs inconnus, voici que par une brèche inespérée nous y pénétrons ; voici qu'un des moments dont la succession les aurait composées, un moment aussi réel que les autres, même peut-être plus important pour nous, parce que notre maîtresse y est plus mêlée, nous nous le représentons, nous le possédons, nous y intervenons, nous l'avons créé presque : le moment où on va lui dire que nous sommes là, en bas. Et sans doute les autres moments de la fête ne devaient pas être d'une essence bien différente de celui-là, ne devaient rien avoir de plus délicieux et qui dût tant nous faire souffrir puisque l'ami bienveillant nous a dit : « Mais elle sera ravie de descendre ! Cela lui fera beaucoup plus de plaisir de causer avec vous que de s'ennuyer là-haut. » Hélas ! Swann en avait fait l'expérience, les bonnes intentions d'un tiers sont sans pouvoir sur une femme qui s'irrite de se sentir poursuivie jusque dans une fête par quelqu'un qu'elle n'aime pas. Souvent, l'ami redescend seul.

Ma mère ne vint pas, et sans ménagements pour mon amour-propre (engagé à ce que la fable de la recherche dont elle était censée m'avoir prié de lui dire le résultat ne fût pas démentie) me fit dire par Françoise ces mots : « Il n'y a pas de réponse » que depuis j'ai si souvent entendu des concierges de « palaces » ou des valets de pied de tripots, rapporter à quelque pauvre fille qui s'étonne : « Comment, il n'a rien dit, mais c'est impossible ! Vous avez pourtant bien remis ma lettre. C'est bien, je vais attendre encore. » Et – de même qu'elle assure invariablement n'avoir pas besoin du bec supplémentaire que le concierge veut allumer pour elle, et reste là, n'entendant plus que les rares propos sur le temps qu'il fait échangés entre le concierge et un chasseur qu'il envoie tout d'un coup en s'apercevant de l'heure, faire rafraîchir dans la glace la boisson d'un client – ayant décliné l'offre de Françoise de me faire de la tisane ou de rester auprès de moi, je la laissai retourner à l'office, je me couchai et je fermai les yeux en tâchant de ne pas entendre la voix de mes parents qui prenaient le café au jardin. Mais au bout de quelques secondes, je sentis qu'en écrivant ce mot à maman, en m'approchant, au risque de la fâcher, si près d'elle que j'avais cru toucher le moment de la revoir, je m'étais barré la possibilité de m'endormir sans l'avoir revue, et les battements de mon cœur, de minute en minute devenaient plus douloureux parce que j'augmentais mon agitation en me prêchant un calme qui était l'acceptation de mon infortune. Tout à coup mon anxiété tomba, une félicité m'envahit comme quand un médicament puissant commence à agir et nous enlève une douleur : je venais de prendre la résolution de ne plus essayer de m'endormir sans avoir revu maman, de l'embrasser coûte que coûte, bien que ce fût avec la certitude d'être ensuite fâché pour longtemps avec elle, quand elle remonterait se coucher. Le calme qui résultait de mes angoisses finies me mettait dans une allégresse extraordinaire, non moins que l'attente, la soif et la peur du danger. J'ouvris la fenêtre sans bruit et m'assis au pied de mon lit ; je ne faisais presque aucun mouvement afin qu'on ne m'entendît pas d'en bas. Dehors, les choses semblaient, elles aussi, figées en une muette attention à ne pas troubler le clair de lune, qui doublant et reculant chaque chose par l'extension devant elle de son reflet, plus dense et concret qu'elle-même, avait à la fois aminci et agrandi le paysage comme un plan replié jusque-là, qu'on développe. Ce qui avait besoin de bouger, quelque feuillage de marronnier, bougeait. Mais son frissonnement minutieux, total, exécuté jusque dans ses moindres nuances et ses dernières délicatesses, ne bavait pas sur le reste, ne se fondait pas avec lui, restait circonscrit. Exposés sur ce silence qui n'en absorbait rien, les bruits les plus éloignés, ceux qui devaient venir de jardins situés à l'autre bout de la ville, se percevaient détaillés avec un tel « fini » qu'ils semblaient ne devoir cet effet de lointain qu'à leur pianissimo, comme ces motifs en sourdine si bien exécutés par l'orchestre du Conservatoire [34] que quoiqu'on n'en perde pas une note on croit les entendre cependant loin de la salle du concert et que tous les vieux abonnés – les sœurs de ma grand-mère aussi quand Swann leur avait donné ses places – tendaient l'oreille comme s'ils avaient écouté les progrès lointains d'une armée en marche qui n'aurait pas encore tourné la rue de Trévise.

Je savais que le cas dans lequel je me mettais était de tous celui qui pouvait avoir pour moi, de la part de mes parents, les conséquences les plus graves, bien plus graves en vérité qu'un étranger n'aurait pu le supposer, de celles qu'il aurait cru que pouvaient produire seules des fautes vraiment honteuses. Mais dans l'éducation qu'on me donnait, l'ordre des fautes n'était pas le même que dans l'éducation des autres enfants et on m'avait habitué à placer avant toutes les autres (parce que sans doute il n'y en avait pas contre lesquelles j'eusse besoin d'être plus soigneusement gardé) celles dont je comprends maintenant que leur caractère commun est qu'on y tombe en cédant à une impulsion nerveuse. Mais alors on ne prononçait pas ce mot, on ne déclarait pas cette origine qui aurait pu me faire croire que j'étais excusable d'y succomber ou même peut-être incapable d'y résister. Mais je les reconnaissais bien à l'angoisse qui les précédait comme à la rigueur du châtiment qui les suivait ; et je savais que celle que je venais de commettre était de la même famille que d'autres pour lesquelles j'avais été sévèrement puni, quoique infiniment plus grave. Quand j'irais me mettre sur le chemin de ma mère au moment où elle monterait se coucher, et qu'elle verrait que j'étais resté levé pour lui redire bonsoir dans le couloir, on ne me laisserait plus rester à la maison, on me mettrait au collège le lendemain, c'était certain. Eh bien ! dussé-je me jeter par la fenêtre cinq minutes après, j'aimais encore mieux cela. Ce que je voulais maintenant c'était maman, c'était lui dire bonsoir, j'étais allé trop loin dans la voie qui menait à la réalisation de ce désir pour pouvoir rebrousser chemin.

J'entendis les pas de mes parents qui accompagnaient Swann ; et quand le grelot de la porte m'eut averti qu'il venait de partir, j'allai à la fenêtre. Maman demandait à mon père s'il avait trouvé la langouste bonne et si M. Swann avait repris de la glace au café et à la pistache. « Je l'ai trouvée bien quelconque, dit ma mère ; je crois que la prochaine fois il faudra essayer d'un autre parfum. – Je ne peux pas dire comme je trouve que Swann change, dit ma grand-tante, il est d'un vieux ! » Ma grand-tante avait tellement l'habitude de voir toujours en Swann un même adolescent, qu'elle s'étonnait de le trouver tout à coup moins jeune que l'âge qu'elle continuait à lui donner. Et mes parents du reste commençaient à lui trouver cette vieillesse anormale, excessive, honteuse et méritée des célibataires, de tous ceux pour qui il semble que le grand jour qui n'a pas de lendemain soit plus long que pour les autres, parce que pour eux il est vide et que les moments s'y additionnent depuis le matin sans se diviser ensuite entre des enfants. « Je crois qu'il a beaucoup de soucis avec sa coquine de femme qui vit au su de tout Combray avec un certain monsieur de Charlus. C'est la fable de la ville. » Ma mère fit remarquer qu'il avait pourtant l'air bien moins triste depuis quelque temps. « Il fait aussi moins souvent ce geste qu'il a tout à fait comme son père de s'essuyer les yeux et de se passer la main sur le front. Moi je crois qu'au fond il n'aime plus cette femme. – Mais naturellement il ne l'aime plus, répondit mon grand-père. J'ai reçu de lui il y a déjà longtemps une lettre à ce sujet, à laquelle je me suis empressé de ne pas me conformer, et qui ne laisse aucun doute sur ses sentiments, au moins d'amour, pour sa femme. Hé bien ! vous voyez, vous ne l'avez pas remercié pour l'asti », ajouta mon grand-père en se tournant vers ses deux belles-sœurs. « Comment, nous ne l'avons pas remercié ? je crois, entre nous, que je lui ai même tourné cela assez délicatement », répondit ma tante Flora. « Oui, tu as très bien arrangé cela : je t'ai admirée, dit ma tante Céline. – Mais toi tu as été très bien aussi. – Oui j'étais assez fière de ma phrase sur les voisins aimables. – Comment, c'est cela que vous appelez remercier ! s'écria mon grand-père. J'ai bien entendu cela, mais du diable si j'ai cru que c'était pour Swann. Vous pouvez être sûres qu'il n'a rien compris. – Mais voyons, Swann n'est pas bête, je suis certaine qu'il a apprécié. Je ne pouvais cependant pas lui dire le nombre de bouteilles et le prix du vin ! » Mon père et ma mère restèrent seuls, et s'assirent un instant ; puis mon père dit : « Hé bien ! si tu veux, nous allons monter nous coucher. – Si tu veux, mon ami, bien que je n'aie pas l'ombre de sommeil ; ce n'est pas cette glace au café si anodine qui a pu pourtant me tenir si éveillée ; mais j'aperçois de la lumière dans l'office et puisque la pauvre Françoise m'a attendue, je vais lui demander de dégrafer mon corsage pendant que tu vas te déshabiller. » Et ma mère ouvrit la porte treillagée du vestibule qui donnait sur l'escalier. Bientôt, je l'entendis qui montait fermer sa fenêtre. J'allai sans bruit dans le couloir ; mon cœur battait si fort que j'avais de la peine à avancer, mais du moins il ne battait plus d'anxiété, mais d'épouvante et de joie. Je vis dans la cage de l'escalier la lumière projetée par la bougie de maman. Puis je la vis elle-même ; je m'élançai. À la première seconde, elle me regarda avec étonnement, ne comprenant pas ce qui était arrivé. Puis sa figure prit une expression de colère, elle ne me disait même pas un mot, et en effet pour bien moins que cela on ne m'adressait plus la parole pendant plusieurs jours. Si maman m'avait dit un mot, ç'aurait été admettre qu'on pouvait me reparler et d'ailleurs cela peut-être m'eût paru plus terrible encore, comme un signe que devant la gravité du châtiment qui allait se préparer, le silence, la brouille, eussent été puérils. Une parole c'eût été le calme avec lequel on répond à un domestique quand on vient de décider de le renvoyer ; le baiser qu'on donne à un fils qu'on envoie s'engager alors qu'on le lui aurait refusé si on devait se contenter d'être fâché deux jours avec lui. Mais elle entendit mon père qui montait du cabinet de toilette où il était allé se déshabiller et pour éviter la scène qu'il me ferait, elle me dit d'une voix entrecoupée par la colère : « Sauve-toi, sauve-toi, qu'au moins ton père ne t'ait vu ainsi attendant comme un fou ! » Mais je lui répétais : « Viens me dire bonsoir », terrifié en voyant que le reflet de la bougie de mon père s'élevait déjà sur le mur, mais aussi usant de son approche comme d'un moyen de chantage et espérant que maman, pour éviter que mon père me trouvât encore là si elle continuait à refuser, allait me dire : « Rentre dans ta chambre, je vais venir. » Il était trop tard, mon père était devant nous. Sans le vouloir, je murmurai ces mots que personne n'entendit : « Je suis perdu ! »

Il n'en fut pas ainsi. Mon père me refusait constamment des permissions qui m'avaient été consenties dans les pactes plus larges octroyés par ma mère et ma grand-mère parce qu'il ne se souciait pas des « principes » et qu'il n'y avait pas avec lui de « Droit des gens ». Pour une raison toute contingente, ou même sans raison, il me supprimait au dernier moment telle promenade si habituelle, si consacrée, qu'on ne pouvait m'en priver sans parjure, ou bien, comme il avait encore fait ce soir, longtemps avant l'heure rituelle, il me disait : « Allons, monte te coucher, pas d'explication ! » Mais aussi, parce qu'il n'avait pas de principes (dans le sens de ma grand-mère), il n'avait pas à proprement parler d'intransigeance. Il me regarda un instant d'un air étonné et fâché, puis dès que maman lui eut expliqué en quelques mots embarrassés ce qui était arrivé, il lui dit : « Mais va donc avec lui, puisque tu disais justement que tu n'as pas envie de dormir, reste un peu dans sa chambre, moi je n'ai besoin de rien. – Mais, mon ami, répondit timidement ma mère, que j'aie envie ou non de dormir, ne change rien à la chose, on ne peut pas habituer cet enfant... – Mais il ne s'agit pas d'habituer, dit mon père en haussant les épaules, tu vois bien que ce petit a du chagrin, il a l'air désolé, cet enfant ; voyons, nous ne sommes pas des bourreaux ! Quand tu l'auras rendu malade, tu seras bien avancée ! Puisqu'il y a deux lits dans sa chambre, dis donc à Françoise de te préparer le grand lit et couche pour cette nuit auprès de lui. Allons, bonsoir, moi qui ne suis pas si nerveux que vous, je vais me coucher. »

On ne pouvait pas remercier mon père ; on l'eût agacé par ce qu'il appelait des sensibleries. Je restai sans oser faire un mouvement ; il était encore devant nous, grand, dans sa robe de nuit blanche sous le cachemire de l'Inde violet et rose qu'il nouait autour de sa tête depuis qu'il avait des névralgies, avec le geste d'Abraham dans la gravure d'après Benozzo Gozzoli [35] que m'avait donnée M. Swann, disant à Sarah qu'elle a à se départir du côté d'Isaac. Il y a bien des années de cela. La muraille de l'escalier, où je vis monter le reflet de sa bougie n'existe plus depuis longtemps. En moi aussi bien des choses ont été détruites que je croyais devoir durer toujours et de nouvelles se sont édifiées donnant naissance à des peines et à des joies nouvelles que je n'aurais pu prévoir alors, de même que les anciennes me sont devenues difficiles à comprendre. Il y a bien longtemps aussi que mon père a cessé de pouvoir dire à maman : « Va avec le petit. » La possibilité de telles heures ne renaîtra jamais pour moi. Mais depuis peu de temps, je recommence à très bien percevoir si je prête l'oreille, les sanglots que j'eus la force de contenir devant mon père et qui n'éclatèrent que quand je me retrouvai seul avec maman. En réalité ils n'ont jamais cessé ; et c'est seulement parce que la vie se tait maintenant davantage autour de moi que je les entends de nouveau, comme ces cloches de couvents que couvrent si bien les bruits de la ville pendant le jour qu'on les croirait arrêtées mais qui se remettent à sonner dans le silence du soir [36].

Maman passa cette nuit-là dans ma chambre ; au moment où je venais de commettre une faute telle que je m'attendais à être obligé de quitter la maison, mes parents m'accordaient plus que je n'eusse jamais obtenu d'eux comme récompense d'une belle action. Même à l'heure où elle se manifestait par cette grâce, la conduite de mon père à mon égard gardait ce quelque chose d'arbitraire et d'immérité qui la caractérisait et qui tenait à ce que généralement elle résultait plutôt de convenances fortuites que d'un plan prémédité. Peut-être même que ce que j'appelais sa sévérité, quand il m'envoyait me coucher, méritait moins ce nom que celle de ma mère ou ma grand-mère, car sa nature, plus différente en certains points de la mienne que n'était la leur, n'avait probablement pas deviné jusqu'ici combien j'étais malheureux tous les soirs, ce que ma mère et ma grand-mère savaient bien ; mais elles m'aimaient assez pour ne pas consentir à m'épargner de la souffrance, elles voulaient m'apprendre à la dominer afin de diminuer ma sensibilité nerveuse et fortifier ma volonté. Pour mon père, dont l'affection pour moi était d'une autre sorte, je ne sais pas s'il aurait eu ce courage : pour une fois où il venait de comprendre que j'avais du chagrin, il avait dit à ma mère : « Va donc le consoler. » Maman resta cette nuit-là dans ma chambre et, comme pour ne gâter d'aucun remords ces heures si différentes de ce que j'avais eu le droit d'espérer, quand Françoise, comprenant qu'il se passait quelque chose d'extraordinaire en voyant maman assise près de moi, qui me tenait la main et me laissait pleurer sans me gronder, lui demanda : « Mais Madame, qu'a donc Monsieur à pleurer ainsi ? » maman lui répondit : « Mais il ne sait pas lui-même, Françoise, il est énervé ; préparez-moi vite le grand lit et montez vous coucher. » Ainsi, pour la première fois, ma tristesse n'était plus considérée comme une faute punissable mais comme un mal involontaire qu'on venait de reconnaître officiellement, comme un état nerveux dont je n'étais pas responsable ; j'avais le soulagement de n'avoir plus à mêler de scrupules à l'amertume de mes larmes, je pouvais pleurer sans péché. Je n'étais pas non plus médiocrement fier vis-à-vis de Françoise de ce retour des choses humaines, qui, une heure après que maman avait refusé de monter dans ma chambre et m'avait fait dédaigneusement répondre que je devrais dormir, m'élevait à la dignité de grande personne et m'avait fait atteindre tout d'un coup à une sorte de puberté du chagrin, d'émancipation des larmes. J'aurais dû être heureux : je ne l'étais pas. Il me semblait que ma mère venait de me faire une première concession qui devait lui être douloureuse, que c'était une première abdication de sa part devant l'idéal qu'elle avait conçu pour moi, et que pour la première fois elle, si courageuse, s'avouait vaincue. Il me semblait que si je venais de remporter une victoire c'était contre elle, que j'avais réussi comme auraient pu faire la maladie, des chagrins, ou l'âge, à détendre sa volonté, à faire fléchir sa raison et que cette soirée commençait une ère, resterait comme une triste date. Si j'avais osé maintenant, j'aurais dit à maman : « Non je ne veux pas, ne couche pas ici. » Mais je connaissais la sagesse pratique, réaliste comme on dirait aujourd'hui, qui tempérait en elle la nature ardemment idéaliste de ma grand-mère, et je savais que, maintenant que le mal était fait, elle aimerait mieux m'en laisser du moins goûter le plaisir calmant et ne pas déranger mon père. Certes, le beau visage de ma mère brillait encore de jeunesse ce soir-là où elle me tenait si doucement les mains et cherchait à arrêter mes larmes ; mais justement il me semblait que cela n'aurait pas dû être, sa colère eût été moins triste pour moi que cette douceur nouvelle que n'avait pas connue mon enfance ; il me semblait que je venais d'une main impie et secrète de tracer dans son âme une première ride et d'y faire apparaître un premier cheveu blanc. Cette pensée redoubla mes sanglots et alors je vis maman, qui jamais ne se laissait aller à aucun attendrissement avec moi, être tout d'un coup gagnée par le mien et essayer de retenir une envie de pleurer. Comme elle sentit que je m'en étais aperçu, elle me dit en riant : « Voilà mon petit jaunet, mon petit serin, qui va rendre sa maman aussi bêtasse que lui, pour peu que cela continue. Voyons, puisque tu n'as pas sommeil ni ta maman non plus, ne restons pas à nous énerver, faisons quelque chose, prenons un de tes livres. » Mais je n'en avais pas là. « Est-ce que tu aurais moins de plaisir si je sortais déjà les livres que ta grand-mère doit te donner pour ta fête ? Pense bien : tu ne seras pas déçu de ne rien avoir après-demain ? » J'étais au contraire enchanté et maman alla chercher un paquet de livres dont je ne pus deviner, à travers le papier qui les enveloppait, que la taille courte et large, mais qui, sous ce premier aspect, pourtant sommaire et voilé, éclipsaient déjà la boîte à couleurs du Jour de l'An et les vers à soie de l'an dernier. C'était *la Mare au Diable*, *François le Champi*, *la Petite Fadette* et *les Maîtres sonneurs*. Ma grand-mère, ai-je su depuis, avait d'abord choisi les poésies de Musset, un volume de Rousseau et *Indiana*[37] ; car si elle jugeait les lectures futiles aussi malsaines que les bonbons et les pâtisseries, elle ne pensait pas que les grands souffles du génie eussent sur l'esprit même d'un enfant une influence plus dangereuse et moins vivifiante que sur son corps le grand air et le vent du large. Mais mon père l'ayant presque traitée de folle en apprenant les livres qu'elle voulait me donner, elle était retournée elle-même à Jouy-le-Vicomte[38] chez le libraire pour que je ne risquasse pas de ne pas avoir mon cadeau (c'était un jour brûlant et elle était rentrée si souffrante que le médecin avait averti ma mère de ne pas la laisser se fatiguer ainsi) et elle s'était rabattue sur les quatre romans champêtres de George Sand. « Ma fille, disait-elle à maman, je ne pourrais me décider à donner à cet enfant quelque chose de mal écrit. »

En réalité, elle ne se résignait jamais à rien acheter dont on ne pût tirer un profit intellectuel, et surtout celui que nous procurent les belles choses en nous apprenant à chercher notre plaisir ailleurs que dans les satisfactions du bien-être et de la vanité. Même quand elle avait à faire à quelqu'un un cadeau dit utile, quand elle avait à donner un fauteuil, des couverts, une canne, elle les cherchait « anciens », comme si leur longue désuétude ayant effacé leur caractère d'utilité, ils paraissaient plutôt disposés pour nous raconter la vie des hommes d'autrefois que pour servir aux besoins de la nôtre. Elle eût aimé que j'eusse dans ma chambre des photographies des monuments ou des paysages les plus beaux. Mais au moment d'en faire l'emplette, et bien que la chose représentée eût une valeur esthétique, elle trouvait que la vulgarité, l'utilité reprenaient trop vite leur place dans le mode mécanique de représentation, la photographie. Elle essayait de ruser et sinon d'éliminer entièrement la banalité commerciale, du moins de la réduire, d'y substituer pour la plus grande partie de l'art encore, d'y introduire comme plusieurs « épaisseurs » d'art : au lieu de photographies de la Cathédrale de Chartres, des Grandes Eaux de Saint-Cloud, du Vésuve, elle se renseignait auprès de Swann si quelque grand peintre ne les avait pas représentés, et préférait me donner des photographies de la Cathédrale de Chartres par Corot, des Grandes Eaux de Saint-Cloud par Hubert Robert, du Vésuve par Turner[39], ce qui faisait un degré d'art de plus. Mais si le photographe avait été écarté de la représentation du chef-d'œuvre ou de la nature et remplacé par un grand artiste, il reprenait ses droits pour reproduire cette interprétation même. Arrivée à l'échéance de la vulgarité, ma grand-mère tâchait de la reculer encore. Elle demandait à Swann si l'œuvre n'avait pas été gravée, préférant, quand c'était possible, des gravures anciennes et ayant encore un intérêt au-delà d'elles-mêmes, par exemple celles qui représentent un chef-d'œuvre dans un état où nous ne pouvons plus le voir aujourd'hui (comme la gravure de la

Cène de Léonard avant sa dégradation, par Morghen)[40]. Il faut dire que les résultats de cette manière de comprendre l'art de faire un cadeau ne furent pas toujours très brillants. L'idée que je pris de Venise d'après un dessin du Titien qui est censé avoir pour fond la lagune, était certainement beaucoup moins exacte que celle que m'eussent donnée de simples photographies. On ne pouvait plus faire le compte à la maison, quand ma grand-tante voulait dresser un réquisitoire contre ma grand-mère, des fauteuils offerts par elle à de jeunes fiancés ou à de vieux époux, qui, à la première tentative qu'on avait faite pour s'en servir, s'étaient immédiatement effondrés sous le poids d'un des destinataires. Mais ma grand-mère aurait cru mesquin de trop s'occuper de la solidité d'une boiserie où se distinguaient encore une fleurette, un sourire, quelquefois une belle imagination du passé. Même ce qui dans ces meubles répondait à un besoin, comme c'était d'une façon à laquelle nous ne sommes plus habitués, la charmait comme les vieilles manières de dire où nous voyons une métaphore, effacée, dans notre moderne langage, par l'usure de l'habitude. Or, justement, les romans champêtres de George Sand qu'elle me donnait pour ma fête, étaient pleins ainsi qu'un mobilier ancien, d'expressions tombées en désuétude et redevenues imagées, comme on n'en trouve plus qu'à la campagne. Et ma grand-mère les avait achetés de préférence à d'autres comme elle eût loué plus volontiers une propriété où il y aurait eu un pigeonnier gothique ou quelqu'une de ces vieilles choses qui exercent sur l'esprit une heureuse influence en lui donnant la nostalgie d'impossibles voyages dans le temps.

Maman s'assit à côté de mon lit ; elle avait pris *François le Champi*[41] à qui sa couverture rougeâtre et son titre incompréhensible, donnaient pour moi une personnalité distincte et un attrait mystérieux. Je n'avais jamais lu encore de vrais romans. J'avais entendu dire que George Sand était le type du romancier. Cela me disposait déjà à imaginer dans *François le Champi* quelque chose d'indéfinissable et de délicieux. Les procédés de narration destinés à exciter la curiosité ou l'attendrissement, certaines façons de dire qui éveillent l'inquiétude et la mélancolie, et qu'un lecteur un peu instruit reconnaît pour communs à beaucoup de romans, me paraissaient simplement [42] – à moi qui considérais un livre nouveau non comme une chose ayant beaucoup de semblables, mais comme une personne unique, n'ayant de raison d'exister qu'en soi – une émanation troublante de l'essence particulière à *François le Champi*. Sous ces événements si journaliers, ces choses si communes, ces mots si courants, je sentais comme une intonation, une accentuation étrange. L'action s'engagea ; elle me parut d'autant plus obscure que dans ce temps-là, quand je lisais, je rêvassais souvent, pendant des pages entières, à tout autre chose. Et aux lacunes que cette distraction laissait dans le récit, s'ajoutait, quand c'était maman qui me lisait à haute voix, qu'elle passait toutes les scènes d'amour. Aussi tous les changements bizarres qui se produisent dans l'attitude respective de la meunière et de l'enfant et qui ne trouvent leur explication que dans les progrès d'un amour naissant me paraissaient empreints d'un profond mystère dont je me figurais volontiers que la source devait être dans ce nom inconnu et si doux de « Champi » qui mettait sur l'enfant, qui le portait sans que je susse pourquoi, sa couleur vive, empourprée et charmante. Si ma mère était une lectrice infidèle c'était aussi, pour les ouvrages où elle trouvait l'accent d'un sentiment vrai, une lectrice admirable par le respect et la simplicité de l'interprétation, par la beauté et la douceur du son. Même dans la vie, quand c'étaient des êtres et non des œuvres d'art qui excitaient ainsi son attendrissement ou son admiration, c'était touchant de voir avec quelle déférence elle écartait de sa voix, de son geste, de ses propos, tel éclat de gaieté qui eût pu faire mal à cette mère qui avait autrefois perdu un enfant, tel rappel de fête, d'anniversaire, qui aurait pu faire penser ce vieillard à son grand âge, tel propos de ménage qui aurait paru fastidieux à ce jeune savant. De même, quand elle lisait la prose de George Sand, qui respire toujours cette bonté, cette distinction morale que maman avait appris de ma grand-mère à tenir pour supérieures à tout dans la vie, et que je ne devais lui apprendre que bien plus tard à ne pas tenir également pour supérieures à tout dans les livres, attentive à bannir de sa voix toute petitesse, toute affectation qui eût pu empêcher le flot puissant d'y être reçu, elle fournissait toute la tendresse naturelle, toute l'ample douceur qu'elles réclamaient à ces phrases qui semblaient écrites pour sa voix et qui pour ainsi dire tenaient tout entières dans le registre de sa sensibilité. Elle retrouvait pour les attaquer dans le ton qu'il faut, l'accent cordial qui leur préexiste et les dicta, mais que les mots n'indiquent pas ; grâce à lui elle amortissait au passage toute crudité dans les temps des verbes, donnait à l'imparfait et au passé défini la douceur qu'il y a dans la bonté, la mélancolie qu'il y a dans la tendresse, dirigeait la phrase qui finissait vers celle qui allait commencer, tantôt pressant, tantôt ralentissant la marche des syllabes pour les faire entrer, quoique leurs quantités fussent différentes, dans un rythme uniforme, elle insufflait à cette prose si commune une sorte de vie sentimentale et continue.

Mes remords étaient calmés, je me laissais aller à la douceur de cette nuit où j'avais ma mère auprès de moi. Je savais qu'une telle nuit ne pourrait se renouveler ; que le plus grand désir que j'eusse au monde, garder ma mère dans ma chambre pendant ces tristes heures nocturnes, était trop en opposition avec les nécessités de la vie et le vœu de tous, pour que l'accomplissement qu'on lui avait accordé ce soir pût être autre chose que factice et exceptionnel. Demain mes angoisses reprendraient et maman ne resterait pas là. Mais quand mes angoisses étaient calmées, je ne les comprenais plus ; puis demain soir était encore lointain ; je me disais que j'aurais le temps d'aviser, bien que ce temps-là ne pût m'apporter aucun pouvoir de plus, qu'il s'agissait[43] de choses qui ne dépendaient pas de ma volonté et que seul me faisait paraître plus évitables l'intervalle qui les séparait encore de moi.

*
* *

C'est ainsi que, pendant longtemps, quand, réveillé la nuit, je me ressouvenais de Combray, je n'en revis jamais que cette sorte de pan lumineux, découpé au milieu d'indistinctes ténèbres, pareil à ceux que l'embrasement d'un feu de Bengale ou quelque projection électrique éclairent et sectionnent dans un édifice dont les autres parties restent plongées dans la nuit : à la base assez large, le petit salon, la salle à manger, l'amorce de l'allée obscure par où arriverait M. Swann, l'auteur inconscient de mes tristesses, le vestibule où je m'acheminais vers la première marche de l'escalier, si cruel à monter, qui constituait à lui seul le tronc fort étroit de cette pyramide irrégulière ; et, au faîte, ma chambre à coucher avec le petit couloir à porte vitrée pour l'entrée de maman ; en un mot, toujours vu à la même heure, isolé de tout ce qu'il pouvait y avoir autour, se détachant seul sur l'obscurité, le décor strictement nécessaire (comme celui qu'on voit indiqué en tête des vieilles pièces pour les représentations en province) au drame de mon déshabillage ; comme si Combray n'avait consisté qu'en deux étages reliés par un mince escalier, et comme s'il n'y avait jamais été que sept heures du soir [44]. À vrai dire, j'aurais pu répondre à qui m'eût interrogé que Combray comprenait encore autre chose et existait à d'autres heures. Mais comme ce que je m'en serais rappelé m'eût été fourni seulement par la mémoire volontaire, la mémoire de l'intelligence, et comme les renseignements qu'elle donne sur le passé ne conservent rien de lui, je n'aurais jamais eu envie de songer à ce reste de Combray. Tout cela était en réalité mort pour moi.

Mort à jamais ? C'était possible.

Il y a beaucoup de hasard en tout ceci, et un second hasard, celui de notre mort, souvent ne nous permet pas d'attendre longtemps les faveurs du premier.

Je trouve très raisonnable la croyance celtique que les âmes de ceux que nous avons perdus sont captives dans quelque être inférieur, dans une bête, un végétal, une chose inanimée, perdues en effet pour nous jusqu'au jour, qui pour beaucoup ne vient jamais, où nous nous trouvons passer près de l'arbre, entrer en possession de l'objet qui est leur prison. Alors elles tressaillent, nous appellent, et sitôt que nous les avons reconnues, l'enchantement est brisé. Délivrées par nous, elles ont vaincu la mort et reviennent vivre avec nous [45].

Il en est ainsi de notre passé. C'est peine perdue que nous cherchions à l'évoquer, tous les efforts de notre intelligence sont inutiles. Il est caché hors de son domaine et de sa portée, en quelque objet matériel (en la sensation que nous donnerait cet objet matériel), que nous ne soupçonnons pas. Cet objet, il dépend du hasard que nous le rencontrions avant de mourir, ou que nous ne le rencontrions pas.

Il y avait déjà bien des années que, de Combray, tout ce qui n'était pas le théâtre et le drame de mon coucher, n'existait plus pour moi, quand un jour d'hiver [46], comme je rentrais à la maison, ma mère, voyant que j'avais froid, me proposa de me faire prendre, contre mon habitude, un peu de thé. Je refusai d'abord et, je ne sais pourquoi, me ravisai. Elle envoya chercher un de ces gâteaux courts et dodus appelés Petites Madeleines qui semblent avoir été moulés dans la valve rainurée d'une coquille de Saint-Jacques. Et bientôt, machinalement, accablé par la morne journée et la perspective d'un triste lendemain, je portai à mes lèvres une cuillerée du thé où j'avais laissé s'amollir un morceau de madeleine. Mais à l'instant même où la gorgée mêlée des miettes du gâteau toucha mon palais, je tressaillis, attentif à ce qui se passait d'extraordinaire en moi. Un plaisir délicieux m'avait envahi, isolé, sans la notion de sa cause [47]. Il m'avait aussitôt rendu les vicissitudes de la vie indifférentes, ses désastres inoffensifs, sa brièveté illusoire, de la même façon qu'opère l'amour, en me remplissant d'une essence précieuse : ou plutôt cette essence n'était pas en moi, elle était moi. J'avais cessé de me sentir médiocre, contingent, mortel. D'où avait pu me venir cette puissante joie ? Je sentais qu'elle était liée au goût du thé et du gâteau, mais qu'elle le dépassait infiniment, ne devait pas être de même nature. D'où venait-elle ? Que signifiait-elle ? Où l'appréhender ? Je bois une seconde gorgée où je ne trouve rien de plus que dans la première, une troisième qui m'apporte un peu moins que la seconde. Il est temps que je m'arrête, la vertu du breuvage semble diminuer. Il est clair que la vérité que je cherche n'est pas en lui, mais en moi. Il l'y a éveillée, mais ne la connaît pas, et ne peut que répéter indéfiniment, avec de moins en moins de force, ce même témoignage que je ne sais pas interpréter et que je veux au moins pouvoir lui redemander et retrouver intact, à ma disposition, tout à l'heure, pour un éclaircissement décisif. Je pose la tasse et me tourne vers mon esprit. C'est à lui de trouver la vérité. Mais comment ? Grave incertitude, toutes les fois que l'esprit se sent dépassé par lui-même ; quand lui, le chercheur, est tout ensemble le pays obscur où il doit chercher et où tout son bagage ne lui sera de rien. Chercher ? pas seulement : créer. Il est en face de quelque chose qui n'est pas encore et que seul il peut réaliser, puis faire entrer dans sa lumière.

Et je recommence à me demander quel pouvait être cet état inconnu, qui n'apportait aucune preuve logique, mais l'évidence de sa félicité, de sa réalité devant laquelle les autres s'évanouissaient. Je veux essayer de le faire réapparaître. Je rétrograde par la pensée au moment où je pris la première cuillerée de thé. Je retrouve le même état, sans une clarté nouvelle. Je demande à mon esprit un effort de plus, de ramener encore une fois la sensation qui s'enfuit. Et pour que rien ne brise l'élan dont il va tâcher de la ressaisir, j'écarte tout obstacle, toute idée étrangère, j'abrite mes oreilles et mon attention contre les bruits de la chambre voisine. Mais sentant mon esprit qui se fatigue sans réussir, je le force au contraire à prendre cette distraction que je lui refusais, à penser à autre chose, à se refaire avant une tentative suprême. Puis une deuxième fois, je fais le vide devant lui, je remets en face de lui la saveur encore récente de cette première gorgée et je sens tressaillir en moi quelque chose qui se déplace, voudrait s'élever, quelque chose qu'on aurait désancré, à une grande profondeur ; je ne sais ce que c'est, mais cela monte lentement ; j'éprouve la résistance et j'entends la rumeur des distances traversées.

Certes, ce qui palpite ainsi au fond de moi, ce doit être l'image, le souvenir visuel, qui, lié à cette saveur, tente de la suivre jusqu'à moi. Mais il se débat trop loin, trop confusément ; à peine si je perçois le reflet neutre où se confond l'insaisissable tourbillon des couleurs remuées ; mais je ne peux distinguer la forme, lui demander, comme au seul interprète possible, de me traduire le témoignage de sa contemporaine, de son inséparable compagne, la saveur, lui demander de m'apprendre de quelle circonstance particulière, de quelle époque du passé il s'agit.

Arrivera-t-il jusqu'à la surface de ma claire conscience, ce souvenir, l'instant ancien que l'attraction d'un instant identique est venue de si loin solliciter, émouvoir, soulever tout au fond de moi ? Je ne sais. Maintenant je ne sens plus rien, il est arrêté, redescendu peut-être ; qui sait s'il remontera jamais de sa nuit ? Dix fois il me faut recommencer, me pencher vers lui. Et chaque fois la lâcheté qui nous détourne de toute tâche difficile, de toute œuvre importante, m'a conseillé de laisser cela, de boire mon thé en pensant simplement à mes ennuis d'aujourd'hui, à mes désirs de demain qui se laissent remâcher sans peine [48].

Et tout d'un coup le souvenir m'est apparu. Ce goût c'était celui du petit morceau de madeleine que le dimanche matin [49] à Combray (parce que ce jour-là je ne sortais pas avant l'heure de la messe), quand j'allais lui dire bonjour dans sa chambre, ma tante Léonie m'offrait après l'avoir trempé dans son infusion de thé ou de tilleul. La vue de la petite madeleine ne m'avait rien rappelé avant que je n'y eusse goûté ; peut-être parce que, en ayant souvent aperçu depuis, sans en manger, sur les tablettes des pâtissiers, leur image avait quitté ces jours de Combray pour se lier à d'autres plus récents ; peut-être parce que de ces souvenirs abandonnés si longtemps hors de la mémoire, rien ne survivait, tout s'était désagrégé ; les formes – et celle aussi du petit coquillage de pâtisserie, si grassement sensuel, sous son plissage sévère et dévot – s'étaient abolies, ou, ensommeillées, avaient perdu la force d'expansion qui leur eût permis de rejoindre la conscience. Mais, quand d'un passé ancien rien ne subsiste, après la mort des êtres, après la destruction des choses, seules, plus frêles mais plus vivaces, plus immatérielles, plus persistantes, plus fidèles, l'odeur et la saveur restent encore longtemps, comme des âmes, à se rappeler, à attendre, à espérer, sur la ruine de tout le reste, à porter sans fléchir, sur leur gouttelette presque impalpable, l'édifice immense du souvenir.

Et dès que j'eus reconnu le goût du morceau de madeleine trempé dans le tilleul que me donnait ma tante (quoique je ne susse pas encore et dusse remettre à bien plus tard de découvrir pourquoi ce souvenir me rendait si heureux), aussitôt la vieille maison grise sur la rue, où était sa chambre, vint comme un décor de théâtre s'appliquer au petit pavillon, donnant sur le jardin, qu'on avait construit pour mes parents sur ses derrières (ce pan tronqué que seul j'avais revu jusque-là) ; et avec la maison, la ville, depuis le matin jusqu'au soir et par tous les temps, la Place où on m'envoyait avant déjeuner, les rues où j'allais faire des courses, les chemins qu'on prenait si le temps était beau. Et comme dans ce jeu où les Japonais s'amusent à tremper dans un bol de porcelaine rempli d'eau, de petits morceaux de papier jusque-là indistincts qui, à peine y sont-ils plongés s'étirent, se contournent, se colorent, se différencient, deviennent des fleurs, des maisons, des personnages consistants et reconnaissables, de même maintenant toutes les fleurs de notre jardin et celles du parc de M. Swann, et les nymphéas de la Vivonne, et les bonnes gens du village et leurs petits logis et l'église et tout Combray et ses environs, tout cela qui prend forme et solidité, est sorti, ville et jardins, de ma tasse de thé.

II [50]

Combray [51] de loin, à dix lieues à la ronde, vu du chemin de fer quand nous y arrivions la dernière semaine avant Pâques, ce n'était qu'une église résumant la ville, la représentant, parlant d'elle et pour elle aux lointains, et, quand on approchait, tenant serrés autour de sa haute mante sombre, en plein champ, contre le vent, comme une pastoure ses brebis, les dos laineux et gris des maisons rassemblées qu'un reste de remparts du Moyen Âge cernait çà et là d'un trait aussi parfaitement circulaire qu'une petite ville dans un tableau de primitif. À l'habiter, Combray était un peu triste, comme ses rues dont les maisons construites en pierres noirâtres du pays, précédées de degrés extérieurs, coiffées de pignons qui rabattaient l'ombre devant elles, étaient assez obscures pour qu'il fallût dès que le jour commençait à tomber relever les rideaux dans les « salles » ; des rues aux graves noms de saints (desquels plusieurs se rattachaient à l'histoire des premiers seigneurs de Combray) : rue Saint-Hilaire, rue Saint-Jacques où était la maison de ma tante, rue Sainte-Hildegarde, où donnait la grille, et rue du Saint-Esprit sur laquelle s'ouvrait la petite porte latérale de son jardin ; et ces rues de Combray existent dans une partie de ma mémoire si reculée, peinte de couleurs si différentes de celles qui maintenant revêtent pour moi le monde, qu'en vérité elles me paraissent toutes, et l'église qui les dominait sur la Place, plus irréelles encore que les projections de la lanterne magique ; et qu'à certains moments, il me semble que pouvoir encore traverser la rue Saint-Hilaire, pouvoir louer une chambre rue de l'Oiseau – à la vieille hôtellerie de l'Oiseau flesché, des soupiraux de laquelle montait une odeur de cuisine qui s'élève encore par moments en moi aussi intermittente et aussi chaude – serait une entrée en contact avec l'Au-delà plus merveilleusement surnaturelle que de faire la connaissance de Golo et de causer avec Geneviève de Brabant.

La cousine de mon grand-père – ma grand-tante – chez qui nous habitions, était la mère de cette tante Léonie qui, depuis la mort de son mari, mon oncle Octave, n'avait plus voulu quitter, d'abord Combray, puis à Combray sa maison, puis sa chambre, puis son lit et ne « descendait » plus, toujours couchée dans un état incertain de chagrin, de débilité physique, de maladie, d'idée fixe et de dévotion. Son appartement particulier donnait sur la rue Saint-Jacques qui aboutissait beaucoup plus loin au Grand-Pré (par opposition au Petit-Pré, verdoyant au milieu de la ville, entre trois rues), et qui, unie, grisâtre, avec les trois hautes marches de grès presque devant chaque porte, semblait comme un défilé pratiqué par un tailleur d'images gothiques à même la pierre où il eût sculpté une crèche ou un calvaire. Ma tante n'habitait plus effectivement que deux chambres contiguës, restant l'après-midi dans l'une pendant qu'on aérait l'autre. C'étaient de ces chambres de province qui – de même qu'en certains pays des parties entières de l'air ou de la mer sont illuminées ou parfumées par des myriades de protozoaires que nous ne voyons pas – nous enchantent des mille odeurs qu'y dégagent les vertus, la sagesse, les habitudes, toute une vie secrète, invisible, surabondante et morale que l'atmosphère y tient en suspens ; odeurs naturelles encore, certes, et couleur du temps comme celles de la campagne voisine, mais déjà casanières, humaines et renfermées, gelée exquise, industrieuse et limpide de tous les fruits de l'année qui ont quitté le verger pour l'armoire ; saisonnières, mais mobilières et domestiques, corrigeant le piquant de la gelée blanche par la douceur du pain chaud, oisives et ponctuelles comme une horloge de village, flâneuses et rangées, insoucieuses et prévoyantes, lingères, matinales, dévotes, heureuses d'une paix qui n'apporte qu'un surcroît d'anxiété et d'un prosaïsme qui sert de grand réservoir de poésie à celui qui la traverse [52] sans y avoir vécu. L'air y était saturé de la fine fleur d'un silence si nourricier, si succulent que je ne m'y avançais qu'avec une sorte de gourmandise, surtout par ces premiers matins encore froids de la semaine de Pâques où je le goûtais mieux parce que je venais seulement d'arriver à Combray : avant que j'entrasse souhaiter le bonjour à ma tante on me faisait attendre un instant, dans la première pièce où le soleil, d'hiver encore, était venu se mettre au chaud devant le feu, déjà allumé entre les deux briques et qui badigeonnait toute la chambre d'une odeur de suie, en faisait comme un de ces grands « devants de four » de campagne, ou de ces manteaux de cheminée de châteaux, sous lesquels on souhaite que se déclarent dehors la pluie, la neige, même quelque catastrophe diluvienne pour ajouter au confort de la réclusion la poésie de l'hivernage ; je faisais quelques pas du prie-Dieu aux fauteuils en velours frappé, toujours revêtus d'un appui-tête au crochet ; et le feu cuisant comme une pâte les appétissantes odeurs dont l'air de la chambre était tout grumeleux et qu'avait déjà fait travailler et « lever » la fraîcheur humide et ensoleillée du matin, il les feuilletait, les dorait, les godait, les boursouflait, en faisant un invisible et palpable gâteau provincial, un immense « chausson » où, à peine goûtés les arômes plus croustillants, plus fins, plus réputés, mais plus secs aussi du placard, de la commode, du papier à ramages, je revenais toujours avec une convoitise inavouée m'engluer dans l'odeur médiane, poisseuse, fade, indigeste et fruitée du couvre-lit à fleurs.

Dans la chambre voisine, j'entendais ma tante qui causait toute seule à mi-voix. Elle ne parlait jamais qu'assez bas parce qu'elle croyait avoir dans la tête quelque chose de cassé et de flottant qu'elle eût déplacé en parlant trop fort, mais elle ne restait jamais longtemps, même seule, sans dire quelque chose, parce qu'elle croyait que c'était salutaire pour sa gorge et qu'en empêchant le sang de s'y arrêter, cela rendrait moins fréquents les étouffements et les angoisses dont elle souffrait ; puis, dans l'inertie absolue où elle vivait, elle prêtait à ses moindres sensations une importance extraordinaire ; elle les douait d'une motilité qui lui rendait difficile de les garder pour elle, et à défaut de confident à qui les communiquer, elle se les annonçait à elle-même, en un perpétuel monologue qui était sa seule forme d'activité. Malheureusement, ayant pris l'habitude de penser tout haut, elle ne faisait pas toujours attention à ce qu'il n'y eût personne dans la chambre voisine, et je l'entendais souvent se dire à elle-même : « Il faut que je me rappelle bien que je n'ai pas dormi » (car ne jamais dormir était sa grande prétention dont notre langage à tous gardait le respect et la trace : le matin Françoise ne venait pas « l'éveiller », mais « entrait » chez elle ; quand ma tante voulait faire un somme dans la journée, on disait qu'elle voulait « réfléchir » ou « reposer » ; et quand il lui arrivait de s'oublier en causant jusqu'à dire : « ce qui m'a réveillée » ou « j'ai rêvé que », elle rougissait et se reprenait au plus vite).

Au bout d'un moment, j'entrais l'embrasser ; Françoise faisait infuser son thé ; ou, si ma tante se sentait agitée, elle demandait à la place sa tisane et c'était moi qui étais chargé de faire tomber du sac de pharmacie dans une assiette la quantité de tilleul qu'il fallait mettre ensuite dans l'eau bouillante[53]. Le dessèchement des tiges les avait incurvées en un capricieux treillage dans les entrelacs duquel s'ouvraient les fleurs pâles, comme si un peintre les eût arrangées, les eût fait poser de la façon la plus ornementale. Les feuilles, ayant perdu ou changé leur aspect, avaient l'air des choses les plus disparates, d'une aile transparente de mouche, de l'envers blanc d'une étiquette, d'un pétale de rose, mais qui eussent été empilées, concassées ou tressées comme dans la confection d'un nid. Mille petits détails inutiles – charmante prodigalité du pharmacien – qu'on eût supprimés dans une préparation factice, me donnaient, comme un livre où on s'émerveille de rencontrer le nom d'une personne de connaissance, le plaisir de comprendre que c'était bien des tiges de vrais tilleuls, comme ceux que je voyais avenue de la Gare, modifiées, justement parce que c'étaient non des doubles, mais elles-mêmes et qu'elles avaient vieilli. Et chaque caractère nouveau n'y étant que la métamorphose d'un caractère ancien, dans de petites boules grises je reconnaissais les boutons verts qui ne sont pas venus à terme ; mais surtout l'éclat rose, lunaire et doux qui faisait se détacher les fleurs dans la forêt fragile des tiges où elles étaient suspendues comme de petites roses d'or – signe, comme la lueur qui révèle encore sur une muraille la place d'une fresque effacée, de la différence entre les parties de l'arbre qui avaient été « en couleur » et celles qui ne l'avaient pas été – me montrait que ces pétales étaient bien ceux qui avant de fleurir le sac de pharmacie avaient embaumé les soirs de printemps. Cette flamme rose de cierge, c'était leur couleur encore, mais à demi éteinte et assoupie dans cette vie diminuée qu'était la leur maintenant et qui est comme le crépuscule des fleurs. Bientôt ma tante pouvait tremper dans l'infusion bouillante dont elle savourait le goût de feuille morte ou de fleur fanée une petite madeleine dont elle me tendait un morceau quand il était suffisamment amolli.

D'un côté de son lit était une grande commode jaune en bois de citronnier et une table qui tenait à la fois de l'officine et du maître-autel, où, au-dessous d'une statuette de la Vierge et d'une bouteille de Vichy-Célestins, on trouvait des livres de messe et des ordonnances de médicaments, tout ce qu'il fallait pour suivre de son lit les offices et son régime, pour ne manquer l'heure ni de la pepsine, ni des vêpres. De l'autre côté, son lit longeait la fenêtre, elle avait la rue sous les yeux et y lisait du matin au soir, pour se désennuyer, à la façon des princes persans, la chronique quotidienne mais immémoriale de Combray, qu'elle commentait ensuite avec Françoise.

Je n'étais pas avec ma tante depuis cinq minutes, qu'elle me renvoyait par peur que je la fatigue. Elle tendait à mes lèvres son triste front pâle et fade sur lequel, à cette heure matinale, elle n'avait pas encore arrangé ses faux cheveux, et où les vertèbres [54] transparaissaient comme les pointes d'une couronne d'épines ou les grains d'un rosaire, et elle me disait : « Allons, mon pauvre enfant, va-t'en, va te préparer pour la messe ; et si en bas tu rencontres Françoise, dis-lui de ne pas s'amuser trop longtemps avec vous, qu'elle monte bientôt voir si je n'ai besoin de rien. »

Françoise, en effet, qui était depuis des années à son service et ne se doutait pas alors qu'elle entrerait un jour tout à fait au nôtre délaissait un peu ma tante pendant les mois où nous étions là. Il y avait eu dans mon enfance, avant que nous allions à Combray, quand ma tante Léonie passait encore l'hiver à Paris chez sa mère, un temps où je connaissais si peu Françoise que, le 1er janvier, avant d'entrer chez ma grand-tante, ma mère me mettait dans la main une pièce de cinq francs et me disait : « Surtout ne te trompe pas de personne. Attends pour donner que tu m'entendes dire : "Bonjour Françoise" ; en même temps je te toucherai légèrement le bras. » À peine arrivions-nous dans l'obscure antichambre de ma tante que nous apercevions dans l'ombre, sous les tuyaux d'un bonnet éblouissant, raide et fragile comme s'il avait été de sucre filé, les remous concentriques d'un sourire de reconnaissance anticipé. C'était Françoise, immobile et debout dans l'encadrement de la petite porte du corridor comme une statue de sainte dans sa niche. Quand on était un peu habitué à ces ténèbres de chapelle, on distinguait sur son visage l'amour désintéressé de l'humanité, le respect attendri pour les hautes classes qu'exaltait dans les meilleures régions de son cœur l'espoir des étrennes. Maman me pinçait le bras avec violence et disait d'une voix forte : « Bonjour Françoise. » À ce signal mes doigts s'ouvraient et je lâchais la pièce qui trouvait pour la recevoir une main confuse, mais tendue. Mais depuis que nous allions à Combray je ne connaissais personne mieux que Françoise ; nous étions ses préférés, elle avait pour nous, au moins pendant les premières années, avec autant de considération que pour ma tante, un goût plus vif, parce que nous ajoutions, au prestige de faire partie de la famille (elle avait pour les liens invisibles que noue entre les membres d'une famille la circulation d'un même sang, autant de respect qu'un tragique grec), le charme de n'être pas ses maîtres habituels. Aussi, avec quelle joie elle nous recevait, nous plaignant de n'avoir pas encore plus beau temps, le jour de notre arrivée, la veille de Pâques, où souvent il faisait un vent glacial, quand maman lui demandait des nouvelles de sa fille et de ses neveux, si son petit-fils était gentil, ce qu'on comptait faire de lui, s'il ressemblerait à sa grand-mère[55].

Et quand il n'y avait plus de monde là, maman qui savait que Françoise pleurait encore ses parents morts depuis des années, lui parlait d'eux avec douceur, lui demandait mille détails sur ce qu'avait été leur vie.

Elle avait deviné que Françoise n'aimait pas son gendre et qu'il lui gâtait le plaisir qu'elle avait à être avec sa fille, avec qui elle ne causait pas aussi librement quand il était là. Aussi, quand Françoise allait les voir, à quelques lieues de Combray, maman lui disait en souriant : « N'est-ce pas Françoise, si Julien a été obligé de s'absenter et si vous avez Marguerite à vous toute seule pour toute la journée, vous serez désolée, mais vous vous ferez une raison ? » Et Françoise disait en riant : « Madame sait tout ; Madame est pire que les rayons X (elle disait x avec une difficulté affectée et un sourire pour se railler elle-même, ignorante, d'employer ce terme savant), qu'on a fait venir pour Mme Octave et qui voient ce que vous avez dans le cœur », et disparaissait, confuse qu'on s'occupât d'elle, peut-être pour qu'on ne la vît pas pleurer ; maman était la première personne qui lui donnât cette douce émotion de sentir que sa vie, ses bonheurs, ses chagrins de paysanne pouvaient présenter de l'intérêt, être un motif de joie ou de tristesse pour une autre qu'elle-même. Ma tante se résignait à se priver un peu d'elle pendant notre séjour, sachant combien ma mère appréciait le service de cette bonne si intelligente et active, qui était aussi belle dès cinq heures du matin dans sa cuisine, sous son bonnet dont le tuyautage éclatant et fixe avait l'air d'être en biscuit, que pour aller à la grand-messe ; qui faisait tout bien, travaillant comme un cheval, qu'elle fût bien portante ou non, mais sans bruit, sans avoir l'air de rien faire, la seule des bonnes de ma tante qui, quand maman demandait de l'eau chaude ou du café noir, les apportait vraiment bouillants ; elle était un de ces serviteurs qui, dans une maison, sont à la fois ceux qui déplaisent le plus au premier abord à un étranger, peut-être parce qu'ils ne prennent pas la peine de faire sa conquête et n'ont pas pour lui de prévenance, sachant très bien qu'ils n'ont aucun besoin de lui, qu'on cesserait de le recevoir plutôt que de les renvoyer ; et qui sont en revanche ceux à qui tiennent le plus les maîtres qui ont éprouvé leurs capacités réelles, et ne se soucient pas de cet agrément superficiel, de ce bavardage servile qui fait favorablement impression à un visiteur, mais qui recouvre souvent une inéducable nullité.

Quand Françoise, après avoir veillé à ce que mes parents eussent tout ce qu'il leur fallait, remontait une première fois chez ma tante pour lui donner sa pepsine et lui demander ce qu'elle prendrait pour déjeuner, il était bien rare qu'il ne fallût pas donner déjà son avis ou fournir des explications sur quelque événement d'importance[56] :

« Françoise, imaginez-vous que Mme Goupil est passée plus d'un quart d'heure en retard pour aller chercher sa sœur ; pour peu qu'elle s'attarde sur son chemin cela ne me surprendrait point qu'elle arrive après l'élévation.

– Hé ! il n'y aurait rien d'étonnant, répondait Françoise.

– Françoise, vous seriez venue cinq minutes plus tôt, vous auriez vu passer Mme Imbert qui tenait des asperges deux fois grosses comme celles de la mère Callot ; tâchez donc de savoir par sa bonne où elle les a eues. Vous qui, cette année, nous mettez des asperges à toutes les sauces, vous auriez pu en prendre de pareilles pour nos voyageurs.

– Il n'y aurait rien d'étonnant qu'elles viennent de chez M. le Curé, disait Françoise.

– Ah ! je vous crois bien, ma pauvre Françoise, répondait ma tante en haussant les épaules, chez M. le Curé ! Vous savez bien qu'il ne fait pousser que de méchantes petites asperges de rien. Je vous dis que celles-là étaient grosses comme le bras. Pas comme le vôtre, bien sûr, mais comme mon pauvre bras qui a encore tant maigri cette année.

Françoise, vous n'avez pas entendu ce carillon qui m'a cassé la tête ?

– Non, madame Octave.

– Ah ! ma pauvre fille, il faut que vous l'ayez solide votre tête, vous pouvez remercier le Bon Dieu. C'était la Maguelone qui était venue chercher le docteur Piperaud. Il est ressorti tout de suite avec elle et ils ont tourné par la rue de l'Oiseau. Il faut qu'il y ait quelque enfant de malade.

– Eh ! là, mon Dieu, soupirait Françoise, qui ne pouvait pas entendre parler d'un malheur arrivé à un inconnu, même dans une partie du monde éloignée, sans commencer à gémir.

– Françoise, mais pour qui donc a-t-on sonné la cloche des morts ? Ah ! mon Dieu, ce sera pour Mme Rousseau. Voilà-t-il pas que j'avais oublié qu'elle a passé l'autre nuit. Ah ! il est temps que le Bon Dieu me rappelle, je ne sais plus ce que j'ai fait de ma tête depuis la mort de mon pauvre Octave. Mais je vous fais perdre votre temps, ma fille.

– Mais non, madame Octave, mon temps n'est pas si cher ; celui qui l'a fait ne nous l'a pas vendu. Je vas seulement voir si mon feu ne s'éteint pas. »

Ainsi Françoise et ma tante appréciaient-elles ensemble au cours de cette séance matinale, les premiers événements du jour. Mais quelquefois ces événements revêtaient un caractère si mystérieux et si grave que ma tante sentait qu'elle ne pourrait pas attendre le moment où Françoise monterait, et quatre coups de sonnette formidables retentissaient dans la maison.

« Mais, madame Octave, ce n'est pas encore l'heure de la pepsine, disait Françoise. Est-ce que vous vous êtes senti une faiblesse ?

– Mais non, Françoise, disait ma tante, c'est-à-dire si, vous savez bien que maintenant les moments où je n'ai pas de faiblesse sont bien rares ; un jour je passerai comme Mme Rousseau sans avoir eu le temps de me reconnaître ; mais ce n'est pas pour cela que je sonne. Croyez-vous pas que je viens de voir comme je vous vois Mme Goupil avec une fillette que je ne connais point. Allez donc chercher deux sous de sel chez Camus. C'est bien rare si Théodore ne peut pas vous dire qui c'est.

– Mais ça sera la fille à M. Pupin, disait Françoise qui préférait s'en tenir à une explication immédiate, ayant été déjà deux fois depuis le matin chez Camus.

– La fille à M. Pupin ! Oh ! je vous crois bien, ma pauvre Françoise ! Avec cela que je ne l'aurais pas reconnue ?

– Mais je ne veux pas dire la grande, madame Octave, je veux dire la gamine, celle qui est en pension à Jouy [57]. Il me ressemble de l'avoir déjà vue ce matin.

– Ah ! à moins de ça, disait ma tante. Il faudrait qu'elle soit venue pour les fêtes. C'est cela ! Il n'y a pas besoin de chercher, elle sera venue pour les fêtes. Mais alors nous pourrions bien voir tout à l'heure Mme Sazerat venir sonner chez sa sœur pour le déjeuner. Ce sera ça ! J'ai vu le petit de chez Galopin qui passait avec une tarte ! Vous verrez que la tarte allait chez Mme Goupil.

– Dès l'instant que Mme Goupil a de la visite, madame Octave, vous n'allez pas tarder à voir tout son monde rentrer pour le déjeuner, car il commence à ne plus être de bonne heure, disait Françoise qui, pressée de redescendre s'occuper du déjeuner, n'était pas fâchée de laisser à ma tante cette distraction en perspective.

– Oh ! pas avant midi », répondait ma tante d'un ton résigné, tout en jetant sur la pendule un coup d'œil inquiet, mais furtif pour ne pas laisser voir qu'elle, qui avait renoncé à tout, trouvait pourtant, à apprendre qui Mme Goupil avait à déjeuner, un plaisir aussi vif, et qui se ferait malheureusement attendre encore un peu plus d'une heure. « Et encore cela tombera pendant mon déjeuner ! » ajouta-t-elle à mi-voix pour elle-même. Son déjeuner lui était une distraction suffisante pour qu'elle n'en souhaitât pas une autre en même temps. « Vous n'oublierez pas au moins de me donner mes œufs à la crème dans une assiette plate ? » C'étaient les seules qui fussent ornées de sujets, et ma tante s'amusait à chaque repas à lire la légende de celle qu'on lui servait ce jour-là. Elle mettait ses lunettes, déchiffrait : Ali Baba et les quarante voleurs, Aladin ou la Lampe merveilleuse, et disait en souriant : « Très bien, très bien. »

« Je serais bien allée chez Camus… disait Françoise en voyant que ma tante ne l'y enverrait plus.

– Mais non, ce n'est plus la peine, c'est sûrement Mlle Pupin. Ma pauvre Françoise, je regrette de vous avoir fait monter pour rien. »

Mais ma tante savait bien que ce n'était pas pour rien qu'elle avait sonné Françoise, car, à Combray, une personne « qu'on ne connaissait point » était un être aussi peu croyable qu'un dieu de la mythologie, et de fait on ne se souvenait pas que, chaque fois que s'était produite, dans la rue du Saint-Esprit ou sur la Place, une de ces apparitions stupéfiantes, des recherches bien conduites n'eussent pas fini par réduire le personnage fabuleux aux proportions d'une « personne qu'on connaissait », soit personnellement, soit abstraitement, dans son état civil, en tant qu'ayant tel degré de parenté avec des gens de Combray. C'était le fils de Mme Sauton qui rentrait du service, la nièce de l'abbé Perdreau qui sortait du couvent, le frère du curé, percepteur à Châteaudun qui venait de prendre sa retraite ou qui était venu passer les fêtes. On avait eu en les apercevant l'émotion de croire qu'il y avait à Combray des gens qu'on ne connaissait point simplement parce qu'on ne les avait pas reconnus ou identifiés tout de suite. Et pourtant, longtemps à l'avance, Mme Sauton et le curé avaient prévenu qu'ils attendaient leurs « voyageurs ». Quand le soir, je montais, en rentrant, raconter notre promenade à ma tante, si j'avais l'imprudence de lui dire que nous avions rencontré près du Pont-Vieux, un homme que mon grand-père ne connaissait pas : « Un homme que grand-père ne connaissait point, s'écriait-elle. Ah ! je te crois bien ! » Néanmoins un peu émue de cette nouvelle, elle voulait en avoir le cœur net, mon grand-père était mandé. « Qui donc est-ce que vous avez rencontré près du Pont-Vieux, mon oncle ? un homme que vous ne connaissiez point ? – Mais si, répondait mon grand-père, c'était Prosper, le frère du jardinier de Mme Bouillebœuf. – Ah ! bien », disait ma tante tranquillisée ; et un peu rouge [58], haussant les épaules avec un sourire ironique, elle ajoutait : « Aussi il me disait que vous aviez rencontré un homme que vous ne connaissiez point ! » Et on me recommandait d'être plus circonspect une autre fois et de ne plus agiter ainsi ma tante par des paroles irréfléchies. On connaissait tellement bien tout le monde, à Combray, bêtes et gens, que si ma tante avait vu par hasard passer un chien « qu'elle ne connaissait point », elle ne cessait d'y penser et de consacrer à ce fait incompréhensible ses talents d'induction et ses heures de liberté.

« Ce sera le chien de Mme Sazerat, disait Françoise, sans grande conviction, mais dans un but d'apaisement et pour que ma tante ne se "fende pas la tête".

– Comme si je ne connaissais pas le chien de Mme Sazerat ! répondait ma tante dont l'esprit critique n'admettait pas si facilement un fait.

– Ah ! ce sera le nouveau chien que M. Galopin a rapporté de Lisieux.

– Ah ! à moins de ça.

– Il paraît que c'est une bête bien affable, ajoutait Françoise qui tenait le renseignement de Théodore, spirituelle comme une personne, toujours de bonne humeur, toujours aimable, toujours quelque chose de gracieux. C'est rare qu'une bête qui n'a que cet âge-là soit déjà si galante [59]. Madame Octave, il va falloir que je vous quitte, je n'ai pas le temps de m'amuser, voilà bientôt dix heures, mon fourneau n'est seulement pas éclairé, et j'ai encore à plumer mes asperges.

– Comment, Françoise, encore des asperges ! mais c'est une vraie maladie d'asperges que vous avez cette année, vous allez en fatiguer nos Parisiens !

– Mais non, madame Octave, ils aiment bien ça. Ils rentreront de l'église avec de l'appétit et vous verrez qu'ils ne les mangeront pas avec le dos de la cuiller.

– Mais à l'église, ils doivent y être déjà ; vous ferez bien de ne pas perdre de temps. Allez surveiller votre déjeuner. »

Pendant que ma tante devisait ainsi avec Françoise, j'accompagnais mes parents à la messe. Que je l'aimais, que je la revois bien, notre Église [60] ! Son vieux porche par lequel nous entrions, noir, grêlé comme une écumoire, était dévié et profondément creusé aux angles (de même que le bénitier où il nous conduisait) comme si le doux effleurement des mantes des paysannes entrant à l'église et de leurs doigts timides prenant de l'eau bénite, pouvait, répété pendant des siècles, acquérir une force destructive, infléchir la pierre et l'entailler de sillons comme en trace la roue des carrioles dans la borne contre laquelle elle bute tous les jours. Ses pierres tombales, sous lesquelles la noble poussière des abbés de Combray, enterrés là, faisait au chœur comme un pavage spirituel, n'étaient plus elles-mêmes de la matière inerte et dure, car le temps les avait rendues douces et fait couler comme du miel hors des limites de leur propre équarrissure qu'ici elles avaient dépassées d'un flot blond, entraînant à la dérive une majuscule gothique en fleurs, noyant les violettes blanches du marbre ; et en deçà desquelles, ailleurs, elles s'étaient résorbées, contractant encore l'elliptique inscription latine, introduisant un caprice de plus dans la disposition de ces caractères abrégés, rapprochant deux lettres d'un mot dont les autres avaient été démesurément distendues. Ses vitraux ne chatoyaient jamais tant que les jours où le soleil se montrait peu, de sorte que fît-il gris dehors, on était sûr qu'il ferait beau dans l'église ; l'un était rempli dans toute sa grandeur par un seul personnage pareil à un Roi de jeu de cartes, qui vivait là-haut, sous un dais architectural, entre ciel et terre (et dans le reflet oblique et bleu duquel, parfois les jours de semaine, à midi, quand il n'y a pas d'office – à l'un de ces rares moments où l'église aérée, vacante, plus humaine, luxueuse, avec du soleil sur son riche mobilier, avait l'air presque habitable comme le hall, de pierre sculptée et de verre peint, d'un hôtel de style moyen âge – on voyait s'agenouiller un instant Mme Sazerat, posant sur le prie-Dieu voisin un paquet tout ficelé de petits fours qu'elle venait de prendre chez le pâtissier d'en face et qu'elle allait rapporter pour le déjeuner) ; dans un autre une montagne de neige rose, au pied de laquelle se livrait un combat, semblait avoir givré à même la verrière qu'elle boursouflait de son trouble grésil comme une vitre à laquelle il serait resté des flocons, mais des flocons éclairés par quelque aurore (par la même sans doute qui empourprait le retable de l'autel de tons si frais qu'ils semblaient plutôt posés là momentanément par une lueur du dehors prête à s'évanouir que par des couleurs attachées à jamais à la pierre) ; et tous étaient si anciens qu'on voyait çà et là leur vieillesse argentée étinceler de la poussière des siècles et montrer brillante et usée jusqu'à la corde la trame de leur douce tapisserie de verre. Il y en avait un qui était un haut compartiment divisé en une centaine de petits vitraux rectangulaires où dominait le bleu, comme un grand jeu de cartes pareil à ceux qui devaient distraire le roi Charles VI [61] ; mais soit qu'un rayon eût brillé, soit que mon regard en bougeant eût promené à travers la verrière tour à tour éteinte et rallumée, un mouvant et précieux incendie, l'instant d'après elle avait pris l'éclat changeant d'une traîne de paon, puis elle tremblait et ondulait en une pluie flamboyante et fantastique qui dégouttait du haut de la voûte sombre et rocheuse, le long des parois humides, comme si c'était dans la nef de quelque grotte irisée de sinueuses stalactites que je suivais mes parents, qui portaient leur paroissien ; un instant après les petits vitraux en losange avaient pris la transparence profonde, l'infrangible dureté de saphirs qui eussent été juxtaposés sur quelque immense pectoral, mais derrière lesquels on sentait, plus aimé que toutes ces richesses, un sourire momentané de soleil ; il était aussi reconnaissable dans le flot bleu et doux dont il baignait les pierreries que sur le pavé de la place ou la paille du marché ; et, même à nos premiers dimanches quand nous étions arrivés avant Pâques, il me consolait que la terre fût encore nue et noire, en faisant épanouir, comme en un printemps historique et qui datait des successeurs de Saint Louis, ce tapis éblouissant et doré de myosotis en verre [62].

Deux tapisseries de haute lice représentaient le couronnement d'Esther [63] (la tradition voulait qu'on eût donné à Assuérus les traits d'un roi de France et à Esther ceux d'une dame de Guermantes dont il était amoureux) auxquelles leurs couleurs, en fondant, avaient ajouté une expression, un relief, un éclairage ; un peu de rose flottait aux lèvres d'Esther au-delà du dessin de leur contour, le jaune de sa robe s'étalait si onctueusement, si grassement, qu'elle en prenait une sorte de consistance et s'enlevait vivement sur l'atmosphère refoulée ; et la verdure des arbres restée vive dans les parties basses du panneau de soie et de laine, mais ayant « passé » dans le haut, faisait se détacher en plus pâle, au-dessus des troncs foncés, les hautes branches jaunissantes, dorées et comme à demi effacées par la brusque et oblique illumination d'un soleil invisible. Tout cela et plus encore les objets précieux venus à l'église de personnages qui étaient pour moi presque des personnages de légende (la croix d'or travaillée, disait-on, par saint Éloi et donnée par Dagobert[64], le tombeau des fils de Louis le Germanique[65], en porphyre et en cuivre émaillé) à cause de quoi je m'avançais dans l'église, quand nous gagnions nos chaises, comme dans une vallée visitée des fées, où le paysan s'émerveille de voir dans un rocher, dans un arbre, dans une mare, la trace palpable de leur passage surnaturel, tout cela faisait d'elle pour moi quelque chose d'entièrement différent du reste de la ville : un édifice occupant, si l'on peut dire, un espace à quatre dimensions – la quatrième étant celle du Temps – déployant à travers les siècles son vaisseau qui, de travée en travée, de chapelle en chapelle, semblait vaincre et franchir non pas seulement quelques mètres, mais des époques successives d'où il sortait victorieux ; dérobant le rude et farouche XIe siècle dans l'épaisseur de ses murs, d'où il n'apparaissait avec ses lourds cintres bouchés et aveuglés de grossiers moellons que par la profonde entaille que creusait près du porche l'escalier du clocher, et, même là, dissimulé par les gracieuses arcades gothiques qui se pressaient coquettement devant lui comme de plus grandes sœurs, pour le cacher aux étrangers, se placent en souriant devant un jeune frère rustre, grognon et mal vêtu ; élevant dans le ciel au-dessus de la Place, sa tour qui avait contemplé Saint Louis et semblait le voir encore ; et s'enfonçant avec sa crypte dans une nuit mérovingienne[66] où, nous guidant à tâtons sous la voûte obscure et puissamment nervurée comme la membrane d'une immense chauve-souris de pierre, Théodore et sa sœur nous éclairaient d'une bougie le tombeau de la petite fille de Sigebert, sur lequel une profonde valve – comme la trace d'un fossile – avait été creusée, disait-on, « par une lampe de cristal qui, le soir du meurtre de la princesse franque, s'était détachée d'elle-même des chaînes d'or où elle était suspendue à la place de l'actuelle abside, et, sans que le cristal se brisât, sans que la flamme s'éteignît, s'était enfoncée dans la pierre et l'avait fait mollement céder sous elle [67]. »

L'abside de l'église de Combray, peut-on vraiment en parler ? Elle était si grossière, si dénuée de beauté artistique et même d'élan religieux. Du dehors, comme le croisement des rues sur lequel elle donnait était en contrebas, sa grossière muraille s'exhaussait d'un soubassement en moellons nullement polis, hérissés de cailloux, et qui n'avait rien de particulièrement ecclésiastique, les verrières semblaient percées à une hauteur excessive, et le tout avait plus l'air d'un mur de prison que d'église. Et certes, plus tard, quand je me rappelais toutes les glorieuses absides que j'ai vues, il ne me serait jamais venu à la pensée de rapprocher d'elles l'abside de Combray. Seulement, un jour, au détour d'une petite rue provinciale, j'aperçus, en face du croisement de trois ruelles, une muraille fruste et surélevée, avec des verrières percées en haut et offrant le même aspect asymétrique que l'abside de Combray. Alors je ne me suis pas demandé comme à Chartres ou à Reims avec quelle puissance y était exprimé le sentiment religieux, mais je me suis involontairement écrié : « L'Église ! »

L'église ! Familière ; mitoyenne, rue Saint-Hilaire, où était sa porte nord, de ses deux voisines, la pharmacie de M. Rapin et la maison de Mme Loiseau, qu'elle touchait sans aucune séparation ; simple citoyenne de Combray qui aurait pu avoir son numéro dans la rue si les rues de Combray avaient eu des numéros, et où il semble que le facteur aurait dû s'arrêter le matin quand il faisait sa distribution, avant d'entrer chez Mme Loiseau et en sortant de chez M. Rapin, il y avait pourtant entre elle et tout ce qui n'était pas elle une démarcation que mon esprit n'a jamais pu arriver à franchir. Mme Loiseau avait beau avoir à sa fenêtre des fuchsias, qui prenaient la mauvaise habitude de laisser leurs branches courir toujours partout tête baissée, et dont les fleurs n'avaient rien de plus pressé, quand elles étaient assez grandes, que d'aller rafraîchir leurs joues violettes et congestionnées contre la sombre façade de l'église, les fuchsias ne devenaient pas sacrés pour cela pour moi ; entre les fleurs et la pierre noircie sur laquelle elles s'appuyaient, si mes yeux ne percevaient pas d'intervalle, mon esprit réservait un abîme [68].

On reconnaissait le clocher de Saint-Hilaire de bien loin, inscrivant sa figure inoubliable à l'horizon où Combray n'apparaissait pas encore ; quand du train qui, la semaine de Pâques, nous amenait de Paris, mon père l'apercevait qui filait tour à tour sur tous les sillons du ciel, faisant courir en tous sens son petit coq de fer, il nous disait : « Allons, prenez les couvertures, on est arrivé. » Et dans une des plus grandes promenades que nous faisions de Combray, il y avait un endroit où la route resserrée débouchait tout à coup sur un immense plateau fermé à l'horizon par des forêts déchiquetées que dépassait seule la fine pointe du clocher de Saint-Hilaire, mais si mince, si rose, qu'elle semblait seulement rayée sur le ciel par un ongle qui aurait voulu donner à ce paysage, à ce tableau rien que de nature, cette petite marque d'art, cette unique indication humaine. Quand on se rapprochait et qu'on pouvait apercevoir le reste de la tour carrée et à demi détruite qui, moins haute, subsistait à côté de lui, on était frappé surtout du ton rougeâtre et sombre des pierres ; et, par un matin brumeux d'automne, on aurait dit, s'élevant au-dessus du violet orageux des vignobles, une ruine de pourpre presque de la couleur de la vigne vierge.

Souvent sur la Place, quand nous rentrions, ma grand-mère me faisait arrêter pour le regarder. Des fenêtres de sa tour, placées, deux par deux les unes au-dessus des autres, avec cette juste et originale proportion dans les distances qui ne donne pas de la beauté et de la dignité qu'aux visages humains, il lâchait, laissait tomber à intervalles réguliers des volées de corbeaux qui, pendant un moment, tournoyaient en criant, comme si les vieilles pierres qui les laissaient s'ébattre sans paraître les voir, devenues tout d'un coup inhabitables et dégageant un principe d'agitation infinie, les avaient frappés et repoussés. Puis, après avoir rayé en tous sens le velours violet de l'air du soir, brusquement calmés ils revenaient s'absorber dans la tour, de néfaste redevenue propice, quelques-uns posés çà et là, ne semblant pas bouger, mais happant peut-être quelque insecte, sur la pointe d'un clocheton, comme une mouette arrêtée avec l'immobilité d'un pêcheur à la crête d'une vague. Sans trop savoir pourquoi, ma grand-mère trouvait au clocher de Saint-Hilaire cette absence de vulgarité, de prétention, de mesquinerie, qui lui faisait aimer et croire riches d'une influence bienfaisante, la nature, quand la main de l'homme ne l'avait pas, comme faisait le jardinier de ma grand-tante, rapetissée, et les œuvres de génie. Et sans doute, toute partie de l'église qu'on apercevait la distinguait de tout autre édifice par une sorte de pensée qui lui était infuse, mais c'était dans son clocher qu'elle semblait prendre conscience d'elle-même, affirmer une existence individuelle et responsable. C'était lui qui parlait pour elle. Je crois surtout que, confusément, ma grand-mère trouvait au clocher de Combray ce qui pour elle avait le plus de prix au monde, l'air naturel et l'air distingué. Ignorante en architecture, elle disait : « Mes enfants, moquez-vous de moi si vous voulez, il n'est peut-être pas beau dans les règles, mais sa vieille figure bizarre me plaît. Je suis sûre que s'il jouait du piano, il ne jouerait pas *sec*. » Et en le regardant, en suivant des yeux la douce tension, l'inclinaison fervente de ses pentes de pierre qui se rapprochaient en s'élevant comme des mains jointes qui prient, elle s'unissait si bien à l'effusion de la flèche, que son regard semblait s'élancer avec elle ; et en même temps elle souriait amicalement aux vieilles pierres usées dont le couchant n'éclairait plus que le faîte et qui, à partir du moment où elles entraient dans cette zone ensoleillée, adoucies par la lumière, paraissaient tout d'un coup montées bien plus haut, lointaines, comme un chant repris « en voix de tête » une octave au-dessus.

C'était le clocher de Saint-Hilaire qui donnait à toutes les occupations, à toutes les heures, à tous les points de vue de la ville, leur figure, leur couronnement, leur consécration. De ma chambre, je ne pouvais apercevoir que sa base qui avait été recouverte d'ardoises ; mais quand, le dimanche, je les voyais, par une chaude matinée d'été, flamboyer comme un soleil noir, je me disais : « Mon Dieu ! neuf heures ! il faut se préparer pour aller à la grand-messe si je veux avoir le temps d'aller embrasser tante Léonie avant », et je savais exactement la couleur qu'avait le soleil sur la place, la chaleur et la poussière du marché, l'ombre que faisait le store du magasin où maman entrerait peut-être avant la messe dans une odeur de toile écrue, faire emplette de quelque mouchoir que lui ferait montrer, en cambrant la taille, le patron qui, tout en se préparant à fermer, venait d'aller dans l'arrière-boutique passer sa veste du dimanche et se savonner les mains qu'il avait l'habitude, toutes les cinq minutes, même dans les circonstances les plus mélancoliques, de frotter l'une contre l'autre d'un air d'entreprise, de partie fine et de réussite.

Quand après la messe, on entrait dire à Théodore d'apporter une brioche plus grosse que d'habitude parce que nos cousins avaient profité du beau temps pour venir de Thiberzy [69] déjeuner avec nous, on avait devant soi le clocher qui, doré et cuit lui-même comme une plus grande brioche bénie, avec des écailles et des égouttements gommeux de soleil, piquait sa pointe aiguë dans le ciel bleu. Et le soir, quand je rentrais de promenade et pensais au moment où il faudrait tout à l'heure dire bonsoir à ma mère et ne plus la voir, il était au contraire si doux, dans la journée finissante, qu'il avait l'air d'être posé et enfoncé comme un coussin de velours brun sur le ciel pâli qui avait cédé sous sa pression, s'était creusé légèrement pour lui faire sa place et refluait sur ses bords ; et les cris des oiseaux qui tournaient autour de lui semblaient accroître son silence, élancer encore sa flèche et lui donner quelque chose d'ineffable.

Même dans les courses qu'on avait à faire derrière l'église, là où on ne la voyait pas, tout semblait ordonné par rapport au clocher surgi ici ou là entre les maisons, peut-être plus émouvant encore quand il apparaissait ainsi sans l'église. Et certes, il y en a bien d'autres qui sont plus beaux vus de cette façon, et j'ai dans mon souvenir des vignettes de clochers dépassant les toits, qui ont un autre caractère d'art que celles que composaient les tristes rues de Combray. Je n'oublierai jamais, dans une curieuse ville de Normandie voisine de Balbec [70], deux charmants hôtels du XVIIIe siècle, qui me sont à beaucoup d'égards chers et vénérables et entre lesquels, quand on la regarde du beau jardin qui descend des perrons vers la rivière, la flèche gothique d'une église qu'ils cachent s'élance, ayant l'air de terminer, de surmonter leurs façades, mais d'une matière si différente, si précieuse, si annelée, si rose, si vernie, qu'on voit bien qu'elle n'en fait pas plus partie que de deux beaux galets unis, entre lesquels elle est prise sur la plage, la flèche purpurine et crénelée de quelque coquillage fuselé en tourelle et glacé d'émail [71]. Même à Paris, dans un des quartiers les plus laids de la ville, je sais une fenêtre où on voit après un premier, un second et même un troisième plan faits des toits amoncelés de plusieurs rues, une cloche violette, parfois rougeâtre, parfois aussi, dans les plus nobles « épreuves » qu'en tire l'atmosphère, d'un noir décanté de cendres, laquelle n'est autre que le dôme de Saint-Augustin et qui donne à cette vue de Paris le caractère de certaines vues de Rome par Piranesi [72]. Mais comme dans aucune de ces petites gravures, avec quelque goût que ma mémoire ait pu les exécuter, elle ne put mettre ce que j'avais perdu depuis longtemps, le sentiment qui nous fait non pas considérer une chose comme un spectacle, mais y croire comme en un être sans équivalent, aucune d'elles ne tient sous sa dépendance toute une partie profonde de ma vie, comme fait le souvenir de ces aspects du clocher de Combray dans les rues qui sont derrière l'église. Qu'on le vît à cinq heures, quand on allait chercher les lettres à la poste, à quelques maisons de soi, à gauche, surélevant brusquement d'une cime isolée la ligne de faîte des toits ; que si, au contraire, on voulait entrer demander des nouvelles de Mme Sazerat, on suivît des yeux cette ligne redevenue basse après la descente de son autre versant en sachant qu'il faudrait tourner à la deuxième rue après le clocher ; soit qu'encore, poussant plus loin, si on allait à la gare, on le vît obliquement, montrant de profil des arêtes et des surfaces nouvelles comme un solide surpris à un moment inconnu de sa révolution ; ou que, des bords de la Vivonne, l'abside musculeusement ramassée et remontée par la perspective, semblât jaillir de l'effort que le clocher faisait pour lancer sa flèche au cœur du ciel : c'était toujours à lui qu'il fallait revenir, toujours lui qui dominait tout, sommant les maisons d'un pinacle inattendu, levé devant moi comme le doigt de Dieu dont le corps eût été caché dans la foule des humains sans que je le confondisse pour cela avec elle. Et aujourd'hui encore si, dans une grande ville de province ou dans un quartier de Paris que je connais mal, un passant qui m'a « mis dans mon chemin » me montre au loin, comme un point de repère, tel beffroi d'hôpital, tel clocher de couvent levant la pointe de son bonnet ecclésiastique au coin d'une rue que je dois prendre, pour peu que ma mémoire puisse obscurément lui trouver quelque trait de ressemblance avec la figure chère et disparue, le passant, s'il se retourne pour s'assurer que je ne m'égare pas, peut, à son étonnement, m'apercevoir qui, oublieux de la promenade entreprise ou de la course obligée, reste là, devant le clocher, pendant des heures, immobile, essayant de me souvenir, sentant au fond de moi des terres reconquises sur l'oubli qui s'assèchent et se rebâtissent ; et sans doute alors, et plus anxieusement que tout à l'heure quand je lui demandais de me renseigner, je cherche encore mon chemin, je tourne une rue… mais… c'est dans mon cœur…

En rentrant de la messe, nous rencontrions souvent M. Legrandin [73] qui retenu à Paris par sa profession d'ingénieur, ne pouvait, en dehors des grandes vacances, venir à sa propriété de Combray que du samedi soir au lundi matin. C'était un de ces hommes qui, en dehors d'une carrière scientifique où ils ont d'ailleurs brillamment réussi, possèdent une culture toute différente, littéraire, artistique, que leur spécialisation professionnelle n'utilise pas et dont profite leur conversation. Plus lettrés que bien des littérateurs (nous ne savions pas à cette époque que M. Legrandin eût une certaine réputation comme écrivain et nous fûmes très étonnés de voir qu'un musicien célèbre avait composé une mélodie sur des vers de lui), doués de plus de « facilité » que bien des peintres, ils s'imaginent que la vie qu'ils mènent n'est pas celle qui leur aurait convenu et apportent à leurs occupations positives soit une insouciance mêlée de fantaisie, soit une application soutenue et hautaine, méprisante, amère et consciencieuse. Grand, avec une belle tournure, un visage pensif et fin aux longues moustaches blondes, au regard bleu et désenchanté, d'une politesse raffinée, causeur comme nous n'en avions jamais entendu, il était aux yeux de ma famille qui le citait toujours en exemple, le type de l'homme d'élite, prenant la vie de la façon la plus noble et la plus délicate. Ma grand-mère lui reprochait seulement de parler un peu trop bien, un peu trop comme un livre, de ne pas avoir dans son langage le naturel qu'il y avait dans ses cravates lavallière toujours flottantes, dans son veston droit presque d'écolier. Elle s'étonnait aussi des tirades enflammées qu'il entamait souvent contre l'aristocratie, la vie mondaine, le snobisme, « certainement le péché auquel pense saint Paul quand il parle du péché pour lequel il n'y a pas de rémission [74] ».

L'ambition mondaine était un sentiment que ma grand-mère était si incapable de ressentir et presque de comprendre qu'il lui paraissait bien inutile de mettre tant d'ardeur à la flétrir. De plus elle ne trouvait pas de très bon goût que M. Legrandin dont la sœur était mariée près de Balbec avec un gentilhomme bas-normand se livrât à des attaques aussi violentes contre les nobles, allant jusqu'à reprocher à la Révolution de ne les avoir pas tous guillotinés.

« Salut, amis ! nous disait-il en venant à notre rencontre. Vous êtes heureux d'habiter beaucoup ici ; demain il faudra que je rentre à Paris, dans ma niche.

Oh [75] ! ajoutait-il, avec ce sourire doucement ironique et déçu, un peu distrait, qui lui était particulier, certes il y a dans ma maison toutes les choses inutiles. Il n'y manque que le nécessaire, un grand morceau de ciel comme ici. Tâchez de garder toujours un morceau de ciel au-dessus de votre vie, petit garçon, ajoutait-il en se tournant vers moi. Vous avez une jolie âme, d'une qualité rare, une nature d'artiste, ne la laissez pas manquer de ce qu'il lui faut. »

Quand, à notre retour, ma tante nous faisait demander si Mme Goupil était arrivée en retard à la messe, nous étions incapables de la renseigner. En revanche nous ajoutions à son trouble en lui disant qu'un peintre travaillait dans l'église à copier le vitrail de Gilbert le Mauvais. Françoise, envoyée aussitôt chez l'épicier, était revenue bredouille par la faute de l'absence de Théodore à qui sa double profession de chantre ayant une part de l'entretien de l'église, et de garçon épicier donnait, avec des relations dans tous les mondes, un savoir universel.

« Ah ! soupirait ma tante, je voudrais que ce soit déjà l'heure d'Eulalie. Il n'y a vraiment qu'elle qui pourra me dire cela. »

Eulalie était une fille boiteuse, active et sourde qui s'était « retirée » après la mort de Mme de la Bretonnerie où elle avait été en place depuis son enfance et qui avait pris à côté de l'église une chambre, d'où elle descendait tout le temps soit aux offices, soit, en dehors des offices, dire une petite prière ou donner un coup de main à Théodore ; le reste du temps elle allait voir des personnes malades comme ma tante Léonie à qui elle racontait ce qui s'était passé à la messe ou aux vêpres. Elle ne dédaignait pas d'ajouter quelque casuel à la petite rente que lui servait la famille de ses anciens maîtres en allant de temps en temps visiter le linge du curé ou de quelque autre personnalité marquante du monde clérical de Combray. Elle portait au-dessus d'une mante de drap noir un petit béguin blanc, presque de religieuse, et une maladie de peau donnait à une partie de ses joues et à son nez recourbé, les tons rose vif de la balsamine. Ses visites étaient la grande distraction de ma tante Léonie qui ne recevait plus guère personne d'autre, en dehors de M. le Curé. Ma tante avait peu à peu évincé tous les autres visiteurs parce qu'ils avaient le tort à ses yeux de rentrer tous dans l'une ou l'autre des deux catégories de gens qu'elle détestait. Les uns, les pires et dont elle s'était débarrassée les premiers, étaient ceux qui lui conseillaient de ne pas « s'écouter » et professaient, fût-ce négativement et en ne la manifestant que par certains silences de désapprobation ou par certains sourires de doute, la doctrine subversive qu'une petite promenade au soleil et un bon bifteck saignant (quand elle gardait quatorze heures sur l'estomac deux méchantes gorgées d'eau de Vichy !) lui feraient plus de bien que son lit et ses médecines. L'autre catégorie se composait des personnes qui avaient l'air de croire qu'elle était plus gravement malade qu'elle ne pensait, qu'elle était aussi gravement malade qu'elle le disait. Aussi, ceux qu'elle avait laissés monter après quelques hésitations et sur les officieuses instances de Françoise et qui, au cours de leur visite, avaient montré combien ils étaient indignes de la faveur qu'on leur faisait en risquant timidement un : « Ne croyez-vous pas que si vous vous secouiez un peu par un beau temps », ou qui, au contraire, quand elle leur avait dit : « Je suis bien bas, bien bas, c'est la fin, mes pauvres amis », lui avaient répondu : « Ah ! quand on n'a pas la santé ! Mais vous pouvez durer encore comme ça », ceux-là, les uns comme les autres, étaient sûrs de ne plus jamais être reçus. Et si Françoise s'amusait de l'air épouvanté de ma tante quand de son lit elle avait aperçu dans la rue du Saint-Esprit une de ces personnes qui avaient l'air de venir chez elle ou quand elle avait entendu un coup de sonnette, elle riait encore bien plus, et comme d'un bon tour, des ruses toujours victorieuses de ma tante pour arriver à les faire congédier et de leur mine déconfite en s'en retournant sans l'avoir vue, et, au fond admirait sa maîtresse qu'elle jugeait supérieure à tous ces gens puisqu'elle ne voulait pas les recevoir. En somme, ma tante exigeait à la fois qu'on l'approuvât dans son régime, qu'on la plaignît pour ses souffrances et qu'on la rassurât sur son avenir.

C'est à quoi Eulalie excellait. Ma tante pouvait lui dire vingt fois en une minute : « C'est la fin, ma pauvre Eulalie », vingt fois Eulalie répondait : « Connaissant votre maladie comme vous la connaissez, madame Octave, vous irez à cent ans, comme me disait hier encore Mme Sazerin. » (Une des plus fermes croyances d'Eulalie et que le nombre imposant des démentis apportés par l'expérience n'avait pas suffi à entamer, était que Mme Sazerat s'appelait Mme Sazerin.)

« Je ne demande pas à aller à cent ans », répondait ma tante, qui préférait ne pas voir assigner à ses jours un terme précis.

Et comme Eulalie savait avec cela comme personne distraire ma tante sans la fatiguer, ses visites qui avaient lieu régulièrement tous les dimanches [76], sauf empêchement inopiné, étaient pour ma tante un plaisir dont la perspective l'entretenait ces jours-là dans un état agréable d'abord, mais bien vite douloureux comme une faim excessive, pour peu qu'Eulalie fût en retard. Trop prolongée, cette volupté d'attendre Eulalie tournait en supplice, ma tante ne cessait de regarder l'heure, bâillait, se sentait des faiblesses. Le coup de sonnette d'Eulalie, s'il arrivait tout à la fin de la journée, quand elle ne l'espérait plus, la faisait presque se trouver mal. En réalité, le dimanche, elle ne pensait qu'à cette visite et sitôt le déjeuner fini,

Françoise avait hâte que nous quittions la salle à manger pour qu'elle pût monter « occuper » ma tante. Mais (surtout à partir du moment où les beaux jours s'installaient à Combray) il y avait bien longtemps que l'heure altière de midi, descendue de la tour de Saint-Hilaire qu'elle armoriait des douze fleurons momentanés de sa couronne sonore avait retenti autour de notre table, auprès du pain bénit venu lui aussi familièrement en sortant de l'église, quand nous étions encore assis devant les assiettes des Mille et Une Nuits, appesantis par la chaleur et surtout par le repas. Car, au fond permanent d'œufs, de côtelettes, de pommes de terre, de confitures, de biscuits, qu'elle ne nous annonçait même plus, Françoise ajoutait – selon les travaux des champs et des vergers, le fruit de la marée, les hasards du commerce, les politesses des voisins et son propre génie, et si bien que notre menu, comme ces quatre-feuilles qu'on sculptait au XIIIe siècle au portail des cathédrales, reflétait un peu le rythme des saisons et les épisodes de la vie – : une barbue parce que la marchande lui en avait garanti la fraîcheur, une dinde parce qu'elle en avait vu une belle au marché de Roussainville-le-Pin, des cardons à la moelle parce qu'elle ne nous en avait pas encore fait de cette manière-là, un gigot rôti parce que le grand air creuse et qu'il avait bien le temps de descendre d'ici sept heures, des épinards pour changer, des abricots parce que c'était encore une rareté, des groseilles parce que dans quinze jours il n'y en aurait plus, des framboises que M. Swann avait apportées exprès, des cerises, les premières qui vinssent du cerisier du jardin après deux ans qu'il n'en donnait plus, du fromage à la crème que j'aimais bien autrefois, un gâteau aux amandes parce qu'elle l'avait commandé la veille, une brioche parce que c'était notre tour de l'offrir. Quand tout cela était fini, composée expressément pour nous, mais dédiée plus spécialement à mon père qui était amateur, une crème au chocolat, inspiration, attention personnelle de Françoise, nous était offerte, fugitive et légère comme une œuvre de circonstance où elle avait mis tout son talent. Celui qui eût refusé d'en goûter en disant : « J'ai fini ; je n'ai plus faim », se serait immédiatement ravalé au rang de ces goujats qui, même dans le présent qu'un artiste leur fait d'une de ses œuvres, regardent au poids et à la matière alors que n'y valent que l'intention et la signature. Même en laisser une seule goutte dans le plat eût témoigné de la même impolitesse que se lever avant la fin du morceau au nez du compositeur.

Enfin ma mère me disait : « Voyons, ne reste pas ici indéfiniment, monte dans ta chambre si tu as trop chaud dehors, mais va d'abord prendre l'air un instant pour ne pas lire en sortant de table. » J'allais m'asseoir près de la pompe et de son auge, souvent ornée, comme un font gothique, d'une salamandre, qui sculptait sur la pierre fruste le relief mobile de son corps allégorique et fuselé, sur le banc sans dossier ombragé d'un lilas, dans ce petit coin du jardin qui s'ouvrait par une porte de service sur la rue du Saint-Esprit et de la terre peu soignée duquel s'élevait par deux degrés, en saillie de la maison, et comme une construction indépendante, l'arrière-cuisine. On apercevait son dallage rouge et luisant comme du porphyre. Elle avait moins l'air de l'antre de Françoise que d'un petit temple à Vénus [77]. Elle regorgeait des offrandes du crémier, du fruitier, de la marchande de légumes, venus parfois de hameaux assez lointains pour lui dédier les prémices de leurs champs. Et son faîte était toujours couronné du roucoulement d'une colombe.

Autrefois, je ne m'attardais pas dans le bois consacré qui l'entourait, car, avant de monter lire, j'entrais dans le petit cabinet de repos que mon oncle Adolphe, un frère de mon grand-père, ancien militaire qui avait pris sa retraite comme commandant, occupait au rez-de-chaussée, et qui, même quand les fenêtres ouvertes laissaient entrer la chaleur, sinon les rayons du soleil qui atteignaient rarement jusque-là, dégageait inépuisablement cette odeur obscure et fraîche, à la fois forestière et ancien régime, qui fait rêver longuement les narines, quand on pénètre dans certains pavillons de chasse abandonnés. Mais depuis nombre d'années je n'entrais plus dans le cabinet de mon oncle Adolphe, ce dernier ne venant plus à Combray à cause d'une brouille qui était survenue entre lui et ma famille, par ma faute, dans les circonstances suivantes :

Une ou deux fois par mois, à Paris, on m'envoyait lui faire une visite, comme il finissait de déjeuner, en simple vareuse, servi par son domestique en veste de travail de coutil rayé violet et blanc. Il se plaignait en ronchonnant que je n'étais pas venu depuis longtemps, qu'on l'abandonnait ; il m'offrait un massepain ou une mandarine, nous traversions un salon dans lequel on ne s'arrêtait jamais, où on ne faisait jamais de feu, dont les murs étaient ornés de moulures dorées, les plafonds peints d'un bleu qui prétendait imiter le ciel et les meubles capitonnés en satin comme chez mes grands-parents, mais jaune ; puis nous passions dans ce qu'il appelait son cabinet de « travail » aux murs duquel étaient accrochées de ces gravures représentant sur fond noir une déesse charnue et rose conduisant un char, montée sur un globe, ou une étoile au front, qu'on aimait sous le second Empire parce qu'on leur trouvait un air pompéien, puis qu'on détesta, et qu'on recommence à aimer pour une seule et même raison, malgré les autres qu'on donne, et qui est qu'elles ont l'air second Empire. Et je restais avec mon oncle jusqu'à ce que son valet de chambre vînt lui demander, de la part du cocher, pour quelle heure celui-ci devait atteler. Mon oncle se plongeait alors dans une méditation qu'aurait craint de troubler d'un seul mouvement son valet de chambre émerveillé, et dont il attendait avec curiosité le résultat, toujours identique. Enfin, après une hésitation suprême, mon oncle prononçait infailliblement ces mots : « Deux heures et quart », que le valet de chambre répétait avec étonnement, mais sans discuter : « Deux heures et quart ? bien… je vais le dire… »

À cette époque j'avais l'amour du théâtre, amour platonique, car mes parents ne m'avaient encore jamais permis d'y aller, et je me représentais d'une façon si peu exacte les plaisirs qu'on y goûtait que je n'étais pas éloigné de croire que chaque spectateur regardait comme dans un stéréoscope un décor qui n'était que pour lui, quoique semblable au millier d'autres que regardait, chacun pour soi, le reste des spectateurs.

Tous les matins je courais jusqu'à la colonne Morris pour voir les spectacles qu'elle annonçait. Rien n'était plus désintéressé et plus heureux que les rêves offerts à mon imagination par chaque pièce annoncée et qui étaient conditionnés à la fois par les images inséparables des mots qui en composaient le titre et aussi de la couleur des affiches encore humides et boursouflées de colle sur lesquelles il se détachait. Si ce n'est une de ces œuvres étranges comme *le Testament de César Girodot* et *Œdipe-Roi*[78] lesquelles s'inscrivaient, non sur l'affiche verte de l'Opéra-Comique, mais sur l'affiche lie-de-vin de la Comédie-Française, rien ne me paraissait plus différent de l'aigrette étincelante et blanche des *Diamants de la Couronne* que le satin lisse et mystérieux du *Domino noir*[79], et, mes parents m'ayant dit que quand j'irais pour la première fois au théâtre j'aurais à choisir entre ces deux pièces, cherchant à approfondir successivement le titre de l'une et le titre de l'autre, puisque c'était tout ce que je connaissais d'elles, pour tâcher de saisir en chacun le plaisir qu'il me promettait et de le comparer à celui que recelait l'autre, j'arrivais à me représenter avec tant de force, d'une part une pièce éblouissante et fière, de l'autre une pièce douce et veloutée, que j'étais aussi incapable de décider laquelle aurait ma préférence, que si, pour le dessert, on m'avait donné à opter entre du riz à l'Impératrice et de la crème au chocolat.

Toutes mes conversations avec mes camarades portaient sur ces acteurs dont l'art, bien qu'il me fût encore inconnu, était la première forme, entre toutes celles qu'il revêt, sous laquelle se laissait pressentir par moi, l'Art. Entre la manière que l'un ou l'autre avait de débiter, de nuancer une tirade, les différences les plus minimes me semblaient avoir une importance incalculable. Et, d'après ce que l'on m'avait dit d'eux, je les classais par ordre de talent, dans des listes que je me récitais toute la journée, et qui avaient fini par durcir dans mon cerveau et par le gêner de leur inamovibilité.

Plus tard, quand je fus au collège, chaque fois que pendant les classes, je correspondais, aussitôt que le professeur avait la tête tournée, avec un nouvel ami, ma première question était toujours pour lui demander s'il était déjà allé au théâtre et s'il trouvait que le plus grand acteur était bien Got, le second Delaunay, etc. Et si, à son avis, Febvre ne venait qu'après Thiron, ou Delaunay qu'après Coquelin [80], la soudaine motilité que Coquelin, perdant la rigidité de la pierre, contractait dans mon esprit pour y passer au deuxième rang, et l'agilité miraculeuse, la féconde animation dont se voyait doué Delaunay pour reculer au quatrième, rendait la sensation du fleurissement et de la vie à mon cerveau assoupli et fertilisé.

Mais si les acteurs me préoccupaient ainsi, si la vue de Maubant sortant un après-midi du Théâtre-Français m'avait causé le saisissement et les souffrances de l'amour, combien le nom d'une étoile flamboyant à la porte d'un théâtre, combien, à la glace d'un coupé qui passait dans la rue avec ses chevaux fleuris de roses au frontail, la vue du visage d'une femme que je pensais être peut-être une actrice, laissait en moi un trouble plus prolongé, un effort impuissant et douloureux pour me représenter sa vie. Je classais par ordre de talent les plus illustres, Sarah Bernhardt, la Berma, Bartet, Madeleine Brohan, Jeanne Samary [81], mais toutes m'intéressaient. Or mon oncle en connaissait beaucoup, et aussi des cocottes que je ne distinguais pas nettement des actrices. Il les recevait chez lui. Et si nous n'allions le voir qu'à certains jours c'est que, les autres jours, venaient des femmes avec lesquelles sa famille n'aurait pas pu se rencontrer, du moins à son avis à elle, car, pour mon oncle, au contraire, sa trop grande facilité à faire à de jolies veuves qui n'avaient peut-être jamais été mariées, à des comtesses de nom ronflant, qui n'était sans doute qu'un nom de guerre, la politesse de les présenter à ma grand-mère ou même à leur donner des bijoux de famille, l'avait déjà brouillé plus d'une fois avec mon grand-père. Souvent, à un nom d'actrice qui venait dans la conversation, j'entendais mon père dire à ma mère, en souriant : « Une amie de ton oncle » ; et je pensais que le stage que peut-être pendant des années des hommes importants faisaient inutilement à la porte de telle femme qui ne répondait pas à leurs lettres et les faisait chasser par le concierge de son hôtel, mon oncle aurait pu en dispenser un gamin comme moi en le présentant chez lui à l'actrice, inapprochable à tant d'autres, qui était pour lui une intime amie.

Aussi – sous le prétexte qu'une leçon qui avait été déplacée tombait maintenant si mal qu'elle m'avait empêché plusieurs fois et m'empêcherait encore de voir mon oncle – un jour, autre que celui qui était réservé aux visites que nous lui faisions, profitant de ce que mes parents avaient déjeuné de bonne heure, je sortis et au lieu d'aller regarder la colonne d'affiches, pour quoi on me laissait aller seul, je courus jusqu'à lui. Je remarquai devant sa porte une voiture attelée de deux chevaux qui avaient aux œillères un œillet rouge comme avait le cocher à sa boutonnière. De l'escalier j'entendis un rire et une voix de femme, et dès que j'eus sonné, un silence, puis le bruit de portes qu'on fermait. Le valet de chambre vint ouvrir, et en me voyant parut embarrassé, me dit que mon oncle était très occupé, ne pourrait sans doute pas me recevoir et tandis qu'il allait pourtant le prévenir, la même voix que j'avais entendue disait : « Oh, si ! laisse-le entrer ; rien qu'une minute, cela m'amuserait tant. Sur la photographie qui est sur ton bureau, il ressemble tant à sa maman, ta nièce, dont la photographie est à côté de la sienne, n'est-ce pas ? Je voudrais le voir rien qu'un instant, ce gosse. »

J'entendis mon oncle grommeler, se fâcher, finalement le valet de chambre me fit entrer.

Sur la table, il y avait la même assiette de massepains que d'habitude ; mon oncle avait sa vareuse de tous les jours, mais en face de lui, en robe de soie rose avec un grand collier de perles au cou, était assise une jeune femme qui achevait de manger une mandarine. L'incertitude où j'étais s'il fallait dire madame ou mademoiselle me fit rougir et n'osant pas trop tourner les yeux de son côté de peur d'avoir à lui parler, j'allai embrasser mon oncle. Elle me regardait en souriant, mon oncle lui dit : « Mon neveu », sans lui dire mon nom, ni me dire le sien, sans doute parce que, depuis les difficultés qu'il avait eues avec mon grand-père, il tâchait autant que possible d'éviter tout trait d'union entre sa famille et ce genre de relations.

« Comme il ressemble à sa mère, dit-elle [82].

– Mais vous n'avez jamais vu ma nièce qu'en photographie, dit vivement mon oncle d'un ton bourru.

– Je vous demande pardon, mon cher ami, je l'ai croisée dans l'escalier l'année dernière quand vous avez été si malade. Il est vrai que je ne l'ai vue que le temps d'un éclair et que votre escalier est bien noir, mais cela m'a suffi pour l'admirer. Ce petit jeune homme a ses beaux yeux et aussi *ça*, dit-elle, en traçant avec son doigt une ligne sur le bas de son front. Est-ce que madame votre nièce porte le même nom que vous, ami ? demanda-t-elle à mon oncle.

– Il ressemble surtout à son père, grogna mon oncle qui ne se souciait pas plus de faire des présentations à distance en disant le nom de maman que d'en faire de près. C'est tout à fait son père et aussi ma pauvre mère.

– Je ne connais pas son père, dit la dame en rose avec une légère inclinaison de la tête, et je n'ai jamais connu votre pauvre mère, mon ami. Vous vous souvenez, c'est peu après votre grand chagrin que nous nous sommes connus. »

J'éprouvais une petite déception, car cette jeune dame ne différait pas des autres jolies femmes que j'avais vues quelquefois dans ma famille, notamment de la fille d'un de nos cousins chez lequel j'allais tous les ans le premier janvier. Mieux habillée seulement, l'amie de mon oncle avait le même regard vif et bon, elle avait l'air aussi franc et aimant. Je ne lui trouvais rien de l'aspect théâtral que j'admirais dans les photographies d'actrices, ni de l'expression diabolique qui eût été en rapport avec la vie qu'elle devait mener. J'avais peine à croire que ce fût une cocotte et surtout je n'aurais pas cru que ce fût une cocotte chic si je n'avais pas vu la voiture à deux chevaux, la robe rose, le collier de perles, si je n'avais pas su que mon oncle n'en connaissait que de la plus haute volée. Mais je me demandais comment le millionnaire qui lui donnait sa voiture et son hôtel et ses bijoux pouvait avoir du plaisir à manger sa fortune pour une personne qui avait l'air si simple et comme il faut. Et pourtant en pensant à ce que devait être sa vie, l'immoralité m'en troublait peut-être plus que si elle avait été concrétisée devant moi en une apparence spéciale – d'être ainsi invisible comme le secret de quelque roman, de quelque scandale qui avait fait sortir de chez ses parents bourgeois et voué à tout le monde, qui avait fait épanouir en beauté et haussé jusqu'au demi-monde et à la notoriété celle que ses jeux de physionomie, ses intonations de voix, pareils à tant d'autres que je connaissais déjà, me faisaient malgré moi considérer comme une jeune fille de bonne famille, qui n'était plus d'aucune famille.

On était passé dans le « cabinet de travail », et mon oncle, d'un air un peu gêné par ma présence, lui offrit des cigarettes.

« Non, dit-elle, cher, vous savez que je suis habituée à celles que le Grand-Duc m'envoie. Je lui ai dit que vous en étiez jaloux. » Et elle tira d'un étui des cigarettes couvertes d'inscriptions étrangères et dorées. « Mais si, reprit-elle tout d'un coup, je dois avoir rencontré chez vous le père de ce jeune homme. N'est-ce pas votre neveu ? Comment ai-je pu l'oublier ? Il a été tellement bon, tellement exquis pour moi », dit-elle d'un air modeste et sensible. Mais en pensant à ce qu'avait pu être l'accueil rude, qu'elle disait avoir trouvé exquis, de mon père, moi qui connaissais sa réserve et sa froideur, j'étais gêné, comme par une indélicatesse qu'il aurait commise, de cette inégalité entre la reconnaissance excessive qui lui était accordée et son amabilité insuffisante. Il m'a semblé plus tard que c'était un des côtés touchants du rôle de ces femmes oisives et studieuses qu'elles consacrent leur générosité, leur talent, un rêve disponible de beauté sentimentale – car, comme les artistes, elles ne le réalisent pas, ne le font pas entrer dans les cadres de l'existence commune – et un or qui leur coûte peu, à enrichir d'un sertissage précieux et fin la vie fruste et mal dégrossie des hommes. Comme celle-ci, dans le fumoir où mon oncle était en vareuse pour la recevoir, répandait son corps si doux, sa robe de soie rose, ses perles, l'élégance qui émane de l'amitié d'un grand-duc, de même elle avait pris quelque propos insignifiant de mon père, elle l'avait travaillé avec délicatesse, lui avait donné un tour, une appellation précieuse et y enchâssant un de ses regards d'une si belle eau, nuancé d'humilité et de gratitude, elle le rendait changé en un bijou artiste, en quelque chose de « tout à fait exquis ».

« Allons, voyons, il est l'heure que tu t'en ailles », me dit mon oncle.

Je me levai, j'avais une envie irrésistible de baiser la main de la dame en rose, mais il me semblait que c'eût été quelque chose d'audacieux comme un enlèvement. Mon cœur battait tandis que je me disais : « Faut-il le faire, faut-il ne pas le faire », puis je cessai de me demander ce qu'il fallait faire pour pouvoir faire quelque chose. Et d'un geste aveugle et insensé, dépouillé de toutes les raisons que je trouvais il y avait un moment en sa faveur, je portai à mes lèvres la main qu'elle me tendait.

« Comme il est gentil ! il est déjà galant, il a un petit œil pour les femmes : il tient de son oncle. Ce sera un parfait gentleman, ajouta-t-elle en serrant les dents pour donner à la phrase un accent légèrement britannique. Est-ce qu'il ne pourrait pas venir une fois prendre *a cup of tea*, comme disent nos voisins les Anglais ; il n'aurait qu'à m'envoyer un "bleu" le matin. »

Je ne savais pas ce que c'était qu'un « bleu ». Je ne comprenais pas la moitié des mots que disait la dame, mais la crainte que n'y fût cachée quelque question à laquelle il eût été impoli de ne pas répondre, m'empêchait de cesser de les écouter avec attention, et j'en éprouvais une grande fatigue.

« Mais non, c'est impossible, dit mon oncle, en haussant les épaules, il est très tenu, il travaille beaucoup. Il a tous les prix à son cours, ajouta-t-il, à voix basse pour que je n'entende pas ce mensonge et que je n'y contredise pas. Qui sait, ce sera peut-être un petit Victor Hugo, une espèce de Vaulabelle [83], vous savez.

– J'adore les artistes, répondit la dame en rose, il n'y a qu'eux qui comprennent les femmes… Qu'eux et les êtres d'élite comme vous. Excusez mon ignorance, ami. Qui est Vaulabelle ? Est-ce les volumes dorés qu'il y a dans la petite bibliothèque vitrée de votre boudoir ? Vous savez que vous m'avez promis de me les prêter, j'en aurai grand soin. »

Mon oncle qui détestait prêter ses livres ne répondit rien et me conduisit jusqu'à l'antichambre. Éperdu d'amour pour la dame en rose, je couvris de baisers fous les joues pleines de tabac de mon vieil oncle, et tandis qu'avec assez d'embarras il me laissait entendre sans oser me le dire ouvertement qu'il aimerait autant que je ne parlasse pas de cette visite à mes parents, je lui disais, les larmes aux yeux, que le souvenir de sa bonté était en moi si fort que je trouverais bien un jour le moyen de lui témoigner ma reconnaissance. Il était si fort en effet que deux heures plus tard, après quelques phrases mystérieuses et qui ne parurent pas donner à mes parents une idée assez nette de la nouvelle importance dont j'étais doué, je trouvai plus explicite de leur raconter dans les moindres détails la visite que je venais de faire. Je ne croyais pas ainsi causer d'ennuis à mon oncle. Comment l'aurais-je cru, puisque je ne le désirais pas ? Et je ne pouvais supposer que mes parents trouveraient du mal dans une visite où je n'en trouvais pas. N'arrive-t-il pas tous les jours qu'un ami nous demande de ne pas manquer de l'excuser auprès d'une femme à qui il a été empêché d'écrire, et que nous négligions de le faire, jugeant que cette personne ne peut pas attacher d'importance à un silence qui n'en a pas pour nous ? Je m'imaginais, comme tout le monde, que le cerveau des autres était un réceptacle inerte et docile, sans pouvoir de réaction spécifique sur ce qu'on y introduisait ; et je ne doutais pas qu'en déposant dans celui de mes parents la nouvelle de la connaissance que mon oncle m'avait fait faire, je ne leur transmisse en même temps comme je le souhaitais, le jugement bienveillant que je portais sur cette présentation. Mes parents malheureusement s'en remirent à des principes entièrement différents de ceux que je leur suggérais d'adopter, quand ils voulurent apprécier l'action de mon oncle. Mon père et mon grand-père eurent avec lui des explications violentes ; j'en fus indirectement informé. Quelques jours après, croisant dehors mon oncle qui passait en voiture découverte, je ressentis la douleur, la reconnaissance, le remords que j'aurais voulu lui exprimer. À côté de leur immensité, je trouvai qu'un coup de chapeau serait mesquin et pourrait faire supposer à mon oncle que je ne me croyais pas tenu envers lui à plus qu'à une banale politesse. Je résolus de m'abstenir de ce geste insuffisant et je détournai la tête. Mon oncle pensa que je suivais en cela les ordres de mes parents, il ne le leur pardonna pas, et il est mort bien des années après sans qu'aucun de nous l'ait jamais revu.

Aussi je n'entrais plus dans le cabinet de repos, maintenant fermé, de mon oncle Adolphe et après m'être attardé aux abords de l'arrière-cuisine, quand Françoise, apparaissant sur le parvis, me disait : « Je vais laisser ma fille de cuisine servir le café et monter l'eau chaude, il faut que je me sauve chez Mme Octave », je me décidais à rentrer et montais directement lire chez moi. La fille de cuisine[84] était une personne morale, une institution permanente à qui des attributions invariables assuraient une sorte de continuité et d'identité, à travers la succession des formes passagères en lesquelles elle s'incarnait : car nous n'eûmes jamais la même deux ans de suite. L'année où nous mangeâmes tant d'asperges, la fille de cuisine habituellement chargée de les « plumer » était une pauvre créature maladive, dans un état de grossesse déjà assez avancé quand nous arrivâmes à Pâques, et on s'étonnait même que Françoise lui laissât faire tant de courses et de besogne, car elle commençait à porter difficilement devant elle la mystérieuse corbeille, chaque jour plus remplie, dont on devinait sous ses amples sarraux la forme magnifique. Ceux-ci rappelaient les houppelandes qui revêtent certaines des figures symboliques de Giotto dont M. Swann m'avait donné des photographies. C'est lui-même qui nous l'avait fait remarquer et quand il nous demandait des nouvelles de la fille de cuisine il nous disait : « Comment va la Charité de Giotto[85] ? » D'ailleurs elle même, la pauvre fille, engraissée par sa grossesse, jusqu'à la figure, jusqu'aux joues qui tombaient droites et carrées, ressemblait en effet assez à ces vierges, fortes et hommasses, matrones plutôt, dans lesquelles les vertus sont personnifiées à l'Arena. Et je me rends compte maintenant que ces Vertus et ces Vices de Padoue lui ressemblaient encore d'une autre manière. De même que l'image de cette fille était accrue par le symbole ajouté qu'elle portait devant son ventre, sans avoir l'air d'en comprendre le sens, sans que rien dans son visage en traduisît la beauté et l'esprit, comme un simple et pesant fardeau, de même c'est sans paraître s'en douter que la puissante ménagère qui est représentée à l'Arena au-dessous du nom « Caritas » et dont la reproduction était accrochée au mur de ma salle d'études, à Combray, incarne cette vertu, c'est sans qu'aucune pensée de charité semble avoir jamais pu être exprimée par son visage énergique et vulgaire. Par une belle invention du peintre elle foule aux pieds les trésors de la terre, mais absolument comme si elle piétinait des raisins pour en extraire le jus ou plutôt comme elle aurait monté sur des sacs pour se hausser ; et elle tend à Dieu son cœur enflammé, disons mieux, elle le lui « passe », comme une cuisinière passe un tire-bouchon par le soupirail de son sous-sol à quelqu'un qui le lui demande à la fenêtre du rez-de-chaussée. L'Envie, elle, aurait eu davantage une certaine expression d'envie. Mais dans cette fresque-là encore, le symbole tient tant de place et est représenté comme si réel, le serpent qui siffle aux lèvres de l'Envie est si gros, il lui remplit si complètement sa bouche grande ouverte, que les muscles de sa figure sont distendus pour pouvoir le contenir, comme ceux d'un enfant qui gonfle un ballon avec son souffle, et que l'attention de l'Envie – et la nôtre du même coup – tout entière concentrée sur l'action de ses lèvres, n'a guère de temps à donner à d'envieuses pensées[86].

Malgré toute l'admiration que M. Swann professait pour ces figures de Giotto, je n'eus longtemps aucun plaisir à considérer dans notre salle d'études, où on avait accroché les copies qu'il m'en avait rapportées, cette Charité sans charité, cette Envie qui avait l'air d'une planche illustrant seulement dans un livre de médecine la compression de la glotte ou de la luette par une tumeur de la langue ou par l'introduction de l'instrument de l'opérateur, une Justice, dont le visage grisâtre et mesquinement régulier était celui-là même qui, à Combray, caractérisait certaines jolies bourgeoises pieuses et sèches que je voyais à la messe et dont plusieurs étaient enrôlées d'avance dans les milices de réserve de l'Injustice. Mais plus tard j'ai compris que l'étrangeté saisissante, la beauté spéciale de ces fresques tenait à la grande place que le symbole y occupait, et que le fait qu'il fût représenté non comme un symbole puisque la pensée symbolisée n'était pas exprimée, mais comme réel, comme effectivement subi ou matériellement manié, donnait à la signification de l'œuvre quelque chose de plus littéral et de plus précis, à son enseignement quelque chose de plus concret et de plus frappant. Chez la pauvre fille de cuisine, elle aussi, l'attention n'était-elle pas sans cesse ramenée à son ventre par le poids qui le tirait ; et de même encore, bien souvent la pensée des agonisants est tournée vers le côté effectif, douloureux, obscur, viscéral, vers cet envers de la mort qui est précisément le côté qu'elle leur présente, qu'elle leur fait rudement sentir et qui ressemble beaucoup plus à un fardeau qui les écrase, à une difficulté de respirer, à un besoin de boire, qu'à ce que nous appelons l'idée de la mort.

Il fallait que ces Vertus et ces Vices de Padoue eussent en eux bien de la réalité puisqu'ils m'apparaissaient comme aussi vivants que la servante enceinte, et qu'elle-même ne me semblait pas beaucoup moins allégorique. Et peut-être cette non-participation (du moins apparente) de l'âme d'un être à la vertu qui agit par lui, a aussi en dehors de sa valeur esthétique une réalité sinon psychologique, au moins, comme on dit, physiognomonique. Quand, plus tard, j'ai eu l'occasion de rencontrer, au cours de ma vie, dans des couvents par exemple, des incarnations vraiment saintes de la charité active, elles avaient généralement un air allègre, positif, indifférent et brusque de chirurgien pressé, ce visage où ne se lit aucune commisération, aucun attendrissement devant la souffrance humaine, aucune crainte de la heurter, et qui est le visage sans douceur, le visage antipathique et sublime de la vraie bonté.

Pendant que la fille de cuisine – faisant briller involontairement la supériorité de Françoise, comme l'Erreur, par le contraste, rend plus éclatant le triomphe de la Vérité – servait du café qui, selon maman n'était que de l'eau chaude, et montait ensuite dans nos chambres de l'eau chaude qui était à peine tiède, je m'étais étendu sur mon lit, un livre à la main, dans ma chambre qui protégeait en tremblant sa fraîcheur transparente et fragile contre le soleil de l'après-midi derrière ses volets presque clos où un reflet de jour avait pourtant trouvé moyen de faire passer ses ailes jaunes, et restait immobile entre le bois et le vitrage, dans un coin, comme un papillon posé. Il faisait à peine assez clair pour lire, et la sensation de la splendeur de la lumière ne m'était donnée que par les coups frappés dans la rue de la Cure par Camus (averti par Françoise que ma tante ne « reposait pas » et qu'on pouvait faire du bruit) contre des caisses poussiéreuses, mais qui, retentissant dans l'atmosphère sonore, spéciale aux temps chauds, semblaient faire voler au loin des astres écarlates ; et aussi par les mouches qui exécutaient devant moi, dans leur petit concert, comme la musique de chambre de l'été ; elle ne l'évoque pas à la façon d'un air de musique humaine, qui, entendu par hasard à la belle saison, vous la rappelle ensuite ; elle est unie à l'été par un lien plus nécessaire : née des beaux jours, ne renaissant qu'avec eux, contenant un peu de leur essence, elle n'en réveille pas seulement l'image dans notre mémoire, elle en certifie le retour, la présence effective, ambiante, immédiatement accessible.

Cette obscure fraîcheur de ma chambre était au plein soleil de la rue, ce que l'ombre est au rayon, c'est-à-dire aussi lumineuse que lui, et offrait à mon imagination le spectacle total de l'été dont mes sens si j'avais été en promenade, n'auraient pu jouir que par morceaux ; et ainsi elle s'accordait bien à mon repos qui (grâce aux aventures racontées par mes livres et qui venaient l'émouvoir), supportait pareil au repos d'une main immobile au milieu d'une eau courante, le choc et l'animation d'un torrent d'activité.

Mais ma grand-mère, même si le temps trop chaud s'était gâté, si un orage ou seulement un grain était survenu, venait me supplier de sortir. Et ne voulant pas renoncer à ma lecture, j'allais du moins la continuer au jardin, sous le marronnier, dans une petite guérite en sparterie et en toile au fond de laquelle j'étais assis et me croyais caché aux yeux des personnes qui pourraient venir faire visite à mes parents [87].

Et ma pensée n'était-elle pas aussi comme une autre crèche au fond de laquelle je sentais que je restais enfoncé, même pour regarder ce qui se passait au-dehors ? Quand je voyais un objet extérieur, la conscience que je le voyais restait entre moi et lui, le bordait d'un mince liséré spirituel qui m'empêchait de jamais toucher directement sa matière ; elle se volatilisait en quelque sorte avant que je prisse contact avec elle, comme un corps incandescent qu'on approche d'un objet mouillé ne touche pas son humidité parce qu'il se fait toujours précéder d'une zone d'évaporation. Dans l'espèce d'écran diapré d'états différents que, tandis que je lisais, déployait simultanément ma conscience, et qui allaient des aspirations les plus profondément cachées en moi-même jusqu'à la vision tout extérieure de l'horizon que j'avais, au bout du jardin, sous les yeux, ce qu'il y avait d'abord en moi, de plus intime, la poignée sans cesse en mouvement qui gouvernait le reste, c'était ma croyance en la richesse philosophique, en la beauté du livre que je lisais, et mon désir de me les approprier, quel que fût ce livre. Car, même si je l'avais acheté à Combray, en l'apercevant devant l'épicerie Borange, trop distante de la maison pour que Françoise pût s'y fournir comme chez Camus, mais mieux achalandée comme papeterie et librairie, retenu par des ficelles dans la mosaïque des brochures et des livraisons qui revêtaient les deux vantaux de sa porte plus mystérieuse, plus semée de pensées qu'une porte de cathédrale, c'est que je l'avais reconnu pour m'avoir été cité comme un ouvrage remarquable par le professeur ou le camarade qui me paraissait à cette époque détenir le secret de la vérité et de la beauté à demi pressenties, à demi incompréhensibles, dont la connaissance était le but vague mais permanent de ma pensée.

Après cette croyance centrale qui, pendant ma lecture, exécutait d'incessants mouvements du dedans au dehors, vers la découverte de la vérité, venaient les émotions que me donnait l'action à laquelle je prenais part, car ces après-midi-là étaient plus remplis d'événements dramatiques que ne l'est souvent toute une vie. C'était les événements qui survenaient dans le livre que je lisais ; il est vrai que les personnages qu'ils affectaient n'étaient pas « réels », comme disait Françoise. Mais tous les sentiments que nous font éprouver la joie ou l'infortune d'un personnage réel ne se produisent en nous que par l'intermédiaire d'une image de cette joie ou de cette infortune ; l'ingéniosité du premier romancier consista à comprendre que dans l'appareil de nos émotions, l'image étant le seul élément essentiel, la simplification qui consisterait à supprimer purement et simplement les personnages réels serait un perfectionnement décisif. Un être réel, si profondément que nous sympathisions avec lui, pour une grande part est perçu par nos sens, c'est-à-dire nous reste opaque, offre un poids mort que notre sensibilité ne peut soulever. Qu'un malheur le frappe, ce n'est qu'en une petite partie de la notion totale que nous avons de lui, que nous pourrons en être émus, bien plus, ce n'est qu'en une partie de la notion totale qu'il a de soi, qu'il pourra l'être lui-même. La trouvaille du romancier a été d'avoir l'idée de remplacer ces parties impénétrables à l'âme par une quantité égale de parties immatérielles, c'est-à-dire que notre âme peut s'assimiler. Qu'importe dès lors que les actions, les émotions de ces êtres d'un nouveau genre nous apparaissent comme vraies, puisque nous les avons faites nôtres, puisque c'est en nous qu'elles se produisent, qu'elles tiennent sous leur dépendance, tandis que nous tournons fiévreusement les pages du livre, la rapidité de notre respiration et l'intensité de notre regard. Et une fois que le romancier nous a mis dans cet état, où comme dans tous les états purement intérieurs, toute émotion est décuplée, où son livre va nous troubler à la façon d'un rêve mais d'un rêve plus clair que ceux que nous avons en dormant et dont le souvenir durera davantage, alors, voici qu'il déchaîne en nous pendant une heure tous les bonheurs et tous les malheurs possibles dont nous mettrions dans la vie des années à connaître quelques-uns, et dont les plus intenses ne nous seraient jamais révélés parce que la lenteur avec laquelle ils se produisent nous en ôte la perception ; (ainsi notre cœur change, dans la vie, et c'est la pire douleur ; mais nous ne la connaissons que dans la lecture, en imagination : dans la réalité il change, comme certains phénomènes de la nature se produisent, assez lentement pour que, si nous pouvons constater successivement chacun de ses états différents, en revanche la sensation même du changement nous soit épargnée).

Déjà moins intérieur à mon corps que cette vie des personnages, venait ensuite, à demi projeté devant moi, le paysage où se déroulait l'action et qui exerçait sur ma pensée une bien plus grande influence que l'autre, que celui que j'avais sous les yeux quand je les levais du livre. C'est ainsi que pendant deux étés, dans la chaleur du jardin de Combray, j'ai eu, à cause du livre que je lisais alors, la nostalgie d'un pays montueux et fluviatile, où je verrais beaucoup de scieries et où, au fond de l'eau claire, des morceaux de bois pourrissaient sous des touffes de cresson ; non loin montaient le long de murs bas, des grappes de fleurs violettes et rougeâtres. Et comme le rêve d'une femme qui m'aurait aimé était toujours présent à ma pensée, ces étés-là ce rêve fut imprégné de la fraîcheur des eaux courantes ; et quelle que fût la femme que j'évoquais, des grappes de fleurs violettes et rougeâtres s'élevaient aussitôt de chaque côté d'elle comme des couleurs complémentaires [88].

Ce n'était pas seulement parce qu'une image dont nous rêvons reste toujours marquée, s'embellit et bénéficie du reflet des couleurs étrangères qui par hasard l'entourent dans notre rêverie ; car ces paysages des livres que je lisais n'étaient pas pour moi que des paysages plus vivement représentés à mon imagination que ceux que Combray mettait sous mes yeux, mais qui eussent été analogues. Par le choix qu'en avait fait l'auteur, par la foi avec laquelle ma pensée allait au-devant de sa parole comme d'une révélation, ils me semblaient être – impression que ne me donnait guère le pays où je me trouvais, et surtout notre jardin, produit sans prestige de la correcte fantaisie du jardinier que méprisait ma grand-mère – une part véritable de la Nature elle-même, digne d'être étudiée et approfondie.

Si mes parents m'avaient permis, quand je lisais un livre, d'aller visiter la région qu'il décrivait, j'aurais cru faire un pas inestimable dans la conquête de la vérité. Car si on a la sensation d'être toujours entouré de son âme, ce n'est pas comme d'une prison immobile ; plutôt on est comme emporté avec elle dans un perpétuel élan pour la dépasser, pour atteindre à l'extérieur, avec une sorte de découragement, entendant toujours autour de soi cette sonorité identique qui n'est pas écho du dehors mais retentissement d'une vibration interne. On cherche à retrouver dans les choses, devenues par là précieuses, le reflet que notre âme a projeté sur elles, on est déçu en constatant qu'elles semblent dépourvues dans la nature, du charme qu'elles devaient, dans notre pensée, au voisinage de certaines idées ; parfois on convertit toutes les forces de cette âme en habileté, en splendeur pour agir sur des êtres dont nous sentons bien qu'ils sont situés en dehors de nous et que nous ne les atteindrons jamais. Aussi, si j'imaginais toujours autour de la femme que j'aimais, les lieux que je désirais le plus alors, si j'eusse voulu que ce fût elle qui me les fît visiter, qui m'ouvrît l'accès d'un monde inconnu, ce n'était pas par le hasard d'une simple association de pensée ; non, c'est que mes rêves de voyage et d'amour n'étaient que des moments – que je sépare artificiellement aujourd'hui comme si je pratiquais des sections à des hauteurs différentes d'un jet d'eau irisé et en apparence immobile – dans un même et infléchissable jaillissement de toutes les forces de ma vie.

Enfin en continuant à suivre du dedans au dehors les états simultanément juxtaposés dans ma conscience, et avant d'arriver jusqu'à l'horizon réel qui les enveloppait, je trouve des plaisirs d'un autre genre, celui d'être bien assis, de sentir la bonne odeur de l'air, de ne pas être dérangé par une visite ; et, quand une heure sonnait au clocher de Saint-Hilaire, de voir tomber morceau par morceau ce qui de l'après-midi était déjà consommé, jusqu'à ce que j'entendisse le dernier coup qui me permettait de faire le total et après lequel le long silence qui le suivait semblait faire commencer dans le ciel bleu toute la partie qui m'était encore concédée pour lire jusqu'au bon dîner qu'apprêtait Françoise et qui me réconforterait des fatigues prises, pendant la lecture du livre, à la suite de son héros. Et à chaque heure il me semblait que c'étaient quelques instants seulement auparavant que la précédente avait sonné ; la plus récente venait s'inscrire tout près de l'autre dans le ciel et je ne pouvais croire que soixante minutes eussent tenu dans ce petit arc bleu qui était compris entre leurs deux marques d'or. Quelquefois même cette heure prématurée sonnait deux coups de plus que la dernière ; il y en avait donc une que je n'avais pas entendue, quelque chose qui avait eu lieu n'avait pas eu lieu pour moi ; l'intérêt de la lecture, magique comme un profond sommeil, avait donné le change à mes oreilles hallucinées et effacé la cloche d'or sur la surface azurée du silence. Beaux après-midi du dimanche [89] sous le marronnier du jardin de Combray, soigneusement vidés par moi des incidents médiocres de mon existence personnelle que j'y avais remplacés par une vie d'aventures et d'aspirations étranges au sein d'un pays arrosé d'eaux vives, vous m'évoquez encore cette vie quand je pense à vous et vous la contenez en effet pour l'avoir peu à peu contournée et enclose – tandis que je progressais dans ma lecture et que tombait la chaleur du jour – dans le cristal successif, lentement changeant et traversé de feuillages, de vos heures silencieuses, sonores, odorantes et limpides.

Quelquefois j'étais tiré de ma lecture, dès le milieu de l'après-midi par la fille du jardinier, qui courait comme une folle, renversant sur son passage un oranger, se coupant un doigt, se cassant une dent et criant : « Les voilà, les voilà ! » pour que Françoise et moi nous accourions et ne manquions rien du spectacle. C'était les jours où, pour des manœuvres de garnison, la troupe traversait Combray, prenant généralement la rue Sainte-Hildegarde. Tandis que nos domestiques, assis en rang sur des chaises en dehors de la grille, regardaient les promeneurs dominicaux de Combray et se faisaient voir d'eux, la fille du jardinier par la fente que laissaient entre elles deux maisons lointaines de l'avenue de la Gare, avait aperçu l'éclat des casques. Les domestiques avaient rentré précipitamment leurs chaises, car quand les cuirassiers défilaient rue Sainte-Hildegarde, ils en remplissaient toute la largeur, et le galop des chevaux rasait les maisons couvrant les trottoirs submergés comme des berges qui offrent un lit trop étroit à un torrent déchaîné.

« Pauvres enfants, disait Françoise à peine arrivée à la grille et déjà en larmes ; pauvre jeunesse qui sera fauchée comme un pré ; rien que d'y penser j'en suis choquée, ajoutait-elle en mettant la main sur son cœur, là où elle avait reçu ce *choc*.

– C'est beau, n'est-ce pas, madame Françoise, de voir des jeunes gens qui ne tiennent pas à la vie ? » disait le jardinier pour la faire « monter ».

Il n'avait pas parlé en vain :

« De ne pas tenir à la vie ? Mais à quoi donc qu'il faut tenir, si ce n'est pas à la vie, le seul cadeau que le bon Dieu ne fasse jamais deux fois. Hélas ! mon Dieu ! c'est pourtant vrai qu'ils n'y tiennent pas ! Je les ai vus en 70 ; ils n'ont plus peur de la mort, dans ces misérables guerres ; c'est ni plus ni moins des fous ; et puis ils ne valent plus la corde pour les pendre, ce n'est pas des hommes, c'est des lions. » (Pour Françoise la comparaison d'un homme à un lion, qu'elle prononçait li-on, n'avait rien de flatteur.)

La rue Sainte-Hildegarde tournait trop court pour qu'on pût voir venir de loin, et c'était par cette fente entre les deux maisons de l'avenue de la Gare qu'on apercevait toujours de nouveaux casques courant et brillant au soleil. Le jardinier aurait voulu savoir s'il y en avait encore beaucoup à passer, et il avait soif, car le soleil tapait. Alors tout d'un coup, sa fille s'élançant comme d'une place assiégée, faisait une sortie, atteignait l'angle de la rue, et après avoir bravé cent fois la mort, venait nous rapporter, avec une carafe de coco, la nouvelle qu'ils étaient bien un mille qui venaient sans arrêter, du côté de Thiberzy [90] et de Méséglise. Françoise et le jardinier, réconciliés, discutaient sur la conduite à tenir en cas de guerre :

« Voyez-vous, Françoise, disait le jardinier, la révolution vaudrait mieux, parce que quand on la déclare il n'y a que ceux qui veulent partir qui y vont.

– Ah ! oui, au moins je comprends cela, c'est plus franc. »

Le jardinier croyait qu'à la déclaration de guerre on arrêtait tous les chemins de fer.

« Pardi, pour pas qu'on se sauve », disait Françoise.

Et le jardinier : « Ah ! ils sont malins », car il n'admettait pas que la guerre ne fût pas une espèce de mauvais tour que l'État essayait de jouer au peuple et que, si on avait eu le moyen de le faire, il n'est pas une seule personne qui n'eût filé.

Mais Françoise se hâtait de rejoindre ma tante, je retournais à mon livre, les domestiques se réinstallaient devant la porte à regarder tomber la poussière et l'émotion qu'avaient soulevées les soldats. Longtemps après que l'accalmie était venue, un flot inaccoutumé de promeneurs noircissait encore les rues de Combray. Et devant chaque maison, même celles où ce n'était pas l'habitude, les domestiques ou même les maîtres, assis et regardant, festonnaient le seuil d'un liséré capricieux et sombre comme celui des algues et des coquilles dont une forte marée laisse le crêpe et la broderie au rivage, après qu'elle s'est éloignée.

Sauf ces jours-là, je pouvais d'habitude, au contraire, lire tranquille. Mais l'interruption et le commentaire qui furent apportés une fois par une visite de Swann à la lecture que j'étais en train de faire du livre d'un auteur tout nouveau pour moi, Bergotte, eut cette conséquence que, pour longtemps, ce ne fut plus sur un mur décoré de fleurs violettes en quenouille [91], mais sur un fond tout autre, devant le portail d'une cathédrale gothique, que se détacha désormais l'image d'une des femmes dont je rêvais.

J'avais entendu parler de Bergotte pour la première fois par un de mes camarades plus âgé que moi et pour qui j'avais une grande admiration, Bloch. En m'entendant lui avouer mon admiration pour la *Nuit d'octobre* [92] il avait fait éclater un rire bruyant comme une trompette et m'avait dit : « Défie-toi de ta dilection assez basse pour le sieur de Musset. C'est un coco des plus malfaisants et une assez sinistre brute. Je dois confesser, d'ailleurs, que lui et même le nommé Racine, ont fait chacun dans leur vie un vers assez bien rythmé, et qui a pour lui, ce qui est selon moi le mérite suprême, de ne signifier absolument rien. C'est : “La blanche Oloossone et la blanche Camyre” et “La fille de Minos et de Pasiphaé [93]”. Ils m'ont été signalés à la décharge de ces deux malandrins par un article de mon très cher maître, le Père Leconte, agréable aux Dieux immortels. À propos voici un livre que je n'ai pas le temps de lire en ce moment qui est recommandé, paraît-il, par cet immense bonhomme. Il tient, m'a-t-on dit, l'auteur, le sieur Bergotte, pour un coco des plus subtils ; et bien qu'il fasse preuve, des fois, de mansuétudes assez mal explicables, sa parole est pour moi oracle delphique. Lis donc ces proses lyriques, et si le gigantesque assembleur de rythmes qui a écrit *Bhagavat* et *le Lévrier de Magnus* a dit vrai, par Apollon, tu goûteras, cher maître, les joies nectaréennes de l'Olympos [94]. » C'est sur un ton sarcastique qu'il m'avait demandé de l'appeler « cher maître » et qu'il m'appelait lui-même ainsi. Mais en réalité nous prenions un certain plaisir à ce jeu, étant encore rapprochés de l'âge où on croit qu'on crée ce qu'on nomme.

Malheureusement, je ne pus pas apaiser en causant avec Bloch et en lui demandant des explications, le trouble où il m'avait jeté quand il m'avait dit que les beaux vers (à moi qui n'attendais d'eux rien moins que la révélation de la vérité), étaient d'autant plus beaux qu'ils ne signifiaient rien du tout [95]. Bloch en effet ne fut pas réinvité à la maison. Il y avait d'abord été bien accueilli. Mon grand-père, il est vrai, prétendait que chaque fois que je me liais avec un de mes camarades plus qu'avec les autres et que je l'amenais chez nous, c'était toujours un juif, ce qui ne lui eût pas déplu en principe – même son ami Swann était d'origine juive – s'il n'avait trouvé que ce n'était pas d'habitude parmi les meilleurs que je le choisissais. Aussi quand j'amenais un nouvel ami il était bien rare qu'il ne fredonnât pas : « *Ô Dieu de nos Pères* » de *la Juive* ou bien : « *Israël romps ta chaîne* », ne chantant que l'air naturellement (Ti la lam ta lam, talim), mais j'avais peur que mon camarade ne le connût et ne rétablît les paroles [96].

Avant de les avoir vus, rien qu'en entendant leur nom qui, bien souvent, n'avait rien de particulièrement israélite, il devinait non seulement l'origine juive de ceux de mes amis qui l'étaient en effet, mais même ce qu'il y avait quelquefois de fâcheux dans leur famille.

« Et comment s'appelle-t-il ton ami qui vient ce soir ?

– Dumont, grand-père.

– Dumont ! Oh ! je me méfie. »

Et il chantait :

Archers, faites bonne garde !
Veillez sans trêve et sans bruit.

Et après nous avoir posé adroitement quelques questions plus précises, il s'écriait : « À la garde ! À la garde ! » ou, si c'était le patient lui-même déjà arrivé qu'il avait forcé à son insu, par un interrogatoire dissimulé, à confesser ses origines, alors pour nous montrer qu'il n'avait plus aucun doute, il se contentait de nous regarder en fredonnant imperceptiblement :

De ce timide Israélite
Quoi ! vous guidez ici les pas !

ou :

Champs paternels, Hébron, douce vallée[97].

ou encore :

Oui je suis de la race élue.

Ces petites manies de mon grand-père n'impliquaient aucun sentiment malveillant à l'endroit de mes camarades. Mais Bloch avait déplu à mes parents pour d'autres raisons. Il avait commencé par agacer mon père qui, le voyant mouillé, lui avait dit avec intérêt :

« Mais, monsieur Bloch, quel temps fait-il donc, est-ce qu'il a plu ? Je n'y comprends rien, le baromètre était excellent. »

Il n'en avait tiré que cette réponse :

« Monsieur, je ne puis absolument vous dire s'il a plu. Je vis si résolument en dehors des contingences physiques que mes sens ne prennent pas la peine de me les notifier. »

« Mais, mon pauvre fils, il est idiot ton ami, m'avait dit mon père quand Bloch fut parti. Comment ! il ne peut même pas me dire le temps qu'il fait ! Mais il n'y a rien de plus intéressant ! C'est un imbécile. »

Puis Bloch avait déplu à ma grand-mère parce que, après le déjeuner comme elle disait qu'elle était un peu souffrante, il avait étouffé un sanglot et essuyé des larmes.

« Comment veux-tu que ça soit sincère, me dit-elle, puisqu'il ne me connaît pas ; ou bien alors il est fou. »

Et enfin il avait mécontenté tout le monde parce que, étant venu déjeuner une heure et demie en retard et couvert de boue, au lieu de s'excuser, il avait dit :

« Je ne me laisse jamais influencer par les perturbations de l'atmosphère ni par les divisions conventionnelles du temps. Je réhabiliterais volontiers l'usage de la pipe d'opium et du kriss malais, mais j'ignore celui de ces instruments infiniment plus pernicieux et d'ailleurs platement bourgeois, la montre et le parapluie. »

Il serait malgré tout revenu à Combray. Il n'était pas pourtant l'ami que mes parents eussent souhaité pour moi ; ils avaient fini par penser que les larmes que lui avait fait verser l'indisposition de ma grand-mère n'étaient pas feintes ; mais ils savaient d'instinct ou par expérience que les élans de notre sensibilité ont peu d'empire sur la suite de nos actes et la conduite de notre vie, et que le respect des obligations morales, la fidélité aux amis, l'exécution d'une œuvre, l'observance d'un régime, ont un fondement plus sûr dans des habitudes aveugles que dans ces transports momentanés, ardents et stériles. Ils auraient préféré pour moi à Bloch des compagnons qui ne me donneraient pas plus qu'il n'est convenu d'accorder à ses amis, selon les règles de la morale bourgeoise ; qui ne m'enverraient pas inopinément une corbeille de fruits parce qu'ils auraient ce jour-là pensé à moi avec tendresse, mais qui, n'étant pas capables de faire pencher en ma faveur la juste balance des devoirs et des exigences de l'amitié sur un simple mouvement de leur imagination et de leur sensibilité, ne la fausseraient pas davantage à mon préjudice. Nos torts même font difficilement départir de ce qu'elles nous doivent ces natures dont ma grand-tante était le modèle, elle qui brouillée depuis des années avec une nièce à qui elle ne parlait jamais, ne modifia pas pour cela le testament où elle lui laissait toute sa fortune, parce que c'était sa plus proche parente et que cela « se devait ».

Mais j'aimais Bloch, mes parents voulaient me faire plaisir, les problèmes insolubles que je me posais à propos de la beauté dénuée de signification de la fille de Minos et de Pasiphaé me fatiguaient davantage et me rendaient plus souffrant que n'auraient fait de nouvelles conversations avec lui, bien que ma mère les jugeât pernicieuses. Et on l'aurait encore reçu à Combray, si, après ce dîner, comme il venait de m'apprendre – nouvelle qui plus tard eut beaucoup d'influence sur ma vie, et la rendit plus heureuse, puis plus malheureuse – que toutes les femmes ne pensaient qu'à l'amour et qu'il n'y en a pas dont on ne pût vaincre les résistances, il ne m'avait assuré avoir entendu dire de la façon la plus certaine que ma grand-tante avait eu une jeunesse orageuse et avait été publiquement entretenue. Je ne pus me tenir de répéter ces propos à mes parents, on le mit à la porte quand il revint, et quand je l'abordai ensuite dans la rue, il fut extrêmement froid pour moi.

Mais au sujet de Bergotte il avait dit vrai.

Les premiers jours, comme un air de musique dont on raffolera, mais qu'on ne distingue pas encore, ce que je devais tant aimer dans son style ne m'apparut pas. Je ne pouvais pas quitter le roman que je lisais de lui, mais me croyais seulement intéressé par le sujet, comme dans ces premiers moments de l'amour où on va tous les jours retrouver une femme à quelque réunion, à quelque divertissement par les agréments desquels on se croit attiré. Puis je remarquai les expressions rares, presque archaïques qu'il aimait employer à certains moments où un flot caché d'harmonie, un prélude intérieur, soulevait son style ; et c'était aussi à ces moments-là qu'il se mettait à parler du « vain songe de la vie », de « l'inépuisable torrent des belles apparences », du « tourment stérile et délicieux de comprendre et d'aimer », des « émouvantes effigies qui anoblissent à jamais la façade vénérable et charmante des cathédrales », qu'il exprimait toute une philosophie nouvelle pour moi par de merveilleuses images dont on aurait dit que c'était elles qui avaient éveillé ce chant de harpes qui s'élevait alors et à l'accompagnement duquel elles donnaient quelque chose de sublime [98]. Un de ces passages de Bergotte, le troisième ou le quatrième que j'eusse isolé du reste, me donna une joie incomparable à celle que j'avais trouvée au premier, une joie que je me sentis éprouver en une région plus profonde de moi-même, plus unie, plus vaste, d'où les obstacles et les séparations semblaient avoir été enlevés. C'est que, reconnaissant alors ce même goût pour les expressions rares, cette même effusion musicale, cette même philosophie idéaliste qui avait déjà été les autres fois, sans que je m'en rendisse compte, la cause de mon plaisir, je n'eus plus l'impression d'être en présence d'un morceau particulier d'un certain livre de Bergotte, traçant à la surface de ma pensée une figure purement linéaire, mais plutôt du « morceau idéal » de Bergotte, commun à tous ses livres et auquel tous les passages analogues qui venaient se confondre avec lui, auraient donné une sorte d'épaisseur, de volume, dont mon esprit semblait agrandi.

Je n'étais pas tout à fait le seul admirateur de Bergotte ; il était aussi l'écrivain préféré d'une amie de ma mère qui était très lettrée ; enfin pour lire son dernier livre paru, le docteur du Boulbon faisait attendre ses malades ; et ce fut de son cabinet de consultation, et d'un parc voisin de Combray, que s'envolèrent quelques-unes des premières graines de cette prédilection pour Bergotte, espèce si rare alors, aujourd'hui universellement répandue, et dont on trouve partout en Europe, en Amérique, jusque dans le moindre village, la fleur idéale et commune. Ce que l'amie de ma mère et, paraît-il, le docteur du Boulbon aimaient surtout dans les livres de Bergotte c'était comme moi, ce même flux mélodique, ces expressions anciennes, quelques autres très simples et connues, mais pour lesquelles la place où il les mettait en lumière semblait révéler de sa part un goût particulier ; enfin, dans les passages tristes, une certaine brusquerie, un accent presque rauque. Et sans doute lui-même devait sentir que là étaient ses plus grands charmes. Car dans les livres qui suivirent, s'il avait rencontré quelque grande vérité, ou le nom d'une célèbre cathédrale, il interrompait son récit et dans une invocation, une apostrophe, une longue prière, il donnait un libre cours à ces effluves qui dans ses premiers ouvrages restaient intérieurs à sa prose, décelés seulement alors par les ondulations de la surface, plus douces peut-être encore, plus harmonieuses quand elles étaient ainsi voilées et qu'on n'aurait pu indiquer d'une manière précise où naissait, où expirait leur murmure. Ces morceaux auxquels il se complaisait étaient nos morceaux préférés. Pour moi, je les savais par cœur. J'étais déçu quand il reprenait le fil de son récit. Chaque fois qu'il parlait de quelque chose dont la beauté m'était restée jusque-là cachée, des forêts de pins, de la grêle, de Notre-Dame de Paris, d'*Athalie* ou de *Phèdre*, il faisait dans une image exploser cette beauté jusqu'à moi. Aussi sentant combien il y avait de parties de l'univers que ma perception infirme ne distinguerait pas s'il ne les rapprochait de moi, j'aurais voulu posséder une opinion de lui, une métaphore de lui, sur toutes choses, surtout sur celles que j'aurais l'occasion de voir moi-même, et entre celles-là, particulièrement sur d'anciens monuments français et certains paysages maritimes, parce que l'insistance avec laquelle il les citait dans ses livres prouvait qu'il les tenait pour riches de signification et de beauté. Malheureusement sur presque toutes choses j'ignorais son opinion. Je ne doutais pas qu'elle ne fût entièrement différente des miennes, puisqu'elle descendait d'un monde inconnu vers lequel je cherchais à m'élever ; persuadé que mes pensées eussent paru pure ineptie à cet esprit parfait, j'avais tellement fait table rase de toutes, que quand par hasard il m'arriva d'en rencontrer, dans tel de ses livres, une que j'avais déjà eue moi-même, mon cœur se gonflait comme si un dieu dans sa bonté me l'avait rendue, l'avait déclarée légitime et belle. Il arrivait parfois qu'une page de lui disait les mêmes choses que j'écrivais souvent la nuit à ma grand-mère et à ma mère quand je ne pouvais pas dormir, si bien que cette page de Bergotte avait l'air d'un recueil d'épigraphes pour être placées en tête de mes lettres. Même plus tard, quand je commençai de composer un livre, certaines phrases dont la qualité ne suffit pas pour me décider à le continuer, j'en retrouvai l'équivalent dans Bergotte. Mais ce n'était qu'alors, quand je les lisais dans son œuvre, que je pouvais en jouir ; quand c'était moi qui les composais, préoccupé qu'elles reflétassent exactement ce que j'apercevais dans ma pensée, craignant de ne pas « faire ressemblant », j'avais bien le temps de me demander si ce que j'écrivais était agréable ! Mais en réalité il n'y avait que ce genre de phrases, ce genre d'idées que j'aimais vraiment. Mes efforts inquiets et mécontents étaient eux-mêmes une marque d'amour, d'amour sans plaisir mais profond. Aussi quand tout d'un coup je trouvais de telles phrases dans l'œuvre d'un autre, c'est-à-dire sans plus avoir de scrupules, de sévérité, sans avoir à me tourmenter, je me laissais enfin aller avec délices au goût que j'avais pour elles, comme un cuisinier qui pour une fois où il n'a pas à faire la cuisine trouve enfin le temps d'être gourmand. Un jour, ayant rencontré dans un livre de Bergotte, à propos d'une vieille servante, une plaisanterie que le magnifique et solennel langage de l'écrivain rendait encore plus ironique mais qui était la même que j'avais souvent faite à ma grand-mère en parlant de Françoise, une autre fois où je vis qu'il ne jugeait pas indigne de figurer dans un de ces miroirs de la vérité qu'étaient ses ouvrages, une remarque analogue à celle que j'avais eu l'occasion de faire sur notre ami M. Legrandin (remarques sur Françoise et M. Legrandin qui étaient certes de celles que j'eusse le plus délibérément sacrifiées à Bergotte, persuadé qu'il les trouverait sans intérêt), il me sembla soudain que mon humble vie et les royaumes du vrai n'étaient pas aussi séparés que j'avais cru, qu'ils coïncidaient même sur certains points, et de confiance et de joie je pleurai sur les pages de l'écrivain comme dans les bras d'un père retrouvé [99].

D'après ses livres j'imaginais Bergotte comme un vieillard faible et déçu qui avait perdu des enfants et ne s'était jamais consolé. Aussi je lisais, je chantais intérieurement sa prose, plus *dolce*, plus *lento* peut-être qu'elle n'était écrite, et la phrase la plus simple s'adressait à moi avec une intonation attendrie. Plus que tout j'aimais sa philosophie, je m'étais donné à elle pour toujours. Elle me rendait impatient d'arriver à l'âge où j'entrerais au collège, dans la classe appelée Philosophie. Mais je ne voulais pas qu'on y fît autre chose que vivre uniquement par la pensée de Bergotte, et si l'on m'avait dit que les métaphysiciens auxquels je m'attacherais alors ne lui ressembleraient en rien, j'aurais ressenti le désespoir d'un amoureux qui veut aimer pour la vie et à qui on parle des autres maîtresses qu'il aura plus tard.

Un dimanche [100], pendant ma lecture au jardin, je fus dérangé par Swann qui venait voir mes parents.

« Qu'est-ce que vous lisez, on peut regarder ? Tiens, du Bergotte ? Qui donc vous a indiqué ses ouvrages ? »

Je lui dis que c'était Bloch.

« Ah ! oui, ce garçon que j'ai vu une fois ici, qui ressemble tellement au portrait de Mahomet II par Bellini [101]. Oh ! c'est frappant, il a les mêmes sourcils circonflexes, le même nez recourbé, les mêmes pommettes saillantes. Quand il aura une barbiche ce sera la même personne. En tous cas il a du goût, car Bergotte est un charmant esprit. » Et voyant combien j'avais l'air d'admirer Bergotte, Swann qui ne parlait jamais des gens qu'il connaissait fit, par bonté, une exception et me dit :

« Je le connais beaucoup, si cela pouvait vous faire plaisir qu'il écrive un mot en tête de votre volume, je pourrais le lui demander. »

Je n'osai pas accepter mais posai à Swann des questions sur Bergotte. « Est-ce que vous pourriez me dire quel est l'acteur qu'il préfère ?

– L'acteur, je ne sais pas. Mais je sais qu'il n'égale aucun artiste homme à la Berma qu'il met au-dessus de tout. L'avez-vous entendue ?

– Non monsieur, mes parents ne me permettent pas d'aller au théâtre.

– C'est malheureux. Vous devriez leur demander. La Berma dans *Phèdre*, dans *le Cid*, ce n'est qu'une actrice si vous voulez, mais vous savez je ne crois pas beaucoup à la « *hiérarchie !* » des arts ; (et je remarquai, comme cela m'avait souvent frappé dans ses conversations avec les sœurs de ma grand-mère, que quand il parlait de choses sérieuses, quand il employait une expression qui semblait impliquer une opinion sur un sujet important, il avait soin de l'isoler dans une intonation spéciale, machinale et ironique, comme s'il l'avait mise entre guillemets, semblant ne pas vouloir la prendre à son compte, et dire : « la *hiérarchie*, vous savez, comme disent les gens ridicules » ? Mais alors, si c'était ridicule, pourquoi disait-il la hiérarchie ?). Un instant après il ajouta : « Cela vous donnera une vision aussi noble que n'importe quel chef-d'œuvre, je ne sais pas moi… que – et il se mit à rire – « les Reines de Chartres [102] ! » Jusque-là cette horreur d'exprimer sérieusement son opinion m'avait paru quelque chose qui devait être élégant et parisien et qui s'opposait au dogmatisme provincial des sœurs de ma grand-mère ; et je soupçonnais aussi que c'était une des formes de l'esprit dans la coterie où vivait Swann et où par réaction sur le lyrisme des générations antérieures on réhabilitait à l'excès les petits faits précis, réputés vulgaires autrefois, et on proscrivait les « phrases ». Mais maintenant je trouvais quelque chose de choquant dans cette attitude de Swann en face des choses. Il avait l'air de ne pas oser avoir une opinion et de n'être tranquille que quand il pouvait donner méticuleusement des renseignements précis. Mais il ne se rendait donc pas compte que c'était professer l'opinion, postuler que l'exactitude de ces détails avait de l'importance. Je repensai alors à ce dîner où j'étais si triste parce que maman ne devait pas monter dans ma chambre et où il avait dit que les bals chez la Princesse de Léon n'avaient aucune importance. Mais c'était pourtant à ce genre de plaisirs qu'il employait sa vie. Je trouvais tout cela contradictoire. Pour quelle autre vie réservait-il de dire enfin sérieusement ce qu'il pensait des choses, de formuler des jugements qu'il pût ne pas mettre entre guillemets, et de ne plus se livrer avec une politesse pointilleuse à des occupations dont il professait en même temps qu'elles sont ridicules. Je remarquai aussi dans la façon dont Swann me parla de Bergotte quelque chose qui en revanche ne lui était pas particulier mais au contraire était dans ce temps-là commun à tous les admirateurs de l'écrivain, à l'amie de ma mère, au docteur du Boulbon. Comme Swann, ils disaient de

Bergotte : « C'est un charmant esprit, si particulier, il a une façon à lui de dire les choses un peu cherchée, mais si agréable. On n'a pas besoin de voir la signature, on reconnaît tout de suite que c'est de lui. » Mais aucun n'aurait été jusqu'à dire : « C'est un grand écrivain, il a un grand talent. » Ils ne disaient même pas qu'il avait du talent. Ils ne le disaient pas parce qu'ils ne le savaient pas. Nous sommes très longs à reconnaître dans la physionomie particulière d'un nouvel écrivain le modèle qui porte le nom de « grand talent » dans notre musée des idées générales. Justement parce que cette physionomie est nouvelle nous ne la trouvons pas tout à fait ressemblante à ce que nous appelons talent. Nous disons plutôt originalité, charme, délicatesse, force ; et puis un jour nous nous rendons compte que c'est justement tout cela le talent.

« Est-ce qu'il y a des ouvrages de Bergotte où il ait parlé de la Berma ? demandai-je à M. Swann.

– Je crois dans sa petite plaquette sur Racine, mais elle doit être épuisée. Il y a peut-être eu cependant une réimpression. Je m'informerai. Je peux d'ailleurs demander à Bergotte tout ce que vous voulez, il n'y a pas de semaine dans l'année où il ne dîne à la maison. C'est le grand ami de ma fille. Ils vont ensemble visiter les vieilles villes, les cathédrales, les châteaux. »

Comme je n'avais aucune notion sur la hiérarchie sociale, depuis longtemps l'impossibilité que mon père trouvait à ce que nous fréquentions Mme et Mlle Swann avait eu plutôt pour effet, en me faisant imaginer entre elles et nous de grandes distances, de leur donner à mes yeux du prestige. Je regrettais que ma mère ne se teignît pas les cheveux et ne se mît pas de rouge aux lèvres comme j'avais entendu dire par notre voisine Mme Sazerat que Mme Swann le faisait pour plaire, non à son mari, mais à M. de Charlus, et je pensais que nous devions être pour elle un objet de mépris, ce qui me peinait surtout à cause de Mlle Swann qu'on m'avait dit être une si jolie petite fille et à laquelle je rêvais souvent en lui prêtant chaque fois un même visage arbitraire et charmant. Mais quand j'eus appris ce jour-là que Mlle Swann était un être d'une condition si rare, baignant comme dans son élément naturel au milieu de tant de privilèges, que quand elle demandait à ses parents s'il y avait quelqu'un à dîner, on lui répondait par ces syllabes remplies de lumière, par le nom de ce convive d'or qui n'était pour elle qu'un vieil ami de sa famille : Bergotte ; que, pour elle, la causerie intime à table, ce qui correspondait à ce qu'était pour moi la conversation de ma grand-tante, c'était des paroles de Bergotte sur tous ces sujets qu'il n'avait pu aborder dans ses livres, et sur lesquels j'aurais voulu l'écouter rendre ses oracles ; et qu'enfin, quand elle allait visiter des villes, il cheminait à côté d'elle, inconnu et glorieux, comme les dieux qui descendaient au milieu des mortels ; alors je sentis en même temps que le prix d'un être comme Mlle Swann, combien je lui paraîtrais grossier et ignorant, et j'éprouvai si vivement la douceur et l'impossibilité qu'il y aurait pour moi à être son ami, que je fus rempli à la fois de désir et de désespoir. Le plus souvent maintenant quand je pensais à elle, je la voyais devant le porche d'une cathédrale, m'expliquant la signification des statues, et, avec un sourire qui disait du bien de moi, me présentant comme son ami, à Bergotte. Et toujours le charme de toutes les idées que faisaient naître en moi les cathédrales, le charme des coteaux de l'Île-de-France et des plaines de la Normandie faisait refluer ses reflets sur l'image que je me formais de Mlle Swann : c'était être tout prêt à l'aimer. Que nous croyions qu'un être participe à une vie inconnue où son amour nous ferait pénétrer, c'est, de tout ce qu'exige l'amour pour naître, ce à quoi il tient le plus, et qui lui fait faire bon marché du reste. Même les femmes qui prétendent ne juger un homme que sur son physique, voient en ce physique l'émanation d'une vie spéciale. C'est pourquoi elles aiment les militaires, les pompiers ; l'uniforme les rend moins difficiles pour le visage ; elles croient baiser sous la cuirasse un cœur différent, aventureux et doux ; et un jeune souverain, un prince héritier, pour faire les plus flatteuses conquêtes, dans les pays étrangers qu'il visite, n'a pas besoin du profil régulier qui serait peut-être indispensable à un coulissier.

Tandis que je lisais au jardin [103], ce que ma grand-tante n'aurait pas compris que je fisse en dehors du dimanche, jour où il est défendu de s'occuper à rien de sérieux et où elle ne cousait pas (un jour de semaine, elle m'aurait dit « comment tu t'*amuses* encore à lire, ce n'est pourtant pas dimanche » en donnant au mot amusement le sens d'enfantillage et de perte de temps), ma tante Léonie devisait avec Françoise en attendant l'heure d'Eulalie. Elle lui annonçait qu'elle venait de voir passer Mme Goupil « sans parapluie, avec la robe de soie qu'elle s'est fait faire à Châteaudun. Si elle a loin à aller avant vêpres elle pourrait bien la faire saucer [104] ».

« Peut-être, peut-être (ce qui signifiait peut-être non), disait Françoise pour ne pas écarter définitivement la possibilité d'une alternative plus favorable.

– Tiens, disait ma tante en se frappant le front, cela me fait penser que je n'ai point su si elle était arrivée à l'église après l'élévation. Il faudra que je pense à le demander à Eulalie… Françoise, regardez-moi ce nuage noir derrière le clocher et ce mauvais soleil sur les ardoises, bien sûr que la journée ne se passera pas sans pluie. Ce n'était pas possible que çà reste comme ça, il faisait trop chaud. Et le plus tôt sera le mieux, car tant que l'orage n'aura pas éclaté, mon eau de Vichy ne descendra pas, ajoutait ma tante dans l'esprit de qui le désir de hâter la descente de l'eau de Vichy l'emportait infiniment sur la crainte de voir Mme Goupil gâter sa robe.

– Peut-être, peut-être.

– Et c'est que, quand il pleut sur la place, il n'y a pas grand abri.

Comment, trois heures ? s'écriait tout à coup ma tante en pâlissant, mais alors les vêpres sont commencées, j'ai oublié ma pepsine ! Je comprends maintenant pourquoi mon eau de Vichy me restait sur l'estomac. »

Et se précipitant sur le livre de messe relié en velours violet, monté d'or, et d'où, dans sa hâte, elle laissait s'échapper de ces images, bordées d'un bandeau de dentelle de papier jaunissante, qui marquent les pages des fêtes, ma tante, tout en avalant ses gouttes commençait à lire au plus vite les textes sacrés dont l'intelligence lui était légèrement obscurcie par l'incertitude de savoir si, prise aussi longtemps après l'eau de Vichy, la pepsine serait encore capable de la rattraper et de la faire descendre. « Trois heures, c'est incroyable ce que le temps passe ! »

Un petit coup au carreau, comme si quelque chose l'avait heurté, suivi d'une ample chute légère comme de grains de sable qu'on eût laissés tomber d'une fenêtre au-dessus, puis la chute s'étendant, se réglant, adoptant un rythme, devenant fluide, sonore, musicale, innombrable, universelle : c'était la pluie.

« Eh bien ! Françoise, qu'est-ce que je disais ? Ce que cela tombe ! Mais je crois que j'ai entendu le grelot de la porte du jardin, allez donc voir qui est-ce qui peut être dehors par un temps pareil. »

Françoise revenait :

« C'est Mme Amédée (ma grand-mère) qui a dit qu'elle allait faire un tour. Ça pleut pourtant fort.

– Cela ne me surprend point, disait ma tante en levant les yeux au ciel. J'ai toujours dit qu'elle n'avait point l'esprit fait comme tout le monde. J'aime mieux que ce soit elle que moi qui soit dehors en ce moment.

– Mme Amédée, c'est toujours tout l'extrême des autres, disait Françoise avec douceur, réservant pour le moment où elle serait seule avec les autres domestiques, de dire qu'elle croyait ma grand-mère un peu « piquée ».

– Voilà le salut passé ! Eulalie ne viendra plus, soupirait ma tante ; ce sera le temps qui lui aura fait peur.

– Mais il n'est pas cinq heures, madame Octave, il n'est que quatre heures et demie.

– Que quatre heures et demie ? et j'ai été obligée de relever les petits rideaux pour avoir un méchant rayon de jour. À quatre heures et demie ! Huit jours avant les Rogations [105] ! Ah ! ma pauvre Françoise, il faut que le bon Dieu soit bien en colère après nous. Aussi, le monde d'aujourd'hui en fait trop ! Comme disait mon pauvre Octave, on a trop oublié le bon Dieu et il se venge. »

Une vive rougeur animait les joues de ma tante, c'était Eulalie. Malheureusement, à peine venait-elle d'être introduite que Françoise rentrait et avec un sourire qui avait pour but de se mettre elle-même à l'unisson de la joie qu'elle ne doutait pas que ses paroles allaient causer à ma tante, articulant les syllabes pour montrer que, malgré l'emploi du style indirect, elle rapportait, en bonne domestique, les paroles mêmes dont avait daigné se servir le visiteur :

« M. le Curé serait enchanté, ravi, si madame Octave ne repose pas et pouvait le recevoir. M. le Curé ne veut pas déranger. M. le Curé est en bas, j'y ai dit d'entrer dans la salle [106]. »

En réalité, les visites du curé ne faisaient pas à ma tante un aussi grand plaisir que le supposait Françoise et l'air de jubilation dont celle-ci croyait devoir pavoiser son visage chaque fois qu'elle avait à l'annoncer ne répondait pas entièrement au sentiment de la malade. Le curé (excellent homme avec qui je regrette de ne pas avoir causé davantage, car s'il n'entendait rien aux arts, il connaissait beaucoup d'étymologies), habitué à donner aux visiteurs de marque des renseignements sur l'église, (il avait même l'intention d'écrire un livre sur la paroisse de Combray), la fatiguait par des explications infinies et d'ailleurs toujours les mêmes. Mais quand elle arrivait ainsi juste en même temps que celle d'Eulalie, sa visite devenait franchement désagréable à ma tante. Elle eût mieux aimé bien profiter d'Eulalie et ne pas avoir tout le monde à la fois. Mais elle n'osait pas ne pas recevoir le curé et faisait seulement signe à Eulalie de ne pas s'en aller en même temps que lui, qu'elle la garderait un peu seule quand il serait parti.

« Monsieur le Curé, qu'est-ce que l'on me disait, qu'il y a un artiste qui a installé son chevalet dans votre église pour copier un vitrail. Je peux dire que je suis arrivée à mon âge sans avoir jamais entendu parler d'une chose pareille ! Qu'est-ce que le monde aujourd'hui va donc chercher ! Et ce qu'il y a de plus vilain dans l'église !

– Je n'irai pas jusqu'à dire que c'est ce qu'il y a de plus vilain [107], car s'il y a à Saint-Hilaire des parties qui méritent d'être visitées, il y en a d'autres qui sont bien vieilles, dans ma pauvre basilique, la seule de tout le diocèse qu'on n'ait même pas restaurée ! Mon Dieu, le porche est sale et antique, mais enfin d'un caractère majestueux ; passe même pour les tapisseries d'Esther dont personnellement je ne donnerais pas deux sous, mais qui sont placées par les connaisseurs tout de suite après celles de Sens [108]. Je reconnais d'ailleurs, qu'à côté de certains détails un peu réalistes, elles en présentent d'autres qui témoignent d'un véritable esprit d'observation. Mais qu'on ne vienne pas me parler des vitraux. Cela a-t-il du bon sens de laisser des fenêtres qui ne donnent pas de jour et trompent même la vue par ces reflets d'une couleur que je ne saurais définir, dans une église où il n'y a pas deux dalles qui soient au même niveau et qu'on se refuse à me remplacer sous prétexte que ce sont les tombes des abbés de Combray et des seigneurs de Guermantes, les anciens Comtes de Brabant. Les ancêtres directs du Duc de Guermantes d'aujourd'hui et aussi de la Duchesse puisqu'elle est une demoiselle de Guermantes qui a épousé son cousin. » (Ma grand-mère qui à force de se désintéresser des personnes finissait par confondre tous les noms, chaque fois qu'on prononçait celui de la Duchesse de Guermantes prétendait que ce devait être une parente de Mme de Villeparisis. Tout le monde éclatait de rire ; elle tâchait de se défendre en alléguant une certaine lettre de faire-part : « Il me semblait me rappeler qu'il y avait du

Guermantes là-dedans. » Et pour une fois j'étais avec les autres contre elle, ne pouvant admettre qu'il y eût un lien entre son amie de pension et la descendante de Geneviève de Brabant.) « Voyez Roussainville, ce n'est plus aujourd'hui qu'une paroisse de fermiers, quoique dans l'antiquité cette localité ait dû un grand essor au commerce des chapeaux de feutre et des pendules. (Je ne suis pas certain de l'étymologie de Roussainville. Je croirais volontiers que le nom primitif était Rouville (*Radulfi villa*), comme Châteauroux (*Castrum Radulfi*), mais je vous parlerai de cela une autre fois [109]. Hé bien ! l'église a des vitraux superbes, presque tous modernes, et cette imposante *Entrée de Louis-Philippe à Combray* qui serait mieux à sa place à Combray même, et qui vaut, dit-on, la fameuse verrière de Chartres. Je voyais même hier le frère du docteur Percepied qui est amateur et qui la regarde comme d'un plus beau travail.

Mais, comme je le lui disais à cet artiste qui semble du reste très poli, qui est paraît-il un véritable virtuose du pinceau, que lui trouvez-vous donc d'extraordinaire à ce vitrail, qui est encore un peu plus sombre que les autres ?

– Je suis sûre que si vous le demandiez à Monseigneur, disait mollement ma tante qui commençait à penser qu'elle allait être fatiguée, il ne vous refuserait pas un vitrail neuf.

– Comptez-y, madame Octave, répondait le curé. Mais c'est justement Monseigneur qui a attaché le grelot à cette malheureuse verrière en prouvant qu'elle représente Gilbert le Mauvais [110], sire de Guermantes, le descendant direct de Geneviève de Brabant qui était une demoiselle de Guermantes, recevant l'absolution de saint Hilaire.

– Mais je ne vois pas où est saint Hilaire ?

– Mais si, dans le coin du vitrail vous n'avez jamais remarqué une dame en robe jaune ? Hé bien ! c'est saint Hilaire qu'on appelle aussi vous le savez, dans certaines provinces saint Illiers, saint Hélier, et même, dans le Jura, saint Ylie. Ces diverses corruptions de *sanctus Hilarius* ne sont pas du reste les plus curieuses de celles qui se sont produites dans les noms des bienheureux. Ainsi votre patronne, ma bonne Eulalie, *sancta Eulalia*, savez-vous ce qu'elle est devenue en Bourgogne ? *Saint Éloi* tout simplement : elle est devenue un saint. Voyez-vous, Eulalie, qu'après votre mort on fasse de vous un homme ? – Monsieur le Curé a toujours le mot pour rigoler. – Le frère de Gilbert, Charles le Bègue, prince pieux mais qui, ayant perdu de bonne heure son père, Pépin l'Insensé [111], mort des suites de sa maladie mentale, exerçait le pouvoir suprême avec toute la présomption d'une jeunesse à qui la discipline a manqué, dès que la figure d'un particulier ne lui revenait pas dans une ville, y faisait massacrer jusqu'au dernier habitant. Gilbert voulant se venger de Charles fit brûler l'église de Combray, la primitive église alors, celle que Théodebert [112], en quittant avec sa cour la maison de campagne qu'il avait près d'ici, à Thiberzy (*Theodeberciacus*), pour aller combattre les Burgondes, avait promis de bâtir au-dessus du tombeau de saint Hilaire si le Bienheureux lui procurait la victoire. Il n'en reste que la crypte où Théodore a dû vous faire descendre, puisque Gilbert brûla le reste. Ensuite il défit l'infortuné Charles avec l'aide de Guillaume le Conquérant [113] (le curé prononçait Guilôme) ce qui fait que beaucoup d'Anglais viennent pour visiter. Mais il ne semble pas avoir su se concilier la sympathie des habitants de Combray, car ceux-ci se ruèrent sur lui à la sortie de la messe et lui tranchèrent la tête [114]. Du reste Théodore prête un petit livre qui donne les explications.

Mais ce qui est incontestablement le plus curieux dans notre église, c'est le point de vue qu'on a du clocher et qui est grandiose. Certainement, pour vous qui n'êtes pas très forte, je ne vous conseillerais pas de monter nos quatre-vingt-dix-sept marches, juste la moitié du célèbre dôme de Milan. Il y a de quoi fatiguer une personne bien portante, d'autant plus qu'on monte plié en deux si on ne veut pas se casser la tête, et on ramasse avec ses effets toutes les toiles d'araignées de l'escalier. En tous cas il faudrait bien vous couvrir, ajoutait-il (sans apercevoir l'indignation que causait à ma tante l'idée qu'elle fût capable de monter dans le clocher), car il fait un de ces courants d'air une fois arrivé là-haut ! Certaines personnes affirment y avoir ressenti le froid de la mort. N'importe, le dimanche il y a toujours des sociétés qui viennent même de très loin pour admirer la beauté du panorama et qui s'en retournent enchantées. Tenez, dimanche prochain, si le temps se maintient, vous trouveriez certainement du monde, comme ce sont les Rogations. Il faut avouer du reste qu'on jouit de là d'un coup d'œil féerique, avec des sortes d'échappées sur la plaine qui ont un cachet tout particulier. Quand le temps est clair on peut distinguer jusqu'à Verneuil. Surtout on embrasse à la fois des choses qu'on ne peut voir habituellement que l'une sans l'autre, comme le cours de la Vivonne et les fossés de Saint-Assise-lès-Combray, dont elle est séparée par un rideau de grands arbres, ou encore comme les différents canaux de Jouy-le-Vicomte [115] (*Gaudiacus vice comitis*, comme vous savez). Chaque fois que je suis allé à Jouy-le-Vicomte, j'ai bien vu un bout du canal, puis quand j'avais tourné une rue j'en voyais un autre, mais alors je ne voyais plus le précédent. J'avais beau les mettre ensemble par la pensée, cela ne me faisait pas grand effet. Du clocher de Saint-Hilaire c'est autre chose, c'est tout un réseau où la localité est prise. Seulement on ne distingue pas d'eau, on dirait de grandes fentes qui coupent si bien la ville en quartiers, qu'elle est comme une brioche dont les morceaux tiennent ensemble mais sont déjà découpés. Il faudrait pour bien faire être à la fois dans le clocher de Saint-Hilaire et à Jouy-le-Vicomte [116]. »

Le curé avait tellement fatigué ma tante qu'à peine était-il parti, elle était obligée de renvoyer Eulalie.

« Tenez, ma pauvre Eulalie, disait-elle d'une voix faible, en tirant une pièce d'une petite bourse qu'elle avait à portée de sa main, voilà pour que vous ne m'oubliez pas dans vos prières.

– Ah ! mais, madame Octave, je ne sais pas si je dois, vous savez bien que ce n'est pas pour cela que je viens ! »

disait Eulalie avec la même hésitation et le même embarras, chaque fois, que si c'était la première, et avec une apparence de mécontentement qui égayait ma tante mais ne lui déplaisait pas, car si un jour Eulalie, en prenant la pièce, avait un air un peu moins contrarié que de coutume, ma tante disait :

« Je ne sais pas ce qu'avait Eulalie ; je lui ai pourtant donné la même chose que d'habitude, elle n'avait pas l'air contente.

– Je crois qu'elle n'a pourtant pas à se plaindre », soupirait Françoise, qui avait une tendance à considérer comme de la menue monnaie tout ce que lui donnait ma tante pour elle ou pour ses enfants, et comme des trésors follement gaspillés pour une ingrate les piécettes mises chaque dimanche dans la main d'Eulalie, mais si discrètement que Françoise n'arrivait jamais à les voir. Ce n'est pas que l'argent que ma tante donnait à Eulalie, Françoise l'eût voulu pour elle. Elle jouissait suffisamment de ce que ma tante possédait, sachant que les richesses de la maîtresse du même coup élèvent et embellissent aux yeux de tous sa servante ; et qu'elle, Françoise, était insigne et glorifiée dans Combray, Jouy-le-Vicomte et autres lieux, pour les nombreuses fermes de ma tante, les visites fréquentes et prolongées du curé, le nombre singulier des bouteilles d'eau de Vichy consommées. Elle n'était avare que pour ma tante ; si elle avait géré sa fortune, ce qui eût été son rêve, elle l'aurait préservée des entreprises d'autrui avec une férocité maternelle. Elle n'aurait pourtant pas trouvé grand mal à ce que ma tante, qu'elle savait incurablement généreuse, se fût laissée aller à donner, si au moins ç'avait été à des riches. Peut-être pensait-elle que ceux-là, n'ayant pas besoin des cadeaux de ma tante, ne pouvaient être soupçonnés de l'aimer à cause d'eux. D'ailleurs offerts à des personnes d'une grande position de fortune, à Mme Sazerat, à M. Swann, à M. Legrandin, à Mme Goupil, à des personnes « de même rang » que ma tante et qui « allaient bien ensemble », ils lui apparaissaient comme faisant partie des usages de cette vie étrange et brillante de gens riches qui chassent, se donnent des bals, se font des visites et qu'elle admirait en souriant. Mais il n'en allait plus de même si les bénéficiaires de la générosité de ma tante étaient de ceux que Françoise appelait « des gens comme moi, des gens qui ne sont pas plus que moi » et qui étaient ceux qu'elle méprisait le plus à moins qu'ils ne l'appelassent « Madame Françoise » et ne se considérassent comme étant « moins qu'elle ». Et quand elle vit que, malgré ses conseils, ma tante n'en faisait qu'à sa tête et jetait l'argent – Françoise le croyait du moins – pour des créatures indignes, elle commença à trouver bien petits les dons que ma tante lui faisait en comparaison des sommes imaginaires prodiguées à Eulalie. Il n'y avait pas dans les environs de Combray de ferme si conséquente que Françoise ne supposât qu'Eulalie eût pu facilement l'acheter, avec tout ce que lui rapportaient ses visites. Il est vrai qu'Eulalie faisait la même estimation des richesses immenses et cachées de Françoise. Habituellement, quand Eulalie était partie, Françoise prophétisait sans bienveillance sur son compte. Elle la haïssait, mais elle la craignait et se croyait tenue, quand elle était là, à lui faire « bon visage ». Elle se rattrapait après son départ, sans la nommer jamais à vrai dire, mais en proférant en oracles sibyllins, ou sentences d'un caractère général telles que celles de l'Ecclésiaste, mais dont l'application ne pouvait échapper à ma tante. Après avoir regardé par le coin du rideau si Eulalie avait refermé la porte : « Les personnes flatteuses savent se faire bien venir et ramasser les pépettes ; mais patience, le bon Dieu les punit tout par un beau jour », disait-elle avec le regard latéral et l'insinuation de Joas pensant exclusivement à Athalie quand il dit :

Le bonheur des méchants comme un torrent s'écoule[117].

Mais quand le curé était venu aussi et que sa visite interminable avait épuisé les forces de ma tante, Françoise sortait de la chambre derrière Eulalie et disait :

« Madame Octave, je vous laisse reposer, vous avez l'air beaucoup fatiguée. »

Et ma tante ne répondait même pas, exhalant un soupir qui semblait devoir être le dernier, les yeux clos, comme morte. Mais à peine Françoise était-elle descendue que quatre coups donnés avec la plus grande violence, retentissaient dans la maison et ma tante, dressée sur son lit criait :

« Est-ce qu'Eulalie est déjà partie ? Croyez-vous que j'ai oublié de lui demander si Mme Goupil était arrivée à la messe avant l'élévation ! Courez vite après elle ! »

Mais Françoise revenait n'ayant pu rattraper Eulalie.

« C'est contrariant, disait ma tante en hochant la tête. La seule chose importante que j'avais à lui demander ! »

Ainsi passait la vie pour ma tante Léonie, toujours identique, dans la douce uniformité de ce qu'elle appelait avec un dédain affecté et une tendresse profonde, son « petit train-train ». Préservé par tout le monde, non seulement à la maison, où chacun ayant éprouvé l'inutilité de lui conseiller une meilleure hygiène, s'était peu à peu résigné à le respecter, mais même dans le village où, à trois rues de nous, l'emballeur, avant de clouer ses caisses, faisait demander à Françoise si ma tante ne « reposait pas » – ce train-train fut pourtant troublé une fois cette année-là. Comme un fruit caché qui serait parvenu à maturité sans qu'on s'en aperçût et se détacherait spontanément, survint une nuit la délivrance de la fille de cuisine. Mais ses douleurs étaient intolérables, et comme il n'y avait pas de sage-femme à Combray, Françoise dut partir avant le jour en chercher une à Thiberzy [118]. Ma tante, à cause des cris de la fille de cuisine, ne put reposer, et Françoise, malgré la courte distance, n'étant revenue que très tard, lui manqua beaucoup. Aussi, ma mère me dit-elle dans la matinée : « Monte donc voir si ta tante n'a besoin de rien. » J'entrai dans la première pièce et, par la porte ouverte, vis ma tante, couchée sur le côté, qui dormait ; je l'entendis ronfler légèrement. J'allais m'en aller doucement mais sans doute le bruit que j'avais fait était intervenu dans son sommeil et en avait « changé la vitesse », comme on dit pour les automobiles, car la musique du ronflement s'interrompit une seconde et reprit un ton plus bas, puis elle s'éveilla et tourna à demi son visage que je pus voir alors ; il exprimait une sorte de terreur ; elle venait évidemment d'avoir un rêve affreux ; elle ne pouvait me voir de la façon dont elle était placée, et je restais là ne sachant si je devais m'avancer ou me retirer ; mais déjà elle semblait revenue au sentiment de la réalité et avait reconnu le mensonge des visions qui l'avaient effrayée ; un sourire de joie, de pieuse reconnaissance envers Dieu qui permet que la vie soit moins cruelle que les rêves, éclaira faiblement son visage, et avec cette habitude qu'elle avait prise de se parler à mi-voix à elle-même quand elle se croyait seule, elle murmura : « Dieu soit loué ! nous n'avons comme tracas que la fille de cuisine qui accouche. Voilà-t-il pas que je rêvais que mon pauvre Octave était ressuscité et qu'il voulait me faire faire une promenade tous les jours ! » Sa main se tendit vers son chapelet qui était sur la petite table, mais le sommeil recommençant ne lui laissa pas la force de l'atteindre : elle se rendormit, tranquillisée, et je sortis à pas de loup de la chambre sans qu'elle ni personne eût jamais appris ce que j'avais entendu.

Quand je dis qu'en dehors d'événements très rares, comme cet accouchement, le train-train de ma tante ne subissait jamais aucune variation, je ne parle pas de celles qui, se répétant toujours identiques à des intervalles réguliers, n'introduisaient au sein de l'uniformité qu'une sorte d'uniformité secondaire. C'est ainsi que tous les samedis [119], comme Françoise allait dans l'après-midi au marché de Roussainville-le-Pin [120], le déjeuner était pour tout le monde, une heure plus tôt. Et ma tante avait si bien pris l'habitude de cette dérogation hebdomadaire à ses habitudes, qu'elle tenait à cette habitude-là autant qu'aux autres. Elle y était si bien « routinée », comme disait Françoise, que s'il lui avait fallu un samedi, attendre pour déjeuner l'heure habituelle, cela l'eût autant « dérangée » que si elle avait dû, un autre jour, avancer son déjeuner à l'heure du samedi. Cette avance du déjeuner donnait d'ailleurs au samedi, pour nous tous, une figure particulière, indulgente, et assez sympathique. Au moment où d'habitude on a encore une heure à vivre avant la détente du repas, on savait que, dans quelques secondes, on allait voir arriver des endives précoces, une omelette de faveur, un bifteck immérité. Le retour de ce samedi asymétrique était un de ces petits événements intérieurs, locaux, presque civiques qui, dans les vies tranquilles et les sociétés fermées, créent une sorte de lien national et deviennent le thème favori des conversations, des plaisanteries, des récits exagérés à plaisir : il eût été le noyau tout prêt pour un cycle légendaire si l'un de nous avait eu la tête épique [121]. Dès le matin, avant d'être habillés, sans raison, pour le plaisir d'éprouver la force de la solidarité, on se disait les uns aux autres avec bonne humeur, avec cordialité, avec patriotisme : « Il n'y a pas de temps à perdre, n'oublions pas que c'est samedi ! » cependant que ma tante, conférant avec Françoise et songeant que la journée serait plus longue que d'habitude, disait : « Si vous leur faisiez un beau morceau de veau, comme c'est samedi. » Si à dix heures et demie un distrait tirait sa montre en disant : « Allons, encore une heure et demie avant le déjeuner », chacun était enchanté d'avoir à lui dire : « Mais voyons, à quoi pensez-vous, vous oubliez que c'est samedi ! » ; on en riait encore un quart d'heure après et on se promettait de monter raconter cet oubli à ma tante pour l'amuser. Le visage du ciel même semblait changé. Après le déjeuner, le soleil, conscient que c'était samedi, flânait une heure de plus au haut du ciel, et quand quelqu'un, pensant qu'on était en retard pour la promenade, disait : « Comment, seulement deux heures ? » en voyant passer les deux coups du clocher de Saint-Hilaire (qui ont l'habitude de ne rencontrer encore personne dans les chemins désertés à cause du repas de midi ou de la sieste, le long de la rivière vive et blanche que le pêcheur même a abandonnée, et passent solitaires dans le ciel vacant où ne restent que quelques nuages paresseux), tout le monde en chœur lui répondait : « Mais ce qui vous trompe, c'est qu'on a déjeuné une heure plus tôt, vous savez bien que c'est samedi ! » La surprise d'un barbare (nous appelions ainsi tous les gens qui ne savaient pas ce qu'avait de particulier le samedi) qui, étant venu à onze heures pour parler à mon père, nous avait trouvés à table, était une des choses qui, dans sa vie, avaient le plus égayé Françoise. Mais si elle trouvait amusant que le visiteur interloqué ne sût pas que nous déjeunions plus tôt le samedi, elle trouvait plus comique encore (tout en sympathisant du fond du cœur avec ce chauvinisme étroit) que mon père, lui, n'eût pas eu l'idée que ce barbare pouvait l'ignorer et eût répondu sans autre explication à son étonnement de nous voir déjà dans la salle à manger : « Mais voyons, c'est samedi ! » Parvenue à ce point de son récit, elle essuyait des larmes d'hilarité et pour accroître le plaisir qu'elle éprouvait, elle prolongeait le dialogue, inventait ce qu'avait répondu le visiteur à qui ce « samedi » n'expliquait rien. Et bien loin de nous plaindre de ses additions, elles ne nous suffisaient pas encore et nous disions : « Mais il me semblait qu'il avait dit aussi autre chose. C'était plus long la première fois quand vous l'avez raconté. » Ma grand-tante elle-même laissait son ouvrage, levait la tête et regardait par-dessus son lorgnon.

Le samedi avait encore ceci de particulier que ce jour-là, pendant le mois de mai, nous sortions après le dîner pour aller au « mois de Marie [122] ».

Comme nous y rencontrions parfois M. Vinteuil, très sévère pour le « genre déplorable des jeunes gens négligés, dans les idées de l'époque actuelle », ma mère prenait garde que rien ne clochât dans ma tenue, puis on partait pour l'église. C'est au mois de Marie que je me souviens d'avoir commencé à aimer les aubépines [123]. N'étant pas seulement dans l'église, si sainte, mais où nous avions le droit d'entrer, posées sur l'autel même, inséparables des mystères à la célébration desquels elles prenaient part, elles faisaient courir au milieu des flambeaux et des vases sacrés leurs branches attachées horizontalement les unes aux autres en un apprêt de fête, et qu'enjolivaient encore les festons de leur feuillage sur lequel étaient semés à profusion, comme sur une traîne de mariée, de petits bouquets de boutons d'une blancheur éclatante. Mais, sans oser les regarder qu'à la dérobée, je sentais que ces apprêts pompeux étaient vivants et que c'était la nature elle-même qui, en creusant ces découpures dans les feuilles, en ajoutant l'ornement suprême de ces blancs boutons, avait rendu cette décoration digne de ce qui était à la fois une réjouissance populaire et une solennité mystique. Plus haut s'ouvraient leurs corolles çà et là avec une grâce insouciante, retenant si négligemment comme un dernier et vaporeux atour le bouquet d'étamines, fines comme des fils de la Vierge, qui les embrumait tout entières, qu'en suivant, qu'en essayant de mimer au fond de moi le geste de leur efflorescence, je l'imaginais comme si ç'avait été le mouvement de tête étourdi et rapide, au regard coquet, aux pupilles diminuées, d'une blanche jeune fille, distraite et vive. M. Vinteuil [124] était venu avec sa fille se placer à côté de nous. D'une bonne famille, il avait été le professeur de piano des sœurs de ma grand-mère et quand, après la mort de sa femme et un héritage qu'il avait fait, il s'était retiré auprès de Combray, on le recevait souvent à la maison. Mais d'une pudibonderie excessive, il cessa de venir pour ne pas rencontrer Swann qui avait fait ce qu'il appelait « un mariage déplacé, dans le goût du jour ». Ma mère, ayant appris qu'il composait, lui avait dit par amabilité que, quand elle irait le voir, il faudrait qu'il lui fît entendre quelque chose de lui. M. Vinteuil en aurait eu beaucoup de joie, mais il poussait la politesse et la bonté jusqu'à de tels scrupules que, se mettant toujours à la place des autres, il craignait de les ennuyer et de leur paraître égoïste s'il suivait ou seulement laissait deviner son désir. Le jour où mes parents étaient allés chez lui en visite, je les avais accompagnés, mais ils m'avaient permis de rester dehors, et comme la maison de M. Vinteuil, Montjouvain [125], était en contrebas d'un monticule buissonneux, où je m'étais caché, je m'étais trouvé de plain-pied avec le salon du second étage, à cinquante centimètres de la fenêtre. Quand on était venu lui annoncer mes parents, j'avais vu M. Vinteuil se hâter de mettre en évidence sur le piano un morceau de musique. Mais une fois mes parents entrés, il l'avait retiré et mis dans un coin. Sans doute avait-il craint de leur laisser supposer qu'il n'était heureux de les voir que pour leur jouer de ses compositions. Et chaque fois que ma mère était revenue à la charge au cours de la visite, il avait répété plusieurs fois : « Mais je ne sais qui a mis cela sur le piano, ce n'est pas sa place », et avait détourné la conversation sur d'autres sujets, justement parce que ceux-là l'intéressaient moins. Sa seule passion était pour sa fille et celle-ci qui avait l'air d'un garçon paraissait si robuste qu'on ne pouvait s'empêcher de sourire en voyant les précautions que son père prenait pour elle, ayant toujours des châles supplémentaires à lui jeter sur les épaules. Ma grand-mère faisait remarquer quelle expression douce, délicate, presque timide passait souvent dans les regards de cette enfant si rude, dont le visage était semé de taches de son. Quand elle venait de prononcer une parole elle l'entendait avec l'esprit de ceux à qui elle l'avait dite, s'alarmait des malentendus possibles et on voyait s'éclairer, se découper comme par transparence, sous la figure hommasse du « bon diable », les traits plus fins d'une jeune fille éplorée.

Quand, au moment de quitter l'église, je m'agenouillai devant l'autel, je sentis tout d'un coup, en me relevant, s'échapper des aubépines une odeur amère et douce d'amandes [126], et je remarquai alors sur les fleurs de petites places plus blondes, sous lesquelles je me figurai que devait être cachée cette odeur comme sous les parties gratinées le goût d'une frangipane ou sous leurs taches de rousseur celui des joues de Mlle Vinteuil. Malgré la silencieuse immobilité des aubépines, cette intermittente odeur était comme le murmure de leur vie intense dont l'autel vibrait ainsi qu'une haie agreste visitée par de vivantes antennes, auxquelles on pensait en voyant certaines étamines presque rousses qui semblaient avoir gardé la virulence printanière, le pouvoir irritant, d'insectes aujourd'hui métamorphosés en fleurs.

Nous causions un moment avec M. Vinteuil devant le porche en sortant de l'église. Il intervenait entre les gamins qui se chamaillaient sur la place, prenait la défense des petits, faisait des sermons aux grands. Si sa fille nous disait de sa grosse voix combien elle avait été contente de nous voir, aussitôt il semblait qu'en elle-même une sœur plus sensible rougissait de ce propos de bon garçon étourdi qui avait pu nous faire croire qu'elle sollicitait d'être invitée chez nous. Son père lui jetait un manteau sur les épaules, ils montaient dans un petit buggy qu'elle conduisait elle-même et tous deux retournaient à Montjouvain. Quant à nous, comme c'était le lendemain dimanche et qu'on ne se lèverait que pour la grand-messe, s'il faisait clair de lune et que l'air fût chaud, au lieu de nous faire rentrer directement, mon père, par amour de la gloire, nous faisait faire par le calvaire une longue promenade, que le peu d'aptitude de ma mère à s'orienter et à se reconnaître dans son chemin, lui faisait considérer comme la prouesse d'un génie stratégique. Parfois nous allions jusqu'au viaduc, dont les enjambées de pierre commençaient à la gare et me représentaient l'exil et la détresse hors du monde civilisé parce que chaque année en venant de Paris, on nous recommandait de faire bien attention, quand ce serait Combray, de ne pas laisser passer la station, d'être prêts d'avance, car le train repartait au bout de deux minutes et s'engageait sur le viaduc au-delà des pays chrétiens dont Combray marquait pour moi l'extrême limite. Nous revenions par le boulevard de la gare, où étaient les plus agréables villas de la commune. Dans chaque jardin le clair de lune, comme Hubert Robert [127], semait ses degrés rompus de marbre blanc, ses jets d'eau, ses grilles entrouvertes. Sa lumière avait détruit le bureau du Télégraphe. Il n'en subsistait plus qu'une colonne à demi brisée, mais qui gardait la beauté d'une ruine immortelle. Je traînais la jambe, je tombais de sommeil, l'odeur des tilleuls qui embaumait m'apparaissait comme une récompense qu'on ne pouvait obtenir qu'au prix des plus grandes fatigues et qui n'en valait pas la peine. De grilles fort éloignées les unes des autres, des chiens réveillés par nos pas solitaires faisaient alterner des aboiements comme il m'arrive encore quelquefois d'en entendre le soir, et entre lesquels dut venir (quand sur son emplacement on créa le jardin public de Combray) se réfugier le boulevard de la gare, car, où que je me trouve, dès qu'ils commencent à retentir et à se répondre, je l'aperçois, avec ses tilleuls et son trottoir éclairé par la lune.

Tout d'un coup mon père nous arrêtait et demandait à ma mère : « Où sommes-nous ? » Épuisée par la marche, mais fière de lui, elle lui avouait tendrement qu'elle n'en savait absolument rien. Il haussait les épaules et riait. Alors, comme s'il l'avait sortie de la poche de son veston avec sa clef, il nous montrait debout devant nous la petite porte de derrière de notre jardin qui était venue avec le coin de la rue du Saint-Esprit nous attendre au bout de ces chemins inconnus. Ma mère lui disait avec admiration : « Tu es extraordinaire ! » Et à partir de cet instant, je n'avais plus un seul pas à faire, le sol marchait pour moi dans ce jardin où depuis si longtemps mes actes avaient cessé d'être accompagnés d'attention volontaire : l'Habitude venait de me prendre dans ses bras et me portait jusqu'à mon lit comme un petit enfant.

Si la journée du samedi, qui commençait une heure plus tôt, et où elle était privée de Françoise, passait plus lentement qu'une autre pour ma tante, elle en attendait pourtant le retour avec impatience depuis le commencement de la semaine, comme contenant toute la nouveauté et la distraction que fût encore capable de supporter son corps affaibli et maniaque. Et ce n'est pas cependant qu'elle n'aspirât parfois à quelque grand changement, qu'elle n'eût de ces heures d'exception où l'on a soif de quelque chose d'autre que ce qui est, et où ceux que le manque d'énergie ou d'imagination empêche de tirer d'eux-mêmes un principe de rénovation, demandent à la minute qui vient, au facteur qui sonne, de leur apporter du nouveau, fût-ce du pire, une émotion, une douleur ; où la sensibilité, que le bonheur a fait taire comme une harpe oisive, veut résonner sous une main, même brutale, et dût-elle en être brisée ; où la volonté, qui a si difficilement conquis le droit d'être livrée sans obstacle à ses désirs, à ses peines, voudrait jeter les rênes entre les mains d'événements impérieux, fussent-ils cruels. Sans doute, comme les forces de ma tante, taries à la moindre fatigue, ne lui revenaient que goutte à goutte au sein de son repos, le réservoir était trop long à remplir, et il se passait des mois avant qu'elle eût ce léger trop-plein que d'autres dérivent dans l'activité et dont elle était incapable de savoir et de décider comment user. Je ne doute pas qu'alors – comme le désir de la remplacer par des pommes de terre béchamel finissait au bout de quelque temps par naître du plaisir même que lui causait le retour quotidien de la purée dont elle ne se « fatiguait » pas – elle ne tirât de l'accumulation de ces jours monotones auxquels elle tenait tant, l'attente d'un cataclysme domestique limité à la durée d'un moment mais qui la forcerait d'accomplir une fois pour toutes un de ces changements dont elle reconnaissait qu'ils lui seraient salutaires et auxquels elle ne pouvait d'elle-même se décider. Elle nous aimait véritablement, elle aurait eu plaisir à nous pleurer ; survenant à un moment où elle se sentait bien et n'était pas en sueur, la nouvelle que la maison était la proie d'un incendie où nous avions déjà tous péri et qui n'allait plus bientôt laisser subsister une seule pierre des murs, mais auquel elle aurait eu tout le temps d'échapper sans se presser, à condition de se lever tout de suite, a dû souvent hanter ses espérances comme unissant aux avantages secondaires de lui faire savourer dans un long regret toute sa tendresse pour nous, et d'être la stupéfaction du village en conduisant notre deuil, courageuse et accablée, moribonde debout, celui bien plus précieux de la forcer au bon moment, sans temps à perdre, sans possibilité d'hésitation énervante, à aller passer l'été dans sa jolie ferme de Mirougrain, où il y avait une chute d'eau. Comme n'était jamais survenu aucun événement de ce genre, dont elle méditait certainement la réussite quand elle était seule absorbée dans ses innombrables jeux de patience (et qui l'eût désespérée au premier commencement de réalisation, au premier de ces petits faits imprévus, de cette parole annonçant une mauvaise nouvelle et dont on ne peut plus jamais oublier l'accent, de tout ce qui porte l'empreinte de la mort réelle, bien différente de sa possibilité logique et abstraite), elle se rabattait pour rendre de temps en temps sa vie plus intéressante, à y introduire des péripéties imaginaires qu'elle suivait avec passion. Elle se plaisait à supposer tout d'un coup que Françoise la volait, qu'elle recourait à la ruse pour s'en assurer, la prenait sur le fait ; habituée, quand elle faisait seule des parties de cartes, à jouer à la fois son jeu et le jeu de son adversaire, elle se prononçait à elle-même les excuses embarrassées de Françoise et y répondait avec tant de feu et d'indignation que l'un de nous, entrant à ces moments-là, la trouvait en nage, les yeux étincelants, ses faux cheveux déplacés laissant voir son front chauve. Françoise entendit peut-être parfois de la chambre voisine de mordants sarcasmes qui s'adressaient à elle et dont l'invention n'eût pas soulagé suffisamment ma tante s'ils étaient restés à l'état purement immatériel, et si en les murmurant à mi-voix elle ne leur eût donné plus de réalité. Quelquefois, ce « spectacle dans un lit » ne suffisait même pas à ma tante, elle voulait faire jouer ses pièces. Alors, un dimanche, toutes portes mystérieusement fermées, elle confiait à Eulalie ses doutes sur la probité de Françoise, son intention de se défaire d'elle, et une autre fois, à Françoise ses soupçons de l'infidélité d'Eulalie à qui la porte serait bientôt fermée ; quelques jours après elle était dégoûtée de sa confidente de la veille et racoquinée avec le traître, lesquels d'ailleurs, pour la prochaine représentation, échangeraient leurs emplois. Mais les soupçons que pouvait parfois lui inspirer Eulalie, n'étaient qu'un feu de paille et tombaient vite, faute d'aliment, Eulalie n'habitant pas la maison. Il n'en était pas de même de ceux qui concernaient Françoise, que ma tante sentait perpétuellement sous le même toit qu'elle, sans que, par crainte de prendre froid si elle sortait de son lit, elle osât descendre à la cuisine se rendre compte s'ils étaient fondés. Peu à peu son esprit n'eut plus d'autre occupation que de chercher à deviner ce qu'à chaque moment pouvait faire, et chercher à lui cacher, Françoise. Elle remarquait les plus furtifs mouvements de physionomie de celle-ci, une contradiction dans ses paroles, un désir qu'elle semblait dissimuler. Et elle lui montrait qu'elle l'avait démasquée, d'un seul mot qui faisait pâlir Françoise et que ma tante semblait trouver, à enfoncer au cœur de la malheureuse, un divertissement cruel. Et le dimanche suivant, une révélation d'Eulalie – comme ces découvertes qui ouvrent tout d'un coup un champ insoupçonné à une science naissante et qui se traînait dans l'ornière – prouvait à ma tante qu'elle était dans ses suppositions bien au-dessous de la vérité. « Mais Françoise doit le savoir maintenant que vous y avez donné une voiture. – Que je lui ai donné une voiture ! s'écriait ma tante. – Ah ! mais je ne sais pas, moi, je croyais, je l'avais vue qui passait maintenant en calèche, fière comme Artaban [128], pour aller au marché de Roussainville. J'avais cru que c'était Mme Octave qui lui avait donné. » Peu à peu Françoise et ma tante, comme la bête et le chasseur, ne cessaient plus de tâcher de prévenir les ruses l'une de l'autre. Ma mère craignait qu'il ne se développât chez Françoise une véritable haine pour ma tante qui l'offensait le plus durement qu'elle le pouvait. En tous cas Françoise attachait de plus en plus aux moindres paroles, aux moindres gestes de ma tante une attention extraordinaire. Quand elle avait quelque chose à lui demander, elle hésitait longtemps sur la manière dont elle devait s'y prendre. Et quand elle avait proféré sa requête, elle observait ma tante à la dérobée, tâchant de deviner dans l'aspect de sa figure ce que celle-ci avait pensé et déciderait. Et ainsi – tandis que quelque artiste [129], lisant les Mémoires du XVIIe siècle, et désirant de se rapprocher du grand Roi, croit marcher dans cette voie en se fabriquant une généalogie qui le fait descendre d'une famille historique ou en entretenant une correspondance avec un des souverains actuels de l'Europe, tourne précisément le dos à ce qu'il a le tort de chercher sous des formes identiques et par conséquent mortes – une vieille dame de province qui ne faisait qu'obéir sincèrement à d'irrésistibles manies et à une méchanceté née de l'oisiveté, voyait sans avoir jamais pensé à Louis XIV, les occupations les plus insignifiantes de sa journée, concernant son lever, son déjeuner, son repos, prendre par leur singularité despotique un peu de l'intérêt de ce que Saint-Simon appelait la « mécanique » de la vie à Versailles, et pouvait croire aussi que ses silences, une nuance de bonne humeur ou de hauteur dans sa physionomie, étaient de la part de Françoise l'objet d'un commentaire aussi passionné, aussi craintif que l'étaient le silence, la bonne humeur, la hauteur du Roi quand un courtisan, ou même les plus grands seigneurs, lui avaient remis une supplique, au détour d'une allée, à Versailles.

Un dimanche, où ma tante avait eu la visite simultanée du curé et d'Eulalie, et s'était ensuite reposée, nous étions tous montés lui dire bonsoir et maman lui adressait ses condoléances sur la mauvaise chance qui amenait toujours ses visiteurs à la même heure :

« Je sais que les choses se sont encore mal arrangées tantôt, Léonie, lui dit-elle avec douceur, vous avez eu tout votre monde à la fois. »

Ce que ma grand-tante interrompit par : « Abondance de biens… » car depuis que sa fille était malade elle croyait devoir la remonter en lui présentant toujours tout par le bon côté. Mais mon père prenant la parole :

« Je veux profiter, dit-il, de ce que toute la famille est réunie pour vous faire un récit sans avoir besoin de le recommencer à chacun. J'ai peur que nous ne soyons fâchés avec Legrandin : il m'a à peine dit bonjour ce matin [130]. »

Je ne restai pas pour entendre le récit de mon père, car j'étais justement avec lui après la messe quand nous avions rencontré M. Legrandin, et je descendis à la cuisine demander le menu du dîner qui tous les jours me distrayait comme les nouvelles qu'on lit dans un journal et m'excitait à la façon d'un programme de fête. Comme M. Legrandin avait passé près de nous en sortant de l'église, marchant à côté d'une châtelaine du voisinage que nous ne connaissions que de vue, mon père avait fait un salut à la fois amical et réservé, sans que nous nous arrêtions ; M. Legrandin avait à peine répondu, d'un air étonné, comme s'il ne nous reconnaissait pas, et avec cette perspective du regard particulière aux personnes qui ne veulent pas être aimables et qui, du fond subitement prolongé de leurs yeux, ont l'air de vous apercevoir comme au bout d'une route interminable et à une si grande distance qu'elles se contentent de vous adresser un signe de tête minuscule pour le proportionner à vos dimensions de marionnette.

Or, la dame qu'accompagnait Legrandin était une personne vertueuse et considérée ; il ne pouvait être question qu'il fût en bonne fortune et gêné d'être surpris, et mon père se demandait comment il avait pu mécontenter Legrandin. « Je regretterais d'autant plus de le savoir fâché, dit mon père, qu'au milieu de tous ces gens endimanchés il a, avec son petit veston droit, sa cravate molle, quelque chose de si peu apprêté, de si vraiment simple, et un air presque ingénu qui est tout à fait sympathique. » Mais le conseil de famille fut unanimement d'avis que mon père s'était fait une idée, ou que Legrandin, à ce moment-là, était absorbé par quelque pensée. D'ailleurs la crainte de mon père fut dissipée dès le lendemain soir. Comme nous revenions d'une grande promenade, nous aperçûmes près du Pont-Vieux Legrandin, qui à cause des fêtes, restait plusieurs jours à Combray. Il vint à nous la main tendue : « Connaissez-vous, monsieur le liseur, me demanda-t-il, ce vers de Paul Desjardins :

Les bois sont déjà noirs, le ciel est encor bleu [131]

N'est-ce pas la fine notation de cette heure-ci ? Vous n'avez peut-être jamais lu Paul Desjardins. Lisez-le, mon enfant ; aujourd'hui il se mue, me dit-on, en frère prêcheur, mais ce fut longtemps un aquarelliste limpide…

Les bois sont déjà noirs, le ciel est encor bleu…

Que le ciel reste toujours bleu pour vous, mon jeune ami ; et même à l'heure, qui vient pour moi maintenant, où les bois sont déjà noirs, où la nuit tombe vite, vous vous consolerez comme je fais en regardant du côté du ciel. » Il sortit de sa poche une cigarette, resta longtemps les yeux à l'horizon. « Adieu, les camarades », nous dit-il tout à coup, et il nous quitta.

À cette heure où je descendais apprendre le menu, le dîner était déjà commencé [132] et Françoise, commandant aux forces de la nature devenues ses aides, comme dans les féeries où les géants se font engager comme cuisiniers, frappait la houille, donnait à la vapeur des pommes de terre à étuver et faisait finir à point par le feu les chefs-d'œuvre culinaires d'abord préparés dans des récipients de céramiste qui allaient des grandes cuves, marmites, chaudrons et poissonnières, aux terrines pour le gibier, moules à pâtisserie, et petits pots de crème en passant par une collection complète de casseroles de toutes dimensions. Je m'arrêtais à voir sur la table, où la fille de cuisine venait de les écosser, les petits pois alignés et nombrés comme des billes vertes dans un jeu ; mais mon ravissement était devant les asperges, trempées d'outremer et de rose et dont l'épi, finement pignoché de mauve et d'azur, se dégrade insensiblement jusqu'au pied

– encore souillé pourtant du sol de leur plant – par des irisations qui ne sont pas de la terre. Il me semblait que ces nuances célestes trahissaient les délicieuses créatures qui s'étaient amusées à se métamorphoser en légumes et qui, à travers le déguisement de leur chair comestible et ferme, laissaient apercevoir en ces couleurs naissantes d'aurore, en ces ébauches d'arc-en-ciel, en cette extinction de soirs bleus, cette essence précieuse que je reconnaissais encore quand, toute la nuit qui suivait un dîner où j'en avais mangé, elles jouaient, dans leurs farces poétiques et grossières comme une féerie de Shakespeare, à changer mon pot de chambre en un vase de parfum.

La pauvre Charité de Giotto, comme l'appelait Swann, chargée par Françoise de les « plumer », les avait près d'elle dans une corbeille, son air était douloureux, comme si elle ressentait tous les malheurs de la terre ; et les légères couronnes d'azur qui ceignaient les asperges au-dessus de leurs tuniques de rose étaient finement dessinées, étoile par étoile, comme le sont dans la fresque les fleurs bandées autour du front ou piquées dans la corbeille de la Vertu de Padoue. Et cependant, Françoise tournait à la broche un de ces poulets, comme elle seule savait en rôtir, qui avaient porté loin dans Combray l'odeur de ses mérites, et qui, pendant qu'elle nous les servait à table, faisaient prédominer la douceur dans ma conception spéciale de son caractère, l'arôme de cette chair qu'elle savait rendre si onctueuse et si tendre n'étant pour moi que le propre parfum d'une de ses vertus.

Mais le jour où, pendant que mon père consultait le conseil de famille sur la rencontre de Legrandin, je descendis à la cuisine, était un de ceux où la Charité de Giotto, très malade de son accouchement récent, ne pouvait se lever ; Françoise, n'étant plus aidée, était en retard. Quand je fus en bas, elle était en train, dans l'arrière-cuisine qui donnait sur la basse-cour, de tuer un poulet qui, par sa résistance désespérée et bien naturelle, mais accompagnée par Françoise hors d'elle, tandis qu'elle cherchait à lui fendre le cou sous l'oreille, des cris de « sale bête ! sale bête ! », mettait la sainte douceur et l'onction de notre servante un peu moins en lumière qu'il n'eût fait, au dîner du lendemain, par sa peau brodée d'or comme une chasuble et son jus précieux égoutté d'un ciboire. Quand il fut mort, Françoise recueillit le sang qui coulait sans noyer sa rancune, eut encore un sursaut de colère, et regardant le cadavre de son ennemi, dit une dernière fois : « Sale bête [133] ! » Je remontai tout tremblant ; j'aurais voulu qu'on mît Françoise tout de suite à la porte. Mais qui m'eût fait des boules aussi chaudes, du café aussi parfumé, et même… ces poulets ?… Et en réalité, ce lâche calcul, tout le monde avait eu à le faire comme moi. Car ma tante Léonie savait – ce que j'ignorais encore – que Françoise qui, pour sa fille, pour ses neveux, aurait donné sa vie sans une plainte, était pour d'autres êtres d'une dureté singulière. Malgré cela ma tante l'avait gardée, car si elle connaissait sa cruauté, elle appréciait son service. Je m'aperçus peu à peu que la douceur, la componction, les vertus de Françoise cachaient des tragédies d'arrière-cuisine, comme l'histoire découvre que le règne des Rois et des Reines, qui sont représentés les mains jointes dans les vitraux des églises, fut marqué [134] d'incidents sanglants. Je me rendis compte que, en dehors de ceux de sa parenté, les humains excitaient d'autant plus sa pitié par leurs malheurs, qu'ils vivaient plus éloignés d'elle. Les torrents de larmes qu'elle versait en lisant le journal sur les infortunes des inconnus se tarissaient vite si elle pouvait se représenter la personne qui en était l'objet d'une façon un peu précise. Une de ces nuits qui suivirent l'accouchement de la fille de cuisine, celle-ci fut prise d'atroces coliques ; maman l'entendit se plaindre, se leva et réveilla Françoise qui, insensible, déclara que tous ces cris étaient une comédie, qu'elle voulait « faire la maîtresse ». Le médecin, qui craignait ces crises, avait mis un signet, dans un livre de médecine que nous avions, à la page où elles sont décrites et où il nous avait dit de nous reporter pour trouver l'indication des premiers soins à donner. Ma mère envoya Françoise chercher le livre en lui recommandant de ne pas laisser tomber le signet. Au bout d'une heure, Françoise n'était pas revenue ; ma mère indignée crut qu'elle s'était recouchée et me dit d'aller voir moi-même dans la bibliothèque. J'y trouvai Françoise qui, ayant voulu regarder ce que le signet marquait, lisait la description clinique de la crise et poussait des sanglots maintenant qu'il s'agissait d'une malade-type qu'elle ne connaissait pas. À chaque symptôme douloureux mentionné par l'auteur du traité, elle s'écriait : « Hé là ! Sainte Vierge, est-il possible que le bon Dieu veuille faire souffrir ainsi une malheureuse créature humaine ? Hé ! la pauvre ! »

Mais dès que je l'eus appelée et qu'elle fut revenue près du lit de la Charité de Giotto, ses larmes cessèrent aussitôt de couler ; elle ne put reconnaître ni cette agréable sensation de pitié et d'attendrissement qu'elle connaissait bien et que la lecture des journaux lui avait souvent donnée, ni aucun plaisir de même famille, dans l'ennui et dans l'irritation de s'être levée au milieu de la nuit pour la fille de cuisine, et à la vue des mêmes souffrances dont la description l'avait fait pleurer, elle n'eut plus que des ronchonnements de mauvaise humeur, même d'affreux sarcasmes, disant, quand elle crut que nous étions partis et ne pouvions plus l'entendre : « Elle n'avait qu'à ne pas faire ce qu'il faut pour ça ! ça lui a fait plaisir ! qu'elle ne fasse pas de manières maintenant. Faut-il tout de même qu'un garçon ait été abandonné du bon Dieu pour aller avec *ça*. Ah ! c'est bien comme on disait dans le patois de ma pauvre mère :

Qui du cul d'un chien s'amourose
Il lui paraît une rose. »

Si, quand son petit-fils était un peu enrhumé du cerveau, elle partait la nuit, même malade, au lieu de se coucher, pour voir s'il n'avait besoin de rien, faisant quatre lieues à pied avant le jour afin d'être rentrée pour son travail, en revanche ce même amour des siens et son désir d'assurer la grandeur future de sa maison se traduisait dans sa politique à l'égard des autres domestiques par une maxime constante qui fut de n'en jamais laisser un seul s'implanter chez ma tante, qu'elle mettait d'ailleurs une sorte d'orgueil à ne laisser approcher par personne, préférant, quand elle-même était malade, se relever pour lui donner son eau de Vichy plutôt que de permettre l'accès de la chambre de sa maîtresse à la fille de cuisine. Et comme cet hyménoptère observé par Fabre[135], la guêpe fouisseuse, qui pour que ses petits après sa mort aient de la viande fraîche à manger, appelle l'anatomie au secours de sa cruauté et, ayant capturé des charançons et des araignées, leur perce avec un savoir et une adresse merveilleux le centre nerveux d'où dépend le mouvement des pattes, mais non les autres fonctions de la vie, de façon que l'insecte paralysé près duquel elle dépose ses œufs, fournisse aux larves quand elles écloront un gibier docile, inoffensif, incapable de fuite ou de résistance, mais nullement faisandé, Françoise trouvait pour servir sa volonté permanente de rendre la maison intenable à tout domestique, des ruses si savantes et si impitoyables que, bien des années plus tard, nous apprîmes que si cet été-là nous avions mangé presque tous les jours des asperges, c'était parce que leur odeur donnait à la pauvre fille de cuisine chargée de les éplucher des crises d'asthme d'une telle violence qu'elle fut obligée de finir par s'en aller.

Hélas ! nous devions définitivement changer d'opinion sur Legrandin. Un des dimanches qui suivit la rencontre sur le Pont-Vieux après laquelle mon père avait dû confesser son erreur, comme la messe finissait et qu'avec le soleil et le bruit du dehors quelque chose de si peu sacré entrait dans l'église que Mme Goupil, Mme Percepied (toutes les personnes qui tout à l'heure, à mon arrivée un peu en retard, étaient restées les yeux absorbés dans leur prière et que j'aurais même pu croire ne m'avoir pas vu entrer si, en même temps, leurs pieds n'avaient repoussé légèrement le petit banc qui m'empêchait de gagner ma chaise), commençaient à s'entretenir avec nous à haute voix de sujets tout temporels comme si nous étions déjà sur la place, nous vîmes sur le seuil brûlant du porche, dominant le tumulte bariolé du marché, Legrandin, que le mari de cette dame avec qui nous l'avions dernièrement rencontré, était en train de présenter à la femme d'un autre gros propriétaire terrien des environs. La figure de Legrandin exprimait une animation, un zèle extraordinaires ; il fit un profond salut avec un renversement secondaire en arrière, qui ramena brusquement son dos au-delà de la position de départ et qu'avait dû lui apprendre le mari de sa sœur, Mme de Cambremer. Ce redressement rapide fit refluer en une sorte d'onde fougueuse et musclée la croupe de Legrandin que je ne supposais pas si charnue ; et je ne sais pourquoi cette ondulation de pure matière, ce flot tout charnel, sans expression de spiritualité et qu'un empressement plein de bassesse fouettait en tempête, éveillèrent tout d'un. coup dans mon esprit la possibilité d'un Legrandin tout différent de celui que nous connaissions. Cette dame le pria de dire quelque chose à son cocher, et tandis qu'il allait jusqu'à la voiture, l'empreinte de joie timide et dévouée que la présentation avait marquée sur son visage y persistait encore. Ravi dans une sorte de rêve, il souriait, puis il revint vers la dame en se hâtant et, comme il marchait plus vite qu'il n'en avait l'habitude, ses deux épaules oscillaient de droite et de gauche ridiculement, et il avait l'air tant il s'y abandonnait entièrement en n'ayant plus souci du reste, d'être le jouet inerte et mécanique du bonheur. Cependant, nous sortions du porche, nous allions passer à côté de lui, il était trop bien élevé pour détourner la tête, mais il fixa de son regard soudain chargé d'une rêverie profonde un point si éloigné de l'horizon qu'il ne put nous voir et n'eut pas à nous saluer. Son visage restait ingénu au-dessus d'un veston souple et droit qui avait l'air de se sentir fourvoyé malgré lui au milieu d'un luxe détesté. Et une lavallière à pois qu'agitait le vent de la Place continuait à flotter sur Legrandin comme l'étendard de son fier isolement et de sa noble indépendance. Au moment où nous arrivions à la maison, maman s'aperçut qu'on avait oublié le saint-honoré et demanda à mon père de retourner avec moi sur nos pas dire qu'on l'apportât tout de suite. Nous croisâmes près de l'église Legrandin qui venait en sens inverse conduisant la même dame à sa voiture. Il passa contre nous, ne s'interrompit pas de parler à sa voisine et nous fit du coin de son œil bleu un petit signe en quelque sorte intérieur aux paupières et qui, n'intéressant pas les muscles de son visage, put passer parfaitement inaperçu de son interlocutrice ; mais, cherchant à compenser par l'intensité du sentiment le champ un peu étroit où il en circonscrivait l'expression, dans ce coin d'azur qui nous était affecté il fit pétiller tout l'entrain de la bonne grâce qui dépassa l'enjouement, frisa la malice ; il subtilisa les finesses de l'amabilité jusqu'aux clignements de la connivence, aux demi-mots, aux sous-entendus, aux mystères de la complicité ; et finalement exalta les assurances d'amitié jusqu'aux protestations de tendresse, jusqu'à la déclaration d'amour, illuminant alors pour nous seuls d'une langueur secrète et invisible à la châtelaine, une prunelle énamourée dans un visage de glace.

Il avait précisément demandé la veille à mes parents de m'envoyer dîner ce soir-là avec lui : « Venez tenir compagnie à votre vieil ami, m'avait-il dit. Comme le bouquet qu'un voyageur nous envoie d'un pays où nous ne retournerons plus, faites-moi respirer du lointain de votre adolescence ces fleurs des printemps que j'ai traversés moi aussi il y a bien des années. Venez avec la primevère, la barbe de chanoine, le bassin d'or, venez avec le sedum dont est fait le bouquet de dilection de la flore balzacienne [136], avec la fleur du jour de la Résurrection, la pâquerette et la boule de neige des jardins qui commence à embaumer dans les allées de votre grand-tante quand ne sont pas encore fondues les dernières boules de neige des giboulées de Pâques. Venez avec la glorieuse vêture de soie du lis digne de Salomon [137], et l'émail polychrome des pensées, mais venez surtout avec la brise fraîche encore des dernières gelées et qui va entrouvrir, pour les deux papillons qui depuis ce matin attendent à la porte, la première rose de Jérusalem [138]. »

On se demandait à la maison si on devait m'envoyer tout de même dîner avec M. Legrandin. Mais ma grand-mère refusa de croire qu'il eût été impoli. « Vous reconnaissez vous-même qu'il vient là avec sa tenue toute simple qui n'est guère celle d'un mondain. » Elle déclarait qu'en tous cas, et à tout mettre au pis, s'il l'avait été, mieux valait ne pas avoir l'air de s'en être aperçu. À vrai dire mon père lui-même, qui était pourtant le plus irrité contre l'attitude qu'avait eue Legrandin, gardait peut-être un dernier doute sur le sens qu'elle comportait. Elle était comme toute attitude ou action où se révèle le caractère profond et caché de quelqu'un : elle ne se relie pas à ses paroles antérieures, nous ne pouvons pas la faire confirmer par le témoignage du coupable qui n'avouera pas ; nous en sommes réduits à celui de nos sens dont nous nous demandons, devant ce souvenir isolé et incohérent, s'ils n'ont pas été le jouet d'une illusion ; de sorte que de telles attitudes, les seules qui aient de l'importance, nous laissent souvent quelques doutes.

Je dînai avec Legrandin sur sa terrasse ; il faisait clair de lune : « Il y a une jolie qualité de silence, n'est-ce pas, me dit-il ; aux cœurs blessés comme l'est le mien, un romancier que vous lirez plus tard prétend que conviennent seulement l'ombre et le silence. Et voyez-vous, mon enfant, il vient dans la vie une heure dont vous êtes bien loin encore où les yeux las ne tolèrent plus qu'une lumière, celle qu'une belle nuit comme celle-ci prépare et distille avec l'obscurité, où les oreilles ne peuvent plus écouter de musique que celle que joue le clair de lune sur la flûte du silence. » J'écoutais les paroles de M. Legrandin qui me paraissaient toujours si agréables ; mais troublé par le souvenir d'une femme que j'avais aperçue dernièrement pour la première fois, et pensant, maintenant que je savais que Legrandin était lié avec plusieurs personnalités aristocratiques des environs, que peut-être il connaissait celle-ci, prenant mon courage, je lui dis : « Est-ce que vous connaissez, Monsieur, la… les châtelaines de Guermantes », heureux aussi en prononçant ce nom de prendre sur lui une sorte de pouvoir, par le seul fait de le tirer de mon rêve et de lui donner une existence objective et sonore.

Mais à ce nom de Guermantes, je vis au milieu des yeux bleus de notre ami se ficher une petite encoche brune comme s'ils venaient d'être percés par une pointe invisible, tandis que le reste de la prunelle réagissait en sécrétant des flots d'azur. Le cerne de sa paupière noircit, s'abaissa. Et sa bouche marquée d'un pli amer se ressaisissant plus vite sourit, tandis que le regard restait douloureux, comme celui d'un beau martyr dont le corps est hérissé de flèches : « Non, je ne les connais pas », dit-il, mais au lieu de donner à un renseignement aussi simple, à une réponse aussi peu surprenante le ton naturel et courant qui convenait, il le débita en appuyant sur les mots, en s'inclinant, en saluant de la tête, à la fois avec l'insistance qu'on apporte, pour être cru, à une affirmation invraisemblable – comme si ce fait qu'il ne connût pas les Guermantes ne pouvait être l'effet que d'un hasard singulier – et aussi avec l'emphase de quelqu'un qui, ne pouvant pas taire une situation qui lui est pénible, préfère la proclamer pour donner aux autres l'idée que l'aveu qu'il fait ne lui cause aucun embarras, est facile, agréable, spontané, que la situation elle-même – l'absence de relations avec les Guermantes – pourrait bien avoir été non pas subie, mais voulue par lui, résulter de quelque tradition de famille, principe de morale ou vœu mystique lui interdisant nommément la fréquentation des Guermantes. « Non, reprit-il, expliquant par ses paroles sa propre intonation, non, je ne les connais pas, je n'ai jamais voulu, j'ai toujours tenu à sauvegarder ma pleine indépendance ; au fond je suis une tête jacobine, vous le savez. Beaucoup de gens sont venus à la rescousse, on me disait que j'avais tort de ne pas aller à Guermantes, que je me donnais l'air d'un malotru, d'un vieil ours. Mais voilà une réputation qui n'est pas pour m'effrayer, elle est si vraie ! Au fond, je n'aime plus au monde que quelques églises, deux ou trois livres, à peine davantage de tableaux, et le clair de lune quand la brise de votre jeunesse apporte jusqu'à moi l'odeur des parterres que mes vieilles prunelles ne distinguent plus. » Je ne comprenais pas bien que pour ne pas aller chez des gens qu'on ne connaît pas, il fût nécessaire de tenir à son indépendance, et en quoi cela pouvait vous donner l'air d'un sauvage ou d'un ours. Mais ce que je comprenais c'est que Legrandin n'était pas tout à fait véridique quand il disait n'aimer que les églises, le clair de lune et la jeunesse ; il aimait beaucoup les gens des châteaux et se trouvait pris devant eux d'une si grande peur de leur déplaire qu'il n'osait pas leur laisser voir qu'il avait pour amis des bourgeois, des fils de notaires ou d'agents de change, préférant, si la vérité devait se découvrir, que ce fût en son absence, loin de lui et « par défaut » ; il était snob. Sans doute il ne disait jamais rien de tout cela dans le langage que mes parents et moi-même nous aimions tant. Et si je demandais : « Connaissez-vous les Guermantes ? », Legrandin le causeur répondait : « Non je n'ai jamais voulu les connaître. » Malheureusement il ne le répondait qu'en second, car un autre Legrandin qu'il cachait soigneusement au fond de lui, qu'il ne montrait pas, parce que ce Legrandin-là savait sur le nôtre, sur son snobisme, des histoires compromettantes, un autre Legrandin avait déjà répondu par la blessure du regard, par le rictus de la bouche, par la gravité excessive du ton de la réponse, par les mille flèches dont notre Legrandin s'était trouvé en un instant lardé et alangui comme un saint Sébastien du snobisme : « Hélas ! que vous me faites mal, non je ne connais pas les Guermantes, ne réveillez pas la grande douleur de ma vie. » Et comme ce Legrandin enfant terrible, ce Legrandin maître chanteur, s'il n'avait pas le joli langage de l'autre, avait le verbe infiniment plus prompt, composé de ce qu'on appelle « réflexes », quand Legrandin le causeur voulait lui imposer silence, l'autre avait déjà parlé et notre ami avait beau se désoler de la mauvaise impression que les révélations de son *alter ego* avaient dû produire, il ne pouvait qu'entreprendre de la pallier.

Et certes cela ne veut pas dire que M. Legrandin ne fût pas sincère quand il tonnait contre les snobs. Il ne pouvait pas savoir, au moins par lui-même, qu'il le fût, puisque nous ne connaissons jamais que les passions des autres, et que ce que nous arrivons à savoir des nôtres, ce n'est que d'eux que nous avons pu l'apprendre. Sur nous, elles n'agissent que d'une façon seconde, par l'imagination qui substitue aux premiers mobiles, des mobiles de relais qui sont plus décents. Jamais le snobisme de Legrandin ne lui conseillait d'aller voir souvent une duchesse. Il chargeait l'imagination de Legrandin de lui faire apparaître cette duchesse comme parée de toutes les grâces. Legrandin se rapprochait de la duchesse, s'estimant de céder à cet attrait de l'esprit et de la vertu qu'ignorent les infâmes snobs. Seuls les autres savaient qu'il en était un ; car grâce à l'incapacité où ils étaient de comprendre le travail intermédiaire de son imagination, ils voyaient en face l'une de l'autre l'activité mondaine de Legrandin et sa cause première.

Maintenant, à la maison, on n'avait plus aucune illusion sur M. Legrandin et nos relations avec lui s'étaient fort espacées. Maman s'amusait infiniment chaque fois qu'elle prenait Legrandin en flagrant délit du péché qu'il n'avouait pas, qu'il continuait à appeler le péché sans rémission, le snobisme. Mon père, lui, avait de la peine à prendre les dédains de Legrandin avec tant de détachement et de gaieté ; et quand on pensa une année à m'envoyer passer les grandes vacances à Balbec avec ma grand-mère, il dit : « Il faut absolument que j'annonce à Legrandin que vous irez à Balbec[139], pour voir s'il vous offrira de vous mettre en rapport avec sa sœur. Il ne doit pas se souvenir nous avoir dit qu'elle demeurait à deux kilomètres de là. » Ma grand-mère qui trouvait qu'aux bains de mer il faut être du matin au soir sur la plage à humer le sel et qu'on n'y doit connaître personne, parce que les visites, les promenades sont autant de pris sur l'air marin, demandait au contraire qu'on ne parlât pas de nos projets à Legrandin, voyant déjà sa sœur, Mme de Cambremer, débarquant à l'hôtel au moment où nous serions sur le point d'aller à la pêche et nous forçant à rester enfermés pour la recevoir. Mais maman riait de ses craintes, pensant à part elle que le danger n'était pas si menaçant, que Legrandin ne serait pas si pressé de nous mettre en relations avec sa sœur. Or, sans qu'on eût besoin de lui parler de Balbec, ce fut lui-même, Legrandin, qui, ne se doutant pas que nous eussions jamais l'intention d'aller de ce côté, vint se mettre dans le piège un soir où nous le rencontrâmes au bord de la Vivonne.

« Il y a dans les nuages ce soir des violets et des bleus bien beaux, n'est-ce pas, mon compagnon, dit-il à mon père, un bleu surtout plus floral qu'aérien, un bleu de cinéraire, qui surprend dans le ciel. Et ce petit nuage rose n'a-t-il pas aussi un teint de fleur, d'œillet ou d'hydrangea ? Il n'y a guère que dans la Manche, entre Normandie et Bretagne, que j'ai pu faire de plus riches observations sur cette sorte de règne végétal de l'atmosphère. Là-bas près de Balbec [140], près de ces lieux si sauvages, il y a une petite baie d'une douceur charmante où le coucher de soleil du pays d'Auge, le coucher de soleil rouge et or que je suis loin de dédaigner, d'ailleurs, est sans caractère, insignifiant ; mais dans cette atmosphère humide et douce s'épanouissent le soir en quelques instants de ces bouquets célestes, bleus et roses, qui sont incomparables et qui mettent souvent des heures à se faner. D'autres s'effeuillent tout de suite, et c'est alors plus beau encore de voir le ciel entier que jonche la dispersion d'innombrables pétales soufrés ou roses. Dans cette baie, dite d'opale, les plages d'or semblent plus douces encore pour être attachées comme de blondes Andromèdes à ces terribles rochers des côtes voisines [141], à ce rivage funèbre, fameux par tant de naufrages, où tous les hivers bien des barques trépassent au péril de la mer. Balbec ! la plus antique ossature géologique de notre sol, vraiment Ar-mor, la Mer, la fin de la terre, la région maudite qu'Anatole France [142] – un enchanteur que devrait lire notre petit ami – a si bien peinte, sous ses brouillards éternels, comme le véritable pays des Cimmériens, dans l'*Odyssée* [143]. De Balbec surtout, où déjà des hôtels se construisent, superposés au sol antique et charmant qu'ils n'altèrent pas, quel délice d'excursionner à deux pas dans ces régions primitives et si belles !

– Ah ! est-ce que vous connaissez quelqu'un à Balbec ? dit mon père. Justement ce petit-là doit y aller passer deux mois avec sa grand-mère et peut-être avec ma femme. »

Legrandin pris au dépourvu par cette question à un moment où ses yeux étaient fixés sur mon père, ne put les détourner, mais les attachant de seconde en seconde avec plus d'intensité – et tout en souriant tristement – sur les yeux de son interlocuteur, avec un air d'amitié et de franchise et de ne pas craindre de le regarder en face, il sembla lui avoir traversé la figure comme si elle fût devenue transparente, et voir en ce moment bien au-delà derrière elle un nuage vivement coloré qui lui créait un alibi mental et qui lui permettrait d'établir qu'au moment où on lui avait demandé s'il connaissait quelqu'un à Balbec, il pensait à autre chose et n'avait pas entendu la question. Habituellement de tels regards font dire à l'interlocuteur : « À quoi pensez-vous donc ? » Mais mon père curieux, irrité et cruel, reprit :

« Est-ce que vous avez des amis de ce côté-là, que vous connaissez si bien Balbec ? »

Dans un dernier effort désespéré, le regard souriant de Legrandin atteignit son maximum de tendresse, de vague, de sincérité et de distraction, mais, pensant sans doute qu'il n'y avait plus qu'à répondre, il nous dit :

« J'ai des amis partout où il y a des troupes d'arbres blessés, mais non vaincus, qui se sont rapprochés pour implorer ensemble avec une obstination pathétique un ciel inclément qui n'a pas pitié d'eux.

– Ce n'est pas cela que je voulais dire, interrompit mon père, aussi obstiné que les arbres et aussi impitoyable que le ciel. Je demandais pour le cas où il arriverait n'importe quoi à ma belle-mère et où elle aurait besoin de ne pas se sentir là-bas en pays perdu, si vous y connaissez du monde [144] ?

– Là comme partout, je connais tout le monde et je ne connais personne, répondit Legrandin qui ne se rendait pas si vite ; beaucoup les choses et fort peu les personnes. Mais les choses elles-mêmes y semblent des personnes, des personnes rares, d'une essence délicate et que la vie aurait déçues. Parfois c'est un castel que vous rencontrez sur la falaise, au bord du chemin où il s'est arrêté pour confronter son chagrin au soir encore rose où monte la lune d'or et dont les barques qui rentrent en striant l'eau diaprée hissent à leurs mâts la flamme et portent les couleurs ; parfois c'est une simple maison solitaire, plutôt laide, l'air timide mais romanesque, qui cache à tous les yeux quelque secret impérissable de bonheur et de désenchantement. Ce pays sans vérité, ajouta-t-il avec une délicatesse machiavélique, ce pays de pure fiction est d'une mauvaise lecture pour un enfant, et ce n'est certes pas lui que je choisirais et recommanderais pour mon petit ami déjà si enclin à la tristesse, pour son cœur prédisposé. Les climats de confidence amoureuse et de regret inutile peuvent convenir au vieux désabusé que je suis, ils sont toujours malsains pour un tempérament qui n'est pas formé. Croyez-moi, reprit-il avec insistance, les eaux de cette baie, déjà à moitié bretonne, peuvent exercer une action sédative, d'ailleurs discutable, sur un cœur qui n'est plus intact comme le mien, sur un cœur dont la lésion n'est plus compensée. Elles sont contre-indiquées à votre âge, petit garçon. Bonne nuit, voisins », ajouta-t-il en nous quittant avec cette brusquerie évasive dont il avait l'habitude et, se retournant vers nous avec un doigt levé de docteur, il résuma sa consultation : « Pas de

Balbec avant cinquante ans et encore cela dépend de l'état du cœur », nous cria-t-il.

Mon père lui en reparla dans nos rencontres ultérieures, le tortura de questions, ce fut peine inutile : comme cet escroc érudit qui employait à fabriquer de faux palimpsestes un labeur et une science dont la centième partie eût suffi à lui assurer une situation plus lucrative, mais honorable, M. Legrandin, si nous avions insisté encore, aurait fini par édifier toute une éthique de paysage et une géographie céleste de la basse Normandie, plutôt que de nous avouer qu'à deux kilomètres de Balbec habitait sa propre sœur, et d'être obligé à nous offrir une lettre d'introduction qui n'eût pas été pour lui un tel sujet d'effroi s'il avait été absolument certain – comme il aurait dû l'être en effet avec l'expérience qu'il avait du caractère de ma grand-mère – que nous n'en aurions pas profité.

*

*   * [145]

Nous rentrions toujours de bonne heure de nos promenades pour pouvoir faire une visite à ma tante Léonie avant le dîner. Au commencement de la saison où le jour finit tôt, quand nous arrivions rue du Saint-Esprit, il y avait encore un reflet du couchant sur les vitres de la maison et un bandeau de pourpre au fond des bois du Calvaire qui se reflétait plus loin dans l'étang, rougeur qui, accompagnée souvent d'un froid assez vif, s'associait, dans mon esprit, à la rougeur du feu au-dessus duquel rôtissait le poulet qui ferait succéder pour moi au plaisir poétique donné par la promenade, le plaisir de la gourmandise, de la chaleur et du repos. Dans l'été au contraire, quand nous rentrions, le soleil ne se couchait pas encore ; et pendant la visite que nous faisions chez ma tante Léonie, sa lumière qui s'abaissait et touchait la fenêtre était arrêtée entre les grands rideaux et les embrasses, divisée, ramifiée, filtrée, et incrustant de petits morceaux d'or le bois de citronnier de la commode, illuminait obliquement la chambre avec la délicatesse qu'elle prend dans les sous-bois. Mais certains jours fort rares, quand nous rentrions, il y avait bien longtemps que la commode avait perdu ses incrustations momentanées, il n'y avait plus quand nous arrivions rue du Saint-Esprit nul reflet de couchant étendu sur les vitres, et l'étang au pied du calvaire avait perdu sa rougeur, quelquefois il était déjà couleur d'opale et un long rayon de lune qui allait en s'élargissant et se fendillait de toutes les rides de l'eau le traversait tout entier. Alors, en arrivant près de la maison, nous apercevions une forme sur le pas de la porte et maman me disait :

« Mon Dieu ! voilà Françoise qui nous guette, ta tante est inquiète ; aussi nous rentrons trop tard. »

Et sans avoir pris le temps d'enlever nos affaires, nous montions vite chez ma tante Léonie pour la rassurer et lui montrer que, contrairement à ce qu'elle imaginait déjà, il ne nous était rien arrivé, mais que nous étions allés « du côté de Guermantes » et, dame, quand on faisait cette promenade-là, ma tante savait pourtant bien qu'on ne pouvait jamais être sûr de l'heure à laquelle on serait rentré.

« Là, Françoise, disait ma tante, quand je vous le disais, qu'ils seraient allés du côté de Guermantes ! Mon Dieu ! ils doivent avoir une faim ! et votre gigot qui doit être tout desséché après ce qu'il a attendu. Aussi est-ce une heure pour rentrer ! comment, vous êtes allés du côté de Guermantes !

– Mais je croyais que vous le saviez, Léonie, disait maman. Je pensais que Françoise nous avait vus sortir par la petite porte du potager. »

Car il y avait autour de Combray deux « côtés » pour les promenades, et si opposés qu'on ne sortait pas en effet de chez nous par la même porte, quand on voulait aller d'un côté ou de l'autre : le côté de Méséglise-la-Vineuse [146], qu'on appelait aussi le côté de chez Swann parce qu'on passait devant la propriété de M. Swann pour aller par là, et le côté de Guermantes. De Méséglise-la-Vineuse, à vrai dire, je n'ai jamais connu que le « côté » et des gens étrangers qui venaient le dimanche se promener à Combray, des gens que, cette fois, ma tante elle-même et nous tous ne « connaissions point » et qu'à ce signe on tenait pour « des gens qui seront venus de Méséglise ». Quant à Guermantes je devais un jour en connaître davantage, mais bien plus tard seulement ; et pendant toute mon adolescence, si Méséglise était pour moi quelque chose d'inaccessible comme l'horizon, dérobé à la vue, si loin qu'on allât, par les plis d'un terrain qui ne ressemblait déjà plus à celui de Combray, Guermantes lui ne m'est apparu que comme le terme plutôt idéal que réel de son propre « côté », une sorte d'expression géographique abstraite comme la ligne de l'équateur, comme le pôle, comme l'orient[147]. Alors, « prendre par Guermantes » pour aller à Méséglise, ou le contraire, m'eût semblé une expression aussi dénuée de sens que prendre par l'est pour aller à l'ouest. Comme mon père parlait toujours du côté de Méséglise comme de la plus belle vue de plaine qu'il connût et du côté de Guermantes comme du type de paysage de rivière, je leur donnais, en les concevant ainsi comme deux entités, cette cohésion, cette unité qui n'appartiennent qu'aux créations de notre esprit ; la moindre parcelle de chacun d'eux me semblait précieuse et manifester leur excellence particulière, tandis qu'à côté d'eux, avant qu'on fût arrivé sur le sol sacré de l'un ou de l'autre, les chemins purement matériels au milieu desquels ils étaient posés comme l'idéal de la vue de plaine et l'idéal du paysage de rivière, ne valaient pas plus la peine d'être regardés que par le spectateur épris d'art dramatique, les petites rues qui avoisinent un théâtre. Mais surtout je mettais entre eux, bien plus que leurs distances kilométriques la distance qu'il y avait entre les deux parties de mon cerveau où je pensais à eux, une de ces distances dans l'esprit qui ne font pas qu'éloigner, qui séparent et mettent dans un autre plan. Et cette démarcation était rendue plus absolue encore parce que cette habitude que nous avions de n'aller jamais vers les deux côtés un même jour, dans une seule promenade, mais une fois du côté de Méséglise, une fois du côté de Guermantes, les enfermait pour ainsi dire loin l'un de l'autre, inconnaissables l'un à l'autre, dans les vases clos et sans communication entre eux, d'après-midi différents [148].

Quand on voulait aller du côté de Méséglise, on sortait (pas trop tôt et même si le ciel était couvert, parce que la promenade n'était pas bien longue et n'entraînait pas trop) comme pour aller n'importe où, par la grande porte de la maison de ma tante sur la rue du Saint-Esprit. On était salué par l'armurier, on jetait ses lettres à la boîte, on disait en passant à Théodore, de la part de Françoise, qu'elle n'avait plus d'huile ou de café, et l'on sortait de la ville par le chemin qui passait le long de la barrière blanche du parc de M. Swann [149]. Avant d'y arriver, nous rencontrions, venue au-devant des étrangers, l'odeur de ses lilas. Eux-mêmes, d'entre les petits cœurs verts et frais de leurs feuilles, levaient curieusement au-dessus de la barrière du parc, leurs panaches de plumes mauves ou blanches que lustrait, même à l'ombre, le soleil où elles avaient baigné. Quelques-uns, à demi cachés par la petite maison en tuiles appelée maison des Archers, où logeait le gardien, dépassaient son pignon gothique de leur rose minaret. Les Nymphes du printemps eussent semblé vulgaires, auprès de ces jeunes houris qui gardaient dans ce jardin français les tons vifs et purs des miniatures de la Perse [150]. Malgré mon désir d'enlacer leur taille souple et d'attirer à moi les boucles étoilées de leur tête odorante, nous passions sans nous arrêter, mes parents n'allant plus à Tansonville [151] depuis le mariage de Swann, et, pour ne pas avoir l'air de regarder dans le parc, au lieu de prendre le chemin qui longe sa clôture et qui monte directement aux champs, nous en prenions un autre qui y conduit aussi, mais obliquement, et nous faisait déboucher trop loin. Un jour, mon grand-père dit à mon père :

« Vous rappelez-vous que Swann a dit hier que comme sa femme et sa fille partaient pour Reims [152], il en profiterait pour aller passer vingt-quatre heures à Paris ? Nous pourrions longer le parc, puisque ces dames ne sont pas là, cela nous abrégerait d'autant [153]. »

Nous nous arrêtâmes un moment devant la barrière. Le temps des lilas approchait de sa fin ; quelques-uns effusaient encore en hauts lustres mauves les bulles délicates de leurs fleurs, mais dans bien des parties du feuillage où déferlait, il y avait seulement une semaine, leur mousse embaumée, se flétrissait, diminuée et noircie, une écume creuse, sèche et sans parfum. Mon grand-père montrait à mon père en quoi l'aspect des lieux était resté le même, et en quoi il avait changé, depuis la promenade qu'il avait faite avec M. Swann le jour de la mort de sa femme, et il saisit cette occasion pour raconter cette promenade une fois de plus.

Devant nous, une allée bordée de capucines montait en plein soleil vers le château. À droite, au contraire, le parc s'étendait en terrain plat. Obscurcie par l'ombre des grands arbres qui l'entouraient, une pièce d'eau avait été creusée par les parents de Swann ; mais dans ses créations les plus factices, c'est sur la nature que l'homme travaille ; certains lieux font toujours régner autour d'eux leur empire particulier, arborent leurs insignes immémoriaux au milieu d'un parc comme ils auraient fait loin de toute intervention humaine, dans une solitude qui revient partout les entourer, surgie des nécessités de leur exposition et superposée à l'œuvre humaine. C'est ainsi qu'au pied de l'allée qui dominait l'étang artificiel, s'était composée sur deux rangs, tressés de fleurs de myosotis et de pervenches, la couronne naturelle, délicate et bleue qui ceint le front clair-obscur des eaux, et que le glaïeul, laissant fléchir ses glaives avec un abandon royal, étendait sur l'eupatoire et la grenouillette [154] au pied mouillé, les fleurs de lis en lambeaux, violettes et jaunes, de son sceptre lacustre.

Le départ de Mlle Swann qui – en m'ôtant la chance terrible de la voir apparaître dans une allée, d'être connu et méprisé par la petite fille privilégiée qui avait Bergotte pour ami et allait avec lui visiter des cathédrales – me rendait la contemplation de Tansonville indifférente la première fois où elle m'était permise, semblait au contraire ajouter à cette propriété, aux yeux de mon grand-père et de mon père, des commodités, un agrément passager, et, comme fait, pour une excursion en pays de montagnes, l'absence de tout nuage, rendre cette journée exceptionnellement propice à une promenade de ce côté ; J'aurais voulu que leurs calculs fussent déjoués, qu'un miracle fît apparaître Mlle Swann avec son père, si près de nous, que nous n'aurions pas le temps de l'éviter et serions obligés de faire sa connaissance. Aussi, quand tout d'un coup, j'aperçus sur l'herbe, comme un signe de sa présence possible, un couffin oublié à côté d'une ligne dont le bouchon flottait sur l'eau, je m'empressai de détourner d'un autre côté, les regards de mon père et de mon grand-père. D'ailleurs Swann nous ayant dit que c'était mal à lui de s'absenter, car il avait pour le moment de la famille à demeure, la ligne pouvait appartenir à quelque invité. On n'entendait aucun bruit de pas dans les allées. Divisant la hauteur d'un arbre incertain, un invisible oiseau s'ingéniant à faire trouver la journée courte, explorait d'une note prolongée, la solitude environnante, mais il recevait d'elle une réplique si unanime, un choc en retour si redoublé de silence et d'immobilité qu'on aurait dit qu'il venait d'arrêter pour toujours l'instant qu'il avait cherché à faire passer plus vite. La lumière tombait si implacable du ciel devenu fixe que l'on aurait voulu se soustraire à son attention, et l'eau dormante elle-même, dont des insectes irritaient perpétuellement le sommeil, rêvant sans doute de quelque Maelstrom imaginaire, augmentait le trouble où m'avait jeté la vue du flotteur de liège en semblant l'entraîner à toute vitesse sur les étendues silencieuses du ciel reflété ; presque vertical il paraissait prêt à plonger et déjà je me demandais, si, sans tenir compte du désir et de la crainte que j'avais de la connaître, je n'avais pas le devoir de faire prévenir Mlle Swann que le poisson mordait – quand il me fallut rejoindre en courant mon père et mon grand-père qui m'appelaient, étonnés que je ne les eusse pas suivis dans le petit chemin qui monte vers les champs et où ils s'étaient engagés. Je le trouvai tout bourdonnant de l'odeur des aubépines. La haie formait comme une suite de chapelles qui disparaissaient sous la jonchée de leurs fleurs amoncelées en reposoir ; au-dessous d'elles, le soleil posait à terre un quadrillage de clarté, comme s'il venait de traverser une verrière ; leur parfum s'étendait aussi onctueux, aussi délimité en sa forme que si j'eusse été devant l'autel de la Vierge, et les fleurs, aussi parées, tenaient chacune d'un air distrait son étincelant bouquet d'étamines, fines et rayonnantes nervures de style flamboyant comme celles qui à l'église ajouraient la rampe du jubé ou les meneaux du vitrail et qui s'épanouissaient en blanche chair de fleur de fraisier. Combien naïves et paysannes en comparaison sembleraient les églantines qui, dans quelques semaines, monteraient elles aussi en plein soleil le même chemin rustique, en la soie unie de leur corsage rougissant qu'un souffle défait [155].

Mais j'avais beau rester devant les aubépines à respirer, à porter devant ma pensée qui ne savait ce qu'elle devait en faire, à perdre, à retrouver leur invisible et fixe odeur, à m'unir au rythme qui jetait leurs fleurs, ici et là, avec une allégresse juvénile et à des intervalles inattendus comme certains intervalles musicaux, elles m'offraient indéfiniment le même charme avec une profusion inépuisable, mais sans me le laisser approfondir davantage, comme ces mélodies qu'on rejoue cent fois de suite sans descendre plus avant dans leur secret. Je me détournais d'elles un moment, pour les aborder ensuite avec des forces plus fraîches. Je poursuivais jusque sur le talus qui, derrière la haie, montait en pente raide vers les champs, quelque coquelicot perdu, quelques bleuets restés paresseusement en arrière, qui le décoraient çà et là de leurs fleurs comme la bordure d'une tapisserie où apparaît clairsemé le motif agreste qui triomphera sur le panneau ; rares encore, espacés comme les maisons isolées qui annoncent déjà l'approche d'un village, ils m'annonçaient l'immense étendue où déferlent les blés, où moutonnent les nuages, et la vue d'un seul coquelicot hissant au bout de son cordage et faisant cingler au vent sa flamme rouge [156], au-dessus de sa bouée graisseuse et noire, me faisait battre le cœur, comme au voyageur qui aperçoit sur une terre basse une première barque échouée que répare un calfat, et s'écrie, avant de l'avoir encore vue : « La Mer ! »

Puis je revenais devant les aubépines comme devant ces chefs-d'œuvre dont on croit qu'on saura mieux les voir quand on a cessé un moment de les regarder, mais j'avais beau me faire un écran de mes mains pour n'avoir qu'elles sous les yeux, le sentiment qu'elles éveillaient en moi restait obscur et vague, cherchant en vain à se dégager, à venir adhérer à leurs fleurs. Elles ne m'aidaient pas à l'éclaircir, et je ne pouvais demander à d'autres fleurs de le satisfaire. Alors me donnant cette joie que nous éprouvons quand nous voyons de notre peintre préféré une œuvre qui diffère de celles que nous connaissions, ou bien si l'on nous mène devant un tableau dont nous n'avions vu jusque-là qu'une esquisse au crayon, si un morceau entendu seulement au piano nous apparaît ensuite revêtu des couleurs de l'orchestre, mon grand-père, m'appelant et me désignant la haie de Tansonville, me dit : « Toi qui aimes les aubépines, regarde un peu cette épine rose ; est-elle jolie ! » En effet c'était une épine, mais rose, plus belle encore que les blanches [157]. Elle aussi avait une parure de fête – de ces seules vraies fêtes que sont les fêtes religieuses, puisqu'un caprice contingent ne les applique pas comme les fêtes mondaines à un jour quelconque qui ne leur est pas spécialement destiné, qui n'a rien d'essentiellement férié – mais une parure plus riche encore, car les fleurs attachées sur la branche, les unes au-dessus des autres, de manière à ne laisser aucune place qui ne fût décorée, comme des pompons qui enguirlandent une houlette rococo, étaient « en couleur », par conséquent d'une qualité supérieure, selon l'esthétique de Combray, si l'on en jugeait par l'échelle des prix dans le « magasin » de la Place, ou chez Camus où étaient plus chers ceux des biscuits qui étaient roses. Moi-même j'appréciais plus le fromage à la crème rose, celui où l'on m'avait permis d'écraser des fraises [158]. Et justement ces fleurs avaient choisi une de ces teintes de chose mangeable, ou de tendre embellissement à une toilette pour une grande fête, qui, parce qu'elles leur présentent la raison de leur supériorité, sont celles qui semblent belles avec le plus d'évidence aux yeux des enfants, et à cause de cela, gardent toujours pour eux quelque chose de plus vif et de plus naturel que les autres teintes, même lorsqu'ils ont compris qu'elles ne promettaient rien à leur gourmandise et n'avaient pas été choisies par la couturière. Et certes, je l'avais tout de suite senti, comme devant les épines blanches mais avec plus d'émerveillement, que ce n'était pas facticement, par un artifice de fabrication humaine, qu'était traduite l'intention de festivité dans les fleurs, mais que c'était la nature qui, spontanément, l'avait exprimée avec la naïveté d'une commerçante de village travaillant pour un reposoir, en surchargeant l'arbuste de ces rosettes d'un ton trop tendre et d'un pompadour provincial. Au haut des branches, comme autant de ces petits rosiers aux pots cachés dans des papiers en dentelles, dont aux grandes fêtes on faisait rayonner sur l'autel les minces fusées, pullulaient mille petits boutons d'une teinte plus pâle qui, en s'entrouvrant, laissaient voir, comme au fond d'une coupe de marbre rose, de rouges sanguines et trahissaient plus encore que les fleurs, l'essence particulière, irrésistible, de l'épine, qui, partout où elle bourgeonnait, où elle allait fleurir, ne le pouvait qu'en rose. Intercalé dans la haie, mais aussi différent d'elle qu'une jeune fille en robe de fête au milieu de personnes en négligé qui resteront à la maison, tout prêt pour le mois de Marie, dont il semblait faire partie déjà, tel brillait en souriant dans sa fraîche toilette rose, l'arbuste catholique et délicieux.

La haie laissait voir à l'intérieur du parc une allée bordée de jasmins, de pensées et de verveines entre lesquelles des giroflées ouvraient leur bourse fraîche, du rose odorant et passé d'un cuir ancien de Cordoue, tandis que sur le gravier un long tuyau d'arrosage peint en vert, déroulant ses circuits, dressait aux points où il était percé au-dessus des fleurs dont il imbibait les parfums, l'éventail vertical et prismatique de ses gouttelettes multicolores. Tout à coup, je m'arrêtai, je ne pus plus bouger, comme il arrive quand une vision ne s'adresse pas seulement à nos regards, mais requiert des perceptions plus profondes et dispose de notre être tout entier. Une fillette d'un blond roux qui avait l'air de rentrer de promenade et tenait à la main une bêche de jardinage, nous regardait, levant son visage semé de taches roses. Ses yeux noirs brillaient et comme je ne savais pas alors, ni ne l'ai appris depuis, réduire en ses éléments objectifs une impression forte, comme je n'avais pas, ainsi qu'on dit, assez « d'esprit d'observation » pour dégager la notion de leur couleur, pendant longtemps, chaque fois que je repensai à elle, le souvenir de leur éclat se présentait aussitôt à moi comme celui d'un vif azur, puisqu'elle était blonde : de sorte que, peut-être si elle n'avait pas eu des yeux aussi noirs – ce qui frappait tant la première fois qu'on la voyait – je n'aurais pas été, comme je le fus, plus particulièrement amoureux, en elle, de ses yeux bleus.

Je la regardais, d'abord de ce regard qui n'est pas que le porte-parole des yeux, mais à la fenêtre duquel se penchent tous les sens, anxieux et pétrifiés, le regard qui voudrait toucher, capturer, emmener le corps qu'il regarde et l'âme avec lui ; puis tant j'avais peur que d'une seconde à l'autre mon grand-père et mon père, apercevant cette jeune fille, me fissent éloigner en me disant de courir un peu devant eux, d'un second regard, inconsciemment supplicateur, qui tâchait de la forcer à faire attention à moi, à me connaître ! Elle jeta en avant et de côté ses pupilles pour prendre connaissance de mon grand-père et de mon père, et sans doute l'idée qu'elle en rapporta fut celle que nous étions ridicules, car elle se détourna et d'un air indifférent et dédaigneux, se plaça de côté pour épargner à son visage d'être dans leur champ visuel ; et tandis que continuant à marcher et ne l'ayant pas aperçue, ils m'avaient dépassé, elle laissa ses regards filer de toute leur longueur dans ma direction, sans expression particulière, sans avoir l'air de me voir, mais avec une fixité et un sourire dissimulé, que je ne pouvais interpréter d'après les notions que l'on m'avait données sur la bonne éducation, que comme une preuve d'outrageant mépris ; et sa main esquissait en même temps un geste indécent, auquel quand il était adressé en public à une personne qu'on ne connaissait pas, le petit dictionnaire de civilité que je portais en moi ne donnait qu'un seul sens, celui d'une intention insolente.

« Allons, Gilberte, viens ; qu'est-ce que tu fais », cria d'une voix perçante et autoritaire une dame en blanc que je n'avais pas vue, et à quelque distance de laquelle un monsieur habillé de coutil et que je ne connaissais pas, fixait sur moi des yeux qui lui sortaient de la tête ; et cessant brusquement de sourire, la jeune fille prit sa bêche et s'éloigna sans se retourner de mon côté, d'un air docile, impénétrable et sournois.

Ainsi passa près de moi ce nom de Gilberte, donné comme un talisman qui me permettrait peut-être de retrouver un jour celle dont il venait de faire une personne et qui, l'instant d'avant, n'était qu'une image incertaine. Ainsi passa-t-il, proféré au-dessus des jasmins et des giroflées, aigre et frais comme les gouttes de l'arrosoir vert ; imprégnant, irisant la zone d'air pur qu'il avait traversée – et qu'il isolait – du mystère de la vie de celle qu'il désignait pour les êtres heureux qui vivaient, qui voyageaient avec elle ; déployant sous l'épinier rose, à hauteur de mon épaule, la quintessence de leur familiarité, pour moi si douloureuse, avec elle, avec l'inconnu de sa vie où je n'entrerais pas.

Un instant (tandis que nous nous éloignions et que mon grand-père murmurait : « Ce pauvre Swann, quel rôle ils lui font jouer : on le fait partir pour qu'elle reste seule avec son Charlus [159], car c'est lui, je l'ai reconnu ! Et cette petite, mêlée à toute cette infamie ! ») l'impression laissée en moi par le ton despotique avec lequel la mère de Gilberte lui avait parlé sans qu'elle répliquât, en me la montrant comme forcée d'obéir à quelqu'un, comme n'étant pas supérieure à tout, calma un peu ma souffrance, me rendit quelque espoir et diminua mon amour. Mais bien vite cet amour s'éleva de nouveau en moi comme une réaction par quoi mon cœur humilié voulait se mettre de niveau avec Gilberte ou l'abaisser jusqu'à lui. Je l'aimais, je regrettais de ne pas avoir eu le temps et l'inspiration de l'offenser, de lui faire mal, et de la forcer à se souvenir de moi. Je la trouvais si belle que j'aurais voulu pouvoir revenir sur mes pas, pour lui crier en haussant les épaules : « Comme je vous trouve laide, grotesque, comme vous me répugnez ! » Cependant je m'éloignais, emportant pour toujours, comme premier type d'un bonheur inaccessible aux enfants de mon espèce de par des lois naturelles impossibles à transgresser, l'image d'une petite fille rousse [160], à la peau semée de taches roses, qui tenait une bêche et qui riait en laissant filer sur moi de longs regards sournois et inexpressifs. Et déjà le charme dont son nom avait encensé cette place sous les épines roses où il avait été entendu ensemble par elle et par moi, allait gagner, enduire, embaumer, tout ce qui l'approchait, ses grands-parents que les miens avaient eu l'ineffable bonheur de connaître, la sublime profession d'agent de change, le douloureux quartier des Champs-Élysées qu'elle habitait à Paris.

« Léonie, dit mon grand-père en rentrant, j'aurais voulu t'avoir avec nous tantôt. Tu ne reconnaîtrais pas Tansonville. Si j'avais osé, je t'aurais coupé une branche de ces épines roses que tu aimais tant. » Mon grand-père racontait ainsi notre promenade à ma tante Léonie, soit pour la distraire, soit qu'on n'eût pas perdu tout espoir d'arriver à la faire sortir. Or elle aimait beaucoup autrefois cette propriété, et d'ailleurs les visites de Swann avaient été les dernières qu'elle avait reçues, alors qu'elle fermait déjà sa porte à tout le monde. Et de même que quand il venait maintenant prendre de ses nouvelles (elle était la seule personne de chez nous qu'il demandât encore à voir), elle lui faisait répondre qu'elle était fatiguée, mais qu'elle le laisserait entrer la prochaine fois, de même elle dit ce soir-là : « Oui, un jour qu'il fera beau, j'irai en voiture jusqu'à la porte du parc. » C'est sincèrement qu'elle le disait. Elle eût aimé revoir Swann et Tansonville ; mais le désir qu'elle en avait suffisait à ce qui lui restait de forces ; sa réalisation les eût excédées. Quelquefois le beau temps lui rendait un peu de vigueur, elle se levait, s'habillait ; la fatigue commençait avant qu'elle fût passée dans l'autre chambre et elle réclamait son lit. Ce qui avait commencé pour elle – plus tôt seulement que cela n'arrive d'habitude – c'est ce grand renoncement de la vieillesse qui se prépare à la mort, s'enveloppe dans sa chrysalide, et qu'on peut observer, à la fin des vies qui se prolongent tard, même entre les anciens amants qui se sont le plus aimés, entre les amis unis par les liens les plus spirituels et qui à partir d'une certaine année cessent de faire le voyage ou la sortie nécessaire pour se voir, cessent de s'écrire et savent qu'ils ne communiqueront plus en ce monde. Ma tante devait parfaitement savoir qu'elle ne reverrait pas Swann, qu'elle ne quitterait plus jamais la maison, mais cette réclusion définitive devait lui être rendue assez aisée pour la raison même qui selon nous aurait dû la lui rendre plus douloureuse : c'est que cette réclusion lui était imposée par la diminution qu'elle pouvait constater chaque jour dans ses forces, et qui, en faisant de chaque action, de chaque mouvement, une fatigue, sinon une souffrance, donnait pour elle à l'inaction, à l'isolement, au silence, la douceur réparatrice et bénie du repos.

Ma tante n'alla pas voir la haie d'épines roses, mais à tous moments je demandais à mes parents si elle n'irait pas, si autrefois elle allait souvent à Tansonville, tâchant de les faire parler des parents et grands-parents de

Mlle Swann qui me semblaient grands comme des dieux. Ce nom, devenu pour moi presque mythologique, de Swann, quand je causais avec mes parents, je languissais du besoin de le leur entendre dire, je n'osais pas le prononcer moi-même, mais je les entraînais sur des sujets qui avoisinaient Gilberte et sa famille, qui la concernaient, où je ne me sentais pas exilé trop loin d'elle ; et je contraignais tout d'un coup mon père, en feignant de croire par exemple que la charge de mon grand-père avait été déjà avant lui dans notre famille, ou que la haie d'épines roses que voulait voir ma tante Léonie se trouvait en terrain communal, à rectifier mon assertion, à me dire, comme malgré moi, comme de lui-même : « Mais non, cette charge-là était au père de *Swann*, cette haie fait partie du parc de *Swann.* » Alors j'étais obligé de reprendre ma respiration, tant, en se posant sur la place où il était toujours écrit en moi, pesait à m'étouffer ce nom qui, au moment où je l'entendais, me paraissait plus plein que tout autre, parce qu'il était lourd de toutes les fois où, d'avance, je l'avais mentalement proféré. Il me causait un plaisir que j'étais confus d'avoir osé réclamer à mes parents, car ce plaisir était si grand qu'il avait dû exiger d'eux pour qu'ils me le procurassent beaucoup de peine, et sans compensation, puisqu'il n'était pas un plaisir pour eux. Aussi je détournais la conversation par discrétion. Par scrupule aussi. Toutes les séductions singulières que je mettais dans ce nom de Swann, je les retrouvais en lui dès qu'ils le prononçaient. Il me semblait alors tout d'un coup que mes parents ne pouvaient pas ne pas les ressentir, qu'ils se trouvaient placés à mon point de vue, qu'ils apercevaient à leur tour, absolvaient, épousaient mes rêves, et j'étais malheureux comme si je les avais vaincus et dépravés.

Cette année-là, quand, un peu plus tôt que d'habitude, mes parents eurent fixé le jour de rentrer à Paris, le matin du départ, comme on m'avait fait friser pour être photographié, coiffer avec précaution un chapeau que je n'avais encore jamais mis et revêtir une douillette de velours, après m'avoir cherché partout, ma mère me trouva en larmes dans le petit raidillon, contigu à Tansonville, en train de dire adieu aux aubépines, entourant de mes bras les branches piquantes, et, comme une princesse de tragédie à qui pèseraient ces vains ornements, ingrat envers l'importune main qui en formant tous ces nœuds avait pris soin sur mon front d'assembler mes cheveux [161], foulant aux pieds mes papillotes arrachées et mon chapeau neuf. Ma mère ne fut pas touchée par mes larmes, mais elle ne put retenir un cri à la vue de la coiffe défoncée et de la douillette perdue. Je ne l'entendis pas : « Ô mes pauvres petites aubépines, disais-je en pleurant, ce n'est pas vous qui voudriez me faire du chagrin, me forcer à partir. Vous, vous ne m'avez jamais fait de peine ! Aussi je vous aimerai toujours. » Et, essuyant mes larmes, je leur promettais, quand je serais grand, de ne pas imiter la vie insensée des autres hommes et, même à Paris, les jours de printemps, au lieu d'aller faire des visites et écouter des niaiseries, de partir dans la campagne voir les premières aubépines [162].

Une fois dans les champs, on ne les quittait plus pendant tout le reste de la promenade qu'on faisait du côté de Méséglise. Ils étaient perpétuellement parcourus, comme par un chemineau invisible, par le vent qui était pour moi le génie particulier de Combray. Chaque année [163], le jour de notre arrivée, pour sentir que j'étais bien à Combray, je montais le retrouver qui courait dans les sayons et me faisait courir à sa suite. On avait toujours le vent à côté de soi du côté de Méséglise, sur cette plaine bombée où pendant des lieues il ne rencontre aucun accident de terrain. Je savais que Mlle Swann allait souvent à Laon [164] passer quelques jours et, bien que ce fût à plusieurs lieues, la distance se trouvant compensée par l'absence de tout obstacle, quand, par les chauds après-midi, je voyais un même souffle, venu de l'extrême horizon, abaisser les blés les plus éloignés, se propager comme un flot, sur toute l'immense étendue et venir se coucher, murmurant et tiède, parmi les sainfoins et les trèfles, à mes pieds, cette plaine qui nous était commune à tous deux semblait nous rapprocher, nous unir, je pensais que ce souffle avait passé auprès d'elle, que c'était quelque message d'elle qu'il me chuchotait sans que je pusse le comprendre, et je l'embrassais au passage. À gauche était un village qui s'appelait Champieu (*Campus Pagani*, selon le curé) [165]. Sur la droite, on apercevait par-delà les blés les deux clochers ciselés et rustiques de Saint-André-des-Champs, eux-mêmes effilés, écailleux, imbriqués d'alvéoles, guillochés, jaunissants et grumeleux, comme deux épis.

À intervalles symétriques, au milieu de l'inimitable ornementation de leurs feuilles qu'on ne peut confondre avec la feuille d'aucun autre arbre fruitier, les pommiers ouvraient leurs larges pétales de satin blanc ou suspendaient les timides bouquets de leurs rougissants boutons. C'est du côté de Méséglise que j'ai remarqué pour la première fois l'ombre ronde que les pommiers font sur la terre ensoleillée, et aussi ces soies d'or impalpable que le couchant tisse obliquement sous les feuilles, et que je voyais mon père interrompre de sa canne sans les faire jamais dévier.

Parfois dans le ciel de l'après-midi passait la lune blanche comme une nuée, furtive, sans éclat, comme une actrice dont ce n'est pas l'heure de jouer et qui, de la salle, en toilette de ville, regarde un moment ses camarades, s'effaçant, ne voulant pas qu'on fasse attention à elle. J'aimais à retrouver son image dans des tableaux et dans des livres, mais ces œuvres d'art étaient bien différentes – du moins pendant les premières années, avant que Bloch eût accoutumé mes yeux et ma pensée à des harmonies plus subtiles – de celles où la lune me paraîtrait belle aujourd'hui et où je ne l'eusse pas reconnue alors. C'était, par exemple, quelque roman de Saintine [166], un paysage de Gleyre où elle découpe nettement sur le ciel une faucille d'argent, de ces œuvres naïvement incomplètes comme étaient mes propres impressions et que les sœurs de ma grand-mère s'indignaient de me voir aimer. Elles pensaient qu'on doit mettre devant les enfants, et qu'ils font preuve de goût en aimant d'abord, les œuvres que, parvenu à la maturité, on admire définitivement. C'est sans doute qu'elles se figuraient les mérites esthétiques comme des objets matériels qu'un œil ouvert ne peut faire autrement que de percevoir, sans avoir eu besoin d'en mûrir lentement des équivalents dans son propre cœur.

C'est du côté de Méséglise, à Montjouvain, maison située au bord d'une grande mare et adossée à un talus buissonneux que demeurait M. Vinteuil. Aussi croisait-on souvent sur la route sa fille, conduisant un buggy à toute allure. À partir d'une certaine année on ne la rencontra plus seule, mais avec une amie plus âgée, qui avait mauvaise réputation dans le pays et qui un jour s'installa définitivement à Montjouvain. On disait : « Faut-il que ce pauvre M. Vinteuil soit aveuglé par la tendresse pour ne pas s'apercevoir de ce qu'on raconte, et permettre à sa fille, lui qui se scandalise d'une parole *déplacée*, de faire vivre sous son toit une femme pareille. Il dit que c'est une femme supérieure, un grand cœur et qu'elle aurait eu des dispositions extraordinaires pour la musique si elle les avait cultivées. Il peut être sûr que ce n'est pas de musique qu'elle s'occupe avec sa fille. » M. Vinteuil le disait ; et il est en effet remarquable combien une personne excite toujours d'admiration pour ses qualités morales chez les parents de toute autre personne avec qui elle a des relations charnelles. L'amour physique, si injustement décrié, force tellement tout être à manifester jusqu'aux moindres parcelles qu'il possède de bonté, d'abandon de soi, qu'elles resplendissent jusqu'aux yeux de l'entourage immédiat. Le docteur Percepied à qui sa grosse voix et ses gros sourcils permettaient de tenir tant qu'il voulait le rôle de perfide dont il n'avait pas le physique, sans compromettre en rien sa réputation inébranlable et imméritée de bourru bienfaisant, savait faire rire aux larmes le curé et tout le monde en disant d'un ton rude : « Hé bien ! il paraît qu'elle fait de la musique avec son amie, Mlle Vinteuil. Ça a l'air de vous étonner. Moi je sais pas. C'est le père Vinteuil qui m'a encore dit ça hier. Après tout, elle a bien le droit d'aimer la musique, c'te fille. Moi je ne suis pas pour [167] contrarier les vocations artistiques des enfants, Vinteuil non plus à ce qu'il paraît. Et puis lui aussi il fait de la musique avec l'amie de sa fille. Ah ! sapristi on en fait une musique dans c'te boîte-là. Mais qu'est-ce que vous avez à rire ; mais ils font trop de musique ces gens. L'autre jour j'ai rencontré le père Vinteuil près du cimetière. Il ne tenait pas sur ses jambes. »

Pour ceux qui comme nous virent à cette époque M. Vinteuil éviter les personnes qu'il connaissait, se détourner quand il les apercevait, vieillir en quelques mois, s'absorber dans son chagrin, devenir incapable de tout effort qui n'avait pas directement le bonheur de sa fille pour but, passer des journées entières devant la tombe de sa femme, il eût été difficile de ne pas comprendre qu'il était en train de mourir de chagrin, et de supposer qu'il ne se rendait pas compte des propos qui couraient. Il les connaissait, peut-être même y ajoutait-il foi. Il n'est peut-être pas une personne, si grande que soit sa vertu, que la complexité des circonstances ne puisse amener à vivre un jour dans la familiarité du vice qu'elle condamne le plus formellement – sans qu'elle le reconnaisse d'ailleurs tout à fait sous le déguisement de faits particuliers qu'il revêt pour entrer en contact avec elle et la faire souffrir : paroles bizarres, attitude inexplicable, un certain soir, de tel être qu'elle a par ailleurs tant de raisons pour aimer. Mais pour un homme comme M. Vinteuil il devait entrer bien plus de souffrance que pour un autre dans la résignation à une de ces situations qu'on croit à tort être l'apanage exclusif du monde de la bohème : elles se produisent chaque fois qu'a besoin de se réserver la place et la sécurité qui lui sont nécessaires, un vice que la nature elle-même fait épanouir chez un enfant, parfois rien qu'en mêlant les vertus de son père et de sa mère, comme la couleur de ses yeux. Mais de ce que M. Vinteuil connaissait peut-être la conduite de sa fille, il ne s'ensuit pas que son culte pour elle en eût été diminué. Les faits ne pénètrent pas dans le monde où vivent nos croyances, ils n'ont pas fait naître celles-ci, ils ne les détruisent pas ; ils peuvent leur infliger les plus constants démentis sans les affaiblir, et une avalanche de malheurs ou de maladies se succédant sans interruption dans une famille, ne la fera pas douter de la bonté de son Dieu ou du talent de son médecin. Mais quand M. Vinteuil songeait à sa fille et à lui-même du point de vue du monde, du point de vue de leur réputation, quand il cherchait à se situer avec elle au rang qu'ils occupaient dans l'estime générale, alors ce jugement d'ordre social, il le portait exactement comme l'eût fait l'habitant de Combray qui lui eût été le plus hostile, il se voyait avec sa fille dans le dernier bas-fond, et ses manières en avaient reçu depuis peu cette humilité, ce respect pour ceux qui se trouvaient au-dessus de lui et qu'il voyait d'en bas (eussent-ils été fort au-dessous de lui jusque-là), cette tendance à chercher à remonter jusqu'à eux, qui est une résultante presque mécanique de toutes les déchéances. Un jour que nous marchions avec Swann dans une rue de Combray, M. Vinteuil qui débouchait d'une autre, s'était trouvé trop brusquement en face de nous pour avoir le temps de nous éviter ; et Swann avec cette orgueilleuse charité de l'homme du monde qui, au milieu de la dissolution de tous ses préjugés moraux, ne trouve dans l'infamie d'autrui qu'une raison d'exercer envers lui une bienveillance dont les témoignages chatouillent d'autant plus l'amour-propre de celui qui les donne, qu'il les sent plus précieux à celui qui les reçoit, avait longuement causé avec M. Vinteuil, à qui jusque-là il n'adressait pas la parole, et lui avait demandé avant de nous quitter s'il n'enverrait pas un jour sa fille jouer à Tansonville. C'était une invitation qui, il y a deux ans, eût indigné M. Vinteuil, mais qui, maintenant, le remplissait de sentiments si reconnaissants qu'il se croyait obligé par eux, à ne pas avoir l'indiscrétion de l'accepter.

L'amabilité de Swann envers sa fille lui semblait être en soi-même un appui si honorable et si délicieux qu'il pensait qu'il valait peut-être mieux ne pas s'en servir, pour avoir la douceur toute platonique de le conserver.

« Quel homme exquis, nous dit-il, quand Swann nous eut quittés, avec la même enthousiaste vénération qui tient de spirituelles et jolies bourgeoises en respect et sous le charme d'une duchesse, fût-elle laide et sotte. Quel homme exquis ! Quel malheur qu'il ait fait un mariage tout à fait déplacé [168] ! »

Et alors, tant les gens les plus sincères sont mêlés d'hypocrisie et dépouillent en causant avec une personne l'opinion qu'ils ont d'elle et expriment dès qu'elle n'est plus là, mes parents déplorèrent avec M. Vinteuil le mariage de Swann au nom de principes et de convenances auxquels (par cela même qu'ils les invoquaient en commun avec lui, en braves gens de même acabit) ils avaient l'air de sous-entendre qu'il n'était pas contrevenu à Montjouvain. M. Vinteuil n'envoya pas sa fille chez Swann. Et celui-ci fut le premier à le regretter. Car chaque fois qu'il venait de quitter M. Vinteuil, il se rappelait qu'il avait depuis quelque temps un renseignement à lui demander sur quelqu'un qui portait le même nom que lui, un de ses parents, croyait-il. Et cette fois-là il s'était bien promis de ne pas oublier ce qu'il avait à lui dire, quand M. Vinteuil enverrait sa fille à Tansonville.

Comme la promenade du côté de Méséglise était la moins longue des deux que nous faisions autour de Combray et qu'à cause de cela on la réservait pour les temps incertains, le climat du côté de Méséglise était assez pluvieux et nous ne perdions jamais de vue la lisière des bois de Roussainville [169] dans l'épaisseur desquels nous pourrions nous mettre à couvert.

Souvent le soleil se cachait derrière une nuée qui déformait son ovale et dont il jaunissait la bordure. L'éclat, mais non la clarté, était enlevé à la campagne où toute vie semblait suspendue, tandis que le petit village de Roussainville sculptait sur le ciel le relief de ses arêtes blanches avec une précision et un fini accablants. Un peu de vent faisait envoler un corbeau qui retombait dans le lointain, et, contre le ciel blanchissant, le lointain des bois paraissait plus bleu, comme peint dans ces camaïeux qui décorent les trumeaux des anciennes demeures.

Mais d'autres fois se mettait à tomber la pluie dont nous avait menacés le capucin que l'opticien avait à sa devanture ; les gouttes d'eau, comme des oiseaux migrateurs qui prennent leur vol tous ensemble, descendaient à rangs pressés du ciel. Elles ne se séparent point, elles ne vont pas à l'aventure pendant la rapide traversée, mais chacune tenant sa place, attire à elle celle qui la suit et le ciel en est plus obscurci qu'au départ des hirondelles. Nous nous réfugiions dans le bois. Quand leur voyage semblait fini, quelques-unes, plus débiles, plus lentes, arrivaient encore. Mais nous ressortions de notre abri, car les gouttes se plaisent aux feuillages, et la terre était déjà presque séchée que plus d'une s'attardait à jouer sur les nervures d'une feuille, et suspendue à la pointe, reposée, brillant au soleil, tout d'un coup se laissait glisser de toute la hauteur de la branche et nous tombait sur le nez.

Souvent aussi nous allions nous abriter, pêle-mêle avec les saints et les patriarches de pierre sous le porche de Saint-André-des-Champs. Que cette église était française ! Au-dessus de la porte, les saints, les rois-chevaliers une fleur de lys à la main, des scènes de noces et de funérailles, étaient représentés comme ils pouvaient l'être dans l'âme de Françoise. Le sculpteur avait aussi narré certaines anecdotes relatives à Aristote et à Virgile [170] de la même façon que Françoise à la cuisine parlait volontiers de Saint Louis comme si elle l'avait personnellement connu, et généralement pour faire honte par la comparaison à mes grands-parents moins « justes ». On sentait que les notions que l'artiste médiéval et la paysanne médiévale (survivant au XIXe siècle) avaient de l'histoire ancienne ou chrétienne, et qui se distinguaient par autant d'inexactitude que de bonhomie, ils les tenaient non des livres, mais d'une tradition à la fois antique et directe, ininterrompue, orale, déformée, méconnaissable et vivante. Une autre personnalité de Combray que je reconnaissais aussi, virtuelle et prophétisée, dans la sculpture gothique de Saint-André-des-Champs c'était le jeune Théodore, le garçon de chez Camus. Françoise sentait d'ailleurs si bien en lui un pays et un contemporain que, quand ma tante Léonie était trop malade pour que Françoise pût suffire à la retourner dans son lit, à la porter dans son fauteuil, plutôt que de laisser la fille de cuisine monter se faire « bien voir » de ma tante, elle appelait Théodore. Or, ce garçon, qui passait et avec raison pour si mauvais sujet, était tellement rempli de l'âme qui avait décoré Saint-André-des-Champs et notamment des sentiments de respect que Françoise trouvait dus aux « pauvres malades », à « sa pauvre maîtresse », qu'il avait pour soulever la tête de ma tante sur son oreiller la mine naïve et zélée des petits anges des bas-reliefs, s'empressant, un cierge à la main, autour de la Vierge défaillante, comme si les visages de pierre sculptée, grisâtres et nus, ainsi que sont les bois en hiver, n'étaient qu'un ensommeillement, qu'une réserve, prête à refleurir dans la vie en innombrables visages populaires, révérends et futés comme celui de Théodore, enluminés de la rougeur d'une pomme mûre. Non plus appliquée à la pierre comme ces petits anges, mais détachée du porche, d'une stature plus qu'humaine, debout sur un socle comme sur un tabouret qui lui évitât de poser ses pieds sur le sol humide, une sainte avait les joues pleines, le sein ferme et qui gonflait la draperie comme une grappe mûre dans un sac de crin, le front étroit, le nez court et mutin, les prunelles enfoncées, l'air valide, insensible et courageux des paysannes de la contrée. Cette ressemblance qui insinuait dans la statue une douceur que je n'y avais pas cherchée, était souvent certifiée par quelque fille des champs, venue comme nous se mettre à couvert et dont la présence, pareille à celle de ces feuillages pariétaires qui ont poussé à côté des feuillages sculptés, semblait destinée à permettre, par une confrontation avec la nature, de juger de la vérité de l'œuvre d'art. Devant nous, dans le lointain, terre promise ou maudite, Roussainville, dans les murs duquel je n'ai jamais pénétré, Roussainville, tantôt, quand la pluie avait déjà cessé pour nous, continuait à être châtié comme un village de la Bible par toutes les lances de l'orage qui flagellaient obliquement les demeures de ses habitants, ou bien était déjà pardonné par Dieu le Père qui faisait descendre vers lui, inégalement longues, comme les rayons d'un ostensoir d'autel, les tiges d'or effrangées de son soleil reparu.

Quelquefois le temps était tout à fait gâté, il fallait rentrer et rester enfermé dans la maison. Çà et là au loin dans la campagne que l'obscurité et l'humidité faisaient ressembler à la mer, des maisons isolées, accrochées au flanc d'une colline plongée dans la nuit et dans l'eau, brillaient comme des petits bateaux qui ont replié leurs voiles et sont immobiles au large pour toute la nuit. Mais qu'importait la pluie, qu'importait l'orage ! L'été, le mauvais temps n'est qu'une humeur passagère, superficielle, du beau temps sous-jacent et fixe, bien différent du beau temps instable et fluide de l'hiver et qui, au contraire, installé sur la terre où il s'est solidifié en denses feuillages sur lesquels la pluie peut s'égoutter sans compromettre la résistance de leur permanente joie, a hissé pour toute la saison, jusque dans les rues du village, aux murs des maisons et des jardins, ses pavillons de soie violette ou blanche. Assis dans le petit salon, où j'attendais l'heure du dîner en lisant, j'entendais l'eau dégoutter de nos marronniers, mais je savais que l'averse ne faisait que vernir leurs feuilles et qu'ils promettaient de demeurer là, comme des gages de l'été, toute la nuit pluvieuse, à assurer la continuité du beau temps ; qu'il avait beau pleuvoir, demain, au-dessus de la barrière blanche de Tansonville, onduleraient, aussi nombreuses, de petites feuilles en forme de cœur ; et c'est sans tristesse que j'apercevais le peuplier de la rue des Perchamps adresser à l'orage des supplications et des salutations désespérées ;

c'est sans tristesse que j'entendais au fond du jardin les derniers roulements du tonnerre roucouler dans les lilas.

Si le temps était mauvais dès le matin, mes parents renonçaient à la promenade et je ne sortais pas. Mais je pris ensuite l'habitude d'aller, ces jours-là, marcher seul du côté de Méséglise-la-Vineuse, dans l'automne où nous dûmes venir à Combray pour la succession de ma tante Léonie, car elle était enfin morte, faisant triompher à la fois ceux qui prétendaient que son régime affaiblissant finirait par la tuer, et non moins les autres qui avaient toujours soutenu qu'elle souffrait d'une maladie non pas imaginaire mais organique, à l'évidence de laquelle les sceptiques seraient bien obligés de se rendre quand elle y aurait succombé ; et ne causant par sa mort de grande douleur qu'à un seul être, mais à celui-là, sauvage. Pendant les quinze jours que dura la dernière maladie de ma tante, Françoise ne la quitta pas un instant, ne se déshabilla pas, ne laissa personne lui donner aucun soin, et ne quitta son corps que quand il fut enterré. Alors nous comprîmes que cette sorte de crainte où Françoise avait vécu des mauvaises paroles, des soupçons, des colères de ma tante avait développé chez elle un sentiment que nous avions pris pour de la haine et qui était de la vénération et de l'amour. Sa véritable maîtresse, aux décisions impossibles à prévoir, aux ruses difficiles à déjouer, au bon cœur facile à fléchir, sa souveraine, son mystérieux et tout-puissant monarque n'était plus. À côté d'elle nous comptions pour bien peu de chose. Il était loin le temps où quand nous avions commencé à venir passer nos vacances à Combray, nous possédions autant de prestige que ma tante aux yeux de Françoise. Cet automne-là tout occupés des formalités à remplir, des entretiens avec les notaires et avec les fermiers, mes parents n'ayant guère de loisir pour faire des sorties que le temps d'ailleurs contrariait, prirent l'habitude de me laisser aller me promener sans eux du côté de Méséglise, enveloppé dans un grand plaid qui me protégeait contre la pluie et que je jetais d'autant plus volontiers sur mes épaules que je sentais que ses rayures écossaises scandalisaient Françoise, dans l'esprit de qui on n'aurait pu faire entrer l'idée que la couleur des vêtements n'a rien à faire avec le deuil et à qui d'ailleurs le chagrin que nous avions de la mort de ma tante plaisait peu, parce que nous n'avions pas donné de grand repas funèbre, que nous ne prenions pas un son de voix spécial pour parler d'elle, que même parfois je chantonnais. Je suis sûr que dans un livre – et en cela j'étais bien moi-même comme Françoise – cette conception du deuil d'après la *Chanson de Roland*[171] et le portail de Saint-André-des-Champs m'eût été sympathique. Mais dès que Françoise était auprès de moi, un démon me poussait à souhaiter qu'elle fût en colère, je saisissais le moindre prétexte pour lui dire que je regrettais ma tante parce que c'était une bonne femme, malgré ses ridicules, mais nullement parce que c'était ma tante, qu'elle eût pu être ma tante et me sembler odieuse, et sa mort ne me faire aucune peine, propos qui m'eussent semblé ineptes dans un livre.

Si alors Françoise remplie comme un poète d'un flot de pensées confuses sur le chagrin, sur les souvenirs de famille, s'excusait de ne pas savoir répondre à mes théories et disait : « Je ne sais pas m'esprimer[172] », je triomphais de cet aveu avec un bon sens ironique et brutal digne du docteur Percepied ; et si elle ajoutait : « Elle était tout de même de la parentèse, il reste toujours le respect qu'on doit à la parentèse », je haussais les épaules et je me disais : « Je suis bien bon de discuter avec une illettrée qui fait des cuirs pareils », adoptant ainsi pour juger Françoise le point de vue mesquin d'hommes dont ceux qui les méprisent le plus dans l'impartialité de la méditation, sont fort capables de tenir le rôle quand ils jouent une des scènes vulgaires de la vie.

Mes promenades de cet automne-là furent d'autant plus agréables que je les faisais après de longues heures passées sur un livre[173]. Quand j'étais fatigué d'avoir lu toute la matinée dans la salle, jetant mon plaid sur mes épaules, je sortais : mon corps obligé depuis longtemps de garder l'immobilité, mais qui s'était chargé sur place d'animation et de vitesse accumulées, avait besoin ensuite, comme une toupie qu'on lâche, de les dépenser dans toutes les directions. Les murs des maisons, la haie de Tansonville, les arbres du bois de Roussainville [174], les buissons auxquels s'adosse Montjouvain, recevaient des coups de parapluie ou de canne, entendaient des cris joyeux, qui n'étaient, les uns et les autres, que des idées confuses qui m'exaltaient et qui n'ont pas atteint le repos dans la lumière, pour avoir préféré à un lent et difficile éclaircissement, le plaisir d'une dérivation plus aisée vers une issue immédiate. La plupart des prétendues traductions de ce que nous avons ressenti ne font ainsi que nous en débarrasser en le faisant sortir de nous sous une forme indistincte qui ne nous apprend pas à le connaître. Quand j'essaye de faire le compte de ce que je dois au côté de Méséglise, des humbles découvertes dont il fut le cadre fortuit ou le nécessaire inspirateur, je me rappelle que c'est, cet automne-là, dans une de ces promenades, près du talus broussailleux qui protège Montjouvain, que je fus frappé pour la première fois de ce désaccord entre nos impressions et leur expression habituelle. Après une heure de pluie et de vent contre lesquels j'avais lutté avec allégresse, comme j'arrivais au bord de la mare de Montjouvain, devant une petite cahute recouverte en tuiles où le jardinier de M. Vinteuil serrait ses instruments de jardinage, le soleil venait de reparaître, et ses dorures lavées par l'averse reluisaient à neuf dans le ciel, sur les arbres, sur le mur de la cahute, sur son toit de tuiles encore mouillé, à la crête duquel se promenait une poule. Le vent qui soufflait tirait horizontalement les herbes folles qui avaient poussé dans la paroi du mur, et les plumes de duvet de la poule, qui, les unes et les autres se laissaient filer au gré de son souffle jusqu'à l'extrémité de leur longueur, avec l'abandon de choses inertes et légères. Le toit de tuiles faisait dans la mare, que le soleil rendait de nouveau réfléchissante, une marbrure rose, à laquelle je n'avais encore jamais fait attention. Et voyant sur l'eau et à la face du mur un pâle sourire répondre au sourire du ciel, je m'écriai dans mon enthousiasme en brandissant mon parapluie refermé : « Zut, zut, zut, zut. » Mais en même temps je sentis que mon devoir eût été de ne pas m'en tenir à ces mots opaques et de tâcher de voir plus clair dans mon ravissement [175].

Et c'est à ce moment-là encore – grâce à un paysan qui passait, l'air déjà d'être d'assez mauvaise humeur, qui le fut davantage quand il faillit recevoir mon parapluie dans la figure, et qui répondit sans chaleur à mes « beau temps, n'est-ce pas, il fait bon marcher » – que j'appris que les mêmes émotions ne se produisent pas simultanément, dans un ordre préétabli, chez tous les hommes. Plus tard chaque fois qu'une lecture un peu longue m'avait mis en humeur de causer, le camarade à qui je brûlais d'adresser la parole venait justement de se livrer au plaisir de la conversation et désirait maintenant qu'on le laissât lire tranquille. Si je venais de penser à mes parents avec tendresse et de prendre les décisions les plus sages et les plus propres à leur faire plaisir, ils avaient employé le même temps à apprendre une peccadille que j'avais oubliée et qu'ils me reprochaient sévèrement au moment où je m'élançais vers eux pour les embrasser.

Parfois à l'exaltation que me donnait la solitude, s'en ajoutait une autre que je ne savais pas en départager nettement, causée par le désir de voir surgir devant moi une paysanne, que je pourrais serrer dans mes bras. Né brusquement, et sans que j'eusse eu le temps de le rapporter exactement à sa cause, au milieu de pensées très différentes, le plaisir dont il était accompagné ne me semblait qu'un degré supérieur de celui qu'elles me donnaient. Je faisais un mérite de plus à tout ce qui était à ce moment-là dans mon esprit, au reflet rose du toit de tuile, aux herbes folles, au village de Roussainville où je désirais depuis longtemps aller, aux arbres de son bois, au clocher de son église, de cet émoi nouveau qui me les faisait seulement paraître plus désirables parce que je croyais que c'était eux qui le provoquaient, et qui semblait ne vouloir que me porter vers eux plus rapidement quand il enflait ma voile d'une brise puissante, inconnue et propice. Mais si ce désir qu'une femme apparût ajoutait pour moi aux charmes de la nature quelque chose de plus exaltant, les charmes de la nature, en retour, élargissaient ce que celui de la femme aurait eu de trop restreint. Il me semblait que la beauté des arbres c'était encore la sienne et que l'âme de ces horizons, du village de Roussainville, des livres que je lisais cette année-là, son baiser me la livrerait ; et mon imagination reprenant des forces au contact de ma sensualité, ma sensualité se répandant dans tous les domaines de mon imagination, mon désir n'avait plus de limites. C'est qu'aussi – comme il arrive dans ces moments de rêverie au milieu de la nature où l'action de l'habitude étant suspendue, nos notions abstraites des choses mises de côté, nous croyons d'une foi profonde, à l'originalité, à la vie individuelle du lieu où nous nous trouvons – la passante qu'appelait mon désir me semblait être non un exemplaire quelconque de ce type général : la femme, mais un produit nécessaire et naturel de ce sol. Car en ce temps-là tout ce qui n'était pas moi, la terre et les êtres, me paraissait plus précieux, plus important, doué d'une existence plus réelle que cela ne paraît aux hommes faits. Et la terre et les êtres je ne les séparais pas. J'avais le désir d'une paysanne de Méséglise ou de Roussainville, d'une pêcheuse de Balbec[176], comme j'avais le désir de Méséglise et de Balbec. Le plaisir qu'elles pouvaient me donner m'aurait paru moins vrai, je n'aurais plus cru en lui, si j'en avais modifié à ma guise les conditions. Connaître à Paris une pêcheuse de Balbec ou une paysanne de Méséglise c'eût été recevoir des coquillages que je n'aurais pas vus sur la plage, une fougère que je n'aurais pas trouvée dans les bois, c'eût été retrancher au plaisir que la femme me donnerait tous ceux au milieu desquels l'avait enveloppée mon imagination. Mais errer ainsi dans les bois de Roussainville sans une paysanne à embrasser, c'était ne pas connaître de ces bois le trésor caché, la beauté profonde. Cette fille que je ne voyais que criblée de feuillages, elle était elle-même pour moi comme une plante locale d'une espèce plus élevée seulement que les autres et dont la structure permet d'approcher de plus près qu'en elles, la saveur profonde du pays. Je pouvais d'autant plus facilement le croire (et que les caresses par lesquelles elle m'y ferait parvenir, seraient aussi d'une sorte particulière et dont je n'aurais pas pu connaître le plaisir par une autre qu'elle), que j'étais pour longtemps encore à l'âge où l'on n'a pas encore abstrait ce plaisir de la possession des femmes différentes avec lesquelles on l'a goûté, où on ne l'a pas réduit à une notion générale qui les fait considérer dès lors comme les instruments interchangeables d'un plaisir toujours identique. Il n'existe même pas, isolé, séparé et formulé dans l'esprit, comme le but qu'on poursuit en s'approchant d'une femme, comme la cause du trouble préalable qu'on ressent. À peine y songe-t-on comme à un plaisir qu'on aura ; plutôt, on l'appelle son charme à elle ; car on ne pense pas à soi, on ne pense qu'à sortir de soi. Obscurément attendu, immanent et caché, il porte seulement à un tel paroxysme au moment où il s'accomplit, les autres plaisirs que nous causent les doux regards, les baisers de celle qui est auprès de nous, qu'il nous apparaît surtout à nous-même comme une sorte de transport de notre reconnaissance pour la bonté de cœur de notre compagne et pour sa touchante prédilection à notre égard que nous mesurons aux bienfaits, au bonheur dont elle nous comble.

Hélas, c'était en vain que j'implorais le donjon de Roussainville, que je lui demandais de faire venir auprès de moi quelque enfant de son village, comme au seul confident que j'avais eu de mes premiers désirs, quand au haut de notre maison de Combray, dans le petit cabinet sentant l'iris, je ne voyais que sa tour au milieu du carreau de la fenêtre entrouverte, pendant qu'avec les hésitations héroïques du voyageur qui entreprend une exploration ou du désespéré qui se suicide, défaillant, je me frayais en moi-même une route inconnue et que je croyais mortelle [177], jusqu'au moment où une trace naturelle comme celle d'un colimaçon s'ajoutait aux feuilles du cassis sauvage qui se penchaient jusqu'à moi. En vain je le suppliais maintenant. En vain, tenant l'étendue dans le champ de ma vision, je la drainais de mes regards qui eussent voulu en ramener une femme. Je pouvais aller jusqu'au porche de Saint-André-des-Champs ; jamais ne s'y trouvait la paysanne que je n'eusse pas manqué d'y rencontrer si j'avais été avec mon grand-père et dans l'impossibilité de lier conversation avec elle. Je fixais indéfiniment le tronc d'un arbre lointain, de derrière lequel elle allait surgir et venir à moi ; l'horizon scruté restait désert, la nuit tombait, c'était sans espoir que mon attention s'attachait, comme pour aspirer les créatures qu'ils pouvaient receler, à ce sol stérile, à cette terre épuisée ; et ce n'était plus d'allégresse, c'était de rage que je frappais les arbres du bois de Roussainville d'entre lesquels ne sortait pas plus d'êtres vivants que s'ils eussent été des arbres peints sur la toile d'un panorama, quand, ne pouvant me résigner à rentrer à la maison avant d'avoir serré dans mes bras la femme que j'avais tant désirée, j'étais pourtant obligé de reprendre le chemin de Combray en m'avouant à moi-même qu'était de moins en moins probable le hasard qui l'eût mise sur mon chemin. Et s'y fût-elle trouvée, d'ailleurs, eusse-je osé lui parler ? Il me semblait qu'elle m'eût considéré comme un fou ; je cessais de croire partagés par d'autres êtres, de croire vrais en dehors de moi les désirs que je formais pendant ces promenades et qui ne se réalisaient pas. Ils ne m'apparaissaient plus que comme les créations purement subjectives, impuissantes, illusoires, de mon tempérament. Ils n'avaient plus de lien avec la nature, avec la réalité qui dès lors perdait tout charme et toute signification et n'était plus à ma vie qu'un cadre conventionnel comme l'est à la fiction d'un roman le wagon sur la banquette duquel le voyageur le lit pour tuer le temps.

C'est peut-être d'une impression ressentie aussi auprès de Montjouvain, quelques années plus tard [178], impression restée obscure alors, qu'est sortie, bien après, l'idée que je me suis faite du sadisme. On verra plus tard que, pour de tout autres raisons, le souvenir de cette impression devait jouer un rôle important dans ma vie. C'était par un temps très chaud ; mes parents qui avaient dû s'absenter pour toute la journée, m'avaient dit de rentrer aussi tard que je voudrais ; et étant allé jusqu'à la mare de Montjouvain où j'aimais revoir les reflets du toit de tuile, je m'étais étendu à l'ombre et endormi dans les buissons du talus qui domine la maison, là où j'avais attendu mon père autrefois, un jour qu'il était allé voir M. Vinteuil. Il faisait presque nuit quand je m'éveillai, je voulus me lever, mais je vis Mlle Vinteuil (autant que je pus la reconnaître, car je ne l'avais pas vue souvent à Combray, et seulement quand elle était encore une enfant, tandis qu'elle commençait d'être une jeune fille) qui probablement venait de rentrer, en face de moi, à quelques centimètres de moi, dans cette chambre où son père avait reçu le mien et dont elle avait fait son petit salon à elle. La fenêtre était entrouverte, la lampe était allumée, je voyais tous ses mouvements sans qu'elle me vît, mais en m'en allant j'aurais fait craquer les buissons, elle m'aurait entendu et elle aurait pu croire que je m'étais caché là pour l'épier.

Elle était en grand deuil, car son père était mort depuis peu [179]. Nous n'étions pas allés la voir, ma mère ne l'avait pas voulu à cause d'une vertu qui chez elle limitait seule les effets de la bonté : la pudeur ; mais elle la plaignait profondément. Ma mère se rappelait la triste fin de vie de M. Vinteuil, tout absorbée d'abord par les soins de mère et de bonne d'enfant qu'il donnait à sa fille, puis par les souffrances que celle-ci lui avait causées ; elle revoyait le visage torturé qu'avait eu le vieillard tous les derniers temps ; elle savait qu'il avait renoncé à jamais à achever de transcrire au net toute son œuvre des dernières années, pauvres morceaux d'un vieux professeur de piano, d'un ancien organiste de village dont nous imaginions bien qu'ils n'avaient guère de valeur en eux-mêmes, mais que nous ne méprisions pas parce qu'ils en avaient tant pour lui dont ils avaient été la raison de vivre avant qu'il les sacrifiât à sa fille, et qui pour la plupart pas même notés, conservés seulement dans sa mémoire, quelques-uns inscrits sur des feuillets épars, illisibles, resteraient inconnus ; ma mère pensait à cet autre renoncement plus cruel encore auquel M. Vinteuil avait été contraint, le renoncement à un avenir de bonheur honnête et respecté pour sa fille ; quand elle évoquait toute cette détresse suprême de l'ancien maître de piano de mes tantes, elle éprouvait un véritable chagrin et songeait avec effroi à celui autrement amer que devait éprouver Mlle Vinteuil, tout mêlé du remords d'avoir à peu près tué son père. « Pauvre M. Vinteuil, disait ma mère, il a vécu et il est mort pour sa fille, sans avoir reçu son salaire. Le recevra-t-il après sa mort et sous quelle forme ? Il ne pourrait lui venir que d'elle [180]. »

Au fond du salon de Mlle Vinteuil, sur la cheminée était posé un petit portrait de son père que vivement elle alla chercher au moment où retentit le roulement d'une voiture qui venait de la route, puis elle se jeta sur un canapé, et tira près d'elle une petite table sur laquelle elle plaça le portrait, comme M. Vinteuil autrefois avait mis à côté de lui le morceau qu'il avait le désir de jouer à mes parents. Bientôt son amie entra. Mlle Vinteuil l'accueillit sans se lever, ses deux mains derrière la tête et se recula sur le bord opposé du sofa comme pour lui faire une place. Mais aussitôt elle sentit qu'elle semblait ainsi lui imposer une attitude qui lui était peut-être importune. Elle pensa que son amie aimerait peut-être mieux être loin d'elle sur une chaise, elle se trouva indiscrète, la délicatesse de son cœur s'en alarma ; reprenant toute la place sur le sofa elle ferma les yeux et se mit à bâiller pour indiquer que l'envie de dormir était la seule raison pour laquelle elle s'était ainsi étendue. Malgré la familiarité rude et dominatrice qu'elle avait avec sa camarade, je reconnaissais les gestes obséquieux et réticents, les brusques scrupules de son père. Bientôt elle se leva, feignit de vouloir fermer les volets et de n'y pas réussir.

« Laisse donc tout ouvert, j'ai chaud, dit son amie.

– Mais c'est assommant, on nous verra », répondit Mlle Vinteuil [181].

Mais elle devina sans doute que son amie penserait qu'elle n'avait dit ces mots que pour la provoquer à lui répondre par certains autres qu'elle avait en effet le désir d'entendre, mais que par discrétion elle voulait lui laisser l'initiative de prononcer. Aussi son regard que je ne pouvais distinguer, dut-il prendre l'expression qui plaisait tant à ma grand-mère, quand elle ajouta vivement :

« Quand je dis nous voir, je veux dire nous voir lire, c'est assommant, quelque chose insignifiante qu'on fasse, de penser que des yeux vous voient. »

Par une générosité instinctive et une politesse involontaire elle taisait les mots prémédités qu'elle avait jugés indispensables à la pleine réalisation de son désir. Et à tous moments au fond d'elle-même une vierge timide et suppliante implorait et faisait reculer un soudard fruste et vainqueur.

« Oui, c'est probable qu'on nous regarde à cette heure-ci, dans cette campagne fréquentée, dit ironiquement son amie. Et puis quoi ? » ajouta-t-elle (en croyant devoir accompagner d'un clignement d'yeux malicieux et tendre, ces mots qu'elle récita par bonté, comme un texte, qu'elle savait être agréable à Mlle Vinteuil, d'un ton qu'elle s'efforçait de rendre cynique), « quand même on nous verrait, ce n'en est que meilleur ».

Mlle Vinteuil frémit et se leva. Son cœur scrupuleux et sensible ignorait quelles paroles devaient spontanément venir s'adapter à la scène que ses sens réclamaient. Elle cherchait le plus loin qu'elle pouvait de sa vraie nature morale, à trouver le langage propre à la fille vicieuse qu'elle désirait d'être, mais les mots qu'elle pensait que celle-ci eût prononcés sincèrement lui paraissaient faux dans sa bouche. Et le peu qu'elle s'en permettait était dit sur un ton guindé où ses habitudes de timidité paralysaient ses velléités d'audace, et s'entremêlait de : « tu n'as pas froid, tu n'as pas trop chaud, tu n'as pas envie d'être seule et de lire ? »

« Mademoiselle me semble avoir des pensées bien lubriques, ce soir », finit-elle par dire, répétant sans doute une phrase qu'elle avait entendue autrefois dans la bouche de son amie.

Dans l'échancrure de son corsage de crêpe, Mlle Vinteuil sentit que son amie piquait un baiser, elle poussa un petit cri, s'échappa, et elles se poursuivirent en sautant, faisant voleter leurs larges manches comme des ailes et gloussant et piaillant comme des oiseaux amoureux. Puis Mlle Vinteuil finit par tomber sur le canapé, recouverte par le corps de son amie. Mais celle-ci tournait le dos à la petite table sur laquelle était placé le portrait de l'ancien professeur de piano. Mlle Vinteuil comprit que son amie ne le verrait pas si elle n'attirait pas sur lui son attention, et elle lui dit, comme si elle venait seulement de le remarquer :

« Oh ! ce portrait de mon père qui nous regarde, je ne sais pas qui a pu le mettre là, j'ai pourtant dit vingt fois que ce n'était pas sa place. »

Je me souvins que c'étaient les mots que M. Vinteuil avait dits à mon père à propos du morceau de musique. Ce portrait leur servait sans doute habituellement pour des profanations rituelles, car son amie lui répondit par ces paroles qui devaient faire partie de ses répons liturgiques :

« Mais laisse-le donc où il est, il n'est plus là pour nous embêter. Crois-tu qu'il pleurnicherait, qu'il voudrait te mettre ton manteau, s'il te voyait là, la fenêtre ouverte, le vilain singe. »

Mlle Vinteuil répondit par des paroles de doux reproche : « Voyons, voyons », qui prouvaient la bonté de sa nature, non qu'elles fussent dictées par l'indignation que cette façon de parler de son père eût pu lui causer (évidemment c'était là un sentiment qu'elle s'était habituée, à l'aide de quels sophismes ? à faire taire en elle dans ces minutes-là), mais parce qu'elles étaient comme un frein que pour ne pas se montrer égoïste elle mettait elle-même au plaisir que son amie cherchait à lui procurer. Et puis cette modération souriante en répondant à ces blasphèmes, ce reproche hypocrite et tendre, paraissaient peut-être à sa nature franche et bonne, une forme particulièrement infâme, une forme doucereuse de cette scélératesse qu'elle cherchait à s'assimiler. Mais elle ne put résister à l'attrait du plaisir qu'elle éprouverait à être traitée avec douceur par une personne si implacable envers un mort sans défense ; elle sauta sur les genoux de son amie, et lui tendit chastement son front à baiser comme elle aurait pu faire si elle avait été sa fille, sentant avec délices qu'elles allaient ainsi toutes deux au bout de la cruauté en ravissant à M. Vinteuil, jusque dans le tombeau, sa paternité. Son amie lui prit la tête entre ses mains et lui déposa un baiser sur le front avec cette docilité que lui rendait facile la grande affection qu'elle avait pour Mlle Vinteuil et le désir de mettre quelque distraction dans la vie si triste maintenant de l'orpheline.

« Sais-tu ce que j'ai envie de lui faire à cette vieille horreur ? » dit-elle en prenant le portrait.

Et elle murmura à l'oreille de Mlle Vinteuil quelque chose que je ne pus entendre.

« Oh ! tu n'oserais pas.

– Je n'oserais pas cracher dessus ? sur *ça* ? » dit l'amie avec une brutalité voulue.

Je n'en entendis pas davantage, car Mlle Vinteuil, d'un air las, gauche, affairé, honnête et triste vint fermer les volets et la fenêtre, mais je savais maintenant, pour toutes les souffrances que pendant sa vie M. Vinteuil avait supportées à cause de sa fille, ce qu'après la mort il avait reçu d'elle en salaire.

Et pourtant j'ai pensé depuis que si M. Vinteuil avait pu assister à cette scène, il n'eût peut-être pas encore perdu sa foi dans le bon cœur de sa fille, et peut-être même n'eût-il pas eu en cela tout à fait tort. Certes, dans les habitudes de Mlle Vinteuil l'apparence du mal était si entière qu'on aurait eu de la peine à la rencontrer réalisée à ce degré de perfection ailleurs que chez une sadique; c'est à la lumière de la rampe des théâtres du boulevard plutôt que sous la lampe d'une maison de campagne véritable qu'on peut voir une fille faire cracher une amie sur le portrait d'un père qui n'a vécu que pour elle; et il n'y a guère que le sadisme qui donne un fondement dans la vie à l'esthétique du mélodrame [182]. Dans la réalité, en dehors des cas de sadisme, une fille aurait peut-être des manquements aussi cruels que ceux de Mlle Vinteuil envers la mémoire et les volontés de son père mort, mais elle ne les résumerait pas expressément en un acte d'un symbolisme aussi rudimentaire et aussi naïf; ce que sa conduite aurait de criminel serait plus voilé aux yeux des autres et même à ses yeux à elle qui ferait le mal sans se l'avouer. Mais, au-delà de l'apparence, dans le cœur de Mlle Vinteuil, le mal, au début du moins, ne fut sans doute pas sans mélange. Une sadique comme elle est l'artiste du mal, ce qu'une créature entièrement mauvaise ne pourrait être car le mal ne lui serait pas extérieur, il lui semblerait tout naturel, ne se distinguerait même pas d'elle; et la vertu, la mémoire des morts, la tendresse filiale, comme elle n'en aurait pas le culte, elle ne trouverait pas un plaisir sacrilège à les profaner. Les sadiques de l'espèce de Mlle Vinteuil sont des êtres si purement sentimentaux, si naturellement vertueux que même le plaisir sensuel leur paraît quelque chose de mauvais, le privilège des méchants. Et quand ils se concèdent à eux-mêmes de s'y livrer un moment, c'est dans la peau des méchants qu'ils tâchent d'entrer et de faire entrer leur complice, de façon à avoir eu un moment l'illusion de s'être évadés de leur âme scrupuleuse et tendre, dans le monde inhumain du plaisir. Et je comprenais combien elle l'eût désiré en voyant combien il lui était impossible d'y réussir. Au moment où elle se voulait si différente de son père, ce qu'elle me rappelait c'était les façons de penser, de dire, du vieux professeur de piano. Bien plus que sa photographie, ce qu'elle profanait, ce qu'elle faisait servir à ses plaisirs mais qui restait entre eux et elle et l'empêchait de les goûter directement, c'était la ressemblance de son visage, les yeux bleus de sa mère à lui qu'il lui avait transmis comme un bijou de famille, ces gestes d'amabilité qui interposaient entre le vice de Mlle Vinteuil et elle une phraséologie, une mentalité qui n'était pas faite pour lui et l'empêchait de le connaître comme quelque chose de très différent des nombreux devoirs de politesse auxquels elle se consacrait d'habitude. Ce n'est pas le mal qui lui donnait l'idée du plaisir, qui lui semblait agréable ; c'est le plaisir qui lui semblait malin. Et comme chaque fois qu'elle s'y adonnait il s'accompagnait pour elle de ces pensées mauvaises qui le reste du temps étaient absentes de son âme vertueuse, elle finissait par trouver au plaisir quelque chose de diabolique, par l'identifier au Mal. Peut-être Mlle Vinteuil sentait-elle que son amie n'était pas foncièrement mauvaise, et qu'elle n'était pas sincère au moment où elle lui tenait ces propos blasphématoires. Du moins avait-elle le plaisir d'embrasser sur son visage, des sourires, des regards, feints peut-être, mais analogues dans leur expression vicieuse et basse à ceux qu'aurait eus non un être de bonté et de souffrance, mais un être de cruauté et de plaisir. Elle pouvait s'imaginer un instant qu'elle jouait vraiment les jeux qu'eût joués avec une complice aussi dénaturée, une fille qui aurait ressenti en effet ces sentiments barbares à l'égard de la mémoire de son père. Peut-être n'eût-elle pas pensé que le mal fût un état si rare, si extraordinaire, si dépaysant, où il était si reposant d'émigrer, si elle avait su discerner en elle comme en tout le monde, cette indifférence aux souffrances qu'on cause et qui, quelques autres noms qu'on lui donne, est la forme terrible et permanente de la cruauté [183].

S'il était assez simple d'aller du côté de Méséglise, c'était une autre affaire d'aller du côté de Guermantes, car la promenade était longue et l'on voulait être sûr du temps qu'il ferait. Quand on semblait entrer dans une série de beaux jours ; quand Françoise désespérée qu'il ne tombât pas une goutte d'eau pour les « pauvres récoltes », et ne voyant que de rares nuages blancs nageant à la surface calme et bleue du ciel s'écriait en gémissant : « Ne dirait-on pas qu'on voit ni plus ni moins des chiens de mer qui jouent en montrant là-haut leurs museaux. Ah ! ils pensent bien à faire pleuvoir pour les pauvres laboureurs ! Et puis quand les blés seront poussés, alors la pluie se mettra à tomber tout à petit patapon, sans discontinuer, sans plus savoir sur quoi elle tombe que si c'était sur la mer » ; quand mon père avait reçu invariablement les mêmes réponses favorables du jardinier et du baromètre, alors on disait au dîner : « Demain s'il fait le même temps, nous irons du côté de Guermantes. » On partait tout de suite après déjeuner par la petite porte du jardin et on tombait dans la rue des Perchamps, étroite et formant un angle aigu, remplie de graminées au milieu desquelles deux ou trois guêpes passaient la journée à herboriser, aussi bizarre que son nom d'où me semblaient dériver ses particularités curieuses et sa personnalité revêche, et qu'on chercherait en vain dans le Combray d'aujourd'hui où sur son tracé ancien s'élève l'école. Mais ma rêverie (semblable à ces architectes élèves de Viollet-le-Duc[184], qui, croyant retrouver sous un jubé Renaissance et un autel du XVIIe siècle les traces d'un chœur roman, remettent tout l'édifice dans l'état où il devait être au XIIe siècle), ne laisse pas une pierre du bâtiment nouveau, reperce et « restitue » la rue des Perchamps. Elle a d'ailleurs pour ces reconstitutions, des données plus précises que n'en ont généralement les restaurateurs : quelques images conservées par ma mémoire, les dernières peut-être qui existent encore actuellement, et destinées à être bientôt anéanties, de ce qu'était le Combray du temps de mon enfance ; et parce que c'est lui-même qui les a tracées en moi avant de disparaître, émouvantes – si on peut comparer un obscur portrait à ces effigies glorieuses dont ma grand-mère aimait à me donner des reproductions – comme ces gravures anciennes de la Cène ou ce tableau de Gentile Bellini dans lesquels l'on voit en un état qui n'existe plus aujourd'hui le chef-d'œuvre de Vinci et le portail de Saint-Marc [185].

On passait, rue de l'Oiseau, devant la vieille hôtellerie de l'Oiseau flesché dans la grande cour de laquelle entrèrent quelquefois au XVIIe siècle les carrosses des Duchesses de Montpensier, de Guermantes et de Montmorency [186] quand elles avaient à venir à Combray pour quelque contestation avec leurs fermiers, pour une question d'hommage. On gagnait le mail entre les arbres duquel apparaissait le clocher de Saint-Hilaire. Et j'aurais voulu pouvoir m'asseoir là et rester toute la journée à lire en écoutant les cloches ; car il faisait si beau et si tranquille que, quand sonnait l'heure, on aurait dit non qu'elle rompait le calme du jour mais qu'elle le débarrassait de ce qu'il contenait et que le clocher avec l'exactitude indolente et soigneuse d'une personne qui n'a rien d'autre à faire, venait seulement – pour exprimer et laisser tomber les quelques gouttes d'or que la chaleur y avait lentement et naturellement amassées – de presser, au moment voulu, la plénitude du silence.

Le plus grand charme du côté de Guermantes, c'est qu'on y avait presque tout le temps à côté de soi le cours de la Vivonne. On la traversait une première fois, dix minutes après avoir quitté la maison, sur une passerelle dite le Pont-Vieux. Dès le lendemain de notre arrivée, le jour de Pâques, après le sermon s'il faisait beau temps, je courais jusque-là, voir dans ce désordre d'un matin de grande fête où quelques préparatifs somptueux font paraître plus sordides les ustensiles de ménage qui traînent encore, la rivière qui se promenait déjà en bleu ciel entre les terres encore noires et nues, accompagnée seulement d'une bande de coucous arrivés trop tôt et de primevères en avance, cependant que çà et là une violette au bec bleu laissait fléchir sa tige sous le poids de la goutte d'odeur qu'elle tenait dans son cornet. Le Pont-Vieux débouchait dans un sentier de halage qui à cet endroit se tapissait l'été du feuillage bleu d'un noisetier sous lequel un pêcheur en chapeau de paille avait pris racine. À Combray où je savais quelle individualité de maréchal ferrant ou de garçon épicier était dissimulée sous l'uniforme du suisse ou le surplis de l'enfant de chœur, ce pêcheur est la seule personne dont je n'aie jamais découvert l'identité. Il devait connaître mes parents, car il soulevait son chapeau quand nous passions ; je voulais alors demander son nom, mais on me faisait signe de me taire pour ne pas effrayer le poisson. Nous nous engagions dans le sentier de halage qui dominait le courant d'un talus de plusieurs pieds ; de l'autre côté la rive était basse, étendue en vastes prés jusqu'au village et jusqu'à la gare qui en était distante. Ils étaient semés des restes, à demi enfouis dans l'herbe, du château des anciens Comtes de Combray qui au Moyen Âge avait de ce côté le cours de la Vivonne comme défense contre les attaques des sires de Guermantes et des abbés de Martinville. Ce n'étaient plus que quelques fragments de tours bossuant la prairie, à peine apparents, quelques créneaux d'où jadis l'arbalétrier lançait des pierres, d'où le guetteur surveillait Novepont, Claire-fontaine, Martinville-le-Sec[187], Bailleau-l'Exempt, toutes terres vassales de Guermantes entre lesquelles Combray était enclavé, aujourd'hui au ras de l'herbe, dominés par les enfants de l'école des frères qui venaient là apprendre leurs leçons ou jouer aux récréations ; – passé presque descendu dans la terre, couché au bord de l'eau comme un promeneur qui prend le frais, mais me donnant fort à songer, me faisant ajouter dans le nom de Combray à la petite ville d'aujourd'hui une cité très différente, retenant mes pensées par son visage incompréhensible et d'autrefois qu'il cachait à demi sous les boutons d'or. Ils étaient fort nombreux à cet endroit qu'ils avaient choisi pour leurs jeux sur l'herbe, isolés, par couples, par troupes, jaunes comme un jaune d'œuf, brillant d'autant plus, me semblait-il, que ne pouvant dériver vers aucune velléité de dégustation le plaisir que leur vue me causait, je l'accumulais dans leur surface dorée, jusqu'à ce qu'il devînt assez puissant pour produire de l'inutile beauté ; et cela dès ma plus petite enfance, quand du sentier de halage je tendais les bras vers eux sans pouvoir épeler complètement leur joli nom de Princes de contes de fées français, venus peut-être il y a bien des siècles d'Asie mais apatriés pour toujours au village, contents du modeste horizon, aimant le soleil et le bord de l'eau, fidèles à la petite vue de la gare, gardant encore pourtant comme certaines de nos vieilles toiles peintes, dans leur simplicité populaire, un poétique éclat d'Orient.

Je m'amusais à regarder les carafes [188] que les gamins mettaient dans la Vivonne pour prendre les petits poissons, et qui, remplies par la rivière, où elles sont à leur tour encloses, à la fois « contenant » aux flancs transparents comme une eau durcie, et « contenu » plongé dans un plus grand contenant de cristal liquide et courant, évoquaient l'image de la fraîcheur d'une façon plus délicieuse et plus irritante qu'elles n'eussent fait sur une table servie, en ne la montrant qu'en fuite dans cette allitération perpétuelle entre l'eau sans consistance où les mains ne pouvaient la capter et le verre sans fluidité où le palais ne pourrait en jouir. Je me promettais de venir là plus tard avec des lignes ; j'obtenais qu'on tirât un peu de pain des provisions du goûter ; j'en jetais dans la Vivonne des boulettes qui semblaient suffire pour y provoquer un phénomène de sursaturation, car l'eau se solidifiait aussitôt autour d'elles en grappes ovoïdes de têtards inanitiés qu'elle tenait sans doute jusque-là en dissolution, invisibles, tout près d'être en voie de cristallisation.

Bientôt le cours de la Vivonne s'obstrue de plantes d'eau. Il y en a d'abord d'isolées comme tel nénufar à qui le courant au travers duquel il était placé d'une façon malheureuse laissait si peu de repos que comme un bac actionné mécaniquement il n'abordait une rive que pour retourner à celle d'où il était venu, refaisant éternellement la double traversée. Poussé vers la rive, son pédoncule se dépliait, s'allongeait, filait, atteignait l'extrême limite de sa tension jusqu'au bord où le courant le reprenait, le vert cordage se repliait sur lui-même et ramenait la pauvre plante à ce qu'on peut d'autant mieux appeler son point de départ qu'elle n'y restait pas une seconde sans en repartir par une répétition de la même manœuvre. Je la retrouvais de promenade en promenade, toujours dans la même situation, faisant penser à certains neurasthéniques au nombre desquels mon grand-père comptait ma tante Léonie, qui nous offrent sans changement au cours des années le spectacle des habitudes bizarres qu'ils se croient chaque fois à la veille de secouer et qu'ils gardent toujours ; pris dans l'engrenage de leurs malaises et de leurs manies, les efforts dans lesquels ils se débattent inutilement pour en sortir ne font qu'assurer le fonctionnement et faire jouer le déclic de leur diététique étrange, inéluctable et funeste. Tel était ce nénufar, pareil aussi à quelqu'un de ces malheureux dont le tourment singulier, qui se répète indéfiniment durant l'éternité, excitait la curiosité de Dante, et dont il se serait fait raconter plus longuement les particularités et la cause par le supplicié lui-même, si Virgile, s'éloignant à grands pas, ne l'avait forcé à le rattraper au plus vite, comme moi mes parents [189].

Mais plus loin le courant se ralentit, il traverse une propriété dont l'accès était ouvert au public par celui à qui elle appartenait et qui s'y était complu à des travaux d'horticulture aquatique, faisant fleurir, dans les petits étangs que forme la Vivonne, de véritables jardins de nymphéas. Comme les rives étaient à cet endroit très boisées, les grandes ombres des arbres donnaient à l'eau un fond qui était habituellement d'un vert sombre mais que parfois, quand nous rentrions par certains soirs rassérénés d'après-midi orageux, j'ai vu d'un bleu clair et cru, tirant sur le violet, d'apparence cloisonnée et de goût japonais. Çà et là, à la surface, rougissait comme une fraise une fleur de nymphéa au cœur écarlate, blanc sur les bords. Plus loin, les fleurs plus nombreuses étaient plus pâles, moins lisses, plus grenues, plus plissées, et disposées par le hasard en enroulements si gracieux qu'on croyait voir flotter à la dérive, comme après l'effeuillement mélancolique d'une fête galante, des roses mousseuses en guirlandes dénouées. Ailleurs un coin semblait réservé aux espèces communes qui montraient le blanc et le rose proprets de la julienne, lavés comme de la porcelaine avec un soin domestique, tandis qu'un peu plus loin, pressées les unes contre les autres en une véritable plate-bande flottante, on eût dit des pensées des jardins qui étaient venues poser comme des papillons leurs ailes bleuâtres et glacées, sur l'obliquité transparente de ce parterre d'eau ; de ce parterre céleste aussi : car il donnait aux fleurs un sol d'une couleur plus précieuse, plus émouvante que la couleur des fleurs elles-mêmes ; et, soit que pendant l'après-midi il fît étinceler sous les nymphéas le kaléidoscope d'un bonheur attentif, silencieux et mobile, ou qu'il s'emplît vers le soir, comme quelque port lointain, du rose et de la rêverie du couchant, changeant sans cesse pour rester toujours en accord, autour des corolles de teintes plus fixes, avec ce qu'il y a de plus profond, de plus fugitif, de plus mystérieux – avec ce qu'il y a d'infini – dans l'heure, il semblait les avoir fait fleurir en plein ciel.

Au sortir de ce parc, la Vivonne redevient courante. Que de fois j'ai vu, j'ai désiré imiter quand je serais libre de vivre à ma guise, un rameur, qui, ayant lâché l'aviron, s'était couché à plat sur le dos, la tête en bas, au fond de sa barque, et la laissant flotter à la dérive, ne pouvant voir que le ciel qui filait lentement au-dessus de lui, portait sur son visage l'avant-goût du bonheur et de la paix.

Nous nous asseyions entre les iris au bord de l'eau. Dans le ciel férié, flânait longuement un nuage oisif. Par moments oppressée par l'ennui, une carpe se dressait hors de l'eau dans une aspiration anxieuse. C'était l'heure du goûter. Avant de repartir nous restions longtemps à manger des fruits, du pain et du chocolat, sur l'herbe où parvenaient jusqu'à nous, horizontaux, affaiblis, mais denses et métalliques encore, des sons de la cloche de Saint-Hilaire qui ne s'étaient pas mélangés à l'air qu'ils traversaient depuis si longtemps, et côtelés par la palpitation successive de toutes leurs lignes sonores, vibraient en rasant les fleurs, à nos pieds.

Parfois, au bord de l'eau entourée de bois, nous rencontrions une maison dite de plaisance, isolée, perdue, qui ne voyait rien, du monde, que la rivière qui baignait ses pieds. Une jeune femme dont le visage pensif et les voiles élégants n'étaient pas de ce pays et qui sans doute était venue, selon l'expression populaire « s'enterrer » là, goûter le plaisir amer de sentir que son nom, le nom surtout de celui dont elle n'avait pu garder le cœur, y était inconnu, s'encadrait dans la fenêtre qui ne lui laissait pas regarder plus loin que la barque amarrée près de la porte. Elle levait distraitement les yeux en entendant derrière les arbres de la rive la voix des passants dont avant qu'elle eût aperçu leur visage, elle pouvait être certaine que jamais ils n'avaient connu, ni ne connaîtraient l'infidèle, que rien dans leur passé ne gardait sa marque, que rien dans leur avenir n'aurait l'occasion de la recevoir. On sentait que, dans son renoncement, elle avait volontairement quitté des lieux où elle aurait pu du moins apercevoir celui qu'elle aimait, pour ceux-ci qui ne l'avaient jamais vu. Et je la regardais, revenant de quelque promenade sur un chemin où elle savait qu'il ne passerait pas, ôter de ses mains résignées de longs gants d'une grâce inutile.

Jamais dans la promenade du côté de Guermantes nous ne pûmes remonter jusqu'aux sources de la Vivonne, auxquelles j'avais souvent pensé et qui avaient pour moi une existence si abstraite, si idéale, que j'avais été aussi surpris quand on m'avait dit qu'elles se trouvaient dans le département, à une certaine distance kilométrique de Combray, que le jour où j'avais appris qu'il y avait un autre point précis de la terre où s'ouvrait, dans l'Antiquité, l'entrée des Enfers [190]. Jamais non plus nous ne pûmes pousser jusqu'au terme que j'eusse tant souhaité d'atteindre, jusqu'à Guermantes. Je savais que là résidaient des châtelains, le Duc et la Duchesse de Guermantes, je savais qu'ils étaient des personnages réels et actuellement existants, mais chaque fois que je pensais à eux, je me les représentais tantôt en tapisserie, comme était la Comtesse de Guermantes, dans le « Couronnement d'Esther » de notre église, tantôt de nuances changeantes comme était Gilbert le Mauvais dans le vitrail où il passait du vert chou au bleu prune selon que j'étais encore à prendre de l'eau bénite ou que j'arrivais à nos chaises, tantôt tout à fait impalpables comme l'image de Geneviève de Brabant, ancêtre de la famille de Guermantes, que la lanterne magique promenait sur les rideaux de ma chambre ou faisait monter au plafond – enfin toujours enveloppés du mystère des temps mérovingiens et baignant comme dans un coucher de soleil dans la lumière orangée qui émane de cette syllabe : « antes [191] ». Mais si malgré cela ils étaient pour moi, en tant que duc et duchesse, des êtres réels, bien qu'étranges, en revanche leur personne ducale se distendait démesurément, s'immatérialisait, pour pouvoir contenir en elle ce Guermantes dont ils étaient Duc et Duchesse, tout ce « côté de Guermantes » ensoleillé, le cours de la Vivonne, ses nymphéas et ses grands arbres, et tant de beaux après-midi. Et je savais qu'ils ne portaient pas seulement le titre de Duc et de Duchesse de Guermantes, mais que depuis le XIVe siècle où, après avoir inutilement essayé de vaincre ses anciens seigneurs ils s'étaient alliés à eux par des mariages, ils étaient Comtes de Combray, les premiers des citoyens de Combray par conséquent et pourtant les seuls qui n'y habitassent pas. Comtes de Combray, possédant Combray au milieu de leur nom, de leur personne, et sans doute ayant effectivement en eux cette étrange et pieuse tristesse qui était spéciale à Combray ; propriétaires de la ville, mais non d'une maison particulière, demeurant sans doute dehors, dans la rue, entre ciel et terre, comme ce Gilbert de Guermantes, dont je ne voyais aux vitraux de l'abside de Saint-Hilaire que l'envers de laque noire, si je levais la tête, quand j'allais chercher du sel chez Camus.

Puis il arriva que sur le côté de Guermantes je passai parfois devant de petits enclos humides où montaient des grappes de fleurs sombres. Je m'arrêtais, croyant acquérir une notion précieuse, car il me semblait avoir sous les yeux un fragment de cette région fluviatile, que je désirais tant connaître depuis que je l'avais vue décrite par un de mes écrivains préférés. Et ce fut avec elle, avec son sol imaginaire traversé de cours d'eau bouillonnants, que Guermantes, changeant d'aspect dans ma pensée, s'identifia, quand j'eus entendu le docteur Percepied nous parler des fleurs et des belles eaux vives qu'il y avait dans le parc du château. Je rêvais que Mme de Guermantes m'y faisait venir, éprise pour moi d'un soudain caprice ; tout le jour elle y pêchait la truite avec moi. Et le soir, me tenant par la main, en passant devant les petits jardins de ses vassaux, elle me montrait, le long des murs bas, les fleurs qui y appuient leurs quenouilles violettes et rouges et m'apprenait leurs noms [192]. Elle me faisait lui dire le sujet des poèmes que j'avais l'intention de composer. Et ces rêves m'avertissaient que, puisque je voulais un jour être un écrivain, il était temps de savoir ce que je comptais écrire. Mais dès que je me le demandais, tâchant de trouver un sujet où je pusse faire tenir une signification philosophique infinie, mon esprit s'arrêtait de fonctionner, je ne voyais plus que le vide en face de mon attention, je sentais que je n'avais pas de génie ou peut-être une maladie cérébrale l'empêchait de naître. Parfois je comptais sur mon père pour arranger cela. Il était si puissant, si en faveur auprès des gens en place qu'il arrivait à nous faire transgresser les lois que Françoise m'avait appris à considérer comme plus inéluctables que celles de la vie et de la mort, à faire retarder d'un an pour notre maison, seule de tout le quartier, les travaux de « ravalement », à obtenir du ministre pour le fils de Mme Sazerat qui voulait aller aux eaux, l'autorisation qu'il passât le baccalauréat deux mois d'avance, dans la série des candidats dont le nom commençait par un A au lieu d'attendre le tour des S. Si j'étais tombé gravement malade, si j'avais été capturé par des brigands, persuadé que mon père avait trop d'intelligences avec les puissances suprêmes, de trop irrésistibles lettres de recommandation auprès du bon Dieu, pour que ma maladie ou ma captivité pussent être autre chose que de vains simulacres sans danger pour moi, j'aurais attendu avec calme l'heure inévitable du retour à la bonne réalité, l'heure de la délivrance ou de la guérison ; peut-être cette absence de génie, ce trou noir qui se creusait dans mon esprit quand je cherchais le sujet de mes écrits futurs, n'était-il aussi qu'une illusion sans consistance, et cesserait-elle par l'intervention de mon père qui avait dû convenir avec le Gouvernement et avec la Providence que je serais le premier écrivain de l'époque. Mais d'autres fois tandis que mes parents s'impatientaient de me voir rester en arrière et ne pas les suivre, ma vie actuelle au lieu de me sembler une création artificielle de mon père et qu'il pouvait modifier à son gré, m'apparaissait au contraire comme comprise dans une réalité qui n'était pas faite pour moi, contre laquelle il n'y avait pas de recours, au cœur de laquelle je n'avais pas d'allié, qui ne cachait rien au-delà d'elle-même. Il me semblait alors que j'existais de la même façon que les autres hommes, que je vieillirais, que je mourrais comme eux, et que parmi eux j'étais seulement du nombre de ceux qui n'ont pas de dispositions pour écrire. Aussi, découragé, je renonçais à jamais à la littérature, malgré les encouragements que m'avait donnés Bloch. Ce sentiment intime, immédiat, que j'avais du néant de ma pensée, prévalait contre toutes les paroles flatteuses qu'on pouvait me prodiguer, comme chez un méchant dont chacun vante les bonnes actions, les remords de sa conscience.

Un jour ma mère me dit : « Puisque tu parles toujours de Mme de Guermantes, comme le docteur Percepied l'a très bien soignée il y a quatre ans, elle doit venir à

Combray pour assister au mariage de sa fille. Tu pourras l'apercevoir à la cérémonie. » C'était du reste par le docteur Percepied que j'avais le plus entendu parler de Mme de Guermantes, et il nous avait même montré le numéro d'une revue illustrée où elle était représentée dans le costume qu'elle portait à un bal travesti chez la Princesse de Léon.

Tout d'un coup pendant la messe de mariage, un mouvement que fit le suisse en se déplaçant me permit de voir assise dans une chapelle une dame blonde avec un grand nez, des yeux bleus et perçants, une cravate bouffante en soie mauve, lisse, neuve et brillante, et un petit bouton au coin du nez. Et parce que dans la surface de son visage rouge, comme si elle eût eu très chaud, je distinguais, diluées et à peine perceptibles, des parcelles d'analogie avec le portrait qu'on m'avait montré, parce que surtout les traits particuliers que je relevais en elle, si j'essayais de les énoncer, se formulaient précisément dans les mêmes termes : un grand nez, des yeux bleus, dont s'était servi le docteur Percepied quand il avait décrit devant moi la Duchesse de Guermantes, je me dis : cette dame ressemble à Mme de Guermantes ; or la chapelle où elle suivait la messe était celle de Gilbert le Mauvais, sous les plates tombes de laquelle, dorées et distendues comme des alvéoles de miel, reposaient les anciens Comtes de Brabant, et que je me rappelais être à ce qu'on m'avait dit réservée à la famille de Guermantes quand quelqu'un de ses membres venait pour une cérémonie à Combray ; il ne pouvait vraisemblablement y avoir qu'une seule femme ressemblant au portrait de Mme de Guermantes, qui fût ce jour-là, jour où elle devait justement venir, dans cette chapelle : c'était elle ! Ma déception était grande. Elle provenait de ce que je n'avais jamais pris garde quand je pensais à Mme de Guermantes, que je me la représentais avec les couleurs d'une tapisserie ou d'un vitrail, dans un autre siècle, d'une autre matière que le reste des personnes vivantes. Jamais je ne m'étais avisé qu'elle pouvait avoir une figure rouge, une cravate mauve comme Mme Sazerat, et l'ovale de ses joues me fit tellement souvenir de personnes que j'avais vues à la maison que le soupçon m'effleura, pour se dissiper d'ailleurs aussitôt après, que cette dame en son principe générateur, en toutes ses molécules, n'était peut-être pas substantiellement la Duchesse de Guermantes, mais que son corps, ignorant du nom qu'on lui appliquait, appartenait à un certain type féminin, qui comprenait aussi des femmes de médecins et de commerçants. « C'est cela, ce n'est que cela, Mme de Guermantes ! », disait la mine attentive et étonnée avec laquelle je contemplais cette image qui naturellement n'avait aucun rapport avec celles qui sous le même nom de Mme de Guermantes étaient apparues tant de fois dans mes songes, puisque, elle, elle n'avait pas été comme les autres arbitrairement formée par moi, mais qu'elle m'avait sauté aux yeux pour la première fois il y a un moment seulement, dans l'église ; qui n'était pas de la même nature, n'était pas colorable à volonté comme celles qui se laissaient imbiber de la teinte orangée d'une syllabe, mais était si réelle que tout, jusqu'à ce petit bouton qui s'enflammait au coin du nez, certifiait son assujettissement aux lois de la vie, comme dans une apothéose de théâtre, un plissement de la robe de la fée, un tremblement de son petit doigt, dénoncent la présence matérielle d'une actrice vivante, là où nous étions incertains si nous n'avions pas devant les yeux une simple projection lumineuse.

Mais en même temps, sur cette image que le nez proéminent, les yeux perçants, épinglaient dans ma vision (peut-être parce que c'était eux qui l'avaient d'abord atteinte, qui y avaient fait la première encoche, au moment où je n'avais pas encore le temps de songer que la femme qui apparaissait devant moi pouvait être Mme de Guermantes), sur cette image toute récente, inchangeable, j'essayais d'appliquer l'idée : « C'est Mme de Guermantes » sans parvenir qu'à la faire manœuvrer en face de l'image, comme deux disques séparés par un intervalle. Mais cette Mme de Guermantes à laquelle j'avais si souvent rêvé, maintenant que je voyais qu'elle existait effectivement en dehors de moi, en prit plus de puissance encore sur mon imagination qui, un moment paralysée au contact d'une réalité si différente de ce qu'elle attendait, se mit à réagir et à me dire : « Glorieux dès avant Charlemagne, les Guermantes avaient le droit de vie et de mort sur leurs vassaux ; la Duchesse de Guermantes descend de Geneviève de Brabant. Elle ne connaît, ni ne consentirait à connaître aucune des personnes qui sont ici. »

Et – ô merveilleuse indépendance des regards humains, retenus au visage par une corde si lâche, si longue, si extensible qu'ils peuvent se promener seuls loin de lui – pendant que Mme de Guermantes était assise dans la chapelle au-dessus des tombes de ses morts, ses regards flânaient çà et là, montaient le long des piliers, s'arrêtaient même sur moi, comme un rayon de soleil errant dans la nef, mais un rayon de soleil qui, au moment où je reçus sa caresse, me sembla conscient. Quant à Mme de Guermantes elle-même, comme elle restait immobile, assise comme une mère qui semble ne pas voir les audaces espiègles et les entreprises indiscrètes de ses enfants qui jouent et interpellent des personnes qu'elle ne connaît pas, il me fut impossible de savoir si elle approuvait ou blâmait dans le désœuvrement de son âme, le vagabondage de ses regards.

Je trouvais important qu'elle ne partît pas avant que j'eusse pu la regarder suffisamment, car je me rappelais que depuis des années je considérais sa vue comme éminemment désirable, et je ne détachais pas mes yeux d'elle, comme si chacun de mes regards eût pu matériellement emporter et mettre en réserve en moi le souvenir du nez proéminent, des joues rouges, de toutes ces particularités qui me semblaient autant de renseignements précieux, authentiques et singuliers sur son visage. Maintenant que me le faisaient trouver beau toutes les pensées que j'y rapportais – et peut-être surtout, forme de l'instinct de conservation des meilleures parties de nous-mêmes, ce désir qu'on a toujours de ne pas avoir été déçu – la replaçant (puisque c'était une seule personne qu'elle et cette Duchesse de Guermantes que j'avais évoquée jusque-là) hors du reste de l'humanité dans laquelle la vue pure et simple de son corps me l'avait fait un instant confondre, je m'irritais en entendant dire autour de moi : « Elle est mieux que Mme Sazerat, que Mlle Vinteuil », comme si elle leur eût été comparable. Et mes regards s'arrêtant à ses cheveux blonds, à ses yeux bleus, à l'attache de son cou et omettant les traits qui eussent pu me rappeler d'autres visages, je m'écriais devant ce croquis volontairement incomplet : « Qu'elle est belle ! Quelle noblesse ! Comme c'est bien une fière Guermantes, la descendante de Geneviève de Brabant, que j'ai devant moi ! » Et l'attention avec laquelle j'éclairais son visage l'isolait tellement, qu'aujourd'hui si je repense à cette cérémonie, il m'est impossible de revoir une seule des personnes qui y assistaient sauf elle et le suisse qui répondit affirmativement quand je lui demandai si cette dame était bien Mme de Guermantes. Mais elle, je la revois, surtout au moment du défilé dans la sacristie qu'éclairait le soleil intermittent et chaud d'un jour de vent et d'orage, et dans laquelle Mme de Guermantes se trouvait au milieu de tous ces gens de Combray dont elle ne savait même pas les noms, mais dont l'infériorité proclamait trop sa suprématie pour qu'elle ne ressentît pas pour eux une sincère bienveillance et auxquels du reste elle espérait imposer davantage encore à force de bonne grâce et de simplicité. Aussi, ne pouvant émettre ces regards volontaires, chargés d'une signification précise, qu'on adresse à quelqu'un qu'on connaît, mais seulement laisser ses pensées distraites s'échapper incessamment devant elle en un flot de lumière bleue qu'elle ne pouvait contenir, elle ne voulait pas qu'il pût gêner, paraître dédaigner ces petites gens qu'il rencontrait au passage, qu'il atteignait à tous moments. Je revois encore, au-dessus de sa cravate mauve, soyeuse et gonflée, le doux étonnement de ses yeux auxquels elle avait ajouté sans oser le destiner à personne mais pour que tous pussent en prendre leur part un sourire un peu timide de suzeraine qui a l'air de s'excuser auprès de ses vassaux et de les aimer. Ce sourire tomba sur moi qui ne la quittais pas des yeux. Alors me rappelant ce regard qu'elle avait laissé s'arrêter sur moi, pendant la messe, bleu comme un rayon de soleil qui aurait traversé le vitrail de Gilbert le Mauvais, je me dis : « Mais sans doute elle fait attention à moi. » Je crus que je lui plaisais, qu'elle penserait encore à moi quand elle aurait quitté l'église, qu'à cause de moi elle serait peut-être triste le soir à Guermantes. Et aussitôt je l'aimai, car s'il peut quelquefois suffire pour que nous aimions une femme qu'elle nous regarde avec mépris comme j'avais cru qu'avait fait Mlle Swann et que nous pensions qu'elle ne pourra jamais nous appartenir, quelquefois aussi il peut suffire qu'elle nous regarde avec bonté comme faisait Mme de Guermantes et que nous pensions qu'elle pourra nous appartenir. Ses yeux bleuissaient comme une pervenche impossible à cueillir et que pourtant elle m'eût dédiée ; et le soleil menacé par un nuage, mais dardant encore de toute sa force sur la Place et dans la sacristie, donnait une carnation de géranium aux tapis rouges qu'on y avait étendus par terre pour la solennité et sur lesquels s'avançait en souriant Mme de Guermantes, et ajoutait à leur lainage un velouté rose, un épiderme de lumière, cette sorte de tendresse, de sérieuse douceur dans la pompe et dans la joie qui caractérisent certaines pages de *Lohengrin*, certaines peintures de Carpaccio, et qui font comprendre que Baudelaire ait pu appliquer au son de la trompette l'épithète de délicieux [193].

Combien depuis ce jour, dans mes promenades du côté de Guermantes, il me parut plus affligeant encore qu'auparavant de n'avoir pas de dispositions pour les lettres, et de devoir renoncer à être jamais un écrivain célèbre. Les regrets que j'en éprouvais, tandis que je restais seul à rêver un peu à l'écart, me faisaient tant souffrir, que pour ne plus les ressentir, de lui-même par une sorte d'inhibition devant la douleur, mon esprit s'arrêtait entièrement de penser aux vers, aux romans, à un avenir poétique sur lequel mon manque de talent m'interdisait de compter. Alors, bien en dehors de toutes ces préoccupations littéraires et ne s'y rattachant en rien, tout d'un coup un toit, un reflet de soleil sur une pierre, l'odeur d'un chemin me faisaient arrêter par un plaisir particulier qu'ils me donnaient, et aussi parce qu'ils avaient l'air de cacher au-delà de ce que je voyais, quelque chose qu'ils invitaient à venir prendre et que malgré mes efforts je n'arrivais pas à découvrir. Comme je sentais que cela se trouvait en eux, je restais là, immobile, à regarder, à respirer, à tâcher d'aller avec ma pensée au-delà de l'image ou de l'odeur. Et s'il me fallait rattraper mon grand-père, poursuivre ma route, je cherchais à les retrouver, en fermant les yeux ; je m'attachais à me rappeler exactement la ligne du toit, la nuance de la pierre qui, sans que je pusse comprendre pourquoi, m'avaient semblé pleines, prêtes à s'entrouvrir, à me livrer ce dont elles n'étaient qu'un couvercle. Certes ce n'était pas des impressions de ce genre qui pouvaient me rendre l'espérance que j'avais perdue de pouvoir être un jour écrivain et poète, car elles étaient toujours liées à un objet particulier dépourvu de valeur intellectuelle et ne se rapportant à aucune vérité abstraite. Mais du moins elles me donnaient un plaisir irraisonné, l'illusion d'une sorte de fécondité et par là me distrayaient de l'ennui, du sentiment de mon impuissance que j'avais éprouvés chaque fois que j'avais cherché un sujet philosophique pour une grande œuvre littéraire. Mais le devoir de conscience était si ardu que m'imposaient ces impressions de forme, de parfum ou de couleur – de tâcher d'apercevoir ce qui se cachait derrière elles –, que je ne tardais pas à me chercher à moi-même des excuses qui me permissent de me dérober à ces efforts et de m'épargner cette fatigue. Par bonheur mes parents m'appelaient, je sentais que je n'avais pas présentement la tranquillité nécessaire pour poursuivre utilement ma recherche, et qu'il valait mieux n'y plus penser jusqu'à ce que je fusse rentré, et ne pas me fatiguer d'avance sans résultat. Alors je ne m'occupais plus de cette chose inconnue qui s'enveloppait d'une forme ou d'un parfum, bien tranquille puisque je la ramenais à la maison, protégée par le revêtement d'images sous lesquelles je la trouverais vivante, comme les poissons que les jours où on m'avait laissé aller à la pêche, je rapportais dans mon panier, couverts par une couche d'herbe qui préservait leur fraîcheur. Une fois à la maison je songeais à autre chose et ainsi s'entassaient dans mon esprit (comme dans ma chambre les fleurs que j'avais cueillies dans mes promenades ou les objets qu'on m'avait donnés) une pierre où jouait un reflet, un toit, un son de cloche, une odeur de feuilles, bien des images différentes sous lesquelles il y a longtemps qu'est morte la réalité pressentie que je n'ai pas eu assez de volonté pour arriver à découvrir [194]. Une fois pourtant – où notre promenade s'étant prolongée fort au-delà de sa durée habituelle, nous avions été bien heureux de rencontrer à mi-chemin du retour, comme l'après-midi finissait, le docteur Percepied qui passait en voiture à bride abattue, nous avait reconnus et fait monter avec lui – j'eus une impression de ce genre et ne l'abandonnai pas sans un peu l'approfondir. On m'avait fait monter près du cocher, nous allions comme le vent parce que le docteur avait encore avant de rentrer à Combray à s'arrêter à Martinville-le-Sec chez un malade à la porte duquel il avait été convenu que nous l'attendrions. Au tournant d'un chemin j'éprouvai tout à coup ce plaisir spécial qui ne ressemblait à aucun autre, à apercevoir les deux clochers de Martinville, sur lesquels donnait le soleil couchant et que le mouvement de notre voiture et les lacets du chemin avaient l'air de faire changer de place, puis celui de Vieuxvicq qui, séparé d'eux par une colline et une vallée, et situé sur un plateau plus élevé dans le lointain, semblait pourtant tout voisin d'eux.

En constatant, en notant la forme de leur flèche, le déplacement de leurs lignes, l'ensoleillement de leur surface, je sentais que je n'allais pas au bout de mon impression, que quelque chose était derrière ce mouvement, derrière cette clarté, quelque chose qu'ils semblaient contenir et dérober à la fois.

Les clochers paraissaient si éloignés et nous avions l'air de si peu nous rapprocher d'eux, que je fus étonné quand, quelques instants après, nous nous arrêtâmes devant l'église de Martinville. Je ne savais pas la raison du plaisir que j'avais eu à les apercevoir à l'horizon et l'obligation de chercher à découvrir cette raison me semblait bien pénible ; j'avais envie de garder en réserve dans ma tête ces lignes remuantes au soleil et de n'y plus penser maintenant. Et il est probable que si je l'avais fait, les deux clochers seraient allés à jamais rejoindre tant d'arbres, de toits, de parfums, de sons, que j'avais distingués des autres à cause de ce plaisir obscur qu'ils m'avaient procuré et que je n'ai jamais approfondi. Je descendis causer avec mes parents en attendant le docteur. Puis nous repartîmes, je repris ma place sur le siège, je tournai la tête pour voir encore les clochers qu'un peu plus tard, j'aperçus une dernière fois au tournant d'un chemin. Le cocher, qui ne semblait pas disposé à causer, ayant à peine répondu à mes propos, force me fut, faute d'autre compagnie, de me rabattre sur celle de moi-même et d'essayer de me rappeler mes clochers. Bientôt leurs lignes et leurs surfaces ensoleillées, comme si elles avaient été une sorte d'écorce se déchirèrent, un peu de ce qui m'était caché en elles m'apparut, j'eus une pensée qui n'existait pas pour moi l'instant avant, qui se formula en mots dans ma tête, et le plaisir que m'avait fait tout à l'heure éprouver leur vue s'en trouva tellement accru que, pris d'une sorte d'ivresse, je ne pus plus penser à autre chose. À ce moment et comme nous étions déjà loin de Martinville, en tournant la tête je les aperçus de nouveau, tout noirs cette fois, car le soleil était déjà couché. Par moments les tournants du chemin me les dérobaient, puis ils se montrèrent une dernière fois et enfin je ne les vis plus.

Sans me dire que ce qui était caché derrière les clochers de Martinville devait être quelque chose d'analogue à une jolie phrase, puisque c'était sous la forme de mots qui me faisaient plaisir, que cela m'était apparu, demandant un crayon et du papier au docteur, je composai malgré les cahots de la voiture, pour soulager ma conscience et obéir à mon enthousiasme, le petit morceau suivant que j'ai retrouvé depuis et auquel je n'ai eu à faire subir que peu de changements :

« Seuls [195], s'élevant du niveau de la plaine et comme perdus en rase campagne, montaient vers le ciel les deux clochers de Martinville. Bientôt nous en vîmes trois : venant se placer en face d'eux par une volte hardie, un clocher retardataire, celui de Vieuxvicq, les avait rejoints. Les minutes passaient, nous allions vite et pourtant les trois clochers étaient toujours au loin devant nous, comme trois oiseaux posés sur la plaine, immobiles et qu'on distingue au soleil. Puis le clocher de Vieuxvicq s'écarta, prit ses distances, et les clochers de Martinville restèrent seuls, éclairés par la lumière du couchant que même à cette distance, sur leurs pentes, je voyais jouer et sourire. Nous avions été si longs à nous rapprocher d'eux, que je pensais au temps qu'il faudrait encore pour les atteindre quand, tout d'un coup, la voiture ayant tourné, elle nous déposa à leurs pieds ; et ils s'étaient jetés si rudement au-devant d'elle, qu'on n'eut que le temps d'arrêter pour ne pas se heurter au porche. Nous poursuivîmes notre route ; nous avions déjà quitté Martinville depuis un peu de temps et le village après nous avoir accompagnés quelques secondes avait disparu, que restés seuls à l'horizon à nous regarder fuir, ses clochers et celui de Vieuxvicq agitaient encore en signe d'adieu leurs cimes ensoleillées. Parfois l'un s'effaçait pour que les deux autres pussent nous apercevoir un instant encore ; mais la route changea [196] de direction, ils virèrent dans la lumière comme trois pivots d'or et disparurent à mes yeux. Mais, un peu plus tard, comme nous étions déjà près de Combray, le soleil étant maintenant couché, je les aperçus une dernière fois de très loin qui n'étaient plus que comme trois fleurs peintes sur le ciel au-dessus de la ligne basse des champs. Ils me faisaient penser aussi aux trois jeunes filles d'une légende, abandonnées dans une solitude où tombait déjà l'obscurité ; et tandis que nous nous éloignions au galop, je les vis timidement chercher leur chemin et après quelques gauches trébuchements de leurs nobles silhouettes, se serrer les uns contre les autres, glisser l'un derrière l'autre, ne plus faire sur le ciel encore rose qu'une seule forme noire, charmante et résignée, et s'effacer dans la nuit. » Je ne repensai jamais à cette page, mais à ce moment-là, quand, au coin du siège où le cocher du docteur plaçait habituellement dans un panier les volailles qu'il avait achetées au marché de Martinville, j'eus fini de l'écrire, je me trouvai si heureux, je sentais qu'elle m'avait si parfaitement débarrassé de ces clochers et de ce qu'ils cachaient derrière eux, que, comme si j'avais été moi-même une poule et si je venais de pondre un œuf, je me mis à chanter à tue-tête.

Pendant toute la journée, dans ces promenades, j'avais pu rêver au plaisir que ce serait d'être l'ami de la Duchesse de Guermantes, de pêcher la truite, de me promener en barque sur la Vivonne, et, avide de bonheur, ne demander en ces moments-là rien d'autre à la vie que de se composer toujours d'une suite d'heureux après-midi. Mais quand sur le chemin du retour j'avais aperçu sur la gauche une ferme, assez distante de deux autres qui étaient au contraire très rapprochées, et à partir de laquelle pour entrer dans Combray il n'y avait plus qu'à prendre une allée de chênes bordée d'un côté de prés appartenant chacun à un petit clos et plantés à intervalles égaux de pommiers qui y portaient, quand ils étaient éclairés par le soleil couchant, le dessin japonais de leurs ombres, brusquement mon cœur se mettait à battre, je savais qu'avant une demi-heure nous serions rentrés, et que, comme c'était de règle les jours où nous étions allés du côté de Guermantes et où le dîner était servi plus tard, on m'enverrait me coucher sitôt ma soupe prise, de sorte que ma mère, retenue à table comme s'il y avait du monde à dîner, ne monterait pas me dire bonsoir dans mon lit. La zone de tristesse où je venais d'entrer était aussi distincte de la zone où je m'élançais avec joie il y avait un moment encore, que dans certains ciels une bande rose est séparée comme par une ligne d'une bande verte ou d'une bande noire. On voit un oiseau voler dans le rose, il va en atteindre la fin, il touche presque au noir, puis il y est entré. Les désirs qui tout à l'heure m'entouraient, d'aller à Guermantes, de voyager, d'être heureux, j'étais maintenant tellement en dehors d'eux que leur accomplissement ne m'eût fait aucun plaisir. Comme j'aurais donné tout cela pour pouvoir pleurer toute la nuit dans les bras de maman ! Je frissonnais, je ne détachais pas mes yeux angoissés du visage de ma mère, qui n'apparaîtrait pas ce soir dans la chambre où je me voyais déjà par la pensée, j'aurais voulu mourir. Et cet état durerait jusqu'au lendemain, quand les rayons du matin, appuyant, comme le jardinier, leurs barreaux au mur revêtu de capucines qui grimpaient jusqu'à ma fenêtre, je sauterais à bas du lit pour descendre vite au jardin, sans plus me rappeler que le soir ramènerait jamais l'heure de quitter ma mère. Et de la sorte c'est du côté de Guermantes que j'ai appris à distinguer ces états qui se succèdent en moi, pendant certaines périodes, et vont jusqu'à se partager chaque journée, l'un revenant chasser l'autre, avec la ponctualité de la fièvre ; contigus, mais si extérieurs l'un à l'autre, si dépourvus de moyens de communication entre eux, que je ne puis plus comprendre, plus même me représenter dans l'un, ce que j'ai désiré, ou redouté, ou accompli dans l'autre.

Aussi le côté de Méséglise et le côté de Guermantes restent-ils pour moi liés à bien des petits événements de celle de toutes les diverses vies que nous menons parallèlement, qui est la plus pleine de péripéties, la plus riche en épisodes, je veux dire la vie intellectuelle. Sans doute elle progresse en nous insensiblement et les vérités qui en ont changé pour nous le sens et l'aspect, qui nous ont ouvert de nouveaux chemins, nous en préparions depuis longtemps la découverte ; mais c'était sans le savoir ; et elles ne datent pour nous que du jour, de la minute où elles nous sont devenues visibles. Les fleurs qui jouaient alors sur l'herbe, l'eau qui passait au soleil, tout le paysage qui environna leur apparition continue à accompagner leur souvenir de son visage inconscient ou distrait ; et certes quand ils étaient longuement contemplés par cet humble passant, par cet enfant qui rêvait – comme l'est un roi, par un mémorialiste perdu dans la foule – ce coin de nature, ce bout de jardin n'eussent pu penser que ce serait grâce à lui qu'ils seraient appelés à survivre en leurs particularités les plus éphémères ; et pourtant ce parfum d'aubépine qui butine le long de la haie où les églantiers le remplaceront bientôt, un bruit de pas sans écho sur le gravier d'une allée, une bulle formée contre une plante aquatique par l'eau de la rivière et qui crève aussitôt, mon exaltation les a portés et a réussi à leur faire traverser tant d'années successives, tandis qu'alentour les chemins se sont effacés et que sont morts ceux qui les foulèrent et le souvenir de ceux qui les foulèrent. Parfois ce morceau de paysage amené ainsi jusqu'à aujourd'hui se détache si isolé de tout, qu'il flotte incertain dans ma pensée comme une Délos fleurie, sans que je puisse dire de quel pays, de quel temps – peut-être tout simplement de quel rêve – il vient. Mais c'est surtout comme à des gisements profonds de mon sol mental, comme aux terrains résistants sur lesquels je m'appuie encore, que je dois penser au côté de Méséglise et au côté de Guermantes. C'est parce que je croyais aux choses, aux êtres, tandis que je les parcourais, que les choses, les êtres qu'ils m'ont fait connaître, sont les seuls que je prenne encore au sérieux et qui me donnent encore de la joie. Soit que la foi qui crée soit tarie en moi, soit que la réalité ne se forme que dans la mémoire, les fleurs qu'on me montre aujourd'hui pour la première fois ne me semblent pas de vraies fleurs. Le côté de Méséglise avec ses lilas, ses aubépines, ses bleuets, ses coquelicots, ses pommiers, le côté de Guermantes avec sa rivière à têtards, ses nymphéas et ses boutons d'or, ont constitué à tout jamais pour moi la figure des pays où j'aimerais vivre, où j'exige avant tout qu'on puisse aller à la pêche, se promener en canot, voir des ruines de fortifications gothiques et trouver au milieu des blés, ainsi qu'était Saint-André-des-Champs, une église monumentale, rustique et dorée comme une meule ; et les bleuets, les aubépines, les pommiers qu'il m'arrive quand je voyage de rencontrer encore dans les champs, parce qu'ils sont situés à la même profondeur, au niveau de mon passé, sont immédiatement en communication avec mon cœur. Et pourtant, parce qu'il y a quelque chose d'individuel dans les lieux, quand me saisit le désir de revoir le côté de Guermantes, on ne le satisferait pas en me menant au bord d'une rivière où il y aurait d'aussi beaux, de plus beaux nymphéas que dans la Vivonne, pas plus que le soir en rentrant – à l'heure où s'éveillait en moi cette angoisse qui plus tard émigre dans l'amour, et peut devenir à jamais inséparable de lui – je n'aurais souhaité que vînt me dire bonsoir une mère plus belle et plus intelligente que la mienne. Non ; de même que ce qu'il me fallait pour que je pusse m'endormir heureux, avec cette paix sans trouble qu'aucune maîtresse n'a pu me donner depuis puisqu'on doute d'elles encore au moment où on croit en elles, et qu'on ne possède jamais leur cœur comme je recevais dans un baiser celui de ma mère, tout entier, sans la réserve d'une arrière-pensée, sans le reliquat d'une intention qui ne fût pas pour moi – c'est que ce fût elle, c'est qu'elle inclinât vers moi ce visage où il y avait au-dessous de l'œil quelque chose qui était, paraît-il, un défaut, et que j'aimais à l'égal du reste, de même ce que je veux revoir, c'est le côté de Guermantes que j'ai connu, avec la ferme qui est un peu éloignée des deux suivantes serrées l'une contre l'autre, à l'entrée de l'allée des chênes ; ce sont ces prairies où, quand le soleil les rend réfléchissantes comme une mare, se dessinent les feuilles des pommiers, c'est ce paysage dont parfois, la nuit dans mes rêves, l'individualité m'étreint avec une puissance presque fantastique et que je ne peux plus retrouver au réveil. Sans doute pour avoir à jamais indissolublement uni en moi des impressions différentes rien que parce qu'ils me les avaient fait éprouver en même temps, le côté de Méséglise ou le côté de Guermantes m'ont exposé, pour l'avenir, à bien des déceptions et même à bien des fautes. Car souvent j'ai voulu revoir une personne sans discerner que c'était simplement parce qu'elle me rappelait une haie d'aubépines, et j'ai été induit à croire, à faire croire à un regain d'affection, par un simple désir de voyage. Mais par là même aussi, et en restant présents en celles de mes impressions d'aujourd'hui auxquelles ils peuvent se relier, ils leur donnent des assises, de la profondeur, une dimension de plus qu'aux autres. Ils leurs ajoutent aussi un charme, une signification qui n'est que pour moi. Quand par les soirs d'été le ciel harmonieux gronde comme une bête fauve et que chacun boude l'orage, c'est au côté de Méséglise que je dois de rester seul en extase à respirer, à travers le bruit de la pluie qui tombe, l'odeur d'invisibles et persistants lilas.

*

* *

C'est [197] ainsi que je restais souvent jusqu'au matin à songer au temps de Combray, à mes tristes soirées sans sommeil, à tant de jours aussi dont l'image m'avait été plus récemment rendue par la saveur – ce qu'on aurait appelé à Combray le « parfum » – d'une tasse de thé, et par association de souvenirs à ce que, bien des années après avoir quitté cette petite ville, j'avais appris, au sujet d'un amour que Swann avait eu avant ma naissance, avec cette précision dans les détails plus facile à obtenir quelquefois pour la vie de personnes mortes il y a des siècles que pour celle de nos meilleurs amis, et qui semble impossible comme semblait impossible de causer d'une ville à une autre – tant qu'on ignore le biais par lequel cette impossibilité a été tournée. Tous ces souvenirs ajoutés les uns aux autres ne formaient plus qu'une masse, mais non sans qu'on ne pût distinguer entre eux – entre les plus anciens, et ceux plus récents, nés d'un parfum, puis ceux qui n'étaient que les souvenirs d'une autre personne de qui je les avais appris – sinon des fissures, des failles véritables, du moins ces veinures, ces bigarrures de coloration, qui dans certaines roches, dans certains marbres, révèlent des différences d'origine, d'âge, de « formation [198] ».

Certes quand approchait le matin, il y avait bien longtemps qu'était dissipée la brève incertitude de mon réveil. Je savais dans quelle chambre je me trouvais effectivement, je l'avais reconstruite autour de moi dans l'obscurité, et – soit en m'orientant par la seule mémoire, soit en m'aidant, comme indication, d'une faible lueur aperçue, au pied de laquelle je plaçais les rideaux de la croisée – je l'avais reconstruite tout entière et meublée comme un architecte et un tapissier qui gardent leur ouverture primitive aux fenêtres et aux portes, j'avais reposé les glaces et remis la commode à sa place habituelle. Mais à peine le jour – et non plus le reflet d'une dernière braise sur une tringle de cuivre que j'avais pris pour lui – traçait-il dans l'obscurité, et comme à la craie, sa première raie blanche et rectificative, que la fenêtre avec ses rideaux, quittait le cadre de la porte où je l'avais située par erreur, tandis que pour lui faire place, le bureau que ma mémoire avait maladroitement installé là se sauvait à toute vitesse, poussant devant lui la cheminée et écartant le mur mitoyen du couloir ; une courette régnait à l'endroit où il y a un instant encore s'étendait le cabinet de toilette, et la demeure que j'avais rebâtie dans les ténèbres était allée rejoindre les demeures entrevues dans le tourbillon du réveil, mise en fuite par ce pâle signe qu'avait tracé au-dessus des rideaux le doigt levé du jour [199].

Deuxième partie

UN AMOUR DE SWANN

Pour[200] faire partie du « petit noyau », du « petit groupe », du « petit clan » des Verdurin, une condition était suffisante mais elle était nécessaire : il fallait adhérer tacitement à un Credo dont un des articles était que le jeune pianiste, protégé par Mme Verdurin cette année-là et dont elle disait : « Ça ne devrait pas être permis de savoir jouer Wagner comme ça ! », « enfonçait » à la fois Planté et Rubinstein et que le docteur Cottard avait plus de diagnostic que Potain. Toute « nouvelle recrue » à qui les Verdurin ne pouvaient pas persuader que les soirées des gens qui n'allaient pas chez eux étaient ennuyeuses comme la pluie, se voyait immédiatement exclue. Les femmes étant à cet égard plus rebelles que les hommes à déposer toute curiosité mondaine et l'envie de se renseigner par soi-même sur l'agrément des autres salons, et les Verdurin sentant d'autre part que cet esprit d'examen et ce démon de frivolité pouvaient par contagion devenir fatal à l'orthodoxie de la petite église, ils avaient été amenés à rejeter successivement tous les « fidèles » du sexe féminin.

En dehors de la jeune femme du docteur, ils étaient réduits presque uniquement cette année-là (bien que Mme Verdurin fût elle-même vertueuse et d'une respectable famille bourgeoise, excessivement riche et entièrement obscure, avec laquelle elle avait peu à peu cessé volontairement toute relation) à une personne presque du demi-monde, Mme de Crécy, que Mme Verdurin appelait par son petit nom, Odette, et déclarait être « un amour » et à la tante du pianiste, laquelle devait avoir tiré le cordon [201] ; personnes ignorantes du monde et à la naïveté de qui il avait été si facile de faire accroire que la Princesse de Sagan et la Duchesse de Guermantes étaient obligées de payer des malheureux pour avoir du monde à leurs dîners, que si on leur avait offert de les faire inviter chez ces deux grandes dames, l'ancienne concierge et la cocotte eussent dédaigneusement refusé [202].

Les Verdurin n'invitaient pas à dîner : on avait chez eux « son couvert mis ». Pour la soirée, il n'y avait pas de programme. Le jeune pianiste jouait, mais seulement si « ça lui chantait », car on ne forçait personne et comme disait M. Verdurin : « Tout pour les amis, vivent les camarades ! » Si le pianiste voulait jouer la chevauchée de la *Walkyrie* ou le prélude de *Tristan* [203], Mme Verdurin protestait, non que cette musique lui déplût, mais au contraire parce qu'elle lui causait trop d'impression. « Alors vous tenez à ce que j'aie ma migraine ? Vous savez bien que c'est la même chose chaque fois qu'il joue ça. Je sais ce qui m'attend ! Demain quand je voudrai me lever, bonsoir, plus personne ! » S'il ne jouait pas, on causait, et l'un des amis, le plus souvent leur peintre favori d'alors, « lâchait », comme disait M. Verdurin, « une grosse faribole qui faisait s'esclaffer tout le monde », Mme Verdurin surtout, à qui, – tant elle avait l'habitude de prendre au propre les expressions figurées des émotions qu'elle éprouvait – le docteur Cottard (un jeune débutant à cette époque) dut un jour remettre sa mâchoire qu'elle avait décrochée pour avoir trop ri.

L'habit noir était défendu parce qu'on était entre « copains » et pour ne pas ressembler aux « ennuyeux » dont on se garait comme de la peste et qu'on n'invitait qu'aux grandes soirées, données le plus rarement possible et seulement si cela pouvait amuser le peintre ou faire connaître le musicien. Le reste du temps on se contentait de jouer des charades, de souper en costume, mais entre soi, en ne mêlant aucun étranger au petit « noyau ».

Mais au fur et à mesure que les « camarades » avaient pris plus de place dans la vie de Mme Verdurin, les ennuyeux, les réprouvés, ce fut tout ce qui retenait les amis loin d'elle, ce qui les empêchait quelquefois d'être libres, ce fut la mère de l'un, la profession de l'autre, la maison de campagne ou la mauvaise santé d'un troisième. Si le docteur Cottard croyait devoir partir en sortant de table pour retourner auprès d'un malade en danger : « Qui sait, lui disait Mme Verdurin, cela lui fera peut-être beaucoup plus de bien que vous n'alliez pas le déranger ce soir ; il passera une bonne nuit sans vous ; demain matin vous irez de bonne heure et vous le trouverez guéri. » Dès le commencement de décembre elle était malade à la pensée que les fidèles « lâcheraient » pour le jour de Noël et le 1er janvier. La tante du pianiste exigeait qu'il vînt dîner ce jour-là en famille chez sa mère à elle :

« Vous croyez qu'elle en mourrait, votre mère, s'écria durement Mme Verdurin, si vous ne dîniez pas avec elle le jour de l'an, comme en *province* !

Ses inquiétudes renaissaient à la semaine sainte :

– Vous, Docteur, un savant, un esprit fort, vous venez naturellement le Vendredi saint comme un autre jour ? dit-elle à Cottard la première année, d'un ton assuré comme si elle ne pouvait douter de la réponse. Mais elle tremblait en attendant qu'il l'eût prononcée, car s'il n'était pas venu, elle risquait de se trouver seule.

– Je viendrai le Vendredi saint... vous faire mes adieux car nous allons passer les fêtes de Pâques en Auvergne.

– En Auvergne ? pour vous faire manger par les puces et la vermine, grand bien vous fasse !

Et après un silence :

– Si vous nous l'aviez dit au moins, nous aurions tâché d'organiser cela et de faire le voyage ensemble dans des conditions confortables. »

De même si un « fidèle » avait un ami, ou une « habituée » un flirt qui serait capable de le faire « lâcher » quelquefois, les Verdurin qui ne s'effrayaient pas qu'une femme eût un amant pourvu qu'elle l'eût chez eux, l'aimât en eux, et ne le leur préférât pas, disaient : « Eh bien ! amenez-le votre ami. » Et on l'engageait à l'essai, pour voir s'il était capable de ne pas avoir de secrets pour Mme Verdurin, s'il était susceptible d'être agrégé au « petit clan ». S'il ne l'était pas on prenait à part le fidèle qui l'avait présenté et on lui rendait le service de le brouiller avec son ami ou avec sa maîtresse. Dans le cas contraire, le « nouveau » devenait à son tour un fidèle. Aussi quand cette année-là, la demi-mondaine raconta à M. Verdurin qu'elle avait fait la connaissance d'un homme charmant, M. Swann, et insinua qu'il serait très heureux d'être reçu chez eux, M. Verdurin transmit-il séance tenante la requête à sa femme. (Il n'avait jamais d'avis qu'après sa femme, dont son rôle particulier était de mettre à exécution les désirs, ainsi que les désirs des fidèles, avec de grandes ressources d'ingéniosité.)

« Voici Mme de Crécy qui a quelque chose à te demander. Elle désirerait te présenter un de ses amis, M. Swann. Qu'en dis-tu ?

– Mais voyons, est-ce qu'on peut refuser quelque chose à une petite perfection comme ça ? Taisez-vous, on ne vous demande pas votre avis, je vous dis que vous êtes une perfection.

– Puisque vous le voulez, répondit Odette sur un ton de marivaudage, et elle ajouta : vous savez que je ne suis pas *fishing for compliments.*

– Eh bien ! amenez-le votre ami, s'il est agréable. »

Certes le « petit noyau » n'avait aucun rapport avec la société où fréquentait Swann, et de purs mondains auraient trouvé que ce n'était pas la peine d'y occuper comme lui une situation exceptionnelle pour se faire présenter chez les Verdurin. Mais Swann aimait tellement les femmes, qu'à partir du jour où il avait connu à peu près toutes celles de l'aristocratie et où elles n'avaient plus rien eu à lui apprendre, il n'avait plus tenu à ces lettres de naturalisation, presque des titres de noblesse, que lui avait octroyées le faubourg Saint-Germain, que comme à une sorte de valeur d'échange, de lettre de crédit dénuée de prix en elle-même, mais lui permettant de s'improviser une situation dans tel petit trou de province ou tel milieu obscur de Paris, où la fille du hobereau ou du greffier lui avait semblé jolie. Car le désir ou l'amour lui rendait alors un sentiment de vanité dont il était maintenant exempt dans l'habitude de la vie (bien que ce fût lui sans doute qui autrefois l'avait dirigé vers cette carrière mondaine où il avait gaspillé dans les plaisirs frivoles les dons de son esprit et fait servir son érudition en matière d'art à conseiller les dames de la société dans leurs achats de tableaux et pour l'ameublement de leurs hôtels), et qui lui faisait désirer de briller, aux yeux d'une inconnue dont il s'était épris, d'une élégance que le nom de Swann à lui tout seul n'impliquait pas. Il le désirait surtout si l'inconnue était d'humble condition. De même que ce n'est pas à un autre homme intelligent qu'un homme intelligent aura peur de paraître bête, ce n'est pas par un grand seigneur, c'est par un rustre qu'un homme élégant craindra de voir son élégance méconnue. Les trois quarts des frais d'esprit et des mensonges de vanité qui ont été prodigués depuis que le monde existe par des gens qu'ils ne faisaient que diminuer, l'ont été pour des inférieurs. Et Swann qui était simple et négligent avec une duchesse, tremblait d'être méprisé, posait, quand il était devant une femme de chambre.

Il n'était pas comme tant de gens qui par paresse, ou sentiment résigné de l'obligation que crée la grandeur sociale de rester attaché à un certain rivage, s'abstiennent des plaisirs que la réalité leur présente en dehors de la position mondaine où ils vivent cantonnés jusqu'à leur mort, se contentant de finir par appeler plaisirs, faute de mieux, une fois qu'ils sont parvenus à s'y habituer, les divertissements médiocres ou les supportables ennuis qu'elle renferme. Swann, lui, ne cherchait pas à trouver jolies les femmes avec qui il passait son temps, mais à passer son temps avec les femmes qu'il avait d'abord trouvées jolies. Et c'étaient souvent des femmes de beauté assez vulgaire, car les qualités physiques qu'il recherchait sans s'en rendre compte étaient en complète opposition avec celles qui lui rendaient admirables les femmes sculptées ou peintes par les maîtres qu'il préférait. La profondeur, la mélancolie de l'expression, glaçaient ses sens que suffisait au contraire à éveiller une chair saine, plantureuse et rose.

Si en voyage il rencontrait une famille qu'il eût été plus élégant de ne pas chercher à connaître, mais dans laquelle une femme se présentait à ses yeux parée d'un charme qu'il n'avait pas encore connu, rester dans son « quant à soi » et tromper le désir qu'elle avait fait naître, substituer un plaisir différent au plaisir qu'il eût pu connaître avec elle, en écrivant à une ancienne maîtresse de venir le rejoindre, lui eût semblé une aussi lâche abdication devant la vie, un aussi stupide renoncement à un bonheur nouveau, que si au lieu de visiter le pays, il s'était confiné dans sa chambre en regardant des vues de Paris. Il ne s'enfermait pas dans l'édifice de ses relations, mais en avait fait, pour pouvoir le reconstruire à pied d'œuvre sur de nouveaux frais partout où une femme lui avait plu, une de ces tentes démontables comme les explorateurs en emportent avec eux. Pour ce qui n'en était pas transportable ou échangeable contre un plaisir nouveau, il l'eût donné pour rien, si enviable que cela parût à d'autres. Que de fois son crédit auprès d'une duchesse, fait du désir accumulé depuis des années que celle-ci avait eu de lui être agréable sans en avoir trouvé l'occasion, il s'en était défait d'un seul coup en réclamant d'elle par une indiscrète dépêche une recommandation télégraphique qui le mît en relation, sur l'heure, avec un de ses intendants dont il avait remarqué la fille à la campagne, comme ferait un affamé qui troquerait un diamant contre un morceau de pain. Même, après coup, il s'en amusait, car il y avait en lui, rachetée par de rares délicatesses, une certaine muflerie. Puis, il appartenait à cette catégorie d'hommes intelligents qui ont vécu dans l'oisiveté et qui cherchent une consolation et peut-être une excuse dans l'idée que cette oisiveté offre à leur intelligence des objets aussi dignes d'intérêt que pourrait faire l'art ou l'étude, que la « Vie » contient des situations plus intéressantes, plus romanesques que tous les romans. Il l'assurait du moins et le persuadait aisément aux plus affinés de ses amis du monde, notamment au Baron de Charlus qu'il s'amusait à égayer par le récit des aventures piquantes qui lui arrivaient, soit qu'ayant rencontré en chemin de fer une femme qu'il avait ensuite ramenée chez lui, il eût découvert qu'elle était la sœur d'un souverain entre les mains de qui se mêlaient en ce moment tous les fils de la politique européenne, au courant de laquelle il se trouvait ainsi tenu d'une façon très agréable, soit que par le jeu complexe des circonstances, il dépendît du choix qu'allait faire le conclave, s'il pourrait ou non devenir l'amant d'une cuisinière.

Ce n'était pas seulement d'ailleurs la brillante phalange de vertueuses douairières, de généraux, d'académiciens, avec lesquels il était particulièrement lié, que Swann forçait avec tant de cynisme à lui servir d'entremetteurs. Tous ses amis avaient l'habitude de recevoir de temps en temps des lettres de lui où un mot de recommandation ou d'introduction leur était demandé avec une habileté diplomatique qui, persistant à travers les amours successives et les prétextes différents, accusait plus que n'eussent fait des maladresses un caractère permanent et des buts identiques. Je me suis souvent fait raconter bien des années plus tard, quand je commençai à m'intéresser à son caractère à cause des ressemblances qu'en de tout autres parties il offrait avec le mien, que quand il écrivait à mon grand-père (qui ne l'était pas encore, car c'est vers l'époque de ma naissance que commença la grande liaison de Swann, et elle interrompit longtemps ces pratiques), celui-ci, en reconnaissant sur l'enveloppe l'écriture de son ami, s'écriait : « Voilà Swann qui va demander quelque chose : à la garde ! » Et soit méfiance, soit par le sentiment inconsciemment diabolique qui nous pousse à n'offrir une chose qu'aux gens qui n'en ont pas envie, mes grands-parents opposaient une fin de non-recevoir absolue aux prières les plus faciles à satisfaire qu'il leur adressait, comme de le présenter à une jeune fille qui dînait tous les dimanches à la maison, et qu'ils étaient obligés, chaque fois que Swann leur en reparlait, de faire semblant de ne plus voir, alors que pendant toute la semaine on se demandait qui on pourrait bien inviter avec elle, finissant souvent par ne trouver personne, faute de faire signe à celui qui en eût été si heureux.

Quelquefois tel couple ami de mes grands-parents et qui jusque-là s'était plaint de ne jamais voir Swann, leur annonçait avec satisfaction et peut-être un peu le désir d'exciter l'envie, qu'il était devenu tout ce qu'il y a de plus charmant pour eux, qu'il ne les quittait plus. Mon grand-père ne voulait pas troubler leur plaisir mais regardait ma grand-mère en fredonnant :

Quel est donc ce mystère ?
Je n'y puis rien comprendre.

ou :

Vision fugitive…

ou :

Dans ces affaires
Le mieux est de ne rien voir[204].

Quelques mois après, si mon grand-père demandait au nouvel ami de Swann : « Et Swann, le voyez-vous toujours beaucoup ? » la figure de l'interlocuteur s'allongeait : « Ne prononcez jamais son nom devant moi ! – Mais je croyais que vous étiez si liés… » Il avait été ainsi pendant quelques mois le familier de cousins de ma grand-mère, dînant presque chaque jour chez eux. Brusquement il cessa de venir, sans avoir prévenu. On le crut malade, et la cousine de ma grand-mère allait envoyer demander de ses nouvelles quand à l'office elle trouva une lettre de lui qui traînait par mégarde dans le livre de comptes de la cuisinière. Il y annonçait à cette femme qu'il allait quitter Paris, qu'il ne pourrait plus venir. Elle était sa maîtresse, et au moment de rompre, c'était elle seule qu'il avait jugé utile d'avertir.

Quand sa maîtresse du moment était au contraire une personne mondaine ou du moins une personne qu'une extraction trop humble ou une situation trop irrégulière n'empêchait pas qu'il fît recevoir dans le monde, alors pour elle il y retournait, mais seulement dans l'orbite particulier où elle se mouvait ou bien où il l'avait entraînée. « Inutile de compter sur Swann ce soir, disait-on, vous savez bien que c'est le jour d'Opéra de son Américaine. » Il la faisait inviter dans les salons particulièrement fermés où il avait ses habitudes, ses dîners hebdomadaires, son poker ; chaque soir, après qu'un léger crépelage ajouté à la brosse de ses cheveux roux avait tempéré de quelque douceur la vivacité de ses yeux verts, il choisissait une fleur pour sa boutonnière et partait pour retrouver sa maîtresse à dîner chez l'une ou l'autre des femmes de sa coterie ; et alors, pensant à l'admiration et à l'amitié que les gens à la mode pour qui il faisait la pluie et le beau temps et qu'il allait retrouver là, lui prodigueraient devant la femme qu'il aimait, il retrouvait du charme à cette vie mondaine sur laquelle il s'était blasé, mais dont la matière, pénétrée et colorée chaudement d'une flamme insinuée qui s'y jouait, lui semblait précieuse et belle depuis qu'il y avait incorporé un nouvel amour.

Mais tandis que chacune de ces liaisons, ou chacun de ces flirts, avait été la réalisation plus ou moins complète d'un rêve né de la vue d'un visage ou d'un corps que Swann avait, spontanément, sans s'y efforcer, trouvés charmants, en revanche quand un jour au théâtre il fut présenté à Odette de Crécy par un de ses amis d'autrefois, qui lui avait parlé d'elle comme d'une femme ravissante avec qui il pourrait peut-être arriver à quelque chose, mais en la lui donnant pour plus difficile qu'elle n'était en réalité afin de paraître lui-même avoir fait quelque chose de plus aimable en la lui faisant connaître, elle était apparue à Swann non pas certes sans beauté, mais d'un genre de beauté qui lui était indifférent, qui ne lui inspirait aucun désir, lui causait même une sorte de répulsion physique, de ces femmes comme tout le monde a les siennes, différentes pour chacun, et qui sont l'opposé du type que nos sens réclament. Pour lui plaire elle avait un profil trop accusé, la peau trop fragile, les pommettes trop saillantes, les traits trop tirés. Ses yeux étaient beaux mais si grands qu'ils fléchissaient sous leur propre masse, fatiguaient le reste de son visage et lui donnaient toujours l'air d'avoir mauvaise mine ou d'être de mauvaise humeur. Quelque temps après cette présentation au théâtre, elle lui avait écrit pour lui demander à voir ses collections qui l'intéresseraient tant, « elle, ignorante qui avait le goût des jolies choses », disant qu'il lui semblait qu'elle le connaîtrait mieux, quand elle l'aurait vu dans « son home » où elle l'imaginait « si confortable avec son thé et ses livres », quoiqu'elle ne lui eût pas caché sa surprise qu'il habitât ce quartier qui devait être si triste et « qui était si peu *smart* pour lui qui l'était tant ». Et après qu'il l'eut laissée venir, en le quittant, elle lui avait dit son regret d'être restée si peu dans cette demeure où elle avait été heureuse de pénétrer, parlant de lui comme s'il avait été pour elle quelque chose de plus que les autres êtres qu'elle connaissait et semblant établir entre leurs deux personnes une sorte de trait d'union romanesque qui l'avait fait sourire. Mais à l'âge déjà un peu désabusé dont approchait Swann et où l'on sait se contenter d'être amoureux pour le plaisir de l'être sans trop exiger de réciprocité, ce rapprochement des cœurs s'il n'est plus comme dans la première jeunesse le but vers lequel tend nécessairement l'amour, lui reste uni en revanche par une association d'idées si forte, qu'il peut en devenir la cause, s'il se présente avant lui. Autrefois on rêvait de posséder le cœur de la femme dont on était amoureux ; plus tard sentir qu'on possède le cœur d'une femme peut suffire à vous en rendre amoureux. Ainsi, à l'âge où il semblerait, comme on cherche surtout dans l'amour un plaisir subjectif, que la part du goût pour la beauté d'une femme devait y être la plus grande, l'amour peut naître, l'amour le plus physique, sans qu'il y ait eu, à sa base, un désir préalable. À cette époque de la vie, on a déjà été atteint plusieurs fois par l'amour ; il n'évolue plus seul suivant ses propres lois inconnues et fatales, devant notre cœur étonné et passif. Nous venons à son aide, nous le faussons par la mémoire, par la suggestion. En reconnaissant un de ses symptômes, nous nous rappelons, nous faisons renaître les autres. Comme nous possédons sa chanson, gravée en nous tout entière, nous n'avons pas besoin qu'une femme nous en dise le début – rempli par l'admiration qu'inspire la beauté – pour en trouver la suite. Et si elle commence au milieu – là où les cœurs se rapprochent, où l'on parle de n'exister plus que l'un pour l'autre – nous avons assez l'habitude de cette musique pour rejoindre tout de suite notre partenaire au passage où elle nous attend.

Odette de Crécy retourna voir Swann, puis rapprocha ses visites ; et sans doute chacune d'elles renouvelait pour lui la déception qu'il éprouvait à se retrouver devant ce visage dont il avait un peu oublié les particularités dans l'intervalle, et qu'il ne s'était rappelé ni si expressif ni, malgré sa jeunesse, si fané ; il regrettait, pendant qu'elle causait avec lui, que la grande beauté qu'elle avait ne fût pas du genre de celles qu'il aurait spontanément préférées. Il faut d'ailleurs dire que le visage d'Odette paraissait plus maigre et plus proéminent parce que le front et le haut des joues, cette surface unie et plus plane était recouverte par la masse de cheveux qu'on portait, alors, prolongés en « devants », soulevés en « crêpés », répandus en mèches folles le long des oreilles ; et quant à son corps qui était admirablement fait, il était difficile d'en apercevoir la continuité (à cause des modes de l'époque et quoiqu'elle fût une des femmes de Paris qui s'habillaient le mieux), tant le corsage, s'avançant en saillie comme sur un ventre imaginaire et finissant brusquement en pointe pendant que par en dessous commençait à s'enfler le ballon des doubles jupes, donnait à la femme l'air d'être composée de pièces différentes mal emmanchées les unes dans les autres ; tant les ruchés, les volants, le gilet suivaient en toute indépendance, selon la fantaisie de leur dessin ou la consistance de leur étoffe, la ligne qui les conduisait aux nœuds, aux bouillons de dentelle, aux effilés de jais perpendiculaires, ou qui les dirigeait le long du busc, mais ne s'attachaient nullement à l'être vivant, qui selon que l'architecture de ces fanfreluches se rapprochait ou s'écartait trop de la sienne, s'y trouvait engoncé ou perdu.

Mais, quand Odette était partie, Swann souriait en pensant qu'elle lui avait dit combien le temps lui durerait jusqu'à ce qu'il lui permît de revenir ; il se rappelait l'air inquiet, timide avec lequel elle l'avait une fois prié que ce ne fût pas dans trop longtemps, et les regards qu'elle avait eus à ce moment-là, fixés sur lui en une imploration craintive, et qui la faisaient touchante sous le bouquet de fleurs de pensées artificielles fixé devant son chapeau rond de paille blanche, à brides de velours noir. « Et vous, avait-elle dit, vous ne viendriez pas une fois chez moi prendre le thé ? » Il avait allégué des travaux en train, une étude – en réalité abandonnée depuis des années – sur Ver Meer de Delft[205]. « Je comprends que je ne peux rien faire, moi chétive, à côté de grands savants comme vous autres, lui avait-elle répondu. Je serais comme la grenouille devant l'aréopage. Et pourtant j'aimerais tant m'instruire, savoir, être initiée. Comme cela doit être amusant de bouquiner, de fourrer son nez dans de vieux papiers », avait-elle ajouté avec l'air de contentement de soi-même que prend une femme élégante pour affirmer que sa joie est de se livrer sans crainte de se salir à une besogne malpropre, comme de faire la cuisine en « mettant elle-même les mains à la pâte ». « Vous allez vous moquer de moi, ce peintre qui vous empêche de me voir (elle voulait parler de Ver Meer), je n'avais jamais entendu parler de lui ; vit-il encore ? Est-ce qu'on peut voir de ses œuvres à Paris, pour que je puisse me représenter ce que vous aimez, deviner un peu ce qu'il y a sous ce grand front qui travaille tant, dans cette tête qu'on sent toujours en train de réfléchir, me dire voilà : c'est à cela qu'il est en train de penser. Quel rêve ce serait d'être mêlée à vos travaux ! » Il s'était excusé sur sa peur des amitiés nouvelles, ce qu'il avait appelé, par galanterie, sa peur d'être malheureux. « Vous avez peur d'une affection ? comme c'est drôle, moi qui ne cherche que cela, qui donnerais ma vie pour en trouver une, avait-elle dit d'une voix si naturelle, si convaincue, qu'il en avait été remué. Vous avez dû souffrir par une femme. Et vous croyez que les autres sont comme elle. Elle n'a pas su vous comprendre ; vous êtes un être si à part. C'est cela que j'ai aimé d'abord en vous, j'ai bien senti que vous n'étiez pas comme tout le monde. – Et puis d'ailleurs vous aussi, lui avait-il dit, je sais bien ce que c'est que les femmes, vous devez avoir des tas d'occupations, être peu libre. – Moi, je n'ai jamais rien à faire ! Je suis toujours libre, je le serai toujours pour vous. À n'importe quelle heure du jour ou de la nuit où il pourrait vous être commode de me voir, faites-moi chercher, et je serai trop heureuse d'accourir. Le ferez-vous ? Savez-vous ce qui serait gentil, ce serait de vous faire présenter à Mme Verdurin chez qui je vais tous les soirs. Croyez-vous ! si on s'y retrouvait et si je pensais que c'est un peu pour moi que vous y êtes ! »

Et sans doute, en se rappelant ainsi leurs entretiens, en pensant ainsi à elle quand il était seul, il faisait seulement jouer son image entre beaucoup d'autres images de femmes dans des rêveries romanesques ; mais si, grâce à une circonstance quelconque (ou même peut-être sans que ce fût grâce à elle, la circonstance qui se présente au moment où un état, latent jusque-là, se déclare, pouvant n'avoir influé en rien sur lui) l'image d'Odette de Crécy venait à absorber toutes ces rêveries, si celles-ci n'étaient plus séparables de son souvenir, alors l'imperfection de son corps ne garderait plus aucune importance, ni qu'il eût été, plus ou moins qu'un autre corps, selon le goût de Swann, puisque devenu le corps de celle qu'il aimait, il serait désormais le seul qui fût capable de lui causer des joies et des tourments.

Mon grand-père avait précisément connu, ce qu'on n'aurait pu dire d'aucun de leurs amis actuels, la famille de ces Verdurin. Mais il avait perdu toute relation avec celui qu'il appelait le « jeune Verdurin » et qu'il considérait, un peu en gros, comme tombé – tout en gardant de nombreux millions – dans la bohème et la racaille. Un jour, il reçut une lettre de Swann lui demandant s'il ne pourrait pas le mettre en rapport avec les Verdurin : « À la garde ! à la garde ! s'était écrié mon grand-père, ça ne m'étonne pas du tout, c'est bien par là que devait finir Swann. Joli milieu ! D'abord je ne peux pas faire ce qu'il me demande parce que je ne connais plus ce monsieur. Et puis ça doit cacher une histoire de femme, je ne me mêle pas de ces affaires-là. Ah bien ! nous allons avoir de l'agrément, si Swann s'affuble des petits Verdurin. »

Et sur la réponse négative de mon grand-père, c'est Odette qui avait amené elle-même Swann chez les Verdurin.

Les Verdurin avaient eu à dîner, le jour où Swann y fit ses débuts, le docteur et Mme Cottard, le jeune pianiste et sa tante, et le peintre qui avait alors leur faveur, auxquels s'étaient joints dans la soirée quelques autres fidèles.

Le docteur Cottard ne savait jamais d'une façon certaine de quel ton il devait répondre à quelqu'un, si son interlocuteur voulait rire ou était sérieux. Et à tout hasard il ajoutait à toutes ses expressions de physionomie l'offre d'un sourire conditionnel et provisoire dont la finesse expectante le disculperait du reproche de naïveté, si le propos qu'on lui avait tenu se trouvait avoir été facétieux. Mais comme pour faire face à l'hypothèse opposée il n'osait pas laisser ce sourire s'affirmer nettement sur son visage, on y voyait flotter perpétuellement une incertitude où se lisait la question qu'il n'osait pas poser : « Dites-vous cela pour de bon ? » Il n'était pas plus assuré de la façon dont il devait se comporter dans la rue, et même en général dans la vie, que dans un salon, et on le voyait opposer aux passants, aux voitures, aux événements un malicieux sourire qui ôtait d'avance à son attitude toute impropriété, puisqu'il prouvait, si elle n'était pas de mise, qu'il le savait bien et que s'il avait adopté celle-là, c'était par plaisanterie.

Sur tous les points cependant où une franche question lui semblait permise, le docteur ne se faisait pas faute de s'efforcer de restreindre le champ de ses doutes et de compléter son instruction.

C'est ainsi que, sur les conseils qu'une mère prévoyante lui avait donnés quand il avait quitté sa province, il ne laissait jamais passer soit une locution ou un nom propre qui lui étaient inconnus, sans tâcher de se faire documenter sur eux.

Pour les locutions, il était insatiable de renseignements, car, leur supposant parfois un sens plus précis qu'elles n'ont, il eût désiré savoir ce qu'on voulait dire exactement par celles qu'il entendait le plus souvent employer : la beauté du diable, du sang bleu, une vie de bâton de chaise, le quart d'heure de Rabelais [206], être le prince des élégances, donner carte blanche, être réduit à quia, etc., et dans quels cas déterminés il pouvait à son tour les faire figurer dans ses propos. À leur défaut il plaçait des jeux de mots qu'il avait appris. Quant aux noms de personnes nouveaux qu'on prononçait devant lui il se contentait seulement de les répéter sur un ton interrogatif qu'il pensait suffisant pour lui valoir des explications qu'il n'aurait pas l'air de demander.

Comme le sens critique qu'il croyait exercer sur tout lui faisait complètement défaut, le raffinement de politesse qui consiste à affirmer, à quelqu'un qu'on oblige, sans souhaiter d'en être cru, que c'est à lui qu'on a obligation, était peine perdue avec lui, il prenait tout au pied de la lettre. Quel que fût l'aveuglement de Mme Verdurin à son égard, elle avait fini, tout en continuant à le trouver très fin, par être agacée de voir que quand elle l'invitait dans une avant-scène à entendre Sarah Bernhardt, lui disant, pour plus de grâce : « Vous êtes trop aimable d'être venu, Docteur, d'autant plus que je suis sûre que vous avez déjà souvent entendu Sarah Bernhardt, et puis nous sommes peut-être trop près de la scène », le docteur Cottard, qui était entré dans la loge avec un sourire qui attendait pour se préciser ou pour disparaître que quelqu'un d'autorisé le renseignât sur la valeur du spectacle, lui répondait : « En effet on est beaucoup trop près et on commence à être fatigué de Sarah Bernhardt. Mais vous m'avez exprimé le désir que je vienne. Pour moi vos désirs sont des ordres. Je suis trop heureux de vous rendre ce petit service. Que ne ferait-on pas pour vous être agréable, vous êtes si bonne. » Et il ajoutait : « Sarah Bernhardt, c'est bien la Voix d'Or, n'est-ce pas ? On écrit souvent aussi qu'elle brûle les planches. C'est une expression bizarre, n'est-ce pas ? » dans l'espoir de commentaires qui ne venaient point.

« Tu sais, avait dit Mme Verdurin à son mari, je crois que nous faisons fausse route quand par modestie nous déprécions ce que nous offrons au docteur. C'est un savant qui vit en dehors de l'existence pratique, il ne connaît pas par lui-même la valeur des choses et il s'en rapporte à ce que nous lui en disons. – Je n'avais pas osé te le dire, mais je l'avais remarqué », répondit M. Verdurin. Et au Jour de l'an suivant, au lieu d'envoyer au docteur Cottard un rubis de trois mille francs en lui disant que c'était bien peu de chose, M. Verdurin acheta pour trois cents francs une pierre reconstituée en laissant entendre qu'on pouvait difficilement en voir d'aussi belle.

Quand Mme Verdurin avait annoncé qu'on aurait, dans la soirée, M. Swann : « Swann ? » s'était écrié le docteur d'un accent rendu brutal par la surprise, car la moindre nouvelle prenait toujours plus au dépourvu que quiconque cet homme qui se croyait perpétuellement préparé à tout. Et voyant qu'on ne lui répondait pas : « Swann ? Qui ça, Swann ! » hurla-t-il au comble d'une anxiété qui se détendit soudain quand Mme Verdurin eut dit : « Mais l'ami dont Odette nous avait parlé. – Ah !

bon ; bon ; ça va bien », répondit le docteur apaisé. Quant au peintre il se réjouissait de l'introduction de Swann chez Mme Verdurin, parce qu'il le supposait amoureux d'Odette et qu'il aimait à favoriser les liaisons. « Rien ne m'amuse comme de faire des mariages, confia-t-il, dans l'oreille, au docteur Cottard, j'en ai déjà réussi beaucoup, même entre femmes ! »

En disant aux Verdurin que Swann était très « smart », Odette leur avait fait craindre un « ennuyeux ». Il leur fit au contraire une excellente impression dont à leur insu, sa fréquentation dans la société élégante était une des causes indirectes. Il avait en effet sur les hommes même intelligents qui ne sont jamais allés dans le monde, une des supériorités de ceux qui y ont un peu vécu, qui est de ne plus le transfigurer par le désir ou par l'horreur qu'il inspire à l'imagination, de le considérer comme sans aucune importance. Leur amabilité, séparée de tout snobisme et de la peur de paraître trop aimable, devenue indépendante, a cette aisance, cette grâce des mouvements de ceux dont les membres assouplis exécutent exactement ce qu'ils veulent, sans participation indiscrète et maladroite du reste du corps. La simple gymnastique élémentaire de l'homme du monde tendant la main avec bonne grâce au jeune homme inconnu qu'on lui présente et s'inclinant avec réserve devant l'ambassadeur à qui on le présente, avait fini par passer sans qu'il en fût conscient dans toute l'attitude sociale de Swann, qui vis-à-vis de gens d'un milieu inférieur au sien comme étaient les Verdurin et leurs amis, fit instinctivement montre d'un empressement, se livra à des avances, dont, selon eux, un ennuyeux se fût abstenu. Il n'eut un moment de froideur qu'avec le docteur Cottard : en le voyant lui cligner de l'œil et lui sourire d'un air ambigu avant qu'ils se fussent encore parlé (mimique que Cottard appelait « laisser venir »), Swann crut que le docteur le connaissait sans doute pour s'être trouvé avec lui en quelque lieu de plaisir, bien que lui-même y allât pourtant fort peu, n'ayant jamais vécu dans le monde de la noce. Trouvant l'allusion de mauvais goût, surtout en présence d'Odette qui pourrait en prendre une mauvaise idée de lui, il affecta un air glacial. Mais quand il apprit qu'une dame qui se trouvait près de lui était Mme Cottard, il pensa qu'un mari aussi jeune n'aurait pas cherché à faire allusion devant sa femme à des divertissements de ce genre ; et il cessa de donner à l'air entendu du docteur la signification qu'il redoutait. Le peintre[207] invita tout de suite Swann à venir avec Odette à son atelier, Swann le trouva gentil. « Peut-être qu'on vous favorisera plus que moi, dit Mme Verdurin, sur un ton qui feignait d'être piqué, et qu'on vous montrera le portrait de Cottard (elle l'avait commandé au peintre). Pensez bien "monsieur" Biche, rappela-t-elle au peintre, à qui c'était une plaisanterie consacrée de dire monsieur, à rendre le joli regard, le petit côté fin, amusant, de l'œil. Vous savez que ce que je veux surtout avoir, c'est son sourire, ce que je vous ai demandé, c'est le portrait de son sourire. » Et comme cette expression lui sembla remarquable elle la répéta très haut pour être sûre que plusieurs invités l'eussent entendue, et même, sous un prétexte vague, en fit d'abord rapprocher quelques-uns. Swann demanda à faire la connaissance de tout le monde, même d'un vieil ami des Verdurin, Saniette, à qui sa timidité, sa simplicité et son bon cœur avaient fait perdre partout la considération que lui avaient value sa science d'archiviste, sa grosse fortune, et la famille distinguée dont il sortait. Il avait dans la bouche, en parlant, une bouillie qui était adorable parce qu'on sentait qu'elle trahissait moins un défaut de la langue qu'une qualité de l'âme, comme un reste de l'innocence du premier âge qu'il n'avait jamais perdue. Toutes les consonnes qu'il ne pouvait prononcer figuraient comme autant de duretés dont il était incapable. En demandant à être présenté à M. Saniette, Swann fit à Mme Verdurin l'effet de renverser les rôles (au point qu'en réponse, elle dit en insistant sur la différence : « Monsieur Swann, voudriez-vous avoir la bonté de me permettre de vous présenter notre ami Saniette »), mais excita chez Saniette une sympathie ardente que d'ailleurs les Verdurin ne révélèrent jamais à Swann, car Saniette les agaçait un peu et ils ne tenaient pas à lui faire des amis. Mais en revanche Swann les toucha infiniment en croyant devoir demander tout de suite à faire la connaissance de la tante du pianiste. En robe noire comme toujours, parce qu'elle croyait qu'en noir on est toujours bien et que c'est ce qu'il y a de plus distingué, elle avait le visage excessivement rouge comme chaque fois qu'elle venait de manger. Elle s'inclina devant Swann avec respect, mais se redressa avec majesté. Comme elle n'avait aucune instruction et avait peur de faire des fautes de français, elle prononçait exprès d'une manière confuse, pensant que si elle lâchait un cuir il serait estompé d'un tel vague qu'on ne pourrait le distinguer avec certitude, de sorte que sa conversation n'était qu'un graillonnement indistinct duquel émergeaient de temps à autre les rares vocables dont elle se sentait sûre. Swann crut pouvoir se moquer légèrement d'elle en parlant à M. Verdurin lequel au contraire fut piqué.

« C'est une si excellente femme, répondit-il. Je vous accorde qu'elle n'est pas étourdissante ; mais je vous assure qu'elle est agréable quand on cause seul avec elle. – Je n'en doute pas, s'empressa de concéder Swann. Je voulais dire qu'elle ne me semblait pas “éminente” ajouta-t-il en détachant cet adjectif, et en somme c'est plutôt un compliment ! – Tenez, dit M. Verdurin, je vais vous étonner, elle écrit d'une manière charmante. Vous n'avez jamais entendu son neveu ? c'est admirable, n'est-ce pas, Docteur ? Voulez-vous que je lui demande de jouer quelque chose, monsieur Swann ? – Mais ce sera un bonheur… », commençait à répondre Swann, quand le docteur l'interrompit d'un air moqueur. En effet ayant retenu que dans la conversation l'emphase, l'emploi de formes solennelles, était suranné, dès qu'il entendait un mot grave dit sérieusement comme venait de l'être le mot « bonheur », il croyait que celui qui l'avait prononcé venait de se montrer prudhommesque. Et si, de plus, ce mot se trouvait figurer par hasard dans ce qu'il appelait un vieux cliché, si courant que ce mot fût d'ailleurs, le docteur supposait que la phrase commencée était ridicule et la terminait ironiquement par le lieu commun qu'il semblait accuser son interlocuteur d'avoir voulu placer, alors que celui-ci n'y avait jamais pensé.

« Un bonheur pour la France ! s'écria-t-il malicieusement en levant les bras avec emphase.

M. Verdurin ne put s'empêcher de rire.

– Qu'est-ce qu'ils ont à rire toutes ces bonnes gens-là, on a l'air de ne pas engendrer la mélancolie dans votre petit coin là-bas, s'écria Mme Verdurin. Si vous croyez que je m'amuse, moi, à rester toute seule en pénitence », ajouta-t-elle sur un ton dépité, en faisant l'enfant.

Mme Verdurin était assise sur un haut siège suédois en sapin ciré, qu'un violoniste de ce pays lui avait donné et qu'elle conservait quoiqu'il rappelât la forme d'un escabeau et jurât avec les beaux meubles anciens qu'elle avait, mais elle tenait à garder en évidence les cadeaux que les fidèles avaient l'habitude de lui faire de temps en temps, afin que les donateurs eussent le plaisir de les reconnaître quand ils venaient. Aussi tâchait-elle de persuader qu'on s'en tînt aux fleurs et aux bonbons, qui du moins se détruisent ; mais elle n'y réussissait pas et c'était chez elle une collection de chauffe-pieds, de coussins, de pendules, de paravents, de baromètres, de potiches, dans une accumulation, des redites et un disparate d'étrennes [208].

De ce poste élevé elle participait avec entrain à la conversation des fidèles et s'égayait de leurs « fumisteries », mais depuis l'accident qui était arrivé à sa mâchoire, elle avait renoncé à prendre la peine de pouffer effectivement et se livrait à la place à une mimique conventionnelle qui signifiait sans fatigue ni risques pour elle, qu'elle riait aux larmes. Au moindre mot que lâchait un habitué contre un ennuyeux ou contre un ancien habitué rejeté au camp des ennuyeux – et pour le plus grand désespoir de M. Verdurin qui avait eu longtemps la prétention d'être aussi aimable que sa femme, mais qui riant pour de bon s'essoufflait vite et avait été distancé et vaincu par cette ruse d'une incessante et fictive hilarité – elle poussait un petit cri, fermait entièrement ses yeux d'oiseau qu'une taie commençait à voiler, et brusquement, comme si elle n'eût eu que le temps de cacher un spectacle indécent ou de parer à un accès mortel, plongeant sa figure dans ses mains qui la recouvraient et n'en laissaient plus rien voir, elle avait l'air de s'efforcer de réprimer, d'anéantir un rire qui, si elle s'y fût abandonnée, l'eût conduite à l'évanouissement. Telle, étourdie par la gaieté des fidèles, ivre de camaraderie, de médisance et d'assentiment, Mme Verdurin, juchée sur son perchoir, pareille à un oiseau dont on eût trempé le colifichet dans du vin chaud, sanglotait d'amabilité.

Cependant M. Verdurin, après avoir demandé à Swann la permission d'allumer sa pipe (« ici on ne se gêne pas, on est entre camarades »), priait le jeune artiste de se mettre au piano.

« Allons, voyons ne l'ennuie pas, il n'est pas ici pour être tourmenté, s'écria Mme Verdurin, je ne veux pas qu'on le tourmente moi !

– Mais pourquoi veux-tu que ça l'ennuie ? dit M. Verdurin, M. Swann ne connaît peut-être pas la sonate en *fa* dièse que nous avons découverte ; il va nous jouer l'arrangement pour piano.

– Ah ! non, non, pas ma sonate ! cria Mme Verdurin, je n'ai pas envie à force de pleurer de me fiche un rhume de cerveau avec névralgies faciales, comme la dernière fois ; merci du cadeau, je ne tiens pas à recommencer ; vous êtes bons vous autres, on voit bien que ce n'est pas vous qui garderez le lit huit jours ! »

Cette petite scène qui se renouvelait chaque fois que le pianiste allait jouer enchantait les amis aussi bien que si elle avait été nouvelle, comme une preuve de la séduisante originalité de la « Patronne » et de sa sensibilité musicale. Ceux qui étaient près d'elle faisaient signe à ceux qui plus loin fumaient ou jouaient aux cartes, de se rapprocher, qu'il se passait quelque chose, leur disant, comme on fait au Reichstag dans les moments intéressants : « Écoutez, écoutez. » Et le lendemain on donnait des regrets à ceux qui n'avaient pas pu venir en leur disant que la scène avait été encore plus amusante que d'habitude.

« Eh bien ! voyons, c'est entendu, dit M. Verdurin, il ne jouera que l'andante.

– Que l'andante, comme tu y vas, s'écria Mme Verdurin. C'est justement l'andante qui me casse bras et jambes. Il est vraiment superbe, le Patron ! C'est comme si dans la *Neuvième* il disait : nous n'entendrons que le finale, ou dans *Les Maîtres* que l'ouverture. »

Le docteur cependant, poussait Mme Verdurin à laisser jouer le pianiste, non pas qu'il crût feints les troubles que la musique lui donnait – il y reconnaissait certains états neurasthéniques – mais par cette habitude qu'ont beaucoup de médecins de faire fléchir immédiatement la sévérité de leurs prescriptions dès qu'est en jeu, chose qui leur semble beaucoup plus importante, quelque réunion mondaine dont ils font partie et dont la personne à qui ils conseillent d'oublier pour une fois sa dyspepsie, ou sa grippe, est un des facteurs essentiels.

« Vous ne serez pas malade cette fois-ci, vous verrez, lui dit-il en cherchant à la suggestionner du regard. Et si vous êtes malade, nous vous soignerons.

– Bien vrai ? » répondit Mme Verdurin, comme si devant l'espérance d'une telle faveur il n'y avait plus qu'à capituler. Peut-être aussi à force de dire qu'elle serait malade, y avait-il des moments où elle ne se rappelait plus que c'était un mensonge et prenait une âme de malade. Or ceux-ci, fatigués d'être toujours obligés de faire dépendre de leur sagesse la rareté de leurs accès, aiment se laisser aller à croire qu'ils pourront faire impunément tout ce qui leur plaît et leur fait mal d'habitude, à condition de se remettre en les mains d'un être puissant, qui, sans qu'ils aient aucune peine à prendre, d'un mot ou d'une pilule les remettra sur pied.

Odette était allée s'asseoir sur un canapé de tapisserie qui était près du piano :

« Vous savez, j'ai ma petite place », dit-elle à Mme Verdurin.

Celle-ci, voyant Swann sur une chaise, le fit lever :

« Vous n'êtes pas bien là, allez donc vous mettre à côté d'Odette, n'est-ce pas Odette, vous ferez bien une place à M. Swann ?

– Quel joli Beauvais, dit avant de s'asseoir Swann qui cherchait à être aimable[209].

– Ah ! je suis contente que vous appréciiez mon canapé, répondit Mme Verdurin. Et je vous préviens que si vous voulez en voir d'aussi beau, vous pouvez y renoncer tout de suite. Jamais ils n'ont rien fait de pareil. Les petites chaises aussi sont des merveilles. Tout à l'heure vous regarderez cela. Chaque bronze correspond comme attribut au petit sujet du siège ; vous savez, vous avez de quoi vous amuser si vous voulez regarder cela, je vous promets un bon moment. Rien que les petites frises des bordures, tenez là, la petite vigne sur fond rouge de L'Ours et les Raisins. Est-ce dessiné ? Qu'est-ce que vous en dites, je crois qu'ils le savaient plutôt, dessiner ! Est-elle assez appétissante cette vigne ? Mon mari prétend que je n'aime pas les fruits parce que j'en mange moins que lui. Mais non, je suis plus gourmande que vous tous, mais je n'ai pas besoin de me les mettre dans la bouche puisque je jouis par les yeux. Qu'est-ce que vous avez tous à rire ? Demandez au docteur, il vous dira que ces raisins-là me purgent. D'autres font des cures de Fontainebleau, moi je fais ma petite cure de Beauvais. Mais, monsieur Swann, vous ne partirez pas sans avoir touché les petits bronzes des dossiers. Est-ce assez doux comme patine ? Mais non à pleines mains, touchez-lez bien.

– Ah ! si Mme Verdurin commence à peloter les bronzes, nous n'entendrons pas de musique ce soir, dit le peintre.

– Taisez-vous, vous êtes un vilain. Au fond, dit-elle en se tournant vers Swann, on nous défend à nous autres femmes des choses moins voluptueuses que cela. Mais il n'y a pas une chair comparable à cela ! Quand

M. Verdurin me faisait l'honneur d'être jaloux de moi – allons, sois poli au moins, ne dis pas que tu ne l'as jamais été…

– Mais je ne dis absolument rien. Voyons Docteur je vous prends à témoin : est-ce que j'ai dit quelque chose ? »

Swann palpait les bronzes par politesse et n'osait pas cesser tout de suite.

« Allons, vous les caresserez plus tard ; maintenant c'est vous qu'on va caresser, qu'on va caresser dans l'oreille ; vous aimez cela, je pense ; voilà un petit jeune homme qui va s'en charger. »

Or quand le pianiste eut joué, Swann fut plus aimable encore avec lui qu'avec les autres personnes qui se trouvaient là. Voici pourquoi :

L'année précédente, dans une soirée, il avait entendu une œuvre musicale exécutée au piano et au violon. D'abord, il n'avait goûté que la qualité matérielle des sons sécrétés par les instruments. Et ç'avait déjà été un grand plaisir quand au-dessous de la petite ligne du violon mince, résistante, dense et directrice, il avait vu tout d'un coup chercher à s'élever en un clapotement liquide, la masse de la partie de piano, multiforme, indivise, plane et entrechoquée comme la mauve agitation des flots que charme et bémolise le clair de lune. Mais à un moment donné, sans pouvoir nettement distinguer un contour, donner un nom à ce qui lui plaisait, charmé tout d'un coup, il avait cherché à recueillir la phrase ou l'harmonie – il ne savait lui-même – qui passait et qui lui avait ouvert plus largement l'âme, comme certaines odeurs de roses circulant dans l'air humide du soir ont la propriété de dilater nos narines. Peut-être est-ce parce qu'il ne savait pas la musique qu'il avait pu éprouver une impression aussi confuse, une de ces impressions qui sont peut-être pourtant les seules purement musicales, inétendues, entièrement originales, irréductibles à tout autre ordre d'impressions. Une impression de ce genre pendant un instant, est pour ainsi dire *sine materia*. Sans doute les notes que nous entendons alors, tendent déjà, selon leur hauteur et leur quantité, à couvrir devant nos yeux des surfaces de dimensions variées, à tracer des arabesques, à nous donner des sensations de largeur, de ténuité, de stabilité, de caprice. Mais les notes sont évanouies avant que ces sensations soient assez formées en nous pour ne pas être submergées par celles qu'éveillent déjà les notes suivantes ou même simultanées. Et cette impression continuerait à envelopper de sa liquidité et de son « fondu » les motifs qui par instants en émergent, à peine discernables, pour plonger aussitôt et disparaître, connus seulement par le plaisir particulier qu'ils donnent, impossibles à décrire, à se rappeler, à nommer, ineffables – si la mémoire, comme un ouvrier qui travaille à établir des fondations durables au milieu des flots, en fabriquant pour nous des fac-similés de ces phrases fugitives, ne nous permettait de les comparer à celles qui leur succèdent et de les différencier. Ainsi à peine la sensation délicieuse que Swann avait ressentie était-elle expirée, que sa mémoire lui en avait fourni séance tenante une transcription sommaire et provisoire, mais sur laquelle il avait jeté les yeux tandis que le morceau continuait, si bien que quand la même impression était tout d'un coup revenue, elle n'était déjà plus insaisissable. Il s'en représentait l'étendue, les groupements symétriques, la graphie, la valeur expressive ; il avait devant lui cette chose qui n'est plus de la musique pure, qui est du dessin, de l'architecture, de la pensée, et qui permet de se rappeler la musique. Cette fois il avait distingué nettement une phrase s'élevant pendant quelques instants au-dessus des ondes sonores. Elle lui avait proposé aussitôt des voluptés particulières, dont il n'avait jamais eu l'idée avant de l'entendre, dont il sentait que rien autre qu'elle ne pourrait les lui faire connaître, et il avait éprouvé pour elle comme un amour inconnu.

D'un rythme lent elle le dirigeait ici d'abord, puis là, puis ailleurs, vers un bonheur noble, inintelligible et précis. Et tout d'un coup au point où elle était arrivée et d'où il se préparait à la suivre, après une pause d'un instant, brusquement elle changeait de direction, et d'un mouvement nouveau, plus rapide, menu, mélancolique, incessant et doux, elle l'entraînait avec elle vers des perspectives inconnues. Puis elle disparut. Il souhaita passionnément la revoir une troisième fois. Et elle reparut en effet, mais sans lui parler plus clairement, en lui causant même une volupté moins profonde. Mais rentré chez lui il eut besoin d'elle : il était comme un homme dans la vie de qui une passante qu'il a aperçue un moment vient de faire entrer l'image d'une beauté nouvelle qui donne à sa propre sensibilité une valeur plus grande, sans qu'il sache seulement s'il pourra revoir jamais celle qu'il aime déjà et dont il ignore jusqu'au nom.

Même cet amour pour une phrase musicale sembla un instant devoir amorcer chez Swann la possibilité d'une sorte de rajeunissement. Depuis si longtemps il avait renoncé à appliquer sa vie à un but idéal et la bornait à la poursuite de satisfactions quotidiennes, qu'il croyait, sans jamais se le dire formellement, que cela ne changerait plus jusqu'à sa mort ; bien plus, ne se sentant plus d'idées élevées dans l'esprit, il avait cessé de croire à leur réalité, sans pouvoir non plus la nier tout à fait. Aussi avait-il pris l'habitude de se réfugier dans des pensées sans importance qui lui permettaient de laisser de côté le fond des choses. De même qu'il ne se demandait pas s'il n'eût pas mieux fait de ne pas aller dans le monde, mais en revanche savait avec certitude que s'il avait accepté une invitation il devait s'y rendre et que s'il ne faisait pas de visite après il lui fallait laisser des cartes, de même dans sa conversation il s'efforçait de ne jamais exprimer avec cœur une opinion intime sur les choses, mais de fournir des détails matériels qui valaient en quelque sorte par eux-mêmes et lui permettaient de ne pas donner sa mesure. Il était extrêmement précis pour une recette de cuisine, pour la date de la naissance ou de la mort d'un peintre, pour la nomenclature de ses œuvres. Parfois malgré tout il se laissait aller à émettre un jugement sur une œuvre, sur une manière de comprendre la vie, mais il donnait alors à ses paroles un ton ironique comme s'il n'adhérait pas tout entier à ce qu'il disait. Or, comme certains valétudinaires chez qui tout d'un coup un pays où ils sont arrivés, un régime différent, quelquefois une évolution organique, spontanée et mystérieuse, semblent amener une telle régression de leur mal qu'ils commencent à envisager la possibilité inespérée de commencer sur le tard une vie toute différente, Swann trouvait en lui, dans le souvenir de la phrase qu'il avait entendue, dans certaines sonates qu'il s'était fait jouer, pour voir s'il ne l'y découvrirait pas, la présence d'une de ces réalités invisibles auxquelles il avait cessé de croire et auxquelles, comme si la musique avait eu sur la sécheresse morale dont il souffrait une sorte d'influence élective, il se sentait de nouveau le désir et presque la force de consacrer sa vie. Mais, n'étant pas arrivé à savoir de qui était l'œuvre qu'il avait entendue, il n'avait pu se la procurer et avait fini par l'oublier. Il avait bien rencontré dans la semaine quelques personnes qui se trouvaient comme lui à cette soirée et les avait interrogées ; mais plusieurs étaient arrivées après la musique ou parties avant ; certaines pourtant étaient là pendant qu'on l'exécutait mais étaient allées causer dans un autre salon, et d'autres restées à écouter n'avaient pas entendu plus que les premières. Quant aux maîtres de maison ils savaient que c'était une œuvre nouvelle que les artistes qu'ils avaient engagés avaient demandé à jouer ; ceux-ci étant partis en tournée, Swann ne put pas en savoir davantage. Il avait bien des amis musiciens, mais tout en se rappelant le plaisir spécial et intraduisible que lui avait fait la phrase, en voyant devant ses yeux les formes qu'elle dessinait, il était pourtant incapable de la leur chanter. Puis il cessa d'y penser[210].

Or, quelques minutes à peine après que le petit pianiste avait commencé de jouer chez Mme Verdurin, tout d'un coup après une note haute longuement tenue pendant deux mesures, il vit approcher, s'échappant de sous cette sonorité prolongée et tendue comme un rideau sonore pour cacher le mystère de son incubation, il reconnut, secrète, bruissante et divisée, la phrase aérienne et odorante qu'il aimait. Et elle était si particulière, elle avait un charme si individuel et qu'aucun autre n'aurait pu remplacer, que ce fut pour Swann comme s'il eût rencontré dans un salon ami une personne qu'il avait admirée dans la rue et désespérait de jamais retrouver. À la fin, elle s'éloigna, indicatrice, diligente, parmi les ramifications de son parfum, laissant sur le visage de Swann le reflet de son sourire. Mais maintenant il pouvait demander le nom de son inconnue (on lui dit que c'était l'andante de la *Sonate pour piano et violon* de Vinteuil), il la tenait, il pourrait l'avoir chez lui aussi souvent qu'il voudrait, essayer d'apprendre son langage et son secret.

Aussi quand le pianiste eut fini, Swann s'approcha-t-il de lui pour lui exprimer une reconnaissance dont la vivacité plut beaucoup à Mme Verdurin.

« Quel charmeur, n'est-ce pas, dit-elle à Swann ; la comprend-il assez, sa sonate, le petit misérable ? Vous ne saviez pas que le piano pouvait atteindre à ça. C'est tout excepté du piano, ma parole ! Chaque fois j'y suis reprise, je crois entendre un orchestre. C'est même plus beau que l'orchestre, plus complet.

Le jeune pianiste s'inclina, et, souriant, soulignant les mots comme s'il avait fait un trait d'esprit :

– Vous êtes très indulgente pour moi », dit-il.

Et tandis que Mme Verdurin disait à son mari : « Allons, donne-lui de l'orangeade, il l'a bien méritée », Swann racontait à Odette comment il avait été amoureux de cette petite phrase. Quand Mme Verdurin, ayant dit d'un peu loin : « Eh bien ! il me semble qu'on est en train de vous dire de belles choses, Odette », elle répondit : « Oui, de très belles » et Swann trouva délicieuse sa simplicité. Cependant il demandait des renseignements sur Vinteuil, sur son œuvre, sur l'époque de sa vie où il avait composé cette sonate, sur ce qu'avait pu signifier pour lui la petite phrase, c'est cela surtout qu'il aurait voulu savoir.

Mais tous ces gens qui faisaient profession d'admirer ce musicien (quand Swann avait dit que sa sonate était vraiment belle, Mme Verdurin s'était écriée : « Je vous crois un peu qu'elle est belle ! Mais on n'avoue pas qu'on ne connaît pas la sonate de Vinteuil, on n'a pas le droit de ne pas la connaître », et le peintre avait ajouté : « Ah ! c'est tout à fait une très grande machine, n'est-ce pas ? Ce n'est pas si vous voulez la chose "cher" et "public", n'est-ce pas ? mais c'est la très grosse impression pour les artistes »), ces gens semblaient ne s'être jamais posé ces questions, car ils furent incapables d'y répondre.

Même à une ou deux remarques particulières que fit Swann sur sa phrase préférée :

« Tiens, c'est amusant, je n'avais jamais fait attention ; je vous dirai que je n'aime pas beaucoup chercher la petite bête et m'égarer dans des pointes d'aiguilles ; on ne perd pas son temps à couper les cheveux en quatre ici, ce n'est pas le genre de la maison », répondit Mme Verdurin, que le docteur Cottard regardait avec une admiration béate et un zèle studieux se jouer au milieu de ce flot d'expressions toutes faites. D'ailleurs lui et Mme Cottard avec une sorte de bon sens comme en ont aussi certaines gens du peuple se gardaient bien de donner une opinion ou de feindre l'admiration pour une musique qu'ils s'avouaient l'un à l'autre, une fois rentrés chez eux, ne pas plus comprendre que la peinture de « M. Biche ». Comme le public ne connaît du charme, de la grâce, des formes de la nature que ce qu'il en a puisé dans les poncifs d'un art lentement assimilé, et qu'un artiste original commence par rejeter ces poncifs, M. et Mme Cottard, image en cela du public, ne trouvaient ni dans la sonate de Vinteuil, ni dans les portraits du peintre, ce qui faisait pour eux l'harmonie de la musique et la beauté de la peinture. Il leur semblait quand le pianiste jouait la sonate qu'il accrochait au hasard sur le piano des notes que ne reliaient pas en effet les formes auxquelles ils étaient habitués, et que le peintre jetait au hasard des couleurs sur ses toiles. Quand, dans celles-ci, ils pouvaient reconnaître une forme, ils la trouvaient alourdie et vulgarisée (c'est-à-dire dépourvue de l'élégance de l'école de peinture à travers laquelle ils voyaient dans la rue même les êtres vivants), et sans vérité, comme si M. Biche n'eût pas su comment était construite une épaule et que les femmes n'ont pas les cheveux mauves.

Pourtant les fidèles s'étant dispersés, le docteur sentit qu'il y avait là une occasion propice et pendant que Mme Verdurin disait un dernier mot sur la sonate de Vinteuil, comme un nageur débutant qui se jette à l'eau pour apprendre mais choisit un moment où il n'y a pas trop de monde pour le voir :

« Alors, c'est ce qu'on appelle un musicien *di primo cartello* ! » s'écria-t-il avec une brusque résolution.

Swann apprit seulement que l'apparition récente de la sonate de Vinteuil avait produit une grande impression dans une école de tendances très avancées mais était entièrement inconnue du grand public.

« Je connais bien quelqu'un qui s'appelle Vinteuil, dit Swann, en pensant au professeur de piano des sœurs de ma grand-mère [211].

– C'est peut-être lui, s'écria Mme Verdurin.

– Oh ! non, répondit Swann en riant. Si vous l'aviez vu deux minutes, vous ne vous poseriez pas la question.

– Alors poser la question c'est la résoudre ? dit le docteur.

– Mais ce pourrait être un parent, reprit Swann, cela serait assez triste, mais enfin un homme de génie peut être le cousin d'une vieille bête. Si cela était, j'avoue qu'il n'y a pas de supplice que je ne m'imposerais pour que la vieille bête me présentât à l'auteur de la sonate : d'abord le supplice de fréquenter la vieille bête, et qui doit être affreux. »

Le peintre savait que Vinteuil était à ce moment très malade et que le docteur Potain craignait de ne pouvoir le sauver.

« Comment, s'écria Mme Verdurin, il y a encore des gens qui se font soigner par Potain [212] !

– Ah ! madame Verdurin, dit Cottard, sur un ton de marivaudage, vous oubliez que vous parlez d'un de mes confrères, je devrais dire un de mes maîtres. »

Le peintre avait entendu dire que Vinteuil était menacé d'aliénation mentale. Et il assurait qu'on pouvait s'en apercevoir à certains passages de sa sonate. Swann ne trouva pas cette remarque absurde, mais elle le troubla ; car une œuvre de musique pure ne contenant aucun des rapports logiques dont l'altération dans le langage dénonce la folie, la folie reconnue dans une sonate lui paraissait quelque chose d'aussi mystérieux que la folie d'une chienne, la folie d'un cheval, qui pourtant s'observent en effet.

« Laissez-moi donc tranquille avec vos maîtres, vous en savez dix fois autant que lui, répondit Mme Verdurin au docteur Cottard, du ton d'une personne qui a le courage de ses opinions et tient bravement tête à ceux qui ne sont pas du même avis qu'elle. Vous ne tuez pas vos malades, vous, au moins !

– Mais, Madame, il est de l'Académie, répliqua le docteur d'un ton ironique. Si un malade préfère mourir de la main d'un des princes de la science... C'est beaucoup plus chic de pouvoir dire : “C'est Potain qui me soigne.”

– Ah ! c'est plus chic ? dit Mme Verdurin. Alors il y a du chic dans les maladies, maintenant ? je ne savais pas ça... Ce que vous m'amusez ! s'écria-t-elle tout à coup en plongeant sa figure dans ses mains. Et moi, bonne bête qui discutais sérieusement sans m'apercevoir que vous me faisiez monter à l'arbre. »

Quant à M. Verdurin, trouvant que c'était un peu fatigant de se mettre à rire pour si peu, il se contenta de tirer une bouffée de sa pipe en songeant avec tristesse qu'il ne pouvait plus rattraper sa femme sur le terrain de l'amabilité.

« Vous savez que votre ami nous plaît beaucoup, dit Mme Verdurin à Odette au moment où celle-ci lui souhaitait le bonsoir. Il est simple, charmant ; si vous n'avez jamais à nous présenter que des amis comme cela, vous pouvez les amener.

M. Verdurin fit remarquer que pourtant Swann n'avait pas apprécié la tante du pianiste.

– Il s'est senti un peu dépaysé, cet homme, répondit Mme Verdurin, tu ne voudrais pourtant pas que la première fois, il ait déjà le ton de la maison comme Cottard qui fait partie de notre petit clan depuis plusieurs années. La première fois ne compte pas, c'était utile pour prendre langue. Odette, il est convenu qu'il viendra nous retrouver demain au Châtelet. Si vous alliez le prendre ?

– Mais non, il ne veut pas.

– Ah ! enfin, comme vous voudrez. Pourvu qu'il n'aille pas lâcher au dernier moment ! »

À la grande surprise de Mme Verdurin, il ne lâcha jamais. Il allait les rejoindre n'importe où, quelquefois dans les restaurants de banlieue où on allait peu encore, car ce n'était pas la saison, plus souvent au théâtre, que Mme Verdurin aimait beaucoup ; et comme un jour, chez elle, elle dit devant lui que pour les soirs de premières, de galas, un coupe-file leur eût été fort utile, que cela les avait beaucoup gênés de ne pas en avoir le jour de l'enterrement de Gambetta [213], Swann qui ne parlait jamais de ses relations brillantes, mais seulement de celles mal cotées qu'il eût jugé peu délicat de cacher, et au nombre desquelles il avait pris dans le faubourg Saint-Germain l'habitude de ranger les relations avec le monde officiel, répondit :

« Je vous promets de m'en occuper, vous l'aurez à temps pour la reprise des *Danicheff*, je déjeune justement demain avec le Préfet de police à l'Élysée.

– Comment ça, à l'Élysée ? cria le docteur Cottard d'une voix tonnante.

– Oui, chez M. Grévy, répondit Swann, un peu gêné de l'effet que sa phrase avait produit.

Et le peintre dit au docteur en manière de plaisanterie :

– Ça vous prend souvent ? »

Généralement, une fois l'explication donnée, Cottard disait : « Ah ! bon, bon, ça va bien » et ne montrait plus trace d'émotion.

Mais, cette fois-ci, les derniers mots de Swann, au lieu de lui procurer l'apaisement habituel, portèrent au comble son étonnement qu'un homme avec qui il dînait, qui n'avait ni fonctions officielles, ni illustration d'aucune sorte, frayât avec le Chef de l'État.

« Comment ça, M. Grévy ? vous connaissez M. Grévy ? dit-il à Swann de l'air stupide et incrédule d'un municipal à qui un inconnu demande à voir le Président de la République, et qui, comprenant par ces mots “à qui il a affaire”, comme disent les journaux, assure au pauvre dément qu'il va être reçu à l'instant et le dirige sur l'Infirmerie spéciale du Dépôt.

– Je le connais un peu, nous avons des amis communs (il n'osa pas dire que c'était le Prince de Galles), du reste il invite très facilement et je vous assure que ces déjeuners n'ont rien d'amusant, ils sont d'ailleurs très simples, on n'est jamais plus de huit à table », répondit Swann qui tâchait d'effacer ce que semblaient avoir de trop éclatant aux yeux de son interlocuteur, des relations avec le Président de la République.

Aussitôt Cottard, s'en rapportant aux paroles de Swann, adopta cette opinion, au sujet de la valeur d'une invitation chez M. Grévy, que c'était chose fort peu recherchée et qui courait les rues. Dès lors, il ne s'étonna plus que Swann, aussi bien qu'un autre, fréquentât l'Élysée, et même il le plaignait un peu d'aller à des déjeuners que l'invité avouait lui-même être ennuyeux.

« Ah ! bien, bien, ça va bien, dit-il sur le ton d'un douanier, méfiant tout à l'heure, mais qui, après vos explications, vous donne son visa et vous laisse passer sans ouvrir vos malles.

– Ah ! je vous crois qu'ils ne doivent pas être amusants ces déjeuners, vous avez de la vertu d'y aller, dit Mme Verdurin, à qui le Président de la République apparaissait comme un ennuyeux particulièrement redoutable parce qu'il disposait de moyens de séduction et de contrainte qui, employés à l'égard des fidèles, eussent été capables de les faire lâcher. Il paraît qu'il est sourd comme un pot et qu'il mange avec ses doigts.

– En effet, alors, cela ne doit pas beaucoup vous amuser d'y aller, dit le docteur avec une nuance de commisération ; et, se rappelant le chiffre de huit convives : « Sont-ce des déjeuners intimes ? » demanda-t-il vivement avec un zèle de linguiste plus encore qu'une curiosité de badaud.

Mais le prestige qu'avait à ses yeux le Président de la République finit pourtant par triompher et de l'humilité de Swann et de la malveillance de Mme Verdurin, et à chaque dîner, Cottard demandait avec intérêt : « Verrons-nous ce soir M. Swann ? Il a des relations personnelles avec M. Grévy. C'est bien ce qu'on appelle un gentleman ? » Il alla même jusqu'à lui offrir une carte d'invitation pour l'exposition dentaire.

« Vous serez admis avec les personnes qui seront avec vous, mais on ne laisse pas entrer les chiens. Vous comprenez je vous dis cela parce que j'ai eu des amis qui ne le savaient pas et qui s'en sont mordu les doigts. »

Quant à M. Verdurin il remarqua le mauvais effet qu'avait produit sur sa femme cette découverte que Swann avait des amitiés puissantes dont il n'avait jamais parlé.

Si l'on n'avait pas arrangé une partie au-dehors, c'est chez les Verdurin que Swann retrouvait le petit noyau, mais il ne venait que le soir et n'acceptait presque jamais à dîner malgré les instances d'Odette.

« Je pourrais même dîner seule avec vous, si vous aimiez mieux cela, lui disait-elle.

– Et Mme Verdurin ?

– Oh ! ce serait bien simple. Je n'aurais qu'à dire que ma robe n'a pas été prête, que mon cab est venu en retard. Il y a toujours moyen de s'arranger.

– Vous êtes gentille. »

Mais Swann se disait que s'il montrait à Odette (en consentant seulement à la retrouver après dîner), qu'il y avait des plaisirs qu'il préférait à celui d'être avec elle, le goût qu'elle ressentait pour lui ne connaîtrait pas de longtemps la satiété. Et, d'autre part, préférant infiniment à celle d'Odette la beauté d'une petite ouvrière fraîche et bouffie comme une rose et dont il était épris, il aimait mieux passer le commencement de la soirée avec elle, étant sûr de voir Odette ensuite. C'est pour les mêmes raisons qu'il n'acceptait jamais qu'Odette vînt le chercher pour aller chez les Verdurin. La petite ouvrière l'attendait près de chez lui à un coin de rue que son cocher Rémi connaissait, elle montait à côté de Swann et restait dans ses bras jusqu'au moment où la voiture l'arrêtait devant chez les Verdurin. À son entrée, tandis que Mme Verdurin montrant des roses qu'il avait envoyées le matin lui disait : « Je vous gronde » et lui indiquait une place à côté d'Odette, le pianiste jouait pour eux deux, la petite phrase de Vinteuil qui était comme l'air national de leur amour. Il commençait par la tenue des trémolos de violon que pendant quelques mesures on entend seuls, occupant tout le premier plan, puis tout d'un coup ils semblaient s'écarter et comme dans ces tableaux de Pieter de Hooch, qu'approfondit le cadre étroit d'une porte entrouverte, tout au loin, d'une couleur autre, dans le velouté d'une lumière interposée, la petite phrase apparaissait, dansante, pastorale, intercalée, épisodique, appartenant à un autre monde. Elle passait à plis simples et immortels, distribuant çà et là les dons de sa grâce, avec le même ineffable sourire ; mais Swann y croyait distinguer maintenant du désenchantement. Elle semblait connaître la vanité de ce bonheur dont elle montrait la voie. Dans sa grâce légère, elle avait quelque chose d'accompli, comme le détachement qui succède au regret. Mais peu lui importait, il la considérait moins en elle-même – en ce qu'elle pouvait exprimer pour un musicien qui ignorait l'existence et de lui et d'Odette quand il l'avait composée, et pour tous ceux qui l'entendraient dans des siècles – que comme un gage, un souvenir de son amour qui, même pour les Verdurin, pour le petit pianiste, faisait penser à Odette en même temps qu'à lui, les unissait ; c'était au point que, comme Odette, par caprice, l'en avait prié, il avait renoncé à son projet de se faire jouer par un artiste la sonate entière, dont il continua à ne connaître que ce passage. « Qu'avez-vous besoin du reste ? lui avait-elle dit. C'est ça *notre* morceau. » Et même, souffrant de songer, au moment où elle passait si proche et pourtant à l'infini, que tandis qu'elle s'adressait à eux, elle ne les connaissait pas, il regrettait presque qu'elle eût une signification, une beauté intrinsèque et fixe, étrangère à eux, comme en des bijoux donnés, ou même en des lettres écrites par une femme aimée, nous en voulons à l'eau de la gemme, et aux mots du langage, de ne pas être faits uniquement de l'essence d'une liaison passagère et d'un être particulier.

Souvent il se trouvait qu'il s'était tant attardé avec la jeune ouvrière avant d'aller chez les Verdurin, qu'une fois la petite phrase jouée par le pianiste, Swann s'apercevait qu'il était bientôt l'heure qu'Odette rentrât. Il la reconduisait jusqu'à la porte de son petit hôtel, rue La Pérouse, derrière l'Arc de Triomphe[214]. Et c'était peut-être à cause de cela, pour ne pas lui demander toutes les faveurs, qu'il sacrifiait le plaisir moins nécessaire pour lui de la voir plus tôt, d'arriver chez les Verdurin avec elle, à l'exercice de ce droit qu'elle lui reconnaissait de partir ensemble et auquel il attachait plus de prix, parce que, grâce à cela, il avait l'impression que personne ne la voyait, ne se mettait entre eux, ne l'empêchait d'être encore avec lui, après qu'il l'avait quittée.

Ainsi revenait-elle dans la voiture de Swann ; un soir comme elle venait d'en descendre et qu'il lui disait à demain, elle cueillit précipitamment dans le petit jardin qui précédait la maison un dernier chrysanthème et le lui donna avant qu'il fût reparti. Il le tint serré contre sa bouche pendant le retour, et quand au bout de quelques jours la fleur fut fanée, il l'enferma précieusement dans son secrétaire.

Mais il n'entrait jamais chez elle. Deux fois seulement dans l'après-midi, il était allé participer à cette opération capitale pour elle : « prendre le thé ». L'isolement et le vide de ces courtes rues (faites presque toutes de petits hôtels contigus, dont tout à coup venait rompre la monotonie quelque sinistre échoppe, témoignage historique et reste sordide du temps où ces quartiers étaient encore mal famés), la neige qui était restée dans le jardin et aux arbres, le négligé de la saison, le voisinage de la nature, donnaient quelque chose de plus mystérieux à la chaleur, aux fleurs qu'il avait trouvées en entrant.

Laissant à gauche, au rez-de-chaussée surélevé, la chambre à coucher d'Odette qui donnait derrière sur une petite rue parallèle, un escalier droit, entre des murs peints de couleur sombre et d'où tombaient des étoffes orientales, des fils de chapelets turcs et une grande lanterne japonaise suspendue à une cordelette de soie (mais qui, pour ne pas priver les visiteurs des derniers conforts de la civilisation occidentale s'éclairait au gaz), montait au salon et au petit salon. Ils étaient précédés d'un étroit vestibule dont le mur quadrillé d'un treillage de jardin, mais doré, était bordé dans toute sa longueur d'une caisse rectangulaire où fleurissaient comme dans une serre une rangée de ces gros chrysanthèmes encore rares à cette époque, mais bien éloignés cependant de ceux que les horticulteurs réussirent plus tard à obtenir. Swann était agacé par la mode qui depuis l'année dernière se portait sur eux, mais il avait eu plaisir, cette fois, à voir la pénombre de la pièce zébrée de rose, d'orangé et de blanc par les rayons odorants de ces astres éphémères qui s'allument dans les jours gris. Odette l'avait reçu en robe de chambre de soie rose, le cou et les bras nus. Elle l'avait fait asseoir près d'elle dans un des nombreux retraits mystérieux qui étaient ménagés dans les enfoncements du salon, protégés par d'immenses palmiers contenus dans des cache-pot de Chine, ou par des paravents auxquels étaient fixés des photographies, des nœuds de rubans et des éventails. Elle lui avait dit : « Vous n'êtes pas confortable comme cela, attendez, moi je vais bien vous arranger », et avec le petit rire vaniteux qu'elle aurait eu pour quelque invention particulière à elle, avait installé derrière la tête de Swann, sous ses pieds, des coussins de soie japonaise qu'elle pétrissait comme si elle avait été prodigue de ces richesses et insoucieuse de leur valeur. Mais quand le valet de chambre était venu apporter successivement les nombreuses lampes qui, presque toutes enfermées dans des potiches chinoises brûlaient isolées ou par couples, toutes sur des meubles différents comme sur des autels et qui dans le crépuscule déjà presque nocturne de cette fin d'après-midi d'hiver avaient fait reparaître un coucher de soleil plus durable, plus rose et, plus humain – faisant peut-être rêver dans la rue quelque amoureux arrêté devant le mystère de la présence que décelaient et cachaient à la fois les vitres rallumées – elle avait surveillé sévèrement du coin de l'œil le domestique pour voir s'il les posait bien à leur place consacrée. Elle pensait qu'en en mettant une seule là où il ne fallait pas, l'effet d'ensemble de son salon eût été détruit, et son portrait, placé sur un chevalet oblique drapé de peluche, mal éclairé. Aussi suivait-elle avec fièvre les mouvements de cet homme grossier et le réprimanda-t-elle vivement parce qu'il avait passé trop près de deux jardinières qu'elle se réservait de nettoyer elle-même dans sa peur qu'on ne les abîmât et qu'elle alla regarder de près pour voir s'il ne les avait pas écornées. Elle trouvait à tous ses bibelots chinois des formes « amusantes », et aussi aux orchidées, aux catleyas surtout, qui étaient, avec les chrysanthèmes, ses fleurs préférées, parce qu'ils avaient le grand mérite de ne pas ressembler à des fleurs, mais d'être en soie, en satin. « Celle-là a l'air d'être découpée dans la doublure de mon manteau », dit-elle à Swann en lui montrant une orchidée, avec une nuance d'estime pour cette fleur si « chic », pour cette sœur élégante et imprévue que la nature lui donnait, si loin d'elle dans l'échelle des êtres et pourtant raffinée, plus digne que bien des femmes qu'elle lui fît une place dans son salon. En lui montrant tour à tour des chimères à langues de feu décorant une potiche ou brodées sur un écran, les corolles d'un bouquet d'orchidées, un dromadaire d'argent niellé aux yeux incrustés de rubis qui voisinait sur la cheminée avec un crapaud de jade, elle affectait tour à tour d'avoir peur de la méchanceté, ou de rire de la cocasserie des monstres, de rougir de l'indécence des fleurs et d'éprouver un irrésistible désir d'aller embrasser le dromadaire et le crapaud qu'elle appelait : « chéris ». Et ces affectations contrastaient avec la sincérité de certaines de ses dévotions, notamment à Notre-Dame de Laghet[215] qui l'avait jadis, quand elle habitait Nice, guérie d'une maladie mortelle et dont elle portait toujours sur elle une médaille d'or à laquelle elle attribuait un pouvoir sans limites. Odette fit à Swann « son » thé, lui demanda : « Citron ou crème ? » et comme il répondit « crème », lui dit en riant : « Un nuage ! » Et comme il le trouvait bon : « Vous voyez que je sais ce que vous aimez. » Ce thé en effet avait paru à Swann quelque chose de précieux comme à elle-même, et l'amour a tellement besoin de se trouver une justification, une garantie de durée, dans des plaisirs qui au contraire sans lui n'en seraient pas et finissent avec lui, que quand il l'avait quittée à sept heures pour rentrer chez lui s'habiller, pendant tout le trajet qu'il fit dans son coupé, ne pouvant contenir la joie que cet après-midi lui avait causée, il se répétait : « Ce serait bien agréable d'avoir ainsi une petite personne chez qui on pourrait trouver cette chose si rare, du bon thé. » Une heure après, il reçut un mot d'Odette, et reconnut tout de suite cette grande écriture dans laquelle une affectation de raideur britannique imposait une apparence de discipline à des caractères informes qui eussent signifié peut-être pour des yeux moins prévenus le désordre de la pensée, l'insuffisance de l'éducation, le manque de franchise et de volonté. Swann avait oublié son étui à cigarettes chez Odette. « Que n'y avez-vous oublié aussi votre cœur, je ne vous aurais pas laissé le reprendre. »

Une seconde visite qu'il lui fit eut plus d'importance peut-être. En se rendant chez elle ce jour-là, comme chaque fois qu'il devait la voir, d'avance il se la représentait ; et la nécessité où il était pour trouver jolie sa figure, de limiter aux seules pommettes roses et fraîches, les joues qu'elle avait si souvent jaunes, languissantes, parfois piquées de petits points rouges, l'affligeait comme une preuve que l'idéal est inaccessible et le bonheur médiocre. Il lui apportait une gravure qu'elle désirait voir. Elle était un peu souffrante ; elle le reçut en peignoir de crêpe de Chine mauve, ramenant sur sa poitrine, comme un manteau, une étoffe richement brodée. Debout à côté de lui, laissant couler le long de ses joues ses cheveux qu'elle avait dénoués, fléchissant une jambe dans une attitude légèrement dansante pour pouvoir se pencher sans fatigue vers la gravure qu'elle regardait, en inclinant la tête, de ses grands yeux, si fatigués et maussades quand elle ne s'animait pas, elle frappa Swann par sa ressemblance avec cette figure de Zéphora, la fille de Jéthro, qu'on voit dans une fresque de la chapelle Sixtine[216]. Swann avait toujours eu ce goût particulier d'aimer à retrouver dans la peinture des maîtres non pas seulement les caractères généraux de la réalité qui nous entoure, mais ce qui semble au contraire le moins susceptible de généralité, les traits individuels des visages que nous connaissons : ainsi, dans la matière d'un buste du doge Lorédan par Antoine Rizzo, la saillie des pommettes, l'obliquité des sourcils, enfin la ressemblance criante de son cocher Rémi ; sous les couleurs d'un Ghirlandajo, le nez de M. de Palancy ; dans un portrait de Tintoret, l'envahissement du gras de la joue par l'implantation des premiers poils des favoris, la cassure du nez, la pénétration du regard, la congestion des paupières du docteur du Boulbon. Peut-être ayant toujours gardé un remords d'avoir borné sa vie aux relations mondaines, à la conversation, croyait-il trouver une sorte d'indulgent pardon à lui accordé par les grands artistes, dans ce fait qu'ils avaient eux aussi considéré avec plaisir, fait entrer dans leur œuvre, de tels visages qui donnent à celle-ci un singulier certificat de réalité et de vie, une saveur moderne ; peut-être aussi s'était-il tellement laissé gagner par la frivolité des gens du monde qu'il éprouvait le besoin de trouver dans une œuvre ancienne ces allusions anticipées et rajeunissantes à des noms propres d'aujourd'hui. Peut-être au contraire avait-il gardé suffisamment une nature d'artiste pour que ces caractéristiques individuelles lui causassent du plaisir en prenant une signification plus générale, dès qu'il les apercevait déracinées, délivrées, dans la ressemblance d'un portrait plus ancien avec un original qu'il ne représentait pas. Quoi qu'il en soit et peut-être parce que la plénitude d'impressions qu'il avait depuis quelque temps et bien qu'elle lui fût venue plutôt avec l'amour de la musique, avait enrichi même son goût pour la peinture, le plaisir fut plus profond et devait exercer sur Swann une influence durable, qu'il trouva à ce moment-là dans la ressemblance d'Odette avec la Zéphora de ce Sandro di Mariano auquel on donne plus volontiers son surnom populaire de Botticelli depuis que celui-ci évoque au lieu de l'œuvre véritable du peintre l'idée banale et fausse qui s'en est vulgarisée. Il n'estima plus le visage d'Odette selon la plus ou moins bonne qualité de ses joues et d'après la douceur purement carnée qu'il supposait devoir leur trouver en les touchant avec ses lèvres si jamais il osait l'embrasser, mais comme un écheveau de lignes subtiles et belles que ses regards dévidèrent, poursuivant la courbe de leur enroulement, rejoignant la cadence de la nuque à l'effusion des cheveux et à la flexion des paupières, comme en un portrait d'elle en lequel son type devenait intelligible et clair.

Il la regardait ; un fragment de la fresque apparaissait dans son visage et dans son corps, que dès lors il chercha toujours à y retrouver soit qu'il fût auprès d'Odette, soit qu'il pensât seulement à elle, et bien qu'il ne tînt sans doute au chef-d'œuvre florentin que parce qu'il le retrouvait en elle, pourtant cette ressemblance lui conférait à elle aussi une beauté, la rendait plus précieuse. Swann se reprocha d'avoir méconnu le prix d'un être qui eût paru adorable au grand Sandro, et il se félicita que le plaisir qu'il avait à voir Odette trouvât une justification dans sa propre culture esthétique. Il se dit qu'en associant la pensée d'Odette à ses rêves de bonheur il ne s'était pas résigné à un pis-aller aussi imparfait qu'il l'avait cru jusqu'ici, puisqu'elle contenait en lui ses goûts d'art les plus raffinés. Il oubliait qu'Odette n'était pas plus pour cela une femme selon son désir, puisque précisément son désir avait toujours été orienté dans un sens opposé à ses goûts esthétiques. Le mot d'« œuvre florentine » rendit un grand service à Swann. Il lui permit, comme un titre, de faire pénétrer l'image d'Odette dans un monde de rêves, où elle n'avait pas eu accès jusqu'ici et où elle s'imprégna de noblesse. Et tandis que la vue purement charnelle qu'il avait eue de cette femme, en renouvelant perpétuellement ses doutes sur la qualité de son visage, de son corps, de toute sa beauté, affaiblissait son amour, ces doutes furent détruits, cet amour assuré quand il eut à la place pour base les données d'une esthétique certaine ; sans compter que le baiser et la possession qui semblaient naturels et médiocres s'ils lui étaient accordés par une chair abîmée, venant couronner l'adoration d'une pièce de musée, lui parurent devoir être surnaturels, et délicieux.

Et quand il était tenté de regretter que depuis des mois il ne fît plus que voir Odette, il se disait qu'il était raisonnable de donner beaucoup de son temps à un chef-d'œuvre inestimable, coulé pour une fois dans une matière différente et particulièrement savoureuse, en un exemplaire rarissime qu'il contemplait tantôt avec l'humilité, la spiritualité et le désintéressement d'un artiste, tantôt avec l'orgueil, l'égoïsme et la sensualité d'un collectionneur.

Il plaça sur sa table de travail, comme une photographie d'Odette, une reproduction de la fille de Jéthro. Il admirait les grands yeux, le délicat visage qui laissait deviner la peau imparfaite, les boucles merveilleuses des cheveux le long des joues fatiguées, et adaptant ce qu'il trouvait beau jusque-là d'une façon esthétique à l'idée d'une femme vivante, il le transformait en mérites physiques qu'il se félicitait de trouver réunis dans un être qu'il pourrait posséder. Cette vague sympathie qui nous porte vers un chef-d'œuvre que nous regardons, maintenant qu'il connaissait l'original charnel de la fille de Jéthro, elle devenait un désir qui suppléa désormais à celui que le corps d'Odette ne lui avait pas d'abord inspiré. Quand il avait regardé longtemps ce Botticelli, il pensait à son Botticelli à lui qu'il trouvait plus beau encore et, approchant de lui la photographie de Zéphora, il croyait serrer Odette contre son cœur.

Et cependant ce n'était pas seulement la lassitude d'Odette qu'il s'ingéniait à prévenir, c'était quelquefois aussi la sienne propre ; sentant que depuis qu'Odette avait toutes facilités pour le voir, elle semblait n'avoir pas grand-chose à lui dire, il craignait que les façons un peu insignifiantes, monotones, et comme définitivement fixées, qui étaient maintenant les siennes quand ils étaient ensemble, ne finissent par tuer en lui cet espoir romanesque d'un jour où elle voudrait déclarer sa passion, qui seul l'avait rendu et gardé amoureux. Et pour renouveler un peu l'aspect moral, trop figé, d'Odette, et dont il avait peur de se fatiguer, il lui écrivait tout d'un coup une lettre pleine de déceptions feintes et de colères simulées qu'il lui faisait porter avant le dîner. Il savait qu'elle allait être effrayée, lui répondre et il espérait que dans la contraction que la peur de le perdre ferait subir à son âme, jailliraient des mots qu'elle ne lui avait encore jamais dits ; – et en effet c'est de cette façon qu'il avait obtenu les lettres les plus tendres qu'elle lui eût encore écrites dont l'une, qu'elle lui avait fait porter à midi de la « Maison Dorée » (c'était le jour de la fête de Paris-

Murcie donnée pour les inondés de Murcie)[217] commençait par ces mots : « Mon ami, ma main tremble si fort que je peux à peine écrire », et qu'il avait gardée dans le même tiroir que la fleur séchée du chrysanthème. Ou bien si elle n'avait pas eu le temps de lui écrire, quand il arriverait chez les Verdurin, elle irait vivement à lui et lui dirait : « J'ai à vous parler », et il contemplerait avec curiosité sur son visage et dans ses paroles ce qu'elle lui avait caché jusque-là de son cœur.

Rien qu'en approchant de chez les Verdurin quand il apercevait, éclairées par des lampes, les grandes fenêtres dont on ne fermait jamais les volets, il s'attendrissait en pensant à l'être charmant qu'il allait voir épanoui dans leur lumière d'or. Parfois les ombres des invités se détachaient minces et noires, en écran, devant les lampes, comme ces petites gravures qu'on intercale de place en place dans un abat-jour translucide dont les autres feuillets ne sont que clarté. Il cherchait à distinguer la silhouette d'Odette. Puis, dès qu'il était arrivé, sans qu'il s'en rendît compte, ses yeux brillaient d'une telle joie que M. Verdurin disait au peintre : « Je crois que ça chauffe. » Et la présence d'Odette ajoutait en effet pour Swann à cette maison ce dont n'était pourvue aucune de celles où il était reçu : une sorte d'appareil sensitif, de réseau nerveux qui se ramifiait dans toutes les pièces et apportait des excitations constantes à son cœur.

Ainsi le simple fonctionnement de cet organisme social qu'était le petit « clan », prenait automatiquement pour Swann des rendez-vous quotidiens avec Odette et lui permettait de feindre une indifférence à la voir, ou même un désir de ne plus la voir, qui ne lui faisait pas courir de grands risques, puisque, quoi qu'il lui eût écrit dans la journée, il la verrait forcément le soir et la ramènerait chez elle.

Mais une fois qu'ayant songé avec maussaderie à cet inévitable retour ensemble, il avait emmené jusqu'au Bois sa jeune ouvrière pour retarder le moment d'aller chez les Verdurin, il arriva chez eux si tard qu'Odette, croyant qu'il ne viendrait plus, était partie. En voyant qu'elle n'était plus dans le salon, Swann ressentit une souffrance au cœur ; il tremblait d'être privé d'un plaisir qu'il mesurait pour la première fois, ayant eu jusque-là cette certitude de le trouver quand il le voulait qui pour tous les plaisirs nous diminue ou même nous empêche d'apercevoir aucunement leur grandeur.

« As-tu vu la tête qu'il a fait quand il s'est aperçu qu'elle n'était pas là ? dit M. Verdurin à sa femme, je crois qu'on peut dire qu'il est pincé !

– La tête qu'il a fait ? demanda avec violence le docteur Cottard qui, étant allé un instant voir un malade, revenait chercher sa femme et ne savait pas de qui on parlait.

– Comment, vous n'avez pas rencontré devant la porte le plus beau des Swann…

– Non. M. Swann est venu ?

– Oh ! un instant seulement. Nous avons eu un Swann très agité, très nerveux. Vous comprenez, Odette était partie.

– Vous voulez dire qu'elle est du dernier bien avec lui, qu'elle lui a fait voir l'heure du berger, dit le docteur, expérimentant avec prudence le sens de ces expressions.

– Mais non, il n'y a absolument rien, et entre nous, je trouve qu'elle a bien tort et qu'elle se conduit comme une fameuse cruche, qu'elle est du reste.

– Ta, ta, ta, dit M. Verdurin, qu'est-ce que tu en sais qu'il n'y a rien ? nous n'avons pas été y voir, n'est-ce pas ?

– À moi, elle me l'aurait dit, répliqua fièrement Mme Verdurin. Je vous dis qu'elle me raconte toutes ses petites affaires ! Comme elle n'a plus personne en ce moment, je lui ai dit qu'elle devrait coucher avec lui. Elle prétend qu'elle ne peut pas, qu'elle a bien eu un fort béguin pour lui, mais qu'il est timide avec elle, que cela l'intimide à son tour, et puis qu'elle ne l'aime pas de cette manière-là, que c'est un être idéal, qu'elle a peur de déflorer le sentiment qu'elle a pour lui, est-ce que je sais, moi. Ce serait pourtant absolument ce qu'il lui faut.

– Tu me permettras de ne pas être de ton avis, dit M. Verdurin, il ne me revient qu'à demi ce monsieur ; je le trouve poseur. »

Mme Verdurin s'immobilisa, prit une expression inerte comme si elle était devenue une statue, fiction qui lui permit d'être censée ne pas avoir entendu ce mot insupportable de poseur qui avait l'air d'impliquer qu'on pouvait « poser » avec eux, donc qu'on était « plus qu'eux ».

« Enfin, s'il n'y a rien, je ne pense pas que ce soit que ce monsieur la croit *vertueuse*, dit ironiquement M. Verdurin. Et après tout, on ne peut rien dire, puisqu'il a l'air de la croire intelligente. Je ne sais si tu as entendu ce qu'il lui débitait l'autre soir sur la sonate de Vinteuil ; j'aime Odette de tout mon cœur, mais pour lui faire des théories d'esthétique, il faut tout de même être un fameux jobard !

– Voyons, ne dites pas du mal d'Odette, dit Mme Verdurin en faisant l'enfant. Elle est charmante.

– Mais cela ne l'empêche pas d'être charmante ; nous ne disons pas du mal d'elle, nous disons que ce n'est pas une vertu ni une intelligence. Au fond, dit-il au peintre, tenez-vous tant que ça à ce qu'elle soit vertueuse ? Elle serait peut-être beaucoup moins charmante, qui sait ? »

Sur le palier, Swann avait été rejoint par le maître d'hôtel qui ne se trouvait pas là au moment où il était arrivé et avait été chargé par Odette de lui dire – mais il y avait bien une heure déjà – au cas où il viendrait encore, qu'elle irait probablement prendre du chocolat chez Prévost avant de rentrer[218]. Swann partit chez Prévost, mais à chaque pas sa voiture était arrêtée par d'autres ou par des gens qui traversaient, odieux obstacles qu'il eût été heureux de renverser si le procès-verbal de l'agent ne l'eût retardé plus encore que le passage du piéton. Il comptait le temps qu'il mettait, ajoutait quelques secondes à toutes les minutes pour être sûr de ne pas les avoir faites trop courtes, ce qui lui eût laissé croire plus grande qu'elle n'était en réalité sa chance d'arriver assez tôt et de trouver encore Odette. Et à un moment, comme un fiévreux qui vient de dormir et qui prend conscience de l'absurdité des rêvasseries qu'il ruminait sans se distinguer nettement d'elles, Swann tout d'un coup aperçut en lui l'étrangeté des pensées qu'il roulait depuis le moment où on lui avait dit chez les Verdurin qu'Odette était déjà partie, la nouveauté de la douleur au cœur dont il souffrait, mais qu'il constata seulement comme s'il venait de s'éveiller. Quoi ? toute cette agitation parce qu'il ne verrait Odette que demain, ce que précisément il avait souhaité, il y a une heure, en se rendant chez Mme Verdurin. Il fut bien obligé de constater que dans cette même voiture qui l'emmenait chez Prévost, il n'était plus le même, et qu'il n'était plus seul, qu'un être nouveau était là avec lui, adhérent, amalgamé à lui, duquel il ne pourrait peut-être pas se débarrasser, avec qui il allait être obligé d'user de ménagements comme avec un maître ou avec une maladie. Et pourtant depuis un moment qu'il sentait qu'une nouvelle personne s'était ainsi ajoutée à lui, sa vie lui paraissait plus intéressante. C'est à peine s'il se disait que cette rencontre possible chez Prévost (de laquelle l'attente saccageait, dénudait à ce point les moments qui la précédaient qu'il ne trouvait plus une seule idée, un seul souvenir derrière lequel il pût faire reposer son esprit), il était probable pourtant, si elle avait lieu, qu'elle serait comme les autres, fort peu de chose. Comme chaque soir, dès qu'il serait avec Odette, jetant furtivement sur son changeant visage un regard aussitôt détourné de peur qu'elle n'y vît l'avance d'un désir et ne crût plus à son désintéressement, il cesserait de pouvoir penser à elle, trop occupé à trouver des prétextes qui lui permissent de ne pas la quitter tout de suite et de s'assurer, sans avoir l'air d'y tenir, qu'il la retrouverait le lendemain chez les Verdurin : c'est-à-dire de prolonger pour l'instant et de renouveler un jour de plus la déception et la torture que lui apportait la vaine présence de cette femme qu'il approchait sans oser l'étreindre.

Elle n'était pas chez Prévost ; il voulut chercher dans tous les restaurants des boulevards. Pour gagner du temps, pendant qu'il visitait les uns, il envoya dans les autres son cocher Rémi (le doge Lorédan de Rizzo) qu'il alla attendre ensuite – n'ayant rien trouvé lui-même – à l'endroit qu'il lui avait désigné. La voiture ne revenait pas et Swann se représentait le moment qui approchait, à la fois comme celui où Rémi lui dirait : « Cette dame est là », et comme celui où Rémi lui dirait : « Cette dame n'était dans aucun des cafés. » Et ainsi il voyait la fin de sa soirée devant lui, une et pourtant alternative, précédée soit par la rencontre d'Odette qui abolirait son angoisse, soit par le renoncement forcé à la trouver ce soir, par l'acceptation de rentrer chez lui sans l'avoir vue.

Le cocher revint, mais, au moment où il s'arrêta devant Swann, celui-ci ne lui dit pas : « Avez-vous trouvé cette dame ? » mais : « Faites-moi donc penser demain à commander du bois, je crois que la provision doit commencer à s'épuiser. » Peut-être se disait-il que si Rémi avait trouvé Odette dans un café où elle l'attendait, la fin de la soirée néfaste était déjà anéantie par la réalisation commencée de la fin de soirée bienheureuse et qu'il n'avait pas besoin de se presser d'atteindre un bonheur capturé et en lieu sûr, qui ne s'échapperait plus. Mais aussi c'était par force d'inertie ; il avait dans l'âme le manque de souplesse que certains êtres ont dans le corps, ceux-là qui au moment d'éviter un choc, d'éloigner une flamme de leur habit, d'accomplir un mouvement urgent, prennent leur temps, commencent par rester une seconde dans la situation où ils étaient auparavant comme pour y trouver leur point d'appui, leur élan. Et sans doute si le cocher l'avait interrompu en lui disant : « Cette dame est là », il eût répondu : « Ah ! oui, c'est vrai, la course que je vous avais donnée, tiens je n'aurais pas cru », et aurait continué à lui parler provision de bois pour lui cacher l'émotion qu'il avait eue et se laisser à lui-même le temps de rompre avec l'inquiétude et de se donner au bonheur.

Mais le cocher revint lui dire qu'il ne l'avait trouvée nulle part, et ajouta son avis, en vieux serviteur :

« Je crois que Monsieur n'a plus qu'à rentrer.

Mais l'indifférence que Swann jouait facilement quand Rémi ne pouvait plus rien changer à la réponse qu'il apportait tomba, quand il le vit essayer de le faire renoncer à son espoir et à sa recherche :

– Mais pas du tout, s'écria-t-il, il faut que nous trouvions cette dame ; c'est de la plus haute importance. Elle serait extrêmement ennuyée, pour une affaire, et froissée, si elle ne m'avait pas vu.

– Je ne vois pas comment cette dame pourrait être froissée, répondit Rémi, puisque c'est elle qui est partie sans attendre Monsieur, qu'elle a dit qu'elle allait chez Prévost et qu'elle n'y était pas. »

D'ailleurs on commençait à éteindre partout. Sous les arbres des boulevards, dans une obscurité mystérieuse, les passants plus rares erraient, à peine reconnaissables. Parfois l'ombre d'une femme qui s'approchait de lui, lui murmurant un mot à l'oreille, lui demandant de la ramener, fit tressaillir Swann. Il frôlait anxieusement tous ces corps obscurs comme si parmi les fantômes des morts, dans le royaume sombre, il eût cherché Eurydice.

De tous les modes de production de l'amour, de tous les agents de dissémination du mal sacré, il est bien l'un des plus efficaces, ce grand souffle d'agitation qui parfois passe sur nous. Alors l'être avec qui nous nous plaisons à ce moment-là, le sort en est jeté, c'est lui que nous aimerons. Il n'est même pas besoin qu'il nous plût jusque-là plus ou même autant que d'autres. Ce qu'il fallait c'est que notre goût pour lui devînt exclusif. Et cette condition-là est réalisée quand – à ce moment où il nous fait défaut – à la recherche des plaisirs que son agrément nous donnait, s'est brusquement substitué en nous un besoin anxieux, qui a pour objet cet être même, un besoin absurde, que les lois de ce monde rendent impossible à satisfaire et difficile à guérir – le besoin insensé et douloureux de le posséder.

Swann se fit conduire dans les derniers restaurants ; c'est la seule hypothèse du bonheur qu'il avait envisagée avec calme ; il ne cachait plus maintenant son agitation, le prix qu'il attachait à cette rencontre et il promit en cas de succès une récompense à son cocher, comme si en lui inspirant le désir de réussir qui viendrait s'ajouter à celui qu'il en avait lui-même, il pouvait faire qu'Odette, au cas où elle fût déjà rentrée se coucher, se trouvât pourtant dans un restaurant du boulevard. Il poussa jusqu'à la Maison Dorée, entra deux fois chez Tortoni et, sans l'avoir vue davantage, venait de ressortir du Café Anglais, marchant à grands pas, l'air hagard, pour rejoindre sa voiture qui l'attendait au coin du boulevard des Italiens, quand il heurta une personne qui venait en sens contraire : c'était Odette ; elle lui expliqua plus tard que n'ayant pas trouvé de place chez Prévost, elle était allée souper à la Maison Dorée dans un enfoncement où il ne l'avait pas découverte, et elle regagnait sa voiture.

Elle s'attendait si peu à le voir qu'elle eut un mouvement d'effroi. Quant à lui, il avait couru Paris non parce qu'il croyait possible de la rejoindre, mais parce qu'il lui était trop cruel d'y renoncer. Mais cette joie que sa raison n'avait cessé d'estimer, pour ce soir, irréalisable, ne lui en paraissait maintenant que plus réelle ; car, il n'y avait pas collaboré par la prévision des vraisemblances, elle lui restait extérieure ; il n'avait pas besoin de tirer de son esprit pour la lui fournir, c'est d'elle-même qu'émanait, c'est elle-même qui projetait vers lui, cette vérité qui rayonnait au point de dissiper comme un songe l'isolement qu'il avait redouté, et sur laquelle il appuyait, il reposait, sans penser, sa rêverie heureuse. Ainsi un voyageur arrivé par un beau temps au bord de la Méditerranée, incertain de l'existence des pays qu'il vient de quitter, laisse éblouir sa vue, plutôt qu'il ne leur jette des regards, par les rayons qu'émet vers lui l'azur lumineux et résistant des eaux.

Il monta avec elle dans la voiture qu'elle avait et dit à la sienne de suivre.

Elle tenait à la main un bouquet de catleyas[219] et Swann vit, sous sa fanchon de dentelle, qu'elle avait dans les cheveux des fleurs de cette même orchidée attachées à une aigrette en plumes de cygne. Elle était habillée sous sa mantille, d'un flot de velours noir qui, par un rattrapé oblique, découvrait en un large triangle le bas d'une jupe de faille blanche et laissait voir un empiècement, également de faille blanche, à l'ouverture du corsage décolleté, où étaient enfoncées d'autres fleurs de catleyas. Elle était à peine remise de la frayeur que Swann lui avait causée quand un obstacle fit faire un écart au cheval. Ils furent vivement déplacés, elle avait jeté un cri et restait toute palpitante, sans respiration.

« Ce n'est rien, lui dit-il, n'ayez pas peur.

Et il la tenait par l'épaule, l'appuyant contre lui pour la maintenir ; puis il lui dit :

– Surtout, ne me parlez pas, ne me répondez que par signes pour ne pas vous essouffler encore davantage. Cela ne vous gêne pas que je remette droites les fleurs de votre corsage qui ont été déplacées par le choc ? J'ai peur que vous ne les perdiez, je voudrais les enfoncer un peu.

Elle, qui n'avait pas été habituée à voir les hommes faire tant de façons avec elle, dit en souriant :

– Non, pas du tout, ça ne me gêne pas.

Mais lui, intimidé par sa réponse, peut-être aussi pour avoir l'air d'avoir été sincère quand il avait pris ce prétexte, ou même, commençant déjà à croire qu'il l'avait été, s'écria :

– Oh ! non, surtout, ne parlez pas, vous allez encore vous essouffler, vous pouvez bien me répondre par gestes, je vous comprendrai bien. Sincèrement je ne vous gêne pas ? Voyez, il y a un peu… je pense que c'est du pollen qui s'est répandu sur vous ; vous permettez que je l'essuie avec ma main ? Je ne vais pas trop fort, je ne suis pas trop brutal ? Je vous chatouille peut-être un peu ? mais c'est que je ne voudrais pas toucher le velours de la robe pour ne pas le friper. Mais, voyez-vous, il était vraiment nécessaire de les fixer, ils seraient tombés ; et, comme cela, en les enfonçant un peu moi-même… Sérieusement, je ne suis pas désagréable ? Et en les respirant pour voir s'ils n'ont vraiment pas d'odeur non plus ? Je n'en ai jamais senti, je peux ? dites la vérité. »

Souriant, elle haussa légèrement les épaules, comme pour dire « vous êtes fou, vous voyez bien que ça me plaît ».

Il élevait son autre main le long de la joue d'Odette ; elle le regarda fixement, de l'air languissant et grave qu'ont les femmes du maître florentin avec lesquelles il lui avait trouvé de la ressemblance ; amenés au bord des paupières, ses yeux brillants, larges et minces, comme les leurs, semblaient prêts à se détacher ainsi que deux larmes. Elle fléchissait le cou comme on leur voit faire à toutes, dans les scènes païennes comme dans les tableaux religieux. Et, en une attitude qui sans doute lui était habituelle, qu'elle savait convenable à ces moments-là et qu'elle faisait attention à ne pas oublier de prendre, elle semblait avoir besoin de toute sa force pour retenir son visage, comme si une force invisible l'eût attiré vers Swann. Et ce fut Swann, qui, avant qu'elle le laissât tomber, comme malgré elle, sur ses lèvres, le retint un instant, à quelque distance, entre ses deux mains. Il avait voulu laisser à sa pensée le temps d'accourir, de reconnaître le rêve qu'elle avait si longtemps caressé et d'assister à sa réalisation, comme une parente qu'on appelle pour prendre sa part du succès d'un enfant qu'elle a beaucoup aimé. Peut-être aussi Swann attachait-il sur ce visage d'Odette non encore possédée, ni même encore embrassée par lui, qu'il voyait pour la dernière fois, ce regard avec lequel, un jour de départ, on voudrait emporter un paysage qu'on va quitter pour toujours.

Mais il était si timide avec elle, qu'ayant fini par la posséder ce soir-là, en commençant par arranger ses catleyas, soit crainte de la froisser, soit peur de paraître rétrospectivement avoir menti, soit manque d'audace pour formuler une exigence plus grande que celle-là (qu'il pouvait renouveler puisqu'elle n'avait pas fâché Odette la première fois), les jours suivants il usa du même prétexte. Si elle avait des catleyas à son corsage, il disait :

« C'est malheureux, ce soir, les catleyas n'ont pas besoin d'être arrangés, ils n'ont pas été déplacés comme l'autre soir ; il me semble pourtant que celui-ci n'est pas très droit. Je peux voir s'ils ne sentent pas plus que les autres ? » Ou bien, si elle n'en avait pas : « Oh ! pas de catleyas ce soir, pas moyen de me livrer à mes petits arrangements. » De sorte que, pendant quelque temps, ne fut pas changé l'ordre qu'il avait suivi le premier soir, en débutant par des attouchements de doigts et de lèvres sur la gorge d'Odette et que ce fut par eux encore que commençaient chaque fois ses caresses ; et, bien plus tard quand l'arrangement (ou le simulacre rituel d'arrangement) des catleyas, fut depuis longtemps tombé en désuétude, la métaphore « faire catleya » devenue un simple vocable qu'ils employaient sans y penser quand ils voulaient signifier l'acte de la possession physique – où d'ailleurs l'on ne possède rien – survécut dans leur langage, où elle le commémorait, à cet usage oublié. Et peut-être cette manière particulière de dire « faire l'amour » ne signifiait-elle pas exactement la même chose que ses synonymes. On a beau être blasé sur les femmes, considérer la possession des plus différentes comme toujours la même et connue d'avance, elle devient au contraire un plaisir nouveau s'il s'agit de femmes assez difficiles – ou crues telles par nous – pour que nous soyons obligés de la faire naître de quelque épisode imprévu de nos relations avec elles, comme avait été la première fois pour Swann l'arrangement des catleyas. Il espérait en tremblant, ce soir-là (mais Odette, se disait-il, si elle était la dupe de sa ruse, ne pouvait le deviner) que c'était la possession de cette femme qui allait sortir d'entre leurs larges pétales mauves ; et le plaisir qu'il éprouvait déjà et qu'Odette ne tolérait peut-être, pensait-il, que parce qu'elle ne l'avait pas reconnu, lui semblait, à cause de cela – comme il put paraître au premier homme qui le goûta parmi les fleurs du paradis terrestre – un plaisir qui n'avait pas existé jusque-là, qu'il cherchait à créer, un plaisir – ainsi que le nom spécial qu'il lui donna en garda la trace – entièrement particulier et nouveau.

Maintenant, tous les soirs, quand il l'avait ramenée chez elle, il fallait qu'il entrât et souvent elle ressortait en robe de chambre et le conduisait jusqu'à sa voiture, l'embrassait aux yeux du cocher, disant : « Qu'est-ce que cela peut me faire, que me font les autres ? » Les soirs où il n'allait pas chez les Verdurin (ce qui arrivait parfois depuis qu'il pouvait la voir autrement) les soirs de plus en plus rares où il allait dans le monde, elle lui demandait de venir chez elle avant de rentrer, quelque heure qu'il fût. C'était le printemps, un printemps pur et glacé. En sortant de soirée, il montait dans sa Victoria, étendait une couverture sur ses jambes, répondait aux amis qui s'en allaient en même temps que lui et lui demandaient de revenir avec eux qu'il ne pouvait pas, qu'il n'allait pas du même côté, et le cocher partait au grand trot sachant où on allait. Eux s'étonnaient, et de fait, Swann n'était plus le même. On ne recevait plus jamais de lettre de lui où il demandât à connaître une femme. Il ne faisait plus attention à aucune, s'abstenait d'aller dans les endroits où on en rencontre. Dans un restaurant, à la campagne, il avait l'attitude inverse de celle à quoi, hier encore, on l'eût reconnu et qui avait semblé devoir toujours être la sienne. Tant une passion est en nous comme un caractère momentané et différent qui se substitue à l'autre et abolit les signes jusque-là invariables par lesquels il s'exprimait ! En revanche ce qui était invariable maintenant, c'était que où que Swann se trouvât, il ne manquât pas d'aller rejoindre Odette. Le trajet qui le séparait d'elle était celui qu'il parcourait inévitablement et comme la pente même irrésistible et rapide de sa vie. À vrai dire, souvent resté tard dans le monde, il aurait mieux aimé rentrer directement chez lui sans faire cette longue course et ne la voir que le lendemain ; mais le fait même de se déranger à une heure anormale pour aller chez elle, de deviner que les amis qui le quittaient se disaient : « Il est très tenu, il y a certainement une femme qui le force à aller chez elle à n'importe quelle heure », lui faisait sentir qu'il menait la vie des hommes qui ont une affaire amoureuse dans leur existence, et en qui le sacrifice qu'ils font de leur repos et de leurs intérêts à une rêverie voluptueuse fait naître un charme intérieur. Puis sans qu'il s'en rendît compte, cette certitude qu'elle l'attendait, qu'elle n'était pas ailleurs avec d'autres, qu'il ne reviendrait pas sans l'avoir vue, neutralisait cette angoisse oubliée mais toujours prête à renaître qu'il avait éprouvée le soir où Odette n'était plus chez les Verdurin et dont l'apaisement actuel était si doux que cela pouvait s'appeler du bonheur. Peut-être était-ce à cette angoisse qu'il était redevable de l'importance qu'Odette avait prise pour lui. Les êtres nous sont d'habitude si indifférents que quand nous avons mis dans l'un d'eux de telles possibilités de souffrance et de joie pour nous il nous semble appartenir à un autre univers, il s'entoure de poésie, il fait de notre vie comme une étendue émouvante où il sera plus ou moins rapproché de nous. Swann ne pouvait se demander sans trouble ce qu'Odette deviendrait pour lui dans les années qui allaient venir. Parfois, en voyant, de sa Victoria, dans ces belles nuits froides, la lune brillante qui répandait sa clarté entre ses yeux et les rues désertes, il pensait à cette autre figure claire et légèrement rosée comme celle de la lune, qui, un jour, avait surgi devant sa pensée et, depuis, projetait sur le monde la lumière mystérieuse dans laquelle il le voyait. S'il arrivait après l'heure où Odette envoyait ses domestiques se coucher, avant de sonner à la porte du petit jardin, il allait d'abord dans la rue, où donnait au rez-de-chaussée, entre les fenêtres toutes pareilles, mais obscures, des hôtels contigus, la fenêtre, seule éclairée, de sa chambre. Il frappait au carreau, et elle, avertie, répondait et allait l'attendre de l'autre côté, à la porte d'entrée. Il trouvait ouverts sur son piano quelques-uns des morceaux qu'elle préférait : la *Valse des Roses* ou *Pauvre Fou* de Tagliafico (qu'on devait, selon sa volonté écrite, faire exécuter à son enterrement)[220], il lui demandait de jouer à la place la petite phrase de la sonate de Vinteuil, bien qu'Odette jouât fort mal, mais la vision la plus belle qui nous reste d'une œuvre est souvent celle qui s'éleva au-dessus des sons faux tirés par des doigts malhabiles, d'un piano désaccordé. La petite phrase continuait à s'associer pour Swann à l'amour qu'il avait pour Odette. Il sentait bien que cet amour, c'était quelque chose qui ne correspondait à rien d'extérieur, de constatable par d'autres que lui ; il se rendait compte que les qualités d'Odette ne justifiaient pas qu'il attachât tant de prix aux moments passés auprès d'elle. Et souvent, quand c'était l'intelligence positive qui régnait seule en Swann, il voulait cesser de sacrifier tant d'intérêts intellectuels et sociaux à ce plaisir imaginaire. Mais la petite phrase, dès qu'il l'entendait, savait rendre libre en lui l'espace qui pour elle était nécessaire, les proportions de l'âme de Swann s'en trouvaient changées ; une marge y était réservée à une jouissance qui elle non plus ne correspondait à aucun objet extérieur et qui pourtant au lieu d'être purement individuelle comme celle de l'amour, s'imposait à Swann comme une réalité supérieure aux choses concrètes. Cette soif d'un charme inconnu, la petite phrase l'éveillait en lui, mais ne lui apportait rien de précis pour l'assouvir. De sorte que ces parties de l'âme de Swann où la petite phrase avait effacé le souci des intérêts matériels, les considérations humaines et valables pour tous, elle les avait laissées vacantes et en blanc, et il était libre d'y inscrire le nom d'Odette. Puis à ce que l'affection d'Odette pouvait avoir d'un peu court et décevant, la petite phrase venait ajouter, amalgamer son essence mystérieuse. À voir le visage de Swann pendant qu'il écoutait la phrase, on aurait dit qu'il était en train d'absorber un anesthésique qui donnait plus d'amplitude à sa respiration. Et le plaisir que lui donnait la musique et qui allait bientôt créer chez lui un véritable besoin, ressemblait en effet, à ces moments-là, au plaisir qu'il aurait eu à expérimenter des parfums, à entrer en contact avec un monde pour lequel nous ne sommes pas faits, qui nous semble sans forme parce que nos yeux ne le perçoivent pas, sans signification parce qu'il échappe à notre intelligence, que nous n'atteignons que par un seul sens. Grand repos, mystérieuse rénovation pour Swann – pour lui dont les yeux quoique délicats amateurs de peinture, dont l'esprit quoique fin observateur de mœurs, portaient à jamais la trace indélébile de la sécheresse de sa vie – de se sentir transformé en une créature étrangère à l'humanité, aveugle, dépourvue de facultés logiques, presque une fantastique licorne, une créature chimérique ne percevant le monde que par l'ouïe. Et comme dans la petite phrase il cherchait cependant un sens où son intelligence ne pouvait descendre, quelle étrange ivresse il avait à dépouiller son âme la plus intérieure de tous les secours du raisonnement et à la faire passer seule dans le couloir, dans le filtre obscur du son. Il commençait à se rendre compte de tout ce qu'il y avait de douloureux, peut-être même de secrètement inapaisé au fond de la douceur de cette phrase, mais il ne pouvait pas en souffrir. Qu'importait qu'elle lui dît que l'amour est fragile, le sien était si fort ! Il jouait avec la tristesse qu'elle répandait, il la sentait passer sur lui, mais comme une caresse qui rendait plus profond et plus doux le sentiment qu'il avait de son bonheur. Il la faisait rejouer dix fois, vingt fois à Odette, exigeant qu'en même temps elle ne cessât pas de l'embrasser. Chaque baiser appelle un autre baiser. Ah ! dans ces premiers temps où l'on aime, les baisers naissent si naturellement ! Ils foisonnent si pressés les uns contre les autres ; et l'on aurait autant de peine à compter les baisers qu'on s'est donnés pendant une heure que les fleurs d'un champ au mois de mai. Alors elle faisait mine de s'arrêter, disant : « Comment veux-tu que je joue comme cela si tu me tiens, je ne peux tout faire à la fois, sache au moins ce que tu veux, est-ce que je dois jouer la phrase ou faire des petites caresses », lui se fâchait et elle éclatait d'un rire qui se changeait et retombait sur lui, en une pluie de baisers. Ou bien elle le regardait d'un air maussade, il revoyait un visage digne de figurer dans la *Vie de Moïse* de Botticelli, il l'y situait, il donnait au cou d'Odette l'inclinaison nécessaire ; et quand il l'avait bien peinte à la détrempe, au XVe siècle, sur la muraille de la Sixtine, l'idée qu'elle était cependant restée là, près du piano, dans le moment actuel, prête à être embrassée et possédée, l'idée de sa matérialité et de sa vie venait l'enivrer avec une telle force que, l'œil égaré, les mâchoires tendues comme pour dévorer, il se précipitait sur cette vierge de Botticelli et se mettait à lui pincer les joues. Puis, une fois qu'il l'avait quittée, non sans être rentré pour l'embrasser encore parce qu'il avait oublié d'emporter dans son souvenir quelque particularité de son odeur ou de ses traits, tandis qu'il revenait dans sa Victoria, il bénissait Odette de lui permettre ces visites quotidiennes, dont il sentait qu'elles ne devaient pas lui causer à elle une bien grande joie, mais qui en le préservant de devenir jaloux – en lui ôtant l'occasion de souffrir de nouveau du mal qui s'était déclaré en lui le soir où il ne l'avait pas trouvée chez les Verdurin – l'aideraient à arriver, sans avoir plus d'autres de ces crises dont la première avait été si douloureuse et resterait la seule, au bout de ces heures singulières de sa vie, heures presque enchantées, à la façon de celles où il traversait Paris au clair de lune[221]. Et, remarquant, pendant ce retour, que l'astre était maintenant déplacé par rapport à lui, et presque au bout de l'horizon, sentant que son amour obéissait, lui aussi, à des lois immuables et naturelles, il se demandait si cette période où il était entré durerait encore longtemps, si bientôt sa pensée ne verrait plus le cher visage qu'occupant une position lointaine et diminuée, et près de cesser de répandre du charme. Car Swann en trouvait aux choses, depuis qu'il était amoureux, comme au temps où, adolescent, il se croyait artiste ; mais ce n'était plus le même charme, celui-ci, c'est Odette seule qui le leur conférait. Il sentait renaître en lui les inspirations de sa jeunesse qu'une vie frivole avait dissipées, mais elles portaient toutes le reflet, la marque d'un être particulier ; et, dans les longues heures qu'il prenait maintenant un plaisir délicat à passer chez lui, seul avec son âme en convalescence, il redevenait peu à peu lui-même, mais à une autre.

Il n'allait chez elle que le soir, et il ne savait rien de l'emploi de son temps pendant le jour, pas plus que de son passé, au point qu'il lui manquait même ce petit renseignement initial qui, en nous permettant de nous imaginer ce que nous ne savons pas, nous donne envie de le connaître. Aussi ne se demandait-il pas ce qu'elle pouvait faire, ni quelle avait été sa vie. Il souriait seulement quelquefois en pensant qu'il y a quelques années, quand il ne la connaissait pas, on lui avait parlé d'une femme qui, s'il se rappelait bien, devait certainement être elle, comme d'une fille, d'une femme entretenue, une de ces femmes auxquelles il attribuait encore, comme il avait peu vécu dans leur société, le caractère entier, foncièrement pervers, dont les dota longtemps l'imagination de certains romanciers. Il se disait qu'il n'y a souvent qu'à prendre le contrepied des réputations que fait le monde pour juger exactement une personne, quand, à un tel caractère, il opposait celui d'Odette, bonne, naïve, éprise d'idéal, presque si incapable de ne pas dire la vérité, que, l'ayant un jour priée, pour pouvoir dîner seul avec elle, d'écrire aux Verdurin qu'elle était souffrante, le lendemain, il l'avait vue, devant Mme Verdurin qui lui demandait si elle allait mieux, rougir, balbutier et refléter malgré elle, sur son visage, le chagrin, le supplice que cela lui était de mentir, et, tandis qu'elle multipliait dans sa réponse les détails inventés sur sa prétendue indisposition de la veille, avoir l'air de faire demander pardon par ses regards suppliants et sa voix désolée de la fausseté de ses paroles.

Certains jours pourtant, mais rares, elle venait chez lui dans l'après-midi, interrompre sa rêverie ou cette étude sur Ver Meer à laquelle il s'était remis dernièrement. On venait lui dire que Mme de Crécy était dans son petit salon. Il allait l'y retrouver, et quand il ouvrait la porte, au visage rosé d'Odette, dès qu'elle avait aperçu Swann, venait – changeant la forme de sa bouche, le regard de ses yeux, le modelé de ses joues – se mélanger un sourire.

Une fois seul, il revoyait ce sourire, celui qu'elle avait eu la veille, un autre dont elle l'avait accueilli telle ou telle fois, celui qui avait été sa réponse, en voiture, quand il lui avait demandé s'il lui était désagréable en redressant les catleyas ; et la vie d'Odette pendant le reste du temps, comme il n'en connaissait rien, lui apparaissait, avec son fond neutre et sans couleur semblable à ces feuilles d'études de Watteau, où on voit çà et là, à toutes les places, dans tous les sens, dessinés aux trois crayons sur le papier chamois, d'innombrables sourires. Mais, parfois, dans un coin de cette vie que Swann voyait toute vide, si même son esprit lui disait qu'elle ne l'était pas, parce qu'il ne pouvait pas l'imaginer, quelque ami, qui, se doutant qu'ils s'aimaient, ne se fût pas risqué à lui rien dire d'elle que d'insignifiant, lui décrivait la silhouette d'Odette, qu'il avait aperçue, le matin même, montant à pied la rue Abbattucci[222] dans une « visite » garnie de skunks, sous un chapeau « à la Rembrandt » et un bouquet de violettes à son corsage. Ce simple croquis bouleversait Swann parce qu'il lui faisait tout d'un coup apercevoir qu'Odette avait une vie qui n'était pas tout entière à lui ; il voulait savoir à qui elle avait cherché à plaire par cette toilette qu'il ne lui connaissait pas ; il se promettait de lui demander où elle allait, à ce moment-là, comme si dans toute la vie incolore – presque inexistante, parce qu'elle lui était invisible – de sa maîtresse, il n'y avait qu'une seule chose en dehors de tous ces sourires adressés à lui : sa démarche sous un chapeau à la Rembrandt, avec un bouquet de violettes au corsage.

Sauf en lui demandant la petite phrase de Vinteuil au lieu de la *Valse des Roses*, Swann ne cherchait pas à lui faire jouer plutôt des choses qu'il aimât, et pas plus en musique qu'en littérature, à corriger son mauvais goût. Il se rendait bien compte qu'elle n'était pas intelligente. En lui disant qu'elle aimerait tant qu'il lui parlât des grands poètes, elle s'était imaginée qu'elle allait connaître tout de suite des couplets héroïques et romanesques dans le genre de ceux du Vicomte de Borelli[223], en plus émouvant encore. Pour Ver Meer de Delft, elle lui demanda s'il avait souffert par une femme, si c'était une femme qui l'avait inspiré, et Swann lui ayant avoué qu'on n'en savait rien, elle s'était désintéressée de ce peintre. Elle disait souvent : « Je crois bien, la poésie, naturellement, il n'y aurait rien de plus beau si c'était vrai, si les poètes pensaient tout ce qu'ils disent. Mais bien souvent, il n'y a pas plus intéressé que ces gens-là. J'en sais quelque chose, j'avais une amie qui a aimé une espèce de poète. Dans ses vers il ne parlait que de l'amour, du ciel, des étoiles. Ah ! ce qu'elle a été refaite ! Il lui a croqué plus de trois cent mille francs. » Si alors Swann cherchait à lui apprendre en quoi consistait la beauté artistique, comment il fallait admirer les vers ou les tableaux, au bout d'un instant elle cessait d'écouter, disant : « Oui... je ne me figurais pas que c'était comme cela. » Et il sentait qu'elle éprouvait une telle déception qu'il préférait mentir en lui disant que tout cela n'était rien, que ce n'était encore que des bagatelles, qu'il n'avait pas le temps d'aborder le fond, qu'il y avait autre chose. Mais elle lui disait vivement : « Autre chose ? quoi ?... Dis-le alors », mais il ne le disait pas, sachant combien cela lui paraîtrait mince et différent de ce qu'elle espérait, moins sensationnel et moins touchant, et craignant que, désillusionnée de l'art, elle ne le fût en même temps de l'amour.

Et en effet elle trouvait Swann, intellectuellement, inférieur à ce qu'elle aurait cru. « Tu gardes toujours ton sang-froid, je ne peux te définir. » Elle s'émerveillait davantage de son indifférence à l'argent, de sa gentillesse pour chacun, de sa délicatesse. Et il arrive en effet souvent pour de plus grands que n'était Swann, pour un savant, pour un artiste, quand il n'est pas méconnu par ceux qui l'entourent, que celui de leurs sentiments qui prouve que la supériorité de son intelligence s'est imposée à eux, ce n'est pas leur admiration pour ses idées car elles leur échappent, mais leur respect pour sa bonté. C'est aussi du respect qu'inspirait à Odette la situation qu'avait Swann dans le monde, mais elle ne désirait pas qu'il cherchât à l'y faire recevoir. Peut-être sentait-elle qu'il ne pourrait pas y réussir, et même craignait-elle, que rien qu'en parlant d'elle il ne provoquât des révélations qu'elle redoutait. Toujours est-il qu'elle lui avait fait promettre de ne jamais prononcer son nom. La raison pour laquelle elle ne voulait pas aller dans le monde, lui avait-elle dit, était une brouille qu'elle avait eue autrefois avec une amie qui, pour se venger, avait ensuite dit du mal d'elle. Swann objectait : « Mais tout le monde n'a pas connu ton amie. – Mais si, ça fait la tache d'huile, le monde est si méchant. » D'une part Swann ne comprit pas cette histoire, mais d'autre part il savait que ces propositions : « Le monde est si méchant », « un propos calomnieux fait la tache d'huile », sont généralement tenues pour vraies ; il devait y avoir des cas auxquels elles s'appliquaient. Celui d'Odette était-il l'un de ceux-là ? Il se le demandait, mais pas longtemps, car il était sujet, lui aussi, à cette lourdeur d'esprit qui s'appesantissait sur son père, quand il se posait un problème difficile. D'ailleurs ce monde qui faisait si peur à Odette, ne lui inspirait peut-être pas de grands désirs, car pour qu'elle se le représentât bien nettement, il était trop éloigné de celui qu'elle connaissait. Pourtant, tout en étant restée à certains égards vraiment simple (elle avait par exemple gardé pour amie une petite couturière retirée dont elle grimpait presque chaque jour l'escalier raide, obscur et fétide), elle avait soif de chic, mais ne s'en faisait pas la même idée que les gens du monde. Pour eux, le chic est une émanation de quelques personnes peu nombreuses qui le projettent jusqu'à un degré assez éloigné – et plus ou moins affaibli dans la mesure où l'on est distant du centre de leur intimité – dans le cercle de leurs amis ou des amis de leurs amis dont les noms forment une sorte de répertoire. Les gens du monde le possèdent dans leur mémoire, ils ont sur ces matières une érudition d'où ils ont extrait une sorte de goût, de tact, si bien que Swann par exemple, sans avoir besoin de faire appel à son savoir mondain, s'il lisait dans un journal les noms des personnes qui se trouvaient à un dîner pouvait dire immédiatement la nuance du chic de ce dîner, comme un lettré, à la simple lecture d'une phrase, apprécie exactement la qualité littéraire de son auteur. Mais Odette faisait partie des personnes (extrêmement nombreuses quoi qu'en pensent les gens du monde, et comme il y en a dans toutes les classes de la société) qui ne possèdent pas ces notions, imaginent un chic tout autre, qui revêt divers aspects selon le milieu auquel elles appartiennent, mais a pour caractère particulier – que ce soit celui dont rêvait Odette, ou celui devant lequel s'inclinait Mme Cottard – d'être directement accessible à tous. L'autre, celui des gens du monde, l'est à vrai dire aussi, mais il y faut quelque délai. Odette disait de quelqu'un :

« Il ne va jamais que dans les endroits chic.

Et si Swann lui demandait ce qu'elle entendait par là, elle lui répondait avec un peu de mépris :

– Mais les endroits chic, parbleu ! Si, à ton âge, il faut t'apprendre ce que c'est que les endroits chic, que veux-tu que je te dise moi, par exemple, le dimanche matin, l'avenue de l'Impératrice[224], à cinq heures le tour du Lac, le jeudi l'Éden Théâtre, le vendredi l'Hippodrome, les bals…

– Mais quels bals ?

– Mais les bals qu'on donne à Paris, les bals chic, je veux dire. Tiens, Herbinger, tu sais, celui qui est chez un coulissier ? mais si, tu dois savoir, c'est un des hommes les plus lancés de Paris, ce grand jeune homme blond qui est tellement snob, il a toujours une fleur à la boutonnière, une raie dans le dos, des paletots clairs[225] ; il est avec ce vieux tableau qu'il promène à toutes les premières. Eh bien ! il a donné un bal, l'autre soir, il y avait tout ce qu'il y a de chic à Paris. Ce que j'aurais aimé y aller ! mais il fallait présenter sa carte d'invitation à la porte et je n'avais pas pu en avoir. Au fond j'aime autant ne pas y être allée, c'était une tuerie, je n'aurais rien vu. C'est plutôt pour pouvoir dire qu'on était chez Herbinger. Et tu sais, moi, la gloriole ! Du reste, tu peux bien te dire que sur cent qui racontent qu'elles y étaient, il y a bien la moitié dont ça n'est pas vrai… Mais ça m'étonne que toi, un homme si "pschutt", tu n'y étais pas. »

Mais Swann ne cherchait nullement à lui faire modifier cette conception du chic ; pensant que la sienne n'était pas plus vraie, était aussi sotte, dénuée d'importance, il ne trouvait aucun intérêt à en instruire sa maîtresse, si bien qu'après des mois elle ne s'intéressait aux personnes chez qui il allait que pour les cartes de pesage, de concours hippique, les billets de première qu'il pouvait avoir par elles. Elle souhaitait qu'il cultivât des relations si utiles mais elle était par ailleurs, portée à les croire peu chic, depuis qu'elle avait vu passer dans la rue la Marquise de Villeparisis en robe de laine noire, avec un bonnet à brides.

« Mais elle a l'air d'une ouvreuse, d'une vieille concierge, darling ! Ça, une marquise ! Je ne suis pas marquise, mais il faudrait me payer bien cher pour me faire sortir nippée comme ça ! »

Elle ne comprenait pas que Swann habitât l'hôtel du quai d'Orléans que, sans oser le lui avouer, elle trouvait indigne de lui.

Certes, elle avait la prétention d'aimer les « antiquités » et prenait un air ravi et fin pour dire qu'elle adorait passer toute une journée à « bibeloter », à chercher « du bric-à-brac », des choses « du temps ». Bien qu'elle s'entêtât dans une sorte de point d'honneur (et semblât pratiquer quelque précepte familial) en ne répondant jamais aux questions et en ne « rendant pas de comptes » sur l'emploi de ses journées, elle parla une fois à Swann d'une amie qui l'avait invitée et chez qui tout était « de l'époque ». Mais Swann ne put arriver à lui faire dire quelle était cette époque. Pourtant, après avoir réfléchi, elle répondit que c'était « moyenâgeux ». Elle entendait par là qu'il y avait des boiseries. Quelque temps après, elle lui reparla de son amie et ajouta, sur le ton hésitant et de l'air entendu dont on cite quelqu'un avec qui on a dîné la veille et dont on n'avait jamais entendu le nom, mais que vos amphitryons avaient l'air de considérer comme quelqu'un de si célèbre qu'on espère que l'interlocuteur saura bien de qui vous voulez parler : « Elle a une salle à manger… du… dix-huitième ! » Elle trouvait du reste cela affreux, nu, comme si la maison n'était pas finie, les femmes y paraissaient affreuses et la mode n'en prendrait jamais. Enfin, une troisième fois, elle en reparla et montra à Swann l'adresse de l'homme qui avait fait cette salle à manger et qu'elle avait envie de faire venir, quand elle aurait de l'argent pour voir s'il ne pourrait pas lui en faire, non pas certes une pareille, mais celle qu'elle rêvait et que, malheureusement, les dimensions de son petit hôtel ne comportaient pas, avec de hauts dressoirs, des meubles Renaissance et des cheminées comme au château de Blois. Ce jour-là, elle laissa échapper devant Swann ce qu'elle pensait de son habitation du quai d'Orléans ; comme il avait critiqué que l'amie d'Odette donnât non pas dans le Louis XVI, car, disait-il, bien que cela ne se fasse pas, cela peut être charmant, mais dans le faux ancien : « tu ne voudrais pas qu'elle vécût comme toi au milieu de meubles cassés et de tapis usés », lui dit-elle, le respect humain de la bourgeoise l'emportant encore chez elle sur le dilettantisme de la cocotte.

De ceux qui aimaient à bibeloter, qui aimaient les vers, méprisaient les bas calculs, rêvaient d'honneur et d'amour, elle faisait une élite supérieure au reste de l'humanité. Il n'y avait pas besoin qu'on eût réellement ces goûts pourvu qu'on les proclamât ; d'un homme qui lui avait avoué à dîner qu'il aimait à flâner, à se salir les doigts dans les vieilles boutiques, qu'il ne serait jamais apprécié par ce siècle commercial, car il ne se souciait pas de ses intérêts et qu'il était pour cela d'un autre temps, elle revenait en disant : « Mais c'est une âme adorable, un sensible, je ne m'en étais jamais doutée ! » et elle se sentait pour lui une immense et soudaine amitié. Mais, en revanche ceux, qui comme Swann, avaient ces goûts, mais n'en parlaient pas, la laissaient froide. Sans doute elle était obligée d'avouer que Swann ne tenait pas à l'argent, mais elle ajoutait d'un air boudeur : « Mais lui, ça n'est pas la même chose » ; et en effet, ce qui parlait à son imagination, ce n'était pas la pratique du désintéressement, c'en était le vocabulaire.

Sentant que souvent il ne pouvait pas réaliser ce qu'elle rêvait, il cherchait du moins à ce qu'elle se plût avec lui, à ne pas contrecarrer ces idées vulgaires, ce mauvais goût qu'elle avait en toutes choses, et qu'il aimait d'ailleurs comme tout ce qui venait d'elle, qui l'enchantaient même, car c'était autant de traits particuliers grâce auxquels l'essence de cette femme lui apparaissait, devenait visible. Aussi, quand elle avait l'air heureux parce qu'elle devait aller à la *Reine Topaze*[226], ou que son regard devenait sérieux, inquiet et volontaire, si elle avait peur de manquer la fête des fleurs ou simplement l'heure du thé, avec muffins et toasts, au « Thé de la Rue Royale » où elle croyait que l'assiduité était indispensable pour consacrer la réputation d'élégance d'une femme, Swann, transporté comme nous le sommes par le naturel d'un enfant ou par la vérité d'un portrait qui semble sur le point de parler, sentait si bien l'âme de sa maîtresse affleurer à son visage qu'il ne pouvait résister à venir l'y toucher avec ses lèvres. « Ah ! elle veut qu'on la mène à la fête des fleurs, la petite Odette, elle veut se faire admirer, eh bien, on l'y mènera, nous n'avons qu'à nous incliner. » Comme la vue de Swann était un peu basse, il dut se résigner à se servir de lunettes pour travailler chez lui, et à adopter, pour aller dans le monde, le monocle qui le défigurait moins. La première fois qu'elle lui en vit un dans l'œil, elle ne put contenir sa joie : « Je trouve que pour un homme, il n'y a pas à dire, ça a beaucoup de chic ! Comme tu es bien ainsi ! tu as l'air d'un vrai gentleman. Il ne te manque qu'un titre ! » ajouta-t-elle, avec une nuance de regret. Il aimait qu'Odette fût ainsi, de même que, s'il avait été épris d'une Bretonne, il aurait été heureux de la voir en coiffe et de lui entendre dire qu'elle croyait aux revenants. Jusque-là, comme beaucoup d'hommes chez qui leur goût pour les arts se développe indépendamment de la sensualité, un disparate bizarre avait existé entre les satisfactions qu'il accordait à l'un et à l'autre, jouissant, dans la compagnie de femmes de plus en plus grossières, des séductions d'œuvres de plus en plus raffinées, emmenant une petite bonne dans une baignoire grillée à la représentation d'une pièce décadente qu'il avait envie d'entendre ou à une exposition de peinture impressionniste, et persuadé d'ailleurs qu'une femme du monde cultivée n'y eût pas compris davantage, mais n'aurait pas su se taire aussi gentiment. Mais, au contraire, depuis qu'il aimait Odette, sympathiser avec elle, tâcher de n'avoir qu'une âme à eux deux lui était si doux, qu'il cherchait à se plaire aux choses qu'elle aimait, et il trouvait un plaisir d'autant plus profond non seulement à imiter ses habitudes, mais à adopter ses opinions, que comme elles n'avaient aucune racine dans sa propre intelligence, elles lui rappelaient seulement son amour, à cause duquel il les avait préférées. S'il retournait à *Serge Panine*, s'il recherchait les occasions d'aller voir conduire Olivier Métra[227], c'était pour la douceur d'être initié dans toutes les conceptions d'Odette, de se sentir de moitié dans tous ses goûts. Ce charme de le rapprocher d'elle, qu'avaient les ouvrages ou les lieux qu'elle aimait, lui semblait plus mystérieux que celui qui est intrinsèque à de plus beaux, mais qui ne la lui rappelaient pas. D'ailleurs, ayant laissé s'affaiblir les croyances intellectuelles de sa jeunesse, et son scepticisme d'homme du monde ayant à son insu pénétré jusqu'à elles, il pensait (ou du moins il avait si longtemps pensé cela qu'il le disait encore) que les objets de nos goûts n'ont pas en eux une valeur absolue, mais que tout est affaire d'époque, de classe, consiste en modes, dont les plus vulgaires valent celles qui passent pour les plus distinguées. Et comme il jugeait que l'importance attachée par Odette à avoir des cartes pour le vernissage n'était pas en soi quelque chose de plus ridicule que le plaisir qu'il avait autrefois à déjeuner chez le Prince de

Galles, de même, il ne pensait pas que l'admiration qu'elle professait pour Monte-Carlo ou pour le Righi [228] fût plus déraisonnable que le goût qu'il avait, lui, pour la Hollande qu'elle se figurait laide et pour Versailles qu'elle trouvait triste. Aussi, se privait-il d'y aller, ayant plaisir à se dire que c'était pour elle, qu'il voulait ne sentir, n'aimer qu'avec elle.

Comme tout ce qui environnait Odette et n'était en quelque sorte que le mode selon lequel il pouvait la voir, causer avec elle, il aimait la société des Verdurin. Là, comme au fond de tous les divertissements, repas, musique, jeux, soupers costumés, parties de campagne, parties de théâtre, même les rares « grandes soirées » données pour les « ennuyeux », il y avait la présence d'Odette, la vue d'Odette, la conversation avec Odette, dont les Verdurin faisaient à Swann, en l'invitant, le don inestimable, il se plaisait mieux que partout ailleurs dans le « petit noyau », et cherchait à lui attribuer des mérites réels, car il s'imaginait ainsi que par goût, il le fréquenterait toute sa vie. Or, n'osant pas se dire, par peur de ne pas le croire, qu'il aimerait toujours Odette, du moins en supposant qu'il fréquenterait toujours les Verdurin (proposition qui, *a priori*, soulevait moins d'objections de principe de la part de son intelligence), il se voyait dans l'avenir continuant à rencontrer chaque soir Odette ; cela ne revenait peut-être pas tout à fait au même que l'aimer toujours, mais, pour le moment, pendant qu'il aimait, croire qu'il ne cesserait pas un jour de la voir, c'est tout ce qu'il demandait. « Quel charmant milieu, se disait-il. Comme c'est au fond la vraie vie qu'on mène là ! Comme on y est plus intelligent, plus artiste que dans le monde ! Comme Mme Verdurin, malgré de petites exagérations un peu risibles, a un amour sincère de la peinture, de la musique ! quelle passion pour les œuvres, quel désir de faire plaisir aux artistes ! Elle se fait une idée inexacte des gens du monde ; mais avec cela que le monde n'en a pas une plus fausse encore des milieux artistes ! Peut-être n'ai-je pas de grands besoins intellectuels à assouvir dans la conversation, mais je me plais parfaitement bien avec Cottard, quoiqu'il fasse des calembours ineptes. Et quant au peintre, si sa prétention est déplaisante quand il cherche à étonner, en revanche c'est une des plus belles intelligences que j'aie connues. Et puis surtout là, on se sent libre, on fait ce qu'on veut sans contrainte, sans cérémonie. Quelle dépense de bonne humeur il se fait par jour dans ce salon-là ! Décidément, sauf quelques rares exceptions, je n'irai plus jamais que dans ce milieu. C'est là que j'aurai de plus en plus mes habitudes et ma vie. »

Et comme les qualités qu'il croyait intrinsèques aux Verdurin n'étaient que le reflet sur eux de plaisirs qu'avait goûtés chez eux son amour pour Odette, ces qualités devenaient plus sérieuses, plus profondes, plus vitales, quand ces plaisirs l'étaient aussi. Comme Mme Verdurin donnait parfois à Swann ce qui seul pouvait constituer pour lui le bonheur ; comme, tel soir où il se sentait anxieux parce qu'Odette avait causé avec un invité plus qu'avec un autre, et où, irrité contre elle, il ne voulait pas prendre l'initiative de lui demander si elle reviendrait avec lui, Mme Verdurin lui apportait la paix et la joie en disant spontanément : « Odette, vous allez ramener M. Swann, n'est-ce pas ? » ; comme cet été qui venait et où il s'était d'abord demandé avec inquiétude si Odette ne s'absenterait pas sans lui, s'il pourrait continuer à la voir tous les jours Mme Verdurin allait les inviter à le passer tous deux chez elle à la campagne, – Swann laissant à son insu la reconnaissance et l'intérêt s'infiltrer dans son intelligence et influer sur ses idées, allait jusqu'à proclamer que Mme Verdurin était une grande âme. De quelques gens exquis ou éminents que tel de ses anciens camarades de l'école du Louvre lui parlât : « Je préfère cent fois les Verdurin », lui répondait-il. Et, avec une solennité qui était nouvelle chez lui : « Ce sont des êtres magnanimes, et la magnanimité est, au fond, la seule chose qui importe et qui distingue ici-bas. Vois-tu, il n'y a que deux classes d'êtres : les magnanimes et les autres ; et je suis arrivé à un âge où il faut prendre parti, décider une fois pour toutes qui on veut aimer et qui on veut dédaigner, se tenir à ceux qu'on aime et, pour réparer le temps qu'on a gâché avec les autres, ne plus les quitter jusqu'à sa mort. Eh bien ! ajoutait-il avec cette légère émotion qu'on éprouve quand même sans bien s'en rendre compte, on dit une chose non parce qu'elle est vraie, mais parce qu'on a plaisir à la dire et qu'on l'écoute dans sa propre voix comme si elle venait d'ailleurs que de nous-mêmes, le sort en est jeté, j'ai choisi d'aimer les seuls cœurs magnanimes et de ne plus vivre que dans la magnanimité. Tu me demandes si Mme Verdurin est véritablement intelligente. Je t'assure qu'elle m'a donné les preuves d'une noblesse de cœur, d'une hauteur d'âme où, que veux-tu, on n'atteint pas sans une hauteur égale de pensée. Certes elle a la profonde intelligence des arts. Mais ce n'est peut-être pas là qu'elle est le plus admirable ; et telle petite action ingénieusement, exquisement bonne, qu'elle a accomplie pour moi, telle géniale attention, tel geste familièrement sublime, révèlent une compréhension plus profonde de l'existence que tous les traités de philosophie. »

Il aurait pourtant pu se dire qu'il y avait des anciens amis de ses parents aussi simples que les Verdurin, des camarades de sa jeunesse aussi épris d'art, qu'il connaissait d'autres êtres d'un grand cœur, et que, pourtant, depuis qu'il avait opté pour la simplicité, les arts et la magnanimité, il ne les voyait plus jamais. Mais ceux-là ne connaissaient pas Odette, et, s'ils l'avaient connue, ne se seraient pas souciés de la rapprocher de lui.

Ainsi il n'y avait sans doute pas, dans tout le milieu Verdurin, un seul fidèle qui les aimât ou crût les aimer autant que Swann. Et pourtant, quand M. Verdurin avait dit que Swann ne lui revenait pas, non seulement il avait exprimé sa propre pensée, mais il avait deviné celle de sa femme. Sans doute Swann avait pour Odette une affection trop particulière et dont il avait négligé de faire de

Mme Verdurin la confidente quotidienne ; sans doute la discrétion même avec laquelle il usait de l'hospitalité des Verdurin, s'abstenant souvent de venir dîner pour une raison qu'ils ne soupçonnaient pas et à la place de laquelle ils voyaient le désir de ne pas manquer une invitation chez des « ennuyeux », sans doute aussi, et malgré toutes les précautions qu'il avait prises pour la leur cacher, la découverte progressive qu'ils faisaient de sa brillante situation mondaine, tout cela contribuait à leur irritation contre lui. Mais la raison profonde en était autre. C'est qu'ils avaient très vite senti en lui un espace réservé, impénétrable, où il continuait à professer silencieusement pour lui-même que la Princesse de Sagan n'était pas grotesque et que les plaisanteries de Cottard n'étaient pas drôles, enfin et bien que jamais il ne se départît de son amabilité et ne se révoltât contre leurs dogmes, une impossibilité de les lui imposer, de l'y convertir entièrement, comme ils n'en avaient jamais rencontré une pareille chez personne. Ils lui auraient pardonné de fréquenter des ennuyeux (auxquels d'ailleurs, dans le fond de son cœur, il préférait mille fois les Verdurin et tout le petit noyau), s'il avait consenti, pour le bon exemple, à les renier en présence des fidèles. Mais c'est une abjuration qu'ils comprirent qu'on ne pourrait pas lui arracher.

Quelle différence avec un « nouveau » qu'Odette leur avait demandé d'inviter, quoiqu'elle ne l'eût rencontré que peu de fois, et sur lequel ils fondaient beaucoup d'espoir, le Comte de Forcheville ! (Il se trouva qu'il était justement le beau-frère de Saniette, ce qui remplit d'étonnement les fidèles : le vieil archiviste avait des manières si humbles qu'ils l'avaient toujours cru d'un rang social inférieur au leur et ne s'attendaient pas à apprendre qu'il appartenait à un monde riche et relativement aristocratique.) Sans doute Forcheville était grossièrement snob, alors que Swann ne l'était pas ; sans doute il était bien loin de placer, comme lui, le milieu des Verdurin au-dessus de tous les autres. Mais il n'avait pas cette délicatesse de nature qui empêchait Swann de s'associer aux critiques trop manifestement fausses que dirigeait Mme Verdurin contre des gens qu'il connaissait. Quant aux tirades prétentieuses et vulgaires que le peintre lançait à certains jours, aux plaisanteries de commis voyageur que risquait Cottard et auxquelles Swann, qui les aimait l'un et l'autre trouvait facilement des excuses mais n'avait pas le courage et l'hypocrisie d'applaudir, Forcheville était au contraire d'un niveau intellectuel qui lui permettait d'être abasourdi, émerveillé par les unes, sans d'ailleurs les comprendre, et de se délecter aux autres. Et justement le premier dîner chez les Verdurin auquel assista Forcheville, mit en lumière toutes ces différences, fit ressortir ses qualités et précipita la disgrâce de Swann.

Il y avait, à ce dîner, en dehors des habitués, un professeur de la Sorbonne, Brichot, qui avait rencontré M. et Mme Verdurin aux eaux et si ses fonctions universitaires et ses travaux d'érudition n'avaient pas rendu très rares ses moments de liberté, serait volontiers venu souvent chez eux. Car il avait cette curiosité, cette superstition de la vie, qui unie à un certain scepticisme relatif à l'objet de leurs études, donne dans n'importe quelle profession, à certains hommes intelligents, médecins qui ne croient pas à la médecine, professeurs de lycée qui ne croient pas au thème latin, la réputation d'esprits larges, brillants, et même supérieurs. Il affectait, chez Mme Verdurin, de chercher ses comparaisons dans ce qu'il y avait de plus actuel quand il parlait de philosophie et d'histoire, d'abord parce qu'il croyait qu'elles ne sont qu'une préparation à la vie et qu'il s'imaginait trouver en action dans le petit clan ce qu'il n'avait connu jusqu'ici que dans les livres, puis peut-être aussi parce que, s'étant vu inculquer autrefois, et ayant gardé à son insu, le respect de certains sujets, il croyait dépouiller l'universitaire en prenant avec eux des hardiesses qui, au contraire, ne lui paraissaient telles, que parce qu'il l'était resté.

Dès le commencement du repas, comme M. de Forcheville, placé à la droite de Mme Verdurin qui avait fait pour le « nouveau » de grands frais de toilette, lui disait : « C'est original, cette robe blanche », le docteur qui n'avait cessé de l'observer, tant il était curieux de savoir comment était fait ce qu'il appelait un « de », et qui cherchait une occasion d'attirer son attention et d'entrer plus en contact avec lui, saisit au vol le mot « blanche » et, sans lever le nez de son assiette dit : « blanche ? Blanche de Castille ? », puis sans bouger la tête lança furtivement de droite et de gauche des regards incertains et souriants. Tandis que Swann, par l'effort douloureux et vain qu'il fit pour sourire, témoigna qu'il jugeait ce calembour stupide, Forcheville avait montré à la fois qu'il en goûtait la finesse et qu'il savait vivre, en contenant dans de justes limites une gaieté dont la franchise avait charmé Mme Verdurin.

« Qu'est-ce que vous dites d'un savant comme cela ? avait-elle demandé à Forcheville. Il n'y a pas moyen de causer sérieusement deux minutes avec lui. Est-ce que vous leur en dites comme cela, à votre hôpital ? avait-elle ajouté en se tournant vers le docteur, ça ne doit pas être ennuyeux tous les jours, alors. Je vois qu'il va falloir que je demande à m'y faire admettre.

– Je crois avoir entendu que le docteur parlait de cette vieille chipie de Blanche de Castille, si j'ose m'exprimer ainsi. N'est-il pas vrai, Madame ? demanda Brichot à Mme Verdurin qui, pâmant, les yeux fermés, précipita sa figure dans ses mains d'où s'échappèrent des cris étouffés.

Mon Dieu, Madame, je ne voudrais pas alarmer les âmes respectueuses s'il y en a autour de cette table, *sub rosa*… Je reconnais d'ailleurs que notre ineffable république athénienne – ô combien ! – pourrait honorer en cette capétienne obscurantiste le premier des préfets de police à poigne. Si fait, mon cher hôte, si fait, reprit-il de sa voix bien timbrée qui détachait chaque syllabe, en réponse à une objection de M. Verdurin. La *Chronique de*

Saint-Denis[229] dont nous ne pouvons contester la sûreté d'information ne laisse aucun doute à cet égard. Nulle ne pourrait être mieux choisie comme patronne par un prolétariat laïcisateur que cette mère d'un saint à qui elle en fit d'ailleurs voir de saumâtres, comme dit Suger et autres saint Bernard ; car avec elle chacun en prenait pour son grade.

– Quel est ce monsieur ? demanda Forcheville à Mme Verdurin, il a l'air d'être de première force.

– Comment, vous ne connaissez pas le fameux Brichot, il est célèbre dans toute l'Europe.

– Ah ! c'est Bréchot, s'écria Forcheville qui n'avait pas bien entendu, vous m'en direz tant, ajouta-t-il tout en attachant sur l'homme célèbre des yeux écarquillés. C'est toujours intéressant de dîner avec un homme en vue. Mais, dites-moi, vous nous invitez là avec des convives de choix. On ne s'ennuie pas chez vous.

– Oh ! vous savez, ce qu'il y a surtout, dit modestement Mme Verdurin, c'est qu'ils se sentent en confiance. Ils parlent de ce qu'ils veulent, et la conversation rejaillit en fusées. Ainsi Brichot, ce soir, ce n'est rien : je l'ai vu, vous savez, chez moi, éblouissant, à se mettre à genoux devant ; eh bien ! chez les autres, ce n'est plus le même homme, il n'a plus d'esprit, il faut lui arracher les mots, il est même ennuyeux.

– C'est curieux ! » dit Forcheville étonné.

Un genre d'esprit comme celui de Brichot aurait été tenu pour stupidité pure dans la coterie où Swann avait passé sa jeunesse, bien qu'il soit compatible avec une intelligence réelle. Et celle du professeur, vigoureuse et bien nourrie, aurait probablement pu être enviée par bien des gens du monde que Swann trouvait spirituels. Mais ceux-ci avaient fini par lui inculquer si bien leurs goûts et leurs répugnances, au moins en tout ce qui touche à la vie mondaine et même en celle de ses parties annexes qui devrait plutôt relever du domaine de l'intelligence : la conversation, que Swann ne put trouver les plaisanteries de Brichot que pédantesques, vulgaires et grasses à écœurer. Puis il était choqué, dans l'habitude qu'il avait des bonnes manières, par le ton rude et militaire qu'affectait, en s'adressant à chacun, l'universitaire cocardier. Enfin, peut-être avait-il surtout perdu, ce soir-là, de son indulgence en voyant l'amabilité que Mme Verdurin déployait pour ce Forcheville qu'Odette avait eu la singulière idée d'amener. Un peu gênée vis-à-vis de Swann, elle lui avait demandé en arrivant :

« Comment trouvez-vous mon invité ? »

Et lui, s'apercevant pour la première fois que Forcheville qu'il connaissait depuis longtemps pouvait plaire à une femme et était assez bel homme, avait répondu : « Immonde ! » Certes, il n'avait pas l'idée d'être jaloux d'Odette, mais il ne se sentait pas aussi heureux que d'habitude et quand Brichot, ayant commencé à raconter l'histoire de la mère de Blanche de Castille qui « avait été avec Henri Plantagenet des années avant de l'épouser », voulut s'en faire demander la suite par Swann en lui disant : « n'est-ce pas, monsieur Swann ? » sur le ton martial qu'on prend pour se mettre à la portée d'un paysan ou pour donner du cœur à un troupier, Swann coupa l'effet de Brichot à la grande fureur de la maîtresse de la maison, en répondant qu'on voulût bien l'excuser de s'intéresser si peu à Blanche de Castille, mais qu'il avait quelque chose à demander au peintre. Celui-ci, en effet, était allé dans l'après-midi visiter l'exposition d'un artiste, ami de Mme Verdurin qui était mort récemment, et Swann aurait voulu savoir par lui (car il appréciait son goût) si vraiment il y avait dans ces dernières œuvres plus que la virtuosité qui stupéfiait déjà dans les précédentes.

« À ce point de vue-là, c'était extraordinaire, mais cela ne semblait pas d'un art, comme on dit, très "élevé", dit Swann en souriant.

– Élevé… à la hauteur d'une institution, interrompit Cottard en levant les bras avec une gravité simulée.

Toute la table éclata de rire.

– Quand je vous disais qu'on ne peut pas garder son sérieux avec lui, dit Mme Verdurin à Forcheville. Au moment où on s'y attend le moins, il vous sort une calembredaine. »

Mais elle remarqua que seul Swann ne s'était pas déridé. Du reste il n'était pas très content que Cottard fît rire de lui devant Forcheville. Mais le peintre, au lieu de répondre d'une façon intéressante à Swann, ce qu'il eût probablement fait s'il eût été seul avec lui, préféra se faire admirer des convives en plaçant un morceau sur l'habileté du maître disparu.

« Je me suis approché, dit-il, pour voir comment c'était fait, j'ai mis le nez dessus. Ah ! bien ouiche ! on ne pourrait pas dire si c'est fait avec de la colle, avec du rubis, avec du savon, avec du bronze, avec du soleil, avec du caca !

– Et un font douze, s'écria trop tard le docteur dont personne ne comprit l'interruption.

– Ça a l'air fait avec rien, reprit le peintre, pas plus moyen de découvrir le truc que dans *La Ronde* ou *Les Régentes* et c'est encore plus fort comme patte que Rembrandt et que Hals. Tout y est, mais non, je vous jure.

Et comme les chanteurs parvenus à la note la plus haute qu'ils puissent donner continuent en voix de tête, piano, il se contenta de murmurer, et en riant, comme si en effet cette peinture eût été dérisoire à force de beauté :

– Ça sent bon, ça vous prend à la tête, ça vous coupe la respiration, ça vous fait des chatouilles, et pas mèche de savoir avec quoi c'est fait, c'en est sorcier, c'est de la rouerie, c'est du miracle (éclatant tout à fait de rire) : c'en est malhonnête ! » Et s'arrêtant, redressant gravement la tête, prenant une note de basse profonde qu'il tâcha de rendre harmonieuse, il ajouta : « et c'est si loyal ! »

Sauf au moment où il avait dit : « plus fort que *La Ronde* », blasphème qui avait provoqué une protestation de Mme Verdurin qui tenait *La Ronde* pour le plus grand chef-d'œuvre de l'univers avec la *Neuvième* et la *Samothrace*, et à : « fait avec du caca », qui avait fait jeter à Forcheville un coup d'œil circulaire sur la table pour voir si le mot passait et avait ensuite amené sur sa bouche un sourire prude et conciliant, tous les convives, excepté Swann, avaient attaché sur le peintre des regards fascinés par l'admiration.

« Ce qu'il m'amuse quand il s'emballe comme ça, s'écria, quand il eut terminé, Mme Verdurin, ravie que la table fût justement si intéressante le jour où M. de Forcheville venait pour la première fois. Et toi, qu'est-ce que tu as à rester comme cela, bouche bée comme une grande bête ? dit-elle à son mari. Tu sais pourtant qu'il parle bien ; on dirait que c'est la première fois qu'il vous entend. Si vous l'aviez vu pendant que vous parliez, il vous buvait. Et demain il nous récitera tout ce que vous avez dit sans manger un mot.

– Mais non, c'est pas de la blague, dit le peintre, enchanté de son succès, vous avez l'air de croire que je fais le boniment, que c'est du chiqué ; je vous y mènerai voir, vous direz si j'ai exagéré, je vous fiche mon billet que vous revenez plus emballée que moi !

– Mais nous ne croyons pas que vous exagérez, nous voulons seulement que vous mangiez, et que mon mari mange aussi ; redonnez de la sole normande à Monsieur, vous voyez bien que la sienne est froide. Nous ne sommes pas si pressés, vous servez comme s'il y avait le feu, attendez donc un peu pour donner la salade.

Mme Cottard qui était modeste et parlait peu, savait pourtant ne pas manquer d'assurance quand une heureuse inspiration lui avait fait trouver un mot juste. Elle sentait qu'il aurait du succès, cela la mettait en confiance, et ce qu'elle en faisait était moins pour briller que pour être utile à la carrière de son mari. Aussi ne laissa-t-elle pas échapper le mot de salade que venait de prononcer Mme Verdurin.

– Ce n'est pas de la salade japonaise ? [230] » dit-elle à mi-voix en se tournant vers Odette.

Et ravie et confuse de l'à-propos et de la hardiesse qu'il y avait à faire ainsi une allusion discrète, mais claire, à la nouvelle et retentissante pièce de Dumas, elle éclata d'un rire charmant d'ingénue, peu bruyant, mais si irrésistible qu'elle resta quelques instants sans pouvoir le maîtriser. « Qui est cette dame ? elle a de l'esprit, dit Forcheville.

– Non, mais nous vous en ferons si vous venez tous dîner vendredi. »

« Je vais vous paraître bien provinciale, Monsieur, dit Mme Cottard à Swann, mais je n'ai pas encore vu cette fameuse *Francillon* dont tout le monde parle. Le docteur y est déjà allé (je me rappelle même qu'il m'a dit avoir eu le très grand plaisir de passer la soirée avec vous) et j'avoue que je n'ai pas trouvé raisonnable qu'il louât des places pour y retourner avec moi. Évidemment, au Théâtre-Français, on ne regrette jamais sa soirée, c'est toujours si bien joué, mais comme nous avons des amis très aimables (Mme Cottard prononçait rarement un nom propre et se contentait de dire "des amis à nous", "une de mes amies", par "distinction", sur un ton factice, et avec l'air d'importance d'une personne qui ne nomme que qui elle veut) qui ont souvent des loges et ont la bonne idée de nous emmener à toutes les nouveautés qui en valent la peine, je suis toujours sûre de voir *Francillon* un peu plus tôt ou un peu plus tard, et de pouvoir me former une opinion. Je dois pourtant confesser que je me trouve assez sotte, car, dans tous les salons où je vais en visite, on ne parle naturellement que de cette malheureuse salade japonaise. On commence même à en être un peu fatigué, ajouta-t-elle en voyant que Swann n'avait pas l'air aussi intéressé qu'elle aurait cru par une si brûlante actualité. Il faut avouer pourtant que cela donne quelquefois prétexte à des idées assez amusantes. Ainsi j'ai une de mes amies qui est très originale, quoique très jolie femme, très entourée, très lancée, et qui prétend qu'elle a fait faire chez elle cette salade japonaise, mais en faisant mettre tout ce qu'Alexandre Dumas fils dit dans la pièce. Elle avait invité quelques amies à venir en manger. Malheureusement je n'étais pas des élues. Mais elle nous l'a raconté tantôt, à son jour ; il paraît que c'était détestable, elle nous a fait rire aux larmes. Mais vous savez, tout est dans la manière de raconter, dit-elle en voyant que Swann gardait un air grave.

Et supposant que c'était peut-être parce qu'il n'aimait pas *Francillon* :

– Du reste je crois que j'aurai une déception. Je ne crois pas que cela vaille *Serge Panine*, l'idole de Mme de Crécy. Voilà au moins des sujets qui ont du fond, qui font réfléchir ; mais donner une recette de salade sur la scène du Théâtre-Français ! Tandis que *Serge Panine* ! Du reste, c'est comme tout ce qui vient de la plume de Georges Ohnet, c'est toujours si bien écrit. Je ne sais pas si vous connaissez *Le Maître de Forges* que je préférerais encore à *Serge Panine*[231].

– Pardonnez-moi, lui dit Swann d'un air ironique, mais j'avoue que mon manque d'admiration est à peu près égal pour ces deux chefs-d'œuvre.

– Vraiment, qu'est-ce que vous leur reprochez. Est-ce un parti pris ? Trouvez-vous peut-être que c'est un peu triste ? D'ailleurs, comme je dis toujours, il ne faut jamais discuter sur les romans ni sur les pièces de théâtre. Chacun a sa manière de voir et vous pouvez trouver détestable ce que j'aime le mieux. »

Elle fut interrompue par Forcheville qui interpellait Swann. En effet, tandis que Mme Cottard parlait de *Francillon*, Forcheville avait exprimé à Mme Verdurin son admiration pour ce qu'il avait appelé le petit « speech » du peintre.

« Monsieur a une facilité de parole, une mémoire ! avait-il dit à Mme Verdurin quand le peintre eut terminé, comme j'en ai rarement rencontré. Bigre ! Je voudrais bien en avoir autant. Il ferait un excellent prédicateur. On peut dire qu'avec M. Bréchot, vous avez là deux numéros qui se valent, je ne sais même pas si comme platine, celui-ci ne damerait pas encore le pion au professeur. Ça vient plus naturellement, c'est moins recherché. Quoiqu'il ait chemin faisant quelques mots un peu réalistes, mais c'est le goût du jour, je n'ai pas souvent vu tenir le crachoir avec une pareille dextérité, comme nous disions au régiment, où pourtant j'avais un camarade que justement Monsieur me rappelait un peu. À propos de n'importe quoi, je ne sais que vous dire, sur ce verre, par exemple, il pouvait dégoiser pendant des heures, non, pas à propos de ce verre, ce que je dis est stupide ; mais à propos de la bataille de Waterloo, de tout ce que vous voudrez et il nous envoyait chemin faisant des choses auxquelles vous n'auriez jamais pensé. Du reste Swann était dans le même régiment ; il a dû le connaître.

– Vous voyez souvent M. Swann ? demanda Mme Verdurin.

– Mais non, répondit M. de Forcheville et comme pour se rapprocher plus aisément d'Odette, il désirait être agréable à Swann, voulant saisir cette occasion, pour le flatter, de parler de ses belles relations, mais d'en parler en homme du monde, sur un ton de critique cordiale et n'avoir pas l'air de l'en féliciter comme d'un succès inespéré : N'est-ce pas, Swann ? je ne vous vois jamais. D'ailleurs, comment faire pour le voir ? Cet animal-là est tout le temps fourré chez les La Trémoïlle, chez les Laumes, chez tout ça !... » Imputation d'autant plus fausse d'ailleurs que depuis un an Swann n'allait plus guère que chez les Verdurin. Mais le seul nom de personnes qu'ils ne connaissaient pas était accueilli chez eux par un silence réprobateur. M. Verdurin, craignant la pénible impression que ces noms d'« ennuyeux », surtout lancés ainsi sans tact à la face de tous les fidèles, avaient dû produire sur sa femme, jeta sur elle à la dérobée un regard plein d'inquiète sollicitude. Il vit alors que dans sa résolution de ne pas prendre acte, de ne pas avoir été touchée par la nouvelle qui venait de lui être notifiée, de ne pas seulement rester muette, mais d'avoir été sourde comme nous l'affectons, quand un ami fautif essaye de glisser dans la conversation une excuse que ce serait avoir l'air d'admettre que de l'avoir écoutée sans protester, ou quand on prononce devant nous le nom défendu d'un ingrat, Mme Verdurin, pour que son silence n'eût pas l'air d'un consentement, mais du silence ignorant des choses inanimées, avait soudain dépouillé son visage de toute vie, de toute motilité ; son front bombé n'était plus qu'une belle étude de ronde-bosse où le nom de ces La Trémoïlle chez qui était toujours fourré Swann, n'avait pu pénétrer ; son nez légèrement froncé laissait voir une échancrure qui semblait calquée sur la vie. On eût dit que sa bouche entrouverte allait parler. Ce n'était plus qu'une cire perdue, qu'un masque de plâtre, qu'une maquette pour un monument, qu'un buste pour le Palais de l'Industrie [232] devant lequel le public s'arrêterait certainement pour admirer comment le sculpteur, en exprimant l'imprescriptible dignité des Verdurin opposée à celle des La Trémoïlle et des Laumes qu'ils valent certes ainsi que tous les ennuyeux de la terre, était arrivé à donner une majesté presque papale à la blancheur et à la rigidité de la pierre. Mais le marbre finit par s'animer et fit entendre qu'il fallait ne pas être dégoûté pour aller chez ces gens-là, car la femme était toujours ivre et le mari si ignorant qu'il disait collidor pour corridor.

« On me paierait bien cher que je ne laisserais pas entrer ça chez moi », conclut Mme Verdurin, en regardant Swann d'un air impérieux.

Sans doute elle n'espérait pas qu'il se soumettrait jusqu'à imiter la sainte simplicité de la tante du pianiste qui venait de s'écrier : « Voyez-vous ça ? Ce qui m'étonne, c'est qu'ils trouvent encore des personnes qui consentent à leur causer ; il me semble que j'aurais peur : un mauvais coup est si vite reçu ! Comment y a-t-il encore du peuple assez brute pour leur courir après ? » Que ne répondait-il du moins comme Forcheville : « Dame, c'est une duchesse ; il y a des gens que ça impressionne encore », ce qui aurait permis au moins à Mme Verdurin de répliquer : « Grand bien leur fasse ! » Au lieu de cela, Swann se contenta de rire d'un air qui signifiait qu'il ne pouvait même pas prendre au sérieux une pareille extravagance. M. Verdurin, continuant à jeter sur sa femme des regards furtifs, voyait avec tristesse et comprenait trop bien qu'elle éprouvait la colère d'un grand inquisiteur qui ne parvient pas à extirper l'hérésie ; et pour tâcher d'amener Swann à une rétractation, comme le courage de ses opinions paraît toujours un calcul et une lâcheté aux yeux de ceux à l'encontre de qui il s'exerce, M. Verdurin l'interpella :

« Dites donc franchement votre pensée, nous n'irons pas le leur répéter.

À quoi Swann répondit :

– Mais ce n'est pas du tout par peur de la Duchesse (si c'est des La Trémoïlle que vous parlez). Je vous assure que tout le monde aime aller chez elle. Je ne vous dis pas qu'elle soit “profonde” (il prononça profonde, comme si c'avait été un mot ridicule, car son langage gardait la trace d'habitudes d'esprit qu'une certaine rénovation marquée par l'amour de la musique, lui avait momentanément fait perdre – il exprimait parfois ses opinions avec chaleur –) mais, très sincèrement, elle est intelligente et son mari est un véritable lettré. Ce sont des gens charmants.

Si bien que Mme Verdurin sentant que, par ce seul infidèle, elle serait empêchée de réaliser l'unité morale du petit noyau, ne put pas s'empêcher dans sa rage contre cet obstiné qui ne voyait pas combien ses paroles la faisaient souffrir, de lui crier du fond du cœur :

– Trouvez-le si vous voulez, mais du moins ne nous le dites pas.

– Tout dépend de ce que vous appelez intelligence, dit Forcheville qui voulait briller à son tour. Voyons, Swann, qu'entendez-vous par intelligence ?

– Voilà ! s'écria Odette, voilà les grandes choses dont je lui demande de me parler, mais il ne veut jamais.

– Mais si… protesta Swann.

– Cette blague ! dit Odette.

– Blague à tabac ? demanda le docteur.

– Pour vous, reprit Forcheville, l'intelligence, est-ce le bagout du monde, les personnes qui savent s'insinuer ? »

« Finissez votre entremets qu'on puisse enlever votre assiette », dit Mme Verdurin d'un ton aigre en s'adressant à Saniette, lequel absorbé dans des réflexions, avait cessé de manger. Et peut-être un peu honteuse du ton qu'elle avait pris : « Cela ne fait rien, vous avez votre temps, mais si je vous le dis, c'est pour les autres parce que cela empêche de servir. »

« Il y a, dit Brichot en martelant les syllabes, une définition bien curieuse de l'intelligence dans ce doux anarchiste de Fénelon...

– Écoutez ! dit à Forcheville et au docteur Mme Verdurin, il va nous dire la définition de l'intelligence par Fénelon, c'est intéressant, on n'a pas toujours l'occasion d'apprendre cela.

Mais Brichot attendait que Swann eût donné la sienne. Celui-ci ne répondit pas et en se dérobant fit manquer la brillante joute que Mme Verdurin se réjouissait d'offrir à Forcheville.

– Naturellement, c'est comme avec moi, dit Odette d'un ton boudeur, je ne suis pas fâchée de voir que je ne suis pas la seule qu'il ne trouve pas à la hauteur.

– Ces de La Trémouaille que Mme Verdurin nous a montrés comme si peu recommandables, demanda Brichot, en articulant avec force, descendent-ils de ceux que cette bonne snob de Mme de Sévigné avouait être heureuse de connaître parce que cela faisait bien pour ses paysans ? Il est vrai que la Marquise avait une autre raison, et qui pour elle devait primer celle-là, car gendelettre dans l'âme, elle faisait passer la copie avant tout. Or dans le journal qu'elle envoyait régulièrement à sa fille, c'est Mme de la Trémouaille, bien documentée par ses grandes alliances, qui faisait la politique étrangère.

– Mais non, je ne crois pas que ce soit la même famille, dit à tout hasard Mme Verdurin. »

Saniette qui, depuis qu'il avait rendu précipitamment au maître d'hôtel son assiette encore pleine, s'était replongé dans un silence méditatif, en sortit enfin pour raconter en riant l'histoire d'un dîner qu'il avait fait avec le Duc de La Trémoïlle et d'où il résultait que celui-ci ne savait pas que George Sand était le pseudonyme d'une femme. Swann qui avait de la sympathie pour Saniette crut devoir lui donner sur la culture du Duc des détails montrant qu'une telle ignorance de la part de celui-ci était matériellement impossible ; mais tout d'un coup il s'arrêta, il venait de comprendre que Saniette n'avait pas besoin de ces preuves et savait que l'histoire était fausse pour la raison qu'il venait de l'inventer il y avait un moment. Cet excellent homme souffrait d'être trouvé si ennuyeux par les Verdurin ; et ayant conscience d'avoir été plus terne encore à ce dîner que d'habitude, il n'avait voulu le laisser finir sans avoir réussi à amuser. Il capitula si vite, eut l'air si malheureux de voir manqué l'effet sur lequel il avait compté et répondit d'un ton si lâche à Swann pour que celui-ci ne s'acharnât pas à une réfutation désormais inutile : « C'est bon, c'est bon ; en tout cas, même si je me trompe, ce n'est pas un crime, je pense », que Swann aurait voulu pouvoir dire que l'histoire était vraie et délicieuse. Le docteur qui les avait écoutés eut l'idée que c'était le cas de dire : *Se non è vero*, mais il n'était pas assez sûr des mots et craignit de s'embrouiller.

Après le dîner, Forcheville alla de lui-même vers le docteur.

« Elle n'a pas dû être mal, Mme Verdurin, et puis c'est une femme avec qui on peut causer, pour moi tout est là. Évidemment elle commence à avoir un peu de bouteille. Mais Mme de Crécy voilà une petite femme qui a l'air intelligente, ah ! saperlipopette, on voit tout de suite qu'elle a l'œil américain, celle-là ! Nous parlons de Mme de Crécy, dit-il à M. Verdurin qui s'approchait, la pipe à la bouche. Je me figure que comme corps de femme…

– J'aimerais mieux l'avoir dans mon lit que le tonnerre », dit précipitamment Cottard qui depuis quelques instants attendait en vain que Forcheville reprît haleine pour placer cette vieille plaisanterie dont il craignait que ne revînt pas l'à-propos si la conversation changeait de cours, et qu'il débita avec cet excès de spontanéité et d'assurance qui cherche à masquer la froideur et l'émoi inséparables d'une récitation. Forcheville la connaissait, il la comprit et s'en amusa. Quant à M. Verdurin, il ne marchanda pas sa gaieté, car il avait trouvé depuis peu pour la signifier un symbole autre que celui dont usait sa femme, mais aussi simple et aussi clair. À peine avait-il commencé à faire le mouvement de tête et d'épaules de quelqu'un qui s'esclaffe qu'aussitôt il se mettait à tousser comme si, en riant trop fort, il avait avalé la fumée de sa pipe. Et la gardant toujours au coin de sa bouche, il prolongeait indéfiniment le simulacre de suffocation et d'hilarité. Ainsi lui et Mme Verdurin, qui en face, écoutant le peintre qui lui racontait une histoire, fermait les yeux avant de précipiter son visage dans ses mains, avaient l'air de deux masques de théâtre qui figuraient différemment la gaieté.

M. Verdurin avait d'ailleurs fait sagement en ne retirant pas sa pipe de sa bouche, car Cottard qui avait besoin de s'éloigner un instant fit à mi-voix une plaisanterie qu'il avait apprise depuis peu et qu'il renouvelait chaque fois qu'il avait à aller au même endroit : « Il faut que j'aille entretenir un instant le duc d'Aumale, de sorte que la quinte de M. Verdurin recommença[233].

– Voyons, enlève donc ta pipe de ta bouche, tu vois bien que tu vas t'étouffer à te retenir de rire comme ça, lui dit Mme Verdurin qui venait offrir des liqueurs.

– Quel homme charmant que votre mari, il a de l'esprit comme quatre, déclara Forcheville à Mme Cottard. Merci Madame. Un vieux troupier comme moi, ça ne refuse jamais la goutte.

– M. de Forcheville trouve Odette charmante, dit M. Verdurin à sa femme.

– Mais justement elle voudrait déjeuner une fois avec vous. Nous allons combiner ça, mais il ne faut pas que Swann le sache. Vous savez, il met un peu de froid. Ça ne vous empêchera pas de venir dîner, naturellement, nous espérons vous avoir très souvent. Avec la belle saison qui vient, nous allons souvent dîner en plein air. Cela ne vous ennuie pas les petits dîners au Bois ? bien, bien, ce sera très gentil. Est-ce que vous n'allez pas travailler de votre métier, vous ! cria-t-elle au petit pianiste, afin de faire montre, devant un nouveau de l'importance de Forcheville, à la fois de son esprit et de son pouvoir tyrannique sur les fidèles.

– M. de Forcheville était en train de me dire du mal de toi, dit Mme Cottard à son mari quand il rentra au salon.

Et lui, poursuivant l'idée de la noblesse de Forcheville qui l'occupait depuis le commencement du dîner, lui dit :

– Je soigne en ce moment une baronne, la Baronne Putbus, les Putbus étaient aux Croisades, n'est-ce pas ? Ils ont, en Poméranie, un lac qui est grand comme dix fois la place de la Concorde. Je la soigne pour de l'arthrite sèche, c'est une femme charmante. Elle connaît du reste Mme Verdurin, je crois.

Ce qui permit à Forcheville, quand il se retrouva, un moment après, seul avec Mme Cottard, de compléter le jugement favorable qu'il avait porté sur son mari :

– Et puis il est intéressant, on voit qu'il connaît du monde. Dame, ça sait tant de choses, les médecins.

– Je vais jouer la phrase de la Sonate pour M. Swann ? dit le pianiste.

– Ah ! bigre ! ce n'est pas au moins le « Serpent à Sonates » ? demanda M. de Forcheville pour faire de l'effet [234].

Mais le docteur Cottard qui n'avait jamais entendu ce calembour, ne le comprit pas et crut à une erreur de M. de Forcheville. Il s'approcha vivement pour la rectifier :

– Mais non, ce n'est pas serpent à sonates qu'on dit, c'est serpent à sonnettes, dit-il d'un ton zélé, impatient et triomphal.

Forcheville lui expliqua le calembour. Le docteur rougit.

– Avouez qu'il est drôle, Docteur ?

– Oh ! je le connais depuis si longtemps », répondit Cottard.

Mais ils se turent ; sous l'agitation des trémolos de violon qui la protégeaient de leur tenue frémissante à deux octaves de là – et comme dans un pays de montagne, derrière l'immobilité apparente et vertigineuse d'une cascade, on aperçoit, deux cents pieds plus bas, la forme minuscule d'une promeneuse – la petite phrase venait d'apparaître, lointaine, gracieuse, protégée par le long déferlement du rideau transparent, incessant et sonore. Et Swann, en son cœur, s'adressa à elle comme à une confidente de son amour, comme à une amie d'Odette qui devrait bien lui dire de ne pas faire attention à ce Forcheville.

« Ah ! vous arrivez tard, dit Mme Verdurin à un fidèle qu'elle n'avait invité qu'en “cure-dents”, nous avons eu “un” Brichot incomparable, d'une éloquence ! Mais il est parti. N'est-ce pas, monsieur Swann ? Je crois que c'est la première fois que vous vous rencontriez avec lui, dit-elle pour lui faire remarquer que c'était à elle qu'il devait de le connaître. N'est-ce pas, il a été délicieux, notre Brichot ?

Swann s'inclina poliment.

– Non ? il ne vous a pas intéressé ? lui demanda sèchement Mme Verdurin.

– Mais si, Madame, beaucoup, j'ai été ravi. Il est peut-être un peu péremptoire et un peu jovial pour mon goût. Je lui voudrais parfois un peu d'hésitations et de douceur, mais on sent qu'il sait tant de choses et il a l'air d'un bien brave homme. »

Tout le monde se retira fort tard. Les premiers mots de Cottard à sa femme furent :

« J'ai rarement vu Mme Verdurin aussi en verve que ce soir. »

« Qu'est-ce que c'est exactement que cette Mme Verdurin, un demi-castor ? » dit Forcheville au peintre à qui il proposa de revenir avec lui.

Odette le vit s'éloigner avec regret, elle n'osa pas ne pas revenir avec Swann, mais fut de mauvaise humeur en voiture, et quand il lui demanda s'il devait entrer chez elle, elle lui dit « Bien entendu », en haussant les épaules avec impatience. Quand tous les invités furent partis, Mme Verdurin dit à son mari :

« As-tu remarqué comme Swann a ri d'un rire niais quand nous avons parlé de Mme La Trémoïlle ? »

Elle avait remarqué que devant ce nom Swann et Forcheville avaient plusieurs fois supprimé la particule. Ne doutant pas que ce fût pour montrer qu'ils n'étaient pas intimidés par les titres, elle souhaitait d'imiter leur fierté, mais n'avait pas bien saisi par quelle forme grammaticale elle se traduisait. Aussi sa vicieuse façon de parler l'emportant sur son intransigeance républicaine, elle disait encore les de La Trémoïlle ou plutôt par une abréviation en usage dans les paroles des chansons de café-concert et les légendes des caricaturistes et qui dissimulait le de, les d'La Trémoïlle, mais elle se rattrapait en disant : « Madame La Trémoïlle. » « La *Duchesse*, comme dit Swann », ajouta-t-elle ironiquement avec un sourire qui prouvait qu'elle ne faisait que citer et ne prenait pas à son compte une dénomination aussi naïve et ridicule.

« Je te dirai que je l'ai trouvé extrêmement bête.

Et M. Verdurin lui répondit :

– Il n'est pas franc, c'est un monsieur cauteleux, toujours entre le zist et le zest. Il veut toujours ménager la chèvre et le chou. Quelle différence avec Forcheville. Voilà au moins un homme qui vous dit carrément sa façon de penser. Ça vous plaît ou ça ne vous plaît pas. Ce n'est pas comme l'autre qui n'est jamais ni figue ni raisin. Du reste Odette a l'air de préférer joliment le Forcheville, et je lui donne raison. Et puis enfin puisque Swann veut nous la faire à l'homme du monde, au champion des duchesses, au moins l'autre a son titre ; il est toujours Comte de Forcheville, ajouta-t-il d'un air délicat, comme si, au courant de l'histoire de ce comté, il en soupesait minutieusement la valeur particulière.

– Je te dirai, dit Mme Verdurin, qu'il a cru devoir lancer contre Brichot quelques insinuations venimeuses et assez ridicules. Naturellement, comme il a vu que Brichot était aimé dans la maison, c'était une manière de nous atteindre, de bêcher notre dîner. On sent le bon petit camarade qui vous débinera en sortant.

– Mais je te l'ai dit, répondit M. Verdurin, c'est le raté, le petit individu envieux de tout ce qui est un peu grand. »

En réalité il n'y avait pas un fidèle qui ne fût plus malveillant que Swann ; mais tous ils avaient la précaution d'assaisonner leurs médisances de plaisanteries connues, d'une petite pointe d'émotion et de cordialité ; tandis que la moindre réserve que se permettait Swann, dépouillée des formules de convention telles que : « Ce n'est pas du mal que nous disons », et auxquelles il dédaignait de s'abaisser, paraissait une perfidie. Il y a des auteurs originaux dont la moindre hardiesse révolte parce qu'ils n'ont pas d'abord flatté les goûts du public et ne lui ont pas servi les lieux communs auxquels il est habitué ; c'est de la même manière que Swann indignait M. Verdurin. Pour Swann comme pour eux, c'était la nouveauté de son langage qui faisait croire à la noirceur de ses intentions.

Swann ignorait encore la disgrâce dont il était menacé chez les Verdurin et continuait à voir leurs ridicules en beau, au travers de son amour.

Il n'avait de rendez-vous avec Odette, au moins le plus souvent, que le soir ; mais le jour, ayant peur de la fatiguer de lui en allant chez elle, il aurait aimé du moins ne pas cesser d'occuper sa pensée, et à tous moments il cherchait à trouver une occasion d'y intervenir, mais d'une façon agréable pour elle. Si, à la devanture d'un fleuriste ou d'un joaillier, la vue d'un arbuste ou d'un bijou le charmait, aussitôt il pensait à les envoyer à Odette, imaginant le plaisir qu'ils lui avaient procuré, ressenti par elle, venant accroître la tendresse qu'elle avait pour lui, et les faisait porter immédiatement rue La Pérouse, pour ne pas retarder l'instant où, comme elle recevrait quelque chose de lui, il se sentirait en quelque sorte près d'elle. Il voulait surtout qu'elle les reçût avant de sortir pour que la reconnaissance qu'elle éprouverait lui valût un accueil plus tendre quand elle le verrait chez les Verdurin, ou même, qui sait ? si le fournisseur faisait assez diligence, peut-être une lettre qu'elle lui enverrait avant le dîner, ou sa venue à elle en personne chez lui, en une visite supplémentaire, pour le remercier. Comme jadis quand il expérimentait sur la nature d'Odette les réactions du dépit, il cherchait par celles de la gratitude à tirer d'elle des parcelles intimes de sentiment qu'elle ne lui avait pas révélées encore.

Souvent elle avait des embarras d'argent et, pressée par une dette, le priait de lui venir en aide. Il en était heureux comme de tout ce qui pouvait donner à Odette une grande idée de l'amour qu'il avait pour elle, ou simplement une grande idée de son influence, de l'utilité dont il pouvait lui être. Sans doute si on lui avait dit au début : « c'est ta situation qui lui plaît », et maintenant : « c'est pour ta fortune qu'elle t'aime », il ne l'aurait pas cru, et n'aurait pas été d'ailleurs très mécontent qu'on se la figurât tenant à lui – qu'on les sentît unis l'un à l'autre – par quelque chose d'aussi fort que le snobisme ou l'argent. Mais, même s'il avait pensé que c'était vrai, peut-être n'eût-il pas souffert de découvrir à l'amour d'Odette pour lui cet étai plus durable que l'agrément ou les qualités qu'elle pouvait lui trouver : l'intérêt, l'intérêt qui empêcherait de venir jamais le jour où elle aurait pu être tentée de cesser de le voir. Pour l'instant, en la comblant de présents, en lui rendant des services, il pouvait se reposer sur des avantages extérieurs à sa personne, à son intelligence, du soin épuisant de lui plaire par lui-même. Et cette volupté d'être amoureux, de ne vivre que d'amour, de la réalité de laquelle il doutait parfois, le prix dont en somme il la payait, en dilettante de sensations immatérielles, lui en augmentait la valeur – comme on voit des gens incertains si le spectacle de la mer et le bruit de ses vagues sont délicieux, s'en convaincre ainsi que de la rare qualité de leurs goûts désintéressés, en louant cent francs par jour la chambre d'hôtel qui leur permet de les goûter.

Un jour que des réflexions de ce genre le ramenaient encore au souvenir du temps où on lui avait parlé d'Odette comme d'une femme entretenue, et où une fois de plus il s'amusait à opposer cette personnification étrange : la femme entretenue – chatoyant amalgame d'éléments inconnus et diaboliques, serti, comme une apparition de Gustave Moreau, de fleurs vénéneuses entrelacées à des joyaux précieux – et cette Odette sur le visage de qui il avait vu passer les mêmes sentiments de pitié pour un malheureux, de révolte contre une injustice, de gratitude pour un bienfait, qu'il avait vu éprouver autrefois par sa propre mère, par ses amis, cette Odette dont les propos avaient si souvent trait aux choses qu'il connaissait le mieux lui-même, à ses collections, à sa chambre, à son vieux domestique, au banquier chez qui il avait ses titres, il se trouva que cette dernière image du banquier lui rappela qu'il aurait à y prendre de l'argent. En effet, si ce mois-ci il venait moins largement à l'aide d'Odette dans ses difficultés matérielles qu'il n'avait fait le mois dernier où il lui avait donné cinq mille francs, et s'il ne lui offrait pas une rivière de diamants qu'elle désirait, il ne renouvellerait pas en elle cette admiration qu'elle avait pour sa générosité, cette reconnaissance, qui le rendaient si heureux, et même il risquerait de lui faire croire que son amour pour elle, comme elle en verrait les manifestations devenir moins grandes, avait diminué. Alors, tout d'un coup, il se demanda si cela, ce n'était pas précisément l'« entretenir » (comme si, en effet, cette notion d'entretenir pouvait être extraite d'éléments non pas mystérieux ni pervers, mais appartenant au fond quotidien et privé de sa vie, tels que ce billet de mille francs, domestique et familier, déchiré et recollé, que son valet de chambre, après lui avoir payé les comptes du mois et le terme, avait serré dans le tiroir du vieux bureau où Swann l'avait repris pour l'envoyer avec quatre autres à Odette) et si on ne pouvait pas appliquer à Odette, depuis qu'il la connaissait (car il ne soupçonna pas un instant qu'elle eût jamais pu recevoir d'argent de personne avant lui), ce mot qu'il avait cru si inconciliable avec elle, de « femme entretenue ». Il ne put approfondir cette idée, car un accès d'une paresse d'esprit qui était chez lui congénitale, intermittente et providentielle, vint à ce moment éteindre toute lumière dans son intelligence, aussi brusquement que, plus tard, quand on eut installé partout l'éclairage électrique, on put couper l'électricité dans une maison. Sa pensée tâtonna un instant dans l'obscurité, il retira ses lunettes, en essuya les verres, se passa la main sur les yeux, et ne revit la lumière que quand il se retrouva en présence d'une idée toute différente, à savoir qu'il faudrait tâcher d'envoyer le mois prochain six ou sept mille francs à Odette au lieu de cinq, à cause de la surprise et de la joie que cela lui causerait.

Le soir, quand il ne restait pas chez lui à attendre l'heure de retrouver Odette chez les Verdurin ou plutôt dans un des restaurants d'été qu'ils affectionnaient au Bois et surtout à Saint-Cloud, il allait dîner dans quelqu'une de ces maisons élégantes dont il était jadis le convive habituel. Il ne voulait pas perdre contact avec des gens qui – savait-on ? – pourraient peut-être un jour être utiles à Odette et grâce auxquels en attendant il réussissait souvent à lui être agréable. Puis l'habitude qu'il avait eue longtemps du monde, du luxe, lui en avait donné, en même temps que le dédain, le besoin, de sorte qu'à partir du moment où les réduits les plus modestes lui étaient apparus exactement sur le même pied que les plus princières demeures, ses sens étaient tellement accoutumés aux secondes qu'il eût éprouvé quelque malaise à se trouver dans les premiers. Il avait la même considération – à un degré d'identité qu'ils n'auraient pu croire – pour des petits bourgeois qui faisaient danser au cinquième étage d'un escalier D, palier à gauche, que pour la Princesse de Parme qui donnait les plus belles fêtes de Paris ; mais il n'avait pas la sensation d'être au bal en se tenant avec les pères dans la chambre à coucher de la maîtresse de la maison et la vue des lavabos recouverts de serviettes, des lits transformés en vestiaires, sur le couvre-pied desquels s'entassaient les pardessus et les chapeaux lui donnait la même sensation d'étouffement que peut causer aujourd'hui à des gens habitués à vingt ans d'électricité l'odeur d'une lampe qui charbonne ou d'une veilleuse qui file. Le jour où il dînait en ville, il faisait atteler pour sept heures et demie ; il s'habillait tout en songeant à Odette et ainsi il ne se trouvait pas seul, car la pensée constante d'Odette donnait aux moments où il était loin d'elle, le même charme particulier qu'à ceux où elle était là. Il montait en voiture, mais il sentait que cette pensée y avait sauté en même temps et s'installait sur ses genoux comme une bête aimée qu'on emmène partout et qu'il garderait avec lui à table, à l'insu des convives. Il la caressait, se réchauffait à elle, et éprouvant une sorte de langueur, se laissait aller à un léger frémissement qui crispait son cou et son nez, et était nouveau chez lui, tout en fixant à sa boutonnière le bouquet d'ancolies. Se sentant souffrant et triste depuis quelque temps, surtout depuis qu'Odette avait présenté Forcheville aux Verdurin, Swann aurait aimé aller se reposer un peu à la campagne. Mais il n'aurait pas eu le courage de quitter Paris un seul jour pendant qu'Odette y était. L'air était chaud ; c'étaient les plus beaux jours du printemps. Et il avait beau traverser une ville de pierre pour se rendre en quelque hôtel clos, ce qui était sans cesse devant ses yeux, c'était un parc qu'il possédait près de Combray, où, dès quatre heures, avant d'arriver au plant d'asperges, grâce au vent qui vient des champs de Méséglise, on pouvait goûter sous une charmille autant de fraîcheur qu'au bord de l'étang cerné de myosotis et de glaïeuls, et où, quand il dînait, enlacées par son jardinier, couraient autour de la table les groseilles et les roses [235].

Après dîner, si le rendez-vous au Bois ou à Saint-Cloud était de bonne heure, il partait si vite en sortant de table – surtout si la pluie menaçait de tomber et de faire rentrer plus tôt les « fidèles » – qu'une fois la Princesse des Laumes (chez qui on avait dîné tard et que Swann avait quittée avant qu'on servît le café pour rejoindre les Verdurin dans l'île du Bois) dit :

« Vraiment, si Swann avait trente ans de plus et une maladie de la vessie, on l'excuserait de filer ainsi. Mais tout de même il se moque du monde. »

Il se disait que le charme du printemps qu'il ne pouvait pas aller goûter à Combray, il le trouverait du moins dans l'île des Cygnes ou à Saint-Cloud. Mais comme il ne pouvait penser qu'à Odette, il ne savait même pas s'il avait senti l'odeur des feuilles, s'il y avait eu du clair de lune. Il était accueilli par la petite phrase de la Sonate jouée dans le jardin sur le piano du restaurant. S'il n'y en avait pas là, les Verdurin prenaient une grande peine pour en faire descendre un d'une chambre ou d'une salle à manger : ce n'est pas que Swann fût rentré en faveur auprès d'eux, au contraire. Mais l'idée d'organiser un plaisir ingénieux pour quelqu'un, même pour quelqu'un qu'ils n'aimaient pas, développait chez eux, pendant les moments nécessaires à ces préparatifs, des sentiments éphémères et occasionnels de sympathie et de cordialité. Parfois il se disait que c'était un nouveau soir de printemps de plus qui passait, il se contraignait à faire attention aux arbres, au ciel. Mais l'agitation où le mettait la présence d'Odette, et aussi un léger malaise fébrile qui ne le quittait guère depuis quelque temps, le privait du calme et du bien-être qui sont le fond indispensable aux impressions que peut donner la nature.

Un soir où Swann avait accepté de dîner avec les Verdurin, comme pendant le dîner il venait de dire que le lendemain il avait un banquet d'anciens camarades, Odette lui avait répondu en pleine table, devant Forcheville, qui était maintenant un des fidèles, devant le peintre, devant Cottard :

« Oui, je sais que vous avez votre banquet, je ne vous verrai donc que chez moi, mais ne venez pas trop tard. »

Bien que Swann n'eût encore jamais pris bien sérieusement ombrage de l'amitié d'Odette pour tel ou tel fidèle, il éprouvait une douceur profonde à l'entendre avouer ainsi devant tous, avec cette tranquille impudeur, leurs rendez-vous quotidiens du soir, la situation privilégiée qu'il avait chez elle et la préférence pour lui qui y était impliquée. Certes Swann avait souvent pensé qu'Odette n'était à aucun degré une femme remarquable ; et la suprématie qu'il exerçait sur un être qui lui était si inférieur n'avait rien qui dût lui paraître si flatteur à voir proclamer à la face des « fidèles », mais depuis qu'il s'était aperçu qu'à beaucoup d'hommes Odette semblait une femme ravissante et désirable, le charme qu'avait pour eux son corps avait éveillé en lui un besoin douloureux de la maîtriser entièrement dans les moindres parties de son cœur. Et il avait commencé d'attacher un prix inestimable à ces moments passés chez elle le soir, où il l'asseyait sur ses genoux, lui faisait dire ce qu'elle pensait d'une chose, d'une autre, où il recensait les seuls biens à la possession desquels il tînt maintenant sur terre. Aussi, après ce dîner, la prenant à part, il ne manqua pas de la remercier avec effusion, cherchant à lui enseigner selon les degrés de la reconnaissance qu'il lui témoignait, l'échelle des plaisirs qu'elle pouvait lui causer, et dont le suprême était de le garantir, pendant le temps que son amour durerait et l'y rendait vulnérable, des atteintes de la jalousie.

Quand il sortit le lendemain du banquet, il pleuvait à verse, il n'avait à sa disposition que sa victoria[236] ; un ami lui proposa de le reconduire chez lui en coupé, et comme Odette, par le fait qu'elle lui avait demandé de venir, lui avait donné la certitude qu'elle n'attendait personne, c'est l'esprit tranquille et le cœur content que, plutôt que de partir ainsi dans la pluie, il serait rentré chez lui se coucher. Mais peut-être, si elle voyait qu'il n'avait pas l'air de tenir à passer toujours avec elle, sans aucune exception, la fin de la soirée, négligerait-elle de la lui réserver, justement une fois où il l'aurait particulièrement désiré.

Il arriva chez elle après onze heures, et, comme il s'excusait de n'avoir pu venir plus tôt, elle se plaignit que ce fût en effet bien tard, l'orage l'avait rendue souffrante, elle se sentait mal à la tête et le prévint qu'elle ne le garderait pas plus d'une demi-heure, qu'à minuit elle le renverrait ; et, peu après, elle se sentit fatiguée et désira s'endormir.

« Alors, pas de catleyas ce soir ? lui dit-il, moi qui espérais un bon petit catleya.

Et d'un air un peu boudeur et nerveux, elle lui répondit :

– Mais non, mon petit, pas de catleyas ce soir, tu vois bien que je suis souffrante !

– Cela t'aurait peut-être fait du bien, mais enfin je n'insiste pas. »

Elle le pria d'éteindre la lumière avant de s'en aller, il referma lui-même les rideaux du lit et partit. Mais, quand il fut rentré chez lui, l'idée lui vint brusquement que peut-être Odette attendait quelqu'un ce soir, qu'elle avait seulement simulé la fatigue et qu'elle ne lui avait demandé d'éteindre que pour qu'il crût qu'elle allait s'endormir, qu'aussitôt qu'il avait été parti, elle avait rallumé, et fait rentrer celui qui devait passer la nuit auprès d'elle. Il regarda l'heure. Il y avait à peu près une heure et demie qu'il l'avait quittée, il ressortit, prit un fiacre et se fit arrêter tout près de chez elle, dans une petite rue perpendiculaire à celle sur laquelle donnait derrière son hôtel et où il allait quelquefois frapper à la fenêtre de sa chambre à coucher pour qu'elle vînt lui ouvrir ; il descendit de voiture, tout était désert et noir dans ce quartier, il n'eut que quelques pas à faire à pied et déboucha presque devant chez elle. Parmi l'obscurité de toutes les fenêtres éteintes depuis longtemps dans la rue, il en vit une seule d'où débordait – entre les volets qui en pressaient la pulpe mystérieuse et dorée – la lumière qui remplissait la chambre et qui, tant d'autres soirs, du plus loin qu'il l'apercevait en arrivant dans la rue le réjouissait et lui annonçait : « elle est là qui t'attend » et qui maintenant, le torturait en lui disant : « elle est là avec celui qu'elle attendait ». Il voulait savoir qui ; il se glissa le long du mur jusqu'à la fenêtre, mais entre les lames obliques des volets il ne pouvait rien voir ; il entendait seulement dans le silence de la nuit le murmure d'une conversation.

Certes, il souffrait de voir cette lumière dans l'atmosphère d'or de laquelle se mouvait derrière le châssis le couple invisible et détesté, d'entendre ce murmure qui révélait la présence de celui qui était venu après son départ, la fausseté d'Odette, le bonheur qu'elle était en train de goûter avec lui. Et pourtant il était content d'être venu : le tourment qui l'avait forcé de sortir de chez lui avait perdu de son acuité en perdant de son vague, maintenant que l'autre vie d'Odette, dont il avait eu, à ce moment-là, le brusque et impuissant soupçon, il la tenait là, éclairée en plein par la lampe, prisonnière sans le savoir dans cette chambre où, quand il le voudrait, il entrerait la surprendre et la capturer ; ou plutôt il allait frapper aux volets comme il faisait souvent quand il venait très tard ; ainsi du moins, Odette apprendrait qu'il avait su, qu'il avait vu la lumière et entendu la causerie et lui, qui, tout à l'heure, se la représentait comme se riant avec l'autre de ses illusions, maintenant, c'était eux qu'il voyait, confiants dans leur erreur, trompés en somme par lui qu'ils croyaient bien loin d'ici et qui, lui, savait déjà qu'il allait frapper aux volets. Et peut-être, ce qu'il ressentait en ce moment de presque agréable, c'était autre chose aussi que l'apaisement d'un doute et d'une douleur : un plaisir de l'intelligence. Si, depuis qu'il était amoureux, les choses avaient repris pour lui un peu de l'intérêt délicieux qu'il leur trouvait autrefois, mais seulement là où elles étaient éclairées par le souvenir d'Odette, maintenant, c'était une autre faculté de sa studieuse jeunesse que sa jalousie ranimait, la passion de la vérité, mais d'une vérité, elle aussi, interposée entre lui et sa maîtresse, ne recevant sa lumière que d'elle, vérité tout individuelle qui avait pour objet unique, d'un prix infini et presque d'une beauté désintéressée, les actions d'Odette, ses relations, ses projets, son passé. À toute autre époque de sa vie, les petits faits et gestes quotidiens d'une personne avaient toujours paru sans valeur à Swann ; si on lui en faisait le commérage, il le trouvait insignifiant, et, tandis qu'il l'écoutait, ce n'était que sa plus vulgaire attention qui y était intéressée ; c'était pour lui un des moments où il se sentait le plus médiocre. Mais dans cette étrange période de l'amour, l'individuel prend quelque chose de si profond, que cette curiosité qu'il sentait s'éveiller en lui à l'égard des moindres occupations d'une femme, c'était celle qu'il avait eue autrefois pour l'Histoire. Et tout ce dont il aurait eu honte jusqu'ici, espionner devant une fenêtre, qui sait, demain, peut-être faire parler habilement les indifférents, soudoyer les domestiques, écouter aux portes, ne lui semblait plus, aussi bien que le déchiffrement des textes, la comparaison des témoignages et l'interprétation des monuments que des méthodes d'investigation scientifique d'une véritable valeur intellectuelle et appropriées à la recherche de la vérité.

Sur le point de frapper contre les volets, il eut un moment de honte en pensant qu'Odette allait savoir qu'il avait eu des soupçons, qu'il était revenu, qu'il s'était posté dans la rue. Elle lui avait dit souvent l'horreur qu'elle avait des jaloux, des amants qui espionnent. Ce qu'il allait faire était bien maladroit, et elle allait le détester désormais, tandis qu'en ce moment encore, tant qu'il n'avait pas frappé, peut-être, même en le trompant, l'aimait-elle. Que de bonheurs possibles dont on sacrifie ainsi la réalisation à l'impatience d'un plaisir immédiat. Mais le désir de connaître la vérité était plus fort et lui sembla plus noble. Il savait que la réalité de circonstances qu'il eût donné sa vie pour restituer exactement, était lisible derrière cette fenêtre striée de lumière, comme sous la couverture enluminée d'or d'un de ces manuscrits précieux à la richesse artistique elle-même desquels le savant qui les consulte ne peut rester indifférent. Il éprouvait une volupté à connaître la vérité qui le passionnait dans cet exemplaire unique, éphémère et précieux, d'une matière translucide, si chaude et si belle. Et puis l'avantage qu'il se sentait – qu'il avait tant besoin de se sentir – sur eux, était peut-être moins de savoir, que de pouvoir leur montrer qu'il savait. Il se haussa sur la pointe des pieds. Il frappa. On n'avait pas entendu, il refrappa plus fort, la conversation s'arrêta. Une voix d'homme dont il chercha à distinguer auquel de ceux des amis d'Odette qu'il connaissait elle pouvait appartenir demanda :

« Qui est là ? »

Il n'était pas sûr de la reconnaître. Il frappa encore une fois. On ouvrit la fenêtre, puis les volets. Maintenant, il n'y avait plus moyen de reculer, et, puisqu'elle allait tout savoir, pour ne pas avoir l'air trop malheureux, trop jaloux et curieux, il se contenta de crier d'un air négligent et gai :

« Ne vous dérangez pas, je passais par là, j'ai vu de la lumière, j'ai voulu savoir si vous n'étiez plus souffrante. »

Il regarda. Devant lui, deux vieux messieurs étaient à la fenêtre, l'un tenant une lampe, et alors, il vit la chambre, une chambre inconnue. Ayant l'habitude, quand il venait chez Odette très tard, de reconnaître sa fenêtre à ce que c'était la seule éclairée entre les fenêtres toutes pareilles, il s'était trompé et avait frappé à la fenêtre suivante qui appartenait à la maison voisine. Il s'éloigna en s'excusant et rentra chez lui, heureux que la satisfaction de sa curiosité eût laissé leur amour intact et qu'après avoir simulé depuis si longtemps vis-à-vis d'Odette une sorte d'indifférence, il ne lui eût pas donné, par sa jalousie, cette preuve qu'il l'aimait trop, qui, entre deux amants, dispense, à tout jamais, d'aimer assez, celui qui la reçoit. Il ne lui parla pas de cette mésaventure, lui-même n'y songeait plus. Mais, par moments, un mouvement de sa pensée venait en rencontrer le souvenir qu'elle n'avait pas aperçu, le heurtait, l'enfonçait plus avant et Swann avait ressenti une douleur brusque et profonde. Comme si ç'avait été une douleur physique, les pensées de Swann ne pouvaient pas l'amoindrir ; mais du moins la douleur physique, parce qu'elle est indépendante de la pensée, la pensée peut s'arrêter sur elle, constater qu'elle a diminué, qu'elle a momentanément cessé ! Mais cette douleur-là, la pensée, rien qu'en se la rappelant, la recréait. Vouloir n'y pas penser, c'était y penser encore, en souffrir encore. Et quand, causant avec des amis, il oubliait son mal, tout d'un coup un mot qu'on lui disait le faisait changer de visage, comme un blessé dont un maladroit vient de toucher sans précaution le membre douloureux. Quand il quittait Odette, il était heureux, il se sentait calme, il se rappelait les sourires qu'elle avait eus, railleurs en parlant de tel ou tel autre, et tendres pour lui, la lourdeur de sa tête qu'elle avait détachée de son axe pour l'incliner, la laisser tomber, presque malgré elle, sur ses lèvres, comme elle avait fait la première fois en voiture, les regards mourants qu'elle lui avait jetés pendant qu'elle était dans ses bras, tout en contractant frileusement contre l'épaule sa tête inclinée.

Mais aussitôt sa jalousie, comme si elle était l'ombre de son amour, se complétait du double de ce nouveau sourire qu'elle lui avait adressé le soir même – et qui, inverse maintenant, raillait Swann et se chargeait d'amour pour un autre –, de cette inclinaison de sa tête mais renversée vers d'autres lèvres, et, données à un autre, de toutes les marques de tendresse qu'elle avait eues pour lui. Et tous les souvenirs voluptueux qu'il emportait de chez elle étaient comme autant d'esquisses, de « projets » pareils à ceux que vous soumet un décorateur, et qui permettaient à Swann de se faire une idée des attitudes ardentes ou pâmées qu'elle pouvait avoir avec d'autres. De sorte qu'il en arrivait à regretter chaque plaisir qu'il goûtait près d'elle, chaque caresse inventée et dont il avait eu l'imprudence de lui signaler la douceur, chaque grâce qu'il lui découvrait, car il savait qu'un instant après, elles allaient enrichir d'instruments nouveaux son supplice.

Celui-ci était rendu plus cruel encore quand revenait à Swann le souvenir d'un bref regard qu'il avait surpris, il y avait quelques jours, et pour la première fois, dans les yeux d'Odette. C'était après dîner, chez les Verdurin. Soit que Forcheville sentant que Saniette, son beau-frère, n'était pas en faveur chez eux, eût voulu le prendre comme tête de Turc et briller devant eux à ses dépens, soit qu'il eût été irrité par un mot maladroit que celui-ci venait de lui dire, et qui, d'ailleurs, passa inaperçu pour les assistants qui ne savaient pas quelle allusion désobligeante il pouvait renfermer, bien contre le gré de celui qui le prononçait sans malice aucune, soit enfin qu'il cherchât depuis quelque temps une occasion de faire sortir de la maison quelqu'un qui le connaissait trop bien et qu'il savait trop délicat pour qu'il ne se sentît pas gêné à certains moments rien que de sa présence, Forcheville répondit à ce propos maladroit de Saniette avec une telle grossièreté, se mettant à l'insulter, s'enhardissant, au fur et à mesure qu'il vociférait, de l'effroi, de la douleur, des supplications de l'autre, que le malheureux, après avoir demandé à Mme Verdurin s'il devait rester, et n'ayant pas reçu de réponse, s'était retiré en balbutiant, les larmes aux yeux. Odette avait assisté impassible à cette scène, mais quand la porte se fut refermée sur Saniette, faisant descendre en quelque sorte de plusieurs crans l'expression habituelle de son visage, pour pouvoir se trouver, dans la bassesse, de plain-pied avec Forcheville, elle avait brillanté ses prunelles d'un sourire sournois de félicitations pour l'audace qu'il avait eue, d'ironie pour celui qui en avait été victime ; elle lui avait jeté un regard de complicité dans le mal, qui voulait si bien dire : « Voilà une exécution, ou je ne m'y connais pas. Avez-vous vu son air penaud ? il en pleurait », que Forcheville, quand ses yeux rencontrèrent ce regard, dégrisé soudain de la colère ou de la simulation de colère dont il était encore chaud, sourit, et répondit :

« Il n'avait qu'à être aimable, il serait encore ici, une bonne correction peut être utile à tout âge. »

Un jour que Swann était sorti au milieu de l'après-midi pour faire une visite, n'ayant pas trouvé la personne qu'il voulait rencontrer, il eut l'idée d'entrer chez Odette à cette heure où il n'allait jamais chez elle, mais où il savait qu'elle était toujours à la maison à faire sa sieste ou à écrire des lettres avant l'heure du thé, et où il aurait plaisir à la voir un peu sans la déranger. Le concierge lui dit qu'il croyait qu'elle était là ; il sonna, crut entendre du bruit, entendre marcher, mais on n'ouvrit pas. Anxieux, irrité, il alla dans la petite rue où donnait l'autre face de l'hôtel, se mit devant la fenêtre de la chambre d'Odette ; les rideaux l'empêchaient de rien voir, il frappa avec force aux carreaux, appela ; personne n'ouvrit. Il vit que des voisins le regardaient. Il partit, pensant qu'après tout, il s'était peut-être trompé en croyant entendre des pas ; mais il en resta si préoccupé qu'il ne pouvait penser à autre chose. Une heure après, il revint. Il la trouva ; elle lui dit qu'elle était chez elle tantôt quand il avait sonné, mais dormait ; la sonnette l'avait éveillée, elle avait deviné que c'était Swann, elle avait couru après lui, mais il était déjà parti. Elle avait bien entendu frapper aux carreaux. Swann reconnut tout de suite dans ce dire un de ces fragments d'un fait exact que les menteurs pris de court se consolent de faire entrer dans la composition du fait faux qu'ils inventent, croyant y faire sa part et y dérober sa ressemblance à la Vérité. Certes quand Odette venait de faire quelque chose qu'elle ne voulait pas révéler, elle le cachait bien au fond d'elle-même. Mais dès qu'elle se trouvait en présence de celui à qui elle voulait mentir, un trouble la prenait, toutes ses idées s'effondraient, ses facultés d'invention et de raisonnement étaient paralysées, elle ne trouvait plus dans sa tête que le vide, il fallait pourtant dire quelque chose et elle rencontrait à sa portée précisément la chose qu'elle avait voulu dissimuler et qui étant vraie, était seule restée là. Elle en détachait un petit morceau, sans importance par lui-même, se disant qu'après tout c'était mieux ainsi puisque c'était un détail véritable qui n'offrait pas les mêmes dangers qu'un détail faux. « Ça du moins, c'est vrai, se disait-elle, c'est toujours autant de gagné, il peut s'informer, il reconnaîtra que c'est vrai, ce n'est toujours pas ça qui me trahira. » Elle se trompait, c'était cela qui la trahissait, elle ne se rendait pas compte que ce détail vrai avait des angles qui ne pouvaient s'emboîter que dans les détails contigus du fait vrai dont elle l'avait arbitrairement détaché et qui, quels que fussent les détails inventés entre lesquels elle le placerait, révéleraient toujours par la matière excédente et les vides non remplis, que ce n'était pas d'entre ceux-là qu'il venait. « Elle avoue qu'elle m'avait entendu sonner, puis frapper, et qu'elle avait cru que c'était moi, qu'elle avait envie de me voir, se disait Swann. Mais cela ne s'arrange pas avec le fait qu'elle n'ait pas fait ouvrir. »

Mais il ne lui fit pas remarquer cette contradiction, car il pensait que, livrée à elle-même, Odette produirait peut-être quelque mensonge qui serait un faible indice de la vérité ; elle parlait ; il ne l'interrompait pas, il recueillait avec une piété avide et douloureuse ces mots qu'elle lui disait et qu'il sentait (justement parce qu'elle la cachait derrière eux tout en lui parlant) garder vaguement, comme le voile sacré, l'empreinte, dessiner l'incertain modelé, de cette réalité infiniment précieuse et hélas introuvable : – ce qu'elle faisait tantôt à trois heures, quand il était venu – de laquelle il ne posséderait jamais que ces mensonges, illisibles et divins vestiges, et qui n'existait plus que dans le souvenir receleur de cet être qui la contemplait sans savoir l'apprécier, mais ne la lui livrerait pas. Certes il se doutait bien par moments qu'en elles-mêmes les actions quotidiennes d'Odette n'étaient pas passionnément intéressantes ; et que les relations qu'elle pouvait avoir avec d'autres hommes n'exhalaient pas naturellement d'une façon universelle et pour tout être pensant, une tristesse morbide, capable de donner la fièvre du suicide. Il se rendait compte alors que cet intérêt, cette tristesse n'existaient qu'en lui comme une maladie, et que quand celle-ci serait guérie, les actes d'Odette, les baisers qu'elle aurait pu donner redeviendraient inoffensifs comme ceux de tant d'autres femmes. Mais que la curiosité douloureuse que Swann y portait maintenant n'eût sa cause qu'en lui, n'était pas pour lui faire trouver déraisonnable de considérer cette curiosité comme importante et de mettre tout en œuvre pour lui donner satisfaction. C'est que Swann arrivait à un âge dont la philosophie – favorisée par celle de l'époque, par celle aussi du milieu où Swann avait beaucoup vécu, de cette coterie de la Princesse des Laumes où il était convenu qu'on est intelligent dans la mesure où on doute de tout et où on ne trouvait de réel et d'incontestable que les goûts de chacun – n'est déjà plus celle de la jeunesse, mais une philosophie positive, presque médicale, d'hommes qui au lieu d'extérioriser les objets de leurs aspirations, essayent de dégager de leurs années déjà écoulées un résidu fixe d'habitudes, de passions qu'ils puissent considérer en eux comme caractéristiques et permanentes et auxquelles, délibérément, ils veilleront d'abord que le genre d'existence qu'ils adoptent puisse donner satisfaction. Swann trouvait sage de faire dans sa vie la part de la souffrance qu'il éprouvait à ignorer ce qu'avait fait Odette, aussi bien que la part de la recrudescence qu'un climat humide causait à son eczéma ; de prévoir dans son budget une disponibilité importante pour obtenir sur l'emploi des journées d'Odette des renseignements sans lesquels il se sentirait malheureux, aussi bien qu'il en réservait pour d'autres goûts dont il savait qu'il pouvait attendre du plaisir, au moins avant qu'il fût amoureux, comme celui des collections et de la bonne cuisine.

Quand il voulut dire adieu à Odette pour rentrer, elle lui demanda de rester encore et le retint même vivement, en lui prenant le bras, au moment où il allait ouvrir la porte pour sortir. Mais il n'y prit pas garde, car, dans la multitude des gestes, des propos, des petits incidents qui remplissent une conversation, il est inévitable que nous passions sans y rien remarquer qui éveille notre attention près de ceux qui cachent une vérité que nos soupçons cherchent au hasard, et que nous nous arrêtions au contraire à ceux sous lesquels il n'y a rien. Elle lui redisait tout le temps : « Quel malheur que toi, qui ne viens jamais l'après-midi, pour une fois que cela t'arrive, je ne t'aie pas vu. » Il savait bien qu'elle n'était pas assez amoureuse de lui pour avoir un regret si vif d'avoir manqué sa visite, mais comme elle était bonne, désireuse de lui faire plaisir, et souvent triste quand elle l'avait contrarié, il trouva tout naturel qu'elle le fût cette fois de l'avoir privé de ce plaisir de passer une heure ensemble qui était très grand, non pour elle, mais pour lui. C'était pourtant une chose assez peu importante pour que l'air douloureux qu'elle continuait d'avoir finît par l'étonner. Elle rappelait ainsi plus encore qu'il ne le trouvait d'habitude, les figures de femmes du peintre de la Primavera. Elle avait en ce moment leur visage abattu et navré qui semble succomber sous le poids d'une douleur trop lourde pour elles, simplement quand elles laissent l'enfant Jésus jouer avec une grenade ou regardent Moïse verser de l'eau dans une auge. Il lui avait déjà vu une fois une telle tristesse, mais ne savait plus quand. Et tout d'un coup, il se rappela : c'était quand Odette avait menti en parlant à Mme Verdurin le lendemain de ce dîner où elle n'était pas venue sous prétexte qu'elle était malade et en réalité pour rester avec Swann. Certes, eût-elle été la plus scrupuleuse des femmes qu'elle n'aurait pu avoir de remords d'un mensonge aussi innocent. Mais ceux que faisait couramment Odette l'étaient moins et servaient à empêcher des découvertes qui auraient pu lui créer avec les uns ou avec les autres, de terribles difficultés. Aussi quand elle mentait, prise de peur, se sentant peu armée pour se défendre, incertaine du succès, elle avait envie de pleurer, par fatigue, comme certains enfants qui n'ont pas dormi. Puis elle savait que son mensonge lésait d'ordinaire gravement l'homme à qui elle le faisait, et à la merci duquel elle allait peut-être tomber si elle mentait mal. Alors elle se sentait à la fois humble et coupable devant lui. Et quand elle avait à faire un mensonge insignifiant et mondain, par association de sensations et de souvenirs, elle éprouvait le malaise d'un surmenage et le regret d'une méchanceté.

Quel mensonge déprimant était-elle en train de faire à Swann pour qu'elle eût ce regard douloureux, cette voix plaintive qui semblaient fléchir sous l'effort qu'elle s'imposait, et demander grâce ? Il eut l'idée que ce n'était pas seulement la vérité sur l'incident de l'après-midi qu'elle s'efforçait de lui cacher, mais quelque chose de plus actuel, peut-être de non encore survenu et de tout prochain, et qui pourrait l'éclairer sur cette vérité. À ce moment, il entendit un coup de sonnette. Odette ne cessa plus de parler, mais ses paroles n'étaient qu'un gémissement : son regret de ne pas avoir vu Swann dans l'après-midi, de ne pas lui avoir ouvert, était devenu un véritable désespoir.

On entendit la porte d'entrée se refermer et le bruit d'une voiture, comme si repartait une personne – celle probablement que Swann ne devait pas rencontrer – à qui on avait dit qu'Odette était sortie. Alors en songeant que rien qu'en venant à une heure où il n'en avait pas l'habitude, il s'était trouvé déranger tant de choses qu'elle ne voulait pas qu'il sût, il éprouva un sentiment de découragement, presque de détresse. Mais comme il aimait Odette, comme il avait l'habitude de tourner vers elle toutes ses pensées, la pitié qu'il eût pu s'inspirer à lui-même ce fut pour elle qu'il la ressentit, et il murmura : « Pauvre chérie ! » Quand il la quitta, elle prit plusieurs lettres qu'elle avait sur sa table et lui demanda s'il ne pourrait pas les mettre à la poste. Il les emporta et, une fois rentré, s'aperçut qu'il avait gardé les lettres sur lui. Il retourna jusqu'à la poste, les tira de sa poche et avant de les jeter dans la boîte regarda les adresses. Elles étaient toutes pour des fournisseurs, sauf une pour Forcheville. Il la tenait dans sa main. Il se disait : « Si je voyais ce qu'il y a dedans, je saurais comment elle l'appelle, comment elle lui parle, s'il y a quelque chose entre eux. Peut-être même qu'en ne la regardant pas, je commets une indélicatesse à l'égard d'Odette, car c'est la seule manière de me délivrer d'un soupçon peut-être calomnieux pour elle, destiné en tous cas à la faire souffrir et que rien ne pourrait plus détruire, une fois la lettre partie. »

Il rentra chez lui en quittant la poste, mais il avait gardé sur lui cette dernière lettre. Il alluma une bougie et en approcha l'enveloppe qu'il n'avait pas osé ouvrir. D'abord il ne put rien lire, mais l'enveloppe était mince, et en la faisant adhérer à la carte dure qui y était incluse, il put à travers sa transparence lire les derniers mots. C'était une formule finale très froide. Si, au lieu que ce fût lui qui regardât une lettre adressée à Forcheville, c'eût été Forcheville qui eût lu une lettre adressée à Swann, il aurait pu voir des mots autrement tendres ! Il maintint immobile la carte qui dansait dans l'enveloppe plus grande qu'elle, puis, la faisant glisser avec le pouce, en amena successivement les différentes lignes sous la partie de l'enveloppe qui n'était pas doublée, la seule à travers laquelle on pouvait lire.

Malgré cela il ne distinguait pas bien. D'ailleurs cela ne faisait rien car il en avait assez vu pour se rendre compte qu'il s'agissait d'un petit événement sans importance et qui ne touchait nullement à des relations amoureuses ; c'était quelque chose qui se rapportait à un oncle d'Odette. Swann avait bien lu au commencement de la ligne : « J'ai eu raison », mais ne comprenait pas ce qu'Odette avait eu raison de faire, quand soudain, un mot qu'il n'avait pas pu déchiffrer d'abord apparut et éclaira le sens de la phrase tout entière : « J'ai eu raison d'ouvrir, c'était mon oncle. » D'ouvrir ! alors Forcheville était là tantôt quand Swann avait sonné et elle l'avait fait partir, d'où le bruit qu'il avait entendu.

Alors il lut toute la lettre, à la fin elle s'excusait d'avoir agi aussi sans façon avec lui et lui disait qu'il avait oublié ses cigarettes chez elle, la même phrase qu'elle avait écrite à Swann une des premières fois qu'il était venu. Mais pour Swann elle avait ajouté : « puissiez-vous y avoir laissé votre cœur, je ne vous aurais pas laissé le reprendre ». Pour Forcheville rien de tel ; aucune allusion qui pût faire supposer une intrigue entre eux. À vrai dire d'ailleurs, Forcheville était en tout ceci plus trompé que lui puisque Odette lui écrivait pour lui faire croire que le visiteur était son oncle. En somme, c'était lui, Swann, l'homme à qui elle attachait de l'importance et pour qui elle avait congédié l'autre. Et pourtant, s'il n'y avait rien entre Odette et Forcheville, pourquoi n'avoir pas ouvert tout de suite, pourquoi avoir dit : « J'ai bien fait d'ouvrir, c'était mon oncle » ; si elle ne faisait rien de mal à ce moment-là, comment Forcheville pourrait-il même s'expliquer qu'elle eût pu ne pas ouvrir ? Swann restait là, désolé, confus et pourtant heureux, devant cette enveloppe qu'Odette lui avait remise sans crainte, tant était absolue la confiance qu'elle avait en sa délicatesse, mais à travers le vitrage transparent de laquelle se dévoilait à lui, avec le secret d'un incident qu'il n'aurait jamais cru possible de connaître, un peu de la vie d'Odette, comme dans une étroite section lumineuse pratiquée à même l'inconnu. Puis sa jalousie s'en réjouissait, comme si cette jalousie eût eu une vitalité indépendante, égoïste, vorace de tout ce qui la nourrirait, fût-ce aux dépens de lui-même. Maintenant elle avait un aliment et Swann allait pouvoir commencer à s'inquiéter chaque jour des visites qu'Odette avait reçues vers cinq heures, à chercher à apprendre où se trouvait Forcheville à cette heure-là. Car la tendresse de Swann continuait à garder le même caractère que lui avait imprimé dès le début à la fois l'ignorance où il était de l'emploi des journées d'Odette et la paresse cérébrale qui l'empêchait de suppléer à l'ignorance par l'imagination. Il ne fut pas jaloux d'abord de toute la vie d'Odette, mais des seuls moments où une circonstance, peut-être mal interprétée, l'avait amené à supposer qu'Odette avait pu le tromper. Sa jalousie, comme une pieuvre qui jette une première, puis une seconde, puis une troisième amarre, s'attacha solidement à ce moment de cinq heures du soir, puis à un autre, puis à un autre encore. Mais Swann ne savait pas inventer ses souffrances. Elles n'étaient que le souvenir, la perpétuation d'une souffrance qui lui était venue du dehors.

Mais là tout lui en apportait. Il voulut éloigner Odette de Forcheville, l'emmener quelques jours dans le Midi. Mais il croyait qu'elle était désirée par tous les hommes qui se trouvaient dans l'hôtel et qu'elle-même les désirait. Aussi lui qui jadis en voyage recherchait les gens nouveaux, les assemblées nombreuses, on le voyait sauvage, fuyant la société des hommes comme si elle l'eût cruellement blessé. Et comment n'aurait-il pas été misanthrope quand dans tout homme il voyait un amant possible pour Odette ? Et ainsi sa jalousie plus encore que n'avait fait le goût voluptueux et riant qu'il avait eu d'abord pour Odette, altérait le caractère de Swann et changeait du tout au tout, aux yeux des autres, l'aspect même des signes extérieurs par lesquels ce caractère se manifestait.

Un mois après le jour où il avait lu la lettre adressée par Odette à Forcheville, Swann alla à un dîner que les Verdurin donnaient au Bois. Au moment où on se préparait à partir il remarqua des conciliabules entre Mme Verdurin et plusieurs des invités et crut comprendre qu'on rappelait au pianiste de venir le lendemain à une partie à Chatou ; or, lui, Swann, n'y était pas invité.

Les Verdurin n'avaient parlé qu'à demi-voix et en termes vagues, mais le peintre, distrait sans doute, s'écria :

« Il ne faudra aucune lumière et qu'il joue la sonate *Clair de lune* dans l'obscurité pour mieux voir s'éclairer les choses. »

Mme Verdurin, voyant que Swann était à deux pas, prit cette expression où le désir de faire taire celui qui parle et de garder un air innocent aux yeux de celui qui entend, se neutralise en une nullité intense du regard, où l'immobile signe d'intelligence du complice se dissimule sous les sourires de l'ingénu et qui enfin, commune à tous ceux qui s'aperçoivent d'une gaffe, la révèle instantanément sinon à ceux qui la font, du moins à celui qui en est l'objet. Odette eut soudain l'air d'une désespérée qui renonce à lutter contre les difficultés écrasantes de la vie, et Swann comptait anxieusement les minutes qui le séparaient du moment où, après avoir quitté ce restaurant, pendant le retour avec elle, il allait pouvoir lui demander des explications, obtenir qu'elle n'allât pas le lendemain à Chatou ou qu'elle l'y fît inviter et apaiser dans ses bras l'angoisse qu'il ressentait. Enfin on demanda leurs voitures. Mme Verdurin dit à Swann :

« Alors, adieu, à bientôt, n'est-ce pas ? » tâchant par l'amabilité du regard et la contrainte du sourire de l'empêcher de penser qu'elle ne lui disait pas, comme elle eût toujours fait jusqu'ici : « À demain à Chatou, à après-demain chez moi. »

M. et Mme Verdurin firent monter avec eux Forcheville, la voiture de Swann s'était rangée derrière la leur dont il attendait le départ pour faire monter Odette dans la sienne.

« Odette, nous vous ramenons, dit Mme Verdurin, nous avons une petite place pour vous à côté de M. de Forcheville.

– Oui, Madame, répondit Odette.

– Comment, mais je croyais que je vous reconduisais, s'écria Swann, disant sans dissimulation, les mots nécessaires, car la portière était ouverte, les secondes étaient comptées, et il ne pouvait rentrer sans elle dans l'état où il était.

– Mais Mme Verdurin m'a demandé…

– Voyons, vous pouvez bien revenir seul, nous vous l'avons laissée assez de fois, dit Mme Verdurin.

– Mais c'est que j'avais une chose importante à dire à Madame.

– Eh bien ! vous la lui écrirez…

– Adieu », lui dit Odette en lui tendant la main.

Il essaya de sourire, mais il avait l'air atterré.

« As-tu vu les façons que Swann se permet maintenant avec nous ? dit Mme Verdurin à son mari quand ils furent rentrés. J'ai cru qu'il allait me manger, parce que nous ramenions Odette. C'est d'une inconvenance, vraiment ! Alors, qu'il dise tout de suite que nous tenons une maison de rendez-vous ! Je ne comprends pas qu'Odette supporte des manières pareilles. Il a absolument l'air de dire : vous m'appartenez. Je dirai ma manière de penser à Odette, j'espère qu'elle comprendra.

Et elle ajouta encore, un instant après, avec colère :

– Non, mais voyez-vous, cette sale bête ! » employant sans s'en rendre compte, et peut-être en obéissant au même besoin obscur de se justifier – comme Françoise à Combray quand le poulet ne voulait pas mourir – les mots qu'arrachent les derniers sursauts d'un animal inoffensif qui agonise, au paysan qui est en train de l'écraser.

Et quand la voiture de Mme Verdurin fut partie et que celle de Swann s'avança, son cocher le regardant lui demanda s'il n'était pas malade ou s'il n'était pas arrivé de malheur.

Swann le renvoya, il voulait marcher et ce fut à pied, par le Bois, qu'il rentra. Il parlait seul, à haute voix, et sur le même ton un peu factice qu'il avait pris jusqu'ici quand il détaillait les charmes du petit noyau et exaltait la magnanimité des Verdurin. Mais de même que les propos, les sourires, les baisers d'Odette lui devenaient aussi odieux qu'il les avait trouvés doux, s'ils étaient adressés à d'autres que lui, de même, le salon des Verdurin, qui tout à l'heure encore lui semblait amusant, respirant un goût vrai pour l'art et même une sorte de noblesse morale, maintenant que c'était un autre que lui qu'Odette allait y rencontrer, y aimer librement, lui exhibait ses ridicules, sa sottise, son ignominie.

Il se représentait avec dégoût la soirée du lendemain à Chatou. « D'abord cette idée d'aller à Chatou ! Comme des merciers qui viennent de fermer leur boutique ! Vraiment ces gens sont sublimes de bourgeoisisme, ils ne doivent pas exister réellement, ils doivent sortir du théâtre de Labiche ! »

Il y aurait là les Cottard, peut-être Brichot. « Est-ce assez grotesque cette vie de petites gens qui vivent les uns sur les autres, qui se croiraient perdus, ma parole, s'ils ne se retrouvaient pas tous demain *à Chatou* ! » Hélas ! il y aurait aussi le peintre, le peintre qui aimait « à faire des mariages », qui inviterait Forcheville à venir avec Odette à son atelier. Il voyait Odette avec une toilette trop habillée pour cette partie de campagne, « car elle est si vulgaire et surtout, la pauvre petite, elle est tellement bête !!! ».

Il entendait les plaisanteries que ferait Mme Verdurin après dîner, les plaisanteries qui, quel que fût l'ennuyeux qu'elles eussent pour cible, l'avaient toujours amusé parce qu'il voyait Odette en rire, en rire avec lui, presque en lui. Maintenant il sentait que c'était peut-être de lui qu'on allait faire rire Odette. « Quelle gaieté fétide ! disait-il en donnant à sa bouche une expression de dégoût si forte qu'il avait lui-même la sensation musculaire de sa grimace jusque dans son cou révulsé contre le col de sa chemise. Et comment une créature dont le visage est fait à l'image de Dieu peut-elle trouver matière à rire dans ces plaisanteries nauséabondes ? Toute narine un peu délicate se détournerait avec horreur pour ne pas se laisser offusquer par de tels relents. C'est vraiment incroyable de penser qu'un être humain peut ne pas comprendre qu'en se permettant un sourire à l'égard d'un semblable qui lui a tendu loyalement la main, il se dégrade jusqu'à une fange d'où il ne sera plus possible à la meilleure volonté du monde de jamais le relever. J'habite à trop de milliers de mètres d'altitude au-dessus des bas-fonds où clapotent et clabaudent de tels sales papotages, pour que je puisse être éclaboussé par les plaisanteries d'une Verdurin, s'écria-t-il, en relevant la tête, en redressant fièrement son corps en arrière. Dieu m'est témoin que j'ai sincèrement voulu tirer Odette de là, et l'élever dans une atmosphère plus noble et plus pure.

Mais la patience humaine a des bornes, et la mienne est à bout », se dit-il, comme si cette mission d'arracher Odette à une atmosphère de sarcasmes datait de plus longtemps que de quelques minutes, et comme s'il ne se l'était pas donnée seulement depuis qu'il pensait que ces sarcasmes l'avaient peut-être lui-même pour objet et tentaient de détacher Odette de lui.

Il voyait le pianiste prêt à jouer la sonate *Clair de lune* et les mines de Mme Verdurin s'effrayant du mal que la musique de Beethoven allait faire à ses nerfs : « Idiote, menteuse ! s'écria-t-il, et ça croit aimer *l'Art* ! » Elle dirait à Odette, après lui avoir insinué adroitement quelques mots louangeurs pour Forcheville, comme elle avait fait si souvent pour lui : « Vous allez faire une petite place à côté de vous à M. de Forcheville. » « Dans l'obscurité ! maquerelle, entremetteuse ! » « Entremetteuse », c'était le nom qu'il donnait aussi à la musique qui les convierait à se taire, à rêver ensemble, à se regarder, à se prendre la main. Il trouvait du bon à la sévérité contre les arts, de Platon, de Bossuet, et de la vieille éducation française.

En somme la vie qu'on menait chez les Verdurin et qu'il avait appelée si souvent « la vraie vie », lui semblait la pire de toutes, et leur petit noyau le dernier des milieux. « C'est vraiment, disait-il, ce qu'il y a de plus bas dans l'échelle sociale, le dernier cercle de Dante. Nul doute que le texte auguste ne se réfère aux Verdurin ! Au fond, comme les gens du monde dont on peut médire, mais qui tout de même sont autre chose que ces bandes de voyous, montrent leur profonde sagesse en refusant de les connaître, d'y salir même le bout de leurs doigts. Quelle divination dans ce *Noli me tangere* du faubourg Saint-Germain. » Il avait quitté depuis bien longtemps les allées du Bois [237], il était presque arrivé chez lui, que, pas encore dégrisé de sa douleur et de la verve d'insincérité dont les intonations menteuses, la sonorité artificielle de sa propre voix lui versaient d'instant en instant plus abondamment l'ivresse, il continuait encore à pérorer tout haut dans le silence de la nuit : « Les gens du monde ont leurs défauts que personne ne reconnaît mieux que moi, mais enfin ce sont tout de même des gens avec qui certaines choses sont impossibles. Telle femme élégante que j'ai connue était loin d'être parfaite, mais enfin il y avait tout de même chez elle un fond de délicatesse, une loyauté dans les procédés qui l'auraient rendue, quoi qu'il arrivât, incapable d'une félonie et qui suffisent à mettre des abîmes entre elle et une mégère comme la Verdurin. Verdurin ! quel nom ! Ah ! on peut dire qu'ils sont complets, qu'ils sont beaux dans leur genre ! Dieu merci, il n'était que temps de ne plus condescendre à la promiscuité avec cette infamie, avec ces ordures. »

Mais, comme les vertus qu'il attribuait tantôt encore aux Verdurin, n'auraient pas suffi, même s'ils les avaient vraiment possédées, mais s'ils n'avaient pas favorisé et protégé son amour, à provoquer chez Swann cette ivresse où il s'attendrissait sur leur magnanimité et qui, même propagée à travers d'autres personnes, ne pouvait lui venir que d'Odette, – de même, l'immoralité, eût-elle été réelle, qu'il trouvait aujourd'hui aux Verdurin aurait été impuissante, s'ils n'avaient pas invité Odette avec Forcheville et sans lui, à déchaîner son indignation et à lui faire flétrir « leur infamie ». Et sans doute la voix de Swann était plus clairvoyante que lui-même, quand elle se refusait à prononcer ces mots pleins de dégoût pour le milieu Verdurin et de la joie d'en avoir fini avec lui, autrement que sur un ton factice et comme s'ils étaient choisis plutôt pour assouvir sa colère que pour exprimer sa pensée. Celle-ci, en effet, pendant qu'il se livrait à ces invectives, était probablement, sans qu'il s'en aperçût, occupée d'un objet tout à fait différent, car une fois arrivé chez lui, à peine eut-il refermé la porte cochère, que brusquement il se frappa le front, et, la faisant rouvrir, ressortit en s'écriant d'une voix naturelle cette fois : « Je crois que j'ai trouvé le moyen de me faire inviter demain au dîner de Chatou ! » Mais le moyen devait être mauvais, car Swann ne fut pas invité : le docteur Cottard qui, appelé en province pour un cas grave, n'avait pas vu les Verdurin depuis plusieurs jours et n'avait pu aller à Chatou, dit, le lendemain de ce dîner, en se mettant à table chez eux :

« Mais, est-ce que nous ne verrons pas M. Swann, ce soir ? Il est bien ce qu'on appelle un ami personnel du…

– Mais j'espère bien que non ! s'écria Mme Verdurin, Dieu nous en préserve, il est assommant, bête et mal élevé. »

Cottard à ces mots manifesta en même temps son étonnement et sa soumission, comme devant une vérité contraire à tout ce qu'il avait cru jusque-là, mais d'une évidence irrésistible ; et, baissant d'un air ému et peureux son nez dans son assiette, il se contenta de répondre : « Ah ! -ah ! -ah ! -ah ! -ah ! » en traversant à reculons, dans sa retraite repliée en bon ordre jusqu'au fond de lui-même, le long d'une gamme descendante, tout le registre de sa voix. Et il ne fut plus question de Swann chez les Verdurin.

Alors ce salon qui avait réuni Swann et Odette devint un obstacle à leurs rendez-vous. Elle ne lui disait plus comme au premier temps de leur amour : « Nous nous verrons en tout cas demain soir, il y a un souper chez les Verdurin » mais : « Nous ne pourrons pas nous voir demain soir, il y a un souper chez les Verdurin. » Ou bien les Verdurin devaient l'emmener à l'Opéra-Comique voir *Une nuit de Cléopâtre*[238] et Swann lisait dans les yeux d'Odette cet effroi qu'il lui demandât de n'y pas aller, que naguère il n'aurait pu se retenir de baiser au passage sur le visage de sa maîtresse, et qui maintenant l'exaspérait. « Ce n'est pas de la colère, pourtant, se disait-il à lui-même, que j'éprouve en voyant l'envie qu'elle a d'aller picorer dans cette musique stercoraire. C'est du chagrin, non pas certes pour moi, mais pour elle ; du chagrin de voir qu'après avoir vécu plus de six mois en contact quotidien avec moi, elle n'a pas su devenir assez une autre pour éliminer spontanément Victor Massé ! Surtout pour ne pas être arrivée à comprendre qu'il y a des soirs où un être d'une essence un peu délicate doit savoir renoncer à un plaisir, quand on le lui demande. Elle devrait savoir dire "je n'irai pas", ne fût-ce que par intelligence, puisque c'est sur sa réponse qu'on classera une fois pour toutes sa qualité d'âme. » Et s'étant persuadé à lui-même que c'était seulement en effet pour pouvoir porter un jugement plus favorable sur la valeur spirituelle d'Odette qu'il désirait que ce soir-là elle restât avec lui au lieu d'aller à l'Opéra-Comique, il lui tenait le même raisonnement, au même degré d'insincérité qu'à soi-même, et même, à un degré de plus, car alors il obéissait aussi au désir de la prendre par l'amour-propre.

« Je te jure, lui disait-il, quelques instants avant qu'elle partît pour le théâtre, qu'en te demandant de ne pas sortir, tous mes souhaits, si j'étais égoïste, seraient pour que tu me refuses, car j'ai mille choses à faire ce soir et je me trouverai moi-même pris au piège et bien ennuyé si contre toute attente tu me réponds que tu n'iras pas. Mais mes occupations, mes plaisirs, ne sont pas tout, je dois penser à toi. Il peut venir un jour où me voyant à jamais détaché de toi tu auras le droit de me reprocher de ne pas t'avoir avertie dans les minutes décisives où je sentais que j'allais porter sur toi un de ces jugements sévères auxquels l'amour ne résiste pas longtemps. Vois-tu, *Une nuit de Cléopâtre* (quel titre !) n'est rien dans la circonstance. Ce qu'il faut savoir c'est si vraiment tu es cet être qui est au dernier rang de l'esprit, et même du charme, l'être méprisable qui n'est pas capable de renoncer à un plaisir. Alors, si tu es cela, comment pourrait-on t'aimer, car tu n'es même pas une personne, une créature définie, imparfaite, mais du moins perfectible ? Tu es une eau informe qui coule selon la pente qu'on lui offre, un poisson sans mémoire et sans réflexion qui tant qu'il vivra dans son aquarium se heurtera cent fois par jour contre le vitrage qu'il continuera à prendre pour de l'eau. Comprends-tu que ta réponse, je ne dis pas aura pour effet que je cesserai de t'aimer immédiatement, bien entendu, mais te rendra moins séduisante à mes yeux quand je comprendrai que tu n'es pas une personne, que tu es au-dessous de toutes les choses et ne sais te placer au-dessus d'aucune ? Évidemment j'aurais mieux aimé te demander comme une chose sans importance, de renoncer à *Une nuit de Cléopâtre* (puisque tu m'obliges à me souiller les lèvres de ce nom abject) dans l'espoir que tu irais cependant. Mais, décidé à tenir un tel compte, à tirer de telles conséquences de ta réponse, j'ai trouvé plus loyal de t'en prévenir. »

Odette depuis un moment donnait des signes d'émotion et d'incertitude. À défaut du sens de ce discours, elle comprenait qu'il pouvait rentrer dans le genre commun des « laïus », et scènes de reproches ou de supplications et dont l'habitude qu'elle avait des hommes lui permettait sans s'attacher aux détails des mots, de conclure qu'ils ne les prononceraient pas s'ils n'étaient pas amoureux, que du moment qu'ils étaient amoureux, il était inutile de leur obéir, qu'ils ne le seraient que plus après. Aussi aurait-elle écouté Swann avec le plus grand calme si elle n'avait vu que l'heure passait et que pour peu qu'il parlât encore quelque temps, elle allait, comme elle le lui dit avec un sourire tendre, obstiné et confus, « finir par manquer l'Ouverture » !

D'autres fois il lui disait que ce qui plus que tout ferait qu'il cesserait de l'aimer, c'est qu'elle ne voulût pas renoncer à mentir. « Même au simple point de vue de la coquetterie, lui disait-il, ne comprends-tu donc pas combien tu perds de ta séduction en t'abaissant à mentir ? Par un aveu, combien de fautes tu pourrais racheter ! Vraiment tu es bien moins intelligente que je ne croyais ! » Mais c'est en vain que Swann lui exposait ainsi toutes les raisons qu'elle avait de ne pas mentir ; elles auraient pu ruiner chez Odette un système général du mensonge ; mais Odette n'en possédait pas ; elle se contentait seulement, dans chaque cas où elle voulait que Swann ignorât quelque chose qu'elle avait fait, de ne pas le lui dire. Ainsi le mensonge était pour elle un expédient d'ordre particulier ; et ce qui seul pouvait décider si elle devait s'en servir ou avouer la vérité, c'était une raison d'ordre particulier aussi, la chance plus ou moins grande qu'il y avait pour que Swann pût découvrir qu'elle n'avait pas dit la vérité.

Physiquement, elle traversait une mauvaise phase ; elle épaississait ; et le charme expressif et dolent, les regards étonnés et rêveurs qu'elle avait autrefois semblaient avoir disparu avec sa première jeunesse[239]. De sorte qu'elle était devenue si chère à Swann au moment pour ainsi dire où il la trouvait précisément bien moins jolie. Il la regardait longuement pour tâcher de ressaisir le charme qu'il lui avait connu, et ne le retrouvait pas. Mais savoir que sous cette chrysalide nouvelle, c'était toujours Odette qui vivait, toujours la même volonté fugace, insaisissable et sournoise, suffisait à Swann pour qu'il continuât de mettre la même passion à chercher à la capter. Puis il regardait des photographies d'il y avait deux ans, il se rappelait comme elle avait été délicieuse. Et cela le consolait un peu de se donner tant de mal pour elle.

Quand les Verdurin l'emmenaient à Saint-Germain, à Chatou, à Meulan, souvent, si c'était dans la belle saison, ils proposaient, sur place, de rester à coucher et de ne revenir que le lendemain. Mme Verdurin cherchait à apaiser les scrupules du pianiste dont la tante était restée à Paris.

« Elle sera enchantée d'être débarrassée de vous pour un jour. Et comment s'inquiéterait-elle, elle vous sait avec nous ; d'ailleurs je prends tout sous mon bonnet. »

Mais si elle n'y réussissait pas, M. Verdurin partait en campagne, trouvait un bureau de télégraphe ou un messager et s'informait de ceux des fidèles qui avaient quelqu'un à faire prévenir. Mais Odette le remerciait et disait qu'elle n'avait de dépêche à faire pour personne, car elle avait dit à Swann une fois pour toutes qu'en lui en envoyant une aux yeux de tous, elle se compromettrait. Parfois c'était pour plusieurs jours qu'elle s'absentait, les Verdurin l'emmenaient voir les tombeaux de Dreux, ou à Compiègne admirer, sur le conseil du peintre, des couchers de soleil en forêt et on poussait jusqu'au château de Pierrefonds.

« Penser qu'elle pourrait visiter de vrais monuments avec moi qui ai étudié l'architecture pendant dix ans et qui suis tout le temps supplié de mener à Beauvais ou à Saint-Loup-de-Naud [240] des gens de la plus haute valeur et ne le ferais que pour elle, et qu'à la place elle va avec les dernières des brutes s'extasier successivement devant les déjections de Louis-Philippe et devant celles de Viollet-le-Duc ! Il me semble qu'il n'y a pas besoin d'être artiste pour cela et que, même sans flair particulièrement fin, on ne choisit pas d'aller villégiaturer dans des latrines pour être plus à portée de respirer des excréments. »

Mais quand elle était partie pour Dreux ou pour Pierrefonds – hélas, sans lui permettre d'y aller, comme par hasard, de son côté, car « cela ferait un effet déplorable », disait-elle – il se plongeait dans le plus enivrant des romans d'amour, l'indicateur des chemins de fer, qui lui apprenait les moyens de la rejoindre, l'après-midi, le soir, ce matin même ! Le moyen ? presque davantage : l'autorisation. Car enfin l'indicateur et les trains eux-mêmes n'étaient pas faits pour des chiens. Si on faisait savoir au public, par voie d'imprimés, qu'à huit heures du matin partait un train qui arrivait à Pierrefonds à dix heures, c'est donc qu'aller à Pierrefonds était un acte licite, pour lequel la permission d'Odette était superflue ; et c'était aussi un acte qui pouvait avoir un tout autre motif que le désir de rencontrer Odette, puisque des gens qui ne la connaissaient pas l'accomplissaient chaque jour, en assez grand nombre pour que cela valût la peine de faire chauffer des locomotives.

En somme elle ne pouvait tout de même pas l'empêcher d'aller à Pierrefonds s'il en avait envie ! Or, justement, il sentait qu'il en avait envie, et que s'il n'avait pas connu Odette, certainement il y serait allé. Il y avait longtemps qu'il voulait se faire une idée plus précise des travaux de restauration de Viollet-le-Duc. Et par le temps qu'il faisait, il éprouvait l'impérieux désir d'une promenade dans la forêt de Compiègne.

Ce n'était vraiment pas de chance qu'elle lui défendît le seul endroit qui le tentait aujourd'hui. Aujourd'hui ! S'il y allait malgré son interdiction, il pourrait la voir *aujourd'hui* même ! Mais, alors que, si elle eût retrouvé à Pierrefonds quelque indifférent, elle lui eût dit joyeusement : « Tiens, vous ici ! », et lui aurait demandé d'aller la voir à l'hôtel où elle était descendue avec les Verdurin, au contraire si elle l'y rencontrait, lui, Swann, elle serait froissée, elle se dirait qu'elle était suivie, elle l'aimerait moins, peut-être se détournerait-elle avec colère en l'apercevant. « Alors, je n'ai plus le droit de voyager ! » lui dirait-elle au retour, tandis qu'en somme c'était lui qui n'avait plus le droit de voyager !

Il avait eu un moment l'idée, pour pouvoir aller à Compiègne et à Pierrefonds sans avoir l'air que ce fût pour rencontrer Odette, de s'y faire emmener par un de ses amis, le Marquis de Forestelle [241], qui avait un château dans le voisinage. Celui-ci, à qui il avait fait part de son projet sans lui en dire le motif, ne se sentait pas de joie et s'émerveillait que Swann, pour la première fois depuis quinze ans, consentît enfin à venir voir sa propriété, et puisqu'il ne voulait pas s'y arrêter, lui avait-il dit, lui promît au moins de faire ensemble des promenades et des excursions pendant plusieurs jours. Swann s'imaginait déjà là-bas avec M. de Forestelle. Même avant d'y voir Odette, même s'il ne réussissait pas à l'y voir, quel bonheur il aurait à mettre le pied sur cette terre où ne sachant pas l'endroit exact, à tel moment, de sa présence, il sentirait palpiter partout la possibilité de sa brusque apparition : dans la cour du château, devenu beau pour lui parce que c'était à cause d'elle qu'il était allé le voir ; dans toutes les rues de la ville, qui lui semblait romanesque ; sur chaque route de la forêt, rosée par un couchant profond et tendre ; – asiles innombrables et alternatifs, où venait simultanément se réfugier, dans l'incertaine ubiquité de ses espérances, son cœur heureux, vagabond et multiplié. « Surtout, dirait-il à M. de Forestelle, prenons garde de ne pas tomber sur Odette et les Verdurin ; je viens d'apprendre qu'ils sont justement aujourd'hui à Pierrefonds. On a assez le temps de se voir à Paris, ce ne serait pas la peine de le quitter pour ne pas pouvoir faire un pas les uns sans les autres. » Et son ami ne comprendrait pas pourquoi une fois là-bas il changerait vingt fois de projets, inspecterait les salles à manger de tous les hôtels de Compiègne sans se décider à s'asseoir dans aucune de celles où pourtant on n'avait pas vu trace de Verdurin, ayant l'air de rechercher ce qu'il disait vouloir fuir et du reste le fuyant dès qu'il l'aurait trouvé, car s'il avait rencontré le petit groupe, il s'en serait écarté avec affectation, content d'avoir vu Odette et qu'elle l'eût vu, surtout qu'elle l'eût vu ne se souciant pas d'elle. Mais non, elle devinerait bien que c'était pour elle qu'il était là. Et quand M. de Forestelle venait le chercher pour partir, il lui disait : « Hélas ! non, je ne peux pas aller aujourd'hui à Pierrefonds, Odette y est justement. » Et Swann était heureux malgré tout de sentir que, si seul de tous les mortels il n'avait pas le droit en ce jour d'aller à Pierrefonds, c'était parce qu'il était en effet pour Odette quelqu'un de différent des autres, son amant, et que cette restriction apportée pour lui au droit universel de libre circulation, n'était qu'une des formes de cet esclavage, de cet amour qui lui était si cher. Décidément il valait mieux ne pas risquer de se brouiller avec elle, patienter, attendre son retour. Il passait ses journées penché sur une carte de la forêt de Compiègne comme si ç'avait été la carte du Tendre, s'entourait de photographies du château de Pierrefonds. Dès que venait le jour où il était possible qu'elle revînt, il rouvrait l'indicateur, calculait quel train elle avait dû prendre, et si elle s'était attardée, ceux qui lui restaient encore. Il ne sortait pas de peur de manquer une dépêche, ne se couchait pas, pour le cas où, revenue par le dernier train, elle aurait voulu lui faire la surprise de venir le voir au milieu de la nuit. Justement il entendait sonner à la porte cochère, il lui semblait qu'on tardait à ouvrir, il voulait éveiller le concierge, se mettait à la fenêtre pour appeler Odette si c'était elle, car malgré les recommandations qu'il était descendu faire plus de dix fois lui-même, on était capable de lui dire qu'il n'était pas là. C'était un domestique qui rentrait. Il remarquait le vol incessant des voitures qui passaient, auquel il n'avait jamais fait attention autrefois. Il écoutait chacune venir au loin, s'approcher, dépasser sa porte sans s'être arrêtée et porter plus loin un message qui n'était pas pour lui. Il attendait toute la nuit, bien inutilement, car les Verdurin ayant avancé leur retour, Odette était à Paris depuis midi ; elle n'avait pas eu l'idée de l'en prévenir ; ne sachant que faire, elle avait été passer sa soirée seule au théâtre et il y avait longtemps qu'elle était rentrée se coucher et dormait.

C'est qu'elle n'avait même pas pensé à lui. Et de tels moments où elle oubliait jusqu'à l'existence de Swann, étaient plus utiles à Odette, servaient mieux à lui attacher Swann, que toute sa coquetterie. Car ainsi Swann vivait dans cette agitation douloureuse qui avait déjà été assez puissante pour faire éclore son amour le soir où il n'avait pas trouvé Odette chez les Verdurin et l'avait cherchée toute la soirée. Et il n'avait pas, comme j'eus à Combray dans mon enfance, des journées heureuses pendant lesquelles s'oublient les souffrances qui renaîtront le soir. Les journées, Swann les passait sans Odette ; et par moments il se disait que laisser une aussi jolie femme sortir ainsi seule dans Paris était aussi imprudent que de poser un écrin plein de bijoux au milieu de la rue. Alors il s'indignait contre tous les passants comme contre autant de voleurs. Mais leur visage collectif et informe échappant à son imagination ne nourrissait pas sa jalousie. Il fatiguait la pensée de Swann, lequel, se passant la main sur les yeux, s'écriait : « À la grâce de Dieu », comme ceux qui après s'être acharnés à étreindre le problème de la réalité du monde extérieur ou de l'immortalité de l'âme accordent la détente d'un acte de foi à leur cerveau lassé. Mais aujourd'hui la pensée de l'absente était indissolublement mêlée aux actes les plus simples de la vie de Swann – déjeuner, recevoir son courrier, sortir, se coucher – par la tristesse même qu'il avait à les accomplir sans elle, comme ces initiales de Philibert le Beau que dans l'église de Brou, à cause du regret qu'elle avait de lui, Marguerite d'Autriche entrelaça partout aux siennes. Certains jours, au lieu de rester chez lui, il allait prendre son déjeuner dans un restaurant assez voisin dont il avait apprécié autrefois la bonne cuisine et où maintenant il n'allait plus que pour une de ces raisons, à la fois mystiques et saugrenues, qu'on appelle romanesques ; c'est que ce restaurant (lequel existe encore) portait le même nom que la rue habitée par Odette : *Lapérouse* [242]. Quelquefois, quand elle avait fait un court déplacement, ce n'est qu'après plusieurs jours qu'elle songeait à lui faire savoir qu'elle était revenue à Paris. Et elle lui disait tout simplement, sans plus prendre comme autrefois la précaution de se couvrir à tout hasard d'un petit morceau emprunté à la vérité, qu'elle venait d'y rentrer à l'instant même par le train du matin. Ces paroles étaient mensongères ; du moins pour Odette elles étaient mensongères, inconsistantes, n'ayant pas, comme si elles avaient été vraies, un point d'appui dans le souvenir de son arrivée à la gare ; même elle était empêchée de se les représenter au moment où elle les prononçait, par l'image contradictoire de ce qu'elle avait fait de tout différent au moment où elle prétendait être descendue du train. Mais dans l'esprit de Swann au contraire ces paroles qui ne rencontraient aucun obstacle venaient s'incruster et prendre l'inamovibilité d'une vérité si indubitable que si un ami lui disait être venu par ce train et ne pas avoir vu Odette il était persuadé que c'était l'ami qui se trompait de jour ou d'heure puisque son dire ne se conciliait pas avec les paroles d'Odette. Celles-ci ne lui eussent paru mensongères que s'il s'était d'abord défié qu'elles le fussent. Pour qu'il crût qu'elle mentait, un soupçon préalable était une condition nécessaire. C'était d'ailleurs aussi une condition suffisante. Alors tout ce que disait Odette lui paraissait suspect. L'entendait-il citer un nom ; c'était certainement celui d'un de ses amants ; une fois cette supposition forgée, il passait des semaines à se désoler ; il s'aboucha même une fois avec une agence de renseignements pour savoir l'adresse, l'emploi du temps de l'inconnu qui ne le laisserait respirer que quand il serait parti en voyage, et dont il finit par apprendre que c'était un oncle d'Odette mort depuis vingt ans.

Bien qu'elle ne lui permît pas en général de la rejoindre dans des lieux publics disant que cela ferait jaser, il arrivait que dans une soirée où il était invité comme elle – chez Forcheville, chez le peintre, ou à un bal de charité dans un ministère – il se trouvât en même temps qu'elle. Il la voyait mais n'osait pas rester de peur de l'irriter en ayant l'air d'épier les plaisirs qu'elle prenait avec d'autres et qui – tandis qu'il rentrait solitaire, qu'il allait se coucher anxieux comme je devais l'être moi-même quelques années plus tard les soirs où il viendrait dîner à la maison, à Combray – lui semblaient illimités parce qu'il n'en avait pas vu la fin. Et une fois ou deux il connut par de tels soirs de ces joies qu'on serait tenté, si elles ne subissaient avec tant de violence le choc en retour de l'inquiétude brusquement arrêtée, d'appeler des joies calmes, parce qu'elles consistent en un apaisement : il était allé passer un instant à un raout chez le peintre et s'apprêtait à le quitter ; il y laissait Odette muée en une brillante étrangère, au milieu d'hommes à qui ses regards et sa gaieté, qui n'étaient pas pour lui semblaient parler de quelque volupté qui serait goûtée là ou ailleurs (peut-être au « Bal des Incohérents[243] » où il tremblait qu'elle n'allât ensuite) et qui causait à Swann plus de jalousie que l'union charnelle même parce qu'il l'imaginait plus difficilement ; il était déjà prêt à passer la porte de l'atelier quand il s'entendait rappeler par ces mots (qui en retranchant de la fête cette fin qui l'épouvantait, la lui rendaient rétrospectivement innocente, faisaient du retour d'Odette une chose non plus inconcevable et terrible, mais douce et connue et qui tiendrait à côté de lui, pareille à un peu de sa vie de tous les jours, dans sa voiture, et dépouillaient Odette elle-même de son apparence trop brillante et gaie, montraient que ce n'était qu'un déguisement qu'elle avait revêtu un moment, pour lui-même, non en vue de mystérieux plaisirs, et duquel elle était déjà lasse) par ces mots qu'Odette lui jetait, comme il était déjà sur le seuil : « Vous ne voudriez pas m'attendre cinq minutes, je vais partir, nous reviendrions ensemble, vous me ramèneriez chez moi. »

Il est vrai qu'un jour Forcheville avait demandé à être ramené en même temps, mais comme, arrivé devant la porte d'Odette il avait sollicité la permission d'entrer aussi, Odette lui avait répondu en montrant Swann : « Ah ! cela dépend de ce monsieur-là, demandez-lui. Enfin, entrez un moment si vous voulez, mais pas longtemps parce que je vous préviens qu'il aime causer tranquillement avec moi, et qu'il n'aime pas beaucoup qu'il y ait des visites quand il vient. Ah ! si vous connaissiez cet être-là autant que je le connais ; n'est-ce pas, *my love*, il n'y a que moi qui vous connaisse bien ? »

Et Swann était peut-être encore plus touché de la voir ainsi lui adresser en présence de Forcheville, non seulement ces paroles de tendresse, de prédilection, mais encore certaines critiques comme : « Je suis sûre que vous n'avez pas encore répondu à vos amis pour votre dîner de dimanche. N'y allez pas si vous ne voulez pas, mais soyez au moins poli », ou : « Avez-vous laissé seulement ici votre essai sur Ver Meer pour pouvoir l'avancer un peu demain ? Quel paresseux ! Je vous ferai travailler, moi ! » qui prouvaient qu'Odette se tenait au courant de ses invitations dans le monde et de ses études d'art, qu'ils avaient bien une vie à eux deux. Et en disant cela elle lui adressait un sourire au fond duquel il la sentait toute à lui.

Alors à ces moments-là, pendant qu'elle leur faisait de l'orangeade, tout d'un coup, comme quand un réflecteur mal réglé d'abord promène autour d'un objet, sur la muraille, de grandes ombres fantastiques qui viennent ensuite se replier et s'anéantir en lui, toutes les idées terribles et mouvantes qu'il se faisait d'Odette s'évanouissaient, rejoignaient le corps charmant que Swann avait devant lui. Il avait le brusque soupçon que cette heure passée chez Odette, sous la lampe, n'était peut-être pas une heure factice, à son usage à lui (destinée à masquer cette chose effrayante et délicieuse à laquelle il pensait sans cesse sans pouvoir bien se la représenter, une heure de la vraie vie d'Odette, de la vie d'Odette quand lui n'était pas là), avec des accessoires de théâtre et des fruits de carton, mais était peut-être une heure pour de bon de la vie d'Odette, que s'il n'avait pas été là elle eût avancé à Forcheville le même fauteuil et lui eût versé non un breuvage inconnu, mais précisément cette orangeade ; que le monde habité par Odette n'était pas cet autre monde effroyable et surnaturel où il passait son temps à la situer et qui n'existait peut-être que dans son imagination, mais l'univers réel, ne dégageant aucune tristesse spéciale, comprenant cette table où il allait pouvoir écrire et cette boisson à laquelle il lui serait permis de goûter ; tous ces objets qu'il contemplait avec autant de curiosité et d'admiration que de gratitude, car si en absorbant ses rêves ils l'en avaient délivré, eux, en revanche, s'en étaient enrichis, ils lui en montraient la réalisation palpable, et ils intéressaient son esprit, ils prenaient du relief devant ses regards, en même temps qu'ils tranquillisaient son cœur. Ah ! si le destin avait permis qu'il pût n'avoir qu'une seule demeure avec Odette et que chez elle il fût chez lui, si en demandant au domestique ce qu'il y avait à déjeuner c'eût été le menu d'Odette qu'il avait appris en réponse, si quand Odette voulait aller le matin se promener avenue du Bois-de-Boulogne, son devoir de bon mari l'avait obligé, n'eût-il pas envie de sortir, à l'accompagner, portant son manteau quand elle avait trop chaud, et le soir après le dîner si elle avait envie de rester chez elle en déshabillé, s'il avait été forcé de rester là près d'elle, à faire ce qu'elle voudrait ; alors combien tous les riens de la vie de Swann qui lui semblaient si tristes, au contraire parce qu'ils auraient en même temps fait partie de la vie d'Odette auraient pris, même les plus familiers – et comme cette lampe, cette orangeade, ce fauteuil qui contenaient tant de rêve, qui matérialisaient tant de désir – une sorte de douceur surabondante et de densité mystérieuse.

Pourtant il se doutait bien que ce qu'il regrettait ainsi c'était un calme, une paix qui n'auraient pas été pour son amour une atmosphère favorable. Quand Odette cesserait d'être pour lui une créature toujours absente, regrettée, imaginaire, quand le sentiment qu'il aurait pour elle ne serait plus ce même trouble mystérieux que lui causait la phrase de la sonate, mais de l'affection, de la reconnaissance, quand s'établiraient entre eux des rapports normaux qui mettraient fin à sa folie et à sa tristesse, alors sans doute les actes de la vie d'Odette lui paraîtraient peu intéressants en eux-mêmes – comme il avait déjà eu plusieurs fois le soupçon qu'ils étaient, par exemple le jour où il avait lu à travers l'enveloppe la lettre adressée à Forcheville. Considérant son mal avec autant de sagacité que s'il se l'était inoculé pour en faire l'étude, il se disait que, quand il serait guéri ce que pourrait faire Odette lui serait indifférent. Mais du sein de son état morbide, à vrai dire il redoutait à l'égal de la mort une telle guérison, qui eût été en effet la mort de tout ce qu'il était actuellement.

Après ces tranquilles soirées les soupçons de Swann étaient calmés ; il bénissait Odette et le lendemain, dès le matin, il faisait envoyer chez elle les plus beaux bijoux, parce que ces bontés de la veille avaient excité ou sa gratitude, ou le désir de les voir se renouveler, ou un paroxysme d'amour qui avait besoin de se dépenser.

Mais, à d'autres moments, sa douleur le reprenait, il s'imaginait qu'Odette était la maîtresse de Forcheville et que quand tous deux l'avaient vu, du fond du landau des Verdurin, au Bois, la veille de la fête de Chatou où il n'avait pas été invité, la prier vainement, avec cet air de désespoir qu'avait remarqué jusqu'à son cocher, de revenir avec lui, puis s'en retourner de son côté, seul et vaincu, elle avait dû avoir pour le désigner à Forcheville et lui dire : « Hein ! ce qu'il rage ! » les mêmes regards brillants, malicieux, abaissés et sournois, que le jour où celui-ci avait chassé Saniette de chez les Verdurin.

Alors Swann la détestait. « Mais aussi, je suis trop bête, se disait-il, je paie avec mon argent le plaisir des autres. Elle fera tout de même bien de faire attention et de ne pas trop tirer sur la corde, car je pourrais bien ne plus rien donner du tout. En tout cas, renonçons provisoirement aux gentillesses supplémentaires ! Penser que pas plus tard qu'hier, comme elle disait avoir envie d'assister à la saison de Bayreuth, j'ai eu la bêtise de lui proposer de louer un des jolis châteaux du Roi de Bavière pour nous deux dans les environs. Et d'ailleurs elle n'a pas paru plus ravie que cela, elle n'a encore dit ni oui ni non ; espérons qu'elle refusera, grand Dieu ! Entendre du Wagner pendant quinze jours avec elle qui s'en soucie comme un poisson d'une pomme, ce serait gai ! » Et sa haine, tout comme son amour, ayant besoin de se manifester et d'agir, il se plaisait à pousser de plus en plus loin ses imaginations mauvaises, parce que, grâce aux perfidies qu'il prêtait à Odette, il la détestait davantage et pourrait si – ce qu'il cherchait à se figurer – elles se trouvaient être vraies, avoir une occasion de la punir et d'assouvir sur elle sa rage grandissante. Il alla ainsi jusqu'à supposer qu'il allait recevoir une lettre d'elle où elle lui demanderait de l'argent pour louer ce château près de Bayreuth, mais en le prévenant qu'il n'y pourrait pas venir, parce qu'elle avait promis à Forcheville et aux Verdurin de les inviter. Ah ! comme il eût aimé qu'elle pût avoir cette audace ! Quelle joie il aurait à refuser, à rédiger la réponse vengeresse dont il se complaisait à choisir, à énoncer tout haut les termes, comme s'il avait reçu la lettre en réalité.

Or, c'est ce qui arriva le lendemain même. Elle lui écrivit que les Verdurin et leurs amis avaient manifesté le désir d'assister à ces représentations de Wagner et que, s'il voulait bien lui envoyer cet argent, elle aurait enfin, après avoir été si souvent reçue chez eux, le plaisir de les inviter à son tour. De lui, elle ne disait pas un mot, il était sous-entendu que leur présence excluait la sienne.

Alors cette terrible réponse dont il avait arrêté chaque mot la veille sans oser espérer qu'elle pourrait servir jamais, il avait la joie de la lui faire porter. Hélas ! il sentait bien qu'avec l'argent qu'elle avait, ou qu'elle trouverait facilement, elle pourrait tout de même louer à Bayreuth puisqu'elle en avait envie [244], elle qui n'était pas capable de faire de différence entre Bach et Clapisson. Mais elle y vivrait malgré tout plus chichement. Pas moyen comme s'il lui eût envoyé cette fois quelques billets de mille francs, d'organiser chaque soir, dans un château, de ces soupers fins après lesquels elle se serait peut-être passé la fantaisie – qu'il était possible qu'elle n'eût jamais eue encore – de tomber dans les bras de Forcheville. Et puis du moins, ce voyage détesté, ce n'était pas lui, Swann, qui le paierait ! – Ah ! s'il avait pu l'empêcher ! si elle avait pu se fouler le pied avant de partir, si le cocher de la voiture qui l'emmènerait à la gare avait consenti, à n'importe quel prix, à la conduire dans un lieu où elle fût restée quelque temps séquestrée, cette femme perfide, aux yeux émaillés par un sourire de complicité adressé à Forcheville, qu'Odette était pour Swann depuis quarante-huit heures.

Mais elle ne l'était jamais pour très longtemps ; au bout de quelques jours le regard luisant et fourbe perdait de son éclat et de sa duplicité, cette image d'une Odette exécrée disant à Forcheville : « Ce qu'il rage ! » commençait à pâlir, à s'effacer. Alors, progressivement reparaissait et s'élevait en brillant doucement, le visage de l'autre Odette, de celle qui adressait aussi un sourire à Forcheville, mais un sourire où il n'y avait pour Swann que de la tendresse, quand elle disait : « Ne restez pas longtemps car ce monsieur-là n'aime pas beaucoup que j'aie des visites quand il a envie d'être auprès de moi. Ah ! si vous connaissiez cet être-là autant que je le connais ! », ce même sourire qu'elle avait pour remercier Swann de quelque trait de sa délicatesse qu'elle prisait si fort, de quelque conseil qu'elle lui avait demandé dans une de ces circonstances graves où elle n'avait confiance qu'en lui.

Alors, à cette Odette-là, il se demandait comment il avait pu écrire cette lettre outrageante dont sans doute jusqu'ici elle ne l'eût pas cru capable, et qui avait dû le faire descendre du rang élevé, unique, que par sa bonté, sa loyauté, il avait conquis dans son estime. Il allait lui devenir moins cher, car c'était pour ces qualités-là, qu'elle ne trouvait ni à Forcheville ni à aucun autre, qu'elle l'aimait. C'était à cause d'elles qu'Odette lui témoignait si souvent une gentillesse qu'il comptait pour rien au moment où il était jaloux, parce qu'elle n'était pas une marque de désir, et prouvait même plutôt de l'affection que de l'amour, mais dont il recommençait à sentir l'importance au fur et à mesure que la détente spontanée de ses soupçons, souvent accentuée par la distraction que lui apportait une lecture d'art ou la conversation d'un ami, rendait sa passion moins exigeante de réciprocités.

Maintenant qu'après cette oscillation, Odette était naturellement revenue à la place d'où la jalousie de Swann l'avait un moment écartée, dans l'angle où il la trouvait charmante, il se la figurait pleine de tendresse, avec un regard de consentement, si jolie ainsi, qu'il ne pouvait s'empêcher d'avancer les lèvres vers elle comme si elle avait été là et qu'il eût pu l'embrasser ; et il lui gardait de ce regard enchanteur et bon autant de reconnaissance que si elle venait de l'avoir réellement et si ce n'eût pas été seulement son imagination qui venait de le peindre pour donner satisfaction à son désir.

Comme il avait dû lui faire de la peine ! Certes il trouvait des raisons valables à son ressentiment contre elle, mais elles n'auraient pas suffi à le lui faire éprouver s'il ne l'avait pas autant aimée. N'avait-il pas eu des griefs aussi graves contre d'autres femmes, auxquelles il eût néanmoins volontiers rendu service aujourd'hui, étant contre elles sans colère parce qu'il ne les aimait plus ? S'il devait jamais un jour se trouver dans le même état d'indifférence vis-à-vis d'Odette, il comprendrait que c'était sa jalousie seule qui lui avait fait trouver quelque chose d'atroce, d'impardonnable, à ce désir, au fond si naturel provenant d'un peu d'enfantillage et aussi d'une certaine délicatesse d'âme, de pouvoir à son tour, puisqu'une occasion s'en présentait, rendre des politesses aux Verdurin, jouer à la maîtresse de maison.

Il revenait à ce point de vue – opposé à celui de son amour et de sa jalousie et auquel il se plaçait quelquefois par une sorte d'équité intellectuelle et pour faire la part des diverses probabilités – d'où il essayait de juger Odette comme s'il ne l'avait pas aimée, comme si elle était pour lui une femme comme les autres, comme si la vie d'Odette n'avait pas été, dès qu'il n'était plus là, différente, tramée en cachette de lui, ourdie contre lui.

Pourquoi croire qu'elle goûterait là-bas avec Forcheville ou avec d'autres des plaisirs enivrants qu'elle n'avait pas connus auprès de lui et que seule sa jalousie forgeait de toutes pièces ? À Bayreuth comme à Paris, s'il arrivait que Forcheville pensât à lui ce n'eût pu être que comme à quelqu'un qui comptait beaucoup dans la vie d'Odette à qui il était obligé de céder la place, quand ils se rencontraient chez elle. Si Forcheville et elle triomphaient d'être là-bas malgré lui, c'est lui qui l'aurait voulu en cherchant inutilement à l'empêcher d'y aller, tandis que s'il avait approuvé son projet, d'ailleurs défendable, elle aurait eu l'air d'être là-bas d'après son avis, elle s'y serait sentie envoyée, logée par lui, et le plaisir qu'elle aurait éprouvé à recevoir ces gens qui l'avaient tant reçue, c'est à Swann qu'elle en aurait su gré.

Et – au lieu qu'elle allait partir brouillée avec lui, sans l'avoir revu – s'il lui envoyait cet argent, s'il l'encourageait à ce voyage et s'occupait de le lui rendre agréable, elle allait accourir, heureuse, reconnaissante, et il aurait cette joie de la voir qu'il n'avait pas goûtée depuis près d'une semaine et que rien ne pouvait lui remplacer. Car sitôt que Swann pouvait se la représenter sans horreur, qu'il revoyait de la bonté dans son sourire, et que le désir de l'enlever à tout autre n'était plus ajouté par la jalousie à son amour, cet amour redevenait surtout un goût pour les sensations que lui donnait la personne d'Odette, pour le plaisir qu'il avait à admirer comme un spectacle ou à interroger comme un phénomène, le lever d'un de ses regards, la formation d'un de ses sourires, l'émission d'une intonation de sa voix. Et ce plaisir différent de tous les autres, avait fini par créer en lui un besoin d'elle et qu'elle seule pouvait assouvir par sa présence ou ses lettres, presque aussi désintéressé, presque aussi artistique, aussi pervers, qu'un autre besoin qui caractérisait cette période nouvelle de la vie de Swann où à la sécheresse, à la dépression des années antérieures avait succédé une sorte de trop-plein spirituel, sans qu'il sût davantage à quoi il devait cet enrichissement inespéré de sa vie intérieure qu'une personne de santé délicate qui à partir d'un certain moment se fortifie, engraisse, et semble pendant quelque temps s'acheminer vers une complète guérison – cet autre besoin qui se développait aussi en dehors du monde réel, c'était celui d'entendre, de connaître de la musique.

Ainsi, par le chimisme même de son mal, après qu'il avait fait de la jalousie avec son amour, il recommençait à fabriquer de la tendresse, de la pitié pour Odette. Elle était redevenue l'Odette charmante et bonne. Il avait des remords d'avoir été dur pour elle. Il voulait qu'elle vînt près de lui et, auparavant, il voulait lui avoir procuré quelque plaisir, pour voir la reconnaissance pétrir son visage et modeler son sourire.

Aussi Odette, sûre de le voir venir après quelques jours, aussi tendre et soumis qu'avant, lui demander une réconciliation, prenait-elle l'habitude de ne plus craindre de lui déplaire et même de l'irriter et lui refusait-elle, quand cela lui était commode, les faveurs auxquelles il tenait le plus.

Peut-être ne savait-elle pas combien il avait été sincère vis-à-vis d'elle pendant la brouille, quand il lui avait dit qu'il ne lui enverrait pas d'argent et chercherait à lui faire du mal. Peut-être ne savait-elle pas davantage combien il l'était, vis-à-vis sinon d'elle, du moins de lui-même, en d'autres cas où dans l'intérêt de l'avenir de leur liaison, pour montrer à Odette qu'il était capable de se passer d'elle, qu'une rupture restait toujours possible, il décidait de rester quelque temps sans aller chez elle.

Parfois c'était après quelques jours où elle ne lui avait pas causé de souci nouveau ; et comme, des visites prochaines qu'il lui ferait, il savait qu'il ne pouvait tirer nulle bien grande joie mais plus probablement quelque chagrin qui mettrait fin au calme où il se trouvait, il lui écrivait qu'étant très occupé il ne pourrait la voir aucun des jours qu'il lui avait dit. Or une lettre d'elle, se croisant avec la sienne, le priait précisément de déplacer un rendez-vous. Il se demandait pourquoi ; ses soupçons, sa douleur le reprenaient. Il ne pouvait plus tenir, dans l'état nouveau d'agitation où il se trouvait, l'engagement qu'il avait pris dans l'état antérieur de calme relatif, il courait chez elle et exigeait de la voir tous les jours suivants. Et même si elle ne lui avait pas écrit la première, si elle répondait seulement, en y acquiesçant, à sa demande d'une courte séparation, cela suffisait pour qu'il ne pût plus rester sans la voir. Car, contrairement au calcul de Swann, le consentement d'Odette avait tout changé en lui. Comme tous ceux qui possèdent une chose, pour savoir ce qui arriverait s'il cessait un moment de la posséder il avait ôté cette chose de son esprit, en y laissant tout le reste dans le même état que quand elle était là. Or l'absence d'une chose, ce n'est pas que cela, ce n'est pas un simple manque partiel, c'est un bouleversement de tout le reste, c'est un état nouveau qu'on ne peut prévoir dans l'ancien.

Mais d'autres fois au contraire – Odette était sur le point de partir en voyage – c'était après quelque petite querelle dont il choisissait le prétexte, qu'il se résolvait à ne pas lui écrire et à ne pas la revoir avant son retour, donnant ainsi les apparences, et demandant le bénéfice, d'une grande brouille qu'elle croirait peut-être définitive à une séparation dont la plus longue part était inévitable du fait du voyage et qu'il faisait commencer seulement un peu plus tôt. Déjà il se figurait Odette inquiète, affligée de n'avoir reçu ni visite ni lettre et cette image en calmant sa jalousie, lui rendait facile de se déshabituer de la voir. Sans doute, par moments, tout au bout de son esprit où sa résolution la refoulait grâce à toute la longueur interposée des trois semaines de séparation acceptée, c'était avec plaisir qu'il considérait l'idée qu'il reverrait Odette à son retour ; mais, c'était aussi avec si peu d'impatience qu'il commençait à se demander s'il ne doublerait pas volontiers la durée d'une abstinence si facile. Elle ne datait encore que de trois jours, temps beaucoup moins long que celui qu'il avait souvent passé en ne voyant pas Odette, et sans l'avoir comme maintenant prémédité. Et pourtant voici qu'une légère contrariété ou un malaise physique – en l'incitant à considérer le moment présent comme un moment exceptionnel, en dehors de la règle, où la sagesse même admettrait d'accueillir l'apaisement qu'apporte un plaisir et de donner congé, jusqu'à la reprise utile de l'effort, à la volonté – suspendait l'action de celle-ci qui cessait d'exercer sa compression ; ou, moins que cela, le souvenir d'un renseignement qu'il avait oublié de demander à Odette, si elle avait décidé la couleur dont elle voulait faire repeindre sa voiture, ou pour une certaine valeur de bourse, si c'était des actions ordinaires ou privilégiées qu'elle désirait acquérir (c'était très joli de lui montrer qu'il pouvait rester sans la voir, mais si après ça la peinture était à refaire ou si les actions ne donnaient pas de dividende, il serait bien avancé), voici que comme un caoutchouc tendu qu'on lâche ou comme l'air dans une machine pneumatique qu'on entrouvre, l'idée de la revoir, des lointains où elle était maintenue, revenait d'un bond dans le champ du présent et des possibilités immédiates.

Elle y revenait sans plus trouver de résistance, et d'ailleurs si irrésistible que Swann avait eu bien moins de peine à sentir s'approcher un à un les quinze jours qu'il devait rester séparé d'Odette, qu'il n'en avait à attendre les dix minutes que son cocher mettait pour atteler la voiture qui allait l'emmener chez elle et qu'il passait dans les transports d'impatience et de joie où il ressaisissait mille fois pour lui prodiguer sa tendresse cette idée de la retrouver qui, par un retour si brusque, au moment où il la croyait si loin, était de nouveau près de lui dans sa plus proche conscience. C'est qu'elle ne trouvait plus pour lui faire obstacle le désir de chercher sans plus tarder à lui résister qui n'existait plus chez Swann depuis que s'étant prouvé à lui-même – il le croyait du moins – qu'il en était si aisément capable, il ne voyait plus aucun inconvénient à ajourner un essai de séparation qu'il était certain maintenant de mettre à exécution dès qu'il le voudrait. C'est aussi que cette idée de la revoir revenait parée pour lui d'une nouveauté, d'une séduction, douée d'une virulence que l'habitude avait émoussées, mais qui s'étaient retrempées dans cette privation non de trois jours mais de quinze (car la durée d'un renoncement doit se calculer, par anticipation, sur le terme assigné) et de ce qui jusque-là eût été un plaisir attendu qu'on sacrifie aisément, avait fait un bonheur inespéré contre lequel on est sans force. C'est enfin qu'elle y revenait embellie par l'ignorance où était Swann de ce qu'Odette avait pu penser, faire peut-être en voyant qu'il ne lui avait pas donné signe de vie, si bien que ce qu'il allait trouver c'était la révélation passionnante d'une Odette presque inconnue.

Mais elle, de même qu'elle avait cru que son refus d'argent n'était qu'une feinte, ne voyait qu'un prétexte dans le renseignement que Swann venait lui demander, sur la voiture à repeindre, ou la valeur à acheter. Car elle ne reconstituait pas les diverses phases de ces crises qu'il traversait et dans l'idée qu'elle s'en faisait, elle omettait d'en comprendre le mécanisme, ne croyant qu'à ce qu'elle connaissait d'avance, à la nécessaire, à l'infaillible et toujours identique terminaison. Idée incomplète – d'autant plus profonde peut-être – si on la jugeait du point de vue de Swann qui eût sans doute trouvé qu'il était incompris d'Odette, comme un morphinomane ou un tuberculeux, persuadés qu'ils ont été arrêtés, l'un par un événement extérieur au moment où il allait se délivrer de son habitude invétérée, l'autre par une indisposition accidentelle au moment où il allait être enfin rétabli, se sentent incompris du médecin qui n'attache pas la même importance qu'eux à ces prétendues contingences, simples déguisements selon lui, revêtus, pour redevenir sensibles à ses malades, par le vice et l'état morbide qui, en réalité, n'ont pas cessé de peser incurablement sur eux tandis qu'ils berçaient des rêves de sagesse ou de guérison. Et de fait, l'amour de Swann en était arrivé à ce degré où le médecin et, dans certaines affections, le chirurgien le plus audacieux, se demandent si priver un malade de son vice ou lui ôter son mal, est encore raisonnable ou même possible.

Certes l'étendue de cet amour, Swann n'en avait pas une conscience directe. Quand il cherchait à le mesurer, il lui arrivait parfois qu'il semblât diminué, presque réduit à rien ; par exemple, le peu de goût, presque le dégoût que lui avaient inspiré, avant qu'il aimât Odette, ses traits expressifs, son teint sans fraîcheur, lui revenait à certains jours. « Vraiment il y a progrès sensible, se disait-il le lendemain ; à voir exactement les choses, je n'avais presque aucun plaisir hier à être dans son lit, c'est curieux, je la trouvais même laide. » Et certes, il était sincère, mais son amour s'étendait bien au-delà des régions du désir physique. La personne même d'Odette n'y tenait plus une grande place. Quand du regard il rencontrait sur sa table la photographie d'Odette, ou quand elle venait le voir, il avait peine à identifier la figure de chair ou de bristol avec le trouble douloureux et constant qui habitait en lui. Il se disait presque avec étonnement :

« C'est elle » comme si tout d'un coup on nous montrait extériorisée devant nous une de nos maladies et que nous ne la trouvions pas ressemblante à ce que nous souffrons. « Elle », il essayait de se demander ce que c'était ; car c'est une ressemblance de l'amour et de la mort, plutôt que celles si vagues, que l'on redit toujours, de nous faire interroger plus avant, dans la peur que sa réalité se dérobe, le mystère de la personnalité. Et cette maladie qu'était l'amour de Swann avait tellement multiplié, il était si étroitement mêlé à toutes les habitudes de Swann, à tous ses actes, à sa pensée, à sa santé, à son sommeil, à sa vie, même à ce qu'il désirait pour après sa mort, il ne faisait tellement plus qu'un avec lui, qu'on n'aurait pas pu l'arracher de lui sans le détruire lui-même à peu près tout entier : comme on dit en chirurgie, son amour n'était plus opérable.

Par cet amour Swann avait été tellement détaché de tous les intérêts que quand par hasard il retournait dans le monde, en se disant que ses relations comme une monture élégante qu'elle n'aurait pas d'ailleurs su estimer très exactement, pouvaient lui rendre à lui-même un peu de prix aux yeux d'Odette (et ç'aurait peut-être été vrai en effet si elles n'avaient pas été avilies par cet amour même, qui pour Odette dépréciait toutes les choses qu'il touchait par le fait qu'il semblait les proclamer moins précieuses), il y éprouvait, à côté de la détresse d'être dans des lieux, au milieu de gens qu'elle ne connaissait pas, le plaisir désintéressé qu'il aurait pris à un roman ou à un tableau où sont peints les divertissements d'une classe oisive ; comme, chez lui, il se complaisait à considérer le fonctionnement de sa vie domestique, l'élégance de sa garde-robe et de sa livrée, le bon placement de ses valeurs, de la même façon qu'à lire dans Saint-Simon, qui était un de ses auteurs favoris, la mécanique des journées, le menu des repas de Mme de Maintenon, ou l'avarice avisée et le grand train de Lulli. Et dans la faible mesure où ce détachement n'était pas absolu, la raison de ce plaisir nouveau que goûtait Swann, c'était de pouvoir émigrer un moment dans les rares parties de lui-même restées presque étrangères à son amour, à son chagrin. À cet égard cette personnalité, que lui attribuait ma grand-tante, de « fils Swann », distincte de sa personnalité plus individuelle de Charles Swann, était celle où il se plaisait maintenant le mieux. Un jour que, pour l'anniversaire de la Princesse de Parme (et parce qu'elle pouvait souvent être indirectement agréable à Odette en lui faisant avoir des places pour des galas, des jubilés), il avait voulu lui envoyer des fruits, ne sachant pas trop comment les commander, il en avait chargé une cousine de sa mère qui, ravie de faire une commission pour lui, lui avait écrit, en lui rendant compte qu'elle n'avait pas pris tous les fruits au même endroit, mais les raisins chez Crapote dont c'est la spécialité, les fraises chez Jauret, les poires chez Chevet[245], où elles étaient plus belles, etc., « chaque fruit visité et examiné un par un par moi ». Et en effet, par les remerciements de la Princesse, il avait pu juger du parfum des fraises et du moelleux des poires. Mais surtout le « chaque fruit visité et examiné un par un par moi » avait été un apaisement à sa souffrance, en emmenant sa conscience dans une région où il se rendait rarement, bien qu'elle lui appartînt comme héritier d'une famille de riche et bonne bourgeoisie où s'étaient conservés héréditairement, tout prêts à être mis à son service dès qu'il le souhaitait, la connaissance des « bonnes adresses » et l'art de savoir bien faire une commande.

Certes, il avait trop longtemps oublié qu'il était le « fils Swann » pour ne pas ressentir quand il le redevenait un moment, un plaisir plus vif que ceux qu'il eût pu éprouver le reste du temps et sur lesquels il était blasé ; et si l'amabilité des bourgeois, pour lesquels il restait surtout cela, était moins vive que celle de l'aristocratie (mais plus flatteuse d'ailleurs, car chez eux du moins elle ne se sépare jamais de la considération), une lettre d'altesse, quelques divertissements princiers qu'elle lui proposât, ne pouvait lui être aussi agréable que celle qui lui demandait d'être témoin, ou seulement d'assister à un mariage dans la famille de vieux amis de ses parents, dont les uns avaient continué à le voir – comme mon grand-père qui, l'année précédente l'avait invité au mariage de ma mère – et dont certains autres le connaissaient personnellement à peine, mais se croyaient des devoirs de politesse envers le fils, envers le digne successeur de feu M. Swann.

Mais, par les intimités déjà anciennes qu'il avait parmi eux, les gens du monde dans une certaine mesure, faisaient aussi partie de sa maison, de son domestique et de sa famille. Il se sentait, à considérer ses brillantes amitiés, le même appui hors de lui-même, le même confort, qu'à regarder les belles terres, la belle argenterie, le beau linge de table, qui lui venaient des siens. Et la pensée que s'il tombait chez lui frappé d'une attaque ce serait tout naturellement le Duc de Chartres, le Prince de Reuss[246], le Duc de Luxembourg et le Baron de Charlus que son valet de chambre courrait chercher, lui apportait la même consolation qu'à notre vieille Françoise de savoir qu'elle serait ensevelie dans des draps fins à elle, marqués, non reprisés (ou si finement que cela ne donnait qu'une plus haute idée du soin de l'ouvrière), linceul de l'image fréquente duquel elle tirait une certaine satisfaction sinon de bien-être, au moins d'amour-propre. Mais surtout, comme dans toutes celles de ses actions, et de ses pensées qui se rapportaient à Odette, Swann était constamment dominé et dirigé par le sentiment inavoué qu'il lui était peut-être pas moins cher, mais moins agréable à voir que quiconque, que le plus ennuyeux fidèle des Verdurin, – quand il se reportait à un monde pour qui il était l'homme exquis par excellence, qu'on faisait tout pour attirer, qu'on se désolait de ne pas voir, il recommençait à croire à l'existence d'une vie plus heureuse, presque à en éprouver l'appétit, comme il arrive à un malade alité depuis des mois, à la diète, et qui aperçoit dans un journal le menu d'un déjeuner officiel ou l'annonce d'une croisière en Sicile.

S'il était obligé de donner des excuses aux gens du monde pour ne pas leur faire de visites, c'était de lui en faire qu'il cherchait à s'excuser auprès d'Odette. Encore les payait-il (se demandant à la fin du mois, pour peu qu'il eût un peu abusé de sa patience et fût allé souvent la voir, si c'était assez de lui envoyer quatre mille francs), et pour chacune trouvait un prétexte, un présent à lui apporter, un renseignement dont elle avait besoin, M. de Charlus qu'il avait rencontré allant chez elle et qui avait exigé qu'il l'accompagnât. Et à défaut d'aucun, il priait M. de Charlus de courir chez elle, de lui dire comme spontanément, au cours de la conversation qu'il se rappelait avoir à parler à Swann, qu'elle voulût bien lui faire demander de passer tout de suite chez elle ; mais le plus souvent Swann attendait en vain et M. de Charlus lui disait le soir que son moyen n'avait pas réussi. De sorte que si elle faisait maintenant de fréquentes absences, même à Paris, quand elle y restait, elle le voyait peu, et elle qui, quand elle l'aimait, lui disait : « Je suis toujours libre » et « Qu'est-ce que l'opinion des autres peut me faire ? », maintenant, chaque fois qu'il voulait la voir, elle invoquait les convenances ou prétextait des occupations. Quand il parlait d'aller à une fête de charité, à un vernissage, à une première, où elle serait, elle lui disait qu'il voulait afficher leur liaison, qu'il la traitait comme une fille. C'est au point que pour tâcher de n'être pas partout privé de la rencontrer, Swann qui savait qu'elle connaissait et affectionnait beaucoup mon grand-oncle Adolphe dont il avait été lui-même l'ami, alla le voir un jour dans son petit appartement de la rue de Bellechasse afin de lui demander d'user de son influence sur Odette. Comme elle prenait toujours, quand elle parlait à Swann de mon oncle des airs poétiques, disant : « Ah ! lui, ce n'est pas comme toi, c'est une si belle chose, si grande, si jolie, que son amitié pour moi ! Ce n'est pas lui qui me considérerait assez peu pour vouloir se montrer avec moi dans tous les lieux publics », Swann fut embarrassé et ne savait pas à quel ton il devait se hausser pour parler d'elle à mon oncle. Il posa d'abord l'excellence *a priori* d'Odette, l'axiome de sa supra-humanité séraphique, la révélation de ses vertus indémontrables et dont la notion ne pouvait dériver de l'expérience. « Je veux parler avec vous. Vous, vous savez quelle femme au-dessus de toutes les femmes, quel être adorable, quel ange est Odette. Mais vous savez ce que c'est que la vie de Paris. Tout le monde ne connaît pas Odette sous le jour où nous la connaissons vous et moi. Alors il y a des gens qui trouvent que je joue un rôle un peu ridicule ; elle ne peut même pas admettre que je la rencontre dehors, au théâtre. Vous, en qui elle a tant de confiance, ne pourriez-vous lui dire quelques mots pour moi, lui assurer qu'elle s'exagère le tort qu'un salut de moi lui cause ? »

Mon oncle conseilla à Swann de rester un peu sans voir Odette qui ne l'en aimerait que plus, et à Odette de laisser Swann la retrouver partout où cela lui plairait. Quelques jours après, Odette disait à Swann qu'elle venait d'avoir une déception en voyant que mon oncle était pareil à tous les hommes : il venait d'essayer de la prendre de force[247]. Elle calma Swann qui au premier moment voulait aller provoquer mon oncle, mais il refusa de lui serrer la main quand il le rencontra. Il regretta d'autant plus cette brouille avec mon oncle Adolphe qu'il avait espéré, s'il l'avait revu quelquefois et avait pu causer en toute confiance avec lui, tâcher de tirer au clair certains bruits relatifs à la vie qu'Odette avait menée autrefois à Nice. Or mon oncle Adolphe y passait l'hiver. Et Swann pensait que c'était même peut-être là qu'il avait connu Odette. Le peu qui avait échappé à quelqu'un devant lui, relativement à un homme qui aurait été l'amant d'Odette avait bouleversé Swann. Mais les choses qu'il aurait avant de les connaître trouvé le plus affreux d'apprendre et le plus impossible de croire, une fois qu'il les savait, elles étaient incorporées à tout jamais à sa tristesse, il les admettait, il n'aurait plus pu comprendre qu'elles n'eussent pas été. Seulement chacune opérait sur l'idée qu'il se faisait de sa maîtresse une retouche ineffaçable. Il crut même comprendre une fois que cette légèreté des mœurs d'Odette qu'il n'eût pas soupçonnée, était assez connue, et qu'à Bade et à Nice, quand elle y passait jadis plusieurs mois, elle avait eu une sorte de notoriété galante. Il chercha, pour les interroger, à se rapprocher de certains viveurs ; mais ceux-ci savaient qu'il connaissait Odette ; et puis il avait peur de les faire penser de nouveau à elle, de les mettre sur ses traces. Mais lui à qui jusque-là rien n'aurait pu paraître aussi fastidieux que tout ce qui se rapportait à la vie cosmopolite de Bade ou de Nice, apprenant qu'Odette avait peut-être fait autrefois la fête dans ces villes de plaisir, sans qu'il dût jamais arriver à savoir si c'était seulement pour satisfaire à des besoins d'argent que grâce à lui elle n'avait plus, ou à des caprices qui pouvaient renaître, maintenant il se penchait avec une angoisse impuissante, aveugle et vertigineuse vers l'abîme sans fond où étaient allées s'engloutir ces années du début du Septennat [248] pendant lesquelles on passait l'hiver sur la promenade des Anglais, l'été sous les tilleuls de Bade, et il leur trouvait une profondeur douloureuse mais magnifique comme celle que leur eût prêtée un poète ; et il eût mis à reconstituer les petits faits de la chronique de la Côte d'Azur d'alors, si elle avait pu l'aider à comprendre quelque chose du sourire ou des regards – pourtant si honnêtes et si simples – d'Odette, plus de passion que l'esthéticien qui interroge les documents subsistant de la Florence du XVe siècle pour tâcher d'entrer plus avant dans l'âme de la Primavera, de la bella Vanna, ou de la Vénus, de Botticelli. Souvent sans lui rien dire il la regardait, il songeait ; elle lui disait : « Comme tu as l'air triste ! » Il n'y avait pas bien longtemps encore, de l'idée qu'elle était une créature bonne, analogue aux meilleures qu'il eût connues, il avait passé à l'idée qu'elle était une femme entretenue ; inversement il lui était arrivé depuis de revenir de l'Odette de Crécy, peut-être trop connue des fêtards, des hommes à femmes, à ce visage d'une expression parfois si douce, à cette nature si humaine. Il se disait : « Qu'est-ce que cela veut dire qu'à Nice tout le monde sache qui est Odette de Crécy ? Ces réputations-là, même vraies, sont faites avec les idées des autres » ; il pensait que cette légende – fût-elle authentique – était extérieure à Odette, n'était pas en elle comme une personnalité irréductible et malfaisante ; que la créature qui avait pu être amenée à mal faire c'était une femme aux bons yeux, au cœur plein de pitié pour la souffrance, au corps docile qu'il avait tenu, qu'il avait serré dans ses bras et manié, une femme qu'il pourrait arriver un jour à posséder toute, s'il réussissait à se rendre indispensable à elle. Elle était là, souvent fatiguée, le visage vidé pour un instant de la préoccupation fébrile et joyeuse des choses inconnues qui faisaient souffrir Swann ; elle écartait ses cheveux avec ses mains ; son front, sa figure paraissaient plus larges ; alors, tout d'un coup, quelque pensée simplement humaine, quelque bon sentiment comme il en existe dans toutes les créatures, quand dans un moment de repos ou de repliement elles sont livrées à elles-mêmes, jaillissait de ses yeux comme un rayon jaune. Et aussitôt tout son visage s'éclairait comme une campagne grise, couverte de nuages qui soudain s'écartent, pour sa transfiguration, au moment du soleil couchant. La vie qui était en Odette à ce moment-là, l'avenir même qu'elle semblait rêveusement regarder, Swann aurait pu les partager avec elle ; aucune agitation mauvaise ne semblait y avoir laissé de résidu. Si rares qu'ils devinssent, ces moments-là ne furent pas inutiles. Par le souvenir Swann reliait ces parcelles, abolissait les intervalles, coulait comme en or une Odette de bonté et de calme pour laquelle il fit plus tard (comme on le verra dans la deuxième partie de cet ouvrage) des sacrifices que l'autre Odette n'eût pas obtenus. Mais que ces moments étaient rares, et que maintenant il la voyait peu ! Même pour leur rendez-vous du soir, elle ne lui disait qu'à la dernière minute si elle pourrait le lui accorder car, comptant qu'elle le trouverait toujours libre, elle voulait d'abord être certaine que personne d'autre ne lui proposerait de venir. Elle alléguait qu'elle était obligée d'attendre une réponse de la plus haute importance pour elle, et même si après qu'elle avait fait venir Swann des amis demandaient à Odette, quand la soirée était déjà commencée, de les rejoindre au théâtre ou à souper, elle faisait un bond joyeux et s'habillait à la hâte. Au fur et à mesure qu'elle avançait dans sa toilette, chaque mouvement qu'elle faisait rapprochait Swann du moment où il faudrait la quitter, où elle s'enfuirait d'un élan irrésistible ; et quand, enfin prête, plongeant une dernière fois dans son miroir ses regards tendus et éclairés par l'attention, elle remettait un peu de rouge à ses lèvres, fixait une mèche sur son front et demandait son manteau de soirée bleu ciel avec des glands d'or, Swann avait l'air si triste qu'elle ne pouvait réprimer un geste d'impatience et disait : « Voilà comme tu me remercies de t'avoir gardé jusqu'à la dernière minute. Moi qui croyais avoir fait quelque chose de gentil. C'est bon à savoir pour une autre fois ! » Parfois, au risque de la fâcher, il se promettait de chercher à savoir où elle était allée, il rêvait d'une alliance avec Forcheville qui peut-être aurait pu le renseigner. D'ailleurs quand il savait avec qui elle passait la soirée, il était bien rare qu'il ne pût pas découvrir dans toutes ses relations à lui quelqu'un qui connaissait fût-ce indirectement l'homme avec qui elle était sortie et pouvait facilement en obtenir tel ou tel renseignement. Et tandis qu'il écrivait à un de ses amis pour lui demander de chercher à éclaircir tel ou tel point, il éprouvait le repos de cesser de se poser ses questions sans réponses et de transférer à un autre la fatigue d'interroger. Il est vrai que Swann n'était guère plus avancé quand il avait certains renseignements. Savoir ne permet pas toujours d'empêcher, mais du moins les choses que nous savons, nous les tenons, sinon entre nos mains, du moins dans notre pensée où nous les disposons à notre gré, ce qui nous donne l'illusion d'une sorte de pouvoir sur elles. Il était heureux toutes les fois où M. de Charlus était avec Odette[249]. Entre M. de Charlus et elle, Swann savait qu'il ne pouvait rien se passer, que quand M. de Charlus sortait avec elle c'était par amitié pour lui et qu'il ne ferait pas difficulté à lui raconter ce qu'elle avait fait. Quelquefois elle avait déclaré si catégoriquement à Swann qu'il lui était impossible de le voir un certain soir, elle avait l'air de tenir tant à une sortie, que Swann attachait une véritable importance à ce que M. de Charlus fût libre de l'accompagner. Le lendemain sans oser poser beaucoup de questions à M. de Charlus, il le contraignait, en ayant l'air de ne pas bien comprendre ses premières réponses, à lui en donner de nouvelles, après chacune desquelles il se sentait plus soulagé, car il apprenait bien vite qu'Odette avait occupé sa soirée aux plaisirs les plus innocents. « Mais comment, mon petit Mémé, je ne comprends pas bien..., ce n'est pas en sortant de chez elle que vous êtes allés au musée Grévin. Vous étiez allés ailleurs d'abord. Non ? Oh ! que c'est drôle ! Vous ne savez pas comme vous m'amusez, mon petit Mémé. Mais quelle drôle d'idée elle a eue d'aller ensuite au Chat Noir, c'est bien une idée d'elle... Non ? c'est vous. C'est curieux. Après tout ce n'est pas une mauvaise idée, elle devait y connaître beaucoup de monde ? Non ? elle n'a parlé à personne ? C'est extraordinaire. Alors vous êtes restés là comme cela tous les deux tout seuls ? Je vois d'ici cette scène. Vous êtes gentil, mon petit Mémé, je vous aime bien. » Swann se sentait soulagé. Pour lui à qui il était arrivé en causant avec des indifférents qu'il écoutait à peine, d'entendre quelquefois certaines phrases (celle-ci par exemple : « J'ai vu hier Mme de Crécy, elle était avec un monsieur que je ne connais pas »), phrases qui aussitôt dans le cœur de Swann passaient à l'état solide, s'y durcissaient comme une incrustation, le déchiraient, n'en bougeaient plus, qu'ils étaient doux au contraire ces mots : « Elle ne connaissait personne, elle n'a parlé à personne », comme ils circulaient aisément en lui, qu'ils étaient fluides, faciles, respirables ! Et pourtant au bout d'un instant il se disait qu'Odette devait le trouver bien ennuyeux pour que ce fussent là les plaisirs qu'elle préférait à sa compagnie. Et leur insignifiance, si elle le rassurait, lui faisait pourtant de la peine comme une trahison.

Même quand il ne pouvait savoir où elle était allée, il lui aurait suffi pour calmer l'angoisse qu'il éprouvait alors, et contre laquelle la présence d'Odette, la douceur d'être auprès d'elle était le seul spécifique (un spécifique qui à la longue aggravait le mal, mais du moins calmait momentanément la souffrance), il lui aurait suffi, si Odette l'avait seulement permis, de rester chez elle tant qu'elle ne serait pas là, de l'attendre jusqu'à cette heure du retour dans l'apaisement de laquelle seraient venues se confondre les heures qu'un prestige, un maléfice lui avaient fait croire différentes des autres. Mais elle ne le voulait pas ; il revenait chez lui ; il se forçait en chemin à former divers projets, il cessait de songer à Odette ; même il arrivait, tout en se déshabillant, à rouler en lui des pensées assez joyeuses ; c'est le cœur plein de l'espoir d'aller le lendemain voir quelque chef-d'œuvre qu'il se mettait au lit et éteignait sa lumière ; mais, dès que, pour se préparer à dormir, il cessait d'exercer sur lui-même une contrainte dont il n'avait même pas conscience tant elle était devenue habituelle, au même instant un frisson glacé refluait en lui et il se mettait à sangloter. Il ne voulait même pas savoir pourquoi, s'essuyait les yeux, se disait en riant : « C'est charmant, je deviens névropathe. » Puis il ne pouvait penser sans une grande lassitude que le lendemain il faudrait recommencer de chercher à savoir ce qu'Odette avait fait, à mettre en jeu des influences pour tâcher de la voir. Cette nécessité d'une activité sans trêve, sans variété, sans résultats, lui était si cruelle qu'un jour, apercevant une grosseur sur son ventre, il ressentit une véritable joie à la pensée qu'il avait peut-être une tumeur mortelle, qu'il n'allait plus avoir à s'occuper de rien, que c'était la maladie qui allait le gouverner, faire de lui son jouet, jusqu'à la fin prochaine. Et en effet si, à cette époque, il lui arriva souvent sans se l'avouer de désirer la mort, c'était pour échapper moins à l'acuité de ses souffrances qu'à la monotonie de son effort.

Et pourtant il aurait voulu vivre jusqu'à l'époque où il ne l'aimerait plus, où elle n'aurait aucune raison de lui mentir et où il pourrait enfin apprendre d'elle si le jour où il était allé la voir dans l'après-midi, elle était ou non couchée avec Forcheville. Souvent pendant quelques jours, le soupçon qu'elle aimait quelqu'un d'autre le détournait de se poser cette question relative à Forcheville, la lui rendait presque indifférente, comme ces formes nouvelles d'un même état maladif qui semblent momentanément nous avoir délivrés des précédentes. Même il y avait des jours où il n'était tourmenté par aucun soupçon. Il se croyait guéri. Mais le lendemain matin, au réveil, il sentait à la même place la même douleur dont, la veille pendant la journée, il avait comme dilué la sensation dans le torrent des impressions différentes. Mais elle n'avait pas bougé de place. Et même, c'était l'acuité de cette douleur qui avait réveillé Swann.

Comme Odette ne lui donnait aucun renseignement sur ces choses si importantes qui l'occupaient tant chaque jour (bien qu'il eût assez vécu pour savoir qu'il n'y en a jamais d'autres que les plaisirs), il ne pouvait pas chercher longtemps de suite à les imaginer, son cerveau fonctionnait à vide ; alors il passait son doigt sur ses paupières fatiguées comme il aurait essuyé le verre de son lorgnon, et cessait entièrement de penser. Il surnageait pourtant à cet inconnu certaines occupations qui réapparaissaient de temps en temps, vaguement rattachées par elle à quelque obligation envers des parents éloignés ou des amis d'autrefois, qui, parce qu'ils étaient les seuls qu'elle lui citait souvent comme l'empêchant de le voir, paraissaient à Swann former le cadre fixe, nécessaire, de la vie d'Odette. À cause du ton dont elle lui disait de temps à autre « le jour où je vais avec mon amie à l'Hippodrome », si, s'étant senti malade et ayant pensé : « Peut-être Odette voudrait bien passer chez moi », il se rappelait brusquement que c'était justement ce jour-là, il se disait : « Ah ! non, ce n'est pas la peine de lui demander de venir, j'aurais dû y penser plus tôt, c'est le jour où elle va avec son amie à l'Hippodrome. Réservons-nous pour ce qui est possible ; c'est inutile de s'user à proposer des choses inacceptables et refusées d'avance. » Et ce devoir qui incombait à Odette d'aller à l'Hippodrome et devant lequel Swann s'inclinait ainsi ne lui paraissait pas seulement inéluctable ; mais ce caractère de nécessité dont il était empreint semblait rendre plausible et légitime tout ce qui de près ou de loin se rapportait à lui. Si Odette dans la rue ayant reçu d'un passant un salut qui avait éveillé la jalousie de Swann, elle répondait aux questions de celui-ci en rattachant l'existence de l'inconnu à un des deux ou trois grands devoirs dont elle lui parlait, si, par exemple, elle disait : « C'est un monsieur qui était dans la loge de mon amie avec qui je vais à l'Hippodrome », cette explication calmait les soupçons de Swann, qui en effet trouvait inévitable que l'amie eût d'autres invités qu'Odette dans sa loge à l'Hippodrome, mais n'avait jamais cherché ou réussi à se les figurer. Ah ! comme il eût aimé la connaître, l'amie qui allait à l'Hippodrome, et qu'elle l'y emmenât avec Odette. Comme il aurait donné toutes ses relations pour n'importe quelle personne qu'avait l'habitude de voir Odette, fût-ce une manucure ou une demoiselle de magasin. Il eût fait pour elles plus de frais que pour des reines. Ne lui auraient-elles pas fourni, dans ce qu'elles contenaient de la vie d'Odette, le seul calmant efficace pour ses souffrances ? Comme il aurait couru avec joie passer les journées chez telle de ces petites gens avec lesquelles Odette gardait des relations, soit par intérêt, soit par simplicité véritable. Comme il eût volontiers élu domicile à jamais au cinquième étage de telle maison sordide et enviée où Odette ne l'emmenait pas, et où, s'il y avait habité avec la petite couturière retirée dont il eût volontiers fait semblant d'être l'amant, il aurait presque chaque jour reçu sa visite. Dans ces quartiers presque populaires, quelle existence modeste, abjecte, mais douce, mais nourrie de calme et de bonheur, il eût accepté de vivre indéfiniment.

Il arrivait encore parfois, quand, ayant rencontré Swann, elle voyait s'approcher d'elle quelqu'un qu'il ne connaissait pas, qu'il pût remarquer sur le visage d'Odette cette tristesse qu'elle avait eue le jour où il était venu pour la voir pendant que Forcheville était là. Mais c'était rare ; car les jours où malgré tout ce qu'elle avait à faire et la crainte de ce que penserait le monde, elle arrivait à voir Swann, ce qui dominait maintenant dans son attitude était l'assurance : grand contraste, peut-être revanche inconsciente ou réaction naturelle de l'émotion craintive qu'aux premiers temps où elle l'avait connu, elle éprouvait auprès de lui, et même loin de lui, quand elle commençait une lettre par ces mots : « Mon ami, ma main tremble si fort que je peux à peine écrire » (elle le prétendait du moins, et un peu de cet émoi devait être sincère pour qu'elle désirât d'en feindre davantage). Swann lui plaisait alors. On ne tremble jamais que pour soi, que pour ceux qu'on aime. Quand notre bonheur n'est plus dans leurs mains, de quel calme, de quelle aisance, de quelle hardiesse on jouit auprès d'eux ! En lui parlant, en lui écrivant, elle n'avait plus de ces mots par lesquels elle cherchait à se donner l'illusion qu'il lui appartenait, faisant naître les occasions de dire « mon », « mien », quand il s'agissait de lui : « Vous êtes mon bien, c'est le parfum de notre amitié, je le garde », de lui parler de l'avenir, de la mort même, comme d'une seule chose pour eux deux. Dans ce temps-là, à tout ce qu'il disait, elle répondait avec admiration : « Vous, vous ne serez jamais comme tout le monde » ; elle regardait sa longue tête un peu chauve, dont les gens qui connaissaient les succès de Swann pensaient : « Il n'est pas régulièrement beau, si vous voulez, mais il est chic : ce toupet, ce monocle, ce sourire ! », et, plus curieuse peut-être de connaître ce qu'il était que désireuse d'être sa maîtresse, elle disait : « Si je pouvais savoir ce qu'il y a dans cette tête-là ! » Maintenant, à toutes les paroles de Swann elle répondait d'un ton parfois irrité, parfois indulgent : « Ah ! tu ne seras donc jamais comme tout le monde ! » Elle regardait cette tête qui n'était qu'un peu plus vieillie par le souci (mais dont maintenant tous pensaient, en vertu de cette même aptitude qui permet de découvrir les intentions d'un morceau symphonique dont on a lu le programme, et les ressemblances d'un enfant quand on connaît sa parenté : « Il n'est pas positivement laid si vous voulez, mais il est ridicule ; ce monocle, ce toupet, ce sourire ! », réalisant dans leur imagination suggestionnée la démarcation immatérielle qui sépare à quelques mois de distance une tête d'amant de cœur et une tête de cocu), elle disait :

« Ah ! si je pouvais changer, rendre raisonnable ce qu'il y a dans cette tête-là.

Toujours prêt à croire ce qu'il souhaitait si seulement les manières d'être d'Odette avec lui laissaient place au doute, il se jetait avidement sur cette parole.

– Tu le peux si tu le veux », lui disait-il.

Et il tâchait de lui montrer que l'apaiser, le diriger, le faire travailler, serait une noble tâche à laquelle ne demandaient qu'à se vouer d'autres femmes qu'elle, entre les mains desquelles il est vrai d'ajouter que la noble tâche ne lui eût paru plus qu'une indiscrète et insupportable usurpation de sa liberté. « Si elle ne m'aimait pas un peu, se disait-il, elle ne souhaiterait pas de me transformer. Pour me transformer, il faudra qu'elle me voie davantage. » Ainsi trouvait-il dans ce reproche qu'elle lui faisait, comme une preuve d'intérêt, d'amour peut-être ; et en effet, elle lui en donnait maintenant si peu qu'il était obligé de considérer comme telles les défenses qu'elle lui faisait d'une chose ou d'une autre. Un jour, elle lui déclara qu'elle n'aimait pas son cocher, qu'il lui montait peut-être la tête contre elle, qu'en tout cas il n'était pas avec lui de l'exactitude et de la déférence qu'elle voulait. Elle sentait qu'il désirait lui entendre dire : « Ne le prends plus pour venir chez moi », comme il aurait désiré un baiser. Comme elle était de bonne humeur, elle le lui dit ;

il fut attendri. Le soir, causant avec M. de Charlus avec qui il avait la douceur de pouvoir parler d'elle ouvertement (car les moindres propos qu'il tenait, même aux personnes qui ne la connaissaient pas, se rapportaient en quelque manière à elle), il lui dit :

« Je crois pourtant qu'elle m'aime ; elle est si gentille pour moi, ce que je fais ne lui est certainement pas indifférent. »

Et si, au moment d'aller chez elle, montant dans sa voiture avec un ami qu'il devait laisser en route, l'autre lui disait : « Tiens, ce n'est pas Lorédan qui est sur le siège ?, avec quelle joie mélancolique Swann lui répondait :

– Oh ! sapristi non ! je te dirai, je ne peux pas prendre Lorédan quand je vais rue La Pérouse. Odette n'aime pas que je prenne Lorédan, elle ne le trouve pas bien pour moi ; enfin que veux-tu, les femmes, tu sais ! je sais que ça lui déplairait beaucoup. Ah bien oui ! je n'aurais eu qu'à prendre Rémi ! j'en aurais eu une histoire ! »

Ces nouvelles façons indifférentes, distraites, irritables, qui étaient maintenant celles d'Odette avec lui, certes Swann en souffrait ; mais il ne connaissait pas sa souffrance ; comme c'était progressivement, jour par jour, qu'Odette s'était refroidie à son égard, ce n'est qu'en mettant en regard de ce qu'elle était aujourd'hui ce qu'elle avait été au début, qu'il aurait pu sonder la profondeur du changement qui s'était accompli. Or ce changement c'était sa profonde, sa secrète blessure, qui lui faisait mal jour et nuit, et dès qu'il sentait que ses pensées allaient un peu trop près d'elle, vivement il les dirigeait d'un autre côté de peur de trop souffrir. Il se disait bien d'une façon abstraite : « Il fut un temps où Odette m'aimait davantage », mais jamais il ne revoyait ce temps. De même qu'il y avait dans son cabinet une commode qu'il s'arrangeait à ne pas regarder, qu'il faisait un crochet pour éviter en entrant et en sortant, parce que dans un tiroir étaient serrés le chrysanthème qu'elle lui avait donné le premier soir où il l'avait reconduite, les lettres où elle disait : « Que n'y avez-vous oublié aussi votre cœur, je ne vous aurais pas laissé le reprendre » et : « À quelque heure du jour et de la nuit que vous ayez besoin de moi, faites-moi signe et disposez de ma vie », de même il y avait en lui une place dont il ne laissait jamais approcher son esprit, lui faisant faire s'il le fallait le détour d'un long raisonnement pour qu'il n'eût pas à passer devant elle : c'était celle où vivait le souvenir des jours heureux.

Mais sa si précautionneuse prudence fut déjouée un soir qu'il était allé dans le monde.

C'était chez la Marquise de Saint-Euverte[250], à la dernière, pour cette année-là, des soirées où elle faisait entendre des artistes qui lui servaient ensuite pour ses concerts de charité. Swann qui avait voulu successivement aller à toutes les précédentes et n'avait pu s'y résoudre avait reçu, tandis qu'il s'habillait pour se rendre à celle-ci, la visite du Baron de Charlus qui venait lui offrir de retourner avec lui chez la Marquise, si sa compagnie devait l'aider à s'y ennuyer un peu moins, à s'y trouver moins triste. Mais Swann lui avait répondu :

« Vous ne doutez pas du plaisir que j'aurais à être avec vous. Mais le plus grand plaisir que vous puissiez me faire c'est d'aller plutôt voir Odette. Vous savez l'excellente influence que vous avez sur elle. Je crois qu'elle ne sort pas ce soir avant d'aller chez son ancienne couturière où du reste elle sera sûrement contente que vous l'accompagniez. En tout cas vous la trouveriez chez elle avant. Tâchez de la distraire et aussi de lui parler raison. Si vous pouviez arranger quelque chose pour demain qui lui plaise et que nous pourrions faire tous les trois ensemble. Tâchez aussi de poser des jalons pour cet été, si elle avait envie de quelque chose, d'une croisière que nous ferions tous les trois, que sais-je ? Quant à ce soir, je ne compte pas la voir ; maintenant si elle le désirait ou si vous trouviez un joint, vous n'avez qu'à m'envoyer un mot chez Mme de Saint-Euverte jusqu'à minuit, et après chez moi.

Merci de tout ce que vous faites pour moi, vous savez comme je vous aime. »

Le Baron lui promit d'aller faire la visite qu'il désirait après qu'il l'aurait conduit jusqu'à la porte de l'hôtel Saint-Euverte, où Swann arriva tranquillisé par la pensée que M. de Charlus passerait la soirée rue La Pérouse, mais dans un état de mélancolique indifférence à toutes les choses qui ne touchaient pas Odette, et en particulier aux choses mondaines, qui leur donnait le charme de ce qui, n'étant plus un but pour notre volonté, nous apparaît en soi-même. Dès sa descente de voiture, au premier plan de ce résumé fictif de leur vie domestique que les maîtresses de maison prétendent offrir à leurs invités les jours de cérémonie et où elles cherchent à respecter la vérité du costume et celle du décor, Swann prit plaisir à voir les héritiers des « tigres » de Balzac, les grooms, suivants ordinaires de la promenade, qui, chapeautés et bottés, restaient dehors devant l'hôtel sur le sol de l'avenue, ou devant les écuries, comme des jardiniers auraient été rangés à l'entrée de leurs parterres. La disposition particulière qu'il avait toujours eue à chercher des analogies entre les êtres vivants et les portraits des musées s'exerçait encore mais d'une façon plus constante et plus générale ; c'est la vie mondaine tout entière, maintenant qu'il en était détaché, qui se présentait à lui comme une suite de tableaux. Dans le vestibule où, autrefois, quand il était un mondain, il entrait enveloppé dans son pardessus pour en sortir en frac, mais sans savoir ce qui s'y était passé, étant par la pensée, pendant les quelques instants qu'il y séjournait, ou bien encore dans la fête qu'il venait de quitter, ou bien déjà dans la fête où on allait l'introduire, pour la première fois il remarqua, réveillée par l'arrivée inopinée d'un invité aussi tardif, la meute éparse, magnifique et désœuvrée de grands valets de pied qui dormaient çà et là sur des banquettes et des coffres et qui, soulevant leurs nobles profils aigus de lévriers, se dressèrent et, rassemblés, formèrent le cercle autour de lui.

L'un d'eux, d'aspect particulièrement féroce et assez semblable à l'exécuteur dans certains tableaux de la Renaissance qui figurent des supplices, s'avança vers lui d'un air implacable pour lui prendre ses affaires. Mais la dureté de son regard d'acier était compensée par la douceur de ses gants de fil, si bien qu'en approchant de Swann il semblait témoigner du mépris pour sa personne et des égards pour son chapeau. Il le prit avec un soin auquel l'exactitude de sa pointure donnait quelque chose de méticuleux et une délicatesse que rendait presque touchante l'appareil de sa force. Puis il le passa à un de ses aides, nouveau et timide, qui exprimait l'effroi qu'il ressentait en roulant en tous sens des regards furieux et montrait l'agitation d'une bête captive dans les premières heures de sa domesticité.

À quelques pas, un grand gaillard en livrée rêvait, immobile, sculptural, inutile, comme ce guerrier purement décoratif qu'on voit dans les tableaux les plus tumultueux de Mantegna, songer, appuyé sur son bouclier, tandis qu'on se précipite et qu'on s'égorge à côté de lui ; détaché du groupe de ses camarades qui s'empressaient autour de Swann, il semblait aussi résolu à se désintéresser de cette scène, qu'il suivait vaguement de ses yeux glauques et cruels, que si c'eût été le massacre des Innocents ou le martyre de saint Jacques [251]. Il semblait précisément appartenir à cette race disparue – ou qui peut-être n'exista jamais que dans le retable de San Zeno et les fresques des Eremitani où Swann l'avait approchée et où elle rêve encore – issue de la fécondation d'une statue antique par quelque modèle padouan du Maître ou quelque Saxon d'Albert Dürer. Et les mèches de ses cheveux roux crespelés par la nature, mais collés par la brillantine, étaient largement traitées comme elles sont dans la sculpture grecque qu'étudiait sans cesse le peintre de Mantoue, et qui, si dans la création elle ne figure que l'homme, sait du moins tirer de ses simples formes des richesses si variées et comme empruntées à toute la nature vivante, qu'une chevelure, par l'enroulement lisse et les becs aigus de ses boucles, ou dans la superposition du triple et fleurissant diadème de ses tresses, a l'air à la fois d'un paquet d'algues, d'une nichée de colombes, d'un bandeau de jacinthes et d'une torsade de serpents.

D'autres encore, colossaux aussi, se tenaient sur les degrés d'un escalier monumental que leur présence décorative et leur immobilité marmoréenne auraient pu faire nommer comme celui du Palais ducal : « l'Escalier des Géants » et dans lequel Swann s'engagea avec la tristesse de penser qu'Odette ne l'avait jamais gravi. Ah ! avec quelle joie au contraire il eût grimpé les étages noirs, malodorants et casse-cou de la petite couturière retirée, dans le « cinquième » de laquelle il aurait été si heureux de payer plus cher qu'une avant-scène hebdomadaire à l'Opéra le droit de passer la soirée quand Odette y venait et même les autres jours pour pouvoir parler d'elle, vivre avec les gens qu'elle avait l'habitude de voir quand il n'était pas là et qui à cause de cela lui paraissaient receler, de la vie de sa maîtresse, quelque chose de plus réel, de plus inaccessible et de plus mystérieux. Tandis que dans cet escalier pestilentiel et désiré de l'ancienne couturière, comme il n'y en avait pas un second pour le service, on voyait le soir devant chaque porte une boîte au lait vide et sale préparée sur le paillasson, dans l'escalier magnifique et dédaigné que Swann montait à ce moment, d'un côté et de l'autre, à des hauteurs différentes, devant chaque anfractuosité que faisait dans le mur la fenêtre de la loge, ou la porte d'un appartement, représentant le service intérieur qu'ils dirigeaient et en faisant hommage aux invités, un concierge, un majordome, un argentier (braves gens qui vivaient le reste de la semaine un peu indépendants dans leur domaine, y dînaient chez eux comme de petits boutiquiers et seraient peut-être demain au service bourgeois d'un médecin ou d'un industriel), attentifs à ne pas manquer aux recommandations qu'on leur avait faites avant de leur laisser endosser la livrée éclatante qu'ils ne revêtaient qu'à de rares intervalles et dans laquelle ils ne se sentaient pas très à leur aise, se tenaient sous l'arcature de leur portail avec un éclat pompeux tempéré de bonhomie populaire, comme des saints dans leur niche ; et un énorme suisse, habillé comme à l'église, frappait les dalles de sa canne au passage de chaque arrivant. Parvenu en haut de l'escalier le long duquel l'avait suivi un domestique à face blême, avec une petite queue de cheveux, noués d'un catogan, derrière la tête, comme un sacristain de Goya ou un tabellion du répertoire, Swann passa devant un bureau où des valets, assis comme des notaires devant de grands registres, se levèrent et inscrivirent son nom. Il traversa alors un petit vestibule qui – tel que certaines pièces aménagées par leur propriétaire pour servir de cadre à une seule œuvre d'art, dont elles tirent leur nom, et d'une nudité voulue, ne contiennent rien d'autre – exhibait à son entrée, comme quelque précieuse effigie de Benvenuto Cellini [252] représentant un homme de guet, un jeune valet de pied, le corps légèrement fléchi en avant, dressant sur son hausse-col rouge une figure plus rouge encore d'où s'échappaient des torrents de feu, de timidité et de zèle, et qui, perçant les tapisseries d'Aubusson tendues devant le salon où on écoutait la musique, de son regard impétueux, vigilant, éperdu, avait l'air, avec une impassibilité militaire ou une foi surnaturelle – allégorie de l'alarme, incarnation de l'attente, commémoration du branle-bas – d'épier, ange ou vigie, d'une tour de donjon ou de cathédrale, l'apparition de l'ennemi ou l'heure du Jugement. Il ne restait plus à Swann qu'à pénétrer dans la salle du concert dont un huissier chargé de chaînes lui ouvrit les portes en s'inclinant, comme il lui aurait remis les clefs d'une ville. Mais il pensait à la maison où il aurait pu se trouver en ce moment même, si Odette l'avait permis, et le souvenir entrevu d'une boîte au lait vide sur un paillasson lui serra le cœur.

Swann retrouva rapidement le sentiment de la laideur masculine, quand, au-delà de la tenture de tapisserie, au spectacle des domestiques succéda celui des invités. Mais cette laideur même de visages qu'il connaissait pourtant si bien, lui semblait neuve depuis que leurs traits – au lieu d'être pour lui des signes pratiquement utilisables à l'identification de telle personne qui lui avait représenté jusque-là un faisceau de plaisirs à poursuivre, d'ennuis à éviter, ou de politesses à rendre – reposaient, coordonnés seulement par des rapports esthétiques, dans l'autonomie de leurs lignes. Et en ces hommes, au milieu desquels Swann se trouva enserré, il n'était pas jusqu'aux monocles que beaucoup portaient (et qui, autrefois, auraient tout au plus permis à Swann de dire qu'ils portaient un monocle), qui, déliés maintenant de signifier une habitude, la même pour tous, ne lui apparussent chacun avec une sorte d'individualité. Peut-être parce qu'il ne regarda le général de Froberville et le Marquis de Bréauté qui causaient dans l'entrée que comme deux personnages dans un tableau, alors qu'ils avaient été longtemps pour lui les amis utiles qui l'avaient présenté au Jockey et assisté dans des duels, le monocle du général, resté entre ses paupières comme un éclat d'obus dans sa figure vulgaire, balafrée et triomphale, au milieu du front qu'il éborgnait comme l'œil unique du cyclope, apparut à Swann comme une blessure monstrueuse qu'il pouvait être glorieux d'avoir reçue, mais qu'il était indécent d'exhiber ; tandis que celui que M. de Bréauté ajoutait, en signe de festivité, aux gants gris perle, au « gibus », à la cravate blanche et substituait au binocle familier (comme faisait Swann lui-même) pour aller dans le monde, portait collé à son revers, comme une préparation d'histoire naturelle sous un microscope, un regard infinitésimal et grouillant d'amabilité, qui ne cessait de sourire à la hauteur des plafonds, à la beauté des fêtes, à l'intérêt des programmes et à la qualité des rafraîchissements.

« Tiens, vous voilà, mais il y a des éternités qu'on ne vous a vu », dit à Swann le général qui, remarquant ses traits tirés et en concluant que c'était peut-être une maladie grave qui l'éloignait du monde, ajouta : « Vous avez bonne mine, vous savez ! » pendant que M. de Bréauté demandait : « Comment, vous, mon cher, qu'est-ce que vous pouvez bien faire ici ? à un romancier mondain qui venait d'installer au coin de son œil un monocle, son seul organe d'investigation psychologique et d'impitoyable analyse, et répondit d'un air important et mystérieux, en roulant l'*r* :

– J'observe. »

Le monocle du Marquis de Forestelle était minuscule[253], n'avait aucune bordure et obligeant à une crispation incessante et douloureuse l'œil où il s'incrustait comme un cartilage superflu dont la présence est inexplicable et la matière recherchée, il donnait au visage du Marquis une délicatesse mélancolique, et le faisait juger par les femmes comme capable de grands chagrins d'amour. Mais celui de M. de Saint-Candé, entouré d'un gigantesque anneau, comme Saturne, était le centre de gravité d'une figure qui s'ordonnait à tout moment par rapport à lui, dont le nez frémissant et rouge et la bouche lippue et sarcastique tâchaient par leurs grimaces d'être à la hauteur des feux roulants d'esprit dont étincelait le disque de verre, et se voyait préférer aux plus beaux regards du monde par des jeunes femmes snobs et dépravées qu'il faisait rêver de charmes artificiels et d'un raffinement de volupté ; et cependant, derrière le sien, M. de Palancy qui, avec sa grosse tête de carpe aux yeux ronds, se déplaçait lentement au milieu des fêtes, en desserrant d'instant en instant ses mandibules comme pour chercher son orientation, avait l'air de transporter seulement avec lui un fragment accidentel, et peut-être purement symbolique, du vitrage de son aquarium, partie destinée à figurer le tout, qui rappela à Swann, grand admirateur des *Vices* et des *Vertus* de Giotto à Padoue, cet Injuste à côté duquel un rameau feuillu évoque les forêts où se cache son repaire.

Swann s'était avancé, sur l'insistance de Mme de Saint-Euverte, et pour entendre un air d'*Orphée*[254] qu'exécutait un flûtiste, s'était mis dans un coin où il avait malheureusement comme seule perspective deux dames déjà mûres assises l'une à côté de l'autre, la Marquise de Cambremer et la Vicomtesse de Franquetot, lesquelles, parce qu'elles étaient cousines, passaient leur temps dans les soirées, portant leurs sacs et suivies de leurs filles, à se chercher comme dans une gare et n'étaient tranquilles que quand elles avaient marqué, par leur éventail ou leur mouchoir, deux places voisines : Mme de Cambremer, comme elle avait très peu de relations, étant d'autant plus heureuse d'avoir une compagne, Mme de Franquetot, qui étant au contraire très lancée, trouvait quelque chose d'élégant, d'original, à montrer à toutes ses belles connaissances qu'elle leur préférait une dame obscure avec qui elle avait en commun des souvenirs de jeunesse. Plein d'une mélancolie ironique, Swann les regardait écouter l'intermède de piano (« Saint François parlant aux oiseaux », de Liszt) qui avait succédé à l'air de flûte, et suivre le jeu vertigineux du virtuose, Mme de Franquetot anxieusement, les yeux éperdus comme si les touches sur lesquelles il courait avec agilité avaient été une suite de trapèzes d'où il pouvait tomber d'une hauteur de quatre-vingts mètres, et non sans lancer à sa voisine des regards d'étonnement, de dénégation qui signifiaient : « Ce n'est pas croyable, je n'aurais jamais pensé qu'un homme pût faire cela », Mme de Cambremer, en femme qui a reçu une forte éducation musicale battant la mesure avec sa tête transformée en balancier de métronome dont l'amplitude et la rapidité d'oscillations d'une épaule à l'autre étaient devenues telles (avec cette espèce d'égarement et d'abandon du regard qu'ont les douleurs qui ne se connaissent plus ni ne cherchent à se maîtriser et disent « Que voulez-vous ! ») qu'à tout moment elle accrochait avec ses solitaires les pattes de son corsage et était obligée de redresser les raisins noirs qu'elle avait, dans les cheveux, sans cesser pour cela d'accélérer le mouvement. De l'autre côté de Mme de Franquetot, mais un peu en avant, était la Marquise de Gallardon, occupée à sa pensée favorite, l'alliance qu'elle avait avec les Guermantes et d'où elle tirait pour le monde et pour elle-même beaucoup de gloire avec quelque honte, les plus brillants d'entre eux la tenant un peu à l'écart, peut-être parce qu'elle était ennuyeuse, ou parce qu'elle était méchante, ou parce qu'elle était d'une branche inférieure, ou peut-être sans aucune raison. Quand elle se trouvait auprès de quelqu'un qu'elle ne connaissait pas, comme en ce moment auprès de Mme de Franquetot, elle souffrait que la conscience qu'elle avait de sa parenté avec les Guermantes ne pût se manifester extérieurement en caractères visibles comme ceux qui, dans les mosaïques des églises byzantines, placés les uns au-dessous des autres, inscrivent en une colonne verticale, à côté d'un saint personnage les mots qu'il est censé prononcer. Elle songeait en ce moment qu'elle n'avait jamais reçu une invitation ni une visite de sa jeune cousine la Princesse des Laumes, depuis six ans que celle-ci était mariée. Cette pensée la remplissait de colère, mais aussi de fierté ; car, à force de dire aux personnes qui s'étonnaient de ne pas la voir chez Mme des Laumes, que c'est parce qu'elle aurait été exposée à y rencontrer la Princesse Mathilde – ce que sa famille ultralégitimiste ne lui aurait jamais pardonné, – elle avait fini par croire que c'était en effet la raison pour laquelle elle n'allait pas chez sa jeune cousine. Elle se rappelait pourtant qu'elle avait demandé plusieurs fois à Mme des Laumes comment elle pourrait faire pour la rencontrer, mais ne se le rappelait que confusément et d'ailleurs neutralisait et au-delà ce souvenir un peu humiliant en murmurant : « Ce n'est tout de même pas à moi à faire les premiers pas, j'ai vingt ans de plus qu'elle. » Grâce à la vertu de ces paroles intérieures, elle rejetait fièrement en arrière ses épaules détachées de son buste et sur lesquelles sa tête posée presque horizontalement faisait penser à la tête « rapportée » d'un orgueilleux faisan qu'on sert sur une table avec toutes ses plumes. Ce n'est pas qu'elle ne fût par nature courtaude, hommasse et boulotte ; mais les camouflets l'avaient redressée comme ces arbres qui, nés dans une mauvaise position au bord d'un précipice, sont forcés de croître en arrière pour garder leur équilibre. Obligée, pour se consoler de ne pas être tout à fait l'égale des autres Guermantes, de se dire sans cesse que c'était par intransigeance de principes et fierté qu'elle les voyait peu, cette pensée avait fini par modeler son corps et par lui enfanter une sorte de prestance qui passait aux yeux des bourgeoises pour un signe de race et troublait quelquefois d'un désir fugitif le regard fatigué des hommes de cercle. Si on avait fait subir à la conversation de Mme de Gallardon ces analyses qui en relevant la fréquence plus ou moins grande de chaque terme permettent de découvrir la clef d'un langage chiffré, on se fût rendu compte qu'aucune expression, même la plus usuelle, n'y revenait aussi souvent que « chez mes cousins de Guermantes », « chez ma tante de Guermantes », « la santé d'Elzéar de Guermantes [255] », « la baignoire de ma cousine de Guermantes ». Quand on lui parlait d'un personnage illustre, elle répondait que sans le connaître personnellement, elle l'avait rencontré mille fois chez sa tante de Guermantes, mais elle répondait cela d'un ton si glacial et d'une voix si sourde qu'il était clair que si elle ne le connaissait pas personnellement c'était en vertu de tous les principes indéracinables et entêtés auxquels ses épaules touchaient en arrière, comme à ces échelles sur lesquelles les professeurs de gymnastique vous font étendre pour vous développer le thorax.

Or, la Princesse des Laumes qu'on ne se serait pas attendu à voir chez Mme de Saint-Euverte, venait précisément d'arriver. Pour montrer qu'elle ne cherchait pas à faire sentir dans un salon où elle ne venait que par condescendance, la supériorité de son rang, elle était entrée en effaçant les épaules là même où il n'y avait aucune foule à fendre et personne à laisser passer, restant exprès dans le fond, de l'air d'y être à sa place, comme un roi qui fait la queue à la porte d'un théâtre tant que les autorités n'ont pas été prévenues qu'il est là ; et, bornant simplement son regard – pour ne pas avoir l'air de signaler sa présence et de réclamer des égards – à la considération d'un dessin du tapis ou de sa propre jupe, elle se tenait debout à l'endroit qui lui avait paru le plus modeste (et d'où elle savait bien qu'une exclamation ravie de Mme de Saint-Euverte allait la tirer dès que celle-ci l'aurait aperçue), à côté de Mme de Cambremer qui lui était inconnue. Elle observait la mimique de sa voisine mélomane, mais ne l'imitait pas. Ce n'est pas que, pour une fois qu'elle venait passer cinq minutes chez Mme de Saint-Euverte, la Princesse des Laumes n'eût souhaité, pour que la politesse qu'elle lui faisait comptât double, de se montrer le plus aimable possible. Mais par nature, elle avait horreur de ce qu'elle appelait « les exagérations » et tenait à montrer qu'elle « n'avait pas à » se livrer à des manifestations qui n'allaient pas avec le « genre » de la coterie où elle vivait, mais qui pourtant d'autre part ne laissaient pas de l'impressionner, à la faveur de cet esprit d'imitation voisin de la timidité que développe chez les gens les plus sûrs d'eux-mêmes, l'ambiance d'un milieu nouveau, fût-il inférieur. Elle commençait à se demander si cette gesticulation n'était pas rendue nécessaire par le morceau qu'on jouait et qui ne rentrait peut-être pas dans le cadre de la musique qu'elle avait entendue jusqu'à ce jour, si s'abstenir n'était pas faire preuve d'incompréhension à l'égard de l'œuvre et d'inconvenance vis-à-vis de la maîtresse de la maison : de sorte que pour exprimer par une « cote mal taillée » ses sentiments contradictoires, tantôt elle se contentait de remonter la bride de ses épaulettes ou d'assurer dans ses cheveux blonds les petites boules de corail ou d'émail rose, givrées de diamant, qui lui faisaient une coiffure simple et charmante, en examinant avec une froide curiosité sa fougueuse voisine, tantôt de son éventail elle battait pendant un instant la mesure, mais, pour ne pas abdiquer son indépendance, à contretemps. Le pianiste ayant terminé le morceau de Liszt et ayant commencé un prélude de Chopin, Mme de Cambremer lança à Mme de Franquetot un sourire attendri de satisfaction compétente et d'allusion au passé. Elle avait appris dans sa jeunesse à caresser les phrases, au long col sinueux et démesuré, de Chopin, si libres, si flexibles, si tactiles, qui commencent par chercher et essayer leur place en dehors et bien loin de la direction de leur départ, bien loin du point où on avait pu espérer qu'atteindrait leur attouchement, et qui ne se jouent dans cet écart de fantaisie que pour revenir plus délibérément – d'un retour plus prémédité, avec plus de précision, comme sur un cristal qui résonnerait jusqu'à faire crier – vous frapper au cœur.

Vivant dans une famille provinciale qui avait peu de relations, n'allant guère au bal, elle s'était grisée dans la solitude de son manoir, à ralentir, à précipiter la danse de tous ces couples imaginaires, à les égrener comme des fleurs, à quitter un moment le bal pour entendre le vent souffler dans les sapins, au bord du lac, et à y voir tout d'un coup s'avancer, plus différent de tout ce qu'on a jamais rêvé que ne sont les amants de la terre, un mince jeune homme à la voix un peu chantante, étrangère et fausse, en gants blancs. Mais aujourd'hui la beauté démodée de cette musique semblait défraîchie. Privée depuis quelques années de l'estime des connaisseurs, elle avait perdu son honneur et son charme et ceux mêmes dont le goût est mauvais n'y trouvaient plus qu'un plaisir inavoué et médiocre. Mme de Cambremer jeta un regard furtif derrière elle. Elle savait que sa jeune bru (pleine de respect pour sa nouvelle famille, sauf en ce qui touchait les choses de l'esprit sur lesquelles, sachant jusqu'à l'harmonie et jusqu'au grec, elle avait des lumières spéciales) méprisait Chopin et souffrait quand elle en entendait jouer. Mais loin de la surveillance de cette wagnérienne qui était plus loin avec un groupe de personnes de son âge, Mme de Cambremer se laissait aller à des impressions délicieuses. La Princesse des Laumes les éprouvait aussi. Sans être par nature douée pour la musique, elle avait reçu il y a quinze ans les leçons qu'un professeur de piano du faubourg Saint-Germain, femme de génie qui avait été, à la fin de sa vie, réduite à la misère, avait recommencé, à l'âge de soixante-dix ans, à donner aux filles et aux petites-filles de ses anciennes élèves. Elle était morte aujourd'hui. Mais sa méthode, son beau son, renaissaient parfois sous les doigts de ses élèves, même de celles qui étaient devenues pour le reste des personnes médiocres, avaient abandonné la musique et n'ouvraient presque plus jamais un piano. Aussi Mme des Laumes put-elle secouer la tête, en pleine connaissance de cause, avec une appréciation juste de la façon dont le pianiste jouait ce prélude qu'elle savait par cœur. La fin de la phrase commencée chanta d'elle-même sur ses lèvres. Et elle murmura « C'est toujours charmant », avec un double *ch* au commencement du mot qui était une marque de délicatesse et dont elle sentait ses lèvres si romanesquement froissées comme une belle fleur, qu'elle harmonisa instinctivement son regard avec elles en lui donnant à ce moment-là une sorte de sentimentalité et de vague. Cependant Mme de Gallardon était en train de se dire qu'il était fâcheux qu'elle n'eût que bien rarement l'occasion de rencontrer la Princesse des Laumes, car elle souhaitait lui donner une leçon en ne répondant pas à son salut. Elle ne savait pas que sa cousine fût là. Un mouvement de tête de Mme de Franquetot la lui découvrit. Aussitôt elle se précipita vers elle en dérangeant tout le monde ; mais désireuse de garder un air hautain et glacial qui rappelât à tous qu'elle ne désirait pas avoir de relations avec une personne chez qui on pouvait se trouver nez à nez avec la Princesse Mathilde, et au-devant de qui elle n'avait pas à aller car elle n'était pas « sa contemporaine », elle voulut pourtant compenser cet air de hauteur et de réserve par quelque propos qui justifiât sa démarche et forçât la Princesse à engager la conversation ; aussi une fois arrivée près de sa cousine, Mme de Gallardon, avec un visage dur, une main tendue comme une carte forcée, lui dit : « Comment va ton mari ? de la même voix soucieuse que si le Prince avait été gravement malade. La Princesse éclatant d'un rire qui lui était particulier et qui était destiné à la fois à montrer aux autres qu'elle se moquait de quelqu'un et aussi à se faire paraître plus jolie en concentrant les traits de son visage autour de sa bouche animée et de son regard brillant, lui répondit :

– Mais le mieux du monde !

Et elle rit encore. Cependant tout en redressant sa taille et refroidissant sa mine, inquiète encore pourtant de l'état du Prince, Mme de Gallardon dit à sa cousine :

– Oriane (ici Mme des Laumes regarda d'un air étonné et rieur un tiers invisible vis-à-vis duquel elle semblait tenir à attester qu'elle n'avait jamais autorisé Mme de Gallardon à l'appeler par son prénom) je tiendrais beaucoup à ce que tu viennes un moment demain soir chez moi entendre un quintette avec clarinette de Mozart. Je voudrais avoir ton appréciation.

Elle semblait non pas adresser une invitation, mais demander un service, et avoir besoin de l'avis de la Princesse sur le quintette de Mozart comme si ç'avait été un plat de la composition d'une nouvelle cuisinière sur les talents de laquelle il lui eût été précieux de recueillir l'opinion d'un gourmet.

– Mais je connais ce quintette, je peux te dire tout de suite… que je l'aime !

– Tu sais, mon mari n'est pas bien, son foie…, cela lui ferait grand plaisir de te voir », reprit Mme de Gallardon, faisant maintenant à la Princesse une obligation de charité de paraître à la soirée.

La Princesse n'aimait pas à dire aux gens qu'elle ne voulait pas aller chez eux. Tous les jours elle écrivait son regret d'avoir été privée – par une visite inopinée de sa belle-mère, par une invitation de son beau-frère, par l'Opéra, par une partie de campagne – d'une soirée à laquelle elle n'aurait jamais songé à se rendre. Elle donnait ainsi à beaucoup de gens la joie de croire qu'elle était de leurs relations, qu'elle eût été volontiers chez eux, qu'elle n'avait été empêchée de le faire que par les contretemps princiers qu'ils étaient flattés de voir entrer en concurrence avec leur soirée. Puis faisant partie de cette spirituelle coterie des Guermantes – où survivait quelque chose de l'esprit alerte, dépouillé de lieux communs et de sentiments convenus, qui descend de Mérimée, et a trouvé sa dernière expression dans le théâtre de Meilhac et Halévy – elle l'adaptait même aux rapports sociaux, le transposait jusque dans sa politesse qui s'efforçait d'être positive, précise, de se rapprocher de l'humble vérité. Elle ne développait pas longuement à une maîtresse de maison l'expression du désir qu'elle avait d'aller à sa soirée ; elle trouvait plus aimable de lui exposer quelques petits faits d'où dépendrait qu'il lui fût ou non possible de s'y rendre.

« Écoute, je vais te dire, dit-elle à Mme de Gallardon, il faut demain soir que j'aille chez une amie qui m'a demandé mon jour depuis longtemps. Si elle nous emmène au théâtre, il n'y aura pas, avec la meilleure volonté, possibilité que j'aille chez toi ; mais si nous restons chez elle, comme je sais que nous serons seuls, je pourrai la quitter.

– Tiens, tu as vu ton ami M. Swann ?

– Mais non, cet amour de Charles, je ne savais pas qu'il fût là, je vais tâcher qu'il me voie.

– C'est drôle qu'il aille même chez la mère Saint-Euverte, dit Mme de Gallardon. Oh ! je sais qu'il est intelligent, ajouta-t-elle en voulant dire par là intrigant, mais cela ne fait rien, un Juif chez la sœur et la belle-sœur de deux archevêques !

– J'avoue à ma honte que je n'en suis pas choquée, dit la Princesse des Laumes.

– Je sais qu'il est converti, et même déjà ses parents et ses grands-parents. Mais on dit que les convertis restent plus attachés à leur religion que les autres, que c'est une frime, est-ce vrai ?

– Je suis sans lumières à ce sujet. »

Le pianiste qui avait à jouer deux morceaux de Chopin, après avoir terminé le prélude, avait attaqué aussitôt une polonaise. Mais depuis que Mme de Gallardon avait signalé à sa cousine la présence de Swann, Chopin ressuscité aurait pu venir jouer lui-même toutes ses œuvres sans que Mme des Laumes pût y faire attention. Elle faisait partie d'une de ces deux moitiés de l'humanité chez qui la curiosité qu'a l'autre moitié pour les êtres qu'elle ne connaît pas est remplacée par l'intérêt pour les êtres qu'elle connaît. Comme beaucoup de femmes du faubourg Saint-Germain la présence dans un endroit où elle se trouvait de quelqu'un de sa coterie, et auquel d'ailleurs elle n'avait rien de particulier à dire, accaparait exclusivement son attention aux dépens de tout le reste. À partir de ce moment, dans l'espoir que Swann la remarquerait, la Princesse ne fit plus, comme une souris blanche apprivoisée à qui on tend puis on retire un morceau de sucre, que tourner sa figure, remplie de mille signes de connivence dénués de rapports avec le sentiment de la polonaise de Chopin, dans la direction où était Swann et si celui-ci changeait de place, elle déplaçait parallèlement son sourire aimanté.

« Oriane, ne te fâche pas, reprit Mme de Gallardon qui ne pouvait jamais s'empêcher de sacrifier ses plus grandes espérances sociales et d'éblouir un jour le monde, au plaisir obscur, immédiat et privé, de dire quelque chose de désagréable, il y a des gens qui prétendent que ce M. Swann, c'est quelqu'un qu'on ne peut pas recevoir chez soi, est-ce vrai ?

– Mais… tu dois bien savoir que c'est vrai, répondit la Princesse des Laumes, puisque tu l'as invité cinquante fois et qu'il n'est jamais venu. »

Et quittant sa cousine mortifiée, elle éclata de nouveau d'un rire qui scandalisa les personnes qui écoutaient la musique, mais attira l'attention de Mme de Saint-Euverte, restée par politesse près du piano et qui aperçut seulement alors la Princesse. Mme de Saint-Euverte était d'autant plus ravie de voir Mme des Laumes qu'elle la croyait encore à Guermantes en train de soigner son beau-père malade.

« Mais comment, Princesse, vous étiez là ?

– Oui, je m'étais mise dans un petit coin, j'ai entendu de belles choses.

– Comment, vous êtes là depuis déjà un long moment !

– Mais oui, un très long moment qui m'a semblé très court, long seulement parce que je ne vous voyais pas.

Mme de Saint-Euverte voulut donner son fauteuil à la Princesse qui répondit :

– Mais pas du tout ! Pourquoi ? Je suis bien n'importe où !

Et, avisant avec intention, pour mieux manifester sa simplicité de grande dame, un petit siège sans dossier :

– Tenez, ce pouf, c'est tout ce qu'il me faut. Cela me fera tenir droite. Oh ! mon Dieu, je fais encore du bruit, je vais me faire conspuer. »

Cependant le pianiste redoublant de vitesse, l'émotion musicale était à son comble, un domestique passait des rafraîchissements sur un plateau et faisait tinter des cuillers, et, comme chaque semaine, Mme de Saint-Euverte lui faisait, sans qu'il la vît, des signes de s'en aller. Une nouvelle mariée, à qui on avait appris qu'une jeune femme ne doit pas avoir l'air blasé, souriait de plaisir, et cherchait des yeux la maîtresse de maison pour lui témoigner par son regard sa reconnaissance d'avoir « pensé à elle » pour un pareil régal. Pourtant, quoique avec plus de calme que Mme de Franquetot, ce n'est pas sans inquiétude qu'elle suivait le morceau ; mais la sienne avait pour objet, au lieu du pianiste, le piano sur lequel une bougie tressautant à chaque fortissimo risquait, sinon de mettre le feu à l'abat-jour, du moins de faire des taches sur le palissandre. À la fin elle n'y tint plus et, escaladant les deux marches de l'estrade, sur laquelle était placé le piano, se précipita pour enlever la bobèche. Mais à peine ses mains allaient-elles la toucher que, sur un dernier accord, le morceau finit et le pianiste se leva. Néanmoins l'initiative hardie de cette jeune femme, la courte promiscuité qui en résulta entre elle et l'instrumentiste, produisirent une impression généralement favorable.

« Vous avez remarqué ce qu'a fait cette personne, Princesse, dit le général de Froberville à la Princesse des

Laumes qu'il était venu saluer et que Mme de Saint-Euverte quitta un instant. C'est curieux. Est-ce donc une artiste ?

– Non, c'est une petite Mme de Cambremer, répondit étourdiment la Princesse et elle ajouta vivement : Je vous répète ce que j'ai entendu dire, je n'ai aucune espèce de notion de qui c'est, on a dit derrière moi que c'étaient des voisins de campagne de Mme de Saint-Euverte, mais je ne crois pas que personne les connaisse. Ça doit être des « gens de la campagne » ! Du reste, je ne sais pas si vous êtes très répandu dans la brillante société qui se trouve ici, mais je n'ai pas idée du nom de toutes ces étonnantes personnes. À quoi pensez-vous qu'ils passent leur vie en dehors des soirées de Mme de Saint-Euverte ? Elle a dû les faire venir avec les musiciens, les chaises et les rafraîchissements. Avouez que ces « invités de chez Belloir » sont magnifiques [256]. Est-ce que vraiment elle a le courage de louer ces figurants toutes les semaines ? Ce n'est pas possible !

– Ah ! Mais Cambremer, c'est un nom authentique et ancien, dit le général.

Je ne vois aucun mal à ce que ce soit ancien, répondit sèchement la Princesse, mais en tous cas ce n'est pas *euphonique*, ajouta-t-elle en détachant le mot euphonique comme s'il était entre guillemets, petite affectation de débit qui était particulière à la coterie Guermantes.

– Vous trouvez ? Elle est jolie à croquer, dit le général qui ne perdait pas Mme de Cambremer de vue. Ce n'est pas votre avis, Princesse ?

– Elle se met trop en avant, je trouve que chez une si jeune femme, ce n'est pas agréable, car je ne crois pas qu'elle soit ma contemporaine », répondit Mme des Laumes (cette expression étant commune aux Gallardon et aux Guermantes).

Mais la Princesse voyant que M. de Froberville continuait à regarder Mme de Cambremer, ajouta moitié par méchanceté pour celle-ci, moitié par amabilité pour le général : « Pas agréable… pour son mari ! Je regrette de ne pas la connaître puisqu'elle vous tient à cœur, je vous aurais présenté », dit la Princesse qui probablement n'en aurait rien fait si elle avait connu la jeune femme. « Je vais être obligée de vous dire bonsoir, parce que c'est la fête d'une amie à qui je dois aller la souhaiter, dit-elle d'un ton modeste et vrai, réduisant la réunion mondaine à laquelle elle se rendait à la simplicité d'une cérémonie ennuyeuse, mais où il était obligatoire et touchant d'aller. D'ailleurs je dois y retrouver Basin qui, pendant que j'étais ici, est allé voir ses amis que vous connaissez, je crois, qui ont un nom de pont, les Iéna.

– Ça été d'abord un nom de victoire, Princesse, dit le général. Qu'est-ce que vous voulez, pour un vieux briscard comme moi, ajouta-t-il en ôtant son monocle pour l'essuyer, comme il aurait changé un pansement, tandis que la Princesse détournait instinctivement les yeux, cette noblesse d'Empire, c'est autre chose bien entendu, mais enfin, pour ce que c'est, c'est très beau dans son genre, ce sont des gens qui en somme se sont battus en héros.

– Mais je suis pleine de respect pour les héros, dit la Princesse, sur un ton légèrement ironique ; si je ne vais pas avec Basin chez cette Princesse d'Iéna, ce n'est pas du tout pour ça, c'est tout simplement parce que je ne les connais pas. Basin les connaît, les chérit. Oh ! non, ce n'est pas ce que vous pouvez penser, ce n'est pas un flirt, je n'ai pas à m'y opposer ! Du reste, pour ce que cela sert quand je veux m'y opposer ! ajouta-t-elle d'une voix mélancolique, car tout le monde savait que dès le lendemain du jour où le Prince des Laumes avait épousé sa ravissante cousine, il n'avait pas cessé de la tromper. Mais enfin ce n'est pas le cas, ce sont des gens qu'il a connus autrefois, il en fait ses choux gras, je trouve cela très bien. D'abord je vous dirai que rien que ce qu'il m'a dit de leur maison… Pensez que tous leurs meubles sont « Empire » !

– Mais, Princesse, naturellement, c'est parce que c'est le mobilier de leurs grands-parents.

– Mais je ne vous dis pas, mais ça n'est pas moins laid pour ça. Je comprends très bien qu'on ne puisse pas avoir de jolies choses, mais au moins qu'on n'ait pas de choses ridicules. Qu'est-ce que vous voulez ? je ne connais rien de plus pompier, de plus bourgeois que cet horrible style avec ces commodes qui ont des têtes de cygnes comme des baignoires.

– Mais je crois même qu'ils ont de belles choses, ils doivent avoir la fameuse table de mosaïque sur laquelle a été signé le traité de...

– Ah ! Mais qu'ils aient des choses intéressantes au point de vue de l'histoire je ne vous dis pas. Mais ça ne peut pas être beau... puisque c'est horrible ! Moi j'ai aussi des choses comme ça que Basin a héritées des Montesquiou. Seulement elles sont dans les greniers de Guermantes où personne ne les voit [257]. Enfin, du reste, ce n'est pas la question, je me précipiterais chez eux avec Basin, j'irais les voir même au milieu de leurs sphinx et de leur cuivre si je les connaissais, mais... je ne les connais pas ! Moi, on m'a toujours dit quand j'étais petite que ce n'était pas poli d'aller chez les gens qu'on ne connaissait pas, dit-elle en prenant un ton puéril. Alors, je fais ce qu'on m'a appris. Voyez-vous ces braves gens s'ils voyaient entrer une personne qu'ils ne connaissent pas ? Ils me recevraient peut-être très mal ! dit la Princesse.

Et par coquetterie elle embellit le sourire que cette supposition lui arrachait, en donnant à son regard bleu fixé sur le général une expression rêveuse et douce.

– Ah ! Princesse, vous savez bien qu'ils ne se tiendraient pas de joie...

– Mais non, pourquoi ? lui demanda-t-elle avec une extrême vivacité, soit pour ne pas avoir l'air de savoir que c'est parce qu'elle était une des plus grandes dames de France, soit pour avoir le plaisir de l'entendre dire au général. Pourquoi ? Qu'en savez-vous ? Cela leur serait peut-être tout ce qu'il y a de plus désagréable. Moi je ne sais pas, mais si j'en juge par moi, cela m'ennuie déjà tant de voir les personnes que je connais, je crois que s'il fallait voir des gens que je ne connais pas, « même héroïques », je deviendrais folle. D'ailleurs, voyons, sauf lorsqu'il s'agit de vieux amis comme vous qu'on connaît sans cela, je ne sais pas si l'héroïsme serait d'un format très portatif dans le monde. Ça m'ennuie déjà souvent de donner des dîners, mais s'il fallait offrir le bras à Spartacus pour aller à table… Non vraiment, ce ne serait jamais à Vercingétorix que je ferais signe comme quatorzième. Je sens que je le réserverais pour les grandes soirées. Et comme je n'en donne pas…

– Ah ! Princesse, vous n'êtes pas Guermantes pour des prunes. Le possédez-vous assez, l'esprit des Guermantes !

– Mais on dit toujours l'esprit *des* Guermantes, je n'ai jamais pu comprendre pourquoi. Vous en connaissez donc *d'autres* qui en aient, ajouta-t-elle dans un éclat de rire écumant et joyeux, les traits de son visage concentrés, accouplés dans le réseau de son animation, les yeux étincelants, enflammés d'un ensoleillement radieux de gaieté que seuls avaient le pouvoir de faire rayonner ainsi les propos, fussent-ils tenus par la Princesse elle-même, qui étaient une louange de son esprit ou de sa beauté. Tenez, voilà Swann qui a l'air de saluer votre Cambremer ; là… il est à côté de la mère Saint-Euverte, vous ne voyez pas ! Demandez-lui de vous présenter. Mais dépêchez-vous, il cherche à s'en aller !

– Avez-vous remarqué quelle affreuse mine il a ? » dit le général.

« Mon petit Charles ! Ah ! enfin il vient, je commençais à supposer qu'il ne voulait pas me voir !

Swann aimait beaucoup la Princesse des Laumes, puis sa vue lui rappelait Guermantes, terre voisine de Combray, tout ce pays qu'il aimait tant et où il ne retournait plus pour ne pas s'éloigner d'Odette. Usant des formes mi-artistes, mi-galantes, par lesquelles il savait plaire à la Princesse et qu'il retrouvait tout naturellement quand il se retrempait un instant dans son ancien milieu

– et voulant d'autre part pour lui-même exprimer la nostalgie qu'il avait de la campagne :

– Ah ! dit-il à la cantonade, pour être entendu à la fois de Mme de Saint-Euverte à qui il parlait et de Mme des Laumes pour qui il parlait, voici la charmante Princesse ! Voyez, elle est venue tout exprès de Guermantes pour entendre le *Saint François d'Assise* de Liszt et elle n'a eu le temps, comme une jolie mésange, que d'aller piquer pour les mettre sur sa tête quelques petits fruits de prunier des oiseaux et d'aubépine [258] ; il y a même encore de petites gouttes de rosée, un peu de la gelée blanche qui doit faire gémir la Duchesse. C'est très joli, ma chère Princesse.

– Comment la Princesse est venue exprès de Guermantes. Mais c'est trop ! Je ne savais pas, je suis confuse, s'écria naïvement Mme de Saint-Euverte qui était peu habituée au tour d'esprit de Swann. Et examinant la coiffure de la Princesse : Mais c'est vrai, cela imite… comment dirais-je, pas les châtaignes, non, oh ! c'est une idée ravissante, mais comment la Princesse pouvait-elle connaître mon programme. Les musiciens ne me l'ont même pas communiqué à moi.

Swann, habitué quand il était auprès d'une femme avec qui il avait gardé des habitudes galantes de langage, de dire des choses délicates que beaucoup de gens du monde ne comprenaient pas, ne daigna pas expliquer à Mme de Saint-Euverte qu'il n'avait parlé que par métaphore. Quant à la Princesse, elle se mit à rire aux éclats, parce que l'esprit de Swann était extrêmement apprécié dans sa coterie et aussi parce qu'elle ne pouvait entendre un compliment s'adressant à elle sans lui trouver les grâces les plus fines et une irrésistible drôlerie.

– Hé bien ! je suis ravie, Charles, si mes petits fruits d'aubépine vous plaisent. Pourquoi est-ce que vous saluez cette Cambremer, est-ce que vous êtes aussi son voisin de campagne ?

Mme de Sainte-Euverte voyant que la Princesse avait l'air content de causer avec Swann s'était éloignée.

– Mais vous l'êtes vous-même, Princesse.

– Moi, mais ils ont donc des campagnes partout, ces gens ! Mais comme j'aimerais être à leur place !

– Ce ne sont pas les Cambremer, c'étaient ses parents à elle ; elle est une demoiselle Legrandin qui venait à Combray. Je ne sais pas si vous savez que vous êtes Comtesse de Combray et que le chapitre vous doit une redevance.

– Je ne sais pas ce que me doit le chapitre mais je sais que je suis tapée de cent francs tous les ans par le curé, ce dont je me passerais. Enfin ces Cambremer ont un nom bien étonnant. Il finit juste à temps, mais il finit mal ! dit-elle en riant.

– Il ne commence pas mieux, répondit Swann.

– En effet cette double abréviation !...

– C'est quelqu'un de très en colère et de très convenable qui n'a pas osé aller jusqu'au bout du premier mot.

– Mais puisqu'il ne devait pas pouvoir s'empêcher de commencer le second, il aurait mieux fait d'achever le premier pour en finir une bonne fois. Nous sommes en train de faire des plaisanteries d'un goût charmant, mon petit Charles, mais comme c'est ennuyeux de ne plus vous voir, ajouta-t-elle d'un ton câlin, j'aime tant causer avec vous. Pensez que je n'aurais même pas pu faire comprendre à cet idiot de Froberville que le nom de Cambremer était étonnant. Avouez que la vie est une chose affreuse. Il n'y a que quand je vous vois que je cesse de m'ennuyer. »

Et sans doute cela n'était pas vrai. Mais Swann et la Princesse avaient une même manière de juger les petites choses qui avait pour effet – à moins que ce ne fût pour cause – une grande analogie dans la façon de s'exprimer et jusque dans la prononciation. Cette ressemblance ne frappait pas parce que rien n'était plus différent que leurs deux voix. Mais si on parvenait par la pensée à ôter aux propos de Swann la sonorité qui les enveloppait, les moustaches entre lesquelles ils sortaient, on se rendait compte que c'étaient les mêmes phrases, les mêmes inflexions, le tour de la coterie Guermantes. Pour les choses importantes, Swann et la Princesse n'avaient les mêmes idées sur rien. Mais depuis que Swann était si triste, ressentant toujours cette espèce de frisson qui précède le moment où l'on va pleurer, il avait le même besoin de parler du chagrin qu'un assassin a de parler de son crime. En entendant la Princesse lui dire que la vie était une chose affreuse, il éprouva la même douceur que si elle lui avait parlé d'Odette.

« Oh ! oui, la vie est une chose affreuse. Il faut que nous nous voyions, ma chère amie. Ce qu'il y a de gentil avec vous, c'est que vous n'êtes pas gaie. On pourrait passer une soirée ensemble.

– Mais je crois bien, pourquoi ne viendriez-vous pas à Guermantes, ma belle-mère serait folle de joie. Cela passe pour très laid, mais je vous dirai que ce pays ne me déplaît pas, j'ai horreur des pays "pittoresques".

– Je crois bien, c'est admirable, répondit Swann, c'est presque trop beau, trop vivant pour moi, en ce moment ; c'est un pays pour être heureux. C'est peut-être parce que j'y ai vécu, mais les choses m'y parlent tellement. Dès qu'il se lève un souffle d'air, que les blés commencent à remuer, il me semble qu'il y a quelqu'un qui va arriver, que je vais recevoir une nouvelle ; et ces petites maisons au bord de l'eau… je serais bien malheureux !

– Oh ! mon petit Charles, prenez garde, voilà l'affreuse Rampillon qui m'a vue, cachez-moi, rappelez-moi donc ce qui lui est arrivé, je confonds, elle a marié sa fille ou son amant, je ne sais plus ; peut-être les deux… et ensemble !… Ah ! non, je me rappelle, elle a été répudiée par son Prince… ayez l'air de me parler pour que cette Bérénice ne vienne pas m'inviter à dîner. Du reste, je me sauve. Écoutez, mon petit Charles, pour une fois que je vous vois, vous ne voulez pas vous laisser enlever et que je vous emmène chez la Princesse de Parme qui serait tellement contente, et Basin aussi qui doit m'y rejoindre. Si on n'avait pas de vos nouvelles par Mémé… Pensez que je ne vous vois plus jamais ! »

Swann refusa ; ayant prévenu M. de Charlus qu'en quittant de chez Mme de Saint-Euverte il rentrerait directement chez lui, il ne se souciait pas en allant chez la Princesse de Parme de risquer de manquer un mot qu'il avait tout le temps espéré se voir remettre par un domestique pendant la soirée, et que peut-être il allait trouver chez son concierge. « Ce pauvre Swann, dit ce soir-là Mme des Laumes à son mari, il est toujours gentil, mais il a l'air bien malheureux. Vous le verrez, car il a promis de venir dîner un de ces jours. Je trouve ridicule au fond qu'un homme de son intelligence souffre pour une personne de ce genre et qui n'est même pas intéressante, car on la dit idiote », ajouta-t-elle avec la sagesse des gens non amoureux qui trouvent qu'un homme d'esprit ne devrait être malheureux que pour une personne qui en valût la peine ; c'est à peu près comme s'étonner qu'on daigne souffrir du choléra par le fait d'un être aussi petit que le bacille virgule.

Swann voulait partir, mais au moment où il allait enfin s'échapper, le général de Froberville lui demanda à connaître Mme de Cambremer et il fut obligé de rentrer avec lui dans le salon pour la chercher.

« Dites donc, Swann, j'aimerais mieux être le mari de cette femme-là que d'être massacré par les sauvages, qu'en dites-vous [259] ?

Ces mots « massacré par les sauvages » percèrent douloureusement le cœur de Swann ; aussitôt il éprouva le besoin de continuer la conversation avec le général :

– Ah ! lui dit-il, il y a eu de bien belles vies qui ont fini de cette façon… Ainsi vous savez… ce navigateur dont Dumont d'Urville ramena les cendres, La Pérouse… (et Swann était déjà heureux comme s'il avait parlé d'Odette). C'est un beau caractère et qui m'intéresse beaucoup que celui de La Pérouse, ajouta-t-il d'un air mélancolique.

– Ah ! parfaitement, La Pérouse, dit le général. C'est un nom connu. Il a sa rue.

– Vous connaissez quelqu'un rue La Pérouse ? demanda Swann d'un air agité.

– Je ne connais que Mme de Chanlivault, la sœur de ce brave Chaussepierre. Elle nous a donné une jolie soirée de comédie l'autre jour. C'est un salon qui sera un jour très élégant, vous verrez !

– Ah ! elle demeure rue La Pérouse. C'est sympathique, c'est une jolie rue, si triste.

– Mais non, c'est que vous n'y êtes pas allé depuis quelque temps ; ce n'est plus triste, cela commence à se construire, tout ce quartier-là. »

Quand enfin Swann présenta M. de Froberville à la jeune Mme de Cambremer, comme c'était la première fois qu'elle entendait le nom du général, elle esquissa le sourire de joie et de surprise qu'elle aurait eu si on n'en avait jamais prononcé devant elle d'autre que celui-là, car ne connaissant pas les amis de sa nouvelle famille, à chaque personne qu'on lui amenait, elle croyait que c'était l'un d'eux, et pensant qu'elle faisait preuve de tact en ayant l'air d'en avoir tant entendu parler depuis qu'elle était mariée, elle tendait la main d'un air hésitant destiné à prouver la réserve apprise qu'elle avait à vaincre et la sympathie spontanée qui réussissait à en triompher. Aussi ses beaux parents, qu'elle croyait encore les gens les plus brillants de France, déclaraient-ils qu'elle était un ange ; d'autant plus qu'ils préféraient paraître, en la faisant épouser à leur fils, avoir cédé à l'attrait plutôt de ses qualités que de sa grande fortune.

« On voit que vous êtes musicienne dans l'âme, Madame », lui dit le général, en faisant inconsciemment allusion à l'incident de la bobèche.

Mais le concert recommença et Swann comprit qu'il ne pourrait pas s'en aller avant la fin de ce nouveau numéro du programme. Il souffrait de rester enfermé au milieu de ces gens dont la bêtise et les ridicules le frappaient d'autant plus douloureusement qu'ignorant son amour, incapables, s'ils l'avaient connu, de s'y intéresser et de faire autre chose que d'en sourire comme d'un enfantillage ou de le déplorer comme une folie, ils le lui faisaient apparaître, sous l'aspect d'un état subjectif qui n'existait que pour lui, dont rien d'extérieur ne lui affirmait la réalité ; il souffrait surtout, et au point que même le son des instruments lui donnait envie de crier, de prolonger son exil dans ce lieu où Odette ne viendrait jamais, où personne, où rien ne la connaissait, d'où elle était entièrement absente.

Mais tout à coup ce fut comme si elle était entrée, et cette apparition lui fut une si déchirante souffrance qu'il dut porter la main à son cœur. C'est que le violon était monté à des notes hautes où il restait comme pour une attente, une attente qui se prolongeait sans qu'il cessât de les tenir, dans l'exaltation où il était d'apercevoir déjà l'objet de son attente qui s'approchait, et avec un effort désespéré pour tâcher de durer jusqu'à son arrivée, de l'accueillir avant d'expirer, de lui maintenir encore un moment de toutes ses dernières forces le chemin ouvert pour qu'il pût passer, comme on soutient une porte qui sans cela retomberait. Et avant que Swann eût eu le temps de comprendre, et de se dire : « C'est la petite phrase de la sonate de Vinteuil, n'écoutons pas ! » tous ses souvenirs du temps où Odette était éprise de lui, et qu'il avait réussi jusqu'à ce jour à maintenir invisibles dans les profondeurs de son être, trompés par ce brusque rayon du temps d'amour qu'ils crurent revenu, s'étaient réveillés et, à tire-d'aile, étaient remontés lui chanter éperdument, sans pitié pour son infortune présente, les refrains oubliés du bonheur.

Au lieu des expressions abstraites « temps où j'étais heureux », « temps où j'étais aimé », qu'il avait souvent prononcées jusque-là et sans trop souffrir, car son intelligence n'y avait enfermé du passé que de prétendus extraits qui n'en conservaient rien, il retrouva tout ce qui de ce bonheur perdu avait fixé à jamais la spécifique et volatile essence ; il revit tout, les pétales neigeux et frisés du chrysanthème qu'elle lui avait jeté dans sa voiture, qu'il avait gardé contre ses lèvres – l'adresse en relief de la « Maison Dorée » sur la lettre où il avait lu : « Ma main tremble si fort en vous écrivant » – le rapprochement de ses sourcils quand elle lui avait dit d'un air suppliant : « Ce n'est pas dans trop longtemps que vous me ferez signe ? » ; il sentit l'odeur du fer du coiffeur par lequel il se faisait relever sa « brosse » pendant que Lorédan allait chercher la petite ouvrière, les pluies d'orage qui tombèrent si souvent ce printemps-là, le retour glacial dans sa victoria, au clair de lune, toutes les mailles d'habitudes mentales, d'impressions saisonnières, de réactions cutanées, qui avaient étendu sur une suite de semaines un réseau uniforme dans lequel son corps se trouvait repris. À ce moment-là, il satisfaisait une curiosité voluptueuse en connaissant les plaisirs des gens qui vivent par l'amour. Il avait cru qu'il pourrait s'en tenir là, qu'il ne serait pas obligé d'en apprendre les douleurs ; comme maintenant le charme d'Odette lui était peu de chose auprès de cette formidable terreur qui le prolongeait comme un trouble halo, cette immense angoisse de ne pas savoir à tous moments ce qu'elle avait fait, de ne pas la posséder partout et toujours ! Hélas, il se rappela l'accent dont elle s'était écriée : « Mais je pourrai toujours vous voir, je suis toujours libre ! » elle qui ne l'était plus jamais ! l'intérêt, la curiosité qu'elle avait eus pour sa vie à lui, le désir passionné qu'il lui fît la faveur – redoutée au contraire par lui en ce temps-là comme une cause d'ennuyeux dérangements – de l'y laisser pénétrer ; comme elle avait été obligée de le prier pour qu'il se laissât mener chez les Verdurin ; et, quand il la faisait venir chez lui une fois par mois, comme il avait fallu, avant qu'il se laissât fléchir, qu'elle lui répétât le délice que serait cette habitude de se voir tous les jours dont elle rêvait alors qu'elle ne lui semblait à lui qu'un fastidieux tracas, puis qu'elle avait prise en dégoût et définitivement rompue, pendant qu'elle était devenue pour lui un si invincible et si douloureux besoin. Il ne savait pas dire si vrai quand, à la troisième fois qu'il l'avait vue, comme elle lui répétait : « Mais pourquoi ne me laissez-vous pas venir plus souvent ? », il lui avait dit en riant, avec galanterie : « par peur de souffrir ». Maintenant, hélas ! il arrivait encore parfois qu'elle lui écrivît d'un restaurant ou d'un hôtel sur du papier qui en portait le nom imprimé ; mais c'était comme des lettres de feu qui le brûlaient. « C'est écrit de l'hôtel Vouillemont ? Qu'y peut-elle être allée faire ! avec qui ? que s'y est-il passé ? » Il se rappela les becs de gaz qu'on éteignait boulevard des Italiens quand il l'avait rencontrée contre tout espoir parmi les ombres errantes dans cette nuit qui lui avait semblé presque surnaturelle et qui en effet – nuit d'un temps où il n'avait même pas à se demander s'il ne la contrarierait pas en la cherchant, en la retrouvant, tant il était sûr qu'elle n'avait pas de plus grande joie que de le voir et de rentrer avec lui – appartenait bien à un monde mystérieux où on ne peut jamais revenir quand les portes s'en sont refermées. Et Swann aperçut, immobile en face de ce bonheur revécu, un malheureux qui lui fit pitié parce qu'il ne le reconnut pas tout de suite, si bien qu'il dut baisser les yeux pour qu'on ne vît pas qu'ils étaient pleins de larmes. C'était lui-même.

Quand il l'eut compris, sa pitié cessa, mais il fut jaloux de l'autre lui-même qu'elle avait aimé, il fut jaloux de ceux dont il s'était dit souvent sans trop souffrir « elle les aime peut-être », maintenant qu'il avait échangé l'idée vague d'aimer, dans laquelle il n'y a pas d'amour, contre les pétales du chrysanthème et l'« en-tête » de la Maison d'Or qui, eux en étaient pleins. Puis sa souffrance devenant trop vive, il passa sa main sur son front, laissa tomber son monocle, en essuya le verre. Et sans doute s'il s'était vu à ce moment-là, il eût ajouté à la collection de ceux qu'il avait distingués le monocle qu'il déplaçait comme une pensée importune et sur la face embuée duquel, avec un mouchoir, il cherchait à effacer des soucis.

Il y a dans le violon – si ne voyant pas l'instrument, on ne peut pas rapporter ce qu'on entend à son image laquelle modifie la sonorité – des accents qui lui sont si communs avec certaines voix de contralto, qu'on a l'illusion qu'une chanteuse s'est ajoutée au concert. On lève les yeux, on ne voit que les étuis, précieux comme des boîtes chinoises, mais, par moments, on est encore trompé par l'appel décevant de la sirène ; parfois aussi on croit entendre un génie captif qui se débat au fond de la docte boîte ensorcelée et frémissante, comme un diable dans un bénitier ; parfois enfin, c'est, dans l'air, comme un être surnaturel et pur qui passe en déroulant son message invisible.

Comme si les instrumentistes, beaucoup moins jouaient la petite phrase qu'ils n'exécutaient les rites exigés d'elle pour qu'elle apparût, et procédaient aux incantations nécessaires pour obtenir et prolonger quelques instants le prodige de son évocation, Swann, qui ne pouvait pas plus la voir que si elle avait appartenu à un monde ultra-violet, et qui goûtait comme le rafraîchissement d'une métamorphose dans la cécité momentanée dont il était frappé en approchant d'elle, Swann la sentait présente, comme une déesse protectrice et confidente de son amour, et qui pour pouvoir arriver jusqu'à lui devant la foule et l'emmener à l'écart pour lui parler, avait revêtu le déguisement de cette apparence sonore. Et tandis qu'elle passait, légère, apaisante et murmurée comme un parfum, lui disant ce qu'elle avait à lui dire et dont il scrutait tous les mots, regrettant de les voir s'envoler si vite, il faisait involontairement avec ses lèvres le mouvement de baiser au passage le corps harmonieux et fuyant. Il ne se sentait plus exilé et seul puisque, elle, qui s'adressait à lui, lui parlait à mi-voix d'Odette. Car il n'avait plus comme autrefois l'impression qu'Odette et lui n'étaient pas connus de la petite phrase. C'est que si souvent elle avait été témoin de leurs joies ! Il est vrai que souvent aussi elle l'avait averti de leur fragilité. Et même, alors que dans ce temps-là il devinait de la souffrance dans son sourire, dans son intonation limpide et désenchantée, aujourd'hui il y trouvait plutôt la grâce d'une résignation presque gaie. De ces chagrins dont elle lui parlait autrefois et qu'il la voyait, sans qu'il fût atteint par eux, entraîner en souriant dans son cours sinueux et rapide, de ces chagrins qui maintenant étaient devenus les siens sans qu'il eût l'espérance d'en être jamais délivré, elle semblait lui dire comme jadis de son bonheur : « Qu'est-ce cela, tout cela n'est rien. » Et la pensée de Swann se porta pour la première fois dans un élan de pitié et de tendresse vers ce Vinteuil, vers ce frère inconnu et sublime qui lui aussi avait dû tant souffrir ; qu'avait pu être sa vie ? au fond de quelles douleurs avait-il puisé cette force de dieu, cette puissance illimitée de créer ? Quand c'était la petite phrase qui lui parlait de la vanité de ses souffrances, Swann trouvait de la douceur à cette même sagesse qui tout à l'heure pourtant lui avait paru intolérable quand il croyait la lire dans les visages des indifférents qui considéraient son amour comme une divagation sans importance. C'est que la petite phrase au contraire, quelque opinion qu'elle pût avoir sur la brève durée de ces états de l'âme, y voyait quelque chose, non pas comme faisaient tous ces gens, de moins sérieux que la vie positive, mais au contraire de si supérieur à elle que seul il valait la peine d'être exprimé. Ces charmes d'une tristesse intime, c'était eux qu'elle essayait d'imiter, de recréer, et jusqu'à leur essence qui est pourtant d'être incommunicables et de sembler frivoles à tout autre qu'à celui qui les éprouve, la petite phrase l'avait captée, rendue visible. Si bien qu'elle faisait confesser leur prix et goûter leur douceur divine, par tous ces mêmes assistants – si seulement ils étaient un peu musiciens – qui ensuite les méconnaîtraient dans la vie, en chaque amour particulier qu'ils verraient naître près d'eux. Sans doute la forme sous laquelle elle les avait codifiés ne pouvait pas se résoudre en raisonnements. Mais depuis plus d'une année que lui révélant à lui-même bien des richesses de son âme, l'amour de la musique était pour quelque temps au moins né en lui, Swann tenait les motifs musicaux pour de véritables idées, d'un autre monde, d'un autre ordre, idées voilées de ténèbres, inconnues, impénétrables à l'intelligence, mais qui n'en sont pas moins parfaitement distinctes les unes des autres, inégales entre elles de valeur et de signification. Quand après la soirée Verdurin, se faisant rejouer la petite phrase, il avait cherché à démêler comment à la façon d'un parfum, d'une caresse, elle le circonvenait, elle l'enveloppait, il s'était rendu compte que c'était au faible écart entre les cinq notes qui la composaient et au rappel constant de deux d'entre elles qu'était due cette impression de douceur rétractée et frileuse ; mais en réalité il savait qu'il raisonnait ainsi non sur la phrase elle-même, mais sur de simples valeurs, substituées pour la commodité de son intelligence à la mystérieuse entité qu'il avait perçue, avant de connaître les Verdurin, à cette soirée où il avait entendu pour la première fois la sonate. Il savait que le souvenir même du piano faussait encore le plan dans lequel il voyait les choses de la musique, que le champ ouvert au musicien n'est pas un clavier mesquin de sept notes, mais un clavier incommensurable, encore presque tout entier inconnu, où seulement çà et là, séparées par d'épaisses ténèbres inexplorées, quelques-unes des millions de touches de tendresse, de passion, de courage, de sérénité, qui le composent, chacune aussi différente des autres qu'un univers d'un autre univers, ont été découvertes par quelques grands artistes qui nous rendent le service, en éveillant en nous le correspondant du thème qu'ils ont trouvé, de nous montrer quelle richesse, quelle variété, cache à notre insu cette grande nuit impénétrée et décourageante de notre âme que nous prenons pour du vide et pour du néant. Vinteuil avait été l'un de ces musiciens. En sa petite phrase, quoiqu'elle présentât à la raison une surface obscure on sentait un contenu si consistant, si explicite, auquel elle donnait une force si nouvelle, si originale, que ceux qui l'avaient entendue la conservaient en eux de plain-pied avec les idées de l'intelligence. Swann s'y reportait comme à une conception de l'amour et du bonheur dont immédiatement il savait aussi bien en quoi elle était particulière, qu'il le savait pour *La Princesse de Clèves* ou pour *René*, quand leur nom se présentait à sa mémoire. Même quand il ne pensait pas à la petite phrase, elle existait latente dans son esprit au même titre que certaines autres notions sans équivalent, comme les notions de lumière, du son, du relief, de la volupté physique, qui sont les riches possessions dont se diversifie et se pare notre domaine intérieur. Peut-être les perdrons-nous, peut-être s'effaceront-elles, si nous retournons au néant. Mais tant que nous vivons, nous ne pouvons pas plus faire que nous ne les ayons connues que nous ne le pouvons pour quelque objet réel, que nous ne pouvons, par exemple, douter de la lumière de la lampe qu'on allume devant les objets métamorphosés de notre chambre d'où s'est échappé jusqu'au souvenir de l'obscurité. Par là, la phrase de Vinteuil avait, comme tel thème de *Tristan* par exemple, qui nous représente aussi une certaine acquisition sentimentale, épousé notre condition mortelle, pris quelque chose d'humain qui était assez touchant. Son sort était lié à l'avenir, à la réalité de notre âme dont elle était un des ornements les plus particuliers, les mieux différenciés. Peut-être est-ce le néant qui est le vrai et tout notre rêve est-il inexistant, mais alors nous sentons qu'il faudra que ces phrases musicales, ces notions qui existent par rapport à lui, ne soient rien non plus. Nous périrons mais nous avons pour otages ces captives divines qui suivront notre chance. Et la mort avec elles a quelque chose de moins amer, de moins inglorieux, peut-être de moins probable.

Swann n'avait donc pas tort de croire que la phrase de la sonate existât réellement. Certes, humaine à ce point de vue, elle appartenait pourtant à un ordre de créatures surnaturelles et que nous n'avons jamais vues, mais que, malgré cela nous reconnaissons avec ravissement quand quelque explorateur de l'invisible arrive à en capter une, à l'amener, du monde divin où il a accès, briller quelques instants au-dessus du nôtre. C'est ce que Vinteuil avait fait pour la petite phrase. Swann sentait que le compositeur s'était contenté, avec ses instruments de musique, de la dévoiler, de la rendre visible, d'en suivre et d'en respecter le dessin d'une main si tendre, si prudente, si délicate et si sûre que le son s'altérait à tout moment, s'estompant pour indiquer une ombre, revivifié quand il lui fallait suivre à la piste un plus hardi contour. Et une preuve que Swann ne se trompait pas quand il croyait à l'existence réelle de cette phrase, c'est que tout amateur un peu fin se fût tout de suite aperçu de l'imposture, si Vinteuil ayant eu moins de puissance pour en voir et en rendre les formes, avait cherché à dissimuler, en ajoutant çà et là des traits de son cru, les lacunes de sa vision ou les défaillances de sa main.

Elle avait disparu. Swann savait qu'elle reparaîtrait à la fin du dernier mouvement, après tout un long morceau que le pianiste de Mme Verdurin sautait toujours. Il y avait là d'admirables idées que Swann n'avait pas distinguées à la première audition et qu'il percevait maintenant, comme si elles se fussent, dans le vestiaire de sa mémoire, débarrassées du déguisement uniforme de la nouveauté. Swann écoutait tous les thèmes épars qui entreraient dans la composition de la phrase, comme les prémisses dans la conclusion nécessaire, il assistait à sa genèse. « Ô audace aussi géniale peut-être, se disait-il, que celle d'un Lavoisier, d'un Ampère, l'audace d'un Vinteuil expérimentant, découvrant les lois secrètes d'une force inconnue, menant à travers l'inexploré, vers le seul but possible, l'attelage invisible auquel il se fie et qu'il n'apercevra jamais. » Le beau dialogue que Swann entendit entre le piano et le violon au commencement du dernier morceau ! La suppression des mots humains, loin d'y laisser régner la fantaisie, comme on aurait pu croire, l'en avait éliminée ; jamais le langage parlé ne fut si inflexiblement nécessité, ne connut à ce point la pertinence des questions, l'évidence des réponses. D'abord le piano solitaire se plaignit, comme un oiseau abandonné de sa compagne ; le violon l'entendit, lui répondit comme d'un arbre voisin. C'était comme au commencement du monde, comme s'il n'y avait encore eu qu'eux deux sur la terre, ou plutôt dans ce monde fermé à tout le reste, construit par la logique d'un créateur et où ils ne seraient jamais que tous les deux : cette sonate. Est-ce un oiseau, est-ce l'âme incomplète encore de la petite phrase, est-ce une fée, cet être invisible et gémissant dont le piano ensuite redisait tendrement la plainte ? Ses cris étaient si soudains que le violoniste devait se précipiter sur son archet pour les recueillir. Merveilleux oiseau ! le violoniste semblait vouloir le charmer, l'apprivoiser, le capter. Déjà il avait passé dans son âme, déjà la petite phrase évoquée agitait comme celui d'un médium le corps vraiment possédé du violoniste. Swann savait qu'elle allait parler une fois encore. Et il s'était si bien dédoublé que l'attente de l'instant imminent où il allait se retrouver en face d'elle le secoua d'un de ces sanglots qu'un beau vers ou une triste nouvelle provoquent en nous, non pas quand nous sommes seuls, mais si nous les apprenons à des amis en qui nous nous apercevons comme un autre dont l'émotion probable les attendrit. Elle reparut, mais cette fois pour se suspendre dans l'air et se jouer un instant seulement, comme immobile, et pour expirer après. Aussi Swann ne perdait-il rien du temps si court où elle se prorogeait. Elle était encore là comme une bulle irisée qui se soutient. Tel un arc-en-ciel, dont l'éclat faiblit, s'abaisse, puis se relève et avant de s'éteindre, s'exalte un moment comme il n'avait pas encore fait : aux deux couleurs qu'elle avait jusque-là laissé paraître, elle ajouta d'autres cordes diaprées, toutes celles du prisme, et les fit chanter. Swann n'osait pas bouger et aurait voulu faire tenir tranquilles aussi les autres personnes, comme si le moindre mouvement avait pu compromettre le prestige surnaturel, délicieux et fragile qui était si près de s'évanouir. Personne, à dire vrai, ne songeait à parler. La parole ineffable d'un seul absent, peut-être d'un mort (Swann ne savait pas si Vinteuil vivait encore) s'exhalant au-dessus des rites de ces officiants, suffisait à tenir en échec l'attention de trois cents personnes, et faisait de cette estrade où une âme était ainsi évoquée un des plus nobles autels où pût s'accomplir une cérémonie surnaturelle. De sorte que quand la phrase se fut enfin défaite flottant en lambeaux dans les motifs suivants qui déjà avaient pris sa place, si Swann au premier instant fut irrité de voir la Comtesse de Monteriender, célèbre par ses naïvetés, se pencher vers lui pour lui confier ses impressions avant même que la sonate fût finie, il ne put s'empêcher de sourire, et peut-être de trouver aussi un sens profond qu'elle n'y voyait pas, dans les mots dont elle se servit. Émerveillée par la virtuosité des exécutants, la Comtesse s'écria en s'adressant à Swann : « C'est prodigieux, je n'ai jamais rien vu d'aussi fort... » Mais un scrupule d'exactitude lui faisant corriger cette première assertion, elle ajouta cette réserve : « rien d'aussi fort... depuis les tables tournantes ! »

À partir de cette soirée, Swann comprit que le sentiment qu'Odette avait eu pour lui ne renaîtrait jamais, que ses espérances de bonheur ne se réaliseraient plus. Et les jours où par hasard elle avait encore été gentille et tendre avec lui, si elle avait eu quelque attention, il notait ces signes apparents et menteurs d'un léger retour vers lui, avec cette sollicitude attendrie et sceptique, cette joie désespérée de ceux qui, soignant un ami arrivé aux derniers jours d'une maladie incurable, relatent comme des faits précieux : « Hier, il a fait ses comptes lui-même et c'est lui qui a relevé une erreur d'addition que nous avions faite ; il a mangé un œuf avec plaisir, s'il le digère bien on essaiera demain d'une côtelette », quoiqu'ils les sachent dénués de signification à la veille d'une mort inévitable. Sans doute Swann était certain que s'il avait vécu maintenant loin d'Odette, elle aurait fini par lui devenir indifférente, de sorte qu'il aurait été content qu'elle quittât Paris pour toujours ; il aurait eu le courage de rester ; mais il n'avait pas celui de partir.

Il en avait eu souvent la pensée. Maintenant qu'il s'était remis à son étude sur Ver Meer il aurait eu besoin de retourner au moins quelques jours à La Haye, à Dresde, à Brunswick. Il était persuadé qu'une « Toilette de Diane » qui avait été achetée par le Mauritshuis à la vente Goldschmidt comme un Nicolas Maes était en réalité de Ver Meer. Et il aurait voulu pouvoir étudier le tableau sur place pour étayer sa conviction [260]. Mais quitter Paris pendant qu'Odette y était et même quand elle était absente – car dans des lieux nouveaux où les sensations ne sont pas amorties par l'habitude, on retrempe, on ranime une douleur – c'était pour lui un projet si cruel, qu'il ne se sentait capable d'y penser sans cesse que parce qu'il se savait résolu à ne l'exécuter jamais. Mais il arrivait qu'en dormant, l'intention du voyage renaissait en lui – sans qu'il se rappelât que ce voyage était impossible – et elle s'y réalisait. Un jour il rêva qu'il partait pour un an ; penché à la portière du wagon vers un jeune homme qui sur le quai lui disait adieu en pleurant, Swann cherchait à le convaincre de partir avec lui. Le train s'ébranlant, l'anxiété le réveilla, il se rappela qu'il ne partait pas, qu'il verrait Odette ce soir-là, le lendemain et presque chaque jour. Alors encore tout ému de son rêve, il bénit les circonstances particulières qui le rendaient indépendant, grâce auxquelles il pouvait rester près d'Odette, et aussi réussir à ce qu'elle lui permît de la voir quelquefois ; et, récapitulant tous ces avantages : sa situation, – sa fortune, dont elle avait souvent trop besoin pour ne pas reculer devant une rupture (ayant même, disait-on, une arrière-pensée de se faire épouser par lui), – cette amitié de M. de Charlus qui à vrai dire ne lui avait jamais fait obtenir grand-chose d'Odette, mais lui donnait la douceur de sentir qu'elle entendait parler de lui d'une manière flatteuse par cet ami commun pour qui elle avait une si grande estime – et jusqu'à son intelligence enfin, qu'il employait tout entière à combiner chaque jour une intrigue nouvelle qui rendît sa présence sinon agréable, du moins nécessaire à Odette – il songea à ce qu'il serait devenu si tout cela lui avait manqué, il songea que s'il avait été, comme tant d'autres, pauvre, humble, dénué, obligé d'accepter toute besogne, ou lié à des parents, à une épouse, il aurait pu être obligé de quitter Odette, que ce rêve dont l'effroi était encore si proche aurait pu être vrai, et il se dit : « On ne connaît pas son bonheur. On n'est jamais aussi malheureux qu'on croit. » Mais il compta que cette existence durait déjà depuis plusieurs années, que tout ce qu'il pouvait espérer c'est qu'elle durât toujours, qu'il sacrifierait ses travaux, ses plaisirs, ses amis, finalement toute sa vie à l'attente quotidienne d'un rendez-vous qui ne pouvait rien lui apporter d'heureux, et il se demanda s'il ne se trompait pas, si ce qui avait favorisé sa liaison et en avait empêché la rupture n'avait pas desservi sa destinée, si l'événement désirable, ce n'aurait pas été celui dont il se réjouissait tant qu'il n'eût eu lieu qu'en rêve : son départ ; il se dit qu'on ne connaît pas son malheur, qu'on n'est jamais si heureux qu'on croit.

Quelquefois il espérait qu'elle mourrait sans souffrances dans un accident, elle qui était dehors, dans les rues, sur les routes, du matin au soir. Et comme elle revenait saine et sauve, il admirait que le corps humain fût si souple et si fort, qu'il pût continuellement tenir en échec, déjouer tous les périls qui l'environnent (et que Swann trouvait innombrables depuis que son secret désir les avait supputés) et permît ainsi aux êtres de se livrer chaque jour et à peu près impunément à leur œuvre de mensonge, à la poursuite du plaisir. Et Swann sentait bien près de son cœur ce Mahomet II dont il aimait le portrait par Bellini et qui, ayant senti qu'il était devenu amoureux fou d'une de ses femmes, la poignarda afin, dit naïvement son biographe vénitien, de retrouver sa liberté d'esprit[261]. Puis il s'indignait de ne penser ainsi qu'à soi, et les souffrances qu'il avait éprouvées lui semblaient ne mériter aucune pitié puisque lui-même faisait si bon marché de la vie d'Odette.

Ne pouvant se séparer d'elle sans retour, du moins, s'il l'avait vue sans séparations, sa douleur aurait fini par s'apaiser et peut-être son amour par s'éteindre. Et du moment qu'elle ne voulait pas quitter Paris à jamais, il eût souhaité qu'elle ne le quittât jamais. Du moins comme il savait que la seule grande absence qu'elle faisait était tous les ans celle d'août et septembre, il avait le loisir plusieurs mois d'avance d'en dissoudre l'idée amère dans tout le Temps à venir qu'il portait en lui par anticipation et qui, composé de jours homogènes aux jours actuels, circulait transparent et froid en son esprit où il entretenait la tristesse, mais sans lui causer de trop vives souffrances. Mais cet avenir intérieur, ce fleuve, incolore, et libre, voici qu'une seule parole d'Odette venait l'atteindre jusqu'en Swann et, comme un morceau de glace, l'immobilisait, durcissait sa fluidité, le faisait geler tout entier ; et Swann s'était senti soudain rempli d'une masse énorme et infrangible qui pesait sur les parois intérieures de son être jusqu'à le faire éclater : c'est qu'Odette lui avait dit, avec un regard souriant et sournois qui l'observait : « Forcheville va faire un beau voyage, à la Pentecôte. Il va en Égypte », et Swann avait aussitôt compris que cela signifiait : « Je vais aller en Égypte à la Pentecôte avec Forcheville. » Et en effet, si quelques jours après, Swann lui disait : « Voyons, à propos de ce voyage que tu m'as dit que tu ferais avec Forcheville », elle répondait étourdiment : « Oui, mon petit, nous partons le 19, on t'enverra une vue des Pyramides. » Alors il voulait apprendre si elle était la maîtresse de Forcheville, le lui demander à elle-même. Il savait que, superstitieuse comme elle était, il y avait certains parjures qu'elle ne ferait pas et puis la crainte, qui l'avait retenu jusqu'ici, d'irriter Odette en l'interrogeant, de se faire détester d'elle, n'existait plus maintenant qu'il avait perdu tout espoir d'en être jamais aimé.

Un jour il reçut une lettre anonyme qui lui disait qu'Odette avait été la maîtresse d'innombrables hommes (dont on lui citait quelques-uns, parmi lesquels Forcheville, M. de Bréauté et le peintre), de femmes, et qu'elle fréquentait les maisons de passe. Il fut tourmenté de penser qu'il y avait parmi ses amis un être capable de lui avoir adressé cette lettre (car par certains détails elle révélait chez celui qui l'avait écrite une connaissance familière de la vie de Swann). Il chercha qui cela pouvait être. Mais il n'avait jamais eu aucun soupçon des actions inconnues des êtres, de celles qui sont sans liens visibles avec leurs propos. Et quand il voulut savoir si c'était plutôt sous le caractère apparent de M. de Charlus, de M. des Laumes, de M. d'Orsan, qu'il devait situer la région inconnue où cet acte ignoble avait dû naître, comme aucun de ces hommes n'avait jamais approuvé devant lui les lettres anonymes et que tout ce qu'ils lui avaient dit impliquait qu'ils les réprouvaient, il ne vit pas de raisons pour relier cette infamie plutôt à la nature de l'un que de l'autre. Celle de M. de Charlus était un peu d'un détraqué mais foncièrement bonne et tendre ; celle de M. des Laumes un peu sèche mais saine et droite. Quant à M. d'Orsan, Swann n'avait jamais rencontré personne qui dans les circonstances même les plus tristes vînt à lui avec une parole plus sentie, un geste plus discret et plus juste. C'était au point qu'il ne pouvait comprendre le rôle peu délicat qu'on prêtait à M. d'Orsan dans la liaison qu'il avait avec une femme riche, et que chaque fois que Swann pensait à lui il était obligé de laisser de côté cette mauvaise réputation inconciliable avec tant de témoignages certains de délicatesse. Un instant Swann sentit que son esprit s'obscurcissait et il pensa à autre chose pour retrouver un peu de lumière. Puis il eut le courage de revenir vers ces réflexions. Mais alors après n'avoir pu soupçonner personne, il lui fallut soupçonner tout le monde. Après tout M. de Charlus l'aimait, avait bon cœur[262]. Mais c'était un névropathe, peut-être demain pleurerait-il de le savoir malade, et aujourd'hui par jalousie, par colère, sur quelque idée subite qui s'était emparée de lui, avait-il désiré lui faire du mal. Au fond, cette race d'hommes est la pire de toutes. Certes, le Prince des Laumes était bien loin d'aimer Swann autant que M. de Charlus. Mais à cause de cela même il n'avait pas avec lui les mêmes susceptibilités ; et puis c'était une nature froide sans doute, mais aussi incapable de vilenies que de grandes actions ; Swann se repentait de ne s'être pas attaché, dans la vie, qu'à de tels êtres. Puis il songeait que ce qui empêche les hommes de faire du mal à leur prochain, c'est la bonté, qu'il ne pouvait au fond répondre que de natures analogues à la sienne, comme était, à l'égard du cœur, celle de M. de Charlus. La seule pensée de faire cette peine à Swann eût révolté celui-ci. Mais avec un homme insensible, d'une autre humanité, comme était le Prince des Laumes, comment prévoir à quels actes pouvaient le conduire des mobiles d'une essence différente ? Avoir du cœur c'est tout, et M. de Charlus en avait. M. d'Orsan n'en manquait pas non plus, et ses relations cordiales mais peu intimes avec Swann, nées de l'agrément que, pensant de même sur tout, ils avaient à causer ensemble, étaient de plus de repos que l'affection exaltée de M. de Charlus, capable de se porter à des actes de passion, bons ou mauvais. S'il y avait quelqu'un par qui Swann s'était toujours senti compris et délicatement aimé, c'était par M. d'Orsan. Oui, mais cette vie peu honorable qu'il menait ? Swann regrettait de n'en avoir pas tenu compte, d'avoir souvent avoué en plaisantant qu'il n'avait jamais éprouvé si vivement des sentiments de sympathie et d'estime que dans la société d'une canaille. Ce n'est pas pour rien, se disait-il maintenant, que depuis que les hommes jugent leur prochain, c'est sur ses actes. Il n'y a que cela qui signifie quelque chose, et nullement ce que nous disons, ce que nous pensons. Charlus et des Laumes peuvent avoir tels ou tels défauts, ce sont d'honnêtes gens. Orsan n'en a peut-être pas, mais ce n'est pas un honnête homme. Il a pu mal agir une fois de plus. Puis Swann soupçonna Rémi, qui il est vrai n'aurait pu qu'inspirer la lettre, mais cette piste lui parut un instant la bonne. D'abord Lorédan avait des raisons d'en vouloir à Odette. Et puis comment ne pas supposer que nos domestiques, vivant dans une situation inférieure à la nôtre, ajoutant à notre fortune et à nos défauts des richesses et des vices imaginaires pour lesquels ils nous envient et nous méprisent, se trouveront fatalement amenés à agir autrement que des gens de notre monde. Il soupçonna aussi mon grand-père. Chaque fois que Swann lui avait demandé un service, ne le lui avait-il pas toujours refusé ? puis avec ses idées bourgeoises il avait pu croire agir pour le bien de Swann. Celui-ci soupçonna encore Bergotte, le peintre, les Verdurin, admira une fois de plus au passage la sagesse des gens du monde de ne pas vouloir frayer avec ces milieux artistes où de telles choses sont possibles, peut-être même avouées sous le nom de bonnes farces ; mais il se rappelait des traits de droiture de ces bohèmes, et les rapprocha de la vie d'expédients, presque d'escroqueries, où le manque d'argent, le besoin de luxe, la corruption des plaisirs conduisent souvent l'aristocratie. Bref cette lettre anonyme prouvait qu'il connaissait un être capable de scélératesse, mais il ne voyait pas plus de raison pour que cette scélératesse fût cachée dans le tuf – inexploré d'autrui – du caractère de l'homme tendre que de l'homme froid, de l'artiste que du bourgeois, du grand seigneur que du valet. Quel critérium adopter pour juger les hommes ? au fond il n'y avait pas une seule des personnes qu'il connaissait qui ne pût être capable d'une infamie. Fallait-il cesser de les voir toutes ? Son esprit se voila ; il passa deux ou trois fois ses mains sur son front, essuya les verres de son lorgnon avec son mouchoir, et, songeant qu'après tout, des gens qui le valaient fréquentaient M. de Charlus, le Prince des Laumes, et les autres, il se dit que cela signifiait sinon qu'ils fussent incapables d'infamie, du moins, que c'est une nécessité de la vie à laquelle chacun se soumet de fréquenter des gens qui n'en sont peut-être pas incapables. Et il continua à serrer la main à tous ces amis qu'il avait soupçonnés, avec cette réserve de pur style qu'ils avaient peut-être cherché à le désespérer. Quant au fond même de la lettre, il ne s'en inquiéta pas, car pas une des accusations formulées contre Odette n'avait l'ombre de vraisemblance. Swann comme beaucoup de gens avait l'esprit paresseux et manquait d'invention. Il savait bien comme une vérité générale que la vie des êtres est pleine de contrastes, mais pour chaque être en particulier il imaginait toute la partie de sa vie qu'il ne connaissait pas comme identique à la partie qu'il connaissait. Il imaginait ce qu'on lui taisait à l'aide de ce qu'on lui disait. Dans les moments où Odette était auprès de lui, s'ils parlaient ensemble d'une action indélicate commise, ou d'un sentiment indélicat éprouvé par un autre, elle les flétrissait en vertu des mêmes principes que Swann avait toujours entendu professer par ses parents et auxquels il était resté fidèle ; et puis elle arrangeait ses fleurs, elle buvait une tasse de thé, elle s'inquiétait des travaux de Swann. Donc Swann étendait ces habitudes au reste de la vie d'Odette, il répétait ces gestes quand il voulait se représenter les moments où elle était loin de lui. Si on la lui avait dépeinte telle qu'elle était, ou plutôt qu'elle avait été si longtemps avec lui, mais auprès d'un autre homme, il eût souffert, car cette image lui eût paru vraisemblable. Mais qu'elle allât chez des maquerelles, se livrât à des orgies avec des femmes, qu'elle menât la vie crapuleuse de créatures abjectes, quelle divagation insensée à la réalisation de laquelle, Dieu merci, les chrysanthèmes imaginés, les thés successifs, les indignations vertueuses ne laissaient aucune place. Seulement de temps à autre, il laissait entendre à Odette que par méchanceté, on lui racontait tout ce qu'elle faisait ; et, se servant à propos d'un détail insignifiant mais vrai, qu'il avait appris par hasard, comme s'il était le seul petit bout qu'il laissât passer malgré lui, entre tant d'autres, d'une reconstitution complète de la vie d'Odette qu'il tenait cachée en lui, il l'amenait à supposer qu'il était renseigné sur des choses qu'en réalité il ne savait ni même ne soupçonnait, car si bien souvent il adjurait Odette de ne pas altérer la vérité, c'était seulement, qu'il s'en rendît compte ou non, pour qu'Odette lui dît tout ce qu'elle faisait. Sans doute, comme il le disait à Odette, il aimait la sincérité, mais il l'aimait comme une proxénète pouvant le tenir au courant de la vie de sa maîtresse. Aussi son amour de la sincérité n'étant pas désintéressé, ne l'avait pas rendu meilleur. La vérité qu'il chérissait c'était celle que lui dirait Odette ; mais lui-même, pour obtenir cette vérité, ne craignait pas de recourir au mensonge, le mensonge qu'il ne cessait de peindre à Odette comme conduisant à la dégradation toute créature humaine. En somme il mentait autant qu'Odette parce que plus malheureux qu'elle, il n'était pas moins égoïste. Et elle, entendant Swann lui raconter ainsi à elle-même des choses qu'elle avait faites, le regardait d'un air méfiant, et, à toute aventure, fâché, pour ne pas avoir l'air de s'humilier et de rougir de ses actes.

Un jour, étant dans la période de calme la plus longue qu'il eût encore pu traverser sans être repris d'accès de jalousie, il avait accepté d'aller le soir au théâtre avec la Princesse des Laumes. Ayant ouvert le journal, pour chercher ce qu'on jouait, la vue du titre : *Les Filles de marbre* de Théodore Barrière [263] le frappa si cruellement qu'il eut un mouvement de recul et détourna la tête. Éclairé comme par la lumière de la rampe, à la place nouvelle où il figurait, ce mot de « marbre » qu'il avait perdu la faculté de distinguer tant il avait l'habitude de l'avoir souvent sous les yeux, lui était soudain redevenu visible et l'avait aussitôt fait souvenir de cette histoire qu'Odette lui avait racontée autrefois, d'une visite qu'elle avait faite au Salon du Palais de l'Industrie avec Mme Verdurin et où celle-ci lui avait dit : « Prends garde, je saurai bien te dégeler, tu n'es pas de marbre. » Odette lui avait affirmé que ce n'était qu'une plaisanterie, et il n'y avait attaché aucune importance. Mais il avait alors plus de confiance en elle qu'aujourd'hui. Et justement la lettre anonyme parlait d'amour de ce genre. Sans oser lever les yeux vers le journal, il le déplia, tourna une feuille pour ne plus voir ce mot : « Les Filles de marbre » et commença à lire machinalement les nouvelles des départements. Il y avait eu une tempête dans la Manche, on signalait des dégâts à Dieppe, à Cabourg, à Beuzeval. Aussitôt il fit un nouveau mouvement en arrière.

Le nom de Beuzeval l'avait fait penser à celui d'une autre localité de cette région, Beuzeville, qui porte uni à celui-là par un trait d'union un autre nom, celui de Bréauté, qu'il avait vu souvent sur les cartes, mais dont pour la première fois il remarquait que c'était le même que celui de son ami M. de Bréauté dont la lettre anonyme disait qu'il avait été l'amant d'Odette. Après tout, pour M. de Bréauté, l'accusation n'était pas invraisemblable ; mais en ce qui concernait Mme Verdurin, il y avait impossibilité. De ce qu'Odette mentait quelquefois, on ne pouvait conclure qu'elle ne disait jamais la vérité et dans ces propos qu'elle avait échangés avec Mme Verdurin et qu'elle avait racontés elle-même à Swann, il avait reconnu ces plaisanteries inutiles et dangereuses que, par inexpérience de la vie et ignorance du vice, tiennent des femmes dont ils révèlent l'innocence, et qui – comme par exemple Odette – sont plus éloignées qu'aucune d'éprouver une tendresse exaltée pour une autre femme. Tandis qu'au contraire, l'indignation avec laquelle elle avait repoussé les soupçons qu'elle avait involontairement fait naître un instant en lui par son récit, cadrait avec tout ce qu'il savait des goûts, du tempérament de sa maîtresse. Mais à ce moment, par une de ces inspirations de jaloux, analogues à celle qui apporte au poète ou au savant, qui n'a encore qu'une rime ou qu'une observation, l'idée ou la loi qui leur donnera toute leur puissance, Swann se rappela pour la première fois une phrase qu'Odette lui avait dite il y avait déjà deux ans : « Oh ! Mme Verdurin, en ce moment il n'y en a que pour moi, je suis un amour, elle m'embrasse, elle veut que je fasse des courses avec elle, elle veut que je la tutoie. » Loin de voir alors dans cette phrase un rapport quelconque avec les absurdes propos destinés à simuler le vice que lui avait racontés Odette, il l'avait accueillie comme la preuve d'une chaleureuse amitié. Maintenant voilà que le souvenir de cette tendresse de Mme Verdurin était venu brusquement rejoindre le souvenir de sa conversation de mauvais goût. Il ne pouvait plus les séparer dans son esprit, et les vit mêlées aussi dans la réalité, la tendresse donnant quelque chose de sérieux et d'important à ces plaisanteries qui en retour lui faisaient perdre de son innocence. Il alla chez Odette. Il s'assit loin d'elle. Il n'osait l'embrasser, ne sachant si en elle, si en lui, c'était l'affection ou la colère qu'un baiser réveillerait. Il se taisait, il regardait mourir leur amour. Tout à coup il prit une résolution.

« Odette, lui dit-il, mon chéri, je sais bien que je suis odieux, mais il faut que je te demande des choses. Tu te souviens de l'idée que j'avais eue à propos de toi et de Mme Verdurin ? Dis-moi si c'était vrai, avec elle ou avec une autre.

Elle secoua la tête en fronçant la bouche, signe fréquemment employé par les gens pour répondre qu'ils n'iront pas, que cela les ennuie à quelqu'un qui leur a demandé : “Viendrez-vous voir passer la cavalcade, assisterez-vous à la Revue ?” Mais ce hochement de tête affecté ainsi d'habitude à un événement à venir mêle à cause de cela de quelque incertitude la dénégation d'un événement passé. De plus il n'évoque que des raisons de convenance personnelle plutôt que la réprobation, qu'une impossibilité morale. En voyant Odette lui faire ainsi le signe que c'était faux, Swann comprit que c'était peut être vrai.

– Je te l'ai dit, tu le sais bien, ajouta-t-elle d'un air irrité et malheureux.

– Oui, je sais, mais en es-tu sûre ? Ne me dis pas : “Tu le sais bien”, dis-moi : “Je n'ai jamais fait ce genre de choses avec aucune femme.”

Elle répéta comme une leçon, sur un ton ironique et comme si elle voulait se débarrasser de lui :

– Je n'ai jamais fait ce genre de choses avec aucune femme.

– Peux-tu me le jurer sur ta médaille de Notre-Dame de Laghet ?

Swann savait qu'Odette ne se parjurerait pas sur cette médaille-là.

– Oh ! que tu me rends malheureuse, s'écria-t-elle en se dérobant par un sursaut à l'étreinte de sa question. Mais as-tu bientôt fini ? Qu'est-ce que tu as aujourd'hui ? Tu as donc décidé qu'il fallait que je te déteste, que je t'exècre ? Voilà, je voulais reprendre avec toi le bon temps comme autrefois et voilà ton remerciement !

Mais, ne la lâchant pas, comme un chirurgien attend la fin du spasme qui interrompt son intervention mais ne l'y fait pas renoncer :

– Tu as bien tort de te figurer que je t'en voudrais le moins du monde, Odette, lui dit-il avec une douceur persuasive et menteuse. Je ne te parle jamais que de ce que je sais, et j'en sais toujours bien plus long que je ne dis. Mais toi seule peux adoucir par ton aveu ce qui me fait te haïr tant que cela ne m'a été dénoncé que par d'autres. Ma colère contre toi ne vient pas de tes actions, je te pardonne tout puisque je t'aime, mais de ta fausseté, de ta fausseté absurde qui te fait persévérer à nier des choses que je sais. Mais comment veux-tu que je puisse continuer à t'aimer, quand je te vois me soutenir, me jurer une chose que je sais fausse ? Odette, ne prolonge pas cet instant qui est une torture pour nous deux. Si tu le veux ce sera fini dans une seconde, tu seras pour toujours délivrée. Dis-moi sur ta médaille, si oui ou non, tu as jamais fait ces choses.

– Mais je n'en sais rien, moi, s'écria-t-elle avec colère, peut-être il y a très longtemps, sans me rendre compte de ce que je faisais, peut-être deux ou trois fois. »

Swann avait envisagé toutes les possibilités. La réalité est donc quelque chose qui n'a aucun rapport avec les possibilités, pas plus qu'un coup de couteau que nous recevons avec les légers mouvements des nuages au-dessus de notre tête, puisque ces mots « deux ou trois fois » marquèrent à vif une sorte de croix dans son cœur. Chose étrange que ces mots « deux ou trois fois », rien que des mots, des mots prononcés dans l'air, à distance, puissent ainsi déchirer le cœur comme s'ils le touchaient véritablement, puissent rendre malade, comme un poison qu'on absorberait. Involontairement Swann pensa à ce mot qu'il avait entendu chez Mme de Saint-Euverte : « C'est ce que j'ai vu de plus fort depuis les tables tournantes. » Cette souffrance qu'il ressentait ne ressemblait à rien de ce qu'il avait cru. Non pas seulement parce que dans ses heures de plus entière méfiance il avait rarement imaginé si loin dans le mal, mais parce que même quand il imaginait cette chose, elle restait vague, incertaine, dénuée de cette horreur particulière qui s'était échappée des mots « peut-être deux ou trois fois », dépourvue de cette cruauté spécifique aussi différente de tout ce qu'il avait connu qu'une maladie dont on est atteint pour la première fois. Et pourtant cette Odette d'où lui venait tout ce mal, ne lui était pas moins chère, bien au contraire plus précieuse, comme si au fur et à mesure que grandissait la souffrance, grandissait en même temps le prix du calmant, du contrepoison que seule cette femme possédait. Il voulait lui donner plus de soins comme à une maladie qu'on découvre soudain plus grave. Il voulait que la chose affreuse qu'elle lui avait dit avoir faite « deux ou trois fois » ne pût pas se renouveler. Pour cela il lui fallait veiller sur Odette. On dit souvent qu'en dénonçant à un ami les fautes de sa maîtresse, on ne réussit qu'à le rapprocher d'elle parce qu'il ne leur ajoute pas foi, mais combien davantage s'il leur ajoute foi. Mais se disait Swann, comment réussir à la protéger ? Il pouvait peut-être la préserver d'une certaine femme mais il y en avait des centaines d'autres et il comprit quelle folie avait passé sur lui quand il avait le soir où il n'avait pas trouvé Odette chez les Verdurin, commencé de désirer la possession, toujours impossible, d'un autre être. Heureusement pour Swann, sous les souffrances nouvelles qui venaient d'entrer dans son âme comme des hordes d'envahisseurs, il existait un fond de nature plus ancien, plus doux et silencieusement laborieux, comme les cellules d'un organe blessé qui se mettent aussitôt en mesure de refaire les tissus lésés, comme les muscles d'un membre paralysé qui tendent à reprendre leurs mouvements. Ces plus anciens, plus autochtones habitants de son âme, employèrent un instant toutes les forces de Swann à ce travail obscurément réparateur qui donne l'illusion du repos à un convalescent, à un opéré. Cette fois-ci ce fut moins comme d'habitude dans le cerveau de Swann que se produisit cette détente par épuisement, ce fut plutôt dans son cœur. Mais toutes les choses de la vie qui ont existé une fois tendent à se recréer, et comme un animal expirant qu'agite de nouveau le sursaut d'une convulsion qui semblait finie, sur le cœur, un instant épargné, de Swann, d'elle-même la même souffrance vint retracer la même croix. Il se rappela ces soirs de clair de lune, où allongé dans sa victoria qui le menait rue La Pérouse, il cultivait voluptueusement en lui les émotions de l'homme amoureux, sans savoir le fruit empoisonné qu'elles produiraient nécessairement. Mais toutes ces pensées ne durèrent que l'espace d'une seconde, le temps qu'il portât la main à son cœur, reprît sa respiration et parvînt à sourire pour dissimuler sa torture. Déjà il recommençait à poser ses questions. Car sa jalousie qui avait pris une peine qu'un ennemi ne se serait pas donnée pour arriver à lui faire assener ce coup, à lui faire faire la connaissance de la douleur la plus cruelle qu'il eût encore jamais connue, sa jalousie ne trouvait pas qu'il eût assez souffert et cherchait à lui faire recevoir une blessure plus profonde encore. Telle comme une divinité méchante, sa jalousie inspirait Swann et le poussait à sa perte. Ce ne fut pas sa faute, mais celle d'Odette seulement si d'abord son supplice ne s'aggrava pas.

« Ma chérie, lui dit-il, c'est fini, était-ce avec une personne que je connais ?

– Mais non je te jure, d'ailleurs je crois que j'ai exagéré, que je n'ai pas été jusque-là.

Il sourit et reprit :

– Que veux-tu ? cela ne fait rien, mais c'est malheureux que tu ne puisses pas me dire le nom. De pouvoir me représenter la personne, cela m'empêcherait de plus jamais y penser. Je le dis pour toi, parce que je ne t'ennuierais plus. C'est si calmant de se représenter les choses. Ce qui est affreux, c'est ce qu'on ne peut pas imaginer. Mais tu as déjà été si gentille, je ne veux pas te fatiguer. Je te remercie de tout mon cœur de tout le bien que tu m'as fait. C'est fini. Seulement ce mot : "Il y a combien de temps ?"

– Oh ! Charles, mais tu ne vois pas que tu me tues, c'est tout ce qu'il y a de plus ancien. Je n'y avais jamais repensé, on dirait que tu veux absolument me redonner ces idées-là. Tu seras bien avancé, dit-elle, avec une sottise inconsciente et une méchanceté voulue.

– Oh ! je voulais seulement savoir si c'est depuis que je te connais. Mais ce serait si naturel, est-ce que ça se passait ici ; tu ne peux pas me dire un certain soir, que je me représente ce que je faisais ce soir-là ; tu comprends bien qu'il n'est pas possible que tu ne te rappelles pas avec qui, Odette, mon amour.

– Mais je ne sais pas, moi, je crois que c'était au Bois un soir où tu es venu nous retrouver dans l'île. Tu avais dîné chez la Princesse des Laumes, dit-elle, heureuse de fournir un détail précis qui attestait sa véracité. À une table voisine il y avait une femme que je n'avais pas vue depuis très longtemps. Elle m'a dit : "Venez donc derrière le petit rocher voir l'effet du clair de lune sur l'eau." D'abord j'ai bâillé et j'ai répondu : "Non, je suis fatiguée et je suis bien ici." Elle a assuré qu'il n'y avait jamais eu un clair de lune pareil. Je lui ai dit : "Cette blague !" ; je savais bien où elle voulait en venir. »

Odette racontait cela presque en riant soit que cela lui parût tout naturel, ou parce qu'elle croyait en atténuer ainsi l'importance, ou pour ne pas avoir l'air humilié. En voyant le visage de Swann, elle changea de ton :

« Tu es un misérable, tu te plais à me torturer, à me faire faire des mensonges que je dis afin que tu me laisses tranquille. »

Ce second coup porté à Swann était plus atroce encore que le premier. Jamais il n'avait supposé que ce fût une chose aussi récente, cachée à ses yeux, qui n'avaient pas su la découvrir, non dans un passé qu'il n'avait pas connu, mais dans des soirs qu'il se rappelait si bien, qu'il avait vécus avec Odette, qu'il avait crus connus si bien par lui et qui maintenant prenaient rétrospectivement quelque chose de fourbe et d'atroce ; au milieu d'eux tout d'un coup se creusait cette ouverture béante, ce moment dans l'île du Bois. Odette sans être intelligente avait le charme du naturel. Elle avait raconté, elle avait mimé cette scène avec tant de simplicité que Swann haletant voyait tout : le bâillement d'Odette, le petit rocher. Il l'entendait répondre – gaiement, hélas ! – : « Cette blague ! » Il sentait qu'elle ne dirait rien de plus ce soir, qu'il n'y avait aucune révélation nouvelle à attendre en ce moment ; il se taisait ; il lui dit :

« Mon pauvre chéri, pardonne-moi, je sens que je te fais de la peine, c'est fini, je n'y pense plus. »

Mais elle vit que ses yeux restaient fixés sur les choses qu'il ne savait pas et sur ce passé de leur amour, monotone et doux dans sa mémoire parce qu'il était vague, et que déchirait maintenant comme une blessure cette minute dans l'île du Bois, au clair de lune, après le dîner chez la Princesse des Laumes. Mais il avait tellement pris l'habitude de trouver la vie intéressante – d'admirer les curieuses découvertes qu'on peut y faire – que tout en souffrant au point de croire qu'il ne pourrait pas supporter longtemps une pareille douleur, il se disait : « La vie est vraiment étonnante et réserve de belles surprises ; en somme le vice est quelque chose de plus répandu qu'on ne croit. Voilà une femme en qui j'avais confiance, qui a l'air si simple, si honnête, en tout cas, si même elle était légère, qui semblait bien normale et saine dans ses goûts : sur une dénonciation invraisemblable, je l'interroge et le peu qu'elle m'avoue révèle bien plus que ce qu'on eût pu soupçonner. » Mais il ne pouvait pas se borner à ces remarques désintéressées. Il cherchait à apprécier exactement la valeur de ce qu'elle lui avait raconté, afin de savoir s'il devait conclure que ces choses, elle les avait faites souvent, qu'elles se renouvelleraient. Il se répétait ces mots qu'elle avait dits : « Je voyais bien où elle voulait en venir », « Deux ou trois fois », « Cette blague ! », mais ils ne reparaissaient pas désarmés dans la mémoire de Swann, chacun d'eux tenait son couteau et lui en portait un nouveau coup. Pendant bien longtemps, comme un malade ne peut s'empêcher d'essayer à toute minute de faire le mouvement qui lui est douloureux, il se redisait ces mots : « Je suis bien ici », « Cette blague ! », mais la souffrance était si forte qu'il était obligé de s'arrêter. Il s'émerveillait que des actes que toujours il avait jugés si légèrement, si gaiement, maintenant fussent devenus pour lui graves comme une maladie dont on peut mourir. Il connaissait bien des femmes à qui il eût pu demander de surveiller Odette. Mais comment espérer qu'elles se placeraient au même point de vue que lui et ne resteraient pas à celui qui avait été si longtemps le sien, qui avait toujours guidé sa vie voluptueuse, ne lui diraient pas en riant : « Vilain jaloux qui veut priver les autres d'un plaisir. » Par quelle trappe soudainement abaissée (lui qui n'avait eu autrefois de son amour pour Odette que des plaisirs délicats) avait-il été brusquement précipité dans ce nouveau cercle de l'enfer d'où il n'apercevait pas comment il pourrait jamais sortir. Pauvre Odette ! il ne lui en voulait pas. Elle n'était qu'à demi coupable. Ne disait-on pas que c'était par sa propre mère qu'elle avait été livrée, presque enfant, à Nice, à un riche Anglais ? Mais quelle vérité douloureuse prenaient pour lui ces lignes du *Journal d'un Poète* d'Alfred de Vigny qu'il avait lues avec indifférence autrefois : « Quand on se sent pris d'amour pour une femme, on devrait se dire : Comment est-elle entourée ? Quelle a été sa vie ? Tout le bonheur de la vie est appuyé là-dessus. » Swann s'étonnait que de simples phrases épelées par sa pensée, comme « Cette blague ! », « Je voyais bien où elle voulait en venir » pussent lui faire si mal. Mais il comprenait que ce qu'il croyait de simples phrases n'était que les pièces de l'armature entre lesquelles tenait, pouvait lui être rendue, la souffrance qu'il avait éprouvée pendant le récit d'Odette. Car c'était bien cette souffrance-là qu'il éprouvait de nouveau. Il avait beau savoir maintenant – même il eut beau, le temps passant, avoir un peu oublié, avoir pardonné – au moment où il se redisait ces mots, la souffrance ancienne le refaisait tel qu'il était avant qu'Odette ne parlât : ignorant, confiant ; sa cruelle jalousie le replaçait pour le faire frapper par l'aveu d'Odette dans la position de quelqu'un qui ne sait pas encore, et au bout de plusieurs mois cette vieille histoire le bouleversait toujours comme une révélation. Il admirait la terrible puissance recréatrice de sa mémoire. Ce n'est que de l'affaiblissement de cette génératrice dont la fécondité diminue avec l'âge qu'il pouvait espérer un apaisement à sa torture. Mais quand paraissait un peu épuisé le pouvoir qu'avait de le faire souffrir un des mots prononcés par Odette, alors un de ceux sur lesquels l'esprit de Swann s'était moins arrêté jusque-là, un mot presque nouveau venait relayer les autres et le frappait avec une vigueur intacte. La mémoire du soir où il avait dîné chez la Princesse des Laumes lui était douloureuse, mais ce n'était que le centre de son mal. Celui-ci irradiait confusément à l'entour dans tous les jours avoisinants. Et à quelque point d'elle qu'il voulût toucher dans ses souvenirs, c'est la saison tout entière où les Verdurin avaient si souvent dîné dans l'île du Bois qui lui faisait mal. Si mal que peu à peu les curiosités qu'excitait en lui sa jalousie furent neutralisées par la peur des tortures nouvelles qu'il s'infligerait en les satisfaisant. Il se rendait compte que toute la période de la vie d'Odette écoulée avant qu'elle ne le rencontrât, période qu'il n'avait jamais cherché à se représenter, n'était pas l'étendue abstraite qu'il voyait vaguement, mais avait été faite d'années particulières, remplie d'incidents concrets. Mais en les apprenant, il craignait que ce passé incolore, fluide et supportable, ne prît un corps tangible et immonde, un visage individuel et diabolique. Et il continuait à ne pas chercher à le concevoir non plus par paresse de penser, mais par peur de souffrir. Il espérait qu'un jour il finirait par pouvoir entendre le nom de l'île du Bois, de la Princesse des Laumes, sans ressentir le déchirement ancien, et trouvait imprudent de provoquer Odette à lui fournir de nouvelles paroles, le nom d'endroits, de circonstances différentes qui, son mal à peine calmé, le feraient renaître sous une autre forme.

Mais souvent les choses qu'il ne connaissait pas, qu'il redoutait maintenant de connaître, c'est Odette elle-même qui les lui révélait spontanément, et sans s'en rendre compte ; en effet l'écart que le vice mettait entre la vie réelle d'Odette et la vie relativement innocente que Swann avait cru, et bien souvent croyait encore, que menait sa maîtresse, cet écart Odette en ignorait l'étendue : un être vicieux, affectant toujours la même vertu devant les êtres de qui il ne veut pas que soient soupçonnés ses vices, n'a pas de contrôle pour se rendre compte combien ceux-ci, dont la croissance continue est insensible pour lui-même l'entraînent peu à peu loin des façons de vivre normales. Dans leur cohabitation, au sein de l'esprit d'Odette, avec le souvenir des actions qu'elle cachait à Swann, d'autres peu à peu en recevaient le reflet, étaient contagionnées par elles, sans qu'elle pût leur trouver rien d'étrange, sans qu'elles détonnassent dans le milieu particulier où elle les faisait vivre en elle ; mais si elle les racontait à Swann, il était épouvanté par la révélation de l'ambiance qu'elles trahissaient. Un jour il cherchait, sans blesser Odette, à lui demander si elle n'avait jamais été chez des entremetteuses. À vrai dire il était convaincu que non ; la lecture de la lettre anonyme en avait introduit la supposition dans son intelligence, mais d'une façon mécanique ; elle n'y avait rencontré aucune créance, mais en fait y était restée, et Swann, pour être débarrassé de la présence purement matérielle mais pourtant gênante du soupçon, souhaitait qu'Odette l'extirpât. « Oh ! non ! Ce n'est pas que je ne sois pas persécutée pour cela, ajouta-t-elle, en dévoilant dans un sourire une satisfaction de vanité qu'elle ne s'apercevait plus ne pas pouvoir paraître légitime à Swann. Il y en a une qui est encore restée plus de deux heures hier à m'attendre, elle me proposait n'importe quel prix. Il paraît qu'il y a un ambassadeur qui lui a dit : "Je me tue si vous ne me l'amenez pas." On lui a dit que j'étais sortie, j'ai fini par aller moi-même lui parler pour qu'elle s'en aille. J'aurais voulu que tu voies comme je l'ai reçue, ma femme de chambre qui m'entendait de la pièce voisine m'a dit que je criais à tue-tête : "Mais puisque je vous dis que je ne veux pas ! C'est une idée comme ça, ça ne me plaît pas. Je pense que je suis libre de faire ce que je veux, tout de même ! Si j'avais besoin d'argent, je comprends…" Le concierge a ordre de ne plus la laisser entrer, il dira que je suis à la campagne. Ah ! j'aurais voulu que tu sois caché quelque part. Je crois que tu aurais été content, mon chéri. Elle a du bon, tout de même, tu vois, ta petite Odette, quoiqu'on la trouve si détestable. »

D'ailleurs ses aveux même, quand elle lui en faisait, de fautes qu'elle le supposait avoir découvertes, servaient plutôt pour Swann de point de départ à de nouveaux doutes qu'ils ne mettaient un terme aux anciens. Car ils n'étaient jamais exactement proportionnés à ceux-ci. Odette avait eu beau retrancher de sa confession tout l'essentiel, il restait dans l'accessoire quelque chose que Swann n'avait jamais imaginé, qui l'accablait de sa nouveauté et allait lui permettre de changer les termes du problème de sa jalousie. Et ces aveux, il ne pouvait plus les oublier. Son âme les charriait, les rejetait, les berçait, comme des cadavres. Et elle en était empoisonnée.

Une fois elle lui parla d'une visite que Forcheville lui avait faite le jour de la fête de Paris-Murcie. « Comment, tu le connaissais déjà ? Ah ! oui, c'est vrai », dit-il, en se reprenant pour ne pas paraître l'avoir ignoré. Et tout d'un coup il se mit à trembler à la pensée que le jour de cette fête de Paris-Murcie où il avait reçu d'elle la lettre qu'il avait si précieusement gardée, elle déjeunait peut-être avec Forcheville à la Maison d'Or. Elle lui jura que non. « Pourtant la Maison d'Or me rappelle je ne sais quoi que j'ai su ne pas être vrai, lui dit-il pour l'effrayer. – Oui, que je n'y étais pas allée le soir où je t'ai dit que j'en sortais quand tu m'avais cherchée chez Prévost », lui répondit-elle (croyant à son air qu'il le savait), avec une décision où il y avait, beaucoup plutôt que du cynisme, de la timidité, une peur de contrarier Swann et que par amour-propre elle voulait cacher, puis le désir de lui montrer qu'elle pouvait être franche. Aussi frappa-t-elle avec une netteté et une vigueur de bourreau et qui étaient exemptes de cruauté, car Odette n'avait pas conscience du mal qu'elle faisait à Swann ; et même elle se mit à rire, peut-être, il est vrai, surtout pour ne pas avoir l'air humilié, confus. « C'est vrai que je n'avais pas été à la Maison Dorée, que je sortais de chez Forcheville. J'avais vraiment été chez Prévost, ça c'était pas de la blague, il m'y avait rencontrée et m'avait demandé d'entrer regarder ses gravures. Mais il était venu quelqu'un pour le voir. Je t'ai dit que je venais de la Maison d'Or, parce que j'avais peur que cela ne t'ennuie. Tu vois, c'était plutôt gentil de ma part. Mettons que j'aie eu tort, au moins je te le dis carrément. Quel intérêt aurais-je à ne pas te dire aussi bien que j'avais déjeuné avec lui le jour de la Fête Paris-Murcie, si c'était vrai. D'autant plus qu'à ce moment-là on ne se connaissait pas encore beaucoup tous les deux, dis, chéri. » Il lui sourit avec la lâcheté soudaine de l'être sans forces qu'avaient fait de lui ces accablantes paroles. Ainsi, même dans les mois auxquels il n'avait jamais plus osé repenser parce qu'ils avaient été trop heureux, dans ces mois où elle l'avait aimé, elle lui mentait déjà ! Aussi bien que ce moment (le premier soir qu'ils avaient « fait catleya ») où elle lui avait dit sortir de la Maison Dorée, combien devait-il y en avoir eu d'autres, receleurs eux aussi d'un mensonge que Swann n'avait pas soupçonné. Il se rappela qu'elle lui avait dit un jour : « Je n'aurais qu'à dire à Mme Verdurin que ma robe n'a pas été prête, que mon cab est venu en retard. Il y a toujours moyen de s'arranger. » À lui aussi probablement bien des fois où elle lui avait glissé de ces mots qui expliquent un retard, justifient un changement d'heure dans un rendez-vous, ils avaient dû cacher sans qu'il s'en fût douté alors, quelque chose qu'elle avait à faire avec un autre, avec un autre à qui elle avait dit : « Je n'aurai qu'à dire à Swann que ma robe n'a pas été prête, que mon cab est arrivé en retard, il y a toujours moyen de s'arranger. » Et sous tous les souvenirs les plus doux de Swann, sous les paroles les plus simples que lui avait dites autrefois Odette, qu'il avait crues comme paroles d'évangile, sous les actions quotidiennes qu'elle lui avait racontées, sous les lieux les plus accoutumés, la maison de sa couturière, l'avenue du Bois, l'Hippodrome, il sentait (dissimulée à la faveur de cet excédent de temps qui dans les journées les plus détaillées laisse encore du jeu, de la place, et peut servir de cachette à certaines actions), il sentait s'insinuer la présence possible et souterraine de mensonges qui lui rendaient ignoble tout ce qui lui était resté le plus cher, ses meilleurs soirs, la rue La Pérouse elle-même, qu'Odette avait toujours dû quitter à d'autres heures que celles qu'elle lui avait dites, faisant circuler partout un peu de la ténébreuse horreur qu'il avait ressentie en entendant l'aveu relatif à la Maison Dorée, et, comme les bêtes immondes dans la Désolation de Ninive, ébranlant pierre à pierre tout son passé. Si maintenant il se détournait chaque fois que sa mémoire lui disait le nom cruel de la Maison Dorée, ce n'était plus comme tout récemment encore à la soirée de Mme de Saint-Euverte, parce qu'il lui rappelait un bonheur qu'il avait perdu depuis longtemps, mais un malheur qu'il venait seulement d'apprendre. Puis il en fut du nom de la Maison Dorée comme de celui de l'île du Bois, il cessa peu à peu de faire souffrir Swann. Car ce que nous croyons notre amour, notre jalousie, n'est pas une même passion continue, indivisible. Ils se composent d'une infinité d'amours successifs, de jalousies différentes et qui sont éphémères, mais par leur multitude ininterrompue donnent l'impression de la continuité, l'illusion de l'unité. La vie de l'amour de Swann, la fidélité de sa jalousie, étaient faites de la mort, de l'infidélité, d'innombrables désirs, d'innombrables doutes qui avaient tous Odette pour objet. S'il était resté longtemps sans la voir, ceux qui mouraient n'auraient pas été remplacés par d'autres. Mais la présence d'Odette continuait d'ensemencer le cœur de Swann de tendresses et de soupçons alternés.

Certains soirs elle redevenait tout d'un coup avec lui d'une gentillesse dont elle l'avertissait durement qu'il devait profiter tout de suite, sous peine de ne pas la voir se renouveler avant des années ; il fallait rentrer immédiatement chez elle « faire catleya » et ce désir qu'elle prétendait avoir de lui était si soudain, si inexplicable, si impérieux, les caresses qu'elle lui prodiguait ensuite si démonstratives et si insolites, que cette tendresse brutale et sans vraisemblance faisait autant de chagrin à Swann qu'un mensonge et qu'une méchanceté. Un soir qu'il était ainsi, sur l'ordre qu'elle lui en avait donné, rentré avec elle, et qu'elle entremêlait ses baisers de paroles passionnées qui contrastaient avec sa sécheresse ordinaire, il crut tout d'un coup entendre du bruit ; il se leva, chercha partout, ne trouva personne, mais n'eut pas le courage de reprendre sa place auprès d'elle qui alors, au comble de la rage, brisa un vase et dit à Swann : « On ne peut jamais rien faire avec toi ! » Et il resta incertain si elle n'avait pas caché quelqu'un dont elle avait voulu faire souffrir la jalousie ou allumer les sens.

Quelquefois il allait dans des maisons de rendez-vous, espérant apprendre quelque chose d'elle, sans oser la nommer cependant. « J'ai une petite qui va vous plaire », disait l'entremetteuse. Et il restait une heure à causer tristement avec quelque pauvre fille étonnée qu'il ne fît rien de plus. Une toute jeune et ravissante lui dit un jour : « Ce que je voudrais, c'est trouver un ami, alors il pourrait être sûr, je n'irais plus jamais avec personne. – Vraiment, crois-tu que ce soit possible qu'une femme soit touchée qu'on l'aime, ne vous trompe jamais ? lui demanda Swann anxieusement. – Pour sûr ! ça dépend des caractères ! » Swann ne pouvait s'empêcher de dire à ces filles les mêmes choses qui auraient plu à la Princesse des Laumes. À celle qui cherchait un ami, il dit en souriant : « C'est gentil, tu as mis des yeux bleus de la couleur de ta ceinture. – Vous aussi, vous avez des manchettes bleues. – Comme nous avons une belle conversation, pour un endroit de ce genre ! Je ne t'ennuie pas ? tu as peut-être à faire ? – Non, j'ai tout mon temps. Si vous m'auriez ennuyée, je vous l'aurais dit. Au contraire, j'aime bien vous entendre causer. – Je suis très flatté. N'est-ce pas que nous causons gentiment ? dit-il à l'entremetteuse qui venait d'entrer. – Mais oui, c'est justement ce que je me disais. Comme ils sont sages ! Voilà ! on vient maintenant pour causer chez moi. Le Prince le disait, l'autre jour, c'est bien mieux ici que chez sa femme. Il paraît que maintenant dans le monde elles ont toutes un genre, c'est un vrai scandale ! Je vous quitte, je suis discrète. » Et elle laissa Swann avec la fille qui avait les yeux bleus. Mais bientôt il se leva et lui dit adieu, elle lui était indifférente, elle ne connaissait pas Odette.

Le peintre ayant été malade, le docteur Cottard lui conseilla un voyage en mer ; plusieurs fidèles parlèrent de partir avec lui ; les Verdurin ne purent se résoudre à rester seuls, louèrent un yacht, puis s'en rendirent acquéreurs et ainsi Odette fit de fréquentes croisières. Chaque fois qu'elle était partie depuis un peu de temps, Swann sentait qu'il commençait à se détacher d'elle, mais comme si cette distance morale était proportionnée à la distance matérielle, dès qu'il savait Odette de retour, il ne pouvait pas rester sans la voir. Une fois, partis pour un mois seulement, croyaient-ils, soit qu'ils eussent été tentés en route, soit que M. Verdurin eût sournoisement arrangé les choses d'avance pour faire plaisir à sa femme et n'eût averti les fidèles qu'au fur et à mesure, d'Alger ils allèrent à Tunis, puis en Italie, puis en Grèce, à Constantinople, en Asie Mineure. Le voyage durait depuis près d'un an. Swann se sentait absolument tranquille, presque heureux. Bien que Mme Verdurin eût cherché à persuader au pianiste et au docteur Cottard que la tante de l'un et les malades de l'autre n'avaient aucun besoin d'eux, et, qu'en tout cas, il était imprudent de laisser Mme Cottard rentrer à Paris que M. Verdurin assurait être en révolution, elle fut obligée de leur rendre leur liberté à Constantinople. Et le peintre partit avec eux. Un jour, peu après le retour de ces trois voyageurs, Swann voyant passer un omnibus pour le Luxembourg où il avait à faire, avait sauté dedans, et s'y était trouvé assis en face de Mme Cottard qui faisait sa tournée de visites « de jours » en grande tenue, plumet au chapeau, robe de soie, manchon, en-tout-cas, porte-cartes, et gants blancs nettoyés. Revêtue de ces insignes, quand il faisait sec, elle allait à pied d'une maison à l'autre, dans un même quartier, mais pour passer ensuite dans un quartier différent usait de l'omnibus avec correspondance. Pendant les premiers instants, avant que la gentillesse native de la femme eût pu percer l'empesé de la petite bourgeoise, et ne sachant trop d'ailleurs si elle devait parler des Verdurin à Swann, elle tint tout naturellement, de sa voix lente, gauche et douce que par moments l'omnibus couvrait complètement de son tonnerre, des propos choisis parmi ceux qu'elle entendait et répétait dans les vingt-cinq maisons dont elle montait les étages dans une journée :

« Je ne vous demande pas, Monsieur, si un homme dans le mouvement comme vous a vu, aux Mirlitons, le portrait de Machard [264] qui fait courir tout Paris. Eh bien ! qu'en dites-vous ? Êtes-vous dans le camp de ceux qui approuvent ou dans le camp de ceux qui blâment ? Dans tous les salons on ne parle que du portrait de Machard, on n'est pas chic, on n'est pas pur, on n'est pas dans le train, si on ne donne pas son opinion sur le portrait de Machard.

Swann ayant répondu qu'il n'avait pas vu ce portrait, Mme Cottard eut peur de l'avoir blessé en l'obligeant à le confesser.

– Ah ! c'est très bien, au moins vous l'avouez franchement, vous ne vous croyez pas déshonoré parce que vous n'avez pas vu le portrait de Machard. Je trouve cela très beau de votre part. Hé bien, moi je l'ai vu, les avis sont partagés. Il y en a qui trouvent que c'est un peu léché, un peu crème fouettée, moi, je le trouve idéal. Évidemment elle ne ressemble pas aux femmes bleues et jaunes de notre ami Biche. Mais je dois vous l'avouer franchement, vous ne me trouverez pas très fin de siècle, mais je le dis comme je le pense, je ne comprends pas. Mon Dieu je reconnais les qualités qu'il y a dans le portrait de mon mari, c'est moins étrange que ce qu'il fait d'habitude, mais il a fallu qu'il lui fasse des moustaches bleues. Tandis que Machard ! Tenez justement le mari de l'amie chez qui je vais en ce moment (ce qui me donne le très grand plaisir de faire route avec vous) lui a promis s'il est nommé à l'Académie (c'est un des collègues du docteur) de lui faire faire son portrait par Machard. Évidemment c'est un beau rêve ! J'ai une autre amie qui prétend qu'elle aime mieux Leloir. Je ne suis qu'une pauvre profane et Leloir est peut-être encore supérieur comme science. Mais je trouve que la première qualité d'un portrait, surtout quand il coûte 10 000 francs, est d'être ressemblant et d'une ressemblance agréable. »

Ayant tenu ces propos que lui inspiraient la hauteur de son aigrette, le chiffre de son porte-cartes, le petit numéro tracé à l'encre dans ses gants par le teinturier, et l'embarras de parler à Swann des Verdurin, Mme Cottard, voyant qu'on était encore loin du coin de la rue Bonaparte où le conducteur devait l'arrêter, écouta son cœur qui lui conseillait d'autres paroles.

« Les oreilles ont dû vous tinter, Monsieur, lui dit-elle, pendant le voyage que vous avons fait avec Mme Verdurin. On ne parlait que de vous.

Swann fut bien étonné, il supposait que son nom n'était jamais proféré devant les Verdurin.

– D'ailleurs, ajouta Mme Cottard, Mme de Crécy était là et c'est tout dire. Quand Odette est quelque part, elle ne peut jamais rester bien longtemps sans parler de vous. Et vous pensez que ce n'est pas en mal. Comment ! vous en doutez, dit-elle, en voyant un geste sceptique de Swann.

Et emportée par la sincérité de sa conviction, ne mettant d'ailleurs aucune mauvaise pensée sous ce mot qu'elle prenait seulement dans le sens où on l'emploie pour parler de l'affection qui unit des amis :

– Mais elle vous adore ! Ah ! je crois qu'il ne faudrait pas dire ça de vous devant elle ! On serait bien arrangé ! À propos de tout, si on voyait un tableau par exemple elle disait : “Ah ! s'il était là, c'est lui qui saurait vous dire si c'est authentique ou non. Il n'y a personne comme lui pour ça.” Et à tout moment elle demandait : “Qu'est-ce qu'il peut faire en ce moment ? Si seulement il travaillait un peu ! C'est malheureux, un garçon si doué, qu'il soit si paresseux. (Vous me pardonnez, n'est-ce pas ?) En ce moment je le vois, il pense à nous, il se demande où nous sommes.” Elle a même eu un mot que j'ai trouvé bien joli : M. Verdurin lui disait : “Mais comment pouvez-vous voir ce qu'il fait en ce moment puisque vous êtes à huit cents lieues de lui ?” Alors Odette lui a répondu : “Rien n'est impossible à l'œil d'une amie.” Non je vous jure, je ne vous dis pas cela pour vous flatter, vous avez là une vraie amie comme on n'en a pas beaucoup. Je vous dirai du reste que si vous ne le savez pas, vous êtes le seul. Mme Verdurin me le disait encore le dernier jour (vous savez, les veilles de départ on cause mieux) : “Je ne dis pas qu'Odette ne nous aime pas, mais tout ce que nous lui disons ne pèserait pas lourd auprès de ce que lui dirait M. Swann.” Oh ! mon Dieu, voilà que le conducteur m'arrête, en bavardant avec vous j'allais laisser passer la rue Bonaparte… me rendriez-vous le service de me dire si mon aigrette est droite ? »

Et Mme Cottard sortit de son manchon pour la tendre à Swann sa main gantée de blanc d'où s'échappa, avec une correspondance, une vision de haute vie qui remplit l'omnibus, mêlée à l'odeur du teinturier. Et Swann se sentit déborder de tendresse pour elle, autant que pour

Mme Verdurin (et presque autant que pour Odette, car le sentiment qu'il éprouvait pour cette dernière n'étant plus mêlé de douleur, n'était plus guère de l'amour), tandis que de la plate-forme il la suivait de ses yeux attendris, qui enfilait courageusement la rue Bonaparte, l'aigrette haute, d'une main relevant sa jupe, de l'autre tenant son en-tout-cas et son porte-cartes dont elle laissait voir le chiffre, laissant baller devant elle son manchon.

Pour faire concurrence aux sentiments maladifs que Swann avait pour Odette, Mme Cottard, meilleur thérapeute que n'eût été son mari, avait greffé à côté d'eux d'autres sentiments, normaux ceux-là, de gratitude, d'amitié, des sentiments qui dans l'esprit de Swann rendraient Odette plus humaine (plus semblable aux autres femmes, parce que d'autres femmes aussi pouvaient les lui inspirer), hâteraient sa transformation définitive en cette Odette aimée d'affection paisible, qui l'avait ramené un soir après une fête chez le peintre boire un verre d'orangeade avec Forcheville et près de qui Swann avait entrevu qu'il pourrait vivre heureux.

Jadis ayant souvent pensé avec terreur qu'un jour il cesserait d'être épris d'Odette, il s'était promis d'être vigilant, et dès qu'il sentirait que son amour commencerait à le quitter, de s'accrocher à lui, de le retenir. Mais voici qu'à l'affaiblissement de son amour correspondait simultanément un affaiblissement du désir de rester amoureux. Car on ne peut pas changer, c'est-à-dire devenir une autre personne, tout en continuant à obéir aux sentiments de celle qu'on n'est plus. Parfois le nom aperçu dans un journal, d'un des hommes qu'il supposait avoir pu être les amants d'Odette, lui redonnait de la jalousie. Mais elle était bien légère et comme elle lui prouvait qu'il n'était pas encore complètement sorti de ce temps où il avait tant souffert – mais aussi où il avait connu une manière de sentir si voluptueuse – et que les hasards de la route lui permettraient peut-être d'en apercevoir encore furtivement et de loin les beautés, cette jalousie lui procurait plutôt une excitation agréable comme au morne

Parisien qui quitte Venise pour retrouver la France, un dernier moustique prouve que l'Italie et l'été ne sont pas encore bien loin. Mais le plus souvent le temps si particulier de sa vie d'où il sortait, quand il faisait effort sinon pour y rester, du moins pour en avoir une vision claire pendant qu'il le pouvait encore, il s'apercevait qu'il ne le pouvait déjà plus ; il aurait voulu apercevoir comme un paysage qui allait disparaître cet amour qu'il venait de quitter ; mais il est si difficile d'être double et de se donner le spectacle véridique d'un sentiment qu'on a cessé de posséder, que bientôt l'obscurité se faisant dans son cerveau, il ne voyait plus rien, renonçait à regarder, retirait son lorgnon, en essuyait les verres ; et il se disait qu'il valait mieux se reposer un peu, qu'il serait encore temps tout à l'heure, et se rencognait, avec l'incuriosité, dans l'engourdissement, du voyageur ensommeillé qui rabat son chapeau sur ses yeux pour dormir dans le wagon qu'il sent l'entraîner de plus en plus vite, loin du pays où il a si longtemps vécu et qu'il s'était promis de ne pas laisser fuir sans lui donner un dernier adieu. Même, comme ce voyageur s'il se réveille seulement en France, quand Swann ramassa par hasard près de lui la preuve que Forcheville avait été l'amant d'Odette, il s'aperçut qu'il n'en ressentait aucune douleur, que l'amour était loin maintenant et regretta de n'avoir pas été averti du moment où il le quittait pour toujours. Et de même qu'avant d'embrasser Odette pour la première fois il avait cherché à imprimer dans sa mémoire le visage qu'elle avait eu si longtemps pour lui et qu'allait transformer le souvenir de ce baiser, de même il eût voulu, en pensée au moins, avoir pu faire ses adieux, pendant qu'elle existait encore, à cette Odette lui inspirant de l'amour, de la jalousie, à cette Odette lui causant des souffrances et que maintenant il ne reverrait jamais. Il se trompait. Il devait la revoir une fois encore, quelques semaines plus tard. Ce fut en dormant, dans le crépuscule d'un rêve. Il se promenait avec Mme Verdurin, le docteur Cottard, un jeune homme en fez qu'il ne pouvait identifier, le peintre,

Odette, Napoléon III et mon grand-père, sur un chemin qui suivait la mer et la surplombait à pic tantôt de très haut, tantôt de quelques mètres seulement, de sorte qu'on montait et redescendait constamment ; ceux des promeneurs qui redescendaient déjà n'étaient plus visibles à ceux qui montaient encore, le peu de jour qui restât faiblissait et il semblait alors qu'une nuit noire allait s'étendre immédiatement. Par moments les vagues sautaient jusqu'au bord et Swann sentait sur sa joue des éclaboussures glacées. Odette lui disait de les essuyer, il ne pouvait pas et en était confus vis-à-vis d'elle, ainsi que d'être en chemise de nuit. Il espérait qu'à cause de l'obscurité on ne s'en rendait pas compte, mais cependant Mme Verdurin le fixa d'un regard étonné durant un long moment pendant lequel il vit sa figure se déformer, son nez s'allonger et qu'elle avait de grandes moustaches. Il se détourna pour regarder Odette, ses joues étaient pâles, avec des petits points rouges, ses traits tirés, cernés, mais elle le regardait avec des yeux pleins de tendresse prêts à se détacher comme des larmes pour tomber sur lui et il se sentait l'aimer tellement qu'il aurait voulu l'emmener tout de suite. Tout d'un coup Odette tourna son poignet, regarda une petite montre et dit : « Il faut que je m'en aille », elle prenait congé de tout le monde de la même façon, sans prendre à part Swann, sans lui dire où elle le reverrait le soir ou un autre jour. Il n'osa pas le lui demander, il aurait voulu la suivre et était obligé, sans se retourner vers elle, de répondre en souriant à une question de Mme Verdurin, mais son cœur battait horriblement, il éprouvait de la haine pour Odette, il aurait voulu crever ses yeux qu'il aimait tant tout à l'heure, écraser ses joues sans fraîcheur. Il continuait à monter avec Mme Verdurin, c'est-à-dire à s'éloigner à chaque pas d'Odette, qui descendait en sens inverse. Au bout d'une seconde il y eut beaucoup d'heures qu'elle était partie. Le peintre fit remarquer à Swann que Napoléon III s'était éclipsé un instant après elle. « C'était certainement entendu entre eux, ajouta-t-il, ils ont dû se rejoindre en bas de la côte mais n'ont pas voulu dire adieu ensemble à cause des convenances. Elle est sa maîtresse. » Le jeune homme inconnu se mit à pleurer. Swann essaya de le consoler. « Après tout elle a raison, lui dit-il en lui essuyant les yeux et en lui ôtant son fez pour qu'il fût plus à son aise. Je le lui ai conseillé dix fois. Pourquoi en être triste ? C'était bien l'homme qui pouvait la comprendre. » Ainsi Swann se parlait-il à lui-même, car le jeune homme qu'il n'avait pu identifier d'abord était aussi lui ; comme certains romanciers, il avait distribué sa personnalité à deux personnages, celui qui faisait le rêve, et un qu'il voyait devant lui coiffé d'un fez.

Quant à Napoléon III, c'est à Forcheville que quelque vague association d'idées, puis une certaine modification dans la physionomie habituelle du Baron, enfin le grand cordon de la Légion d'honneur en sautoir, lui avaient fait donner ce nom ; mais en réalité, et pour tout ce que le personnage présent dans le rêve lui représentait et lui rappelait, c'était bien Forcheville. Car, d'images incomplètes et changeantes Swann endormi tirait des déductions fausses, ayant d'ailleurs momentanément un tel pouvoir créateur qu'il se reproduisait par simple division comme certains organismes inférieurs ; avec la chaleur sentie de sa propre paume il modelait le creux d'une main étrangère qu'il croyait serrer et, de sentiments et d'impressions dont il n'avait pas conscience encore faisait naître comme des péripéties qui, par leur enchaînement logique amèneraient à point nommé dans le sommeil de Swann le personnage nécessaire pour recevoir son amour ou provoquer son réveil. Une nuit noire se fit tout d'un coup, un tocsin sonna, des habitants passèrent en courant, se sauvant des maisons en flammes ; Swann entendait le bruit des vagues qui sautaient et son cœur qui, avec la même violence, battait d'anxiété dans sa poitrine. Tout d'un coup ses palpitations de cœur redoublèrent de vitesse, il éprouva une souffrance, une nausée inexplicables ; un paysan couvert de brûlures lui jetait en passant : « Venez demander à Charlus où Odette est allée finir la soirée avec son camarade, il a été avec elle autrefois et elle lui dit tout. C'est eux qui ont mis le feu. » C'était son valet de chambre qui venait l'éveiller et lui disait :

« Monsieur, il est huit heures et le coiffeur est là, je lui ai dit de repasser dans une heure. »

Mais ces paroles, en pénétrant dans les ondes du sommeil où Swann était plongé, n'étaient arrivées jusqu'à sa conscience qu'en subissant cette déviation qui fait qu'au fond de l'eau un rayon paraît un soleil, de même qu'un moment auparavant le bruit de la sonnette, prenant au fond de ces abîmes une sonorité de tocsin, avait enfanté l'épisode de l'incendie. Cependant le décor qu'il avait sous les yeux vola en poussière, il ouvrit les yeux, entendit une dernière fois le bruit d'une des vagues de la mer qui s'éloignait. Il toucha sa joue. Elle était sèche. Et pourtant il se rappelait la sensation de l'eau froide et le goût du sel. Il se leva, s'habilla. Il avait fait venir le coiffeur de bonne heure parce qu'il avait écrit la veille à mon grand-père qu'il irait dans l'après-midi à Combray, ayant appris que Mme de Cambremer – Mlle Legrandin – devait y passer quelques jours. Associant dans son souvenir au charme de ce jeune visage celui d'une campagne où il n'était pas allé depuis si longtemps, ils lui offraient ensemble un attrait qui l'avait décidé à quitter enfin Paris pour quelques jours. Comme les différents hasards qui nous mettent en présence de certaines personnes ne coïncident pas avec le temps où nous les aimons, mais, le dépassant, peuvent se produire avant qu'il commence et se répéter après qu'il a fini, les premières apparitions que fait dans notre vie un être destiné plus tard à nous plaire, prennent rétrospectivement à nos yeux une valeur d'avertissement, de présage. C'est de cette façon que Swann s'était souvent reporté à l'image d'Odette rencontrée au théâtre, ce premier soir où il ne songeait pas à la revoir jamais – et qu'il se rappelait maintenant la soirée de Mme de Saint-Euverte où il avait présenté le général de

Froberville à Mme de Cambremer. Les intérêts de notre vie sont si multiples qu'il n'est pas rare que dans une même circonstance les jalons d'un bonheur qui n'existe pas encore soient posés à côté de l'aggravation d'un chagrin dont nous souffrons. Et sans doute cela aurait pu arriver à Swann ailleurs que chez Mme de Saint-Euverte. Qui sait même, dans le cas où, ce soir-là, il se fût trouvé ailleurs, si d'autres bonheurs, d'autres chagrins ne lui seraient pas arrivés, et qui ensuite lui eussent paru avoir été inévitables ? Mais ce qui lui semblait l'avoir été, c'était ce qui avait eu lieu, et il n'était pas loin de voir quelque chose de providentiel dans ce fait qu'il se fût décidé à aller à la soirée de Mme de Saint-Euverte, parce que son esprit désireux d'admirer la richesse d'invention de la vie et incapable de se poser longtemps une question difficile, comme de savoir ce qui eût été le plus à souhaiter, considérait dans les souffrances qu'il avait éprouvées ce soir-là et les plaisirs encore insoupçonnés qui germaient déjà – et entre lesquels la balance était trop difficile à établir – une sorte d'enchaînement nécessaire.

Mais tandis que, une heure après son réveil, il donnait des indications au coiffeur pour que sa brosse ne se dérangeât pas en wagon, il repensa à son rêve ; il revit comme il les avait sentis tout près de lui, le teint pâle d'Odette, les joues trop maigres, les traits tirés, les yeux battus, tout ce que – au cours des tendresses successives qui avaient fait de son durable amour pour Odette un long oubli de l'image première qu'il avait reçue d'elle – il avait cessé de remarquer depuis les premiers temps de leur liaison dans lesquels sans doute, pendant qu'il dormait, sa mémoire en avait été chercher la sensation exacte. Et avec cette muflerie intermittente qui reparaissait chez lui dès qu'il n'était plus malheureux et que baissait du même coup le niveau de sa moralité, il s'écria en lui-même : « Dire que j'ai gâché des années de ma vie, que j'ai voulu mourir, que j'ai eu mon plus grand amour, pour une femme qui ne me plaisait pas, qui n'était pas mon genre[265] ! »

TROISIÈME PARTIE

NOMS DE PAYS : LE NOM[266]

Parmi les chambres dont j'évoquais le plus souvent l'image dans mes nuits d'insomnie, aucune ne ressemblait moins aux chambres de Combray, saupoudrées d'une atmosphère grenue, pollinisée, comestible et dévote, que celle du Grand-Hôtel de la Plage, à Balbec[267], dont les murs passés au ripolin contenaient, comme les parois polies d'une piscine où l'eau bleuit, un air pur, azuré et salin. Le tapissier bavarois qui avait été chargé de l'aménagement de cet hôtel avait varié la décoration des pièces et sur trois côtés, fait courir le long des murs, dans celle que je me trouvai habiter, des bibliothèques basses, à vitrines en glace, dans lesquelles selon la place qu'elles occupaient, et par un effet qu'il n'avait pas prévu, telle ou telle partie du tableau changeant de la mer se reflétait, déroulant une frise de claires marines, qu'interrompaient seuls les pleins de l'acajou. Si bien que toute la pièce avait l'air d'un de ces dortoirs modèles qu'on présente dans les expositions « modern style » du mobilier où ils sont ornés d'œuvres d'art qu'on a supposées capables de réjouir les yeux de celui qui couchera là et auxquelles on a donné des sujets en rapport avec le genre de site où l'habitation doit se trouver.

Mais rien ne ressemblait moins non plus à ce Balbec réel que celui dont j'avais souvent rêvé, les jours de tempête, quand le vent était si fort que Françoise en me menant aux Champs-Élysées me recommandait de ne pas marcher trop près des murs pour ne pas recevoir de tuiles sur la tête et parlait en gémissant des grands sinistres et naufrages annoncés par les journaux. Je n'avais pas de plus grand désir que de voir une tempête sur la mer, moins comme un beau spectacle que comme un moment dévoilé de la vie réelle de la nature ; ou plutôt il n'y avait pour moi de beaux spectacles que ceux que je savais qui n'étaient pas artificiellement combinés pour mon plaisir, mais étaient nécessaires, inchangeables – les beautés des paysages ou du grand art. Je n'étais curieux, je n'étais avide de connaître que ce que je croyais plus vrai que moi-même, ce qui avait pour moi le prix de me montrer un peu de la pensée d'un grand génie, ou de la force ou de la grâce de la nature telle qu'elle se manifeste livrée à elle-même, sans l'intervention des hommes. De même que le beau son de sa voix, isolément reproduit par le phonographe, ne nous consolerait pas d'avoir perdu notre mère, de même une tempête mécaniquement imitée m'aurait laissé aussi indifférent que les fontaines lumineuses de l'Exposition [268]. Je voulais aussi pour que la tempête fût absolument vraie, que le rivage lui-même fût un rivage naturel, non une digue récemment créée par une municipalité. D'ailleurs la nature par tous les sentiments qu'elle éveillait en moi, me semblait ce qu'il y avait de plus opposé aux productions mécaniques des hommes. Moins elle portait leur empreinte et plus elle offrait d'espace à l'expansion de mon cœur. Or j'avais retenu le nom de Balbec que nous avait cité Legrandin, comme d'une plage toute proche de « ces côtes funèbres, fameuses par tant de naufrages, qu'enveloppent six mois de l'année le linceul des brumes et l'écume des vagues [269] ».

« On y sent encore sous ses pas, disait-il, bien plus qu'au Finistère lui-même (et quand bien même des hôtels s'y superposeraient maintenant sans pouvoir y modifier la plus antique ossature de la terre), on y sent la véritable fin de la terre française, européenne, de la Terre antique. Et c'est le dernier campement de pêcheurs, pareils à tous les pêcheurs qui ont vécu depuis le commencement du monde, en face du royaume éternel des brouillards de la mer et des ombres. » Un jour qu'à Combray j'avais parlé de cette plage de Balbec devant M. Swann afin d'apprendre de lui si c'était le point le mieux choisi pour voir les plus fortes tempêtes, il m'avait répondu : « Je crois bien que je connais Balbec ! L'église de Balbec, du XIIe et XIIIe siècle, encore à moitié romane, est peut-être le plus curieux échantillon du gothique normand, et si singulière, on dirait de l'art persan. » Et ces lieux qui jusque-là ne m'avaient semblé être que de la nature immémoriale, restée contemporaine des grands phénomènes géologiques – et tout aussi en dehors de l'histoire humaine que l'Océan ou la Grande Ourse, avec ces sauvages pêcheurs pour qui, pas plus que pour les baleines, il n'y eut de Moyen Âge – ç'avait été un grand charme pour moi de les voir tout d'un coup entrés dans la série des siècles, ayant connu l'époque romane, et de savoir que le trèfle gothique était venu nervurer aussi ces rochers sauvages à l'heure voulue, comme ces plantes frêles mais vivaces qui, quand c'est le printemps, étoilent çà et là la neige des pôles. Et si le gothique apportait à ces lieux et à ces hommes une détermination qui leur manquait, eux aussi lui en conféraient une en retour. J'essayais de me représenter comment ces pêcheurs avaient vécu, le timide et insoupçonné essai de rapports sociaux qu'ils avaient tenté là, pendant le Moyen Âge, ramassés sur un point des côtes d'Enfer, aux pieds des falaises de la mort ; et le gothique me semblait plus vivant maintenant que séparé des villes où je l'avais toujours imaginé jusque-là, je pouvais voir comment, dans un cas particulier, sur des rochers sauvages, il avait germé et fleuri en un fin clocher. On me mena voir des reproductions des plus célèbres statues de Balbec – les apôtres moutonnants et camus, la Vierge du porche, et de joie ma respiration s'arrêtait dans ma poitrine quand je pensais que je pourrais les voir se modeler en relief sur le brouillard éternel et salé. Alors, par les soirs orageux et doux de février, le vent – soufflant dans mon cœur, qu'il ne faisait pas trembler moins fort que la cheminée de ma chambre, le projet d'un voyage à Balbec – mêlait en moi le désir de l'architecture gothique avec celui d'une tempête sur la mer.

J'aurais voulu prendre dès le lendemain le beau train généreux d'une heure vingt-deux dont je ne pouvais jamais sans que mon cœur palpitât lire, dans les réclames des Compagnies de chemin de fer, dans les annonces de voyages circulaires, l'heure de départ : elle me semblait inciser à un point précis de l'après-midi une savoureuse entaille, une marque mystérieuse à partir de laquelle les heures déviées conduisaient bien encore au soir, au matin du lendemain, mais qu'on verrait, au lieu de Paris, dans l'une de ces villes par où le train passe et entre lesquelles il nous permettait de choisir ; car il s'arrêtait à Bayeux, à Coutances, à Vitré, à Questambert, à Pontorson, à Balbec, à Lannion, à Lamballe, à Benodet, à Pont-Aven, à Quimperlé, et s'avançait magnifiquement surchargé de noms qu'il m'offrait et entre lesquels je ne savais lequel j'aurais préféré, par impossibilité d'en sacrifier aucun. Mais sans même l'attendre, j'aurais pu en m'habillant à la hâte partir le soir même, si mes parents me l'avaient permis, et arriver à Balbec quand le petit jour se lèverait sur la mer furieuse, contre les écumes envolées de laquelle j'irais me réfugier dans l'église de style persan. Mais à l'approche des vacances de Pâques, quand mes parents m'eurent promis de me les faire passer une fois dans le nord de l'Italie, voilà qu'à ces rêves de tempête dont j'avais été rempli tout entier, ne souhaitant voir que des vagues accourant de partout, toujours plus haut, sur la côte la plus sauvage, près d'églises escarpées et rugueuses comme des falaises et dans les tours desquelles crieraient les oiseaux de mer, voilà que tout à coup les effaçant, leur ôtant tout charme, les excluant parce qu'ils lui étaient opposés et n'auraient pu que l'affaiblir, se substituait en moi le rêve contraire du printemps le plus diapré, non pas le printemps de Combray qui piquait encore aigrement avec toutes les aiguilles du givre, mais celui qui couvrait déjà de lys et d'anémones les champs de Fiesole et éblouissait Florence de fonds d'or pareils à ceux de l'Angelico[270]. Dès lors, seuls les rayons, les parfums, les couleurs me semblaient avoir du prix ; car l'alternance des images avait amené en moi un changement de front du désir, et – aussi brusque que ceux qu'il y a parfois en musique – un complet changement de ton dans ma sensibilité. Puis il arriva qu'une simple variation atmosphérique suffit à provoquer en moi cette modulation sans qu'il y eût besoin d'attendre le retour d'une saison. Car souvent dans l'une on trouve égaré un jour d'une autre qui nous y fait vivre, en évoque aussitôt, en fait désirer les plaisirs particuliers et interrompt les rêves que nous étions en train de faire, en plaçant, plus tôt ou plus tard qu'à son tour, ce feuillet détaché d'un autre chapitre, dans le calendrier interpolé du Bonheur. Mais bientôt comme ces phénomènes naturels dont notre confort ou notre santé ne peuvent tirer qu'un bénéfice accidentel et assez mince jusqu'au jour où la science s'empare d'eux, et les produisant à volonté, remet en nos mains la possibilité de leur apparition, soustraite à la tutelle et dispensée de l'agrément du hasard, de même la production de ces rêves d'Atlantique et d'Italie cessa d'être soumise uniquement aux changements des saisons et du temps. Je n'eus besoin pour les faire renaître que de prononcer ces noms : Balbec[271], Venise, Florence, dans l'intérieur desquels avait fini par s'accumuler le désir que m'avaient inspiré les lieux qu'ils désignaient. Même au printemps, trouver dans un livre le nom de Balbec suffisait à réveiller en moi le désir des tempêtes et du gothique normand ; même par un jour de tempête le nom de Florence ou de Venise me donnait le désir du soleil, des lys, du palais des Doges et de Sainte-Marie-des-Fleurs.

Mais si ces noms absorbèrent à tout jamais l'image que j'avais de ces villes, ce ne fut qu'en la transformant, qu'en soumettant sa réapparition en moi à leurs lois propres ; ils eurent ainsi pour conséquence de la rendre plus belle, mais aussi plus différente de ce que les villes de Normandie ou de Toscane pouvaient être en réalité, et, en accroissant les joies arbitraires de mon imagination, d'aggraver la déception future de mes voyages. Ils exaltèrent l'idée que je me faisais de certains lieux de la terre, en les faisant plus particuliers, par conséquent plus réels. Je ne me représentais pas alors les villes, les paysages, les monuments, comme des tableaux plus ou moins agréables, découpés çà et là dans une même matière, mais chacun d'eux comme un inconnu, essentiellement différent des autres, dont mon âme avait soif et qu'elle aurait profit à connaître. Combien ils prirent quelque chose de plus individuel encore, d'être désignés par des noms, des noms qui n'étaient que pour eux, des noms comme en ont les personnes[272]. Les mots nous présentent des choses une petite image claire et usuelle comme celles que l'on suspend aux murs des écoles pour donner aux enfants l'exemple de ce qu'est un établi, un oiseau, une fourmilière, choses conçues comme pareilles à toutes celles de même sorte. Mais les noms présentent des personnes – et des villes qu'ils nous habituent à croire individuelles, uniques comme des personnes – une image confuse qui tire d'eux, de leur sonorité éclatante ou sombre, la couleur dont elle est peinte uniformément comme une de ces affiches, entièrement bleues ou entièrement rouges, dans lesquelles, à cause des limites du procédé employé ou par un caprice du décorateur, sont bleus ou rouges, non seulement le ciel et la mer mais les barques, l'église, les passants. Le nom de Parme, une des villes où je désirais le plus aller, depuis que j'avais lu *la Chartreuse*, m'apparaissant compact, lisse, mauve et doux, si on me parlait d'une maison quelconque de Parme dans laquelle je serais reçu, on me causait le plaisir de penser que j'habiterais une demeure lisse, compacte, mauve et douce, qui n'avait de rapport avec les demeures d'aucune ville d'Italie puisque je l'imaginais seulement à l'aide de cette syllabe lourde du nom de Parme, où ne circule aucun air, et de tout ce que je lui avais fait absorber de douceur stendhalienne et du reflet des violettes. Et quand je pensais à Florence, c'était comme à une ville miraculeusement embaumée et semblable à une corolle, parce qu'elle s'appelait la cité des lys et sa cathédrale, Sainte-Marie-des-Fleurs. Quant à Balbec, c'était un de ces noms où comme sur une vieille poterie normande qui garde la couleur de la terre d'où elle fut tirée, on voit se peindre encore la représentation de quelque usage aboli, de quelque droit féodal, d'un état ancien de lieux, d'une manière désuète de prononcer qui en avait formé les syllabes hétéroclites et que je ne doutais pas de retrouver jusque chez l'aubergiste qui me servirait du café au lait à mon arrivée, me menant voir la mer déchaînée devant l'église, et auquel je prêtais l'aspect disputeur, solennel et médiéval d'un personnage de fabliau.

Si ma santé s'affermissait et que mes parents me permissent, sinon d'aller séjourner à Balbec, du moins de prendre une fois, pour faire connaissance avec l'architecture et les paysages de la Normandie ou de la Bretagne, ce train d'une heure vingt-deux dans lequel j'étais monté tant de fois en imagination, j'aurais voulu m'arrêter de préférence dans les villes les plus belles ; mais j'avais beau les comparer, comment choisir plus qu'entre des êtres individuels, qui ne sont pas interchangeables, entre Bayeux si haute dans sa noble dentelle rougeâtre et dont le faîte était illuminé par le vieil or de sa dernière syllabe ; Vitré dont l'accent aigu losangeait de bois noir le vitrage ancien ; le doux Lamballe qui, dans son blanc, va du jaune coquille d'œuf au gris perle ; Coutances, cathédrale normande, que sa diphtongue finale, grasse et jaunissante couronne par une tour de beurre ; Lannion avec le bruit, dans son silence villageois, du coche suivi de la mouche ; Questambert, Pontorson, risibles et naïfs, plumes blanches et becs jaunes éparpillés sur la route de ces lieux fluviatiles et poétiques ; Benodet, nom à peine amarré que semble vouloir entraîner la rivière au milieu de ses algues ; Pont-Aven, envolée blanche et rose de l'aile d'une coiffe légère qui se reflète en tremblant dans une eau verdie de canal ; Quimperlé, lui, mieux attaché et, depuis le Moyen Âge, entre les ruisseaux dont il gazouille et s'emperle en une grisaille pareille à celle que dessinent, à travers les toiles d'araignées d'une verrière, les rayons de soleil changés en pointes émoussées d'argent bruni [273] ?

Ces images étaient fausses pour une autre raison encore ; c'est qu'elles étaient forcément très simplifiées ; sans doute ce à quoi aspirait mon imagination et que mes sens ne percevaient qu'incomplètement et sans plaisir dans le présent, je l'avais enfermé dans le refuge des noms ; sans doute, parce que j'y avais accumulé du rêve, ils aimantaient maintenant mes désirs ; mais les noms ne sont pas très vastes ; c'est tout au plus si je pouvais y faire entrer deux ou trois des « curiosités » principales de la ville et elles s'y juxtaposaient sans intermédiaires ; dans le nom de Balbec, comme dans le verre grossissant de ces porte-plume qu'on achète aux bains de mer, j'apercevais des vagues soulevées autour d'une église de style persan. Peut-être même la simplification de ces images fut-elle une des causes de l'empire qu'elles prirent sur moi. Quand mon père eut décidé, une année, que nous irions passer les vacances de Pâques à Florence et à Venise, n'ayant pas la place de faire entrer dans le nom de Florence les éléments qui composent d'habitude les villes, je fus contraint à faire sortir une cité surnaturelle de la fécondation, par certains parfums printaniers, de ce que je croyais être, en son essence, le génie de Giotto. Tout au plus – et parce qu'on ne peut pas faire tenir dans un nom beaucoup plus de durée que d'espace – comme certains tableaux de Giotto eux-mêmes qui montrent à deux moments différents de l'action un même personnage, ici couché dans son lit, là s'apprêtant à monter à cheval, le nom de Florence était-il divisé en deux compartiments. Dans l'un, sous un dais architectural, je contemplais une fresque à laquelle était partiellement superposé un rideau de soleil matinal, poudreux, oblique et progressif ; dans l'autre (car ne pensant pas aux noms comme à un idéal inaccessible mais comme à une ambiance réelle dans laquelle j'irais me plonger, la vie non vécue encore, la vie intacte et pure que j'y enfermais donnait aux plaisirs les plus matériels, aux scènes les plus simples, cet attrait qu'ils ont dans les œuvres des primitifs), je traversais rapidement – pour trouver plus vite le déjeuner qui m'attendait avec des fruits et du vin de Chianti – le Ponte Vecchio encombré de jonquilles, de narcisses et d'anémones. Voilà (bien que je fusse à Paris) ce que je voyais et non ce qui était autour de moi. Même à un simple point de vue réaliste, les pays que nous désirons tiennent à chaque moment beaucoup plus de place dans notre vie véritable, que le pays où nous nous trouvons effectivement. Sans doute si alors j'avais fait moi-même plus attention à ce qu'il y avait dans ma pensée quand je prononçais les mots « aller à Florence, à Parme, à Pise, à Venise », je me serais rendu compte que ce que je voyais n'était nullement une ville, mais quelque chose d'aussi différent de tout ce que je connaissais, d'aussi délicieux, que pourrait être pour une humanité dont la vie se serait toujours écoulée dans des fins d'après-midi d'hiver, cette merveille inconnue : une matinée de printemps. Ces images irréelles, fixes, toujours pareilles, remplissant mes nuits et mes jours, différencièrent cette époque de ma vie de celles qui l'avaient précédée (et qui auraient pu se confondre avec elle aux yeux d'un observateur qui ne voit les choses que du dehors, c'est-à-dire qui ne voit rien), comme dans un opéra un motif mélodique introduit une nouveauté qu'on ne pourrait pas soupçonner si on ne faisait que lire le livret, moins encore si on restait en dehors du théâtre à compter seulement les quarts d'heure qui s'écoulent. Et encore, même à ce point de vue de simple quantité, dans notre vie les jours ne sont pas égaux. Pour parcourir les jours, les natures un peu nerveuses, comme était la mienne, disposent, comme les voitures automobiles, de « vitesses » différentes. Il y a des jours montueux et malaisés qu'on met un temps infini à gravir et des jours en pente qui se laissent descendre à fond de train en chantant. Pendant ce mois – où je ressassai comme une mélodie, sans pouvoir m'en rassasier, ces images de Florence, de Venise et de Pise, desquelles le désir qu'elles excitaient en moi gardait quelque chose d'aussi profondément individuel que si ç'avait été un amour, un amour pour une personne – je ne cessai pas de croire qu'elles correspondaient à une réalité indépendante de moi, et elles me firent connaître une aussi belle espérance que pouvait en nourrir un chrétien des premiers âges à la veille d'entrer dans le paradis. Aussi sans que je me souciasse de la contradiction qu'il y avait à vouloir regarder et toucher avec les organes des sens, ce qui avait été élaboré par la rêverie et non perçu par eux – et d'autant plus tentant pour eux, plus différent de ce qu'ils connaissaient – c'est ce qui me rappelait la réalité de ces images, qui enflammait le plus mon désir, parce que c'était comme une promesse qu'il serait contenté. Et, bien que mon exaltation eût pour motif un désir de jouissances artistiques, les guides l'entretenaient encore plus que les livres d'esthétique et, plus que les guides, l'indicateur des chemins de fer. Ce qui m'émouvait c'était de penser que cette Florence que je voyais proche mais inaccessible dans mon imagination, si le trajet qui la séparait de moi, en moi-même, n'était pas viable, je pourrais l'atteindre par un biais, par un détour, en prenant la « voie de terre [274] ». Certes quand je me répétais, donnant ainsi tant de valeur à ce que j'allais voir, que Venise était « l'école de Giorgione, la demeure du Titien, le plus complet musée de l'architecture domestique au moyen âge [275] », je me sentais heureux. Je l'étais pourtant davantage quand, sorti pour une course, marchant vite à cause du temps qui, après quelques jours de printemps précoce était redevenu un temps d'hiver (comme celui que nous trouvions d'habitude à Combray, la Semaine Sainte) – voyant sur les boulevards les marronniers qui, plongés dans un air glacial et liquide comme de l'eau, n'en commençaient pas moins, invités exacts, déjà en tenue, et qui ne se sont pas laissé décourager, à arrondir et à ciseler en leurs blocs congelés, l'irrésistible verdure dont la puissance abortive du froid contrariait mais ne parvenait pas à refréner la progressive poussée – je pensais que déjà le Ponte Vecchio était jonché à foison de jacinthes et d'anémones et que le soleil du printemps teignait déjà les flots du Grand Canal d'un si sombre azur et de si nobles émeraudes qu'en venant se briser aux pieds des peintures du Titien, ils pouvaient rivaliser de riche coloris avec elles. Je ne pus plus contenir ma joie quand mon père, tout en consultant le baromètre et en déplorant le froid, commença à chercher quels seraient les meilleurs trains, et quand je compris qu'en pénétrant après le déjeuner dans le laboratoire charbonneux, dans la chambre magique qui se chargeait d'opérer la transmutation tout autour d'elle, on pouvait s'éveiller le lendemain dans la cité de marbre et d'or « rehaussée de jaspe et pavée d'émeraudes[276] ». Ainsi elle et la Cité des lys n'étaient pas seulement des tableaux fictifs qu'on mettait à volonté devant son imagination, mais existaient à une certaine distance de Paris qu'il fallait absolument franchir si l'on voulait les voir, à une certaine place déterminée de la terre, et à aucune autre, en un mot étaient bien réelles. Elles le devinrent encore plus pour moi, quand mon père en disant : « En somme, vous pourriez rester à Venise du 20 avril au 29 et arriver à Florence dès le matin de Pâques », les fit sortir toutes deux non plus seulement de l'Espace abstrait, mais de ce Temps imaginaire où nous situons non pas un seul voyage à la fois, mais d'autres, simultanés et sans trop d'émotion puisqu'ils ne sont que possibles – ce Temps qui se refabrique si bien qu'on peut encore le passer dans une ville après qu'on l'a passé dans une autre – et leur consacra de ces jours particuliers qui sont le certificat d'authenticité des objets auxquels on les emploie car ces jours uniques, ils se consument par l'usage, ils ne reviennent pas, on ne peut plus les vivre ici quand on les a vécus là ; je sentis que c'était vers la semaine qui commençait le lundi où la blanchisseuse devait rapporter le gilet blanc que j'avais couvert d'encre, que se dirigeaient pour s'y absorber au sortir du temps idéal où elles n'existaient pas encore, les deux Cités Reines dont j'allais avoir, par la plus émouvante des géométries, à inscrire les dômes et les tours dans le plan de ma propre vie. Mais je n'étais encore qu'en chemin vers le dernier degré de l'allégresse ; je l'atteignis enfin (ayant seulement alors la révélation que sur les rues clapotantes, rougies du reflet des fresques de Giorgione [277], ce n'était pas, comme j'avais, malgré tant d'avertissements, continué à l'imaginer, les hommes « majestueux et terribles comme la mer, portant leur armure aux reflets de bronze sous les plis de leur manteau sanglant [278] » qui se promèneraient dans Venise la semaine prochaine, la veille de Pâques, mais que ce pourrait être moi le personnage minuscule que, dans une grande photographie de Saint-Marc qu'on m'avait prêtée, l'illustrateur avait représenté, en chapeau melon, devant les porches), quand j'entendis mon père me dire : « Il doit faire encore froid sur le Grand Canal, tu ferais bien de mettre à tout hasard dans ta malle ton pardessus d'hiver et ton gros veston. » À ces mots je m'élevai à une sorte d'extase ; ce que j'avais cru jusque-là impossible, je me sentis vraiment pénétrer entre ces « rochers d'améthyste pareils à un récif de la mer des Indes [279] » ; par une gymnastique suprême et au-dessus de mes forces, me dévêtant comme d'une carapace sans objet de l'air de ma chambre qui m'entourait, je le remplaçai par des parties égales d'air vénitien, cette amosphère marine, indicible et particulière comme celle des rêves que mon imagination avait enfermée dans le nom de Venise, je sentis s'opérer en moi une miraculeuse désincarnation ; elle se doubla aussitôt de la vague envie de vomir qu'on éprouve quand on vient de prendre un gros mal de gorge, et on dut me mettre au lit avec une fièvre si tenace, que le docteur déclara qu'il fallait renoncer non seulement à me laisser partir maintenant à Florence et à Venise mais, même quand je serais entièrement rétabli, m'éviter d'ici au moins un an, tout projet de voyage et toute cause d'agitation.

Et hélas, il défendit aussi d'une façon absolue qu'on me laissât aller au théâtre entendre la Berma ; l'artiste sublime, à laquelle Bergotte trouvait du génie, m'aurait en me faisant connaître quelque chose qui était peut-être aussi important et aussi beau, consolé de n'avoir pas été à Florence et à Venise, de n'aller pas à Balbec. On devait se contenter de m'envoyer chaque jour aux Champs-Élysées, sous la surveillance d'une personne qui m'empêcherait de me fatiguer et qui fut Françoise, entrée à notre service après la mort de ma tante Léonie [280]. Aller aux Champs-Élysées me fut insupportable [281]. Si seulement Bergotte les eût décrits dans un de ses livres, sans doute j'aurais désiré de les connaître, comme toutes les choses dont on avait commencé par mettre le « double » dans mon imagination. Elle les réchauffait, les faisait vivre, leur donnait une personnalité, et je voulais les retrouver dans la réalité : mais dans ce jardin public rien ne se rattachait à mes rêves [282].

Un jour [283], comme je m'ennuyais à notre place familière, à côté des chevaux de bois, Françoise m'avait emmené en excursion – au-delà de la frontière que gardent à intervalles égaux les petits bastions des marchandes de sucre d'orge – dans ces régions voisines mais étrangères où les visages sont inconnus, où passe la voiture aux chèvres ; puis elle était revenue prendre ses affaires sur sa chaise adossée à un massif de lauriers ; en l'attendant je foulais la grande pelouse chétive et rase, jaunie par le soleil, au bout de laquelle le bassin est dominé par une statue quand, de l'allée, s'adressant à une fillette à cheveux roux qui jouait au volant devant la vasque, une autre en train de mettre son manteau et de serrer sa raquette, lui cria, d'une voix brève : « Adieu, Gilberte, je rentre, n'oublie pas que nous venons ce soir chez toi après dîner. » Ce nom de Gilberte passa près de moi, évoquant d'autant plus l'existence de celle qu'il désignait qu'il ne la nommait pas seulement comme un absent dont on parle, mais l'interpellait ; il passa ainsi près de moi, en action pour ainsi dire, avec une puissance qu'accroissait la courbe de son jet et l'approche de son but ; – transportant à son bord, je le sentais, la connaissance, les notions qu'avait de celle à qui il était adressé, non pas moi, mais l'amie qui l'appelait, tout ce que, tandis qu'elle le prononçait, elle revoyait ou du moins, possédait en sa mémoire, de leur intimité quotidienne, des visites qu'elles se faisaient l'une chez l'autre, de tout cet inconnu encore plus inaccessible et plus douloureux pour moi d'être au contraire si familier et si maniable pour cette fille heureuse qui m'en frôlait sans que j'y puisse pénétrer et le jetait en plein air dans un cri ; – laissant déjà flotter dans l'air l'émanation délicieuse qu'il avait fait se dégager, en les touchant avec précision, de quelques points invisibles de la vie de Mlle Swann, du soir qui allait venir, tel qu'il serait, après dîner, chez elle ; – formant, passager céleste au milieu des enfants et des bonnes, un petit nuage d'une couleur précieuse, pareil à celui qui, bombé au-dessus d'un beau jardin du Poussin, reflète minutieusement comme un nuage d'opéra, plein de chevaux et de chars, quelque apparition de la vie des dieux [284] ; – jetant enfin, sur cette herbe pelée, à l'endroit où elle était un morceau à la fois de pelouse flétrie et un moment de l'après-midi de la blonde joueuse de volant (qui ne s'arrêta de le lancer et de le rattraper que quand une institutrice à plumet bleu l'eut appelée), une petite bande merveilleuse et couleur d'héliotrope impalpable comme un reflet et superposée comme un tapis sur lequel je ne pus me lasser de promener mes pas attardés, nostalgiques et profanateurs, tandis que Françoise me criait : « Allons, aboutonnez voir votre paletot [285] et filons » et que je remarquais pour la première fois avec irritation qu'elle avait un langage vulgaire, et hélas, pas de plumet bleu [286] à son chapeau.

Retournerait-elle seulement aux Champs-Élysées ? Le lendemain elle n'y était pas ; mais je l'y vis les jours suivants ; je tournais tout le temps autour de l'endroit où elle jouait avec ses amies, si bien qu'une fois où elles ne se trouvèrent pas en nombre pour leur partie de barres, elle me fit demander si je voulais compléter leur camp, et je jouai désormais avec elle chaque fois qu'elle était là. Mais ce n'était pas tous les jours ; il y en avait où elle était empêchée de venir par ses cours, le catéchisme, un goûter, toute cette vie séparée de la mienne que par deux fois, condensée dans le nom de Gilberte, j'avais sentie passer si douloureusement près de moi, dans le raidillon de Combray et sur la pelouse des Champs-Élysées. Ces jours-là, elle annonçait d'avance qu'on ne la verrait pas ; si c'était à cause de ses études, elle disait : « C'est rasant, je ne pourrai pas venir demain ; vous allez tous vous amuser sans moi », d'un air chagrin qui me consolait un peu ; mais en revanche quand elle était invitée à une matinée, et que, ne le sachant pas, je lui demandais si elle viendrait jouer, elle me répondait : « J'espère bien que non ! J'espère bien que maman me laissera aller chez mon amie. » Du moins ces jours-là, je savais que je ne la verrais pas, tandis que d'autres fois, c'était à l'improviste que sa mère l'emmenait faire des courses avec elle, et le lendemain elle disait : « Ah ! oui, je suis sortie avec maman », comme une chose naturelle, et qui n'eût pas été pour quelqu'un le plus grand malheur possible. Il y avait aussi les jours de mauvais temps où son institutrice, qui pour elle-même craignait la pluie, ne voulait pas l'emmener aux Champs-Élysées.

Aussi si le ciel était douteux, dès le matin je ne cessais de l'interroger [287] et je tenais compte de tous les présages. Si je voyais la dame d'en face qui, près de la fenêtre, mettait son chapeau, je me disais : « Cette dame va sortir ; donc il fait un temps où l'on peut sortir : pourquoi Gilberte ne ferait-elle pas comme cette dame ? » Mais le temps s'assombrissait, ma mère disait qu'il pouvait se lever encore, qu'il suffirait pour cela d'un rayon de soleil, mais que plus probablement il pleuvrait ; et s'il pleuvait à quoi bon aller aux Champs-Élysées ? Aussi depuis le déjeuner mes regards anxieux ne quittaient plus le ciel incertain et nuageux. Il restait sombre. Devant la fenêtre, le balcon était gris. Tout d'un coup, sur sa pierre maussade je ne voyais pas une couleur moins terne, mais je sentais comme un effort vers une couleur moins terne, la pulsation d'un rayon hésitant qui voudrait libérer sa lumière. Un instant après, le balcon était pâle et réfléchissant comme une eau matinale, et mille reflets de la ferronnerie de son treillage étaient venus s'y poser. Un souffle de vent les dispersait, la pierre s'était de nouveau assombrie, mais, comme apprivoisés, ils revenaient ; elle recommençait imperceptiblement à blanchir et par un de ces crescendos continus comme ceux qui, en musique, à la fin d'une Ouverture, mènent une seule note jusqu'au fortissimo suprême en la faisant passer rapidement par tous les degrés intermédiaires, je la voyais atteindre à cet or inaltérable et fixe des beaux jours, sur lequel l'ombre découpée de l'appui ouvragé de la balustrade se détachait en noir comme une végétation capricieuse, avec une ténuité dans la délinéation des moindres détails qui semblait trahir une conscience appliquée, une satisfaction d'artiste, et avec un tel relief, un tel velours dans le repos de ses masses sombres et heureuses qu'en vérité ces reflets larges et feuillus qui reposaient sur ce lac de soleil semblaient savoir qu'ils étaient des gages de calme et de bonheur.

Lierre instantané, flore pariétaire et fugitive ! la plus incolore, la plus triste, au gré de beaucoup, de celles qui peuvent ramper sur le mur ou décorer la croisée ; pour moi, de toutes la plus chère depuis le jour où elle était apparue sur notre balcon, comme l'ombre même de la présence de Gilberte qui était peut-être déjà aux Champs-Élysées, et dès que j'y arriverais, me dirait : « Commençons tout de suite à jouer aux barres, vous êtes dans mon camp » ; fragile, emportée par un souffle, mais aussi en rapport non pas avec la saison, mais avec l'heure ; promesse du bonheur immédiat que la journée refuse ou accomplira, et par là du bonheur immédiat par exellence, le bonheur de l'amour ; plus douce, plus chaude sur la pierre que n'est la mousse même ; vivace, à qui il suffit d'un rayon pour naître et faire éclore de la joie, même au cœur de l'hiver.

Et jusque dans ces jours où toute autre végétation a disparu, où le beau cuir vert qui enveloppe le tronc des vieux arbres est caché sous la neige, quand celle-ci cessait de tomber, mais que le temps restait trop couvert pour espérer que Gilberte sortît, alors tout d'un coup, faisant dire à ma mère : « Tiens voilà justement qu'il fait beau, vous pourriez peut-être essayer tout de même d'aller aux Champs-Élysées », sur le manteau de neige qui couvrait le balcon, le soleil apparu entrelaçait des fils d'or et brodait des reflets noirs. Ce jour-là nous ne trouvions personne ou une seule fillette prête à partir qui m'assurait que Gilberte ne viendrait pas. Les chaises désertées par l'assemblée imposante mais frileuse des institutrices étaient vides. Seule, près de la pelouse, était assise une dame d'un certain âge qui venait par tous les temps, toujours harnachée d'une toilette identique, magnifique et sombre, et pour faire la connaissance de laquelle j'aurais à cette époque sacrifié, si l'échange m'avait été permis, tous les plus grands avantages futurs de ma vie. Car Gilberte allait tous les jours la saluer ; elle demandait à Gilberte des nouvelles de « son amour de mère » ; et il me semblait que si je l'avais connue, j'aurais été pour Gilberte quelqu'un de tout autre, quelqu'un qui connaissait les relations de ses parents. Pendant que ses petits-enfants jouaient plus loin, elle lisait toujours les *Débats* qu'elle appelait « mes vieux Débats » et, par genre aristocratique, disait en parlant du sergent de ville ou de la loueuse de chaises : « Mon vieil ami le sergent de ville », « la loueuse de chaises et moi qui sommes de vieux amis ».

Françoise avait trop froid pour rester immobile, nous allâmes jusqu'au pont de la Concorde voir la Seine prise, dont chacun et même les enfants s'approchaient sans peur comme d'une immense baleine échouée, sans défense, et qu'on allait dépecer. Nous revenions aux Champs-Élysées ; je languissais de douleur entre les chevaux de bois immobiles et la pelouse blanche, prise dans le réseau noir des allées dont on avait enlevé la neige et sur laquelle la statue avait à la main un jet de glace ajouté qui semblait l'explication de son geste. La vieille dame elle-même ayant plié ses *Débats*, demanda l'heure à une bonne d'enfants qui passait et qu'elle remercia en lui disant : « Comme vous êtes aimable ! » puis, priant le cantonnier de dire à ses petits-enfants de revenir, qu'elle avait froid, ajouta : « Vous serez mille fois bon. Vous savez que je suis confuse ! » Tout à coup l'air se déchira : entre le guignol et le cirque, à l'horizon embelli, sur le ciel entrouvert, je venais d'apercevoir, comme un signe fabuleux, le plumet bleu [288] de Mademoiselle. Et déjà Gilberte courait à toute vitesse dans ma direction, étincelante et rouge sous un bonnet carré de fourrure, animée par le froid, le retard et le désir du jeu ; un peu avant d'arriver à moi, elle se laissa glisser sur la glace et, soit pour mieux garder son équilibre, soit parce qu'elle trouvait cela plus gracieux, ou par affectation du maintien d'une patineuse, c'est les bras grands ouverts qu'elle avançait en souriant, comme si elle avait voulu m'y recevoir. « Brava ! Brava ! ça c'est très bien, je dirais comme vous que c'est chic, que c'est crâne, si je n'étais pas d'un autre temps, du temps de l'ancien régime, s'écria la vieille dame prenant la parole au nom des Champs-Élysées silencieux pour remercier Gilberte d'être venue sans se laisser intimider par le temps. Vous êtes comme moi, fidèle quand même à nos vieux Champs-Élysées ; nous sommes deux intrépides. Si je vous disais que je les aime, même ainsi. Cette neige, vous allez rire de moi, ça me fait penser à de l'hermine ! » Et la vieille dame se mit à rire.

Le premier de ces jours – auxquels la neige, image des puissances qui pouvaient me priver de voir Gilberte, donnait la tristesse d'un jour de séparation et jusqu'à l'aspect d'un jour de départ parce qu'il changeait la figure et empêchait presque l'usage du lieu habituel de nos seules entrevues maintenant changé, tout enveloppé de housses – ce jour fit [289] pourtant faire un progrès à mon amour, car il fut comme un premier chagrin qu'elle eût partagé avec moi. Il n'y avait que nous deux de notre bande, et être ainsi le seul qui fût avec elle, c'était non seulement comme un commencement d'intimité, mais aussi de sa part – comme si elle ne fût venue rien que pour moi, par un temps pareil – cela me semblait aussi touchant que si un de ces jours où elle était invitée à une matinée elle y avait renoncé pour venir me retrouver aux Champs-Élysées ; je prenais plus de confiance en la vitalité et en l'avenir de notre amitié qui restait vivace au milieu de l'engourdissement, de la solitude et de la ruine des choses environnantes ; et tandis qu'elle me mettait des boules de neige dans le cou, je souriais avec attendrissement à ce qui me semblait à la fois une prédilection qu'elle me marquait en me tolérant comme compagnon de voyage dans ce pays hivernal et nouveau, et une sorte de fidélité qu'elle me gardait au milieu du malheur. Bientôt l'une après l'autre, comme des moineaux hésitants, ses amies arrivèrent toutes noires sur la neige. Nous commençâmes à jouer et comme ce jour si tristement commencé devait finir dans la joie, comme je m'approchais, avant de jouer aux barres, de l'amie à la voix brève que j'avais entendue le premier jour crier le nom de Gilberte, elle me dit : « Non, non, on sait bien que vous aimez mieux être dans le camp de Gilberte, d'ailleurs vous voyez elle vous fait signe. » Elle m'appelait en effet pour que je vinsse sur la pelouse de neige, dans son camp, dont le soleil en lui donnant les reflets roses, l'usure métallique des brocarts anciens, faisait un Camp du Drap d'or[290].

Ce jour que j'avais tant redouté fut au contraire un des seuls où je ne fus pas trop malheureux.

Car, moi qui ne pensais plus qu'à ne jamais rester un jour sans voir Gilberte (au point qu'une fois ma grand-mère n'étant pas rentrée pour l'heure du dîner, je ne pus m'empêcher de me dire tout de suite que si elle avait été écrasée par une voiture, je ne pourrais pas aller de quelque temps aux Champs-Élysées ; on n'aime plus personne dès qu'on aime) pourtant ces moments où j'étais auprès d'elle et que depuis la veille j'avais si impatiemment attendus, pour lesquels j'avais tremblé, auxquels j'aurais sacrifié tout le reste, n'étaient nullement des moments heureux ; et je le savais bien car c'était les seuls moments de ma vie sur lesquels je concentrasse une attention méticuleuse, acharnée, et elle ne découvrait pas en eux un atome de plaisir.

Tout le temps que j'étais loin de Gilberte, j'avais besoin de la voir, parce que cherchant sans cesse à me représenter son image, je finissais par ne plus y réussir, et par ne plus savoir exactement à quoi correspondait mon amour. Puis, elle ne m'avait encore jamais dit qu'elle m'aimait. Bien au contraire, elle avait souvent prétendu qu'elle avait des amis qu'elle me préférait, que j'étais un bon camarade avec qui elle jouait volontiers quoique trop distrait, pas assez au jeu ; enfin elle m'avait donné souvent des marques apparentes de froideur qui auraient pu ébranler ma croyance que j'étais pour elle un être différent des autres, si cette croyance avait pris sa source dans un amour que Gilberte aurait eu pour moi, et non pas, comme cela était, dans l'amour que j'avais pour elle, ce qui la rendait autrement résistante, puisque cela la faisait dépendre de la manière même dont j'étais obligé, par une nécessité intérieure, de penser à Gilberte. Mais les sentiments que je ressentais pour elle, moi-même je ne les lui avais pas encore déclarés. Certes, à toutes les pages de mes cahiers, j'écrivais indéfiniment son nom et son adresse, mais à la vue de ces vagues lignes que je traçais sans qu'elle pensât pour cela à moi, qui lui faisaient prendre autour de moi tant de place apparente sans qu'elle fût mêlée davantage à ma vie, je me sentais découragé parce qu'elles ne me parlaient pas de Gilberte qui ne les verrait même pas, mais de mon propre désir qu'elles semblaient me montrer comme quelque chose de purement personnel, d'irréel, de fastidieux et d'impuissant. Le plus pressé était que nous nous vissions Gilberte et moi, et que nous pussions nous faire l'aveu réciproque de notre amour, qui jusque-là n'aurait pour ainsi dire pas commencé. Sans doute les diverses raisons qui me rendaient si impatient de la voir auraient été moins impérieuses pour un homme mûr. Plus tard, il arrive que devenus habiles dans la culture de nos plaisirs, nous nous contentions de celui que nous avons à penser à une femme comme je pensais à Gilberte, sans être inquiets de savoir si cette image correspond à la réalité, et aussi de celui de l'aimer sans avoir besoin d'être certains qu'elle nous aime ; ou encore que nous renoncions au plaisir de lui avouer notre inclination pour elle, afin d'entretenir plus vivace l'inclination qu'elle a pour nous, imitant ces jardiniers japonais qui, pour obtenir une plus belle fleur, en sacrifient plusieurs autres. Mais à l'époque où j'aimais Gilberte, je croyais encore que l'Amour existait réellement en dehors de nous ; que, en permettant tout au plus que nous écartions les obstacles, il offrait ses bonheurs dans un ordre auquel on n'était pas libre de rien changer ; il me semblait que si j'avais, de mon chef, substitué à la douceur de l'aveu la simulation de l'indifférence, je ne me serais pas seulement privé d'une des joies dont j'avais le plus rêvé mais que je me serais fabriqué à ma guise un amour factice et sans valeur, sans communication avec le vrai, dont j'aurais renoncé à suivre les chemins mystérieux et préexistants.

Mais quand j'arrivais aux Champs-Élysées et que d'abord j'allais pouvoir confronter mon amour, pour lui faire subir les rectifications nécessaires à sa cause vivante, indépendante de moi – dès que j'étais en présence de cette Gilberte Swann sur la vue de laquelle j'avais compté pour rafraîchir les images que ma mémoire fatiguée ne retrouvait plus, de cette Gilberte Swann avec qui j'avais joué hier, et que venait de me faire saluer et reconnaître un instinct aveugle comme celui qui dans la marche nous met un pied devant l'autre avant que nous ayons eu le temps de penser, aussitôt tout se passait comme si elle et la fillette qui était l'objet de mes rêves avaient été deux êtres différents. Par exemple si depuis la veille je portais dans ma mémoire deux yeux de feu dans des joues pleines et brillantes, la figure de Gilberte m'offrait maintenant avec insistance quelque chose que précisément je ne m'étais pas rappelé, un certain effilement aigu du nez qui, s'associant instantanément à d'autres traits, prenait l'importance de ces caractères qui en histoire naturelle définissent une espèce, et la transmuait en une fillette du genre de celles à museau pointu. Tandis que je m'apprêtais à profiter de cet instant désiré pour me livrer, sur l'image de Gilberte que j'avais préparée avant de venir et que je ne retrouvais plus dans ma tête, à la mise au point qui me permettrait dans les longues heures où j'étais seul d'être sûr que c'était bien elle que je me rappelais, que c'était bien mon amour pour elle que j'accroissais peu à peu comme un ouvrage qu'on compose, elle me passait une balle ; et comme le philosophe idéaliste dont le corps tient compte du monde extérieur à la réalité duquel son intelligence ne croit pas, le même moi qui m'avait fait la saluer avant que je l'eusse identifiée, s'empressait de me faire saisir la balle qu'elle me tendait (comme si elle était une camarade avec qui j'étais venu jouer, et non une âme sœur que j'étais venu rejoindre), me faisait lui tenir par bienséance jusqu'à l'heure où elle s'en allait, mille propos aimables et insignifiants et m'empêchait ainsi, ou de garder le silence pendant lequel j'aurais pu enfin remettre la main sur l'image urgente et égarée, ou de lui dire les paroles qui pouvaient faire faire à notre amour les progrès décisifs sur lesquels j'étais chaque fois obligé de ne plus compter que pour l'après-midi suivante. Il en faisait pourtant quelques-uns. Un jour nous étions allés avec Gilberte jusqu'à la baraque de notre marchande qui était particulièrement aimable pour nous – car c'était chez elle que M. Swann faisait acheter son pain d'épice, et par hygiène, il en consommait beaucoup, souffrant d'un eczéma ethnique et de la constipation des Prophètes – Gilberte me montrait en riant deux petits garçons qui étaient comme le petit coloriste et le petit naturaliste des livres d'enfants. Car l'un ne voulait pas d'un sucre d'orge rouge parce qu'il préférait le violet et l'autre, les larmes aux yeux, refusait une prune que voulait lui acheter sa bonne, parce que, finit-il par dire d'une voix passionnée :

« J'aime mieux l'autre prune, parce qu'elle a un ver ! » J'achetai deux billes d'un sou. Je regardais avec admiration, lumineuses et captives dans une sébile isolée, les billes d'agate qui me semblaient précieuses parce qu'elles étaient souriantes et blondes comme des jeunes filles et parce qu'elles coûtaient cinquante centimes pièce. Gilberte à qui on donnait beaucoup plus d'argent qu'à moi me demanda laquelle je trouvais la plus belle. Elles avaient la transparence et le fondu de la vie. Je n'aurais voulu lui en faire sacrifier aucune. J'aurais aimé qu'elle pût les acheter, les délivrer toutes. Pourtant je lui en désignai une qui avait la couleur de ses yeux. Gilberte la prit, chercha son rayon doré, la caressa, paya sa rançon, mais aussitôt me remit sa captive en me disant : « Tenez, elle est à vous, je vous la donne, gardez-la comme souvenir. »

Une autre fois, toujours préoccupé du désir d'entendre la Berma dans une pièce classique, je lui avais demandé si elle ne possédait pas une brochure où Bergotte parlait de Racine, et qui ne se trouvait plus dans le commerce. Elle m'avait prié de lui en rappeler le titre exact, et le soir je lui avais adressé un petit télégramme en écrivant sur l'enveloppe ce nom de Gilberte Swann que j'avais tant de fois tracé sur mes cahiers. Le lendemain elle m'apporta dans un paquet noué de faveurs mauves et scellé de cire blanche, la brochure qu'elle avait fait chercher. « Vous voyez que c'est bien ce que vous m'avez demandé », me dit-elle, tirant de son manchon le télégramme que je lui avais envoyé. Mais dans l'adresse de ce pneumatique – qui, hier encore n'était rien, n'était qu'un petit bleu que j'avais écrit, et qui depuis qu'un télégraphiste l'avait remis au concierge de Gilberte et qu'un domestique l'avait porté jusqu'à sa chambre, était devenu cette chose sans prix, un des petits bleus qu'elle avait reçus ce jour-là – j'eus peine à reconnaître les lignes vaines et solitaires de mon écriture sous les cercles imprimés qu'y avait apposés la poste, sous les inscriptions qu'y avait ajoutées au crayon un des facteurs, signes de réalisation effective, cachets du monde extérieur, violettes ceintures symboliques de la vie, qui pour la première fois venaient épouser, maintenir, relever, réjouir mon rêve.

Et il y eut un jour aussi où elle me dit : « Vous savez, vous pouvez m'appeler Gilberte, en tous cas moi, je vous appellerai par votre nom de baptême. C'est trop gênant. » Pourtant elle continua encore un moment à se contenter de me dire « vous » et comme je le lui faisais remarquer, elle sourit, et composant, construisant une phrase comme celles qui dans les grammaires étrangères n'ont d'autre but que de nous faire employer un mot nouveau, elle la termina par mon petit nom. Et me souvenant plus tard de ce que j'avais senti alors, j'y ai démêlé l'impression d'avoir été tenu un instant dans sa bouche, moi-même, nu, sans plus aucune des modalités sociales qui appartenaient aussi, soit à ses autres camarades, soit, quand elle disait mon nom de famille, à mes parents, et dont ses lèvres – en l'effort qu'elle faisait, un peu comme son père, pour articuler les mots qu'elle voulait mettre en valeur – eurent l'air de me dépouiller, de me dévêtir, comme de sa peau un fruit dont on ne peut avaler que la pulpe, tandis que son regard, se mettant au même degré nouveau d'intimité que prenait sa parole, m'atteignait aussi plus directement, non sans témoigner la conscience, le plaisir et jusque la gratitude qu'il en avait, en se faisant accompagner d'un sourire.

Mais au moment même, je ne pouvais apprécier la valeur de ces plaisirs nouveaux. Ils n'étaient pas donnés par la fillette que j'aimais, au moi qui l'aimait, mais par l'autre, par celle avec qui je jouais, à cet autre moi qui ne possédait ni le souvenir de la vraie Gilberte, ni le cœur indisponible qui seul aurait pu savoir le prix d'un bonheur, parce que seul il l'avait désiré. Même après être rentré à la maison je ne les goûtais pas, car, chaque jour, la nécessité qui me faisait espérer que le lendemain j'aurais la contemplation exacte, calme, heureuse de Gilberte, qu'elle m'avouerait enfin son amour, en m'expliquant pour quelles raisons elle avait dû me le cacher jusqu'ici, cette même nécessité me forçait à tenir le passé pour rien, à ne jamais regarder que devant moi, à considérer les petits avantages qu'elle m'avait donnés non pas en eux-mêmes et comme s'ils se suffisaient, mais comme des échelons nouveaux où poser le pied, qui allaient me permettre de faire un pas de plus en avant et d'atteindre enfin le bonheur que je n'avais pas encore rencontré.

Si elle me donnait parfois de ces marques d'amitié, elle me faisait aussi de la peine en ayant l'air de ne pas avoir de plaisir à me voir, et cela arrivait souvent les jours mêmes sur lesquels j'avais le plus compté pour réaliser mes espérances. J'étais sûr que Gilberte viendrait aux Champs-Élysées et j'éprouvais une allégresse qui me paraissait seulement la vague anticipation d'un grand bonheur quand – entrant dès le matin au salon pour embrasser maman déjà toute prête, la tour de ses cheveux noirs entièrement construite, et ses belles mains blanches et potelées sentant encore le savon – j'avais appris, en voyant une colonne de poussière se tenir debout toute seule au-dessus du piano, et en entendant un orgue de Barbarie jouer sous la fenêtre : *En revenant de la revue* [291] que l'hiver recevait jusqu'au soir la visite inopinée et radieuse d'une journée de printemps. Pendant que nous déjeunions, en ouvrant sa croisée, la dame d'en face avait fait décamper en un clin d'œil, d'à côté de ma chaise – rayant d'un seul bond toute la largeur de notre salle à manger – un rayon qui y avait commencé sa sieste et était déjà revenu la continuer l'instant d'après. Au collège, à la classe d'une heure, le soleil me faisait languir d'impatience et d'ennui en laissant traîner une lueur dorée jusque sur mon pupitre, comme une invitation à la fête où je ne pourrais arriver avant trois heures, jusqu'au moment où Françoise venait me chercher à la sortie, et où nous nous acheminions vers les Champs-Élysées par les rues décorées de lumière, encombrées par la foule, et où les balcons, descellés par le soleil et vaporeux, flottaient devant les maisons comme des nuages d'or. Hélas ! aux Champs-Élysées je ne trouvais pas Gilberte, elle n'était pas encore arrivée. Immobile sur la pelouse nourrie par le soleil invisible qui çà et là faisait flamboyer la pointe d'un brin d'herbe, et sur laquelle les pigeons qui s'y étaient posés avaient l'air de sculptures antiques que la pioche du jardinier a ramenées à la surface d'un sol auguste, je restais les yeux fixés sur l'horizon, je m'attendais à tout moment à voir apparaître l'image de Gilberte suivant son institutrice, derrière la statue qui semblait tendre l'enfant qu'elle portait et qui ruisselait de rayons, à la bénédiction du soleil. La vieille lectrice des *Débats* était assise sur son fauteuil, toujours à la même place, elle interpellait un gardien à qui elle faisait un geste amical de la main en lui criant : « Quel joli temps ! » Et la préposée s'étant approchée d'elle pour percevoir le prix du fauteuil, elle faisait mille minauderies en mettant dans l'ouverture de son gant le ticket de dix centimes comme si ç'avait été un bouquet, pour qui elle cherchait, par amabilité pour le donateur, la place la plus flatteuse possible. Quand elle l'avait trouvée, elle faisait exécuter une évolution circulaire à son cou, redressait son boa, et plantait sur la chaisière, en lui montrant le bout de papier jaune qui dépassait sur son poignet, le beau sourire dont une femme, en indiquant son corsage à un jeune homme, lui dit : « Vous reconnaissez vos roses ! »

J'emmenais Françoise au-devant de Gilberte jusqu'à l'Arc-de-Triomphe, nous ne la rencontrions pas, et je revenais vers la pelouse persuadé qu'elle ne viendrait plus, quand, devant les chevaux de bois, la fillette à la voix brève se jetait sur moi : « Vite, vite, il y a déjà un quart d'heure que Gilberte est arrivée. Elle va repartir bientôt. On vous attend pour faire une partie de barres. » Pendant que je montais l'avenue des Champs-Élysées, Gilberte était venue par la rue Boissy-d'Anglas, Mademoiselle ayant profité du beau temps pour faire des courses pour elle ; et M. Swann allait venir chercher sa fille. Aussi c'était ma faute ; je n'aurais pas dû m'éloigner de la pelouse ; car on ne savait jamais sûrement par quel côté Gilberte viendrait, si ce serait plus ou moins tard, et cette attente finissait par me rendre plus émouvants, non seulement les Champs-Élysées entiers et toute la durée de l'après-midi, comme une immense étendue d'espace et de temps sur chacun des points et à chacun des moments de laquelle il était possible qu'apparût l'image de Gilberte, mais encore cette image, elle-même, parce que derrière cette image je sentais se cacher la raison pour laquelle elle m'était décochée en plein cœur, à quatre heures au lieu de deux heures et demie, surmontée d'un chapeau de visite à la place d'un béret de jeu, devant les « Ambassadeurs[292] » et non entre les deux guignols, je devinais quelqu'une de ces occupations où je ne pouvais suivre Gilberte et qui la forçaient à sortir ou à rester à la maison, j'étais en contact avec le mystère de sa vie inconnue. C'était ce mystère aussi qui me troublait quand, courant sur l'ordre de la fillette à la voix brève pour commencer tout de suite notre partie de barres, j'apercevais Gilberte, si vive et brusque avec nous, faisant une révérence à la dame aux *Débats* (qui lui disait : « Quel beau soleil, on dirait du feu »), lui parlant avec un sourire timide, d'un air compassé qui m'évoquait la jeune fille différente que Gilberte devait être chez ses parents, avec les amis de ses parents, en visite, dans toute son autre existence qui m'échappait. Mais de cette existence, personne ne me donnait l'impression comme M. Swann qui venait[293] un peu après pour retrouver sa fille. C'est que lui et Mme Swann – parce que leur fille habitait chez eux, parce que ses études, ses jeux, ses amitiés dépendaient d'eux – contenaient pour moi, comme Gilberte, peut-être même plus que Gilberte, comme il convenait à des dieux tout-puissants sur elle en qui il aurait eu sa source, un inconnu inaccessible, un charme douloureux. Tout ce qui les concernait était de ma part l'objet d'une préoccupation si constante que les jours où, comme ceux-là, M. Swann (que j'avais vu si souvent autrefois sans qu'il excitât ma curiosité, quand il était lié avec mes parents) venait chercher Gilberte aux Champs-Élysées, une fois calmés les battements de cœur qu'avait excités en moi l'apparition de son chapeau gris et de son manteau à pèlerine, son aspect m'impressionnait encore comme celui d'un personnage historique sur lequel nous venons de lire une série d'ouvrages et dont les moindres particularités nous passionnent. Ses relations avec le Comte de Paris qui, quand j'en entendais parler à Combray, me semblaient indifférentes, prenaient maintenant pour moi quelque chose de merveilleux, comme si personne d'autre n'eût jamais connu les Orléans ; elles le faisaient se détacher vivement sur le fond vulgaire des promeneurs de différentes classes qui encombraient cette allée des Champs-Élysées, et au milieu desquels j'admirais qu'il consentît à figurer sans réclamer d'eux d'égards spéciaux, qu'aucun d'ailleurs ne songeait à lui rendre, tant était profond l'incognito dont il était enveloppé.

Il répondait poliment aux saluts des camarades de Gilberte, même au mien quoiqu'il fût brouillé avec ma famille, mais sans avoir l'air de me connaître. (Cela me rappela qu'il m'avait pourtant vu bien souvent à la campagne ; souvenir que j'avais gardé mais dans l'ombre, parce que depuis que j'avais revu Gilberte, pour moi Swann était surtout son père, et non plus le Swann de Combray ; comme les idées sur lesquelles j'embranchais maintenant son nom étaient différentes des idées dans le réseau desquelles il était autrefois compris et que je n'utilisais plus jamais quand j'avais à penser à lui, il était devenu un personnage nouveau ; je le rattachai pourtant par une ligne artificielle, secondaire et transversale à notre invité d'autrefois ; et comme rien n'avait plus pour moi de prix que dans la mesure où mon amour pouvait en profiter, ce fut avec un mouvement de honte et le regret de ne pouvoir les effacer que je retrouvai les années où aux yeux de ce même Swann qui était en ce moment devant moi aux Champs-Élysées et à qui heureusement Gilberte n'avait peut-être pas dit mon nom, je m'étais si souvent le soir rendu ridicule en envoyant demander à maman de monter dans ma chambre me dire bonsoir, pendant qu'elle prenait le café avec lui, mon père et mes grands-parents à la table du jardin.) Il disait à Gilberte qu'il lui permettait de faire une partie, qu'il pouvait attendre un quart d'heure et, s'asseyant comme tout le monde sur une chaise de fer payait son ticket de cette main que Philippe VII [294] avait si souvent retenue dans la sienne, tandis que nous commencions à jouer sur la pelouse, faisant envoler les pigeons dont les beaux corps irisés qui ont la forme d'un cœur et sont comme les lilas du règne des oiseaux, venaient se réfugier comme en des lieux d'asile, tel sur le grand vase de pierre à qui son bec en y disparaissant faisait faire le geste et assignait la destination d'offrir en abondance les fruits ou les graines qu'il avait l'air d'y picorer, tel autre sur le front de la statue, qu'il semblait surmonter d'un de ces objets en émail desquels la polychromie varie dans certaines œuvres antiques la monotonie de la pierre, et d'un attribut, qui quand la déesse le porte lui vaut une épithète particulière, et en fait, comme pour une mortelle un prénom différent, une divinité nouvelle.

Un de ces jours de soleil qui n'avait pas réalisé mes espérances, je n'eus pas le courage de cacher ma déception à Gilberte.

« J'avais justement beaucoup de choses à vous demander, lui dis-je. Je croyais que ce jour compterait beaucoup dans notre amitié. Et aussitôt arrivée, vous allez partir ! Tâchez de venir demain de bonne heure, que je puisse enfin vous parler. »

Sa figure resplendit et ce fut en sautant de joie qu'elle me répondit :

« Demain, comptez-y, mon bel ami, mais je ne viendrai pas ! j'ai un grand goûter ; après-demain non plus, je vais chez une amie pour voir de ses fenêtres l'arrivée du roi Théodose, ce sera superbe, et le lendemain encore à *Michel Strogoff* [295] et puis après, cela va être bientôt Noël et les vacances du jour de l'An. Peut-être on va m'emmener dans le Midi. Ce que ce serait chic ! quoique cela me fera manquer un arbre de Noël ; en tous cas si je reste à

Paris, je ne viendrai pas ici car j'irai faire des visites avec maman. Adieu, voilà papa qui m'appelle. »

Je revins avec Françoise par les rues qui étaient encore pavoisées de soleil, comme au soir d'une fête qui est finie. Je ne pouvais pas traîner mes jambes.

« Ça n'est pas étonnant, dit Françoise, ce n'est pas un temps de saison, il fait trop chaud. Hélas ! mon Dieu, de partout il doit y avoir bien des pauvres malades, c'est à croire que là-haut aussi tout se détraque. »

Je me redisais en étouffant mes sanglots les mots où Gilberte avait laissé éclater sa joie de ne pas venir de longtemps aux Champs-Élysées. Mais déjà le charme dont, par son simple fonctionnement, se remplissait mon esprit dès qu'il songeait à elle, la position particulière, unique – fût-elle affligeante – où me plaçait inévitablement par rapport à Gilberte, la contrainte interne d'un pli mental, avaient commencé à ajouter, même à cette marque d'indifférence, quelque chose de romanesque, et au milieu de mes larmes se formait un sourire qui n'était que l'ébauche timide d'un baiser. Et quand vint l'heure du courrier, je me dis ce soir-là comme tous les autres : « Je vais recevoir une lettre de Gilberte, elle va me dire enfin qu'elle n'a jamais cessé de m'aimer, et m'expliquera la raison mystérieuse pour laquelle elle a été forcée de me le cacher jusqu'ici, de faire semblant de pouvoir être heureuse sans me voir, la raison pour laquelle elle a pris l'apparence de la Gilberte simple camarade. »

Tous les soirs je me plaisais à imaginer cette lettre, je croyais la lire, je m'en récitais chaque phrase. Tout d'un coup je m'arrêtais effrayé. Je comprenais que si je devais recevoir une lettre de Gilberte, ce ne pourrait pas en tous cas être celle-là, puisque c'était moi qui venais de la composer. Et dès lors, je m'efforçais de détourner ma pensée des mots que j'aurais aimé qu'elle m'écrivît, par peur en les énonçant, d'exclure justement ceux-là – les plus chers, les plus désirés – du champ des réalisations possibles. Même si par une invraisemblable coïncidence, c'eût été justement la lettre que j'avais inventée que de son côté m'eût adressée Gilberte, y reconnaissant mon œuvre, je n'eusse pas eu l'impression de recevoir quelque chose qui ne vînt pas de moi, quelque chose de réel, de nouveau, un bonheur extérieur à mon esprit, indépendant de ma volonté, vraiment donné par l'amour.

En attendant je relisais une page que ne m'avait pas écrite Gilberte, mais qui du moins me venait d'elle, cette page de Bergotte sur la beauté des vieux mythes dont s'est inspiré Racine, et que, à côté de la bille d'agate, je gardais toujours auprès de moi. J'étais attendri par la bonté de mon amie qui me l'avait fait rechercher ; et comme chacun a besoin de trouver des raisons à sa passion, jusqu'à être heureux de reconnaître dans l'être qu'il aime des qualités que la littérature ou la conversation lui ont appris être de celles qui sont dignes d'exciter l'amour, jusqu'à les assimiler par imitation et en faire des raisons nouvelles de son amour, ces qualités fussent-elles les plus opposées à celles que cet amour eût recherchées tant qu'il était spontané – comme Swann autrefois le caractère esthétique de la beauté d'Odette – moi, qui avais d'abord aimé Gilberte, dès Combray, à cause de tout l'inconnu de sa vie, dans lequel j'aurais voulu me précipiter, m'incarner, en délaissant la mienne qui ne m'était plus rien, je pensais maintenant comme à un inestimable avantage, que de cette mienne vie trop connue, dédaignée, Gilberte pourrait devenir un jour l'humble servante, la commode et confortable collaboratrice, qui le soir, m'aidant dans mes travaux, collationnerait pour moi des brochures. Quant à Bergotte, ce vieillard infiniment sage et presque divin à cause de qui j'avais d'abord aimé Gilberte, avant même de l'avoir vue, maintenant c'était surtout à cause de Gilberte que je l'aimais. Avec autant de plaisir que les pages qu'il avait écrites sur Racine, je regardais le papier fermé de grands cachets de cire blancs et noué d'un flot de rubans mauves dans lequel elle me les avait apportées. Je baisais [296] la bille d'agate qui était la meilleure part du cœur de mon amie, la part qui n'était pas frivole, mais fidèle, et qui bien que parée du charme mystérieux de la vie de Gilberte demeurait près de moi, habitait ma chambre, couchait dans mon lit. Mais la beauté de cette pierre, et la beauté aussi de ces pages de Bergotte, que j'étais heureux d'associer à l'idée de mon amour pour Gilberte comme si dans les moments où celui-ci ne m'apparaissait plus que comme un néant, elles lui donnaient une sorte de consistance, je m'apercevais qu'elles étaient antérieures à cet amour, qu'elles ne lui ressemblaient pas, que leurs éléments avaient été fixés par le talent ou par les lois minéralogiques avant que Gilberte ne me connût, que rien dans le livre ni dans la pierre n'eût été autre si Gilberte ne m'avait pas aimé et que rien par conséquent ne m'autorisait à lire en eux un message de bonheur. Et tandis que mon amour attendant sans cesse du lendemain l'aveu de celui de Gilberte, annulait, défaisait chaque soir le travail mal fait de la journée, dans l'ombre de moi-même une ouvrière inconnue ne laissait pas au rebut les fils arrachés et les disposait, sans souci de me plaire et de travailler à mon bonheur, dans un ordre différent qu'elle donnait à tous ses ouvrages. Ne portant aucun intérêt particulier à mon amour, ne commençant pas par décider que j'étais aimé, elle recueillait les actions de Gilberte qui m'avaient semblé inexplicables et ses fautes que j'avais excusées. Alors les unes et les autres prenaient un sens. Il semblait dire, cet ordre nouveau, qu'en voyant Gilberte, au lieu qu'elle vînt aux Champs-Élysées, aller à une matinée, faire des courses avec son institutrice et se préparer à une absence pour les vacances du jour de l'An, j'avais tort de penser[297] : « C'est qu'elle est frivole ou docile. » Car elle eût cessé d'être l'un ou l'autre si elle m'avait aimé, et si elle avait été forcée d'obéir c'eût été avec le même désespoir que j'avais les jours où je ne la voyais pas. Il disait encore, cet ordre nouveau, que je devais pourtant savoir ce que c'était qu'aimer puisque j'aimais Gilberte ; il me faisait remarquer le souci perpétuel que j'avais de me faire valoir à ses yeux, à cause duquel j'essayais de persuader à ma mère d'acheter à Françoise un caoutchouc et un chapeau avec un plumet bleu [298], ou plutôt de ne plus m'envoyer aux Champs-Élysées avec cette bonne dont je rougissais (à quoi ma mère répondait que j'étais injuste pour Françoise, que c'était une brave femme qui nous était dévouée), et aussi ce besoin unique de voir Gilberte qui faisait que des mois d'avance je ne pensais qu'à tâcher d'apprendre à quelle époque elle quitterait Paris et où elle irait, trouvant le pays le plus agréable un lieu d'exil si elle ne devait pas y être, et ne désirant que rester toujours à Paris tant que je pourrais la voir aux Champs-Élysées ; et il n'avait pas de peine à me montrer que ce souci-là, ni ce besoin, je ne les trouverais sous les actions de Gilberte. Elle au contraire appréciait son institutrice, sans s'inquiéter de ce que j'en pensais. Elle trouvait naturel de ne pas venir aux Champs-Élysées, si c'était pour aller faire des emplettes avec Mademoiselle, agréable, si c'était pour sortir avec sa mère. Et à supposer même qu'elle m'eût permis d'aller passer les vacances au même endroit qu'elle, du moins pour choisir cet endroit elle s'occupait du désir de ses parents, de mille amusements dont on lui avait parlé et nullement que ce fût celui où ma famille avait l'intention de m'envoyer. Quand elle m'assurait parfois qu'elle m'aimait moins qu'un de ses amis, moins qu'elle ne m'aimait la veille parce que je lui avais fait perdre sa partie par une négligence, je lui demandais pardon, je lui demandais ce qu'il fallait faire pour qu'elle recommençât à m'aimer autant, pour qu'elle m'aimât plus que les autres ; je voulais qu'elle me dît que c'était déjà fait, je l'en suppliais comme si elle avait pu modifier son affection pour moi à son gré, au mien, pour me faire plaisir, rien que par les mots qu'elle dirait, selon ma bonne ou ma mauvaise conduite. Ne savais-je donc pas que ce que j'éprouvais, moi, pour elle, ne dépendait ni de ses actions, ni de ma volonté ?

Il disait enfin, l'ordre nouveau dessiné par l'ouvrière invisible, que si nous pouvons désirer que les actions d'une personne qui nous a peinés jusqu'ici n'aient pas été sincères, il y a dans leur suite une clarté contre quoi notre désir ne peut rien et à laquelle, plutôt qu'à lui, nous devons demander quelles seront ses actions de demain [299].

Ces paroles nouvelles, mon amour les entendait ; elles le persuadaient que le lendemain ne serait pas différent de ce qu'avaient été tous les autres jours ; que le sentiment de Gilberte pour moi, trop ancien déjà pour pouvoir changer, c'était l'indifférence ; que dans mon amitié avec Gilberte, c'est moi seul qui aimais. « C'est vrai, répondait mon amour, il n'y a plus rien à faire de cette amitié-là, elle ne changera pas. » Alors dès le lendemain (ou attendant une fête s'il y en avait une prochaine, un anniversaire, le nouvel an peut-être, un de ces jours qui ne sont pas pareils aux autres, où le temps recommence sur de nouveaux frais en rejetant l'héritage du passé, en n'acceptant pas le legs de ses tristesses), je demandais à Gilberte de renoncer à notre amitié ancienne et de jeter les bases d'une nouvelle amitié.

J'avais [300] toujours à portée de ma main un plan de Paris qui, parce qu'on pouvait y distinguer la rue où habitaient M. et Mme Swann, me semblait contenir un trésor. Et par plaisir, par une sorte de fidélité chevaleresque aussi, à propos de n'importe quoi, je disais le nom de cette rue, si bien que mon père me demandait, n'étant pas comme ma mère et ma grand-mère au courant de mon amour :

« Mais pourquoi parles-tu tout le temps de cette rue, elle n'a rien d'extraordinaire, elle est très agréable à habiter parce qu'elle est à deux pas du Bois, mais il y en a dix autres dans le même cas. »

Je m'arrangeais à tout propos à faire prononcer à mes parents le nom de Swann : certes je me le répétais mentalement sans cesse, mais j'avais besoin aussi d'entendre sa sonorité délicieuse et de me faire jouer cette musique dont la lecture muette ne me suffisait pas. Ce nom de Swann d'ailleurs que je connaissais depuis si longtemps, était maintenant pour moi, ainsi qu'il arrive à certains aphasiques à l'égard des mots les plus usuels, un nom nouveau. Il était toujours présent à ma pensée et pourtant elle ne pouvait pas s'habituer à lui. Je le décomposais, je l'épelais, son orthographe était pour moi une surprise. Et en même temps que d'être familier, il avait cessé de me paraître innocent. Les joies que je prenais à l'entendre, je les croyais si coupables, qu'il me semblait qu'on devinait ma pensée et qu'on changeait la conversation si je cherchais à l'y amener. Je me rabattais sur les sujets qui touchaient encore à Gilberte, je rabâchais sans fin les mêmes paroles, et j'avais beau savoir que ce n'était que des paroles – des paroles prononcées loin d'elle, qu'elle n'entendait pas, des paroles sans vertu qui répétaient ce qui était, mais ne le pouvaient modifier – pourtant il me semblait qu'à force de manier, de brasser ainsi tout ce qui avoisinait Gilberte j'en ferais peut-être sortir quelque chose d'heureux. Je redisais à mes parents que Gilberte aimait bien son institutrice, comme si cette proposition énoncée pour la centième fois allait avoir enfin pour effet de faire brusquement entrer Gilberte venant à tout jamais vivre avec nous. Je reprenais l'éloge de la vieille dame qui lisait les *Débats* (j'avais insinué à mes parents que c'était une ambassadrice ou peut-être une altesse) et je continuai à célébrer sa beauté, sa magnificence, sa noblesse, jusqu'au jour où je dis que d'après le nom qu'avait prononcé Gilberte elle devait s'appeler Mme Blatin.

« Oh ! mais je vois ce que c'est, s'écria ma mère, tandis que je me sentais rougir de honte. À la garde ! À la garde ! comme aurait dit ton pauvre grand-père. Et c'est elle que tu trouves belle ! Mais elle est horrible et elle l'a toujours été. C'est la veuve d'un huissier. Tu ne te rappelles pas quand tu étais enfant les manèges que je faisais pour l'éviter à la leçon de gymnastique où, sans me connaître, elle voulait venir me parler sous prétexte de me dire que tu étais "trop beau pour un garçon". Elle a toujours eu la rage de connaître du monde et il faut bien qu'elle soit une espèce de folle comme j'ai toujours pensé, si elle connaît vraiment Mme Swann. Car si elle était d'un milieu fort commun, au moins il n'y a jamais rien eu que je sache à dire sur elle. Mais il fallait toujours qu'elle se fasse des relations. Elle est horrible, affreusement vulgaire, et avec cela faiseuse d'embarras. »

Quant à Swann, pour tâcher de lui ressembler, je passais tout mon temps à table, à me tirer sur le nez et à me frotter les yeux. Mon père disait : « Cet enfant est idiot, il deviendra affreux. » J'aurais surtout voulu être aussi chauve que Swann. Il me semblait un être si extraordinaire que je trouvais merveilleux que des personnes que je fréquentais le connussent aussi et que dans les hasards d'une journée quelconque on pût être amené à le rencontrer. Et une fois, ma mère, en train de nous raconter, comme chaque soir à dîner, les courses qu'elle avait faites dans l'après-midi, rien qu'en disant : « À ce propos, devinez qui j'ai rencontré aux Trois Quartiers, au rayon des parapluies : Swann », fit éclore au milieu de son récit, fort aride pour moi, une fleur mystérieuse. Quelle mélancolique volupté, d'apprendre que cet après-midi-là, profilant dans la foule sa forme surnaturelle, Swann avait été acheter un parapluie. Au milieu des événements grands et minimes, également indifférents, celui-là éveillait en moi ces vibrations particulières dont était perpétuellement ému mon amour pour Gilberte. Mon père disait que je ne m'intéressais à rien parce que je n'écoutais pas quand on parlait des conséquences politiques que pouvait avoir la visite du roi Théodose, en ce moment l'hôte de la France et, prétendait-on, son allié. Mais combien en revanche, j'avais envie de savoir si Swann avait son manteau à pèlerine !

« Est-ce que vous vous êtes dit bonjour ? demandai-je.

– Mais naturellement, répondit ma mère qui avait toujours l'air de craindre que si elle eût avoué que nous étions en froid avec Swann, on eût cherché à les réconcilier plus qu'elle ne souhaitait, à cause de Mme Swann qu'elle ne voulait pas connaître. C'est lui qui est venu me saluer, je ne le voyais pas.

– Mais alors, vous n'êtes pas brouillés ?

– Brouillés ? mais pourquoi veux-tu que nous soyons brouillés ? répondit-elle vivement comme si j'avais attenté à la fiction de ses bons rapports avec Swann et essayé de travailler à un "rapprochement".

– Il pourrait t'en vouloir de ne plus l'inviter.

– On n'est pas obligé d'inviter tout le monde ; est-ce qu'il m'invite ? Je ne connais pas sa femme.

– Mais il venait bien à Combray.

– Eh bien oui ! il venait à Combray, et puis à Paris il a autre chose à faire et moi aussi. Mais je t'assure que nous n'avions pas du tout l'air de deux personnes brouillées. Nous sommes restés un moment ensemble parce qu'on ne lui apportait pas son paquet. Il m'a demandé de tes nouvelles, il m'a dit que tu jouais avec sa fille », ajouta ma mère, m'émerveillant du prodige que j'existasse dans l'esprit de Swann, bien plus, que ce fût d'une façon assez complète, pour que, quand je tremblais d'amour devant lui aux Champs-Élysées, il sût mon nom, qui était ma mère, et pût amalgamer autour de ma qualité de camarade de sa fille quelques renseignements sur mes grands-parents, leur famille, l'endroit que nous habitions, certaines particularités de notre vie d'autrefois, peut-être même inconnues de moi. Mais ma mère ne paraissait pas avoir trouvé un charme particulier à ce rayon des Trois Quartiers où elle avait représenté pour Swann, au moment où il l'avait vue, une personne définie avec qui il avait des souvenirs communs qui avaient motivé chez lui le mouvement de s'approcher d'elle, le geste de la saluer.

Ni elle d'ailleurs ni mon père ne semblaient non plus trouver à parler des grands-parents de Swann, du titre d'agent de change honoraire, un plaisir qui passât tous les autres. Mon imagination avait isolé et consacré dans le Paris social une certaine famille comme elle avait fait dans le Paris de pierre pour une certaine maison dont elle avait sculpté la porte cochère et rendu précieuses les fenêtres. Mais ces ornements, j'étais seul à les voir.

De même que mon père et ma mère trouvaient la maison qu'habitait Swann pareille aux autres maisons construites en même temps dans le quartier du Bois, de même la famille de Swann leur semblait du même genre que beaucoup d'autres familles d'agents de change. Ils la jugeaient plus ou moins favorablement selon le degré où elle avait participé à des mérites communs au reste de l'univers et ne lui trouvaient rien d'unique. Ce qu'au contraire ils y appréciaient, ils le rencontraient à un degré égal, ou plus élevé, ailleurs. Aussi après avoir trouvé la maison bien située, ils parlaient d'une autre qui l'était mieux, mais qui n'avait rien à voir avec Gilberte, ou de financiers d'un cran supérieur à son grand-père ; et s'ils avaient eu l'air un moment d'être du même avis que moi, c'était par un malentendu qui ne tardait pas à se dissiper. C'est que, pour percevoir dans tout ce qui entourait Gilberte, une qualité inconnue, analogue dans le monde des émotions à ce que peut être dans celui des couleurs l'infrarouge, mes parents étaient dépourvus de ce sens supplémentaire et momentané dont m'avait doté l'amour.

Les jours où Gilberte m'avait annoncé qu'elle ne devait pas venir aux Champs-Élysées, je tâchais de faire des promenades qui me rapprochassent un peu d'elle. Parfois j'emmenais Françoise en pèlerinage devant la maison qu'habitaient les Swann. Je lui faisais répéter sans fin ce que, par l'institutrice, elle avait appris relativement à Mme Swann. « Il paraît qu'elle a bien confiance à des médailles. Jamais elle ne partira en voyage si elle a entendu la chouette, ou bien comme un tic-tac d'horloge dans le mur, ou si elle a vu un chat à ménuit, ou si le bois d'un meuble, il a craqué. Ah ! c'est une personne très croyante ! » J'étais si amoureux de Gilberte que si sur le chemin j'apercevais leur vieux maître d'hôtel promenant un chien, l'émotion m'obligeait à m'arrêter, j'attachais sur ses favoris blancs des regards pleins de passion. Françoise me disait :

« Qu'est-ce que vous avez ? »

Puis, nous poursuivions notre route jusque devant leur porte cochère où un concierge différent de tout concierge, et pénétré jusque dans les galons de sa livrée du même charme douloureux que j'avais ressenti dans le nom de Gilberte, avait l'air de savoir que j'étais de ceux à qui une indignité originelle interdirait toujours de pénétrer dans la vie mystérieuse qu'il était chargé de garder et sur laquelle les fenêtres de l'entresol paraissaient conscientes d'être refermées, ressemblant beaucoup moins entre la noble retombée de leurs rideaux de mousseline à n'importe quelles autres fenêtres, qu'aux regards de Gilberte. D'autres fois, nous allions sur les boulevards et je me postais à l'entrée de la rue Duphot [301] ; on m'avait dit qu'on pouvait souvent y voir passer Swann se rendant chez son dentiste ; et mon imagination différenciait tellement le père de Gilberte du reste de l'humanité, sa présence au milieu du monde réel y introduisait tant de merveilleux, que, avant même d'arriver à la Madeleine, j'étais ému à la pensée d'approcher d'une rue où pouvait se produire inopinément l'apparition surnaturelle.

Mais le plus souvent [302] – quand je ne devais pas voir Gilberte – comme j'avais appris que Mme Swann se promenait presque chaque jour dans l'allée « des Acacias [303] », autour du grand Lac, et dans l'allée de la « Reine-Marguerite », je dirigeais Françoise du côté du Bois de Boulogne. Il était pour moi comme ces jardins zoologiques où l'on voit rassemblés des flores diverses et des paysages opposés ; où, après une colline on trouve une grotte, un pré, des rochers, une rivière, une fosse, une colline, un marais, mais où l'on sait qu'ils ne sont là que pour fournir aux ébats de l'hippopotame, des zèbres, des crocodiles, des lapins russes, des ours et du héron, un milieu approprié ou un cadre pittoresque ; lui, le Bois, complexe aussi, réunissant des petits mondes divers et clos – faisant succéder quelque ferme plantée d'arbres rouges, de chênes d'Amérique, comme une exploitation agricole dans la Virginie, à une sapinière au bord du lac, ou à une futaie d'où surgit tout à coup dans sa souple fourrure, avec les beaux yeux d'une bête, quelque promeneuse rapide – il était le Jardin des femmes ; et – comme l'allée de Myrtes de l'*Énéide*[304] – plantée pour elles d'arbres d'une seule essence, l'allée des Acacias était fréquentée par les Beautés célèbres. Comme, de loin, la culmination du rocher d'où elle se jette dans l'eau, transporte de joie les enfants qui savent qu'ils vont voir l'otarie, bien avant d'arriver à l'allée des Acacias leur parfum qui, irradiant alentour, faisait sentir de loin l'approche et la singularité d'une puissante et molle individualité végétale ; puis, quand je me rapprochais, le faîte aperçu de leur frondaison légère et mièvre, d'une élégance facile, d'une coupe coquette et d'un mince tissu, sur laquelle des centaines de fleurs s'étaient abattues comme des colonies ailées et vibratiles de parasites précieux ; enfin jusqu'à leur nom féminin, désœuvré et doux, me faisaient battre le cœur mais d'un désir mondain, comme ces valses qui ne nous évoquent plus que le nom des belles invitées que l'huissier annonce à l'entrée d'un bal. On m'avait dit que je verrais dans l'allée certaines élégantes que, bien qu'elles n'eussent pas toutes été épousées, l'on citait habituellement à côté de Mme Swann, mais le plus souvent sous leur nom de guerre ; leur nouveau nom, quand il y en avait un, n'était qu'une sorte d'incognito que ceux qui voulaient parler d'elles avaient soin de lever pour se faire comprendre. Pensant que le Beau – dans l'ordre des élégances féminines – était régi par des lois occultes à la connaissance desquelles elles avaient été initiées, et qu'elles avaient le pouvoir de le réaliser, j'acceptais d'avance comme une révélation l'apparition de leur toilette, de leur attelage, de mille détails au sein desquels je mettais ma croyance comme une âme intérieure qui donnait la cohésion d'un chef-d'œuvre à cet ensemble éphémère et mouvant. Mais c'est Mme Swann que je voulais voir, et j'attendais qu'elle passât, ému comme si ç'avait été Gilberte, dont les parents, imprégnés comme tout ce qui l'entourait, de son charme, excitaient en moi autant d'amour qu'elle, même un trouble plus douloureux (parce que leur point de contact avec elle était cette partie intestine de sa vie qui m'était interdite), et enfin (car je sus bientôt, comme on le verra [305], qu'ils n'aimaient pas que je jouasse avec elle), ce sentiment de vénération que nous vouons toujours à ceux qui exercent sans frein la puissance de nous faire du mal.

J'assignais la première place à la simplicité, dans l'ordre des mérites esthétiques et des grandeurs mondaines quand j'apercevais Mme Swann à pied, dans une polonaise de drap, sur la tête un petit toquet agrémenté d'une aile de lophophore, un bouquet de violettes au corsage, pressée, traversant l'allée des Acacias comme si ç'avait été seulement le chemin le plus court pour rentrer chez elle et répondant d'un clin d'œil aux messieurs en voiture qui, reconnaissant de loin sa silhouette, la saluaient et se disaient que personne n'avait autant de chic. Mais au lieu de la simplicité, c'est le faste que je mettais au plus haut rang, si, après que j'avais forcé Françoise, qui n'en pouvait plus et disait que les jambes « lui rentraient », à faire les cent pas pendant une heure, je voyais enfin, débouchant de l'allée qui vient de la Porte Dauphine – image pour moi d'un prestige royal, d'une arrivée souveraine telle qu'aucune reine véritable n'a pu m'en donner l'impression dans la suite, parce que j'avais de leur pouvoir une notion moins vague et plus expérimentale – emportée par le vol de deux chevaux ardents, minces et contournés comme on en voit dans les dessins de Constantin Guys [306], portant établi sur son siège un énorme cocher fourré comme un cosaque, à côté d'un petit groom rappelant le « tigre » de « feu Baudenord [307] », je voyais – ou plutôt je sentais imprimer sa forme dans mon cœur par une nette et épuisante blessure – une incomparable victoria, à dessein un peu haute et laissant passer à travers son luxe « dernier cri » des allusions aux formes anciennes, au fond de laquelle reposait avec abandon Mme Swann, ses cheveux maintenant blonds avec une seule mèche grise ceints d'un mince bandeau de fleurs, le plus souvent des violettes, d'où descendaient de longs voiles, à la main une ombrelle mauve, aux lèvres un sourire ambigu où je ne voyais que la bienveillance d'une Majesté et où il y avait surtout la provocation de la cocotte, et qu'elle inclinait avec douceur sur les personnes qui la saluaient. Ce sourire en réalité disait aux uns : « Je me rappelle très bien, c'était exquis ! » ; à d'autres : « Comme j'aurais aimé ! ç'a été la mauvaise chance ! » ; à d'autres : « Mais si vous voulez ! Je vais suivre encore un moment la file et dès que je pourrai, je couperai. » Quand passaient des inconnus, elle laissait cependant autour de ses lèvres un sourire oisif, comme tourné vers l'attente ou le souvenir d'un ami, et qui faisait dire : « Comme elle est belle ! » Et pour certains hommes seulement elle avait un sourire aigre, contraint, timide et froid et qui signifiait : « Oui, rosse, je sais que vous avez une langue de vipère, que vous ne pouvez pas vous tenir de parler ! Est-ce que je m'occupe de vous, moi ! » Coquelin [308] passait en discourant au milieu d'amis qui l'écoutaient et faisait avec la main à des personnes en voiture, un large bonjour de théâtre. Mais je ne pensais qu'à Mme Swann et je faisais semblant de ne pas l'avoir vue, car je savais qu'arrivée à la hauteur du Tir aux pigeons elle dirait à son cocher de couper la file et de l'arrêter pour qu'elle pût descendre l'allée à pied. Et les jours où je me sentais le courage de passer à côté d'elle, j'entraînais Françoise dans cette direction. À un moment, en effet, c'est dans l'allée des piétons, marchant vers nous que j'apercevais Mme Swann laissant s'étaler derrière elle la longue traîne de sa robe mauve, vêtue, comme le peuple imagine les reines, d'étoffes et de riches atours que les autres femmes ne portaient pas, abaissant parfois son regard sur le manche de son ombrelle, faisant peu attention aux personnes qui passaient, comme si sa grande affaire et son but avaient été de prendre de l'exercice, sans penser qu'elle était vue et que toutes les têtes étaient tournées vers elle. Parfois pourtant quand elle s'était retournée pour appeler son lévrier, elle jetait imperceptiblement un regard circulaire autour d'elle.

Ceux mêmes qui ne la connaissaient pas étaient avertis par quelque chose de singulier et d'excessif – ou peut-être par une radiation télépathique comme celles qui déchaînaient des applaudissements dans la foule ignorante aux moments où la Berma était sublime – que ce devait être quelque personne connue. Ils se demandaient : « Qui est-ce ? », interrogeaient quelquefois un passant, ou se promettaient de se rappeler la toilette comme un point de repère pour des amis plus instruits qui les renseigneraient aussitôt. D'autres promeneurs, s'arrêtant à demi, disaient :

« Vous savez qui c'est ? Mme Swann ! Cela ne vous dit rien ? Odette de Crécy ?

– Odette de Crécy ? Mais je me disais aussi ces yeux tristes... Mais savez-vous qu'elle ne doit plus être de la première jeunesse ! Je me rappelle que j'ai couché avec elle le jour de la démission de Mac-Mahon [309].

– Je crois que vous ferez bien de ne pas le lui rappeler. Elle est maintenant Mme Swann, la femme d'un monsieur du Jockey, ami du Prince de Galles. Elle est du reste encore superbe.

– Oui, mais si vous l'aviez connue à ce moment-là, ce qu'elle était jolie ! Elle habitait un petit hôtel très étrange avec des chinoiseries. Je me rappelle que nous étions embêtés par le bruit des crieurs de journaux, elle a fini par me faire lever. »

Sans entendre les réflexions, je percevais autour d'elle le murmure indistinct de la célébrité. Mon cœur battait d'impatience quand je pensais qu'il allait se passer un instant encore avant que tous ces gens, au milieu desquels je remarquais avec désolation que n'était pas un banquier mulâtre par lequel je me sentais méprisé, vissent le jeune homme inconnu auquel ils ne prêtaient aucune attention, saluer (sans la connaître, à vrai dire, mais je m'y croyais autorisé parce que mes parents connaissaient son mari et que j'étais le camarade de sa fille) cette femme dont la réputation de beauté, d'inconduite et d'élégance était universelle. Mais déjà j'étais tout près de Mme Swann, alors je lui tirais un si grand coup de chapeau, si étendu, si prolongé, qu'elle ne pouvait s'empêcher de sourire. Des gens riaient. Quant à elle, elle ne m'avait jamais vu avec Gilberte, elle ne savait pas mon nom, mais j'étais pour elle – comme un des gardes du Bois, ou le batelier ou les canards du lac à qui elle jetait du pain – un des personnages secondaires, familiers, anonymes, aussi dénués de caractères individuels qu'un « emploi de théâtre », de ses promenades au Bois. Certains jours où je ne l'avais pas vue allée des Acacias, il m'arrivait de la rencontrer dans l'allée de la Reine-Marguerite où vont les femmes qui cherchent à être seules, ou à avoir l'air de chercher à l'être ; elle ne le restait pas longtemps, bientôt rejointe par quelque ami, souvent coiffé d'un « tube » gris, que je ne connaissais pas et qui causait longuement avec elle, tandis que leurs deux voitures suivaient.

Cette complexité du Bois de Boulogne qui en fait un lieu factice et, dans le sens zoologique ou mythologique du mot, un Jardin, je l'ai retrouvée cette année comme je le traversais pour aller à Trianon, un des premiers matins de ce mois de novembre où, à Paris, dans les maisons, la proximité et la privation du spectacle de l'automne qui s'achève si vite sans qu'on y assiste, donnent une nostalgie, une véritable fièvre des feuilles mortes qui peut aller jusqu'à empêcher de dormir. Dans ma chambre fermée, elles s'interposaient depuis un mois, évoquées par mon désir de les voir, entre ma pensée et n'importe quel objet auquel je m'appliquais, et tourbillonnaient comme ces taches jaunes qui parfois, quoi que nous regardions, dansent devant nos yeux. Et ce matin-là, n'entendant plus la pluie tomber comme les jours précédents, voyant le beau temps sourire aux coins des rideaux fermés comme aux coins d'une bouche close qui laisse échapper le secret de son bonheur, j'avais senti que ces feuilles jaunes, je pourrais les regarder traversées par la lumière, dans leur suprême beauté ; et ne pouvant pas davantage me tenir d'aller voir des arbres qu'autrefois, quand le vent soufflait trop fort dans ma cheminée, de partir pour le bord de la mer, j'étais sorti pour aller à Trianon, en passant par le Bois de Boulogne. C'était l'heure et c'était la saison où le Bois semble peut-être le plus multiple, non seulement parce qu'il est plus subdivisé, mais encore parce qu'il l'est autrement. Même dans les parties découvertes où l'on embrasse un grand espace, çà et là, en face des sombres masses lointaines des arbres qui n'avaient pas de feuilles ou qui avaient encore leurs feuilles de l'été, un double rang de marronniers orangés semblait, comme dans un tableau à peine commencé, avoir seul encore été peint par le décorateur qui n'aurait pas mis de couleur sur le reste, et tendait son allée en pleine lumière pour la promenade épisodique de personnages qui ne seraient ajoutés que plus tard.

Plus loin, là où toutes leurs feuilles vertes couvraient les arbres, un seul, petit, trapu, étêté et têtu, secouait au vent une vilaine chevelure rouge. Ailleurs encore c'était le premier éveil de ce mois de mai des feuilles [310], et celles d'un ampelopsis merveilleux et souriant comme une épine rose de l'hiver, depuis le matin même étaient tout en fleur. Et le Bois avait l'aspect provisoire et factice d'une pépinière ou d'un parc, où soit dans un intérêt botanique, soit pour la préparation d'une fête, on vient d'installer, au milieu des arbres de sorte commune qui n'ont pas encore été déplantés, deux ou trois espèces précieuses aux feuillages fantastiques et qui semblent autour d'eux réserver du vide, donner de l'air, faire de la clarté. Ainsi c'était la saison où le Bois de Boulogne trahit le plus d'essences diverses et juxtapose le plus de parties distinctes en un assemblage composite. Et c'était aussi l'heure. Dans les endroits où les arbres gardaient encore leurs feuilles, ils semblaient subir une altération de leur matière à partir du point où ils étaient touchés par la lumière du soleil, presque horizontale le matin comme elle le redeviendrait quelques heures plus tard au moment où dans le crépuscule commençant, elle s'allume comme une lampe, projette à distance sur le feuillage un reflet artificiel et chaud, et fait flamber les suprêmes feuilles d'un arbre qui reste le candélabre incombustible et terne de son faîte incendié. Ici, elle épaississait comme des briques, et, comme une jaune maçonnerie persane à dessins bleus, cimentait grossièrement contre le ciel les feuilles des marronniers, là au contraire les détachait de lui vers qui elles crispaient leurs doigts d'or. À mi-hauteur d'un arbre habillé de vigne vierge, elle greffait et faisait épanouir, impossible à discerner nettement dans l'éblouissement, un immense bouquet comme de fleurs rouges, peut-être une variété d'œillet. Les différentes parties du Bois, mieux confondues l'été dans l'épaisseur et la monotonie des verdures se trouvaient dégagées. Des espaces plus éclaircis laissaient voir l'entrée de presque toutes, ou bien un feuillage somptueux la désignait comme une oriflamme. On distinguait, comme sur une carte en couleur, Armenonville, le Pré Catelan, Madrid, le Champ de courses, les bords du Lac. Par moments apparaissait quelque construction inutile, une fausse grotte, un moulin à qui les arbres en s'écartant faisaient place ou qu'une pelouse portait en avant sur sa moelleuse plate-forme. On sentait que le Bois n'était pas qu'un bois, qu'il répondait à une destination étrangère à la vie de ses arbres, l'exaltation que j'éprouvais n'était pas causée que par l'admiration de l'automne, mais par un désir. Grande source d'une joie que l'âme ressent d'abord sans en reconnaître la cause, sans comprendre que rien au-dehors ne la motive. Ainsi regardais-je les arbres avec une tendresse insatisfaite qui les dépassait et se portait à mon insu vers ce chef-d'œuvre des belles promeneuses qu'ils enferment chaque jour pendant quelques heures. J'allais vers l'allée des Acacias. Je traversais des futaies où la lumière du matin qui leur imposait des divisions nouvelles, émondait les arbres, mariait ensemble les tiges diverses et composait des bouquets. Elle attirait adroitement à elle deux arbres ; s'aidant du ciseau puissant du rayon et de l'ombre, elle retranchait à chacun une moitié de son tronc et de ses branches, et, tressant ensemble les deux moitiés qui restaient, en faisait soit un seul pilier d'ombre, que délimitait l'ensoleillement d'alentour, soit un seul fantôme de clarté dont un réseau d'ombre noire cernait le factice et tremblant contour. Quand un rayon de soleil dorait les plus hautes branches, elles semblaient, trempées d'une humidité étincelante, émerger seules de l'atmosphère liquide et couleur d'émeraude où la futaie tout entière était plongée comme sous la mer. Car les arbres continuaient à vivre de leur vie propre et quand ils n'avaient plus de feuilles, elle brillait mieux sur le fourreau de velours vert qui enveloppait leurs troncs ou dans l'émail blanc des sphères de gui qui étaient semées au faîte des peupliers, rondes comme le soleil et la lune dans *la Création* de Michel-Ange[311]. Mais forcés depuis tant d'années par une sorte de greffe à vivre en commun avec la femme, ils m'évoquaient la dryade, la belle mondaine rapide et colorée qu'au passage ils couvrent de leurs branches et obligent à ressentir comme eux la puissance de la saison ; ils me rappelaient le temps heureux de ma croyante jeunesse, quand je venais avidement aux lieux où des chefs-d'œuvre d'élégance féminine se réaliseraient pour quelques instants entre les feuillages inconscients et complices. Mais la beauté que faisaient désirer les sapins et les acacias du Bois de Boulogne, plus troublants en cela que les marronniers et les lilas de Trianon que j'allais voir, n'était pas fixée en dehors de moi dans les souvenirs d'une époque historique, dans des œuvres d'art, dans un petit temple à l'amour au pied duquel s'amoncellent les feuilles palmées d'or. Je rejoignis les bords du Lac, j'allai jusqu'au Tir aux pigeons. L'idée de perfection que je portais en moi, je l'avais prêtée alors à la hauteur d'une victoria, à la maigreur de ces chevaux furieux et légers comme des guêpes, les yeux injectés de sang comme les cruels chevaux de Diomède[312], et que maintenant, pris d'un désir de revoir ce que j'avais aimé, aussi ardent que celui qui me poussait bien des années auparavant dans ces mêmes chemins, je voulais avoir de nouveau sous les yeux au moment où l'énorme cocher de Mme Swann, surveillé par un petit groom gros comme le poing et aussi enfantin que saint Georges, essayait de maîtriser leurs ailes d'acier qui se débattaient effarouchées et palpitantes. Hélas ! il n'y avait plus que des automobiles conduites par des mécaniciens moustachus qu'accompagnaient de grands valets de pied. Je voulais tenir sous les yeux de mon corps pour savoir s'ils étaient aussi charmants que les voyaient les yeux de ma mémoire, de petits chapeaux de femmes si bas qu'ils semblaient une simple couronne. Tous maintenant étaient immenses, couverts de fruits et de fleurs et d'oiseaux variés. Au lieu des belles robes dans lesquelles Mme Swann avait l'air d'une reine, des tuniques gréco-saxonnes relevaient avec les plis des Tanagra, et quelquefois dans le style du Directoire, des chiffons liberty semés de fleurs comme un papier peint [313]. Sur la tête des messieurs qui auraient pu se promener avec Mme Swann dans l'allée de la Reine-Marguerite, je ne trouvais pas le chapeau gris d'autrefois, ni même un autre. Ils sortaient nu-tête. Et toutes ces parties nouvelles du spectacle, je n'avais plus de croyance à y introduire pour leur donner la consistance, l'unité, l'existence ; elles passaient éparses devant moi, au hasard, sans vérité, ne contenant en elles aucune beauté que mes yeux eussent pu essayer comme autrefois de composer. C'étaient des femmes quelconques, en l'élégance desquelles je n'avais aucune foi et dont les toilettes me semblaient sans importance. Mais quand disparaît une croyance, il lui survit – et de plus en plus vivace pour masquer le manque de la puissance que nous avons perdue de donner de la réalité à des choses nouvelles – un attachement fétichiste aux anciennes qu'elle avait animées, comme si c'était en elles et non en nous que le divin résidait et si notre incrédulité actuelle avait une cause contingente, la mort des Dieux.

Quelle horreur ! me disais-je : peut-on trouver ces automobiles élégantes comme étaient les anciens attelages ? je suis sans doute déjà trop vieux – mais je ne suis pas fait pour un monde où les femmes s'entravent dans des robes qui ne sont pas même en étoffe. À quoi bon venir sous ces arbres, si rien n'est plus de ce qui s'assemblait sous ces délicats feuillages rougissants, si la vulgarité et la folie ont remplacé ce qu'ils encadraient d'exquis. Quelle horreur ! Ma consolation c'est de penser aux femmes que j'ai connues, aujourd'hui qu'il n'y a plus d'élégance. Mais comment des gens qui contemplent ces horribles créatures sous leurs chapeaux couverts d'une volière ou d'un potager, pourraient-ils même sentir ce qu'il y avait de charmant à voir Mme Swann coiffée d'une simple capote mauve ou d'un petit chapeau que dépassait une seule fleur d'iris toute droite. Aurais-je même pu leur faire comprendre l'émotion que j'éprouvais par les matins d'hiver à rencontrer Mme Swann à pied, en paletot de loutre, coiffée d'un simple béret que dépassaient deux couteaux de plumes de perdrix, mais autour de laquelle la tiédeur factice de son appartement était évoquée, rien que par le bouquet de violettes qui s'écrasait à son corsage et dont le fleurissement vivant et bleu en face du ciel gris, de l'air glacé, des arbres aux branches nues, avait le même charme de ne prendre la saison et le temps que comme un cadre, et de vivre dans une atmosphère humaine, dans l'atmosphère de cette femme, qu'avaient dans les vases et les jardinières de son salon, près du feu allumé, devant le canapé de soie, les fleurs qui regardaient par la fenêtre close la neige tomber ? D'ailleurs il ne m'eût pas suffi que les toilettes fussent les mêmes qu'en ces années-là. À cause de la solidarité qu'ont entre elles les différentes parties d'un souvenir et que notre mémoire maintient équilibrées dans un assemblage où il ne nous est pas permis de rien distraire, ni refuser, j'aurais voulu pouvoir aller finir la journée chez une de ces femmes, devant une tasse de thé, dans un appartement aux murs peints de couleurs sombres, comme était encore [314] celui de Mme Swann (l'année d'après celle où se termine la première partie de ce récit) et où luiraient les feux orangés, la rouge combustion, la flamme rose et blanche des chrysanthèmes [315] dans le crépuscule de novembre pendant des instants pareils à ceux où (comme on le verra plus tard) [316] je n'avais pas su découvrir les plaisirs que je désirais. Mais maintenant, même ne me conduisant à rien, ces instants me semblaient avoir eu eux-mêmes assez de charme. Je voulais [317] les retrouver tels que je me les rappelais. Hélas ! il n'y avait plus que des appartements Louis XVI tout blancs, émaillés d'hortensias bleus. D'ailleurs, on ne revenait plus à Paris que très tard. Mme Swann m'eût répondu d'un château qu'elle ne rentrerait qu'en février, bien après le temps des chrysanthèmes, si je lui avais demandé de reconstituer pour moi les éléments de ce souvenir que je sentais attaché à une année lointaine, à un millésime vers lequel il ne m'était pas permis de remonter, les éléments de ce désir devenu lui-même inaccessible comme le plaisir qu'il avait jadis vainement poursuivi. Et il m'eût fallu aussi que ce fussent les mêmes femmes, celles dont la toilette m'intéressait parce que, au temps où je croyais encore, mon imagination les avait individualisées et les avait pourvues d'une légende. Hélas ! dans l'avenue des Acacias – l'allée de Myrtes – j'en revis quelques-unes, vieilles, et qui n'étaient plus que les ombres terribles de ce qu'elles avaient été, errant, cherchant désespérément on ne sait quoi dans les bosquets virgiliens. Elles avaient fui depuis longtemps que j'étais encore à interroger vainement les chemins désertés. Le soleil s'était caché. La nature recommençait à régner sur le Bois d'où s'était envolée l'idée qu'il était le Jardin élyséen de la Femme ; au-dessus du moulin factice le vrai ciel était gris ; le vent ridait le Grand Lac de petites vaguelettes, comme un lac ; de gros oiseaux parcouraient rapidement le Bois, comme un bois, et poussant des cris aigus se posaient l'un après l'autre sur les grands chênes qui sous leur couronne druidique et avec une majesté dodonéenne [318] semblaient proclamer le vide inhumain de la forêt désaffectée, et m'aidaient à mieux comprendre la contradiction que c'est de chercher dans la réalité les tableaux de la mémoire, auxquels manquerait toujours le charme qui leur vient de la mémoire même et de n'être pas perçus par les sens [319]. La réalité que j'avais connue n'existait plus. Il suffisait que Mme Swann n'arrivât pas toute pareille au même moment, pour que l'Avenue fût autre. Les lieux que nous avons connus n'appartiennent pas qu'au monde de l'espace où nous les situons pour plus de facilité. Ils n'étaient qu'une mince tranche au milieu d'impressions contiguës qui formaient notre vie d'alors ; le souvenir d'une certaine image n'est que le regret d'un certain instant ; et les maisons, les routes, les avenues, sont fugitives, hélas, comme les années [320].

NOTES

1. Gaston Calmette (1858-1914), nommé directeur du *Figaro* en 1902, assassiné en 1914 par la femme du ministre des Finances, Joseph Caillaux, contre lequel il menait campagne. Proust avait publié des pastiches en 1908 et 1909 dans le « Supplément littéraire » du journal et espérait bien y faire paraître en feuilleton des fragments de son roman. Sur ces déceptions et l'attachement témoigné à la dédicace, voir notamment les lettres de 1910 à G. de Lauris (*Corr.*, X, n° 35, p. 81-85) et à M. Duplay (*Corr.*, X, n° 79, p. 167 : « Il n'en reste pas moins dédié à Calmette, cette dédicace étant désintéressée et impliquant plus de gratitude pour le passé que d'espoir pour l'avenir ») et, en 1912, à G. Gallimard (*Corr.*, XI, n° 144, p. 280 : « Il est possible qu'à cause de l'extrême indécence de cet ouvrage, je ne maintienne pas cette dédicace. Mais comme elle est un témoignage de reconnaissance, je ne pourrais – sauf cette raison d'indécence que j'examinerais – la supprimer »). En cette même année 1912 et en 1913, *Le Figaro* devait néanmoins donner plusieurs extraits de *Swann* en avant-première (n^os des 21 mars, 4 juin, 3 sept. 1912 et 25 mars 1913).

2. Les premières épreuves Grasset portent encore pour titre et sous-titre : *Les Intermittences du cœur.* LE TEMPS PERDU.

3. L'*incipit* de la *Recherche* est trouvé tardivement, dans une addition manuscrite sur la dactylographie. Les passages raturés situaient de façon plus précise l'origine de l'énonciation.

Sur la genèse de cet *incipit*, et la transformation du prologue narratif au *Contre Sainte-Beuve* en « Ouverture » du roman, voir les articles de Cl. Quémar, « Autour de trois "Avant-textes" de "l'Ouverture" de la *Recherche* : nouvelles approches du *Contre Saint-Beuve* », art. cit., et B. Brun, « Le dormeur éveillé », art. cit., qui transcrit les brouillons du prologue.

4. Le livre d'histoire auquel il est fait allusion est probablement *La Rivalité de François Ier et de Charles Quint* (1875) de François Mignet.

5. Voir à ce sujet l'« Étude génétique de la rêverie des chambres dans l'Ouverture de la *Recherche* » de J. Milly, avec une transcription des divers états du passage, dans le *BIP*, n° 10, p. 9-31, et n° 11, p. 9-22 (repris dans *Proust dans le texte et l'avant-texte*, Flammarion, 1985,

p. 19-89). Proust retravaille des fragments de *Jean Santeuil* (*JS*, p. 209-210, 356-358, 519, 551-553, 554-556).

6. Édition du soir, sur papier rose et blanc, du *Journal des débats* qui, en mars 1893, plutôt que d'augmenter son édition matinale, préfère la remplacer par deux éditions à 10 cts le matin et le soir. Suivi en cela par *Le Temps*, qui ajoute à son édition à 15 cts une édition à 5 cts de petit format, *Le Petit Temps*, supprimée en 1911. *Les Débats roses* remplacent sur les 1res épreuves Grasset *Le Petit Temps*. Voir l'*Histoire générale de la presse*, t. III, PUF, 1972, p. 276 et 208-212, qui classe les deux journaux parmi les organes des républicains conservateurs.

7. Ici commençait, dans la division primitive de « Combray », le premier chapitre, marqué de la mention « I », rayée ensuite, sur la dactylographie. Sur cette répartition des chapitres, voir Maurice Bardèche, *Proust romancier*, Les Sept Couleurs, 1971, t. I, p. 238-239 et 257.

8. Voir une version plus ancienne du passage dans *Jean Santeuil* (*JS*, p. 316-319). Voir aussi la n. 62.

9. Injustement accusée d'adultère par l'intendant Golo, Geneviève de Brabant, femme de Siegfried de Trèves, est condamnée à mort, puis abandonnée dans la forêt par les serviteurs pris de pitié. Là, son enfant est nourri du lait d'une biche domestiquée que quelques années plus tard le comte Siegfried vient à poursuivre lors d'une chasse : il découvre Geneviève, dont l'innocence triomphe. Cette légende, très populaire au Moyen Âge, fournit à Offenbach l'argument d'un opéra-bouffe en 2 actes et 7 tableaux (*Geneviève de Brabant*, livret d'Hector Crémieux et Tréfeu), créé aux Bouffes-Parisiens le 19 nov. 1859, et repris le 25 févr. 1875 au théâtre de la Gaîté.

Golo peut aussi être rapproché de Golaud, le héros ténébreux et sylvestre de *Pelléas et Mélisande* de M. Maeterlinck (1892), drame dont C. Debussy tira un « drame lyrique » en 5 actes, créé à l'Opéra-Comique le 30 avril 1902. (Voir sur ce point Michel Butor, « Les sept femmes de Gilbert le Mauvais », *L'Arc*, n° 47, p. 43, et surtout Jean-Pierre Richard, « Proust et la nuit mérovingienne », dans *Proust et le monde sensible*, Seuil, 1974, p. 233, n. 1.)

10. Le texte des 1res épreuves Grasset ajoutait ici ce commentaire : « J'y trouvais bien du charme pourtant à ces tremblantes apparitions d'arc-en-ciel qui coloraient ma chambre d'un reflet d'histoire, si ancien et si poétique ; elles semblaient l'émanation mystérieuse, ces vues projetées par la lanterne magique, des infortunes légendaires qu'elles racontaient et d'un passé mérovingien. Hélas ! leur vue me ferait bien mal aujourd'hui car c'est dans un passé presque aussi profond que celui-là, dans mon enfance, qu'elles me feraient descendre, c'est de souvenirs de douleurs plus réelles que celles de Geneviève de Brabant, de fautes qui me touchent plus directement que celles de Golo, qu'elles m'étreindraient le cœur. Et je crois que si un jour, entré dans la chambre enfantine de quelque petit ami, je reconnaissais sur le mur ou sur la porte leurs belles taches lumineuses et bleues pareilles à celles que l'on voit sur les ailes de certains papillons et qui bougent avant de disparaître comme si palpitait une dernière fois au moment de s'envoler l'aile invisible qu'elles décorent, je m'enfuirais en me couvrant les yeux. Aile inconnue aux yeux d'azur et de feu, retourne à ces ténèbres dont je suis déjà si loin. Ne m'en apporte pas mes tristesses d'alors ; elles me feraient courir comme autrefois sous la lampe paisible qui s'est éteinte, vers les bras fermés à tout jamais qui seuls savaient me guérir. »

11. Un lilas (1res épreuves). Voir *Jean Santeuil* (*JS*, p. 311, odeur du marronnier rose et des grains d'iris dans les cabinets), et les fragments du Cahier 1 (publiés par B. Brun dans « Le dormeur éveillé », art. cit., p. 269-272, et, antérieurement, par B. de Fallois, éd. cit., p. 69-71), qui associent l'odeur des lilas à la masturbation. L'odeur des lilas était également liée dans *La Confession d'une jeune fille* (*Les Plaisirs et les Jours*, *JS*, p. 87-88) à la sexualité et à la culpabilité. Voir aussi sur ce point les n. 150 et 177.

12. La dactylographie ajoutait dans une 1re version du passage, modifiée après les 1res épreuves : « De là, le jour, on voyait au loin le clocher de Pinsonville et même le soir, on distinguait confusément, tout près la maison, les rondes collines appelées Collines du Calvaire à cause d'un Calvaire qui se dressait autrefois sur l'une d'elles au-dessus d'un vaste étang et entre lesquelles on avait établi récemment un champ de courses, et mes larmes redoublaient parce que je comparais les souffrances de ma grand-mère à la Passion du Sauveur » (2e dactylographie, f° 25).

13. On peut lire une première esquisse de la scène du « baiser du soir » dans *Jean Santeuil* (*JS*, p. 202-211), qui condense en un récit ce que le texte de *Swann* fait éclater en plusieurs fragments (*Sw.*, p. 108, 120-121, 124-125).

14. « Le “monde” se bornait habituellement à M. Vington et à M. Swann » (dactylographie). Suivait une longue digression, supprimée ensuite, sur le personnage de Vington, futur Vinteuil, alors « grand naturaliste ». Voir sur ce point la n. 124.

15. Coupe de cheveux en brosse mise à la mode par l'acteur Prosper Bressant (1815-1886), qui fut le type du jeune premier.

16. Les deux dactylographies contiennent, à des stades divers d'élaboration, une assez longue digression sur l'antisémitisme du grand-père, peu à peu résorbée, et en partie déplacée dans le roman du personnage de Swann à celui de Bloch (*Sw.*, p. 197 *sq.*). Suivait immédiatement sur la 2e dactylographie : « Et c'est assez bizarre pour plusieurs raisons dont l'une était que M. Swann était d'origine juive et que mon grand-père n'aimait pas les juifs. C'était chez lui une de ces petites faiblesses, de ces préjugés absurdes comme il y en a chez les natures les plus droites, les plus fermes pour le bien [...] » (f° 31). La suite du récit (coupée sur 2e dactylographie) présente les airs que fredonne le grand-père lors de visites d'amis qu'il soupçonne d'être juifs.

Puis enchaîne ainsi (version de la 2e dactylographie) : « Mais quand l'israélite présent était M. Swann, mon grand-père ne se gênait pas pour chanter à pleine voix ces airs en prononçant distinctement les mots du livret, sachant bien que M. Swann ne s'en fâchait pas et il disait : “Avec Swann, ce n'est pas la peine de supprimer les paroles, cela ne prendrait pas, il connaît tout mon répertoire, n'est-ce pas Swann ?” et Swann répondait en riant : “Oui, et je ne vous en veux pas”, et plus gravement : “Vous apprendrez un jour que tout ce que vous respectez, et dont vous croyez les juifs généralement dépourvus, la générosité, la charité [rayé], la solidarité, le pardon des injures sont des actes de vertus chrétiennes, mais peuvent être [corrige “sont”] aussi des vertus juives” » (f° 32).

17. Fondé le 11 novembre 1833, au 2, rue du Helder, le Jockey-Club parisien occupa de 1863 à 1924, à l'angle du boulevard des Capucines et de la rue Scribe (au 1 *bis*), le premier étage de l'hôtel Scribe, dont le Grand Café tenait le rez-de-chaussée.

18. Louis-Philippe Albert d'Orléans, comte de Paris (1838-1894), petit-fils de Louis-Philippe, était prétendant au trône de France sous le titre de Philippe VII. Exilé en Angleterre jusqu'en 1871, puis définitivement banni en 1886, il était devenu le chef du parti monarchique à la mort du comte de Chambord (1883). Le prince de Galles était le futur Édouard VII (1841-1910), fils de la reine Victoria, qui régna en Angleterre de 1901 à 1910.

Le « comte de Paris » remplace sur 2es épreuves le « comte de Chambord ». Voir les n. 22, 28 et 294.

19. Le quai d'Orléans, situé au sud-ouest de l'île Saint-Louis, n'est pas à l'époque un lieu de résidence aussi recherché qu'aujourd'hui. Il s'oppose en tout cas à la mode bourgeoise du Paris haussmannien et des nouveaux quartiers de l'ouest parisien, proches du bois de Boulogne, où réside Swann, devenu le mari d'Odette. Celle-ci partage d'ailleurs les préjugés de la grand-tante concernant « l'hôtel du quai d'Orléans que, sans oser le lui avouer, elle trouvait indigne de lui » (*Sw.*, p. 370).

L'Entrepôt des vins, ou Halle aux vins, dont il est question plus loin, se trouvait à l'angle de la rue des Fossés-Saint-Bernard et du quai Saint-Bernard (Ve arrondissement).

20. Aristée et Thétis : allusion aux *Géorgiques* de Virgile (livre IV, v. 315-527), formulée explicitement sur la dactylographie. Désespéré de la perte de ses abeilles, Aristée implore sa mère, la nymphe Cyrène, qui l'accueille au fond du fleuve Pénée, et lui conseille d'interroger Protée. Celui-ci révèle qu'Aristée a subi un châtiment des dieux pour avoir causé involontairement la mort d'Eurydice et qu'il doit offrir un sacrifice aux Nymphes.

Thétis, divinité marine grecque, célèbre Néréide, qui, de son union avec le mortel Pélée, eut pour fils Achille. Il s'agit ici plus vraisemblablement de Téthys, l'une des Titanides, mère des Océanides et des dieux présidant aux fleuves, et symbole de la fécondité des eaux – la confusion d'orthographe étant fréquente. Mais il est aussi possible que la divine Thétis se substitue bien à la nymphe Cyrène, comme Mère « déesse et immortelle », selon l'analyse de Joan Rosasco (« Aux sources de la Vivonne », *Recherche de Proust*, Seuil, 1980, p. 160). La mère de Jean Santeuil est elle aussi comparée à Thétis « visitée par son fils Aristée au fond des eaux où sur un rocher elle tresse ses guirlandes » (*JS*, p. 271).

21. La dactylographie et encore les 1res épreuves précisent : « qu'il m'eût rapporté des photographies des "Vertus et des Vices" de Giotto (qui du reste ne m'avaient pas plu [corrige : "me déplaisaient affreusement"], l'Envie ayant l'air de sucer son serpent, et la Charité se déhanchant pour que Dieu puisse attraper son cœur) ; et une magnifique photographie de l'Abraham de B. Gozzoli ». Voir la n. 35.

22. Localité située sur la Tamise, près de Londres, résidence de la famille d'Orléans exilée en Angleterre, qui demeura le principal centre de l'opposition monarchique en exil. Le comte de Paris y séjourna lors de son premier exil. De 1886 à sa mort (1894), il vécut dans d'autres cités anglaises : Sheen House, Stowe House et Folkestone.

Remplace « Frohsdorf » (version des 1res épreuves), résidence en Autriche du comte de Chambord. Voir la correction parallèle n. 18.

23. Le maréchal comte de Mac-Mahon (1808-1898), porté à la présidence de la République par la coalition monarchiste de l'Assemblée nationale, après l'échec de la tentative de restauration monarchique, pour une durée de sept ans (1873), démissionna le 30 janvier 1879, sous la pression victorieuse des républicains.

24. Trois ministres de la monarchie de Juillet. Le comte Molé (1781-1855), Premier ministre de 1836 à 1839, puis député de la Gironde aux assemblées de 1848-1851, contribua à la loi restreignant le suffrage universel mais fit partie des députés qui se réunirent à la mairie du Xe arrondissement pour condamner le coup d'État du 2 décembre 1851. Le duc Pasquier (1767-1862), qui servit sous l'Empire, se rallia à Louis XVIII, puis fut nommé par Louis-Philippe président de la Chambre des pairs et chancelier de France (1830 et 1837), quitta la vie politique en 1848. Le duc Victor de Broglie (1785-1870), libéral sous la Restauration, se rallia à Louis-Philippe ; attaché à Guizot, il fut ministre de l'Instruction publique (1830) puis des Affaires étrangères (1832), président du Conseil (1835) et contribua à l'abolition de l'esclavage. Après le coup d'État du 2 décembre 1851, il se retira de la vie politique.

25. Les éditions de la NRF et Grasset laissent en place une phrase qui garde visiblement trace d'une version antérieure non corrigée : « Je ne dînais pas à table, je venais après dîner au jardin, et à neuf heures je disais bonsoir et allais me coucher. » C'est la version de la 2e dactylographie et des 1res épreuves non corrigées : « Les soirs où des étrangers, ou seulement Monsieur Swann, étaient là, Maman ne montait pas dans ma chambre. Je ne dînais pas à table [...]. » Les 2es épreuves donnent la leçon avec les deux phrases (« Je ne dînais pas à table [...] » et « Je dînais avant tout le monde [...] ») qui font redondance en même temps qu'elles se contredisent pour l'horaire. C'est la seconde indication qui devient le repère définitif. En témoigne la correction apportée à la leçon « neuf heures », remaniée en « sept heures du soir » (*Sw.*, p. 143).

26. Le duc d'Audiffret-Pasquier (1823-1905), neveu et fils adoptif du chancelier Pasquier, député orléaniste à l'Assemblée nationale en 1871 et chef du centre droit, fut un artisan de la fusion monarchique mais échoua dans ses tentatives de restauration. Bon orateur, il fut président de la Chambre (1875), puis du Sénat (1876). D'abord conseiller écouté du comte de Paris, il s'éloigna en 1896 du parti orléaniste.

27. Maubant (1821-1902) incarna surtout à la Comédie-Française les rôles de père noble, de rois dans les tragédies et de raisonneurs dans les comédies. Amalia Materna (v. 1845-1918), cantatrice autrichienne, créa Brunhilde en 1876 à Bayreuth, et participa aux représentations wagnériennes de Bayreuth jusqu'en 1891.

28. « Molé » corrige « Thiers » et le « comte de Paris » remplace le « comte de Chambord » sur 2es épreuves. Voir la n. 18.

29. Le marquis de Maulévrier-Langeron (1677-1754), ambassadeur de France à Madrid, alors que le duc de Saint-Simon était chargé, comme envoyé extraordinaire, de favoriser le mariage du jeune Louis XV avec l'Infante d'Espagne (1720-1723). Les deux phrases citées se trouvent dans les *Mémoires* de Saint-Simon, 1721 (Gallimard, « Bibliothèque de la Pléiade », 1958, t. VI, p. 1062). La seconde citation est littérale : « Peu de jours après mon arrivée, je l'allai voir en cérémonie. Je ne sais si ce fut ignorance ou panneau : il voulut donner la main à mes enfants. Je m'en aperçus assez tôt pour l'en empêcher. » Le texte de la première citation est exactement : « Je trouvai un homme fort respectueux, fort silencieux, fort réservé, et je m'aperçus bientôt qu'il n'y avoit rien dans cette épaisse bouteille que de l'humeur, de la grossièreté et des sottises. Je ne sais où l'abbé Dubois avoit pris un animal si mal peigné. »

30. Corneille, *La Mort de Pompée*, acte III, scène 4, v. 1072, exactement : « Ô ciel, que de vertus vous me faites haïr ! » – exclamation de Cornélie, veuve de Pompée, en réplique à César, qui avait donné l'ordre de l'honorer comme l'épouse d'un héros.

31. Proust a considérablement remanié ce passage sur les 1res épreuves. Dans une correction marginale, qui se greffait un peu plus haut dans le texte, il ajoutait ceci, destiné à être encore transformé avant les 2es épreuves : « Et pourtant, dans les moments où je n'étais pas agacé contre Françoise, je ne pouvais m'empêcher de trouver une certaine beauté à voir sa pensée vivant ainsi au milieu du passé de la vieille France des Cathédrales et de la Chanson de Roland comme dans une ville manufacturière que nous avions été visiter où de vieux hôtels prouvaient qu'il y avait eu jadis comme une vie de cour et où les ouvriers d'une fabrique de produits chimiques, installée dans les bâtiments désaffectés d'une abbaye travaillaient parmi les bas-reliefs qui représentaient des scènes de noces, de funérailles, les anciens rois, les saints confesseurs, même l'enlèvement d'Europe et Bacchus endormi. »

32. Selon Émile Mâle (*L'Art religieux du XIII*e *siècle en France*, 1898, lu par Proust en 1899, selon Ph. Kolb, *Corr.*, II, p. 456, n. 5), *Le Miracle de Théophile*, le miracle de la Vierge le plus représenté sur les cathédrales françaises (sculptures ou vitraux), doit sa popularité à ce que, dès le XIe siècle, il figure parmi les *exemples* des sermons en l'honneur de la Vierge. L'histoire, reprise dans *La Légende dorée* de Jacques de Voragine (v. 1225/1230-1298), inspire à Rutebeuf, dans la seconde moitié du XIIIe siècle, un *Miracle de Théophile* (voir É. Mâle, *L'Art religieux du XIII*e *siècle en France*, rééd. Colin, 1958, t. II, p. 213-217).

33. Autre légende populaire au Moyen Âge, vraisemblablement d'origine ardennaise, contée dans une chanson de gestes de la fin du XIIe siècle, *Renaut de Montauban* appelée aussi *Les Quatre Fils Aymon*. Elle a pour thème les guerres opposant Charlemagne aux quatre fils révoltés de son vassal Aymes de Dordonne (Renaut, Alart, Guichart et Richard), bannis du royaume à la suite du meurtre du neveu de l'empereur, Berthelais, par Renaut.

34. Le Conservatoire national de musique, fondé en 1784, mais ouvert sous ce nom en 1795, était situé jusqu'en 1911 à l'angle de la rue du Conservatoire (parallèle à la rue de Trévise) et de la rue Bergère. Il donnait en 1900, dans la tradition des exercices publics, des concerts de novembre à avril, le dimanche à 14 heures. (Voir Pierre Jaquillard, « Le Paris de Marcel Proust », *BSAMP*, n° 7, 1957, p. 283-306, et n° 8, 1958, p. 506-516.)

35. Benozzo Gozzoli (1420-1497), peintre florentin, collaborateur de l'Angelico, peignit au Campo Santo de Pise des fresques inspirées de l'Ancien Testament, aujourd'hui en grande partie détruites, qui comprenaient une geste d'Abraham. Mais il ne semble pas que la scène évoquée par Proust (absente d'ailleurs de la Bible) y ait été représentée. Voir sur ce sujet Marcel Gutwirth, « La bible de Combray », *Revue des sciences humaines*, juill.-sept. 1971, p. 424-426.

36. Voir dans *Jean Santeuil* (*JS*, p. 248-249) la mise en relation du tintement des cloches et de la réminiscence de l'enfance.

37. Roman de jeunesse de George Sand (1831), distinct du cycle des romans champêtres précédemment cités. *François le Champi* date de 1848.

38. Le nom de Jouy-le-Vicomte remplace « Chartres » sur 2es épreuves. Voir aussi les n. 57 et 115.

39. *La Cathédrale de Chartres* de Corot se trouve au Louvre (collection Moreau-Nélaton).

Hubert Robert (1733-1808) s'est inspiré dans nombre de ses œuvres de fontaines et de jets d'eaux. Il a peint plusieurs tableaux intitulés *Le Jet d'eau*, présentant des eaux vives jaillissant au premier plan (voir, notamment, les n°s 93 et 99 du catalogue de l'exposition de l'Orangerie, Paris, 1933) et des scènes avec bassin et jet d'eau comme les *Lavandières dans un parc* (Petit Palais), ou *Vue d'un parc. Le jet d'eau* (Louvre, inv. 7658).

Le « grand jet d'eau de Saint-Cloud » suscite une description dans un article de 1899 (*Essais et articles, CSB*, p. 427-428) qui sera reprise dans *Sodome et Gomorrhe* (*SG* vol. 1, p. 124-125). Dans un fragment du Cahier 1, publié dans le *Contre Sainte-Beuve* de B. de Fallois (*op. cit.*, p. 70), puis réédité par B. Brun dans « Le dormeur éveillé » (art. cit., p. 271), le jet d'eau peint par Hubert Robert est aussi associé à l'onanisme du narrateur : « Enfin s'éleva un jet d'opale, par élans successifs, comme au moment où s'élance le jet d'eau de Saint-Cloud, que nous pouvons reconnaître – car dans l'écoulement incessant de ses eaux, il a son individualité que dessine gracieusement sa courbe résistante – dans le portrait qu'en a laissé Hubert Robert, alors seulement que la foule qui l'admirait avait des [lacune] qui font dans le tableau du vieux maître de petites valves roses, vermillonnées ou noires. » (Voir l'article de Philippe Lejeune, « Écriture et sexualité », *Europe*, 1971, p. 141.)

Turner (1775-1851) fit l'excursion du Vésuve entre 1815 et 1819, d'où il rapporta des dessins et des aquarelles.

40. Raphaël Morghen (1758-1833), graveur à Florence, fut chargé par le duc de Toscane Ferdinand III de graver *La Cène* de Léonard de Vinci d'après un dessin de Teodoro Matteini (1800). L'original, peint à l'huile sur le mur du réfectoire des moines dominicains du monastère de Sainte-Marie-des-Grâces à Milan (à partir de 1488, pendant une dizaine d'années), avait cependant été presque entièrement repeint sous prétexte de restauration entre 1726 et 1770. De cette gravure par Morghen, Ruskin fait un commentaire élogieux dans *The Cestus of Aglaia* (1904), chap. IV (*Works*, éd. Allen, dite Library Edition, vol. 19, p. 103).

41. Dans les brouillons du roman (Cahier 10), la lecture de *François le Champi* et le souvenir de cette lecture formaient une suite, qui se trouve dissociée dans la version définitive, vraisemblablement pour accentuer le caractère négatif de cette première expérience. Au cours de l'été 1911, Proust remanie ses dactylographies et découpe dans le texte de « Combray » les passages qui servent à la rédaction du souvenir de lecture (*TR*, p. 274-281). Voir sur ce point Volker Roloff, « François le Champi et le texte retrouvé », *Études proustiennes* III, Gallimard, 1979, p. 259-287, et B. Brun, « *Le Temps retrouvé* dans les avant-textes de Combray », *BIP*, n° 12, 1981, p. 15-17. Proust écrivait à G. de Lauris dans les premiers jours de décembre 1909 : « Ne croyez pas que j'aime George Sand. Ce n'est pas un morceau de critique. C'est comme cela *à cette date-là*. Le reste du livre corrigera. » (*Corr.*, IX, n° 118, p. 225.)

42. Nous avons modifié ici le texte de la NRF (« me paraissaient simples – à moi qui […] – une émanation ») en fonction de la leçon de l'édition Grasset et des dactylographies : 1. Grasset : « me paraissaient, à moi qui [...], être simplement une émanation » ; 2. Dactylographie : « à moi qui n'avais presque rien lu [...] ces façons de dire qui éveillent une sorte d'inquiétude et de mélancolie me paraissaient simplement une émanation ».

43. Nous maintenons ici la leçon des éditions N.R.F. et Grasset : sur les 2es épreuves Grasset, Proust remplace l'indicatif « pouvait » par le subjonctif « pût » après « bien que », mais corrige parallèlement « s'agit » en « s'agissait ».

À la fin du paragraphe, sur la 2e dactylographie, un « II », marquant l'ouverture du deuxième chapitre de Combray, est ajouté à la main. Les chemises reliées avec la 1re dactylographie (NAF 17630) portent également la numérotation en quatre chapitres. D'après M. Bardèche, le deuxième chapitre devait se terminer avec la visite du curé, le troisième avant le récit des deux « côtés ». Voir la n. 7.

44. Corrige « neuf heures » sur 2es épreuves. Voir la n. 25.

45. Sur la croyance celtique et la présence de la légende dans la mémoire bretonne, voir les *Souvenirs d'enfance et de jeunesse* d'Ernest Renan (1883) et le livre III, chap. V, de *Pierre Nozière* d'Anatole France (1899).

46. « Un de ces hivers derniers » (1res épreuves).

Voir l'édition par Luzius Keller des avant-textes de cet épisode (*Les Avant-textes de l'épisode de la madeleine dans les brouillons de Swann*, éditions Jean-Michel Place, 1978) et le commentaire de B. Brun dans « *Le Temps retrouvé* dans les avant-textes de Combray » (art. cit., p. 17-18). Dans le projet Sainte-Beuve, la madeleine (alors biscotte ou pain grillé) était réservée à l'exposé esthétique final, intégrée à d'autres réminiscences. Ce n'est qu'au cours de la rédaction qu'elle trouve sa place et sa fonction « matricielle » dans le récit.

47. L'article cité de Ph. Lejeune rapproche le plaisir de la réminiscence évoqué par le narrateur du plaisir onaniste.

48. À cet endroit, les derniers brouillons, et même la dactylographie, intégraient à l'expérience de la madeleine l'interprétation repoussée dans *Le Temps retrouvé*. Voir le passage que nous publions en Annexe.

49. La version finale ritualise autour du dimanche ce qui était sur les 1res épreuves « tous les matins ». Voir aussi les n. 76, 89, 100, 103.

50. La numérotation est absente de la dactylographie et des 1res épreuves non corrigées, qui marquent ici un alinéa simple, sans blanc. La numérotation définitive est acquise sur les 2es épreuves (les 1res épreuves corrigées manquent).

51. Les fragments réunis sous le titre [À Illiers] dans *Jean Santeuil* constituent des ébauches de « Combray ». Voir, pour l'ouverture, *JS*, p. 277-278 et 281.

52. Nous avons maintenu ici « la traverse », qui est la leçon des éditions NRF et Grasset, comme des dactylographies.

53. Voir l'esquisse du Cahier 28 que publie B. Brun dans « Brouillons des aubépines », *Études proustiennes* V, Gallimard, 1984, p. 238-245.

54. Ph. Kolb, dans un article intitulé « Une énigmatique métaphore » (*Europe*, août-sept. 1970, p. 141-151), explique cette métaphore qui avait tellement déconcerté Gide, en la rapportant à la perruque de la tante Léonie. Le premier état de la dactylographie omet en effet le « et » devant la relative, rattachant ainsi les vertèbres non au « triste front pâle et fade », comme dans la dernière version, mais aux « faux cheveux » de Léonie. On peut alors imaginer que par l'ajout du « et » sur la dactylographie, Proust a cherché à modifier une image encore laborieuse, sans aboutir à un résultat plus satisfaisant. C'est pourtant cette leçon qu'il a laissé imprimer par deux fois, et que nous éditons.

L'article de Kolb propose d'autre part une explication au silence de Proust sur ces vertèbres. Il publie l'original de la lettre du 11 janvier 1914 que Gide a bien écrite pour rendre raison à Proust et s'excuser du refus de *Swann* par la NRF. Mais, contrairement à la version que donnera la *NRF* en 1928, le texte original ne contient aucune allusion au passage litigieux.

55. Proust demande sur 2es épreuves la réduction de cet alinéa et du suivant – observation non respectée par l'imprimeur. Proust s'en était expliqué à plusieurs reprises dans sa correspondance avec l'éditeur, qui ne semble pas favorable à cette modification de la tradition : « J'ai oublié de vous dire, écrit Proust à B. Grasset, que votre imprimeur, probablement avec raison, partout où il y a "dialogue" va à la ligne pour chaque réplique. Je n'aurais même pas parlé de la préférence que j'ai à voir ces dialogues, peu importants par eux-mêmes, s'absorber dans la continuité du texte (l'alinéa entre chaque réplique étant remplacé par un tiret, et de nouveaux guillemets), car il a peut-être une habitude que je ne voudrais pas choquer. Mais je m'aperçois que les dernières épreuves que j'aie reçues [...] portent le numéro 58. Or la dernière partie, à cette planche 58 commence à peine. C'est dire que (surtout avec les additions que j'ai faites et qui sont de la plus grande importance) si nous ne profitons pas de cette contraction possible du texte (suppression des alinéas entre chaque réplique des dialogues) nous allons arriver à un nombre formidable de pages » ([peu avant la fin de mai 1913], *Corr.*, XII, n° 82). Voir aussi, dans le même volume, la lettre n° 94 à Louis de Robert.

56. Proust demande de même sur 2es épreuves de composer à la suite ce dialogue jusqu'à la p. 158 (sauf le commentaire p. 156 : « Ainsi Françoise [...] ») et p. 160, à partir de « Ah ce sera [...] ».

Sur le rituel du dimanche et la chronique dans une chambre de la vie locale, voir les passages de *Jean Santeuil* sur le dimanche à Éteuilles (*JS*, p. 336-349).

57. Remplace « Chartres », version de la dactylographie, sur 2es épreuves. Voir les n. 38 et 115.

58. Nous avons corrigé la ponctuation de la NRF (« disait ma tante, tranquillisée et un peu rouge ; »), qui provient d'une mauvaise lecture, faite par l'imprimeur des premières épreuves Grasset, d'une addition autographe sur 2e dactylographie.

59. Sur la dactylographie et les 1res épreuves non corrigées, le texte enchaînait sur les visites d'Eulalie (voir *Sw.*, p. 171 *sq.*). La fin du dialogue était intercalée à la page précédente, après « Très bien, très bien ». Le remaniement du texte est vraisemblablement à relier au déplacement de la description de l'église par le narrateur, qui faisait initialement suite au dialogue du curé avec la tante Léonie (*Sw.*, p. 214). Voir à ce sujet les n. 60 et 116.

60. Une version un peu différente de ce passage avait paru dans *Le Figaro* du 3 sept. 1912, sous le titre « L'Église de village » (reprise ensuite dans *Chroniques*, Gallimard, 1927, p. 114-122). On en retrouve un fragment dans *Les Jeunes Filles en fleurs* (*JFF* 2e p., p. 89).

Dans une lettre d'octobre 1912 adressée à Antoine Bibesco (*Corr.*, XI, n° 127, p. 235-236), Proust commente son article : « Dans cet article sur l'église par exemple, avec une seule des impressions qui la composent, j'aurais pu si j'écrivais comme on fait aujourd'hui faire un article et par conséquent avec toutes, une dizaine d'articles, si j'avais raconté comme une chose importante *l'histoire* de mon impression ; si par exemple, même sans aller au fond de l'impression que m'ont donnée les pierres tombales, j'avais, sur les plates-tombes, pris des poses, exécuté des mouvements désordonnés, cela frapperait, on dirait qu'il y a là quelque chose d'original. Mais mon impression approfondie, éclaircie, possédée, je la cache à côté de quinze autres sous un style uni où j'ai foi qu'un jour des yeux pénétrants la découvriront. Et d'heures exaltées, il ne reste qu'une phrase, parfois qu'une épithète, et calmes. »

Cette description, qui absorbe celle d'une ancienne abbaye de Guermantes, destinée probablement à la version narrative du *Contre Sainte-Beuve* (éd. B. de Fallois, p. 338-339), suivait initialement la présentation de l'église par le curé de Combray (*Sw.*, p. 214). Voir les n. 107 et 116, et l'étude génétique de Cl. Quémar, « L'Église de Combray, son curé et le narrateur », *Études proustiennes* I, Gallimard, 1973, p. 277-342.

61. Charles VI (1368-1422), dit le Bien-aimé ou le Fou, fut roi de France de 1380 à 1422. Il est question de ce jeu de cartes dans l'opéra de Fromenthal Halévy, *Charles VI*, livret de Germain et Casimir Delavigne (1re représentation, Académie royale de musique, 17 mars 1842).

62. Cette rêverie sur l'église de Combray et ses vitraux apparaît bien comme le double de celle que suscite la lanterne magique. Voir à ce sujet l'article de Cl. Quémar, « L'Église de Combray, son curé et le narrateur » (art. cit., p. 288, n. 1), et ce passage du Cahier 6 (cité, *ibid.*,

p. 303-304) : « Vitrail, oiseau, tombes des abbés de Guermantes chez qui s'étaient réfugiés les fils de Chlodobert, n'étaient-ce pas autant d'objets féeriques qui avaient été fabriqués ou donnés par ces personnages qui n'étaient guère pour moi qu'une silhouette éclatante, falote et tremblée dans ma lanterne magique, ou les images plus profondes, mais insaisissables aussi, tout rêve et toute poésie que j'avais en vain essayé de saisir entre les pages des Récits des temps mérovingiens ou de la Conquête de l'Angleterre par les Normands. » Voir la n. 67.

63. Voir dans l'Ancien Testament, le Livre d'Esther, 2, 17. Voir la n. 108.

64. « Disait-on » est rajouté tardivement (probablement sur les 1res épreuves corrigées, qui manquent, l'incise étant absente des 1res épreuves non corrigées et figurant sur 2es épreuves).

Saint Éloi, patron de l'orfèvrerie (v. 588-660), maître des monnaies de Clotaire II (584-629). Dagobert Ier, successeur de Clotaire II (600-638), fit d'Éloi son trésorier et son conseiller et le nomma évêque de Noyon (641-660).

Emmanuel Viollet-le-Duc, au tome IX de son *Dictionnaire raisonné de l'architecture française du XIe au XVIe siècle* (1854-1863), article « Tombeau », parle des tombes de l'abbaye de Saint-Denis, notamment de celle de Charles le Chauve (p. 32) et de celle des enfants de Saint Louis (p. 62), qui portent des plaques de cuivre émaillé. Il semblerait que Proust amalgame aussi deux articles du *Dictionnaire raisonné du mobilier français* de Viollet-le-Duc (Paris, Morel, 1872, I, 175-176, « Lutrin », et I, 210-232, « Reliquaire »). Voir Richard Bales, *Proust and the Middle Ages*, Genève, Droz, 1975, p. 38.

65. Louis II, dit le Germanique (v. 804/805-876), fils de Louis le Pieux et petit-fils de Charlemagne, qui s'allia avec son frère Charles le Chauve contre son frère Lothaire, eut trois fils, Carloman (828-880), Louis III le Jeune ou Louis de Saxe (mort en 882) et Charles III le Gros (839-888), qui, par leurs révoltes incessantes, empêchèrent leur père de saisir la couronne impériale.

Les manuscrits révèlent les hésitations de Proust entre les tombeaux des fils de Saint Louis à Saint-Denis (XIIIe s.), ceux des fils de Clovis II (VIIe s.) ou de Charlemagne (VIIIe s., version des dactylographies et des 1res épreuves). Selon la légende, contestée aujourd'hui par l'histoire, les fils de Clovis II, dits les « énervés de Jumièges », auraient été mutilés pour s'être révoltés contre leur mère Bathilde. Recueillis par les moines de l'abbaye de Jumièges, ils auraient été inhumés dans le tombeau dit des énervés. (Voir Cl. Quémar, « L'Église de Combray, son curé et le narrateur », art. cit.)

66. La dynastie mérovingienne, première dynastie des rois francs, commence avec Mérovée (mort en 458) et finit avec Chilpéric III, déposé en 751 par Pépin le Bref, fils de Charles Martel, qui fonda la dynastie carolingienne. Sur la catégorie du mérovingien et la fascination qu'il suscite dans la *Recherche*, voir « La nuit mérovingienne » de

J.-P. Richard (art. cit.). Voir aussi ce passage du Cahier 6 (cité par Cl. Quémar, art. cit., p. 304) : « Ces mots mérovingiens, carolingiens si lointains, un peu d'eux était là près de moi qui gardait encore depuis dix siècles dans les yeux d'émail de l'aigle l'éclat barbare, le visage splendide et étonné qui était le leur. Et ils restaient là farouches dans le bas-côté humide. »

67. Citation tirée des *Récits des Temps mérovingiens* d'Augustin Thierry, 1re éd. 1840, 5e éd. 1856, p. 218. Les guillemets de citation sont rajoutés tardivement, sur 2es épreuves. De fait, la citation n'est pas exacte. Voici le texte de A. Thierry suivi du commentaire de l'aspect légendaire : « On disait qu'une lampe de cristal, pendue près du tombeau de Galeswinthe, le jour de ses funérailles, s'était détachée subitement sans que personne y portât la main, et qu'elle était tombée sur le pavé de marbre sans se briser et sans s'éteindre. On assurait, pour compléter le miracle, que les assistants avaient vu le marbre du pavé céder comme une matière molle, et la lampe s'y enfoncer à demi. De semblables récits peuvent nous faire sourire, nous qui les lisons dans de vieux livres écrits pour des hommes d'un autre âge ; mais, au VIe siècle, quand ces légendes passaient de bouche en bouche, comme l'expression vivante et poétique des sentiments et de la foi populaires, on devenait pensif et l'on pleurait en les entendant raconter. »

Dans « Proust et la nuit mérovingienne », J.-P. Richard souligne le déplacement historique qui s'opère du récit de A. Thierry au texte de Proust. Le prodige accompli concerne non la petite-fille mais la belle-sœur de Sigebert, Galeswinthe, fille d'Athanaghild, roi des Wisigoths espagnols, et femme de Chilpéric (539-584), frère de Sigebert. Les deux souverains francs, fils de Clotaire Ier (497-561), avaient voulu s'apparenter aux puissants Wisigoths espagnols. Mais, tandis que Sigebert aimait Brunhilde, Chilpéric délaissa bientôt Galeswinthe, à l'instigation de sa concubine Frédégonde, et la fit étrangler lorsqu'elle demanda sa répudiation. (A. Thierry, éd. cit., p. 207-218.)

Il est fait mention dans *Jean Santeuil* de la lecture de A. Thierry (« J'ai écrit au libraire de t'envoyer le deuxième volume de *La Conquête de l'Angleterre par les Normands* », *JS*, p. 329) ainsi que dans *Sodome et Gomorrhe* (*SG* vol. 1, p. 327). Voir aussi les n. 62 et 173.

Il semble que 1886 soit dans la vie de Proust « l'année d'Augustin Thierry » (voir à ce sujet *Corr.*, I, p. 108 et 110, n. 6).

68. Proust a rayé sur 2es épreuves ce passage :

« Quand on apercevait, rue de l'Oiseau, sa porte salie d'un noir de fumée que n'y avait déposé aucun feu, et à portée de la main à l'envers du vitrail familièrement mystérieux de Gilbert le Mauvais, quelques traits de couleur effacés, comme en ces œuvres antiques et grossières qu'un goût barbare avait surchargées de pierreries et où se trouvent encore dans les rainures de la pierre, quelque coulée d'émail vert, un rubis baroque et un saphir cabochon, l'église avait l'air d'être au cœur de Combray, comme son passé même, comme les jours de Saint-Hilaire qui survivaient. »

69. Thiberzy remplace « Évreux » sur 2es épreuves. Voir aussi les n. 90, 112 et 118.

70. Balbec remplace « Bolbec » sur 2es épreuves.

71. Voir une version de ce passage dans le *Contre Sainte-Beuve* de B. de Fallois, « Noms de personnes » (éd. cit., p. 325-326), commenté par Ph. Lejeune, art. cit., p. 126-127.

72. L'église Saint-Augustin, construite par Victor Baltard, l'architecte des anciennes Halles, entre 1860 et 1871, est surmontée d'un dôme d'une hauteur de 50 m. Giambattista Piranesi, dit en français Piranèse (1720-1778), est l'auteur d'immenses planches à l'eau-forte dans la tradition du XVIe siècle italien, notamment les *Vues de Rome* (137 feuilles inachevées, commencées en 1745) et les *Antiquités romaines* (1756). Proust fait allusion à cet aspect de l'œuvre de Piranèse, qui est aussi l'auteur des visions hallucinées des *Prisons* (1750).

73. Cette première rencontre de Legrandin, déplacée sur 2es épreuves Grasset, s'insérait primitivement dans le rituel du samedi, avant les soirs à l'église et le portrait de Vinteuil (*Sw.*, p. 220, l. 27).

74. Voir l'Épître aux Hébreux, attribuée à saint Paul, 6, 4-8 ; 10, 18 (« Or, là où il y a eu pardon, on ne fait plus d'offrande pour le péché ») et 10, 26-29. (Nouveau Testament, trad. œcuménique de la Bible, Le Cerf, 1979.)

75. Cette reprise intervenait après une réplique du père, supprimée sur 2es épreuves (« – Mais je crois que vous n'avez pas à vous plaindre de votre maison de Paris, lui disait mon père. Il paraît que c'est le dernier mot du confortable »). Sur ces épreuves, Proust continue, semble-t-il en vain, à demander la suppression de l'alinéa et l'intégration du dialogue au texte. La fin du dialogue enchaînait d'abord avec les samedis du mois de Marie et la rencontre de Vinteuil.

76. La version définitive concentre le récit autour de la journée du dimanche, alors que jusqu'aux 1res épreuves les visites se situent « et quelquefois le jeudi », et, plus bas, « le dimanche et le jeudi ». Voir aussi les n. 49, 89, 100, 103.

77. Sur la genèse de ce passage et sa progressive métaphorisation, voir l'article de J. Milly, « L'arrière-cuisine de Françoise. Commentaire génétique de trois versions d'un fragment manuscrit. (Cahier 14, 67r°, 68r°, 66v°, 68r°) », *BIP*, n° 5, 1977, p. 31-85, repris dans *Proust dans le texte et l'avant-texte*, *op. cit.*, p. 9-17.

78. *Le Testament de César Girodot*, comédie en trois actes et en prose, d'Adolphe Belot et Edmond Villetard, créée à l'Odéon le 30 septembre 1859, représentée à la Comédie-Française le 26 juin 1873. (Voir les n. 80 et 81.) *Œdipe-roi*, tragédie en cinq actes et en vers par Jules Lacroix, jouée à la Comédie-Française pour la première fois le 18 septembre 1858. Les deux pièces sont au répertoire à la fin du siècle. (Voir

A. Joannidès, *La Comédie-Française de 1680 à 1900*, 1901, Slatkine Reprints, 1970.)

79. *Les Diamants de la couronne* et *Le Domino noir*, opéras-comiques en trois actes, musique de Daniel Auber (1782-1871), livrets d'Eugène Scribe, en collaboration pour le premier avec Saint-Georges. Ils furent créés respectivement le 6 mars 1841 et le 2 décembre 1837, mais restèrent à l'affiche jusqu'à la fin du XIXe siècle.

80. Il s'agit de cinq acteurs célèbres au XIXe siècle, sociétaires de la Comédie Française. Edmond Got (1822-1901), qui débuta en 1843 à la Comédie-Française, interprète du répertoire comique. Louis Arsène Delaunay (1826-1903), découvert par T. Gautier en 1846 à l'Odéon, remarqué pour son air d'extrême jeunesse et son allure de jeune homme romantique, engagé en 1848 à la Comédie-Française où il fut l'interprète du théâtre de Musset. Alexandre Frédéric Febvre (1833-1916), créateur à l'Odéon du personnage de Célestin dans *Le Testament de César Girodot*, acteur au Vaudeville puis à la Comédie-Française, jeune premier dans les comédies de Molière et de Marivaux, interprète de Don Salluste lors de la création de *Ruy Blas* à la Comédie-Française (1879). Charles Jean Joseph Thiron (1830-1890), interprète à la Comédie-Française du Bourgeois gentilhomme, de Brid'oison (*Le Mariage de Figaro*), Van Buck (*Il ne faut jurer de rien*), Vatel (*Le Gendre de M. Poirier*, 1880). Constant Coquelin, dit Coquelin aîné (1841-1909), premier comique pendant vingt-six ans, dans des comédies de Molière (*Le Misanthrope*) et des pièces du répertoire moderne (*L'Aventurière* de É. Augier).

81. Sarah Bernhardt, *pseud.* d'Henriette Rosine Bernard (1844-1923), joua en 1868 dans *Le Testament de César Girodot*, puis connut un long triomphe à la Comédie-Française dans *Phèdre* (1874), qu'elle reprit en 1898 dans son théâtre. Interprète de Doña Sol dans *Hernani*, elle fut surnommée « la voix d'or ». Jeanne Julia Regnault, dite Bartet (1854-1941), sociétaire de la Comédie-Française, « jeune première », interprète de Bérénice et d'Andromaque, surnommée « la divine ». Elle quitta la scène en 1919. Madeleine Brohant (1833-1900), entrée à la Comédie-Française en 1850, « jeune première » du répertoire. Jeanne Samary (1857-1890), nièce de la précédente, fit ses débuts à dix-huit ans dans la Dorine du *Tartuffe*. Sociétaire de la Comédie-Française en 1879, elle fut la « soubrette » du répertoire. La Berma, personnage fictif.

82. Proust demande pour toute la scène sur les 2es épreuves l'intégration du dialogue au texte, comme pour tous les dialogues qui suivent jusqu'à la p. 183.

83. Achille Tenaille de Vaulabelle (1799-1879), journaliste et historien français, auteur d'ouvrages érudits, l'*Histoire de l'Égypte depuis le départ des Français* (1835-1836) et l'*Histoire des deux restaurations* (1844-1857), député et ministre de l'Instruction publique en 1848.

84. Voir dans *Jean Santeuil* une esquisse des « tragédies d'arrière-cuisine » (*JS*, p. 281-283).

85. Giotto (1266-1337) a peint vers 1305-1310, dans la chapelle des Scrovegni à l'Arena de Padoue, des fresques représentant l'histoire de la Vierge et du Christ et, au-dessous, quatorze figures, sept Vices et sept Vertus, parmi lesquelles l'Envie et la Charité.

Proust a pu avoir connaissance de ces fresques d'abord par l'illustration des œuvres de Ruskin, puis directement, lors de son voyage en Italie, en 1900.

Ruskin commente à plusieurs reprises *La Charité* de Giotto, dans *Stones of Venice* (*Works*, Library ed., vol. 10, p. 397), dans la lettre 7 de 1871 de *Fors Clavigera* et dans *Pleasures of England*, notamment. Proust traduit dans une note de *La Bible d'Amiens* (Mercure de France, 1904, p. 302, n. 2) le passage de *Stones of Venice* et cite un fragment de *Pleasures of England*, repris dans « Journées de lecture » (*Pastiches et mélanges, CSB*, p. 97), qui interprète le « trésor » non comme un sac ou une bourse mais comme un cœur, non pas reçu par la Charité mais donné au Christ.

C'est cette lecture de la Charité que reprend le texte de *Swann*, en rejoignant un autre commentaire de *La Charité* de Giotto, celui d'Émile Mâle (cité dans « Journées de lecture », *ibid.*) : « La même comparaison est venue certainement d'une manière fortuite à l'esprit de M. Émile Mâle : "La Charité qui tend à Dieu son cœur enflammé, dit-il, est du pays de saint François d'Assise. La Charité qui donne son manteau aux pauvres est du pays de saint Vincent de Paul." » Il semble que l'expression « son cœur enflammé » dans *Swann* provienne de Mâle. Celui-ci insiste dans sa comparaison entre les artistes français du XIIIe siècle et les Italiens du XIVe siècle, sur le côté lacunaire de la représentation française de la Charité : « Les Italiens du XIVe siècle surent bien mieux faire sentir la double nature de la Charité. À l'Arena de Padoue, Giotto lui a mis dans une main un cœur qu'elle présente à Dieu, pendant que l'autre main s'apprête à puiser dans une corbeille où sont les offrandes destinées aux pauvres. » (*L'Art religieux du XIIIe siècle en France*, éd. cit., t. I, p. 228.)

86. Dans ses Cahiers, Proust ajoute en deux fois ce qui donnait sens au cadeau et à la plaisanterie de Swann : la description des fresques de Giotto et de leur portée symbolique, ainsi que l'anticipation du voyage à Padoue. Il supprime en 1911 sur dactylographie ce passage, qu'il utilise en 1916 dans *Albertine disparue* (*AD*, p. 311). (Voir B. Brun, « *Le Temps retrouvé* dans les avant-textes de Combray », art. cit., p. 18-19.)

Rappelons que « les "Vices et les Vertus" de Padoue et de Combray » constituaient, dans le projet de roman en trois volumes de 1913, une section du tome III, « *Le Temps retrouvé* ».

87. Le thème de la lecture, liée au rituel de la journée, est abordé par Proust à plusieurs reprises dans *Jean Santeuil* (*JS*, p. 284-286, 304-305,

309-316 et 332), et dans « Journées de lecture » (*Pastiches et mélanges*, *CSB*, p. 160-172).

88. Ce passage cite en partie Flaubert (voir *L'Éducation sentimentale*, II, 5 : « Des touffes de roseaux et des joncs la bordent inégalement ; toutes sortes de plantes venues là s'épanouissaient en boutons d'or, laissaient pendre des grappes jaunes, dressaient des quenouilles de fleurs amarantes, faisaient au hasard des fusées vertes », LGF, Le Livre de Poche, 2002, p. 375), et renvoie au pastiche de Proust « l'Affaire Lemoine par Gustave Flaubert » (*Pastiches et mélanges*, *CSB*, p. 15) : « Et ils finissaient par ne plus voir que deux grappes de fleurs violettes, descendant jusqu'à l'eau rapide qu'elles touchent presque, dans la lumière crue d'un après-midi sans soleil, le long d'un mur rougeâtre qui s'effritait. » (Voir l'édition par J. Milly de M. Proust, *L'Affaire Lemoine. Pastiches*, Genève, Slatkine Reprints, 1994, p. 85-86). Mais il associe à Flaubert d'autres sources, lisibles dans les brouillons. Le « paysage montueux et fluviatile » évoque la description par Ruskin du printemps dans le Jura, dans *Les Sept Lampes de l'architecture*, citée par R. de La Sizeranne dans *Ruskin et la religion de la beauté*, Hachette, 1897, et son édition de *Pages choisies*, Hachette, 1908 (voir *À la recherche du temps perdu*, Gallimard, « Bibliothèque de la Pléiade », t. I, 1987, n. 1 de la p. 85 par F. Goujon et n. 1 de l'Esquisse, p. 753, par J. Yoshida). G. Genette commente la complexité de ces références dans « "Un de mes écrivains préférés" », *Figures IV*, Seuil, 1999, p. 238-296.

Proust demande dans cette page sur 2es épreuves la suppression des deux alinéas.

89. La précision « du dimanche » n'existe pas sur les 1res épreuves. Voir aussi les n. 49, 76, 100 et 103.

90. Proust ajoute « Thiberzy » sur 2es épreuves, et demande l'intégration de ce dialogue au texte. Voir les n. 69, 112 et 118.

91. Sur ces « fleurs violettes en quenouille », voir *Sw.*, p. 191 et 289.

92. Dans une ébauche du Cahier 26, publiée par Ph. Kolb dans les *Textes retrouvés*, Gallimard, 1971, p. 235-248, il est fait allusion à ce poème de la série des *Nuits* de Musset :

« Les écrivains contribuaient aussi à former ce pays idéal où je situais la femme que j'aimais et que je voulais retrouver comme une essence sacrée dans la terre que je foulais. Que de fois je me suis redit du côté de Méséglise les vers de "La Nuit d'octobre"

Les morts dorment en paix dans le sein de la terre
Les reliques du cœur ont aussi leur poussière

que j'identifiais je ne sais pourquoi avec les champs infinis de Méséglise. Ces reliques du cœur me paraissaient avoir une riche couleur, une harmonie profonde qui m'enchantait. Depuis, des vers qui ne me représentaient rien aux yeux alors m'ont ravi et les reliques du cœur ne me parlent plus tant. » (*Ibid.*, p. 236-237.)

93. Alfred de Musset, *Nuit de mai*, v. 79 : « Et le bleu Titarèse, et le golfe d'argent/Qui montre dans ses eaux, où le cygne se mire,/ La blanche Oloossone à la blanche Camyre » ; et Racine, *Phèdre*, acte I, scène 1, v. 36.

94. *Baghavat* appartient aux *Poèmes antiques* (1852), et *Le Lévrier de Magnus* aux *Poèmes tragiques* (1884) de Charles Marie Leconte de Lisle (1818-1894), également traducteur de l'*Iliade* (1867) et de l'*Odyssée* (1868). Bloch manie à son instar un style néo-homérique, « langage mythologique qui se prétend respectueux du passé et n'est que l'expression d'une mode » (M. Miguet-Ollagnier, *La Mythologie de Marcel Proust*, Annales littéraires de l'université de Besançon, Les Belles Lettres, 1982, p. 44). Voir, *ibid.*, les citations de la *Correspondance* de Proust concernant les hellénismes et le pédantisme, p. 44-45.

95. Dans un fragment du Cahier 26 (Ph. Kolb, *Textes retrouvés*, *op. cit.*, p. 238), ce jugement est attribué à Théophile Gautier, et Leconte de Lisle cité à côté de Racine : « Je me rappelle mes angoisses en me promenant dans les champs du côté de Méséglise parce qu'on m'avait dit que pour Théophile Gautier le plus beau vers de Racine était

La fille de Minos et de Pasiphaé.

Je ne pouvais alors laisser à l'art – bien au-dessous de la philosophie – quelque dignité qu'à condition qu'il contînt quelque grande idée. Que ce vers de Racine, que certains vers de Leconte de Lisle fussent plus beaux que des vers philosophiques de Sully Prudhomme, cela me troublait d'autant plus profondément que cette beauté que je ne pouvais légitimer, je la ressentais. Moi qui aujourd'hui – pour de toutes autres raisons que Théophile Gautier – n'attache presque plus aucune importance au contenu intellectuel explicite d'une œuvre d'art. Mais le temps n'était pas encore venu où je devais rencontrer l'idée de l'art que je me faisais aujourd'hui [*sic*] et j'avais encore à passer par bien des chemins avant d'y arriver. »

Voir aussi la réponse de Proust à l'enquête d'Émile Henriot sur le classicisme et le romantisme (*Essais et articles*, *CSB*, p. 618) : « Il n'y a rien de si bête que de dire comme Théophile Gautier, lequel était du reste un poète de troisième ordre, que le plus beau vers de Racine est : “La fille de Minos et de Pasiphaé” »), et *Jean Santeuil* (*JS*, p. 239).

96. *La Juive*, opéra en cinq actes de Jacques Fromental Halévy, livret d'Eugène Scribe, créé le 23 février 1835 à l'Académie royale de musique. Acte I, scène 1 :

« Ô Dieu de nos Pères
Toi qui nous éclaires,
Parmi nous descends !
Ô Dieu de nos Pères
Cache nos mystères !
À l'œil des méchants. »

Samson et Dalila, opéra de Camille Saint-Saëns, livret de Ferdinand Lemaire, créé à Weimar le 2 décembre 1877, repris à Bruxelles en 1878, sous forme d'oratorio, puis à Rouen (3 mai 1890), et à Paris, salle de l'Éden (31 octobre 1890), puis à l'Opéra (23 novembre 1892). Il s'agit de l'air de Samson, repris en chœur par les Hébreux, acte I, scène 2 :

« Israël ! romps ta chaîne !
Ô peuple, lève-toi !
Viens assouvir ta haine !
Le Seigneur est en moi !
Ô toi, Dieu de lumière,
Comme aux jours d'autrefois,
Exauce ma prière
Et combats pour tes lois ! »

Primitivement, le grand-père fredonnait ces airs quand arrivaient des amis de la famille, notamment Swann. Voir à ce propos la n. 16.

97. Air de Joseph, au premier acte (scène 1) du *Joseph* d'Étienne Nicolas Méhul (1763-1817), opéra-comique en trois actes, paroles d'Alexandre Duval, créé à l'Opéra-Comique le 17 février 1807, repris, notamment, à l'Opéra le 29 mai 1899 dans une version nouvelle, avec des récitatifs de Bourgauld-Ducoudray et un livret remanié par Armand Sylvestre :

« Champs paternels, Hébron, douce vallée !
Loin de vous a langui ma jeunesse exilée,
Comme au vent du désert se flétrit une fleur. »

98. Sur le style de Bergotte, voir J. Milly, *La Phrase de Proust*, Larousse, 1975, p. 9-54.

99. Sur le fétichisme de la lecture, voir « Journées de lecture » (*Pastiches et mélanges*, *CSB*, p. 172-194).

100. Corrige la version des 1res épreuves « un jour ». Voir à ce propos les n. 49, 76, 89 et 103.

101. Le sultan Mahomet II (1430-1481) fit venir de Venise en 1479 le peintre Gentile Bellini (1429-1507) pour exécuter son portrait. Celui-ci se trouve actuellement à la National Gallery de Londres.

102. Statues de reines de la Bible ornant le porche occidental de la cathédrale de Chartres. Proust cite en note de sa préface à la traduction de *La Bible d'Amiens* un fragment de *The Two Paths* de Ruskin, qui compare ces statues à la Madone de la porte du transept sud d'Amiens, jugée inférieure (*Pastiches et mélanges*, *CSB*, p. 79-81).

103. La correction, de nouveau, tend à resserrer l'unité itérative autour du dimanche. Le texte, non corrigé, des 1res épreuves est le suivant : « Cependant ces jours-là – tandis que je lisais – ce que ma tante n'admettait pas en dehors du dimanche, jour où il est défendu de s'occuper à rien de sérieux et où elle ne cousait pas, me disait "comment tu *t'amuses* encore à lire, ce n'est pourtant pas dimanche". » Voir aussi les n. 49, 76, 89 et 100.

104. Voir *Jean Santeuil* (*JS*, p. 340-341).

105. Nom donné aux litanies et processions comprises dans les trois jours précédant l'Ascension.

106. Correction sur 2es épreuves, de « je l'ai fait entrer », qui accentue la « parlure » de Françoise. Voir dans le même sens les n. 172 et 285.

107. Le commentaire, anecdotique et dépréciatif, du curé de Combray formait jusqu'aux 1res épreuves un diptyque antithétique avec la vision admirative du narrateur, qui se trouve dans la version définitive *Sw.*, p. 160 *sq.* L'effet de symétrie à distance est maintenu dans l'ordre de la description (tombes, vitraux, tapisserie), mais disparaît au fil des versions dans le discours du curé l'éloge des objets précieux, condensé dans le morceau du narrateur. Voir l'étude génétique de Cl. Quémar, art. cit., et la n. 60.

108. Le trésor de la cathédrale de Sens conserve une collection de tapisseries, notamment un retable de la seconde moitié du XVe siècle, fait en lin et soie, avec des fils d'or et d'argent, représentant dans l'une de ses parties le couronnement d'Esther par Assuérus (voir M.A. Vogely, *A Proust's Dictionary*, Troy, New York, 1981, article « Sens »). Émile Mâle en fait mention dans *L'Art religieux de la fin du Moyen Âge en France* (1908, rééd. Colin, 1931, p. 240. La tapisserie est reproduite dans *ibid.*, p. 243).

Sur l'histoire d'Esther, voir la n. 63.

109. Cette parenthèse, comme toutes les précisions étymologiques du curé, est ajoutée sur 2es épreuves. Corrélativement, « Roussainville » remplace « Méséglise » (voir également les n. 112, 120, 169 et 174). La principale source de Proust semble le traité de Jules Quicherat, *De la formation française des anciens noms de lieux* (A. Franck, 1867), qui donne lieu à un jeu érudit dans le texte proustien. L'ouvrage traite de l'étymologie des noms de lieu et de leurs déformations, et cite au chapitre III parmi les « *Noms germaniques préfixés ou suffixés* », qui « peuvent avoir été déformés par la prononciation ou l'orthographe » « *Castrum Radulfi* Châteauroux (Indre) au lieu de Châteauraoul » (p. 61). Il n'est pas question de « Rouville », mais le même passage comporte des noms dont la finale « ville » est tirée de « villa ». De même, trois sections du chapitre IV (« Des noms de saint ») semblent condensées dans les variations du curé sur *Sanctus Hilarius* (p. 105) : « *Flexions différentes d'un même nom : Sanctus Hilarius*, Saint-Hilaire, Saint-Hellier, Saint-Hillier » (p. 65) ; « *Noms complètement défigurés :* Saint-Illiers (Seine-et-Oise) et Saint-Ylie (Jura), de *Sanctus Hilarius* » (p. 66) ; et la section « *Noms dont le genre a changé* », accompagnée de ce très sérieux commentaire : « Il y a des exemples de saints qui sont devenus des saintes, ou réciproquement, par la manière dont leur nom a fléchi en français : [...] *Sancta Eulalia*, Saint-Éloi (Ain) » (p. 67). On trouve aussi au chapitre II (« Accidents particuliers de la désinence », 5°) : « *Gaudiacus*, Jouy (Eure-et-Loir, Loiret, Seine-et-Marne, Seine-et-Oise, etc.) » et, « *Theudeberciaco*, Thiberzey, ancienne dénomination d'un lieu où s'étend aujourd'hui une partie de la ville de Fontenay (Vendée) » (p. 38). Enfin, au chapitre III, 3°), Quicherat donne comme illustration de « la déformation de l'un des radicaux ou de tous les deux ensemble, produite par des syncopes ou des contractions intérieures : *Campus pagani*, Champien (Yonne), pour Champayen » (p. 39). Voir *Sw.*, p. 259.

L'abbé Joseph Marquis, dans sa monographie sur Illiers (*Illiers*, Chartres, « Archives historiques du diocèse de Chartres », 1904) propose lui aussi des explications étymologiques pour la plupart des toponymes locaux (notamment, Tansonville, Mirougrain, Montjouvin, La Rachepelière, Illiers).

110. Ce personnage fictif, que Proust fait vivre au XIe siècle, semble avoir été partiellement inspiré par Charles II, roi de Navarre et comte d'Évreux (1332-1387), dit Charles le Mauvais, qui dévasta pendant la guerre de Cent Ans l'abbaye de Jumièges (un modèle possible pour Saint-Hilaire de Combray), et aurait également sévi dans la région d'Illiers au cours de la seconde moitié du XIVe siècle. Le personnage est d'ailleurs représenté à genoux, les mains jointes, sur un vitrail de la cathédrale d'Évreux. Son nom remplace à maintes reprises celui de Gilbert dans les brouillons. Sur tout cela, voir Cl. Quémar, art. cit., p. 336, n. 3.

111. Si Pépin le Bref (714-768) et Charles II le Chauve (823-877), père de Louis II le Bègue ou le Fainéant (846-879), évoquent des personnages historiques, Pépin l'Insensé et Charles le Bègue (dont J.-P. Richard commente les surnoms comiques dans *Proust et le monde sensible*, *op. cit.*, p. 235) sont des souverains fictifs. La figure de Charles le Bègue paraît toutefois inspirée par la description que fait le curé d'Illiers du vicomte Geoffroy de Châteaudun (*op. cit.*, p. 28) : « Le vicomte de Châteaudun, Geoffroy avait perdu, de bonne heure, son père, et exerçait le pouvoir avec l'indépendance et la présomption d'une jeunesse, à laquelle la discipline a manqué » – texte dont la dactylographie est encore plus proche : « Son frère Charles le Bègue, prince pieux mais qui ayant perdu son père de bonne heure exerçait le pouvoir suprême avec toute la présomption d'une jeunesse à qui la discipline a manqué. »

En lutte contre Fulbert, l'évêque de Chartres, et contre le roi Robert (996-1031), Geoffroy de Châteaudun dévasta la région d'Illiers et brûla la cathédrale de Chartres en 1020. Son histoire semble avoir aussi inspiré le personnage de Gilbert dont le nom est corrigé en Fulbert sur la dactylographie, et recorrigé en Gilbert sur 2es épreuves. Sur tous ces points nous renvoyons au commentaire de Cl. Quémar, art. cit., p. 341, n. 36 et 39.

112. « Théodebert » remplace sur 2es épreuves « Childebert » (version de la dactylographie) parallèlement à la correction de « Roussainville » (qui corrigeait « Pinsonville », version de la dactylographie) en « Thiberzy ». Sur la motivation de cette correction, en relation également avec le nom de « Théodore » et sur la dissémination de la syllabe « ber » voir les remarques de J.-P. Richard, *op. cit.*, p. 230 et 234. Sur l'étymologie de Thiberzy, voir la n. 109. Et, pour compléter les motivations du nom, rappelons que Théodore est le nom d'une sainte, qui se déguisa en homme et joua de l'ambiguïté de son prénom. Son histoire est racontée dans *La Légende dorée* (GF-Flammarion, t. I, p. 445-448).

Il existe un Théodebert Ier (534-548), roi mérovingien d'Austrasie, fils de Thierry Ier, petit-fils de Clovis et neveu de Childebert Ier et Clotaire Ier, et un Théodebert II (596-612), également roi d'Austrasie, fils de Childebert II. Childebert Ier (v. 495-558), 3e fils de Clovis, se joignit à ses frères Clodomir et Clotaire Ier contre Sigismond, roi de Bourgogne, le fit périr avec sa famille (524) et démembra ses États (534). À la mort de Clodomir (524), Clotaire et Childebert égorgèrent leurs neveux pour s'emparer de l'héritage. Childebert tenta aussi de tuer Clotaire et provoqua la révolte de Chramne, fils de Clotaire, contre son père.

113. Guillaume Ier, dit Guillaume le Conquérant (1027-1087), duc de Normandie (1035-1087) et roi d'Angleterre, après la victoire de Hastings (1066) sur le roi Harold II.

114. L'histoire de Gilbert reprend le récit des aventures de Geoffroy de Châteaudun par l'abbé Marquis, *op. cit.*, p. 36 : « Geoffroy visite la cathédrale de Chartres, en 1040, persuadé que l'oubli avait passé sur les ravages et les incendies qu'il avait multipliés, autrefois, dans cette contrée. Malheureusement son nom était resté odieux dans la mémoire des habitants. Au sortir de l'office divin, des Chartrains l'assaillirent et le massacrèrent. »

115. Remplace « Pont-le-Vidame », sur 2es épreuves. Voir aussi *Sw.* p. 215, l. 23 et les n. 38 et 57. La parenthèse érudite est ajoutée, ici encore, sur 2es épreuves. (Voir la n. 109. La finale « le Vicomte » semble fictive. L'étymologie donnée dans *Swann* n'existe pas telle quelle dans Quicherat.)

116. Suivait, sur 1res épreuves, le commentaire du narrateur sur l'église de Combray (actuellement, dans *Sw.*, p. 160 *sq.*), alors précédé de cette introduction : « J'avoue que j'étais bien loin d'être aussi sévère que notre curé pour l'église de Combray, et que ce qu'il y critiquait était peut-être justement ce que j'y aimais le mieux. » Voir les n. 59 et 60.

117. *Athalie*, acte II, scène 7, v. 688, sentence de Joas à Athalie. Voir dans l'Ancien Testament, II Rois, 11, 1-20, et Chroniques, 22, 1-21.

118. Remplace « la ville voisine » sur 2es épreuves. Voir les n. 69, 90 et 112.

119. Sur le rituel du samedi, voir les esquisses publiées dans le *Contre Sainte-Beuve* de B. de Fallois, « L'article dans *Le Figaro* », *op. cit.*, p. 119-121.

120. Remplace « Troussinville », sur 2es épreuves. Voir aussi les n. 109, 169 et 174, et les leçons « Pinsonville » (n. 12 et 112).

121. Allusion possible à la phrase de Nicolas de Malézieu (1650-1727), qui aurait déclaré devant la médiocrité des poèmes épiques français du XVIIe siècle : « Les Français n'ont pas la tête épique. »

122. Voir dans *Jean Santeuil* une esquisse de ce début (*JS*, p. 320-321).

123. Les pages sur les aubépines et le mois de Marie, premières dans l'ordre du récit, forment une insertion manuscrite dans les dactylographies, rédigée après les autres passages sur les aubépines. Voir B. Brun, « Brouillons des aubépines », art. cit., et sur la genèse structurelle des aubépines à travers *Les Plaisirs et les Jours*, *Jean Santeuil*, et les brouillons de la *Recherche*, Raymonde Debray Genette, « Thème, figure, épisode » (repris dans *Recherche de Proust*, *op. cit.*, p. 105-141).

Proust avait publié des fragments de ces passages dans un article du *Figaro* du 21 mars 1912, qui les réunissait sous le titre « Épines blanches, épines roses », précédé de la mention « Au seuil du printemps », rajoutée par le journal, fort maladroitement selon Proust. L'article est recueilli dans *Chroniques*, éd. cit, p. 92-99. Proust écrivait à ce propos à G. de Lauris, vers le 24 mars 1912 (*Corr.*, XI, n° 35, p. 76) : « ma pensée vraie sur l'aubépine n'est pas dans cette page (que je suis loin de renier et dont je suis relativement content). Mais il est impossible d'aller plus avant dans un article de journal. C'est du reste un extrait, mais arrangé, d'une partie de mon livre, que vous ne connaissez pas encore ». Dans ces évocations des aubépines, J. Milly voit un exemple inspiré du « style Bergotte », comme, plus loin, dans la brève description du reflet de soleil dans la mare et le morceau sur les clochers de Martinville (*La Phrase de Proust*, *op. cit.*, p. 97-141).

Proust avait déjà commenté, à la suite de Ruskin, les aubépines sculptées des cathédrales, et comparé l'ornementation de la statue de la Vierge d'Amiens avec les aubépines de Bourges (*Pastiches et mélanges*, *CSB*, p. 81).

124. Dans les brouillons de *Swann*, M. Vington était un naturaliste, distinct du « Berget de la sonate » d'« Un amour de Swann », et ce, jusque sur les 1res épreuves. C'est vers mai 1913, en corrigeant ses 1res épreuves, que Proust décide de fondre les deux personnages. Vinteuil corrige le nom de « Vington » sur 2es épreuves, et il devient « professeur de piano » (version imprimée sur 2es épreuves). Sur la genèse du personnage voir l'article de K. Yoshikawa, « Vinteuil ou la genèse du septuor », *Études proustiennes* III, Gallimard, 1979, p. 289-347.

125. « Montjouvain » corrige « la Combe » sur 2es épreuves.

126. Robert de Montesquiou écrit à ce propos à Proust dans une lettre du 22 mars 1912 (*Corr.*, XI, n° 29, p. 66) : « J'ai cueilli vos jolies épines ; mais vous n'avez pas parlé de l'odeur *sexuelle*... qui vous aurait permis *d'écourter* le *substantif*, tout en laissant les *adjectifs* subsister, et insister. Mais le "Mois de Marie" ne s'en arrangeait pas. » À quoi Proust ajoute dans une lettre au même du 25 ou 26 mars 1912 (*Corr.*, XI, n° 36, p. 79) : « Quant au mélange de litanies et de foutre dont vous me parlez, l'expression la plus délicieuse que j'en connaisse est dans un morceau de piano déjà un peu ancien mais enivrant, de Fauré qui s'appelle peut-être *Romance sans paroles*. Je suppose que c'est cela que chanterait un pédéraste qui violerait un enfant de chœur. »

127. Sur Hubert Robert, voir la n. 39.

128. Héros de *Cléopâtre* (1647-1658), à la fierté rendue proverbiale par le succès de ce roman héroïco-galant de La Calprenède (v. 1610-1663).

129. Nous avons laissé la phrase telle que la donnent les éditions Grasset et la NRF. La version des 1res épreuves était : « Et si quelque artiste lisant les Mémoires du XVIIe siècle, désirant tout à coup de se rapprocher du grand Roi, croit marcher dans cette voie en se fabriquant une généalogie qui le fait descendre d'une famille noble ou en achetant une correspondance avec un des souverains actuels de l'Europe, il ne se rend pas compte qu'il tourne précisément le dos à ce qu'il a le tort de chercher sous des formes identiques et par conséquent mortes, et qu'il en est plus loin qu'une vieille dame de province qui ne faisait qu'obéir. » Les 2es épreuves contiennent la version définitive, résultat du « télescopage » de l'ancien texte et d'une correction sur épreuves, que nous n'avons pas.

130. Proust demande à nouveau sur 2es épreuves l'intégration du dialogue au texte. Sur 2es épreuves, les guillemets encadrant « remonter » sur les 1res épreuves, sont supprimés.

131. Vers extrait d'une plaquette de Paul Desjardins, intitulée *Celui qu'on oublie* (Paris, Damascène Morgand, 1883), en hommage à Lamartine (p. 8) – « La voix du soir » :

« Silence !... Voici l'heure ineffable et sereine.
La Nuit pose son pied sur les gazons frileux.
Les âmes et les fleurs confondent leur haleine.
Les bois sont déjà noirs ; les cieux sont encor bleus. »

Condisciple de Jaurès et de Bergson à la rue d'Ulm, professeur à l'École des sciences politiques, Paul Desjardins (1859-1940) avait fondé en 1892, contre le scepticisme philosophique et le dilettantisme à la mode, l'« Union pour l'action morale » (dont la charte est *Le Devoir présent*, 1892), qui devint, après la scission due à l'affaire Dreyfus, l'« Union pour la vérité ». Il organise à partir de 1910 les fameuses « Décades » de l'abbaye de Pontigny (Yonne), publiées dans les *Entretiens de Pontigny*, qui eurent une influence intellectuelle importante dans l'entre-deux-guerres, notamment à la NRF. C'est par le *Bulletin de l'Action morale*, qui proposa entre 1893 et 1903 la traduction d'extraits limités de l'écrivain, que Proust s'initia à Ruskin.

132. Voir, dans *Jean Santeuil*, la vision de la cuisine de Félicie (*JS*, p. 337).

133. Voir *Jean Santeuil* (*JS*, p. 282).

134. L'édition de la NRF, en conformité avec la dactylographie, donne comme leçon « le règne des Rois et des Reines [...] furent marqués », accord par syllepse du nombre que nous ne maintenons pas.

135. Jean Henri Fabre (1823-1915) dans ses *Souvenirs entomologiques*, 1re série, Delagrave, 1879. Il est question du *cerceris* ou guêpe fouisseuse aux chapitres III et IV, ainsi qu'au chapitre V, intitulé « Un savant tueur », qui étudie la façon dont cet hyménoptère neutralise et conserve ses proies.

136. Dans *Le Lys dans la vallée*, Félix de Vandenesse compose des bouquets à l'intention de Mme de Mortsauf, utilisant le langage des fleurs comme expression sublimée de la passion (Gallimard, « Bibliothèque de la Pléiade », t. IX, 1978, p. 1056).

Le sedum se trouve d'autre part associé à la rencontre de Lucien de Rubempré et de Vautrin dans *Illusions perdues*, alors que Lucien, sur le chemin du suicide, cherche à éviter les voyageurs descendus de la diligence Bordeaux-Paris. (Gallimard, « Bibliothèque de la Pléiade », t. V, 1977, p. 689-690.) Voir, sur ce modèle, la rencontre du héros de la *Recherche* et de Charlus (*JFF* 2e p., p. 130-131).

137. Voir l'Évangile selon saint Matthieu (6, 28-29) : « Et du vêtement, pourquoi vous inquiéter ? Observez les lis des champs, comme ils croissent ; ils ne peinent ni ne filent, et, je vous le dis, Salomon lui-même, dans toute sa gloire, n'a jamais été vêtu comme l'un d'eux ! » (Nouveau Testament, éd. cit.).

138. Rose de « Jéricho », sur 1res épreuves (nom d'une fleur distincte de la rose).

On ne trouve pas dans la Bible d'allusion à la rose de Jérusalem, mais il est question, dans une version, d'ailleurs controversée, de l'Ecclésiastique, des « plants de roses à Jéricho », voisins d'une référence à Jérusalem. La Sagesse évoque sa puissance (24, 11-14) :

> « Dans la cité bien-aimée il m'a fait reposer,
> C'est dans Jérusalem qu'est ma puissance.
> Je me suis enracinée dans le peuple glorifié,
> Dans la part du Seigneur, dans son héritage.
> Comme le cèdre je me suis élevée sur le Liban,
> Comme le cyprès sur les montagnes de l'Hermon,
> Comme le palmier je me suis élevée à Engaddi,
> Comme les plants de roses à Jéricho […] »,

traduit par J. Hadot (Ancien Testament, Gallimard, « Bibliothèque de la Pléiade », t. II, 1959, p. 1787).

On peut aussi voir dans « Jérusalem » une synecdoque pour la Palestine, ou dans l'expression « rose de Jérusalem » une allusion à la « rose du désert », que Proust commente dans une note à la traduction de *Sésame et les lys* (Mercure de France, 1906) [concernant l'épigraphe à la IIe conférence de Ruskin, « Les Lys des jardins des reines »].

139. Remplace « Querqueville » (1res épreuves).

140. Version des 2es épreuves.

141. Andromède, fille de Céphée, roi d'Éthiopie et de Cassiopée. Celle-ci, selon la légende, s'étant vanté de surpasser en beauté les Néréides et même la reine des dieux, Neptune, en représailles, suscita un monstre marin qui sema dans le pays la désolation. Andromède, sur le conseil de l'oracle consulté, fut livrée au monstre, attachée sur un rocher. Mais elle fut délivrée par Persée, de retour de son expédition contre les Gorgones, qui, en échange de la main de la princesse, pétrifia le monstre avec la tête de Méduse.

142. À propos de ce passage, voir *Pierre Nozière* de A. France, livre III, chap. V, « En Bretagne », rééd. Nelson-Calmann-Lévy, p. 250-255, et, notamment p. 250 : « Ici, sur le promontoire qui s'avance entre deux côtes semées d'écueils, finit la terre. Au bout de l'étroit sentier dans lequel nous nous engageons, la mer déferle, et déjà l'embrun nous enveloppe » ; p. 252 : « À notre gauche fuit la ligne désolée de la baie d'Audierne jusqu'aux rochers funestes de Penmarch. À droite, la côte hérissée de falaises et d'écueils se courbe pour former la baie des Trépassés » ; p. 253 : « La mort plane sur ces parages, c'est elle qui, passant sur nos têtes avec le vent de mer, effleure nos cheveux. Tout ce golfe informe qui s'étend de l'île d'Ouessant à l'île de Sein, et qu'on nomme l'Iroise, est la terreur des gens de mer. Les naufrages y sont ordinaires » ; p. 254 : « Les cadavres des naufragés qui ont péri dans l'Iroise sont amenés par le courant dans la baie des Trépassés. Est-ce pour sa fidélité à déposer les restes humains sur son sable blanc comme une poussière d'os que la baie hospitalière aux morts a reçu son nom funèbre ? »

Jean Santeuil contient une ébauche de cette rêverie sur la tempête (*JS*, p. 534). On peut songer aussi au rapprochement avec *La Mer* de Michelet (1861), notamment au livre I, chap. III (A. Henry, « Proust et la Normandie : excursions dans l'arrière-pays des noms », dans *Le Paysage normand*, PUF, Publications de l'université de Rouen, 1980, p. 144). Voir aussi les n. 143 et 269.

143. Remplace sur 2es épreuves : « a si bien comparé à la Nekuya de l'*Odyssée* », allusion directe à *Pierre Nozière*, III, 5, éd. cit., p. 255-266, précisément pour la comparaison avec le pays des Cimmériens, p. 265-266 : « Il n'y a pas loin, pour le sentiment, de la *Nékyia* de l'homéride aux *gwerz* des bardes de Breiz-Izel. Toutes les vieilles croyances se ressemblent par leur simplicité. [...] Dans le monde celtique comme dans le monde hellénique, les morts ont une terre à eux, séparée de la nôtre par l'Océan, une île brumeuse qu'ils habitent en foule. Là, l'île des Cimmériens ; ici, plus rapprochée du rivage, l'île sainte des Sept-Sommeils. Les tombes revêtent la même forme dans la Grèce héroïque et chez les Celtes. »

Ulysse rencontre les Cimmériens au livre XI de l'*Odyssée*, v. 12-19. Peuple indo-européen nomade, les Cimmériens, installés dans l'actuelle Crimée, envahirent l'Asie Mineure au VIIIe siècle avant J.-C., mais furent vaincus par les Lydiens deux siècles plus tard.

Le parallèle avec la Grèce et la référence au pays des Cimmériens se trouvent déjà, en des termes proches, dans la Prière sur l'Acropole des *Souvenirs d'enfance et de jeunesse* de E. Renan (1883) : « Je suis né, déesse aux yeux bleus, de parents barbares, chez les Cimmériens bons et vertueux qui habitent au bord d'une mer sombre, hérissée de rochers, toujours battue par des orages » [...] (éd. cit., p. 50). Renan perpétue en fait une confusion, que reprend Proust, entre les Cimbres teutons et les Cimmériens de Crimée. (A. Henry, *Marcel Proust. Théories pour une esthétique*, *op. cit.*, p. 319.)

Voir aussi les n. 142 et 269.

144. Proust demande sur 2es épreuves l'intégration de ce dialogue au texte.

145. Sur 2es épreuves, au crayon bleu : « ligne de blanc et *** ».

146. Remplace sur 2es épreuves « Méséglise-le-Sec », et (l. 27) « Méséglise ». Parallèlement, « Martinville-le-Vineux » est corrigé en « Martinville-le-Sec ». Voir la n. 187.

147. Proust supprime sur dactylographie un passage qui insérait d'emblée le temps retrouvé dans le temps perdu et qui resurgit en partie dans la conversation avec Gilberte à Tansonville dans *Albertine disparue* (*AD*, p. 355). « Et quand il y a quelques années, égaré au cours d'un voyage en automobile dans une région inconnue, un passant à qui je demandais le nom de la halte la plus voisine me dit : “Suivez la route encore 200 mètres, la seconde avenue de chênes à gauche et vous tombez droit sur Guermantes”, ce fut comme s'il m'avait dit : “continuez tout droit, tournez la première à gauche et vous avez à main droite votre jeunesse, votre passé, vous allez toucher l'intangible, vous allez toucher les inattingibles lointains dont on ne connaît jamais sur terre que la direction, que le “côté”. “Je ne pouvais le croire, et peut-être n'avais-je pas tort”. » [...]

« Ce même passant questionné par moi sur la région où je me trouvais m'apprit autre chose qui ne me troubla pas moins. C'est qu'on pouvait “prendre par Guermantes” pour aller à Méséglise ; ce qui me donna à penser que Méséglise et Guermantes n'étaient pas absolument aussi inconciliables que je l'ai cru pendant toute mon enfance. Alors “prendre par Guermantes” pour aller à Méséglise ou le contraire m'eût semblé une expression aussi dénuée de sens que de prendre par l'est pour aller à l'ouest. » (2e dactylographie, fos 198-199*bis*.)

148. Ici débutait le 4e chapitre de « Combray » dans la division première de *Swann*. Voir sur ce point la n. 7.

149. Voir une esquisse des départs en promenade dans *Jean Santeuil* (*JS*, p. 327-330).

150. *Jean Santeuil* contient plusieurs variations sur les lilas, fleurs orientales opposées aux fleurs normandes (*JS*, p. 278-280, 322-325, 327 et 475-477). Dans le fragment du Cahier 1, transcrit par B. Brun dans « Le dormeur éveillé » (art. cit., p. 271-272), et publié dans le *Contre Sainte-Beuve* de B. de Fallois (op. *cit.*, p. 71), l'odeur des lilas assure la transition entre l'expérience du petit cabinet sentant l'iris et les promenades au parc. Sur ces fleurs du côté de Méséglise, associées au plaisir et à la culpabilité, voir aussi les n. 11 et 177.

151. Remplace uniformément sur 2es épreuves « la Frapelière ».

152. Leçon de la NRF qui corrige « Chartres », de l'édition Grasset. Avant la guerre, Combray était placé en Beauce, près de Chartres. Proust décide par la suite d'impliquer Combray dans les destructions de la guerre, et déplace la ville vers l'est entre Reims et Laon. Voir aussi la n. 164.

153. Dans les premiers états du texte, Swann se trouvait du côté de Guermantes (alors côté de Villebon), qui suscitait un développement plus vaste que le côté de Méséglise. Le récit des promenades tardives vers Villebon servait à l'origine de lien, dans l'ouverture, entre le baiser du soir et le thème de Swann. Sur la genèse des « côtés », leur construction progressive et complémentaire, avec leurs fleurs, leur château, et leur « dame », la partition finale du côté de Guermantes en « paysage fluviatile » opposé à la plaine de Méséglise, et la structuration en diptyque, voir Cl. Quémar, « Sur deux versions anciennes, des “côtés” de Combray », *Études proustiennes* II, Gallimard, 1975, p. 159-282. Le lien des promenades tardives du côté de Guermantes avec l'angoisse du coucher se retrouve dans la version définitive en clôture du récit (*Sw.*, p. 300).

154. Deux espèces de plantes aquatiques. L'eupatoire, « plante à fleurs rosées et à feuilles très découpées, poussant dans les milieux humides, employée autrefois en médecine, et appelée concurremment *chanvre d'eau* » ; la grenouillette, « renoncule aquatique à fleurs blanches » (*Grand Larousse de la langue française*).

155. Les aubépines se trouvaient primitivement, comme Swann, du côté de Guermantes (ou de Villebon), et passent avec lui du côté de Méséglise. Le passage doit beaucoup aux fragments de *Jean Santeuil* (notamment, *JS*, p. 280 et 333-336). Voir aussi, dans « Journées de lecture » (*CSB*, p. 166), le passage liant la chambre-chapelle et « l'aubépine des rideaux ».

156. On trouve d'autres textes mettant en scène ce type de paysage « transversal » de « plaine-mer », dans *Les Plaisirs et les Jours* (*Vent de mer à la campagne*, *JS*, p. 131-132, et *Marine*, *ibid.*, p. 144), avec le thème du vent, agent de liaison et de la fleur marine. Voir aussi *Jean Santeuil*, *ibid.*, p. 301 (la « flamme rouge » du coquelicot), 321 (« les flammes hissées le long d'un mât »), et 461 (« les légères aubépines ayant à peine changé leur parure blanche du printemps pour la parure plus soutenue et les petites baies rouges de l'été, le coquelicot tremblant au vent en haut de sa tige verte comme une flamme rouge en haut d'un mât au milieu des vieilles avoines déjà blanches [...] »). Voir aussi la description du parc dans « Journées de lecture » (*CSB*, p. 168).

157. Voir dans *Jean Santeuil* le morceau intitulé par les éditeurs [L'Épine rose] (*JS*, p. 330-333).

La relation entre les aubépines et la musique, évoquée ici par deux fois, est précisée dans les brouillons du passage, qui opposent « l'aubépine pour piano » à « l'aubépine pour orchestre ». Elle est développée dans une addition de 1913 au Cahier 57 (transcription de B. Brun dans « Brouillon des aubépines », art. cit., p. 288, n. 7) : « Et je dirai à peu près ceci : comme jadis à Combray quand ayant épuisé les joies que me donnait l'aubépine et ne voulant pas en demander à une autre fleur, je vis dans le chemin montant de [...] Tansonville, un centre de nouvelles joies naître pour moi d'un buisson d'épines roses, ainsi n'ayant plus de joie nouvelle à éprouver dans la Sonate de Vinteuil, je sentis tout d'un coup en entendant commencer le quatuor que j'éprouvais de nouveau cette joie, la même et pourtant intacte encore, enveloppant et dévoilant à mes yeux un autre univers, semblable mais inconnu ; et la ressemblance s'achevait de ce que le début si différent de tout ce que je connaissais dans ce quatuor irradiait, flambait, de joyeuses lueurs écarlates ; c'était un morceau [...] incarnadin, c'était la Sonate en rose » (f° 3). Dans *La Prisonnière*, il est question du « rougeoyant septuor » et de « la blanche Sonate » (*Pris.*, p. 357). (Voir sur ce point l'article de K. Yoshikawa, « Vinteuil ou la genèse du septuor », art. cit., p. 289-347.)

158. Sur le retour de la « crème rose », voir « Journées de lecture », *CSB*, p. 162) et *Jean Santeuil* (*JS*, p. 312-313). Sur les aubépines comme « gâteau d'odeurs » en relation herméneutique avec la madeleine, voir B. Brun, art. cit., p. 278 *sq.*

159. Remplace l'ancienne version, qu'on trouve imprimée sur les 1res épreuves : « M. de Gurcy. »

160. « Blonde » (1res épreuves).

161. Allusion aux vers de *Phèdre* (acte I, scène 3, v. 158-160) :
« Que ces vains ornements, que ces voiles me pèsent !
Quelle importune main, en formant tous ces nœuds,
A pris soin sur mon front d'assembler mes cheveux ? »

162. Le passage (depuis « cette année-là ») conclut l'article du *Figaro* du 21 mars 1912 (voir sur ce point la n. 123). Un état antérieur est publié dans le *Contre Sainte-Beuve* de B. de Fallois, sous la forme d'une scène d'adieu du petit frère au chevreau (*op. cit.*, p. 347-352). Les paroles de Phèdre étaient alors citées directement par le narrateur. Les deux passages sont comparés par R. Debray Genette, art. cit., p. 138-139.

163. Le récit précisait ici sur 1res épreuves : « le samedi saint ».

164. L'édition Grasset donnait comme leçon « Chartres ». Sur ce point, voir la n. 152.

165. Cette phrase est ajoutée par Proust en marge des 2es épreuves, la parenthèse étant une addition ultérieure. La précision étymologique provient du traité de Quicherat, qui commente le nom de « Champien », transformé, semble-t-il, dans l'ajout autographe de Proust en « Champieu ». Voir la n. 109.

166. Joseph Xavier Boniface, dit Saintine, romancier français (1798-1865), auteur de *Picciola* (1836) et de vaudevilles.

Charles Gabriel Gleyre, peintre suisse (1808-1874), dont le tableau *Le Soir ou les Illusions perdues*, présenté au Salon de 1843, se trouve au Louvre.

Sur *Picciola* et sur Gleyre, voir les notes publiées dans les *Essais et articles* (*CSB*, p. 677) et *Jean Santeuil* (*JS*, p. 307-308, et p. 332, où l'amour des aubépines est associé à celui pour *Picciola*).

167. Nous maintenons ici, en raison du contexte, la leçon de l'édition Grasset, contre celle de l'édition de la NRF, qui propose : « je ne puis pas ».

168. Proust demande sur 2es épreuves la suppression de ces alinéas.

169. Remplace sur 2es épreuves « Troussinville ». Voir les n. 109, 120 et 174.

170. Le médiateur des légendes est ici encore É. Mâle, qui, dans *L'Art religieux du XIIIe siècle en France*, note la rareté des souvenirs de l'Antiquité dans les cathédrales du XIIIe siècle : « Seuls Aristote et Virgile sont quelquefois représentés, mais dans quelle attitude ! Aristote marche à quatre pattes en portant sur son dos la courtisane Campaspe (fig. 158), et Virgile est suspendu dans un panier » (éd. cit., t. II, p. 350). La figure 158 reproduit le bas-relief de la cathédrale de Lyon représentant Aristote et Campaspe. Les légendes sur Aristote et sur Virgile sont rapportées p. 350-351. L'histoire d'Aristote a inspiré un fabliau du XIIIe siècle, *Le Lai d'Aristote*, d'Henri d'Andeli.

171. Voir, dans *La Chanson de Roland*, aux vers 2397-2442, la déploration sur la mort de Roland.

172. Corrige sur 2es épreuves « m'exprimer », Proust accentuant la « parlure » de Françoise à la relecture. Voir les n. 106 et 285.

173. Voir l'ébauche du Cahier 26 (Ph. Kolb, *Textes retrouvés*, *op. cit.*, p. 240) : « Cette année-là, mes parents, à cause des formalités à remplir pour la succession de ma tante Léonie restèrent très tard à Combray. L'automne était venu ; il faisait froid ; pendant que mes parents avaient des conférences avec le notaire, M. Goupil, je lisais dans la "salle" au coin du feu la *Conquête de l'Angleterre par les Normands* d'Augustin Thierry ; puis, quand j'étais fatigué du livre, quelque temps qu'il fît, je sortais. »

Sur la lecture de A. Thierry, voir la n. 67.

174. Corrige la leçon des 1res épreuves : « Pinconville ». On trouve ailleurs aussi les variantes « Pinsonville » et « Troussinville », voir les n. 109, 120 et 169.

175. Voir une esquisse de ce passage dans les brouillons du Cahier 26, f°10v°, publiée par J. Milly dans son édition des *Pastiches* de Proust, éd. cit., p. 47, notamment ce commentaire : « Je cherchai à revenir à quelques instants en arrière et à percevoir cette idée dont le passage m'avait rendu si heureux que j'avais crié et que je n'avais pas vue. Et depuis je n'ai guère fait autre chose en un certain sens et pour une partie au moins de ce que j'ai écrit, quand j'écrivais d'essayer de revenir sur ces minutes heureuses où l'on crie zut que c'est beau, et de dire ce qu'était la minute heureuse, que "zut que c'est beau" ne dit pas, d'essayer de voir ce qu'il y a sous les mots que chacun dit, soit qu'ils reflètent insuffisamment une impression intellectuelle soit qu'ils travestissent un défaut de caractère, notre amour-propre par exemple. Dans cet ordre d'idées, les pastiches qu'on a lus de moi, ne sont que la continuation de l'effort qui commence sur le pont-vieux, du côté de Méséglise, et au lieu de dire devant Renan ou Flaubert zut que c'est beau de tâcher à revivre exactement ce que nous exprimons d'une façon si inadéquate et confuse. »

176. On trouve différentes variantes de ce nom : « Cricquebec » (dactylographie), « Brilquebec » (1res épreuves), corrigé en « Bal-bec », « Bolbec » (2es épreuves), recorrigé en « Balbec ».

177. La version des 1res épreuves ajoutait de façon plus explicite : « le long de laquelle défaillait ma main sous le poids délicieux des fleurs qu'elle moissonnait jusqu'au moment où, comme un colimaçon, je laissais sur les feuilles du lilas, qui se penchaient jusqu'à moi, une trace naturelle » – renvoyant au fragment publié dans le *Contre Sainte-Beuve* de B. de Fallois, *op. cit.*, p. 69-71. Voir la n. 11.

178. La dactylographie précisait : « dans cet automne qui suivit la mort de ma tante Léonie » [rayé].

Dans une lettre du 10 novembre 1919 à Paul Souday, Proust justifie la nécessité de cette scène : « S'il s'agissait, dans votre esprit, d'une scène entre deux jeunes filles (M. Francis Jammes m'avait ardemment prié de l'ôter de mon livre), elle était, en effet, "inutile" dans le premier volume. Mais son ressouvenir est le soutien des tomes IV et V (par la jalousie qu'elle inspire, etc.). En la supprimant, je n'aurais pas changé grand-chose au premier volume ; j'aurais, en revanche, par la solidarité des parties, fait tomber deux volumes entiers, dont elle est la pierre angulaire, sur la tête du lecteur. » (*Correspondance générale*, 3, Plon, 1932, p. 67-68.) La « prolepse » « On verra plus tard que » est ajoutée tardivement par Proust : elle ne figure pas sur le jeu des 3es épreuves non corrigées (les dernières que nous ayons pour ce passage) mais elle apparaît dans l'édition Grasset.

179. « Depuis peu » corrige la version de la dactylographie : « un peu avant ma tante » [rayé].

180. Voir deux textes préfigurant la scène : *La Confession d'une jeune fille* (*Les Plaisirs et les Jours*, *JS*, p. 85-96) et *Avant la nuit* (*ibid.*, p. 167-169), texte paru dans la *Revue blanche*, n° 26, décembre 1893, non publié dans *Les Plaisirs et les Jours*.

181. Pour toute cette scène, Proust demande à nouveau sur 2es épreuves l'intégration du dialogue au texte.

182. Voir à titre d'exemple le projet de drame que Proust évoque dans une lettre de septembre 1906 à R. Hahn (*Corr.*, VI, n° 127, p. 216).

183. Les brouillons ajoutent à la scène la révélation du dévouement de l'amie de Mlle Vinteuil (déplacée par la suite dans *La Prisonnière*, *Pris.*, p. 363-366) et racontent aussi la découverte tardive de la valeur de Vington/Vinteuil. Voir, sur la genèse du texte, K. Yoshikawa, art. cit., p. 290.

184. *Pierre Nozière* contient au livre III, chap. III (« Saint-Valery-sur-Somme ») une critique de l'école de Viollet-le-Duc, éd. cit., p. 215-220, notamment, p. 216 : « C'est une question de savoir si Viollet-le-Duc et ses disciples n'ont point accumulé plus de ruines en un petit nombre d'années, par art et par méthode, que n'avaient fait, par haine ou mépris, durant plusieurs siècles, les princes et les peuples, dégoûtés à l'envi des vestiges d'un passé qui leur semblait barbare. »

185. Allusion à la gravure de *La Cène* de L. de Vinci par R. Morghen (voir à ce sujet la n. 40), ainsi qu'à la *Procession sur la place Saint-Marc* de Gentile Bellini (1428-1507). Le tableau représente la grande procession qui se déroulait sur la place le jour de Saint-Marc et se réfère à un épisode qui serait survenu le 25 avril 1444. Il donne à voir un état ancien de la place, avec, au fond, les mosaïques de la basilique dans leur état d'origine. J. Ruskin commente ce tableau dans *Guide to the Principal Pictures in the Academy of fine Arts at Venice* (1877) [*Works*, Library ed., vol. 24, p. 163-165] – passage traduit en partie en note par K. Johnston dans sa traduction de *St. Mark Rest* (*Le Repos de saint Marc*, Hachette, 1908, p. 61-62).

Ruskin revient encore à ce tableau dans *Le Repos de saint Marc*, comme au seul témoin d'un état perdu de la façade de Saint-Marc et de ses mosaïques (*Works*, *op. cit.*, p. 285-286 et 290 ; trad. citée, p. 99 et 104-105).

186. Il s'agit d'Anne Marie Louise d'Orléans (1627-1693), duchesse de Montpensier, dite la Grande Mademoiselle, fille de Gaston d'Orléans, frère de Louis XIII, qui prit part à la Fronde et se retira, après la victoire de Mazarin, dans ses terres de Saint-Fargeau, où elle rédigea ses Mémoires. Elle épousa secrètement Lauzun (1681), dont elle se sépara. L'allusion à la duchesse de Montmorency peut concerner Marie Félicie Orsini (des Ursins) [1601-1666], parente de Marie de Médicis, femme d'Henri II, duc de Montmorency, et qui prit le voile à la mort de ce dernier (1657), ou Charlotte Marguerite de Montmorency (1594-1650), sœur du duc Henri II, femme d'Henri, prince de Condé (1610), et mère du grand Condé, du prince de Conti, et de la duchesse de Longueville.

187. Remplace sur 2es épreuves « Martinville-le-Vineux » (voir sur ce point la n. 146). Bailleau-l'Exempt est également ajouté à ce stade.

188. B. de Fallois a publié une ébauche du passage dans son *Contre Sainte-Beuve*, éd. cit., p. 71. Voir les commentaires de Ph. Lejeune, « Les Carafes de la Vivonne », *Recherche de Proust*, *op. cit.*, p. 163-196, et J.-P. Richard, *Proust et le monde sensible*, *op. cit.*, p. 20-22.

189. Au chant XXIX de *L'Enfer* dans *La Divine Comédie*, Virgile détourne Dante de l'écoute et de la contemplation des damnés, évoqués au chant précédent, et réintervient à la fin du chant XXX, alors que Dante s'attarde à écouter la querelle des ombres.

Proust évoque à plusieurs reprises les rapports de Dante et de Virgile, qui apparaît comme l'intercesseur – notamment dans « Journées de lecture » (*CSB*, p. 180) et dans un article sur Chardin et Rembrandt (*Essais et articles*, *CSB*, p. 380). Voir les remarques de Jean-Yves Tadié (« Note sur Proust et Dante », *Adam*, 1976, n° 394-396, p. 61-62), qui rappelle le contrepoint tragique de cette référence à *L'Enfer* de Dante dans *La Prisonnière* : « Le poète est à plaindre et qui n'est guidé par aucun Virgile, d'avoir à traverser les cercles d'un enfer de soufre et de poix, de se jeter dans le feu qui tombe du ciel pour en ramener quelques habitants de Sodome » (*Pris.*, p. 305).

190. L'entrée des Enfers, selon les Anciens, se situait dans la région du lac Averne, près duquel se trouvait l'antre de la sibylle de Cumes (voir Virgile, *Énéide*, livre VI).

On lit dans *Jean Santeuil* une semblable comparaison dans la description du bain (*JS*, p. 305).

Les brouillons du passage esquissaient aussi une présentation déceptive des sources comme « petit lavoir carré à la surface duquel crevaient quelques bulles » – révélation déplacée à la fin d'*Albertine disparue* (*AD*, p. 355). Sur ce point, voir Cl. Quémar, « Sur deux versions anciennes des "côtés" de Combray », art. cit., p. 229, et B. Brun, « *Le Temps retrouvé* dans les brouillons de "Combray" », art. cit., p. 20-22. Voir aussi le fragment publié par Ph. Kolb dans les *Textes retrouvés* [Les Sources du Loir à Illiers], *op. cit.*, p. 163-164.

(Sur les sources de la Vivonne et l'ensemble du passage, voir l'article cité de J. Rosasco, *Recherche de Proust*, p. 142-162, et sur la mythologie des Enfers dans la *Recherche*, l'ouvrage cité de M. Miguet-Ollagnier.)

191. Voir, sur la rêverie à propos du nom des Guermantes, et de la duchesse de Guermantes, l'ébauche publiée dans le *Contre Sainte-Beuve* de B. de Fallois, éd. cit., p. 316-336.

192. Sur la complexité de ce paysage fluviatile aux « grappes de fleurs sombres », aux fleurs « violettes et rouges », voir la n. 88 et G. Genette, « "Un de mes écrivains préférés" », *Figures IV*, *op. cit.*

193. Voir la dernière strophe de « L'Imprévu » dans *Les Fleurs du Mal* :

> « Le son de la trompette est si délicieux,
> Dans ces soirs solennels de célestes vendanges,
> Qu'il s'infiltre comme une extase dans tous ceux
> Dont elle chante les louanges. »

que Proust commente dans « À propos de Baudelaire » et rapproche de Wagner (*Essais et articles, CSB*, p. 623).

194. Proust avait rédigé dans le Cahier 26 (1909) une version de ce passage avec comme exemple de réminiscence le bruit d'une fourchette dans le bois de Combray rappelant au héros une halte du train qui l'avait mené à Combray. Fin 1910, en annotant le Cahier 26, Proust décide le déplacement de cet épisode, qui amorce dans le Cahier 58, la constitution du *Temps retrouvé*, ne conservant dans « Combray » que la liste des signes du réel, auxquels il ajoute en 1911 (Cahier 11) les clochers de Martinville.

(Voir B. Brun : « Une des lois vraiment immuables de ma vie spirituelle : quelques éléments de la *démonstration* proustienne dans des brouillons de *Swann* », *BIP*, n° 10, 1979, p. 23-38, et « *Le Temps retrouvé* dans les avant-textes de *Combray* », art. cit., p. 22-23.)

195. Les guillemets marquent une autocitation quasi littérale tirée d'un article paru dans *Le Figaro* du 19 novembre 1907, « Impressions de route en automobile », repris dans *Pastiches et mélanges* sous le titre « Journées en automobile » (*CSB*, p. 64-65). La note de Proust à l'article justifie la reprise dans *Pastiches et mélanges* d'une description publiée dans *Swann* : « Si j'ai fait exception pour celle-ci, c'est que dans *Du côté de chez Swann* elle n'est citée que partiellement d'ailleurs, entre guillemets, comme un exemple de ce que j'écrivis dans mon enfance. Et dans le IVe volume (non encore paru) de *À la recherche du temps perdu*, la publication dans *Le Figaro* de cette page remaniée est le sujet de presque tout un chapitre » (*ibid.*, p. 64). Voir *La Prisonnière* (*Pris.*, p. 103) : « J'ouvrais *Le Figaro*. J'y cherchais et constatais que ne s'y trouvait pas un article, ou prétendu tel, que j'avais envoyé au journal et qui n'était, un peu arrangée, que la page récemment retrouvée, écrite autrefois dans la voiture du Dr Percepied, en regardant les clochers de Martinville. »

196. Voici un exemple de lecture incorrecte de la dactylographie et de ses ajouts manuscrits par les typographes de Grasset : la leçon de la 2e dactylographie est « changeant », transformée en « changea » sur toutes les versions à partir des 1res épreuves. De même, p. 300, « sentais » est sur la 2e dactylographie un passé simple.

197. Cette fin de « Combray » est une addition autographe sur la 2e dactylographie, rédigée à partir d'un brouillon du Cahier 50, destiné, dans un premier état du roman, à conclure les remémorations du dormeur, avant la narration finale du *Temps retrouvé*. Voir sur ce point les explications de B. Brun, « *Le Temps retrouvé* dans les avant-textes de "Combray" », art. cit., p. 15, n. 3.

198. Souvenir de Ruskin, *Stones of Venice*, Library ed., t. III, chap. I, § 41-42, p. 26-28, traduit partiellement par R. de La Sizeranne dans son *Ruskin et la religion de la beauté*, *op. cit.*, p. 240-241 (citation dont nous donnons la fin) : « Et dans toutes leurs veines et leurs zones et leurs colorations de flammes ou leurs lignes brisées et disjointes, ces couleurs écrivent les légendes diverses, toujours exactes, des anciens régimes politiques du royaume des montagnes auxquelles ces marbres ont appartenu, – de ses infirmités et de ses énergies, de ses convulsions et de ses consolidations, depuis le commencement des temps. »

199. Suit la mention autographe sur dactylographie et 1res épreuves : « Fin de la 1re partie ».

A. H. P.

200. Voir en appendice le long *incipit* sur les Verdurin que Proust a supprimé en deux temps, sur les premiers placards et sur les 2es épreuves, marquant ainsi une certaine dépréciation sociale et mondaine du petit noyau qui n'existait pas dans les brouillons. L'intérêt devait alors se reporter sur la coterie de Swann et principalement sur la soirée chez Mme de Saint-Euverte.

201. Francis Planté (1839-1934) se produisit en récital à Paris à partir de 1872. Antoine Rubinstein (1825-1894), d'origine russe, se produisit pour la dernière fois à Paris en avril 1886, à la salle Érard, au cours de sa tournée d'adieu. Quant à l'expression « tirer le cordon », elle signifiait, pour une concierge, ouvrir la porte d'un immeuble de l'intérieur, c'est-à-dire de la loge (elle apparaît dès le manuscrit « Proust 21 », f° 91r°).

202. « L'ancienne concierge et la cocotte » est une indication socioculturelle qui n'apparaît ni sur les dactylographies ni sur les premiers placards. Elle est introduite sur les 2es épreuves (f° 116). Si Odette a toujours été présentée comme une femme entretenue, la dépréciation du milieu Verdurin apparaît encore une fois assez tardive.

203. La musique de Wagner, bien représentée dans les brouillons du *Temps retrouvé* en 1911, sera éliminée du manuscrit à partir de 1917. Elle est ici ajoutée sur les premiers placards puisqu'elle apparaît sur les 2es épreuves (f° 47). En 1913, Proust songe encore à souligner un parallèle entre les deux parties de l'œuvre.

204. La première citation est tirée de *La Dame blanche* de Boieldieu (1825), final de l'acte I. La deuxième vient de l'*Hériodade* de Massenet (1881), acte II. La troisième semble faite de mémoire, tirée du *Barbe-bleue* d'Offenbach (1866), acte III, scène 1.

205. Vermeer apparaît dès les dactylographies (f° 43). Mais comme la plupart des références artistiques liées au personnage de Swann, il apparaît assez tardivement, ajouté au manuscrit (« Proust 21 », f° 115r°).

La grenouille devant l'aréopage n'est pas une fable de La Fontaine, ni d'aucun fabuliste, ancien ou moderne. Ce serait une erreur d'Odette si Proust n'attribuait pas à Florian cette fable que répète inconsidérément M. de Cambremer dans *Sodome et Gomorrhe.* La source commune de ces inexactitudes semble bien se trouver dans le Carnet 1 (1908-1909) : « Guermantes *minus habens* cinégétiques, périgrinations, le singe montrant la lanterne magique, les grenouilles du Nil, l'aéropage voix spéciale d'Haussonville Ami des Rois » (f° 46). Le texte n'est pas clair, c'est le moins que l'on puisse dire, et nous en avons conservé la graphie.

206. « Le quart d'heure de Rabelais » est devenu « un mauvais quart d'heure ». Mais il désigne plus précisément des difficultés financières. Rabelais, se retrouvant sans un sou à Rome, se fit arrêter et ramener à Paris en fourgon cellulaire, aux frais de l'État, en attendant d'être libéré par François Ier.

207. Le peintre Elstir est anonyme dans « Un amour de Swann », ou simplement représenté par son surnom. Il n'est ici que la caricature du peintre. Il sera absent du *Temps retrouvé*, ce qui signale le rôle inférieur de la peinture dans la découverte de la vérité.

208. Cette lecture est attestée sur les dactylographies, les épreuves et les éditions originales. Il n'y a donc pas lieu de faire les corrections des éditeurs Clarac et Ferré.

209. Beauvais : fauteuil ou canapé tapissé par la manufacture de Beauvais. Cette célèbre manufacture fut dirigée au XVIIIe siècle par Oudry et Boucher notamment. Oudry fit reproduire des scènes tirées des *Fables* de La Fontaine, ici sans doute « L'Ours et l'Amateur des jardins » (VIII, 10).

210. La sonate apparaît dès les brouillons, sur le manuscrit et dans les dactylographies de 1911, mais c'est sur les épreuves de 1913 que Proust ajoute les développements esthétiques et moraux liés à l'audition de la musique. À l'époque il avait déjà rédigé un brouillon complet du *Temps retrouvé* dans lequel il faisait de telles remarques (1911).

211. Cette hésitation de Swann apparaît sur les épreuves. Rappelons que l'on trouve les noms de « Verdet » ou « Berget » sur les dactylographies, et que ce n'est que sur les épreuves que le nom de « Vinteuil » vient unifier le professeur Vington de « Combray » et le musicien Berget d'« Un amour de Swann ».

212. Pierre Potain (1825-1901), médecin célèbre, membre de l'Académie de médecine à partir de 1882. Mais sur les dactylographies, on trouve encore « Dieulafoy ».

213. Les funérailles nationales de Gambetta eurent lieu le 6 janvier 1883. Proust semble vouloir donner des repères précis pour une chronologie externe de cette partie du roman. Mais ils ne sont pas tous cohérents. *Les Danicheff*, comédie de Pierre de Corvin-Kroukowski et d'Alexandre Dumas fils, fut créée à l'Odéon en 1876. La reprise eut lieu en 1884 au théâtre de la Porte Saint-Martin. Cette pièce traite des amours ancillaires du comte Danicheff et de la servante Anne. Le cas peut se rapporter aux amours de Swann pour Odette. Le président Jules Grévy exerça son premier mandat de 1879 à 1885.

214. Rue La Pérouse : dans le quartier de l'Étoile, entre les avenues Kléber et d'Iéna. C'était à l'époque les nouveaux quartiers résidentiels, dont le lotissement avait été commencé par le baron Haussmann, par opposition au quai d'Orléans où habite Swann, dans l'île Saint-Louis qui n'était pas encore redevenue élégante. Toute une géographie sociale de Paris se dessine dans « Un amour de Swann », avec ses minutieux contours.

Le petit hôtel qu'habite Odette est caractérisé, dans son ameublement, par un bric-à-brac japonisant qui était au départ l'apanage du dandysme, comme d'ailleurs les anglicismes qu'elle peut commettre dans sa conversation. Le comte Robert de Montesquiou habitait en 1891 un rez-de-chaussée rue Franklin, qui donne sur la place du Trocadéro et qu'Edmond de Goncourt décrivait à peu près semblable. Orchidées et chrysanthèmes faisaient partie de cette mode un peu hétéroclite. Il ne manque ici que les hortensias.

215. Notre-Dame de Laghet est un lieu de pèlerinage célèbre, près de Nice, reconstruit au XVIIe siècle. Odette a mauvais goût, dans ses meubles, dans sa langue, dans sa religion. Mais ici il s'agit surtout pour l'écrivain d'annoncer son douteux passé niçois.

216. Zéphora, la fille de Jéthro, figure dans une fresque de la chapelle Sixtine, due à Sandro Botticelli (1444-1510). Elle est reproduite dans le volume 23 des *Œuvres* de Ruskin, dans la Library Edition que possédait Proust (il n'avait jamais poussé jusqu'à Rome). Cette référence artistique apparaît sur les dactylographies. Mais c'est sur les épreuves que l'écrivain ajoute tout ce qui concerne la manie qui pousse Swann à rechercher des ressemblances artistiques, expression de son dilettantisme. Dans le manuscrit, Odette a partout le visage rose.

Antoine Rizzo, sculpteur qui travailla à Venise jusqu'en 1498, n'a jamais fait de buste du doge Antoine Lorédan. Proust s'est peut-être trompé de prénom. On conserve du doge un portrait de Giovanni Bellini, un bas-relief de Pietro Lombardo et un médaillon d'Alexandre Leopardi. Mais il reste un buste du *condottiere* André Lorédan par Antoine Rizzo au musée Correr. Toutes ces œuvres, Proust a pu les voir à Venise. Elles peuvent expliquer la confusion que fait l'écrivain, d'autant plus que l'attribution du buste d'André Lorédan à Rizzo était contestée au début du siècle.

Le musée du Louvre conserve un portrait célèbre du peintre Ghirlandajo (1449-1494), *Portrait de vieillard avec son petit-fils*, sur lequel le vieillard a un nez verruqueux.

Le peintre vénitien le Tintoret (1518-1594) a fait un autoportrait conservé au Louvre. C'est sans doute à Combray que Swann a pu connaître le docteur du Boulbon. Mais toutes ces allusions, nous l'avons dit, sont tardives (épreuves).

217. La Maison dorée était un café-restaurant célèbre depuis le début du XIXe siècle sur le boulevard des Italiens. On le retrouvera plus tard, et surtout dans la seconde partie d'« Un amour de Swann ». La fête de Paris-Murcie, qui fut donnée le 18 décembre 1879 au profit des sinistrés de l'inondation dans cette province espagnole, reparaîtra aussi plus loin. Mais cette date est en contradiction avec celle des funérailles de Gambetta (1883), à moins de penser que la liaison entre Swann et Odette a duré plusieurs années et que l'écrivain a renversé l'ordre des événements.

218. Dans sa recherche éperdue d'Odette, Swann, en connaisseur, emprunte un itinéraire parisien qui le mène vers chacun des cafés-restaurants élégants et célèbres depuis le second Empire, ou même avant, les lieux privilégiés du dandysme. Le Café Prévost se trouvait boulevard Bonne-Nouvelle, la Maison dorée (ex-Café Hardy) au coin de la rue Laffitte et du boulevard des Italiens. Tortoni au 22 du même boulevard. Le Café anglais au 13. Tous ces établissements se trouvaient en fait à quelques mètres les uns des autres, sur des boulevards qui étaient encore alors un carrefour des élégances, mais dont le prestige mondain ne devait pas survivre à la Première Guerre mondiale. Tortoni disparut dès 1893. La géographie parisienne de Proust est plus claire que sa chronologie.

219. Les cinq références aux catleyas qui apparaissent dans « Un amour de Swann » sont cinq additions faites sur les dactylographies. Cette fleur est une variété d'orchidées. Elles renvoient clairement au goût d'Odette et à son ameublement. Notons que la graphie proustienne est toujours « catleias » et que les éditeurs ont souvent hésité entre « catleyas » et « cattleyas » (la forme la moins attestée).

220. La *Valse des roses* est d'Olivier Métra (1830-1889), qui dirigea les bals du Châtelet (1867), l'orchestre des Folies-Bergère (1872) et les bals de l'Opéra (1878). Joseph Dieudonné Tagliafico (1821-1900), baryton d'origine italienne et aussi imprésario à Monte-Carlo (non loin de Nice) et à Covent Garden, fut également compositeur. La ballade *Pauvres fous !* (que Proust met par erreur au singulier) peut à la rigueur passer pour une musique funèbre. Mais l'écrivain cherche ici à créer une antithèse avec la sonate.

221. Paris au clair de lune mérite une attention spéciale, dans la mesure où le héros du *Temps retrouvé* connaîtra lui aussi, quarante ans après, des impressions semblables, nocturnes et déambulatoires. Mais cette obsession de la lune apparaît très tôt dans la genèse de l'œuvre, dès *Jean Santeuil*, dans les brouillons qui concernent les promenades nocturnes, associée à la lecture de *François le Champi*. Cette nuit lunaire est souvent celle des *Mille et Une Nuits*.

222. La rue La Boétie, sur une partie de son parcours, a remplacé en 1879 la rue Abbatucci, nom d'un ministre de Napoléon III. Elle conduit de la place Saint-Augustin à l'avenue des Champs-Élysées. Quant à l'expression « à la Rembrandt » pour qualifier le chapeau d'Odette, elle représente une correction autographe sur la dactylographie, comme, nous l'avons dit, nombre des références à l'art.

223. Le vicomte de Borelli, trois fois primé par l'Académie française (1885, 1891 et 1895) pour des poèmes intitulés respectivement *Sursum Corda*, *Le Jongleur* et *La Fonte de Persée.* Le Théâtre-Français représenta en 1889 sa pièce intitulée *Alain Chartier.* La chronologie d'« Un amour de Swann » semble bien se situer autour de l'année 1889 autant que de l'année 1879. Mais c'est que Proust écrivain repasse sur ses souvenirs pour rédiger cette partie du roman.

224. L'avenue de l'Impératrice était devenue depuis la chute du second Empire l'avenue du Bois, plus connue des proustiens. Mais il ne faut pas oublier que les événements relatés dans « Un amour de Swann » précèdent d'une génération le début du roman, et dans les années 1880 l'ancien nom était encore utilisé. L'avenue du Bois-de-Boulogne est devenue l'avenue Foch en 1929.

Le lac est évidemment celui du bois de Boulogne. L'Éden Théâtre se trouvait rue Boudreau, près de l'Opéra, entre la rue Auber et la rue Caumartin. Cette salle, inaugurée en 1883, consacrée aux drames lyriques et aux ballets, était la plus luxueuse de Paris. Elle fut démolie en 1898 pour céder la place au théâtre de l'Athénée.

L'Hippodrome, une salle de 10 000 spectateurs, fut construit en 1875 entre l'avenue Marceau et l'avenue de l'Alma (l'avenue George-V actuelle). Il était consacré aux courses et aux ballets. Il fut démoli en 1892. Les « endroits chic » d'Odette sont les centres d'intérêt de la IIIe République naissante, autour du bois de Boulogne, de l'Opéra ou du pont de l'Alma. Ils n'ont rien à voir avec le faubourg Saint-Germain. Rappelons cependant que le roi George V était le fils d'Édouard VII (1841-1910), c'est-à-dire du prince de Galles qu'a fréquenté Charles Swann et qui était très connu dans le Paris de la Belle Époque.

225. D'après Odette, Herbinger portait des paletots clairs. C'est une coquille puisque les dactylographies portent : « pantalons clairs » (f° 61). Mais il s'agit d'un feuillet autographe ajouté à la dactylographie. Les typographes ont mal lu et ont composé « palelots ». Proust n'a pas corrigé et cette lecture est passée dans les éditions.

226. *La Reine Topaze* est un opéra-comique de Victor Massé (1856). La fête des fleurs avait lieu en juin, au bois de Boulogne, allée des Acacias. Les passagers de voitures décorées se battaient à coup de fleurs avec les spectateurs. Cette manifestation, qui précédait la journée des Drags, ressemblait donc à un corso fleuri (méditerranéen).

Le Thé de la rue Royale était une maison de thé ancienne et élégante, sise au 3 de la rue Royale. Mais Proust devait penser de son côté, sinon Swann, au Cercle de la rue Royale, un club parisien très fermé, sis au n° 4 de la rue du même nom, de 1891 à 1916, fréquenté par Charles Haas, Polignac, Galliffet, etc.

227. Georges Ohnet (1848-1918), romancier et dramaturge, est l'auteur du roman *Serge Panine* qui fut monté à la scène en 1882 et repris en 1886. Olivier Métra a déjà été cité pour *La Valse des roses*, mais rappelons qu'il fut surtout un chef d'orchestre populaire. Ce théâtre et cette musique étaient aux antipodes des goûts de Swann.

228. Le Righi est le nom d'une montagne et d'une station suisses.

229. Les *Chroniques de Saint-Denis* sont une compilation de l'historiographie royale des XIIe-XVe siècles. La Bibliothèque nationale de France conserve un exemplaire enluminé par Jean Foucquet (1420-1480). Le professeur Brichot se réfère sans aucun doute à ce document.

230. La salade japonaise (« javanaise » sur les dactylographies) est tirée d'une pièce d'Alexandre Dumas fils, *Francillon*, dont nous pouvons bien donner la recette : « – Vous faites cuire des pommes de terre dans du bouillon, vous les coupez en tranches comme pour une salade ordinaire, et, pendant qu'elles sont encore tièdes, vous les assaisonnez de sel, poivre, très bonne huile d'olive à goût de fruit, vinaigre… – À l'estragon ? – L'orléans vaut mieux : mais c'est sans grande importance ; l'important, c'est un demi-verre de vin blanc, château-yquem, si c'est possible. Beaucoup de fines herbes, hachées menu, menu. Faites cuire en même temps, au court bouillon, de très grosses moules avec une branche de céleri, faites-les bien égoutter et ajoutez-les aux pommes de terre déjà assaisonnées. Retournez le tout légèrement. – Moins de moules que de pommes de terre ? – Un tiers de moins. Il faut qu'on sente peu à peu la moule ; il ne faut ni qu'on la prévoie ni qu'elle s'impose. – Très bien dit. – Merci, monsieur. Quand la salade est terminée, remuée… – Légèrement… – Vous la couvrez de rondelles de truffes une vraie calotte de savant. – Et cuites au vin de Champagne. – Cela va sans dire. Tout cela deux heures avant le dîner, pour que cette salade soit froide quand on la servira » (I, 2). Mais il est peut-être plus important de noter que la première de *Francillon* eut lieu au Théâtre-Français le 17 janvier 1887. Proust réunit des événements qui ont eu lieu à la fin des années 1870 et dans les années 1880. Les truffes, cependant, formeront dans *À l'ombre des jeunes filles en fleurs* un des ingrédients essentiels de la salade d'ananas que la mère du héros présente à M. de Norpois (*JFF* 1re p., p. 117-118). Il n'en reprendra pas.

231. Georges Ohnet reparaît chez les Verdurin pour son roman *Le Maître de Forges* (1882), qui fut porté à la scène en 1884 au Gymnase dramatique. *Serge Panine*, roman publié en 1881, fut monté en 1882 et repris en 1886, rappelons-le.

232. Le palais de l'Industrie fut construit près des Champs-Élysées pour l'exposition de 1855. Mais il servit ensuite à des expositions, et notamment au Salon annuel de l'art moderne. Les Grand et Petit Palais le remplacèrent, au même endroit, pour l'exposition de 1900.

233. Si les interlocuteurs du docteur Cottard se mettent à rire, c'est qu'une fois de plus le médecin se trompe sur le sens des locutions qu'il emploie. Il utilise une expression argotique qui signifiait à l'époque faire l'amour.

234. Cette plaisanterie déplorable apparaît tardivement, sur les épreuves. Le comique de Proust, qu'il faut lire au second degré, est souvent ainsi le résultat d'additions faites au dernier moment, même si « Blanche de Castille » apparaît dès le manuscrit (« Proust 21 », f° 131r°).

La baronne Putbus était un personnage très important dans l'économie du roman de 1913. Proust avait prévu dans le troisième et dernier volume originel un chapitre intitulé « Les Vices et les Vertus de Padoue et de Combray », dans lequel la femme de chambre de Mme Putbus jouait un grand rôle auprès du héros. Dans les brouillons, le futur Robert de Saint-Loup, qui ne portait pas encore ce nom, recommandait au héros cette très belle femme de chambre, qui devait partir pour Venise avec sa maîtresse. Le héros finit par la rejoindre à Padoue. Mais elle a été défigurée dans un incendie : elle ressemble maintenant à la Charité de Giotto, abîmée par une lézarde du mur, dans la reproduction photographique que Swann avait donnée au héros enfant, à Combray. Toute cette partie du projet romanesque a été presque totalement abandonnée, et il s'agit donc ici d'une anticipation, comme Proust aimait en faire, mais qui devait ensuite perdre de son sens.

235. Cette addition sur la nostalgie de Combray apparaît dans les dactylographies, à partir du Cahier 22, f° 13r°. Voir l'introduction pour les brouillons de ce passage. Il est important en ce qu'il rapproche l'imaginaire de Swann de celui du héros.

236. La victoria était une voiture légère et découverte, décapotable. Le coupé était une voiture fermée. Un peu plus loin, « Pas de catleyas ce soir ? » est ajouté, comme nous avons vu plus haut.

237. Ce long cheminement de Swann, du bois de Boulogne au quai d'Orléans, dans la nuit parisienne, est comparable à celui du héros dans *Le Temps retrouvé* (*TR*, p. 136 *sq.*).

238. *Une nuit de Cléopâtre*, opéra de Victor Massé, fut donné à l'Opéra-Comique à partir du 25 avril 1885. Odette voulait l'entendre sans doute parce qu'il fut représenté après la mort du compositeur (1884). Swann n'est pas très sensible à ce genre de considérations, à l'événement proprement parisien.

239. Willy Hachez infère de ces quelques détails physiques qu'Odette est enceinte. La naissance de Gilberte coïnciderait avec les longues croisières en mer, en compagnie des Verdurin, lieu commun de la littérature romanesque du XIXe siècle. Cette hypothèse n'est pas en contradiction avec la fin primitive d'« Un amour de Swann » que nous donnons en appendice.

240. Dans sa passion jalouse, Charles Swann est injuste pour Viollet-le-Duc, qui a étudié Saint-Loup-de-Naud, Pierrefonds et la cathédrale de Beauvais dans son *Dictionnaire d'architecture* (voir n. 64). Compiègne fut une des résidences favorites du second Empire. Dreux conserve, dans la chapelle Saint-Louis (1816), les tombeaux de la famille d'Orléans que Louis-Philippe y fit rassembler. Enfin la petite église de Saint-Loup-de-Naud (XIIe siècle) possède sur son porche des statues-colonnes analogues à celles de la cathédrale de Chartres et peut-être plus anciennes.

241. On retrouve le marquis de Forestelle dans *Le Temps retrouvé* (*TR*, p. 327), comme beaucoup des personnages aristocratiques des premières parties du roman (Bréauté par exemple). Proust a toujours essayé de créer des effets de rappels et de symétries.

242. Lapérouse, 51, quai des Grands-Augustins, pas très loin en effet du quai d'Orléans, mais sur la rive gauche.

243. Le premier bal public organisé par la société des Incohérents eut lieu à Paris en 1885.

244. Le festival de Bayreuth prit naissance en 1876 avec la mise en scène de la *Tétralogie.* C'est en 1882 que fut créé *Parsifal.* Antonin Clapisson (1808-1866), compositeur lyrique de médiocre qualité.

245. Le rythme répétitif du récit d'« Un amour de Swann » est parfois rompu par un épisode singulier, comme ici le choix d'une corbeille de fruits à offrir. Louis Crapotte (avec deux *t*), marchand de fruits 23, rue Le Peletier (cette rue donne sur le boulevard Haussmann, au croisement du boulevard des Italiens). Jauret, marchand de fruits sur le marché Saint-Honoré, près de l'avenue de l'Opéra. Chevet, importante épicerie fine 16, galerie de Chartres au Palais-Royal (absorbé par Potel et Chabot à la fin du siècle). Le Paris bourgeois de la famille Swann est décidément celui de la rive droite.

246. Le prince de Reuss était un titre d'origine allemande encore porté sous le second Empire. Il est important de noter le mélange de titres authentiques et de noms inventés. Encore que Charlus soit attesté dans Saint-Simon (*Mémoires*, Gallimard, « Bibliothèque de la Pléiade », t. II, 1983, p. 1032).

247. Swann se brouille avec l'oncle Adolphe comme le héros de la *Recherche* fera quelques années plus tard (mais le narrateur a déjà raconté l'incident dans « Combray »). Il s'agit dans les deux cas d'une histoire de femme, et de la même femme. Swann fait comme le héros : il doit traverser la Seine pour visiter le grand-oncle, qui habite sur la rive gauche.

248. Jules Grévy exerça deux mandats de Président de la République : le premier de 1879 à 1885. Il fut réélu en 1885 mais dut démissionner en 1887. L'expression « début du Septennat » fait certainement allusion au premier mandat de Jules Grévy, après la démission de Mac-Mahon.

249. Swann jaloux rapproche Odette de Charlus, dont il sait qu'il n'y a rien à craindre. Il fera de même dans « Combray », à Tansonville, où la famille du héros rencontre Mme Swann en compagnie d'un monsieur habillé de coutil (*Sw.*, p. 254). La scène apparaît sur les dactylographies, où le nom de « Charlus » est encore concurrencé par celui de « Fleurus ».

250. Le nom de la marquise de Saint-Euverte apparaît sur les épreuves. Il s'agissait de la princesse de Parme sur le manuscrit comme sur les dactylographies encore (ou de Mme de Franquetot). Ces noms ont été corrigés en Saint-Euverte. Mme de Saint-Euverte reparaît dans la matinée du *Temps retrouvé*, mais sous une forme complètement transformée, sous une autre espèce (*TR*, p. 435).

251. Le martyre de Saint-Jacques faisait partie des fresques peintes par Mantegna dans l'église des Eremitani à Padoue. Proust avait pu les voir pendant ses voyages à Venise. Elles ont été en grande partie détruites par les bombardements de 1944. En revanche, le retable de San Zeno à Vérone, pas plus que les éléments de la prédelle conservés au Louvre et au musée de Tours, ne comporte pas de massacre des Innocents.

252. Benvenuto Cellini (1500-1571), sculpteur florentin. Proust ne semble pas faire allusion à une œuvre précise. Les tapisseries d'Aubusson, du nom de la petite ville de la Creuse, se répandirent au XVIIe siècle grâce à la protection d'Henri IV et à celle de Colbert.

253. Toute cette scène des monocles, qui était déjà mise au point sur le manuscrit de 1910, fait penser à la description des figures mondaines dans la matinée finale du *Temps retrouvé*, dont il existait une version en 1911. Dès cette époque, Proust pouvait songer à aménager des rapprochements entre le premier volume de l'œuvre et le dernier. Aussi bien le destin du héros est-il lié à celui de Swann, par Combray, dans ses amours et dans sa vie mondaine aussi. Oriane apparaît chez Mme de Saint-Euverte comme elle apparaîtra chez Mme de Villeparisis (*Le Côté de Guermantes* I) ou chez Mme Verdurin devenue princesse de Guermantes, dans *Le Temps retrouvé*.

254. Il s'agit sans doute d'*Orphée aux Enfers*, opéra-féerie de Jacques Offenbach, monté en 1858 et repris en 1874. Mais c'est peut-être *Orphée et Eurydice* de Gluck (1762). Franz Liszt (1811-1886) consacra la fin de sa vie à la musique religieuse.

255. Cet Elzéar de Guermantes semble être le beau-père de la princesse des Laumes, donc le père de Basin. Il n'en sera plus question dans le roman. Rappelons que Proust, dans « Un amour de Swann », tente de recréer des événements antérieurs à la naissance du narrateur, et qui sont contemporains de l'enfance de l'écrivain.

256. Belloir était une maison qui louait des chaises dorées pour les grandes réceptions. Notons que ces chaises sont réservées aux moindres invités, les personnalités plus importantes utilisant les fauteuils.

257. Les Montesquiou-Fezensac se trouvent ainsi dans le roman, peut-être de façon ironique, figurer parmi les ancêtres des Guermantes. La remarque de la princesse des Laumes est sans doute une fine allusion au fait que les comtes de Montesquiou-Fezensac ne furent créés ducs qu'en 1821, par Louis XVIII. Oriane parle du mobilier Restauration. Son propre mobilier est vraisemblablement Louis XV ou Louis XVI.

258. La coiffure de la princesse des Laumes apparaît seulement sur les épreuves, et le rapport est immédiatement fait avec les aubépines de « Combray ».

259. Froberville risque devant Swann une plaisanterie analogue à celle de Cottard devant Forcheville (*Sw.*, p. 390).

260. La vente Goldschmidt eut lieu le 4 mai 1876, mais l'attribution à Vermeer ne date que de 1907.

261. Voir note 101.

262. Dans toute cette scène, Proust accentue encore ce parfum d'homosexualité déjà latent dans les relations entre Odette, Charlus et Swann. Dans les brouillons, le futur Charlus (le nom apparaît sur les dactylographies) était le condisciple de Swann et semble avoir entretenu avec lui des relations homosexuelles (Cahier 36, f°s 10r° *sq.*).

263. *Les Filles de marbre*, pièce en cinq actes de Théodore Barrière (1823-1877) créée au théâtre du Vaudeville en mai 1853, met en scène des courtisanes, aussi dépourvues de sentiments que le marbre. L'intrigue peut être comparée à la liaison entre Swann et Odette (amours déçues pour une courtisane), mais la pièce n'évoque pas l'homosexualité féminine, dont Proust introduit le soupçon entre Odette et Mme Verdurin. Homosexualité masculine ou féminine, « Un amour de Swann » présente un microcosme des sentiments amoureux qui se déploieront dans le roman.

264. Jules Machard (1839-1900) débuta au Salon de 1863 et fut un portraitiste très à la mode. Plus que Jean-Baptiste Leloir (1809-1892), qui fut surtout un peintre historique et religieux. Rappelons que Biche deviendra le célèbre peintre Elstir.

265. Cette fin d'« Un amour de Swann », qui apparaît dans le manuscrit (Cahier 19, f° 29r°), s'oppose à celle du Cahier 22 (voir Annexe), qui elle-même ne faisait que reprendre celle du Cahier 31.

B. B.

266. On lit en tête de la chemise actuellement reliée avec la 1re dactylographie l'intitulé :

« Les Intermittences du cœur
Le temps perdu
3e partie
I ».

Les 1res épreuves portent en titre :

« Troisième partie
Noms de pays ».

Le sous-titre : « 1. Le Nom » intervient tardivement : il est mentionné sur les 3es épreuves (les deuxièmes manquant pour cette partie), et la numérotation n'est supprimée que sur 4es épreuves. Dans la répartition initiale du roman, « Noms de pays » recouvrait en effet la fin de l'actuel *Swann* et les deux premières parties des *Jeunes Filles en fleurs* (« Autour de Mme Swann », « Noms de pays : le pays »), qui formaient un triptyque. Sous la contrainte de Grasset, Proust est conduit à couper le premier volume et à ajouter les subdivisions que nous connaissons. Voir la n. 302.

267. « Bricquebec » sur dactylographie et 1res épreuves.

268. Il s'agit des fontaines conçues par l'ingénieur Bechmann pour l'Exposition universelle de Paris (1889).

269. Citation presque littérale des paroles de Legrandin (*Sw.*, p. 241), en référence au dernier chapitre de *Pierre Nozière* d'Anatole France, et à la Prière sur l'Acropole des *Souvenirs d'enfance et de jeunesse* de Renan. Il en est de même pour le paragraphe suivant. Voir à ce sujet les n. 142 et 143.

270. Cette évocation du printemps florentin et des fleurs, avec la comparaison picturale provient peut-être de lectures de Ruskin et de ses commentateurs (voir, notamment, ce passage de *Ruskin et la religion de la beauté*, *op. cit.*, p. 161 : « et les souffles d'air qui émoussent les pointes de cyprès de San-Miniato ou font hocher les têtes des lys de Fiesole, sont aussi forts et aussi doux que lorsqu'ils moissonnaient les parfums des lys blancs de l'Angelico ou semaient sur le ciel bleu les lys d'or des drapeaux de Charles VIII ! »). L'association est en tout cas reçue à l'époque, et se retrouve dans le roman de la fin du XIXe siècle, chez A. France et R. Boylesve en particulier. Voir *Le Lys rouge* (1894, rééd. Calmann-Lévy, 1924, p. 229 : « Florence est vraiment la ville de la fleur, et ce n'est pas à tort qu'elle porte le lys rouge comme emblème »), et *Sainte-Marie-des-Fleurs* (Ollendorff, 1897. Après avoir admiré les fresques de l'Angelico au couvent Saint-Marc, les amoureux contemplent Florence et ses petites villas blanches, des hauteurs de Fiesole, chap. V, p. 221 : « Savez-vous ce qui les attire ainsi ? [...] C'est cette belle coupole où s'abritent tant de rêves sous l'invocation de Sainte-Marie-des-Fleurs ? C'est la fraîcheur de ce nom divin, l'attrait de cet éternel printemps qui appelle, appelle, toutes les petites maisons blanches du monde ? »).

271. La leçon de la 2e dactylographie (« Bricquebec ») corrige une version plus ancienne : « Bolène ».

272. La rêverie sur les noms et l'anticipation du voyage à Florence ont donné lieu à une publication séparée, et relativement différente du développement intégré à *Swann*, dans *Le Figaro* du 25 mars 1913, intitulée « Vacances de Pâques », reprise dans *Chroniques*, éd. cit., p. 106-113.

Voir aussi « Noms de personnes », fragment publié par B. de Fallois dans son *Contre Sainte-Beuve*, *op. cit.*, p. 316-336.

273. Dans *Proust romancier. Le Tombeau égyptien* (*op. cit.*, p. 109), A. Henry évoque pour cette liste de noms burlesques, le couplet des chefs de gare dans *La Vie parisienne* d'Offenbach, livret de Meilhac et Halévy (éd. M. Lévy, 1867). Acte I, scène 1. Employés, facteurs, buralistes. Chœur :

« Nous sommes employés de la ligne de l'Ouest,
Qui dessert Saint-Malo, Batignolles et Brest (*bis*),
Conflans, Triel, Poissy,
Barentin, Pavilly,
Vernon, Bolbec, Nointot,
Motteville, Yvetot,
Saint-Aubin, Viroflay,
Landerneau, Malaunay,
Laval, Condé, Guingamp,
Saint-Brieuc et Fécamp. »

Cette rêverie sur les noms de lieux normands est commentée par Cl. Quémar (« Rêverie(s) onomastique(s) proustienne(s) », *Littérature*, n° 28, déc. 1977, p. 77-99), qui met en valeur le rôle de l'association lexicale liée à l'homophonie ou à l'assonance dans la productivité sémantique du nom. Sur la rêverie autour des noms, voir aussi G. Genette, « L'âge des noms », dans *Mimologiques*, Seuil, 1976, p. 315-328.

274. Proust a remanié cette digression sur les noms, plus développée dans la version dactylographiée et les 1res épreuves : « Je feuilletais des guides avec plus de plaisir que des poèmes, trouvant plus de rêve dans les livres de noms que dans les livres de mots, je regardais quelques gravures et sentais qu'elles ne pouvaient me donner aucune idée de l'église de Bricquebec, de Saint-Marc, ni de Sainte-Marie-des-Fleurs, car elles ressemblaient plus à des monuments que j'avais vus qu'à ceux que ces noms me montraient. Mais parce que je savais qu'elles les représentaient, parce que j'avais l'espoir d'être un jour ce personnage minuscule que le dessinateur avait figuré se promenant en chapeau haut de forme, la canne à la main au pied du portail, ces photographies rapprochaient encore ces pierres magnétiques de mon rêve, attiré, je me penchais sur une carte où leurs noms se trouvaient si près de moi que je me sentais porté jusqu'à elles d'un seul battement de mon cœur. »

Le texte continuait ainsi : « Deux années passèrent ainsi où je vécus tour à tour à Bricquebec, à Venise, et en Toscane, car à tous les moments de notre existence le paysage qui nous entoure et nous modifie, est composé pour la plus grande partie de réminiscences ou de désirs. Et je n'avais jamais séjourné, en dehors de Paris et de Combray, que dans une petite ville d'eaux allemande où pendant deux mois j'avais joué sur une petite montagne honorée des promenades de Goethe dominant un fleuve légendaire et des vignobles dont nous buvions au

Kurhof les crus illustres aux noms composés et retentissants comme les épithètes qu'Homère donne à ses héros. »

Supprimé de la version définitive de *Swann*, le séjour dans la petite ville d'eaux allemande reparaît sous forme d'allusion elliptique dans *Le Côté de Guermantes* (*Gu.* I, p. 338).

275. Citation presque littérale de Ruskin. Proust a puisé dans un passage célèbre de *Modern Painters*, vol. 5, part. IX, chap. IX, « The Two Boyhoods » (*Works*, Library ed., vol. 7, p. 374-375), où la description de la Venise du XVe siècle intervient dans le cours d'une comparaison entre Turner et Giorgione, en faveur des mérites du premier peintre. En dehors de l'original, Proust connaissait la traduction de R. de La Sizeranne dans son *Ruskin et la religion de la beauté* (*op. cit.*, p. 115-116), reprise dans les *Pages choisies* de Ruskin (1908), p. 48-50. Une autre version française du texte de Ruskin est citée partiellement en appendice des *Pierres de Venise* (Paris, Librairie Renouard, 1906, p. 249-250), traduction de l'édition anglaise abrégée de *Stones of Venice*, par Marguerite Crémieux.

D'autre part, Proust mentionne en ces termes les écrits de Ruskin sur Venise : « Je partis pour Venise afin d'avoir pu, avant de mourir, approcher, toucher, voir incarnées, en des palais défaillants mais encore debout et roses, les idées de Ruskin sur l'architecture domestique au Moyen Âge » (*Pastiches et mélanges*, *CSB*, p. 139).

276. Emprunt à Ruskin (*Stones of Venice*, *op. cit.*, p. 374), traduit par R. de La Sizeranne : « Une cité de marbre, ai-je dit ? non, plutôt une cité d'or pavée d'émeraudes. Car, en vérité, chaque pinacle et tourelle brillait et brûlait chargé d'or ou repoussé de jaspe » (*op. cit.*, p. 115).

277. Voir Ruskin, *Les Pierres de Venise*, trad. M. Crémieux, p. 75 (chapitre sur Saint-Marc) : « Plus tard même, lorsque ses peintres puissants eurent créé pour elle une couleur plus précieuse que l'or et le porphyre, Venise prodigua ce trésor sur les murs battus par les flots, et quand la haute marée pénètre dans le Rialto, elle est encore aujourd'hui rougie par les reflets des fresques de Giorgione. »

278. Voir Ruskin (*Stones of Venice*, *op. cit.*, p. 374). Traduit par R. de La Sizeranne : « Profonds, majestueux, terribles comme la mer, les hommes de Venise se mouvaient dans l'empire du pouvoir et de la guerre ; pures comme les piliers d'albastre, se tenaient ses mères et ses filles ; – des pieds au front, nobles en tout, passaient ses chevaliers. La lueur sombre bronzée de l'armure rouillée par la mer jaillissait comme une menace, sous les plis de leurs manteaux couleur de sang » (*op. cit.*, p. 115).

279. La version dactylographiée donne : « ces rochers d'améthystes – comme dans un bras de mer des Indes », qui corrige une autre version : « ces rochers de corail et d'améthystes – comme dans un bras de mer des Indes ». Voir Ruskin, *Les Pierres de Venise*, trad. citée, p. 37 : « Et lorsque, les murailles atteintes, le voyageur pénétrait – sans passer par aucune poterne ou entrée fortifiée – dans la plus lointaine de ces rues non foulées par les pieds humains, qui semblent une ouverture taillée entre deux rochers de corail dans la mer des Indes » – passage également traduit dans les *Pages choisies* de Ruskin, *op. cit.*, p. 30-31.

280. Une addition marginale sur 1res épreuves précisait : « Elle était restée à Combray après la mort de ma tante Léonie, et avait perdu dans le Panama un petit avoir que celle-ci lui avait laissé. Jamais chef de gouvernement voulant dans l'attribution d'un portefeuille ou d'une ambassade, frapper l'opinion par un choix inattendu et brillant ne produisit une impression plus forte et plus favorable que [quand] ma mère à la recherche d'une femme de chambre annonça à ses autres domestiques qu'elle avait pensé à Françoise. »

281. La dactylographie contient une version de ce passage, travaillée, reprise et rayée sur 1res épreuves : « Aller aux Champs-Élysées me fut insupportable. Il n'y avait pour moi qu'une manière de désirer un endroit c'était qu'on l'eût montré d'abord à mon imagination. Quand je croyais n'avoir envie de voir au monde que des monuments du moyen âge, il suffisait de la lecture d'une page de Bergotte pour me faire désirer passer un été dans une maison de campagne du commencement du siècle. Il n'y avait plus que cela qui m'attirât. Si dans un de ses livres Bergotte avait décrit les Champs-Élysées avec charme, sans doute j'aurais demandé à les voir. Mais ce jardin public destiné à nos jeux ne se rattachait par rien au monde que me peignaient mes rêves, et comme je ne prenais de plaisir que par eux, ce que mes sens seuls percevaient ne m'en donnait pas. »

S'intercalait ensuite en marge de la 2e dactylographie un passage comparant le spectacle de la Seine à la description du Nil par Heredia, et se terminant par « Ce n'est pas que je ne fusse capable d'éprouver de moi-même des plaisirs d'imagination », qui introduit l'évocation de l'« impression délicieuse » dans le pavillon treillissé des Champs-Élysées, reprise sur 1res épreuves, puis supprimée de *Swann*, et réintroduite sous une forme plus brève dans les *Jeunes Filles en fleurs* (*JFF* 1re p., p. 155 *sq.*). Nous en donnons le texte en Annexe.

282. Remplace sur 1res épreuves, « lectures ».

283. Remplace la leçon des 1res épreuves : « Un des premiers jours d'octobre ».

On trouve dans *Jean Santeuil* une ébauche des scènes aux Champs-Élysées, et de l'expression de l'attente, dans les fragments concernant Jean Santeuil et Marie Kossichef (*JS*, p. 215-222). Le *Contre Sainte-Beuve* de B. de Fallois contient, d'autre part, un brouillon concernant ce passage du roman, intitulé par l'éditeur « Le rayon de soleil sur le balcon » (éd. cit., p. 129-134, pour ce qui correspond à *Swann*). Le titre est repris à un article de Proust, « Rayon de soleil sur le balcon », publié dans *Le Figaro* du 4 juin 1912 (puis dans *Chroniques*, éd. cit., p. 100-105), qui donne en avant-première certains fragments de *Swann*.

284. On peut songer à *L'Empire de Flore*, tableau que Nicolas Poussin (1594-1665) exécuta en 1631 pour Fabrizio Valguarnera (actuellement à Dresde). À l'arrière-plan, on voit le char du soleil tiré par quatre chevaux au-dessus des nuages. Au premier plan, une pergola et un jardin où la déesse Flore se trouve entourée de nymphes et de héros.

285. Autre exemple de correction visant à marquer la « parlure » de Françoise. On lit ainsi : « Boutonnez votre paletot » (dactylographie), « Aboutonnez » (1res épreuves), « Aboutonnez voir votre paletot » (3es épreuves).

286. Remplace sur 4es épreuves la couleur « rouge » du plumet. Sur ces variations de couleur, voir les n. 288 et 298.

287. Ce passage jusqu'au paragraphe suivant est publié presque littéralement dans l'article du *Figaro*. La version diffère de l'ébauche publiée dans l'édition de B. de Fallois (*op. cit.*, p. 123-124), par l'importance que prend dans le brouillon le développement de l'image musicale. Proust précise l'allusion dans une lettre à Albert Nahmias de la fin mars 1912 (*Corr.*, XI, n° 40, p. 86) : il donne des indications pour la dactylographie et mentionne un passage de son texte où il est question du crescendo de la *Marche hongroise* dans la *Damnation de Faust* d'Hector Berlioz (1re partie, scène 3). Sur ce point, voir la n. 5 de la lettre citée, *ibid.*, p. 87. Voir aussi, *ibid.*, la lettre n° 41, qui concerne les jeux aux Champs-Élysées. Au cours du mois d'avril 1912, Proust entretient avec son secrétaire un échange de lettres concernant la dactylographie de la 3e partie de *Swann*

288. Plumet « violet » dans la version dactylographiée, et celle de l'article du *Figaro*, puis « jaune », « rouge », « jaune » dans les corrections des 1res épreuves, « bleu » sur 3es épreuves. Nahmias avait fait remarquer à Proust les incohérences de couleurs, dans les pages de cahier à dactylographier : « Hier le plumet était "rouge". Est-ce exprès qu'il est "violet" cher Marcel ? » (*Corr.*, XI [avril 1912], n° 49, p. 97.) Nahmias fait allusion au « rouge » du plumet mentionné dans le passage ci-dessus (voir la n. 286).

289. Proust corrige sur 3es épreuves l'imparfait « faisait ». Il en va de même à la ligne suivante pour « fut » (corrigé « était ») et pour « dit » à la fin du paragraphe avant les paroles de Gilberte, qui corrige sur 1res épreuves « disait », après hésitations entre l'imparfait et le passé simple (version de la dactylographie).

290. Allusion au lieu d'une célèbre rencontre en juin 1520, dans le Pas-de-Calais, entre François Ier et Henri VIII, dénommé d'après le faste déployé par le roi de France (avec, notamment, des pavillons en drap tissé d'or) pour se concilier l'alliance du roi d'Angleterre contre Charles Quint.

291. Chanson militariste, mise à la mode par le chansonnier Paulus (1845-1908), qui la créa à l'Alcazar le 14 juillet 1886. Elle contribua à répandre le boulangisme et fut en faveur sous l'affaire Dreyfus.

292. Le théâtre des Ambassadeurs était situé 1, avenue Gabriel, dans les jardins des Champs-Élysées, et possédait un restaurant. Café-concert sous le second Empire, il était devenu un théâtre de revue à la Belle Époque.

293. Remplace sur 3es épreuves un passé simple ; de même, « rencontrions » (p. 522, l. 26) remplace sur 1res épreuves « J'entraînai Françoise au-devant d'elle jusqu'à l'Arc-de-Triomphe, nous ne la rencontrâmes pas », et, p. 554, au début du 2e paragraphe, « répondait » remplace sur dactylographie « répondit ».

294. Philippe VII remplace sur 3es épreuves le nom d'Henri V (comte de Chambord). Voir les n. 18 et 28.

295. Pièce à grand spectacle en 5 actes et 16 tableaux, adaptée du roman de Jules Verne par J. Verne et Adolphe d'Ennery, musique d'Artus, créée à Paris, au Châtelet, le 17 nov. 1880, et reprise avec succès.

296. Leçon de l'édition Grasset, en accord avec les documents antérieurs. L'édition de la NRF met le verbe au passé simple.

297. La leçon des éditions Grasset et NRF : « penser, me dire », provient du télescopage d'une version ancienne (« j'avais tort de me dire seulement », correction sur 1res épreuves) et de l'ajout sur 3es épreuves, dans une insertion marginale à placer avant « me dire », de : « j'avais tort de penser ».

298. Le « plumet bleu » remplace sur 4es épreuves le « plumet jaune » (1res épreuves corrigées), qui modifiait un « épi violet » puis « épi jaune » de la dactylographie. Sur les variations de couleur de ce plumet, voir les n. 286 et 288.

299. Proust demande pour ces deux paragraphes, comme pour les dialogues des p. 555-556, 562-563 et 564, la suppression de l'alinéa (sur 1res épreuves).

300. Jusque sur les 1res épreuves de *Swann*, ce passage (jusqu'à la p. 564) était inséré p. 565. Le récit enchaînait alors directement sur les promenades du héros, « les jours où Gilberte m'avait annoncé qu'elle ne devait pas venir aux Champs-Élysées ». L'ordre de la narration comprenait ainsi : 1. les promenades vers le monde de Gilberte ; 2. le plan de Paris et les conversations sur les Swann, et se poursuivait avec un troisième temps, constitué par le dîner Norpois, qui se retrouve actuellement dans les *Jeunes Filles en fleurs* (*JFF* 1e p., p. 89 *sq.*). L'enchaînement actuel du récit : 1. le plan de Paris, 2. les promenades vers Gilberte, fournit une motivation aux promenades du côté de Mme Swann et au développement sur le Bois, rajouté postérieurement. Voir la n. 302.

301. La rue Duphot relie la place de la Madeleine à la rue du Faubourg-Saint-Honoré. Le magasin des Trois Quartiers se trouvait à l'angle de la rue Duphot et du boulevard de la Madeleine.

302. Proust a découpé ce développement sur le Bois dans les épreuves terminant « Noms de pays », correspondant à ce qui forme actuellement la section « Autour de Mme Swann » d'*À l'ombre des jeunes filles en fleurs.* Contraint par Grasset à réduire son premier volume, Proust en effet taille une fin dans les pages déjà composées sur le Bois. On lit au crayon bleu, en marge du placard 74 des 1res épreuves corrigées (f° 62) cette mention autographe : « C'est à peu près ici que commence ma nouvelle fin », en face du passage commençant par : « Ayant appris cette année-là où je n'étais encore point allé chez Mme Swann et ne pensais pas y aller jamais, qu'elle se promenait autour du grand lac [...]. » Le texte des 1res épreuves enchaînait ensuite, après le Bois, sur le séjour à Balbec, sans sous-titre ni subdivision marqués. Proust a simplement ajouté en conclusion de *Swann* les trois dernières phrases (voir la n. 319). Voir à ce propos la lettre à Lucien Daudet, écrite entre la mi-octobre et la mi-novembre 1913, qui accompagne l'envoi de la nouvelle fin : « La seule modification à ce que vous connaissez serait que le jour de neige, les jours où je vois du soleil sur le balcon, seraient quelques pages plus haut. Et ce n'est qu'après eux que je mettrais (ce qui en ce moment est un peu avant) : "Les jours où Gilberte ne venait pas [...]." Alors se placerait ce morceau sur mes promenades allée des Acacias que je vous envoie et sur lequel je finirais (je finirais après les mots : les maisons, les routes, les avenues sont hélas fugitives comme les années). Ce morceau ne venait qu'une centaine de pages plus loin et était rétrospectif, puisque après être allé chez les Swann, j'évoquais un temps où je ne les connaissais pas encore. Maintenant ce serait le contraire » (*Corr.*, XIII, n° 128).

303. L'allée des Acacias ou de Longchamp et l'allée de la Reine-Marguerite (ainsi dénommée probablement en souvenir de Marguerite de Valois, sœur de François Ier, qui habita le château de Madrid), parmi les plus importantes avenues du bois de Boulogne, constituaient un lieu de promenade élégant jusque dans les années 1920. Voir la n. 224.

304. Voir l'*Énéide*, livre VI, v. 442 *sq*. Énée rencontre aux Enfers dans le « champ des pleurs », à l'« ombre des forêts de myrtes » (arbres traditionnellement consacrés à Vénus), les âmes des femmes victimes de l'amour, parmi lesquelles Didon, mais aussi Phèdre ; Procris, épouse infidèle de Céphale, qui la tua par erreur lors d'une partie de chasse ; Ériphyle, tuée par son fils Alcméon pour avoir trahi son mari, le devin Amphiaraüs, durant l'expédition des sept contre Thèbes ; Évadné, qui se laissa mourir sur le bûcher de son époux Capnée ; Pasiphaé, femme de Minos et mère du Minotaure ; Laodamie, suicidée pour suivre l'ombre de son mari, Protésilée, premier Grec tombé à la guerre de Troie ; Cénée, qui, aimée par Poséidon, et changée par lui en jeune homme, retrouva sa forme aux Enfers.

305. La parenthèse est un ajout tardif, sur 3es épreuves. La prolepse « comme on le verra », est, elle, ajoutée sur 4es épreuves. Voir aussi la n. 316.

306. Dessinateur et aquarelliste (1805-1892) célébré par Baudelaire dans « Le peintre de la vie moderne », article paru en 1863 dans *Le Figaro* et recueilli dans *L'Art romantique* (M. Lévy, 1869). Le texte de Proust évoque la fin de l'article de Baudelaire sur « les voitures » dessinées par C. G., notamment : « La voiture emporte au grand trot, dans une allée zébrée d'ombre et de lumière, les beautés couchées comme dans une nacelle, indolentes, écoutant vaguement les galanteries qui tombent dans leur oreille et se livrant avec paresse au vent de la promenade. » (Baudelaire, *Œuvres complètes*, Seuil, 1968, p. 565.)

La description de Proust se développe à partir du texte de Baudelaire, mais elle renvoie également à des dessins de Constantin Guys, comme *La Victoria au bois*, une aquarelle représentant une femme alanguie dans sa voiture, sur fond de cavaliers, ou la *Promenade au Bois*, musée des Arts décoratifs (voir *Dessins de Constantin Guys*, catalogue de Bruno Streiff, Lausanne, Mermod, 1957, n°s 28-29 et 41), ou encore *Deux Femmes en carrosse*, musée Carnavalet.

Précisons que c'est à la gare de la porte Dauphine (petite ceinture) que débarquaient les souverains étrangers.

307. Allusion à deux textes de Balzac, *La Maison Nucingen* et *Les Secrets de la princesse de Cadignan*, qui évoquent l'histoire de Godefroid de Beaudenord et de son « tigre » : « Il avait un tigre, et non pas un groom, comme l'écrivent des gens qui ne savent rien du monde. Son tigre était un petit Irlandais, nommé Paddy, Joby, Toby (à volonté), trois pieds de haut, vingt pouces de large, figure de belette, des nerfs d'acier faits au gin, agile comme un écureuil, menant un landau avec une habileté qui ne s'est jamais trouvée en défaut ni à Londres, ni à Paris, un œil de lézard, fin comme le mien, montant à cheval comme le vieux Franconi, les cheveux blonds comme ceux d'une vierge de Rubens, les joues roses, dissimulé comme un prince, instruit comme un avoué retiré, âgé de dix ans, enfin une vraie fleur de perversité, jouant et jurant, aimant les confitures et le punch, insulteur comme un feuilleton, hardi et chipeur comme un gamin de Paris » (*La Maison Nucingen*, Gallimard, « Bibliothèque de la Pléiade », 1977, t. VI, p. 344). Congédié par son maître pour ses airs de « tigresse apprivoisée » qui pouvaient faire scandale, Toby, Joby, Paddy, entre au service de Godefroid de Beaudenord, qui « fut connu par son tigre comme Couture s'est fait remarquer par ses gilets » (*ibid.*, p. 345). On le retrouve dans *Les Secrets de la princesse de Cadignan*, après la ruine de Beaudenord, au service de Georges de Maufrigneuse, le fils de la princesse de Cadignan (*ibid.*, p. 953).

308. Sur Coquelin, voir la n. 80.

309. La démission de Mac-Mahon eut lieu le 30 janvier 1879. Voir la n. 23.

310. Voir plus haut la « fièvre des feuilles mortes », qui fait pendant à la « hay fever » dont parle Proust dans sa préface à la traduction de *La Bible d'Amiens* (*Pastiches et mélanges*, *CSB*, p. 136), à propos de la « fleur du pommier » et de la « fleur de l'épine rose ». Voir, sur ce point, R. Debray Genette, art. cit., p. 139.

311. Allusion aux fresques de la chapelle Sixtine, peintes par Michel-Ange : Dieu séparant la lumière des ténèbres ; la création du monde ; la séparation de la terre et des eaux ; la création de l'homme ; la création de la femme.

312. Selon la légende, Diomède, fils d'Arès et de Cyrène, roi des Bistones, en Thrace, nourrissait de chair humaine ses chevaux, qui exhalaient des langues de feu. Il fut vaincu par Héraclès, qui le fit dévorer par ses chevaux.

313. La mode en 1908 est aux grands chapeaux à décors extravagants, alors que, dans les années qui suivent, la diffusion de l'automobile favorise le retour des chapeaux plus petits. (Voir Gareth H. Steel, *Chronology and Time in « À la recherche du temps perdu »*, Genève, Droz, 1979, p. 172-173.)

La découverte des statuettes de Tanagra en Béotie (IVe siècle avant J.-C.) date des années 1870 (1872-1880). Arthur Lesenby Liberty avait ouvert en 1875 à Londres un magasin spécialisé dans les produits d'Orient. Les tissus « liberty » étaient à l'origine en soie, à petits motifs floraux. D'après G.H. Steel, *op. cit.*, Liberty produisait déjà en 1897 des vêtements de style Empire, mais cette mode ne se répand que dans les années 1908-1910. La comparaison avec les Tanagra est dans l'air du temps. G.H. Steel cite une publicité du magazine *Les Modes* (où Fortuny passa des publicités), qui disait en 1908 : « M. Lacroix 19, boulevard Haussmann, Créatrice de la robe Sylphide et de la robe Tanagréenne », et le *Journal des dames et des modes* décrivait en 1912 : « La maigreur triomphe. Factice ou réelle, la femme maigre dresse sa tanagréenne silhouette » (cité in *ibid.*, p. 173). Dès 1904, le couturier Paul Poiret (1879-1944), libérant la femme du corset, crée des robes fortement influencées par les costumes de danse d'Isadora Duncan, copies fidèles du style grec.

314. « Encore » remplace « jadis » (sur 1res et 3es épreuves). La parenthèse est ajoutée sur 3es épreuves.

315. D'après G.H. Steel (*op. cit.*, p. 127), les chrysanthèmes étaient cultivés en France depuis 1789, mais ce sont les variétés japonaises, que Fortune introduit en France en 1862, qui lancent véritablement la mode des chrysanthèmes. Les nouvelles variétés, plus grosses et de couleurs nouvelles (blanches, rouges, jaunes) ne sont diffusées avec un large choix que dans les années 1880. Voir aussi « Un amour de Swann ».

316. Le commentaire est ajouté sur 1res épreuves sous la forme : « l'on verra plus loin que », et ne prend sa formulation définitive

(« comme on le verra plus tard ») que sur 3es épreuves. Voir aussi la n. 305.

317. « Voulais » est la version de l'édition Grasset, en continuité avec l'ajout manuscrit sur dactylographie. L'édition de la NRF propose « voudrais ».

318. À Dodone, ville d'Épire, se trouvait un sanctuaire de Zeus, où, dans l'Antiquité, les oracles étaient rendus en interprétant le bruissement du vent dans le feuillage des chênes sacrés entourant le temple.

319. Cette fin de *Swann* correspond à un ajout autographe sur les 1res épreuves corrigées, modifié encore sur le 3e et le 4e jeu d'épreuves. Sur cette conclusion désenchantée, Proust écrivait à Jacques Rivière le [6 février 1914] (*Corr.*, XIII, n° 43) : « Ce n'est qu'à la fin du livre, et une fois les leçons de la vie comprises, que ma pensée se dévoilera. Celle que j'exprime à la fin du premier volume, dans cette parenthèse sur le bois de Boulogne que j'ai dressée là comme un simple paravent pour finir et clôturer un livre qui ne pouvait pas pour des raisons matérielles excéder cinq cents pages, est *le contraire* de ma conclusion. Elle est une étape, d'apparence subjective et dilettante, vers la plus objective et croyante des conclusions. Si on en induisait que ma pensée est un scepticisme désenchanté, ce serait absolument comme si un spectateur ayant vu, à la fin du premier acte de *Parsifal*, ce personnage ne rien comprendre à la cérémonie et être chassé par Gurnemantz, supposait que Wagner a voulu dire que la simplicité du cœur ne conduit à rien. »

320. Réminiscence d'une *Ode* d'Horace, livre II, XIV, v. 1-2 : « *Eheu fugaces, Postume, Postume,/labuntur anni…* », traduit par H. Villeneuve (Les Belles-Lettres, 1927) : « Ah ! Postumus, Postumus, elles coulent, fugitives, les années… »

A. H. P.

ANNEXE

Textes de Marcel Proust

La madeleine

Le dernier des six états autographes connus de l'épisode de la madeleine (Proust 21, f°s 6-14) marque la transformation de la « biscotte » en « petite madeleine », mais surtout introduit l'explication de l'expérience, en la rapprochant de la réminiscence du pavé de Saint-Marc, que Proust supprime sur dactylographie en 1911, lorsqu'il rédige *Le Temps retrouvé*. C'est ce passage que nous donnons ici (f°s 12-14) en laissant de côté les ratures :

> Arrivera-t-il jusqu'à la surface de ma claire conscience le souvenir, l'instant ancien, que l'attraction d'un instant identique est venue de si loin solliciter, émouvoir, soulever, tout au fond de moi. Je ne sais. Maintenant je ne sens plus rien, il est arrêté, redescendu peut-être. Peut-être il ne remontera jamais de sa nuit. […] Et pourtant, déjà, si je n'ai pu identifier le souvenir, je me suis élevé à la raison du plaisir qui le précédait et que sa « reconnaissance », sa notion claire n'a pas suivi. Cette raison c'est qu'en nous il y a un être qui ne peut vivre que de l'essence des choses, laquelle ne peut être saisie qu'en dehors du temps. En elle seulement il trouve sa subsistance, ses délices, sa poésie. Il languit dans l'observation du présent, où les sens ne lui apportent pas cette essence des choses, il languit dans la considération du passé, que l'intelligence lui dessèche. Il languit dans l'attente de l'avenir que la volonté construit avec des fragments du passé et du présent qu'elle rend moins réels encore en leur assignant une affectation utilitaire, une destination toute humaine. Mais qu'un bruit, qu'une odeur déjà perçus autrefois, soit pour ainsi dire entendu, respiré par nous à la fois dans le passé et dans le présent, réel sans être actuel, idéal sans être imaginé, il libère aussitôt cette essence permanente des choses, et notre vrai moi qui depuis si longtemps était comme mort, s'éveille, s'anime et se réjouit de la céleste nourriture qui lui est apportée. […]
>
> Ah ! nous disons souvent que la vie présente est médiocre et que notre passé ne nous semble pas plus beau. Mais c'est que ce que nous appelons ainsi n'est nullement notre passé. Que sous notre pied dans une cour une pierre réveille une seule des sensations que nous eûmes en foulant le

pavage du baptistère de Saint-Marc, que le goût d'une madeleine trempée dans du thé approche de nous sans même nous le laisser reconnaître encore un peu du passé, nous sentons à la joie, au charme irrésistibles qui nous inondent combien le passé réel – même le plus humble – est différent de celui que nous présente la mémoire de l'intelligence sur la réquisition de notre volonté. [...]

Et tout d'un coup le souvenir m'est apparu.

*L'*incipit *d'« Un amour de Swann »*

Pour l'*incipit* d'« Un amour de Swann » Proust a sacrifié dès les premières épreuves corrigées, et définitivement sur les secondes (1913), un « morceau de bravoure » qui présentait les Verdurin. Esquissé en 1909, dès le Cahier 31 (f°s 14v° *sqq.*) – à cette époque il commence par : « Connaissez-vous les Verdurin ? » –, ce morceau apparaît encore sur les feuilles volantes qui complètent le manuscrit et sur la dactylographie de 1911.

Il en était de M. et Mme Verdurin comme de certaines places de Venise, inconnues et spacieuses, que le voyageur découvre un soir au hasard d'une promenade, et dont aucun guide ne lui a jamais parlé. Il s'est engagé dans un réseau de petites ruelles qui fendillent en tous sens de leurs rainures le morceau de Venise qu'il a devant lui, comprimé entre des canaux et la lagune, quand tout d'un coup, au bout d'une de ces « calli », comme si la matière vénitienne au moment de cristalliser avait subi là une distension imprévue, il se retrouve devant un vaste campo à qui il n'aurait pu certes supposer cette importance, ni même trouver de la place, entouré de charmants palais sur la pâle façade desquels s'attache la méditation du clair de lune. Cet ensemble architectural vers lequel dans une autre ville la rue principale nous eût conduit tout d'abord, ici ce sont les plus petites qui le cachent comme un de ces palais des contes de l'Orient où on mène pour une nuit par un chemin qu'il ne faut pas qu'il puisse retrouver un jour un personnage qui finit par se persuader qu'il n'est allé qu'en rêve. [...]

Le lecteur obscur d'un journal mondain y retrouve chaque jour et s'y est familiarisé avec les noms d'une quantité de personnes qu'il ne connaîtra jamais et qu'ont mises en relief une fortune souvent peu élevée, un titre ou un talent même douteux ; et jamais il n'y a lu le nom de Verdurin. Mais un jour cherchant une habitation au bord de la mer il voit plusieurs villas plus vastes que les autres et s'informe. Elles ont été louées pour Mme Verdurin, pour elle et ses amis. À Versailles l'Hôtel est plein, seul le plus bel appartement, rempli de meubles anciens, semble inhabité ; mais il n'est pas libre, il est loué à l'année par Mme Verdurin. À cause de Mme Verdurin qui les a retenues d'avance pour elle et ses amis on ne peut avoir la loge ou la table qu'on voulait à un grand concert ou dans un restaurant des environs de Paris. Et dans ces plans du Paris social que les courriéristes dressent avec un si minutieux détail et à une si grande échelle que souvent cent mille francs de rentes suffisent à y valoir une position pour celui qui les possède, on s'aperçoit que l'espace forcément assez vaste occupé par les Verdurin qui dépensent de sept à huit cent mille francs chaque année, n'est nulle part mentionné ni prévu. [...]

Pour être admis à faire partie du petit « noyau », une condition était suffisante mais elle était absolument nécessaire, il fallait adhérer totalement à un credo relatif au jeu du pianiste, au diagnostic du Docteur, au charme du salon Verdurin, à l'horreur des ennuyeux.

La fin d'« Un amour de Swann »

Pour ce qui est de la fin d'« Un amour de Swann », si elle est établie dès le manuscrit de 1910 (Cahier 19, f° 29r°), un brouillon de l'année précédente, le Cahier 22, donne une petite idée de ce qui aurait pu être, autrement, et des efforts que Proust a faits pour échapper à un dénouement banal. La discontinuité temporelle trouve ainsi peut-être un autre élément d'explication.

Swann s'éveille de son rêve :

Puis il s'éveilla ; son valet de chambre entra dans sa chambre ; pendant un moment il entendit encore la voix qui avait dit : « Si on veut savoir où Françoise est allée ce soir avec Forcheville » il entendit encore en lui les pas de Françoise qui devenaient lointains, que bientôt il ne pourrait plus rejoindre ; il entendit tout cela dans le jour auquel il s'éveillait, sans plus les voir, comme au moment d'entrer dans une chambre, on entend encore le bruit et la voix de personnes qui s'enfuient avant qu'on entre et dont l'écho des derniers pas meurt avec l'escalier. Les battements de son cœur se ralentirent. Entre son rêve et lui tout le temps qui s'était écoulé après le passé qu'il lui avait remis un instant sous les yeux, avait repris sa place. [...]

Quand Odette revint, il ne lui posa plus de questions sur ce qu'elle faisait, il ne lui demandait plus à la ramener le soir, il ne lui disait plus qu'il ne l'aimait plus, il était tendre et bon avec elle. Aucune angoisse ne l'empêchait plus de l'embrasser, et elle-même ne pouvait pas souvent attendre qu'il le fît. Et il pouvait passer la nuit avec elle sans que son plaisir fût gâté par la pensée que d'autres l'avaient peut-être possédée. Elle aussi qui ne sentait plus en lui un besoin douloureux de la voir, recommençait à en éprouver le besoin. Souvent il n'était pas libre. Et elle sentait bien qu'il avait quelque aventure. Mais elle ne s'en effrayait pas car elle sentait que la calme tendresse qu'il avait maintenant pour elle durerait toujours, et quand elle lui apprit qu'elle était enceinte de lui, elle comprit tout de suite qu'il l'épouserait. Sa vie ne changea pas pour cela, elle ne pouvait résister à une fantaisie qui lui passait par le corps. Souvent etc.

Proust corrige en marge d'abord :

elle qui le connaissait aussi bien, par le dedans, savait mieux ses jugements secrets sur chacun, ses goûts, ses manies, qui était plus fondue avec sa vie, plus étroitement qu'un cousin de toujours, qu'une sœur.

Puis il refait tout un morceau sur la page en regard, à gauche :

Leur vie était douce maintenant. Au fond de cet amour plein de jalousie, ce qu'elle avait senti tout de même pendant des années, c'était une affection immense pour elle. Lui ne s'en rendait pas compte ; ce qu'il éprouvait pour elle il y pensait si peu, ne pensant qu'à elle, et égoïstement qu'on l'eût étonné en lui disant qu'il avait une grande amitié pour elle et que cette soumission constante à sa volonté, cette recherche de lui faire plaisir, ces preuves constantes qu'il la mettait au-dessus des autres et de lui-même, elle trouvait cela des preuves d'amitié. Mais elle sentait bien qu'elle ne rencontrerait jamais dans la vie un meilleur ami. Et lui pouvait un soir préférer en voir une autre, ne la considérer que comme une sœur, comme une épouse, c'était une sœur, c'était une épouse, qui connaissait aussi bien sa vie, par le dedans, à qui dans son indifférence absolue pour tous auprès d'elle, avait-il aussi bien laissé voir ce qu'il pensait de chacun, ce qui lui plaisait, ses manies, ses goûts, qui maintenant que la jalousie n'était plus entre eux, pouvait aussi bien le connaître, le comprendre, le rendre heureux. [...] Elle ne s'effrayait pas de ses aventures. Elle sentait que la tendresse qu'il avait pour elle durerait toute sa vie. Aussi quand elle lui annonça qu'elle était enceinte de lui, elle comprit qu'il l'épouserait.

Mais elle était maintenant avide de se faire une situation, non pas précisément dans le monde de Swann qu'elle se représentait mal, mais dans les milieux inférieurs vers lesquels s'étaient acheminées des amies à elle qui s'étaient mariées. Elle se disait qu'avec du temps et de la volonté peut-être elle arriverait à avoir chez elle, la femme de ce directeur au ministère de la Justice qu'elle avait rencontrée en visite chez une amie.

Le pavillon des Champs-Élysées

En parallèle avec l'expérience de la madeleine et du petit cabinet sentant l'iris, le récit de l'« impression délicieuse » qui saisit le héros-narrateur dans le pavillon treillissé des Champs-Élysées, faisait initialement contrepoint à la déception de ce jardin public qu'aucun Bergotte n'avait décrit (*Sw.*, p. 539). Abondamment corrigé sur la « deuxième dactylographie » (f°s 16-20), le passage est supprimé après les premières épreuves et reporté, condensé, dans *À l'ombre des jeunes filles en fleurs* (*JFF* 1re p., p. 155 *sq.*) :

Un jour, aux Champs-Élysées, je me sentis saisi par une impression délicieuse qui aussitôt abolit tous mes ennuis. Ce fut en entrant par une chaude après-midi dans un petit pavillon frais et treillissé de vert, où étaient placés, en contrebas de l'allée où je jouais, les water-closets, et où je dus attendre Françoise qui avait eu besoin de s'y arrêter. Ce devait être un ancien bureau d'octroi du vieux Paris. Ses murs dégageaient une odeur – c'était une odeur de renfermé dont je ne savais pas l'origine – dans la zone de laquelle je ne fus pas plus tôt entré que je me sentis enveloppé non d'un plaisir comme ils le sont tous et au milieu desquels on se sent plus instable, plus bref et plus fragile, mais d'une félicité qui semblait au contraire me rendre plus vaste, m'étendre, m'appuyer à elle, si bien que je m'aventurais dans la zone aromatique avec une ivresse inexpliquée et tranquille, comme si j'avais traversé un monde soudain plus durable et plus vrai. [...] Je la [l'odeur] respirais en cherchant à distinguer une image insaisissable dont elle me caressait, mais la tenancière de l'établissement, vieille dame à perruque rousse et à joues plâtrées se mit à me parler [...].

Je lui demandai pourtant d'où venait cette odeur [phrase rayée].

Elle répondit pourtant à ma question que cette odeur venait de l'humidité du bois ancien. Mais toutes nos impressions sont susceptibles d'une explication matérielle qui satisfait notre raison mais laisse entière leur cause profonde. Et quand, rentré à la maison, un peu de bière que je pris pour prévenir une crise d'étouffements que je redoutais eut rapproché ma pensée comme un instrument d'optique grossit les nuages lointains que je n'avais pas pu apercevoir au fond de la zone embaumée et m'eut permis de reconnaître la petite pièce de mon oncle Charles à Combray qui exhalait en effet la même odeur d'humidité, cette cause particulière de mon plaisir ainsi reconnue ne me renseigna pas sur sa raison plus générale. Si un peu de poésie se trouvait parfois se produire en moi au contact de la réalité quotidienne, c'était à mon insu, comme malgré moi, et en me rendant plus heureux que je n'étais jamais, mais sans que je sache pourquoi. Mais quant à assigner d'avance à mon imagination les désirs qu'elle devait ou non éprouver en face des choses, c'est aux œuvres des artistes que j'admirais que je demandais de le faire. Peut-être cela venait-il de l'idée trop élevée, trop mystérieuse, trop divine, que je me faisais de la réalité. Mais si j'avais décidé moi-même si quelque chose était beau ou non, il m'eût semblé que la beauté cessait d'être supérieure à mon goût, qu'elle dépendait de lui, qu'elle devenait quelque chose de facultatif et d'arbitraire.

Résumé

« *Combray* »

I

Insomnies. Réveils, la nuit, autrefois (97). Souvenirs des chambres habitées (102). « Le branle était donné à ma mémoire » (103).

Première résurrection de Combray. Ma chambre à coucher, à Combray, avant le dîner. La lanterne magique : Golo et Geneviève de Brabant (104). Après dîner, les tours de jardin de ma grand-mère, que ma grand-tante persécute de ses plaisanteries (106). Mon refuge dans une petite pièce sentant l'iris (107). Le drame du coucher, les soirs de réception (109). Visites de Swann (109). Le « fils Swann » (111). Les sœurs de ma grand-mère et le vin d'Asti (118). Dîner de Swann (120). Le code de Françoise (126). Comparaison avec l'attente amoureuse (128). Ma mère refuse de venir (129). Je décide de l'attendre et m'élance vers elle dans l'escalier lorsqu'elle monte se coucher (130). Principes d'éducation de ma mère et de ma grand-mère (134). Mon père autorise ma mère à rester avec moi. Comparaison de son attitude avec le geste d'Abraham dans la gravure d'après Benozzo Gozzoli (135). « Il y a bien des années de cela » (135). Lecture de *François le Champi* (138).

Retour au dormeur éveillé. La mémoire volontaire n'a pu restituer de Combray que ce « pan lumineux » (143). La croyance celtique à la réincarnation des âmes et la résurrection du passé (144). Bien des années après Combray, un jour d'hiver, l'expérience de la petite madeleine (144). Résurrection de Combray tout entier, « sorti, ville et jardins, de ma tasse de thé » (148).

II

Seconde résurrection de Combray. Arrivées à Combray, la dernière semaine avant Pâques. Importance de l'église (148).

Le dimanche à Combray

Matinées du dimanche. La chambre de tante Léonie (149). Je lui rends visite avant la messe. Le thé et l'infusion de tilleul (151). Françoise (153). L'heure de la pepsine : conversations de tante Léonie avec Françoise, sur les passants qu'elle a vus de sa chambre (155). Françoise est convoquée avant l'heure lors d'événements graves : une fillette inconnue aperçue avec Mme Goupil (157). Les « personnes qu'on ne connaît point » (158). Les asperges du déjeuner (160). L'heure de la messe : l'église de Combray (160), la « nuit mérovingienne » (163), le clocher de Saint-Hilaire, centre de Combray (165). Au retour de la messe, rencontres de Legrandin (170). Les questions de tante Léonie que seule Eulalie pourra satisfaire (171). Mérites d'Eulalie (172). Les déjeuners du dimanche (173).

Après-midi du dimanche. Je m'attarde un peu dans le jardin, près de l'arrière-cuisine de Françoise « petit temple à Vénus » (175). Autrefois, j'allais dans le petit cabinet de repos de l'oncle Adolphe, maintenant fermé depuis une brouille avec ma famille, survenue par ma faute (175).

L'histoire de la dame en rose (180). Je monte lire dans ma chambre quand la fille de cuisine va « servir le café » et « monter l'eau chaude » et que Françoise « se sauve » chez ma tante (184). La fille de cuisine, comparée par Swann à la « Charité de Giotto » (185). Fraîcheur de ma chambre (187). Ma grand-mère me suppliant de sortir, je continue ma lecture sous le marronnier du jardin (188). Fétichisme de la lecture (189). Pendant deux étés, nostalgie d'un pays « fluviatile », aux « grappes de fleurs violettes et rougeâtres », créée par la lecture (191). Les heures sonnées au clocher de Saint-Hilaire (192). Quelquefois, les jours de manœuvre de la garnison, je suis dérangé dans ma lecture. Disputes de Françoise et du jardinier (193). Une fois, Swann interrompt ma lecture de Bergotte (195). C'est mon camarade Bloch qui m'a initié à Bergotte (196). Sa manière de parler (196). Antisémitisme de mon grand-père (197). Bloch a déplu à mes parents (198). Mon admiration pour les phrases de Bergotte (200). Conversation avec Swann sur Bergotte et sur la Berma (204). Conversations de tante Léonie et de Françoise, en attendant l'heure d'Eulalie (huit jours avant les Rogations) (208). Les visites du curé à l'heure d'Eulalie (210). Sa vision de l'église Saint-Hilaire et son érudition étymologique (210). Ma tante, fatiguée, est obligée de renvoyer Eulalie (214). Jalousie de Françoise (215). Le « train-train » de tante Léonie troublé cette année-là par l'accouchement de la fille de cuisine (217).

Les samedis, variation secondaire dans l'uniformité : les déjeuners du samedi, une heure plus tôt (218). Les soirs de mai, nous allons après dîner au « mois de Marie » (220). Les aubépines de l'autel (220). M. Vinteuil et sa fille (221). Retours par la promenade du Calvaire (223). Les rêves de cataclysme de tante Léonie et ses scénarios imaginaires (224). Comparaison avec la « mécanique » de la vie à Versailles d'après Saint-Simon (228).

Les dimanches soir. Un dimanche soir, visite familiale à ma tante Léonie. Interrogation sur l'attitude distante de Legrandin, rencontré après la messe en compagnie d'une châtelaine du voisinage (229). Le lendemain soir, amabilité de Legrandin, rencontré sur le Pont-Vieux. Il cite Paul Desjardins (230). Pendant le conseil de famille, je descends dans l'antre de Françoise (230). La fille de cuisine « plume les asperges » (231). Les « tragédies d'arrière-cuisine » (232). Duretés de Françoise à l'égard de la fille de cuisine, tendresse pour les siens (232). Un des dimanches après la rencontre sur le Pont-Vieux, découverte du snobisme de Legrandin (234). Mon dîner avec lui (237). Interrogé sur Balbec, une année où je devais y passer des vacances, Legrandin refuse de nommer ses relations (242).

Les deux côtés de Combray.

D'habitude nous rentrons tôt de promenade pour dire bonsoir à tante Léonie avant le dîner. Reflets du couchant, au commencement de la saison (244). Retours tardifs, qui inquiètent Léonie, quand nous revenons du « côté de Guermantes » (245). Les deux « côtés » de Combray, le « côté de Méséglise » ou « côté de chez Swann » et le « côté de Guermantes » : la « vue de plaine » et le « paysage de rivière » (245), « inconnaissables l'un à l'autre » (247).

Le côté de Méséglise. La promenade, courte, se fait même par temps couvert. Sorties plus tardives, par la grande porte (247). Commande en passant à Théodore (247). L'odeur des lilas venant du parc de Swann (247). Un jour, en l'absence supposée des Swann, nous longeons le parc (247). L'odeur des aubépines dans le petit chemin contigu à Tansonville (250). Le coquelicot et la plaine de Méséglise (251). Les épines roses (251). Apparition d'une fillette d'un blond roux, qui me fait un geste indécent (253). Le nom de Gilberte (254). Récit de la promenade à tante Léonie. Son renoncement à sortir (255). Magie du nom de Swann (257). Cette année-là, nous rentrons à Paris « un peu plus tôt que d'habitude ». Mon adieu aux aubépines (258). Le vent dans la plaine de Méséglise

(258). On aperçoit les clochers de Saint-André-des-Champs (259). Les pommiers (259). L'image de la lune dans les œuvres d'art : mon goût d'alors pour Saintine et pour Gleyre (259).

Montjouvain : mauvaise réputation de Mlle Vinteuil et de son amie (260). Chagrin de M. Vinteuil (261). Il refuse par délicatesse l'invitation de Swann (262). Celui-ci se demande si c'est un parent du Vinteuil qu'il connaît (263). Promenades vers Méséglise lorsque le temps est incertain (263). Nous nous réfugions, les jours de pluie, dans le bois de Roussainville, ou sous le porche de Saint-André-des-Champs (264). Françoise et Théodore, personnages médiévaux (265). Roussainville, « châtié comme un village de la Bible » par l'orage (266). Nous rentrons, si le temps est tout à fait gâté. Caractère passager de ces orages d'été (266). S'il fait mauvais dès le matin, mes parents renoncent à la promenade et je reste enfermé. Mais l'automne suivant la mort de tante Léonie, je prends l'habitude de sortir seul ces jours-là (267). Douleur de Françoise à la mort de ma tante (267). Ses cuirs (268). Mes promenades après des matinées de lecture (268). Je ne peux traduire mon ravissement devant la mare de Montjouvain (269). Mon désir de voir surgir une paysanne, lié à mon désir du lieu (270). Vaines prières au donjon de Roussainville (272). Souvenir des expériences onanistes dans le petit cabinet sentant l'iris (272). La scène de Montjouvain et mon idée du sadisme (274).

Le côté de Guermantes. La promenade, longue, se fait par beau temps. Sortie, tôt après le déjeuner, par la petite porte du jardin (281). La rue des Perchamps que « restitue » ma rêverie, la rue de l'Oiseau et l'hôtellerie de l'Oiseau flesché (281). Le cours de la Vivonne et la passerelle du Pont-Vieux (282). J'y cours s'il fait beau, le jour de Pâques, dès le lendemain de notre arrivée (282). Restes du château des anciens comtes de Combray ; les boutons d'or (283). Les carafes de la Vivonne (284). Le nénuphar et les damnés de Dante (284). Les nymphéas (285). La jeune femme solitaire (287). Les sources de la Vivonne et l'entrée des Enfers (287). Elles sont inattingibles comme la demeure des Guermantes (288).

Rêverie sur les Guermantes. Lumière orangée de la syllabe « antes » (288). J'identifie Guermantes à la « région fluviatile » décrite par un de mes écrivains préférés (289). Rêverie sur Mme de Guermantes (289). Mon impuissance à écrire et mon renoncement à la littérature (289). À la messe de mariage de Mlle Percepied, j'aperçois la Duchesse de Guermantes. Ma déception (291). La vision de rêve sort renforcée de la confrontation avec le personnage réel (293). Les regards de Mme de Guermantes (293). La descendante de Geneviève de Brabant (294). Mes regrets de devoir renoncer à être un écrivain célèbre (295). Plaisir irraisonné que me donnent la vue d'un toit, d'un reflet sur une pierre, l'odeur d'un chemin. Je renonce à le déchiffrer (296). Je ressens une impression du même genre devant les clochers de Martinville. Cette fois, je compose un morceau et chante à tue-tête (297). Retour tardif des promenades du côté de Guermantes : mon angoisse de devoir me coucher, comme les soirs de réception, sans que ma mère vienne me dire bonsoir (301). C'est du côté de Guermantes que j'ai découvert l'intermittence de mes états de tristesse et d'insouciance (301). Le côté de Méséglise et le côté de Guermantes, « gisements profonds de mon sol mental » (302).

Retour au dormeur éveillé. Récapitulation des souvenirs de Combray : les soirées sans sommeil, les jours plus récemment restitués par une tasse de thé, et le souvenir des souvenirs d'un tiers au sujet d'un amour de Swann, avant ma naissance (304). Ces souvenirs amalgamés se distinguent cependant comme les strates de certaines roches par leurs veinures (305). Reconstruction progressive de ma chambre à l'approche de l'aube (305).

A. H. P.

« Un amour de Swann »

Le petit noyau des Verdurin. Les fidèles, leurs habitudes, leurs goûts artistiques (307). Odette veut introduire Swann, un mondain coureur de femmes (310). Les manœuvres amoureuses de Swann et son habitude d'utiliser les services de mon grand-père, de Charlus ou d'autres de ses relations (310). Il avait rencontré Odette au théâtre (315). Elle ne lui avait pas plu d'abord, mais il finit par s'habituer et par tomber amoureux. Les visites répétées d'Odette chez Swann (315). L'amateur d'art dilettante (318).

Premier dîner de Swann chez les Verdurin. Le docteur Cottard, le pianiste, le peintre Elstir (anonyme) (320). Les locutions de Cottard (321). Swann fait bonne impression (323). Saniette (324). La tante du pianiste (325). Le rire symbolique de Mme Verdurin (326). Ses névralgies musicales : le pianiste va jouer une sonate en *fa* dièse (327). L'éloge du canapé de Beauvais souligne l'exagération artistique de Mme Verdurin (329).

La sonate. Swann reconnaît dans la sonate une phrase musicale entendue l'année précédente dans une soirée (330). La valeur esthétique et morale de cette œuvre qu'il n'avait pu identifier (331). Il s'agit de la sonate pour piano et violon de Vinteuil (334). Swann explique en vain son admiration et fait le rapprochement avec Vinteuil, le professeur de musique de Combray (335).

Le fidèle. Swann a plu aux Verdurin, sauf peut-être à M. Verdurin : il fréquente régulièrement chez eux maintenant (338). Mais ses relations mondaines déplaisent (338). Il continue à voir, en concurrence avec Odette, une petite ouvrière (341). La phrase de la sonate devient l'air national de leur amour (342). Swann ramène régulièrement Odette chez elle en voiture (342). Elle lui donne un chrysanthème et il a deux fois l'occasion de prendre le thé chez elle. *Une première fois* : son petit intérieur japonisant d'un goût douteux (342). Les chrysanthèmes et les orchidées (344). *Pendant la seconde visite*, Swann trouve à Odette une ressemblance avec la Zéphora de Botticelli. Son goût des comparaisons picturales, expression de son vain dilettantisme (346). Cette ressemblance conforte son amour : la liaison dure maintenant depuis des mois (347).

Les catleyas. Un soir, il arrive trop tard chez les Verdurin : Odette est déjà partie (351). Les Verdurin se moquent de lui : il ne plaît décidément pas à M. Verdurin (352). Swann cherche Odette pendant toute la nuit, dans les cafés et dans les restaurants élégants des boulevards (353). Son angoisse renforce son amour (355). Il la retrouve enfin et la fait monter dans sa voiture (356). Un écart du cheval les rapproche autour des fleurs de catleyas (357). Il la possède pour la première fois ce soir-là, timide avec elle car on la lui avait décrite moins facile (358).

L'amoureux. Tous les soirs il la ramène de chez les Verdurin et il entre chez elle. La cérémonie des catleyas, le visage florentin et la phrase musicale sont les points forts d'une passion qui ne s'aveugle pas sur la bêtise d'Odette ni sur ses goûts vulgaires (360). Il ne connaît pas la jalousie car il ne la voit que le soir : paresse intellectuelle des Swann (365). Parfois, c'est elle qui vient le voir l'après-midi (365). Adoptant les goûts d'Odette, il se déprécie à ses yeux (367). Sa définition du « chic » et des antiquités (369). Le monocle de Swann (372). Il se plaît dans la société des Verdurin, qui supportent de moins en moins la découverte de sa brillante vie mondaine (377).

Premier dîner de Forcheville chez les Verdurin. Forcheville est le contraire de Swann (377). Première apparition du professeur Brichot (378). Blanche de Castille (379). Intervention du peintre (381). La salade japonaise de *Francillon* (383). Les La Trémoïlle

(386). Saniette (389). Face à Forcheville, Swann s'enferre à chaque incident. Forcheville exprime son opinion sur Odette (390). Mme Verdurin projette de les inviter tous les deux sans Swann (391). Dernier avertissement de la sonate à l'amant (392). Les Verdurin comparent Forcheville et Swann, au désavantage de celui-ci (394).

La femme entretenue. Swann offre des bijoux à Odette, puis de l'argent (396). Il continue sa vie mondaine et a la nostalgie de Combray (399). Il fréquente chez les princesses de Parme et des Laumes. Le printemps s'avance et les Verdurin organisent des dîners dans les restaurants élégants de l'Ouest parisien (400). Un soir Odette reconnaît en public l'ascendant que Swann a sur elle (400).

La jalousie. Le lendemain, elle le renvoie très tôt de chez elle. Inquiet, il revient dans sa rue et se trompe de fenêtre (402). La douleur de la jalousie persiste cependant. Souvenir de la complicité entre Odette et Forcheville torturant son beau-frère Saniette (406). Un après-midi Swann se rend chez elle, elle ne répond pas, il revient, elle ouvre (408). Les mensonges d'Odette avivent alors la jalousie de son amant (408). Il lit la lettre à Forcheville qu'elle lui a confiée (412). Dernier incident de Swann avec les Verdurin : il n'est pas invité au dîner de Chatou et Mme Verdurin fait rentrer Odette en voiture avec Forcheville (415). Swann ne sera plus réinvité (421).

Les Verdurin séparent les deux amants : l'Opéra-Comique, les excursions de plusieurs jours en région parisienne. Pierrefonds (421). L'agitation douloureuse de l'amour et de la jalousie. Le restaurant. Lapérouse (425). Quelques soirées tranquilles, cependant, sont celles où Odette montre à Forcheville l'ascendant de Swann sur elle (431). Mais la douleur de la jalousie revient (433). Le festival de Bayreuth (434). Oscillations entre la jalousie et la tendresse (435). Vaines résolutions d'espacer les visites à Odette (439). L'analyse de l'amour et de la personnalité (441). Swann trouve son réconfort dans les valeurs bourgeoises et mondaines qui sont celles du « fils Swann » (443). La corbeille de fruits. L'aide de Charlus, l'incident avec mon grand-oncle (444). Il est vain de sonder le passé d'Odette, ou le passé de son amour (447). Les visites du soir à Odette se raréfient (449). Swann oblige Charlus à sortir avec elle (451). Au bord de la dépression, incapable de reconstituer les emplois du temps de sa maîtresse, il songe au suicide (452). Nouvelle allusion à la paresse intellectuelle de la famille Swann (453).

Odette n'aime pas son cocher et devient tyrannique (456). Swann évite de songer au passé de son amour (458).

Soirée chez la marquise de Saint-Euverte. C'est en vain (458). Swann laisse Charlus chez Odette et se rend chez Mme de Saint-Euverte. Les mécanismes dévoilés de la vie mondaine : les domestiques (458), les monocles des invités (463). Froberville, Bréauté, Forestelle, Saint-Candé et Palancy. Mmes de Cambremer, Franquetot et de Gallardon (463). Pendant le concert, la princesse des Laumes apparaît (467). Mme de Gallardon tente désespérément de lui parler (470). Mme de Saint-Euverte aperçoit la princesse qui bavarde avec le général de Froberville (474). Discussion sur la noblesse d'Empire (476). Swann engage la conversation avec la princesse (479). Il présente Froberville à Mme de Cambremer (482). Mais il entend une dernière fois la sonate de Vinteuil, qui lui rend tous les souvenirs de son amour. La mémoire involontaire (484). La phrase musicale disparaît avec l'amour d'Odette (492).

Le passé de son amour. L'indifférence commence à faire son chemin (493). Swann fait des projets de voyage. Premier rêve de Swann (493). Il souhaite la mort d'Odette. Le voyage d'Odette en Égypte avec Forcheville (495). La lettre anonyme que reçoit Swann (496).

Cependant *Les Filles de marbre* lui rappellent douloureusement la possibilité de rapports homosexuels entre Odette et Mme Verdurin (501). Le nom de Bréauté lui donne un soupçon sur l'auteur de la lettre anonyme (502). Il questionne Odette sur Mme Verdurin (503). Sa souffrance s'augmente des révélations d'Odette, qu'elle multiplie sur son passé homosexuel (504). Swann se renseigne dans des maisons closes (515).

Les Verdurin achètent un yacht et Odette fait de nombreuses croisières (516). Swann rencontre Mme Cottard dans un omnibus, et c'est elle qui le soulage de la douleur de la jalousie et de l'amour en lui expliquant qu'Odette a toujours eu beaucoup d'amitié pour lui (519). Le calme revient dans son esprit. Il apprend avec indifférence que Forcheville a été l'amant d'Odette. Deuxième rêve de Swann (521). Ce rêve le guérit définitivement de son amour (525).

B.B.

« Noms de pays : le nom »

Noms de pays. Je me souviens, parmi les chambres évoquées lors de mes nuits d'insomnie, de celle du Grand-Hôtel de Balbec (527). Rêves sur Balbec : la tempête (527), l'église de Balbec (529). « Le beau train généreux d'une heure vingt-deux » (530). Projets de vacances de Pâques en Italie : le rêve du printemps à Florence remplace mes rêves de tempête (530). Le pouvoir des noms (531). L'incitation des lectures (536). Malade, je dois cependant renoncer à tout projet de voyage de même qu'à toute perspective d'aller écouter la Berma (538). Je dois me contenter des promenades avec Françoise dans le jardin des Champs-Élysées, où « rien ne se rattachait à mes rêves » (539).

Les Champs-Élysées. Le nom de Gilberte (539). Vulgarité de Françoise comparée à l'institutrice au plumet bleu (540). Je suis invité à jouer aux barres avec Gilberte (540). Angoisses de l'attente amoureuse. La venue intermittente de Gilberte, en particulier les jours de pluie (541). Le rayon de soleil sur le balcon (541). Arrivée inespérée de Gilberte, les jours de neige ; la vieille dame des *Débats* (543). Le premier jour de neige, contre mon attente, fait progresser mon amour : complicité avec Gilberte dans le jeu (544). Tourments de l'amour (545). Les deux Gilberte : l'objet de mes rêves et la fillette réelle (546). La bille d'agate et la brochure de Bergotte sur Racine, cadeaux de Gilberte (549). Mon nom dans sa bouche (550). Mon attente déçue, certaines journées de printemps en hiver (550). Prestige nouveau de Swann, père de Gilberte (554). Une de ces belles journées d'hiver, j'exprime ma déception à Gilberte, heureuse de ne pas venir les jours suivants (555). J'attends une lettre d'elle m'avouant son amour (556). Je relis la brochure de Bergotte sur Racine que m'a donnée Gilberte (557). Une autre interprétation de son attitude (558). Le plan de Paris et la rue où habite Swann. Plaisir de prononcer le nom de Swann et de parler de tout ce qui touche à Gilberte (560). J'imite Swann, que ma mère rencontre aux Trois-Quartiers (562).

Promenades, en dehors des Champs-Élysées, les jours où Gilberte ne vient pas : du côté de la maison des Swann, près du Bois (564), du côté des grands boulevards, à l'entrée de la rue Duphot (pour voir passer Swann, allant chez son dentiste) (565) ou vers le bois de Boulogne, où se promène Mme Swann (565).

Le Bois. Mythologie du Bois : le Jardin des femmes (566). L'arrivée de Mme Swann, comme dans un dessin de Constantin Guys (567). Un des premiers matins de ce mois de novembre, je traverse le Bois (570). La fièvre des feuilles mortes (570), l'ampelopsis,

« épine rose de l'hiver » (571). Regret des attelages, des toilettes (573) et des intérieurs d'autrefois (575). L'allée des Acacias, comme l'allée de Myrtes (576). « Le souvenir d'une certaine image n'est que le regret d'un certain instant » (577).

A. H. P.

L'ACCUEIL DE LA CRITIQUE

Nous tentons de donner un aperçu complet du dossier de presse pour *Du côté de chez Swann*. Dès 1912, le rapport Madeleine formait un jalon important dans la compréhension, ou l'incompréhension, de l'œuvre. Mais il devait évidemment rester longtemps inédit. En 1913-1914 les comptes rendus se pressent dans les journaux ou dans les revues. C'est que Marcel Proust a sollicité tous ses amis, et même parfois des échos (payants) pour ces recensions amicales. Après la guerre, très vite et en dépit de la republication à la NRF, l'attention de la critique se porte sur *À l'ombre des jeunes filles en fleurs* (prix Goncourt) ou sur l'édition des *Plaisirs et les Jours.*

1912

Jacques Madeleine, Rapport de lecture pour le manuscrit que Marcel Proust avait envoyé à Eugène Fasquelle. Reproduit par Henri Bonnet, « Madeleine lecteur de Fasquelle n'aimait pas *À la recherche du temps perdu* », *Le Figaro littéraire*, 8 décembre 1966.

1913

Jardinier, « Un roman de Marcel Proust », *La Petite Revue du Midi*, novembre.

Les Uns (pseudonyme de René Blum), « Les lettres : Un roman de Marcel Proust », *Gil Blas*, 9 novembre.

Georges Delaine (Un écho sur *Swann*), *L'Homme libre*, 9 novembre.

Joseph Élie Bois, « *À la recherche du temps perdu* », *Le Temps*, 12 novembre.

Le Masque de Fer (pseudonyme de Robert Dreyfus), « Échos : *À la recherche du temps perdu* », *Le Figaro*, 16 novembre.

René Blum, « Le livre du Jour : Soirée de Musique », *Gil Blas*, 18 novembre.

(Gens et Choses de Lettres) : « *Du côté de chez Swann* », *Le Temps*, 21 novembre.

(Le Livre du Jour) : « Du côté de chez Swann », *Les Annales politiques et littéraires*, 23 novembre.

(Écho), *L'Écho d'aujourd'hui*, 23 novembre.

Jean Cocteau, « Marcel Proust », *L'Excelsior*, 23 novembre.

Lucien Daudet, « *Du côté de chez Swann* », *Le Figaro*, 27 novembre.

Marcel Drouet, « *À la recherche du temps perdu* », *La Dépêche de l'Est*, 2 décembre.

Francis Chevassu, « *À la recherche du temps perdu* », *Le Figaro*, 8 décembre.

Paul Souday, « *À la recherche du temps perdu* », *Le Temps*, 10 décembre.

Gabriel Astruc, « À propos d'un temple enseveli », *Gil Blas*, 15 décembre.

André Arnyvelde (pseudonyme d'André Lévy), « À propos d'un livre récent », *Le Miroir*, 21 décembre.

Montgenault (pseudonyme), « *À la recherche du temps perdu. Du côté de chez Swann* », *New York Herald*, 21 décembre.

Paul Reboux, « *Du côté de chez Swan* [*sic*] », *Le Journal*, 23 décembre 1913.

Maurice Rostand, « Quelques Lignes à propos d'un livre unique », *Comoedia*, 26 décembre.

Les Treize (pseudonyme), « Silhouettes », *L'Intransigeant*, 26 décembre.

Régis Gignoux (Écho), *Le Figaro*, 27 décembre.

Lucien Maury, « *Du côté de chez Swann. À la recherche du temps perdu* », *Revue politique et littéraire*, 27 décembre.

L'Habit vert (pseudonyme), « *Du côté de chez Swann*. Une manière nouvelle », *L'Intransigeant*, 28 décembre.

1914

Henri Dunot-Darsile, « *À la recherche du temps perdu. Du côté de chez Swann* », *Les Cahiers du Centre*, janvier.

Henri Ghéon, « *Du côté de chez Swann* », *La Nouvelle Revue française*, 1er janvier.

Gaston Rageot, « Romans de fin d'année », *La Revue de Paris*, 1er janvier.

Gaston Palewski, « *Du côté de chez Swann* », *Comoedia*, 11 janvier.

Rachilde, « *Du côté de chez Svan* [*sic*] », *Le Mercure de France*, 15 janvier.

Paul Adam, « *Du côté de chez Swann* », *La Petite République*, 19 janvier.

Jean de Pierrefeu, « *Du côté de chez Swann* », *L'Opinion*, 24 janvier.

André Chaumeix, « *À la recherche du temps perdu* », *Le Journal des débats*, 25 janvier.

(Anonyme), « *Du côté de chez Swann* », *La Vie heureuse*, 5 février.

Louis Latourette, « *Du côté de chez Swan* [*sic*] », *Les Écrits français*, 5 avril.

Jacques-Émile Blanche, « *Du côté de chez Swann* », *L'Écho de Paris*, 15 avril.

Le Masque de fer (pseudonyme), « À travers Paris », *Le Figaro*, 18 avril.

Le Diable boiteux (pseudonyme), « Échos : Un nouveau critique littéraire », *Gil Blas*, 18 avril.

« Au jour le jour : M. Jacques-Émile Blanche, Critique littéraire », *L'Écho de Paris*, 24 avril.

(Anonyme), « Écho », *Le Journal des débats*, 24 avril.

François Jean-Monique, « *À la recherche du temps perdu. Du côté de chez Swann* », *L'Effort libre*, mai.

Robert de Bury, « Les Journaux », *Le Mercure de France*, 1er mai.

Raoul Detnay, « *Du côté de chez Swann* », *L'Éclair*, 22 mai.

Henri Potez, « Les Infiniment Petits de l'Âme. *Du côté de chez Swann* », *L'Écho du Nord*, 4 juin.

Gustave Louis Tautain, « M. Proust : *Du côté de chez Swann* », *La Revue critique des Livres nouveaux*, 15 juin.

Willy (pseudonyme d'Henri de Gauthier-Villars), « À la flan », *Le Sourire*, 18 juin.

(Anonyme). « Les Feuilletons du *Figaro* », *Le Figaro*, 15 juillet.

1917

Léon Daudet, *Salons et Journaux. Souvenirs des Milieux littéraires, politiques, artistiques et médicaux de 1880 à 1908*, Nouvelle Librairie nationale, 1917.

1918

Orion (pseudonyme), « À travers les revues », *L'Action française*, 29 août.

1919

Jean Giraudoux, « Du côté de chez Marcel Proust », *Les Feuillets d'Art*, juin.

Bartholo (pseudonyme de Robert Dreyfus), « Une Rentrée littéraire », *Le Figaro*, 7 juillet.

Fernand Vandérem, « *Le Temps perdu* de M. Marcel Proust : *Du côté de chez Swann* et *À l'ombre des jeunes filles en fleurs* », *La Revue de Paris*, 15 juillet.

Abel Hermant, « Méditation sur l'œuvre de Marcel Proust aux rives de la Mésopotamie », *Le Figaro*, 23 août.

Dominique Braga, « *Du côté de chez Swann. À l'ombre des jeunes filles en fleurs* », *Le Crapouillot*, 1er septembre.

Louis Léon-Martin, « À la manière de Marcel Proust. À l'ombre d'un jeune homme en boutons », *Le Crapouillot*, 1er octobre.

Émile de Feuquières, « Chez M. Marcel Proust », *Le Petit Parisien*, 11 décembre.

Léon Daudet, « Un nouveau et puissant romancier », *L'Action française*, 12 décembre.

M., « L'Œuvre de Marcel Proust », *La France*, 12 décembre.

Marius Boisson, « Visite à Marcel Proust », *Comoedia*, 13 décembre.

Henriette Charasson, « *À la recherche du temps perdu : Du côté de chez Swann. À l'ombre des jeunes filles en fleurs* », *Le Rappel*, 14 décembre.

1920

Pisanello, « Marcel Proust », *Belles Lettres, Art et Critique*, janvier.

Paul Souday, « *À la recherche du temps perdu. Pastiches et mélanges* », *Le Temps*, 1er janvier.

Edmond Jaloux, « L'Œuvre de Marcel Proust », *Écrits nouveaux*, janvier-février.

Jean de Pierrefeu, « Le Cas de Marcel Proust », *Le Journal des débats*, 2 janvier.

Paul Souday, « Flaubert et Marcel Proust », *Paris-Midi*, 9 janvier.

Jacques Boulenger, « La Noblesse magique », *Comoedia*, 12 janvier.

Georges Le Cardonnel, « Les œuvres de Marcel Proust : *Le Plaisir et les Jours* [*sic*], préface de M. Anatole France, illustrations de Madeleine Lemaire ; *À la recherche du temps perdu* : tome I : *Du côté de chez Swann* ; tome II : *À l'ombre des jeunes filles en fleurs ; Pastiches et mélanges* », *La Minerve française*, 15 janvier.

(Anonyme), « Litérature ou Litératuture », *Les Potins de Paris*, 15 janvier.

André Varagnac, « Le Cas de Marcel Proust. Un maître indésirable », *Le Crapouillot*, 15 janvier.

Charles Bourday, « *À la recherche du temps perdu : Du côté de chez Swann. À l'ombre des jeunes filles en fleurs. Pastiches et mélanges* », *Romans Revue*, 15 janvier.

Jacques Rivière, « Marcel Proust et la Tradition classique », *Nouvelle Revue française*, 1er février.

Gonzague Truc, « De quelques déformations de l'art littéraire moderne », *La Minerve française*, 15 février.

(Anonyme), « Le Style de Flaubert », *Ève*, 21 février.

Albert Thibaudet, « Discussion sur le Moderne », *Nouvelle Revue française*, 1er mai.

André Payer, « À propos d'une controverse sur Flaubert », *Le Scarabée*, juin-juillet.

Jean Faron, « *La Recherche du temps perdu* », *Le Petit Var*, 26 septembre.

M.-C. Marx, « Un rénovateur du roman : Marcel Proust », *La Revue mondiale*, 1er octobre.

Orion (pseudonyme), « *À la recherche du temps perdu* », *L'Action française*, 20 novembre.

Orion (pseudonyme), « Sur Marcel Proust », *L'Action française*, 21 novembre.

Jacques Boulenger, « Du côté de Marcel Proust », *L'Opinion*, 4 décembre.

Charles Régismanset, « *À la recherche du temps perdu* », *La Dépêche coloniale*, 14 décembre.

Cette liste est empruntée à l'ouvrage de Douglas Alden, *Marcel Proust and his French Critics* (Los Angeles, 1940, et New York, 1973) et à celui d'Henri Bonnet, *Marcel Proust de 1907 à 1914* (Nizet, 1959 et 1971), tous deux complétés par la thèse d'Eva Ahlstedt, *La Pudeur en crise* (Göteborg, 1985). Mais trois recueils permettent de mieux évaluer le climat de la vie littéraire à l'époque et l'accueil réservé au roman de Proust. Jacques Bersani a publié, dans *Les Critiques de notre temps et Proust* (Garnier, 1971), les plus importants comptes rendus : le rapport de lecture de Jacques Madeleine (de son vrai nom Jacques Normand), un article d'Henri Ghéon (*NRF*, 1er janvier 1914) et un autre de Jacques Rivière (*NRF*, 1er février 1920). Bersani reprenait essentiellement l'étude de Léon Pierre-Quint, *Proust et la stratégie littéraire* (Corréa, 1954), réédition augmentée d'un livre paru chez Krâ dès 1930, et qui explique bien l'atmosphère dans laquelle fut reçu *Du côté de chez Swann*. Enfin, Thierry Laget a réuni, dans les *Cahiers Marcel Proust* n° 13 (Gallimard, 1985), tous les articles que Jacques Rivière a consacrés à Marcel Proust.

La plupart des comptes rendus ne font que souligner l'incompréhension de la critique, en face d'un volume isolé, auquel il manquait l'ampleur de l'œuvre dans son entier développement, et l'explication du *Temps retrouvé*. Cette incompréhension se double parfois d'une certaine réprobation morale, devant la scène de la masturbation ou devant la scène de Montjouvain.

Les articles sont cependant nombreux et l'écho semble important. Mais c'est que Marcel Proust a battu le rappel de ses amis, et le nombre des recensions ne correspond pas vraiment à l'accueil du public. C'est Paul Souday qui était avant la guerre le chroniqueur le plus important, au *Temps*, et il critique le manque de composition et le style. Henri Ghéon ne fait pas mieux, mais avec une ambiguïté plus amicale. Proust se défend dans sa correspondance, et il répond, pied à pied, à ses détracteurs. Dès avant la guerre, la NRF aura compris son erreur, elle découvrira Proust, après coup, et l'arrachera à Grasset, son premier éditeur. C'est le sens des articles de Jacques Rivière, dès 1918.

Nous préférons reproduire les commentaires de Paul Souday et d'Henri Ghéon avant la guerre, pour donner une idée plus précise des réactions immédiates de la critique.

B. B.

Texte n° 1 : Paul Souday, « Du côté de chez Swann *»,* Le Temps*, 10 décembre 1913*

M. Marcel Proust, bien connu des admirateurs de Ruskin pour ses remarquables traductions de la *Bible d'Amiens* et de *Sésame et les lys*, nous donne le premier volume d'un grand ouvrage original : *À la recherche du temps perdu*, qui en comprendra trois au moins, puisque deux autres sont annoncés et doivent paraître l'an prochain. Le premier comporte déjà cinq cent vingt pages de texte serré. Quel est donc ce vaste et grave sujet qui entraîne de pareils développements ? M. Marcel Proust embrasse-t-il dans son grand ouvrage l'histoire de l'humanité ou du moins celle d'un siècle ? Non point. Il nous conte ses souvenirs d'enfance. Son enfance a donc été remplie par une foule d'événements extraordinaires ? En aucune façon : il ne lui est rien arrivé de particulier. Des promenades de vacances, des jeux aux Champs-Élysées constituent le fond du récit. On dit que peu importe la matière et que tout l'intérêt d'un livre réside dans l'art de l'écrivain. C'est entendu. Cependant on se demande combien M. Marcel Proust entasserait d'in-folios et remplirait de bibliothèques s'il venait à raconter toute sa vie.

D'autre part, ce volume si long ne se lit point aisément. Il est non seulement compact, mais souvent obscur. Cette obscurité, à vrai dire, tient moins à la profondeur de la pensée qu'à l'embarras de l'élocution. M. Marcel Proust use d'une écriture surchargée à plaisir, et certaines de ses périodes, incroyablement encombrées d'incidentes, rappellent la célèbre phrase du chapeau, dans laquelle M. Patin, en son vivant secrétaire perpétuel de l'Académie française, se surpassa pour la joie de plusieurs générations d'écoliers. M. Marcel Proust dira : « Ce doit être délicieux, soupira mon grand-père dans l'esprit de qui la nature avait malheureusement aussi complètement omis d'inclure la possibilité de s'intéresser passionnément aux coopératives suédoises ou à la composition des rôles de Maubant, qu'elle avait oublié de fournir celui des sœurs de ma grand-mère du petit grain de sel qu'il faut ajouter soi-même, pour y trouver quelque saveur, à un récit sur la vie intime de Molé ou du comte de Paris. » Ou encore : « J'allais m'asseoir près de la pompe et de son auge, souvent ornée, comme un font gothique, d'une salamandre, qui sculptait sur la pierre fruste le relief mobile de son corps allégorique et fuselé, sur le banc sans dossier ombragé d'un lilas, dans ce petit coin du jardin qui s'ouvrait par une porte de service sur la rue du Saint-Esprit et de la terre peu soignée de laquelle [?] s'élevait par deux degrés, en saillie de la maison et comme une construction indépendante, l'arrière-cuisine. » J'ai choisi ces exemples parmi les plus courts.

Ajoutez que les incorrections pullulent, que les participes de M. Proust ont, comme disait un personnage de Labiche, un fichu caractère, en d'autres termes qu'ils s'accordent mal ; que ses subjonctifs ne sont pas plus conciliants ni plus disciplinés, et ne savent même pas se défendre contre les audacieux empiétements de l'indicatif. Exemple : « ... Certains phénomènes de la nature se produisent assez lentement pour que... la sensation même du changement nous est [*sic*] épargnée. » Ou encore : « ... Quoiqu'elle ne lui eût pas caché sa surprise qu'il habitait [*sic*] ce quartier... » Le pauvre subjonctif est une des principales victimes de la crise du français ; nombre d'auteurs, même réputés, n'en connaissent plus le maniement ; des poètes joués dans les théâtres subventionnés et des critiques en exercice confondent *fusse* avec *fus*, *eusse* avec *eus*, *bornât* avec *borna*, et récemment, un de nos distingués confrères citait, pour s'en moquer comme d'un monument de cacographie, cette phrase du président du conseil, M. Doumergue, laquelle est irréprochable : « Je ne crois pas que l'honorable M. Barthou s'attendît à être renversé. » On ne se figure pas, à moins de les lire d'un bout à l'autre et avec attention, combien sont mal écrits la plupart des ouvrages nouveaux. Visiblement, les jeunes ne savent plus du tout le français. La langue se décompose, se mue en un patois informe et glisse à la barbarie. Il serait temps de réagir. On souriait naguère des efforts d'un directeur de revue qui relevait sur épreuves tous les solécismes de ses collaborateurs. Ce n'était point, paraît-il, une sinécure. On commence à regretter ce courageux grammairien. Et l'on souhaiterait que chaque maison d'édition s'attachât comme correcteur quelque vieil universitaire ferré sur la syntaxe.

Cependant M. Marcel Proust a, sans aucun doute, beaucoup de talent. C'est précisément pourquoi l'on déplorera qu'il gâte de si beaux dons par tant d'erreurs. Il a une imagination luxuriante, une sensibilité très fine, l'amour des paysages et des arts, un sens aiguisé de l'observation réaliste et volontiers caricaturale. Il y a, dans ses copieuses narrations, du Ruskin et du Dickens. Il est souvent embarrassé par un excès de richesse. Cette surabondance de menus faits, cette insistance à en proposer des explications, se rencontrent fréquemment dans les romans anglais, où la sensation de la vie est produite par une sorte de cohabitation assidue avec les personnages. Français et Latins, nous préférons un procédé plus synthétique. Il nous semble que le gros volume de M. Marcel Proust n'est pas composé, et qu'il est aussi démesuré que chaotique, mais qu'il renferme des éléments précieux dont l'auteur aurait pu former un petit livre exquis.

Un enfant prodigieusement sensible a pour sa mère une adoration presque maladive. La solitude l'épouvante, et pour qu'il puisse au moins s'endormir, il faut que cette mère vienne l'embrasser dans son lit. Si elle ne peut ou ne veut venir, pour ne pas s'éloigner de ses invités, par exemple, c'est un vrai drame, presque une agonie. « Une fois dans ma chambre, il fallut boucher toutes les issues, fermer les volets, creuser mon propre tombeau, en défaisant mes couvertures, revêtir le suaire de ma chemise de nuit… » Mais cette curieuse nature d'enfant n'est étudiée que dans quelques pages assez pathétiques. Il ne sera presque plus question par la suite de ces terreurs nocturnes ni de cette tendresse filiale impérieuse et éperdue. D'autres souvenirs se pressent en foule, évoqués par la saveur d'une tasse de thé et d'« un de ces gâteaux courts et dodus appelés petites madeleines, qui semblent avoir été moulés dans la valve rainurée d'une coquille de Saint-Jacques ». Ce goût était celui du petit morceau de madeleine que le dimanche, à Combray, la tante Léonie offrait au petit garçon, voilà bien des années.

> La vue de la petite madeleine ne m'avait rien rappelé avant que je n'y eusse goûté […] Les formes – et celle aussi du petit coquillage de pâtisserie, si grassement sensuel, sous son plissage sévère et dévot – s'étaient abolies ou, ensommeillées, avaient perdu la force d'expansion qui leur

> eût permis de rejoindre la conscience. Mais quand d'un passé ancien rien ne subsiste, après la mort des êtres, après la destruction des choses, seules, plus frêles, mais plus vivaces, plus immatérielles, plus persistantes, plus fidèles, l'odeur et la saveur restent encore longtemps, comme des âmes, à se rappeler, à attendre, à espérer, sur la ruine de tout le reste, à porter sans fléchir, sur leur gouttelette presque impalpable, l'édifice immense du souvenir. [...] Et comme dans ce jeu où les Japonais s'amusent à tremper dans un bol de porcelaine rempli d'eau de petits morceaux de papier jusque-là indistincts qui, à peine y sont-ils plongés, s'étirent, se contournent, se colorent, se différencient, deviennent des fleurs, des maisons, des personnages consistants et reconnaissables, de même maintenant toutes les fleurs de notre jardin et celles du parc de M. Swann, et les nymphéas de la Vivonne, et les bonnes gens du village et leurs petits logis, et l'église et tout Combray et ses environs, tout cela qui prend force et solidité est sorti, ville et jardins, de ma tasse de thé.

Ce n'est pas un cas d'association d'idées, ni même d'images, mais d'impressions purement sensorielles. Et M. Marcel Proust, comme tant d'autres écrivains contemporains, est avant tout un impressionniste. Mais il se distingue de beaucoup d'autres en ce qu'il n'est pas uniquement ni même principalement un visuel : c'est un nerveux, un sensuel et un rêveur. Sa tendance méditative lui joue parfois de mauvais tours. Il s'attarde en songeries infinies sur le caractère et sur la destinée d'êtres fort insignifiants, une vieille tante maniaque, férue de pepsine et d'eau de Vichy, une vieille bonne machiavélique et dévouée, un vieux curé ennemi des vitraux anciens et dépourvu de tout sentiment artistique. Quelques lignes auraient suffi pour croquer ces silhouettes. Certains épisodes troubles n'ont pas l'excuse d'être nécessaires. Que de coupes sombres M. Proust aurait pu avantageusement pratiquer dans ses cinq cents pages ! Mais il y a de bien jolies descriptions qui ne se bornent presque jamais au rendu matériel et que magnifie le plus souvent une inspiration d'esthète ou de poète.

> La haie [d'aubépines] formait comme une suite de chapelles qui disparaissaient sous la jonchée de leurs fleurs amoncelées en reposoir ; au-dessous d'elles, le soleil posait à terre un quadrillage de clarté, comme s'il venait de traverser une verrière ; leur parfum s'étendait aussi onctueux, aussi délimité en sa forme que si j'eusse été devant l'autel de la Vierge, et les fleurs, aussi parées, tenaient chacune d'un air distrait son étincelant bouquet d'étamines, fines et rayonnantes nervures de style flamboyant comme celles qui à l'église ajouraient la rampe du jubé ou les meneaux du vitrail et qui s'épanouissaient en blanche chair de fleur de fraisier.

Et cela est éminemment ruskinien. On aimera aussi les surprises et les émotions de l'enfant lorsqu'il voit pour la première fois en chair et en os la duchesse de Guermantes, dont la famille descend de Geneviève de Brabant, et qu'il s'était représenté jusque-là « avec les couleurs d'une tapisserie ou d'un vitrail, dans un autre siècle, d'une autre matière que les personnes vivantes… ». Et voici l'explication du titre particulier à ce premier volume :

> Il y avait autour de Combray [la petite ville où l'enfant et ses parents passent les vacances] deux côtés pour les promenades, et si opposés qu'on ne sortait pas en effet de chez nous par la même porte, quand on voulait aller d'un côté ou de l'autre : le côté de Méséglise-la-Vineuse, qu'on appelait aussi le côté de chez Swann parce qu'on passait devant la propriété de M. Swann pour aller par là, et le côté de Guermantes. […] Le côté de Méséglise, avec ses lilas, ses aubépines, ses bleuets, ses coquelicots, ses pommiers, le côté de Guermantes avec sa rivière à têtards, ses nymphéas et ses boutons d'or, ont constitué à tout jamais pour moi la figure des pays où j'aimerais vivre […].

Mais après deux cents pages consacrées à ses souvenirs et aux anecdotes sur le grand-père, la grand-mère, les grand-tantes et les servantes, nous nous engageons décidément un peu trop « du côté de chez Swann » ; un énorme épisode, occupant la bonne moitié du volume et rempli non plus d'impressions d'enfance, mais de faits que l'enfant ignorait en majeure partie et qui ont dû être reconstitués plus tard, nous expose minutieusement l'amour de ce M. Swann, fils d'agent de change, riche et très mondain, ami du comte de Paris et du prince de Galles, pour une femme galante dont il ne connaît pas le passé et qu'il croit longtemps vertueuse, avec une naïveté invraisemblable chez un Parisien de cette envergure. Elle le trompe, le torture, et finalement se fera épouser. Ce n'est pas positivement ennuyeux, mais un peu banal, malgré un certain abus de crudités, et malgré l'idée qu'a Swann de comparer cette maîtresse à la Séphora de Botticelli qui est à la chapelle Sixtine. Et que d'épisodes dans cet épisode ! Quelle foule de comparses, mondains de toutes sortes et bohèmes ridicules, dont les sottises sont étalées avec une minutie et une prolixité excessives ! Enfin la dernière partie nous montre le jeune héros de l'histoire follement amoureux de sa petite camarade des Champs-Élysées, Gilberte, fille de M. Swann (que les parents du petit garçon ne voient plus depuis son absurde mariage). C'est, je pense, l'amorce du tome qui va suivre et qu'on attend avec sympathie, avec l'espoir aussi d'y découvrir un peu plus d'ordre, de brièveté, et un style plus châtié. On goûtera la conclusion mélancolique du présent volume : une flânerie de l'auteur adulte, vingt ans après, au bois de Boulogne, où il ne retrouve rien de ce qui l'avait tant charmé jadis. Il a la nostalgie des attelages et des élégances anciennes ; les automobiles et les robes entravées lui font horreur. « La réalité que j'avais connue n'existait plus. […] le souvenir d'une certaine image n'est que le regret d'un certain instant ; et les maisons, les routes, les avenues, sont fugitives, hélas ! comme les années. »

Texte n° 2 : Henri Ghéon, « Du côté de chez Swann *(*À la recherche du temps perdu*), par Marcel Proust (Grasset) »,* La Nouvelle Revue française*, 1er janvier 1914*

Voilà une œuvre de loisir, dans la plus pleine acception du terme. Je n'en tire pas argument contre elle. Sans doute le loisir est-il la condition essentielle de l'œuvre d'art ? Il peut aussi la rendre vaine. – Toute la question est de savoir, si l'excès de loisir n'a pas conduit l'auteur à passer ici la mesure et si quelque plaisir que nous prenions à le suivre, nous pouvons le suivre toujours. On sent que M. Marcel Proust a devant lui tout le temps qu'il faut pour mûrir, combiner, réussir un ouvrage considérable. Tout le temps est à lui : il en profite à sa façon. Il le considère d'avance comme du temps perdu. Il ne saurait donc le mieux employer qu'à rassembler les souvenirs, encore vivants en lui, d'un temps déjà perdu aussi ! il nous l'avoue, et d'enregistrer une faillite dont il n'aura garde de se vanter, mais dont il tient loyalement à nous rendre compte. Sa vie passée n'est pas un drame et il n'en veut pas faire un drame. Il a bien vu les choses, lu bien des livres, il a fréquenté bien des gens. Le loisir même a entretenu ses sens et son esprit dans un état de réceptivité totale. N'ayant pas à juger, il n'a pas eu à refuser ; il n'a refusé rien… Ainsi, la moindre image de rencontre, le moindre souffle printanier, comme le moindre passant de la rue, ont pris dans sa mémoire une place aussi grande et non moins privilégiée, que les plus rares aventures, que les plus déchirantes passions, que les êtres les plus attachés à sa vie. Loin de lui le dessein de choisir et de « préférer » dans tout cela ! Toutes choses sont égales. Toutes choses, à qui les sait bien observer, renferment un trésor de nuances que l'on n'est pas près d'épuiser et peuvent mettre en jeu les plus subtiles facultés d'analyse que le ciel nous a départies. Après que le loisir de vivre a permis à M. Proust de prendre intérêt et plaisir à chaque moment de la vie, le loisir d'écrire va le mener à n'en tenir aucun pour négligeable, et à faire ce qui est proprement le contraire de l'œuvre d'art, c'est-à-dire l'inventaire de ses sensations, le recensement de ses connaissances et à dresser le tableau successif, jamais « d'ensemble », jamais entier, de la mobilité des paysages et des âmes. – M. Marcel Proust au lieu de se résumer, de se contracter, s'abandonne. Il ne recherche pas la ligne de développement d'un caractère mais ses aspects contradictoires et divers. Il ne prend même pas la peine d'être logique et encore moins de

« composer ». Cette satisfaction organique, que nous procure une œuvre dont nous embrassons d'un regard tous les membres, la forme, il nous la refuse obstinément. Le temps qu'un autre eût employé à faire du jour dans cette forêt, à y ménager des espaces, à y ouvrir des perspectives, il le donne à compter les arbres, les diverses sortes d'essences, les feuilles aux branches et les feuilles tombées. Et il décrira chaque feuille, comme différente des autres, nervure par nervure, et l'endroit, et l'envers. Voilà son amusement et sa coquetterie. Il écrit des « morceaux ». Il place son orgueil dans le « morceau » : que dis-je ? dans la phrase. Et quand je dis morceau ou phrase, je dis mal. Nul n'est plus loin des formistes, de Gautier, de Flaubert, de Goncourt, de Renard, que M. Proust. Il ne cultive pas une esthétique le moins du monde parnassienne. Il ne caresse ni la période pleine et sonore, ni l'assemblage juste et poli des mots ; il n'aiguise pas la phrase sèche, ni n'arrondit la phrase ronde... Dans l'affectation à laquelle va fatalement le conduire son repliement sur les détails infinitésimaux qu'a enregistrés sa mémoire, il manifeste sans relâche une extraordinaire spontanéité. S'il doit faire le précieux, c'est la faute du sujet qu'il traite et de l'abondance d'objets qui lui sont toujours proposés : or la phrase n'est là que pour en rassembler le plus grand nombre. Elle tend une sorte de filet, indéfiniment extensible, qui traîne sur le fond océanique du passé et en ramasse toute la flore et toute la faune à la fois. Elle n'est ni aigre, ni menue, ni volontairement contournée ou guindée : elle n'est rien en soi. Elle épouse le tout d'un moment, elle s'y modèle : loin de nous imposer un choix, l'auteur s'en remet à nous de choisir, étalant devant nous à mesure et confusément ce que chaque coup de filet ramène. – Une citation au hasard. Il s'agit des verrières de l'église de Combray :

> Ses vitraux ne chatoyaient jamais tant que les jours où le soleil se montrait peu, de sorte que, fît-il gris dehors, on était sûr qu'il ferait beau dans l'église ; l'un était rempli de toute sa grandeur par un seul personnage pareil à un Roi de jeu de cartes, qui vivait là-haut sous un dais architectural entre ciel et terre ; (et dans le reflet oblique et bleu duquel, parfois les jours de semaine, à midi, quand il n'y a pas d'office, – à l'un de ces rares moments où l'église aérée, vacante, plus humaine, luxueuse, avec du soleil sur son riche mobilier, avait l'air presque habitable comme le hall de pierre sculptée et de verre peint d'un hôtel de style moyen-âge – on voyait s'agenouiller un instant Mme Sazerat posant sur le prie-Dieu voisin un paquet tout ficelé de petits fours qu'elle venait de prendre chez le pâtissier d'en face et qu'elle allait rapporter pour le déjeuner) ; dans une autre, une montagne de neige rose au pied de laquelle se livrait un combat, semblait avoir givré à même la verrière, de son trouble grésil comme d'une vitre à laquelle il serait resté des flocons, mais des flocons éclairés par quelque aurore (par la même sans doute qui empourprait le

> retable de l'autel de tons si frais qu'ils semblaient plutôt posés là momentanément par une lueur du dehors prête à s'évanouir que par des couleurs attachées à jamais à la pierre ; et tous étaient si anciens qu'on voyait çà et là leur vieillesse argentée étinceler de la poussière des siècles et montrer brillante et usée jusqu'à la corde la trame de leur douce tapisserie de verre.

Voilà le feu d'artifice d'images et de notations que suscitera un vitrail et M. Proust ne nous fera pas même grâce de Mme Sazerat avec son paquet de gâteaux ; il suffit qu'il se souvienne de l'avoir vue à l'église une fois ! Qu'est donc Mme Sazerat ? Un comparse, dont à peine il reparlera. Mais M. Proust croirait mentir s'il nous celait sa présence fortuite. Qu'il s'agisse d'un vitrail, d'un paysage, d'une figure humaine, d'un cas de conscience, d'un fait divers, il en va tout de même, et tout est expressément dit. Ce livre a la folie de la sincérité ; il a l'affectation et la préciosité de ce qui se veut trop sincère… Comment donc le juger ?

En vain chercherons-nous à relier ensemble les premiers rêves d'un enfant et cette aventure de M. Swann avec Odette de Crécy que M. Proust ne dut sans doute apprendre que longtemps après son enfance, mais qu'il intercale dans le récit sans raison palpable entre ses promenades d'été à Combray et ses jeux aux Champs-Élysées. Celui qui parle a tantôt sept ans, tantôt quinze ans et tantôt trente. Il mêle les événements et les âges. Sa logique n'est pas la nôtre, non ! Mais aussi bien son livre n'est pas un roman, ni un récit, ni même une confession. C'est une « somme », la somme de faits et d'observations, de sensations et de sentiments, la plus complexe que notre âge nous ait livrée. Son livre n'est pas de ceux qu'on juge du point de vue de l'œuvre d'art, sur l'harmonie de l'ensemble ou la beauté de l'épisode et de la phrase… Nous ne l'avons pas pris comme il fallait. Il ne convenait pas de mettre si peu de temps à le lire. Son livre est « temps perdu » : il se lit page à page, à temps perdu, comme on lit les *Essais.* Avec tous ses défauts, il nous apporte un vrai trésor de documents sur l'hypersensibilité moderne. On y trouve de la poésie – et de la plus belle, de la psychologie – et de la plus neuve, de l'ironie – et de la plus originale, une peinture du « monde », que nul n'avait faite avant M. Proust, et enfin le spectacle d'une nature infiniment douée, qui veut donner ses preuves avant d'avoir trouvé et sans même chercher sa « forme ». Il faut y prendre, y goûter chaque chose pour ce qu'elle est, quand elle vient. Nous n'avons pas fini d'y puiser, je vous le jure. – Surmontons notre agacement ; même ce qui nous agace ici est sincère. M. Proust raille quelque part ses parents d'oser prétendre « qu'on doit mettre devant les enfants et qu'ils font preuve de goût en admirant d'abord les œuvres que parvenus à la maturité on admire définitivement ». Il avoue humblement qu'il admirait dans son jeune âge « un paysage de Gleyre, ou quelque roman de Saintine ». Et il ajoute que « les mérites esthétiques » ne sont pas « des objets matériels qu'un œil ouvert ne peut faire autrement que de percevoir, sans avoir eu besoin d'en mûrir lentement les équivalents dans son cœur ». Voilà qui suffirait à nous rassurer sur son esthétisme. Pour esthète qu'il soit, ce n'est pas un esthète de l'espèce commune et ce qu'il nous donne aujourd'hui, personne ne nous l'avait donné, ni la pénombre d'une chambre d'enfant précoce, ni les propos de ces étonnants Verdurin, qui sont les deux réussites extrêmes du livre.

CHRONOLOGIE

1871 (10 juillet) : Naissance à Paris de Marcel Proust, fils du docteur Adrien Proust, agrégé de médecine (1834-1903), lui-même fils d'un épicier d'Illiers (Eure-et-Loir), et de Jeanne Weil (1849-1905), fille d'un riche agent de change juif d'origine messine.

1873 (24 mai) : Naissance de Robert, frère de Marcel, à Paris. Il deviendra chirurgien, et lui aussi professeur à la faculté de médecine.

1880 : Première crise d'asthme de Marcel. Il souffrira sa vie durant de cette maladie.

1882-1889 : Études secondaires au lycée Condorcet à Paris. Attiré très tôt par la littérature et curieux du symbolisme, Marcel Proust rédige avec ses condisciples la *Revue Lilas*, sur des cahiers d'écolier, en 1888. Il a pour professeur de philosophie Alphonse Darlu, qu'il admire vivement. Premières expériences mondaines.

1889-1890 : Volontariat au 76e régiment d'infanterie à Orléans.

1890 : S'inscrit à la faculté de droit de Paris et à l'École des sciences politiques, sans conviction. Mène une vie surtout mondaine.

1892 : Collabore à la revue symboliste *Le Banquet*.

1893 : Collabore à *La Revue blanche*. Fait la connaissance de Robert de Montesquiou.

1894 : Fait la connaissance du musicien Reynaldo Hahn.

1895 : Obtient la licence ès lettres. Entre comme assistant non rémunéré à la bibliothèque Mazarine, où il se fera accorder congé sur congé jusqu'en 1900, date où on le considère comme démissionnaire. Commence à Beg-Meil, pendant l'été, un projet de roman autobiographique qui l'occupera jusqu'en 1899 et auquel il renoncera ; les ébauches en seront publiées sous le nom du héros, *Jean Santeuil*. Se lie d'amitié avec Lucien, fils d'Alphonse Daudet.

1896 : Publication des *Plaisirs et les Jours*, préfacé par Anatole France, recueil d'essais remontant pour la plupart à la collaboration au *Banquet* et à *La Revue blanche*.

1897 (6 juillet) : Duel avec le journaliste Jean Lorrain, à la suite d'insinuations de celui-ci sur ses relations avec Lucien Daudet.

1898 : Proust ardent dreyfusard.

1899 : Passionné depuis 1893 par Ruskin, dont il lit tous les articles traduits en revues, il entreprend la traduction et le commentaire de *La Bible d'Amiens*, avec l'aide de sa mère et de Marie Nordlinger.

1900 : Mort de Ruskin. Proust donne des articles d'hommage à cette occasion. Voyages à Venise en mai, avec sa mère, et en octobre.

1903 : Mort du professeur Adrien Proust, père de Marcel.

1904 : Publication par Proust de la traduction annotée de *La Bible d'Amiens*, de Ruskin.

1905 : Mort de Jeanne Proust, mère de Marcel.

1906 : Publication de la traduction de *Sésame et les lys*, de Ruskin, avec une importante préface de Proust sur la lecture.

1907 : Article important dans *Le Figaro* du 1er février : « Sentiments filiaux d'un parricide ». Vacances à Cabourg. Excursions en automobile à travers la Normandie, avec Alfred Agostinelli pour chauffeur.

1908 : Dans *Le Figaro*, série de pastiches littéraires, en février-mars, à propos d'une affaire d'escroquerie aux faux diamants, l'affaire Lemoine. À partir de l'été, Proust travaille à un projet d'ouvrage mi-romanesque, mi-critique, où il compte évoquer une matinée avec sa mère, et se livrer à une étude sur la méthode de Sainte-Beuve.

1909-1912 : L'ouvrage de Proust prend de l'ampleur, et devient uniquement un projet de roman. Proust le propose tour à tour, mais en vain, au Mercure de France, au *Figaro*, à Fasquelle, à la NRF. Il en fait paraître des extraits dans *Le Figaro* et au *Gil Blas*. Il songe à deux volumes de 700 pages, dont le titre général sera *À la recherche du temps perdu*.

1913 : Il négocie avec Grasset l'édition à compte d'auteur de son roman, dont la première partie, *Du côté de chez Swann*, paraît le 13 novembre. Il a repris à son service, comme secrétaire-dactylographe, son ancien chauffeur Agostinelli.

1914 : Le 30 mai, mort d'Agostinelli dans un accident d'avion. Néanmoins, Proust prépare l'édition du second volume, qui doit s'intituler *Le Côté de Guermantes*, l'ensemble de l'ouvrage devant désormais comporter trois parties.

Le 1er août, la guerre est déclarée. Le projet d'édition est arrêté.

1914-1918 : Proust, malade et dégagé du service militaire, continue de travailler à son roman, qu'il développe considérablement.

1919 (mars) : Proust publie à la NRF un volume de *Pastiches et mélanges* où il reprend et développe, entre autres, ses pastiches de 1908-1909 dans *Le Figaro.*

(Juin) : Mise en vente (malgré un achevé d'imprimer daté du 30 novembre 1918) du deuxième tome du roman, intitulé cette fois *À l'ombre des jeunes filles en fleurs.* L'éditeur de Proust est désormais la NRF. Le prix Goncourt lui est attribué en novembre.

1920 : Publication du *Côté de Guermantes I.*

1921 : *Le Côté de Guermantes II*, *Sodome et Gomorrhe I.* Violent malaise de Proust, en mai, tandis qu'il visite au musée du Jeu de Paume une exposition de peinture hollandaise.

1922 (avril) : *Sodome et Gomorrhe II.* Proust travaille ensuite fiévreusement, pendant les répits que lui laisse sa maladie, à la préparation de *La Prisonnière* ; mais il n'a le temps de revoir que le début des dactylographies.

(18 novembre) : Il meurt d'une pneumonie.

1923 (novembre) : *La Prisonnière*, publiée par Robert Proust et Jacques Rivière.

1925 : *Albertine disparue*, ou *La Fugitive.*

1927 : *Le Temps retrouvé*, dernier tome de la *Recherche. Chroniques*, recueil d'articles.

1952 : Publication, par les soins de Bernard de Fallois, sous le titre *Jean Santeuil*, du projet de roman auquel Proust avait travaillé en 1895-1899.

1954 : Publication, par le même critique, de fragments antérieurs à la *Recherche*, sous le titre de *Contre Sainte-Beuve.* Publication en trois volumes d'*À la recherche du temps perdu*, dans la « Bibliothèque de la Pléiade » (Gallimard), par P. Clarac et A. Ferré.

1962 : Acquisition, par la Bibliothèque nationale, du fonds manuscrit conservé par les héritiers de Proust.

1971 : Année du centenaire, marquée par de nombreuses manifestations et publications, dont *Jean Santeuil* (par les soins de P. Clarac et Y. Sandre) et *Contre Sainte-Beuve* (par les soins des mêmes) dans la « Bibliothèque de la Pléiade ».

1985 : Acquisition, par la Bibliothèque nationale, des treize cahiers de la collection Jacques Guérin.

BIBLIOGRAPHIE

(Sauf indication contraire, le lieu d'édition est Paris.)

ÉDITIONS DE *DU CÔTÉ DE CHEZ SWANN*

À la recherche du temps perdu, Du côté de chez Swann, Grasset, 1913.

À la recherche du temps perdu, t. I, *Du côté de chez Swann*, NRF, 1919.

Œuvres complètes de Marcel Proust, t. I, *À la recherche du temps perdu, Du côté de chez Swann*, NRF, 1929 (2 vol.).

À la recherche du temps perdu, t. I, *Du côté de chez Swann* et *À l'ombre des jeunes filles en fleurs*, édition établie par Pierre Clarac et André Ferré, Gallimard, « Bibliothèque de la Pléiade », 1954.

À la recherche du temps perdu, t. I, *Du côté de chez Swann* et *À l'ombre des jeunes filles en fleurs*, édition publiée sous la direction de Jean-Yves Tadié, avec la collaboration de Florence Callu, Francine Goujon, Eugène Nicole, Pierre-Louis Rey, Brian Rogers, Jo Yoshida, Gallimard, « Bibliothèque de la Pléiade », 1987.

À la recherche du temps perdu, Du côté de chez Swann, À l'ombre des jeunes filles en fleurs, édition établie par Bernard Raffalli, André Alain Morello et Michelle Berman, Robert Laffont, « Bouquins », 1987.

À la recherche du temps perdu, Du côté de chez Swann, édition présentée et annotée par Antoine Compagnon, Gallimard, « Folio », 1988.

À la recherche du temps perdu, Du côté de chez Swann, texte établi, annoté et présenté par Elyane Dezon-Jones, LGF, « Le Livre de Poche classique », 1992.

ŒUVRES DE PROUST

À la recherche du temps perdu

Du côté de chez Swann (présente édition).

À l'ombre des jeunes filles en fleurs, première et deuxième partie, édition établie par Danièle Gasiglia-Laster, GF-Flammarion, 1987.

Le Côté de Guermantes I et *II*, édition établie par Elyane Dezon-Jones, GF-Flammarion, 1987.

Sodome et Gomorrhe I et *II*, édition établie par Emily Eells-Ogée, GF-Flammarion, 1987.

La Prisonnière, première partie de *Sodome et Gomorrhe III*, édition établie par Jean Milly, GF-Flammarion, 1984.

Albertine disparue, deuxième partie de *Sodome et Gomorrhe III*, édition établie par Jean Milly, GF-Flammarion, 2003.

Le Temps retrouvé, édition établie par Bernard Brun, GF-Flammarion, 1986.

Autres écrits

L'Affaire Lemoine. Pastiches, édition génétique et critique par Jean Milly, Genève, Slatkine Reprints, 1994.

Carnets, édition établie et présentée par Florence Callu et Antoine Compagnon, Gallimard, 2002.

Chroniques, Gallimard, 1927.

Contre Sainte-Beuve, édition établie par Bernard de Fallois, Gallimard, « Idées », 1954.

Contre Sainte-Beuve, précédé de *Pastiches et mélanges* et suivi d'*Essais et articles*, édition établie par Pierre Clarac et Yves Sandre, Gallimard, « Bibliothèque de la Pléiade », 1971.

Écrits de jeunesse, 1887-1895, édition par Anne Borrel, Institut Marcel Proust International, 1991.

Écrits sur l'art, édition établie et présentée par Jérôme Picon, GF-Flammarion, 1999.

L'Indifférent, édition par Philip Kolb, Gallimard, 1978.

Jean Santeuil, précédé de *Les Plaisirs et les jours*, édition établie par Pierre Clarac et Yves Sandre, Gallimard, « Bibliothèque de la Pléiade », 1971.

Matinée chez la princesse de Guermantes, Cahiers du « Temps retrouvé », édition établie par Henri Bonnet et Bernard Brun, Gallimard, 1982.

Textes retrouvés, édition établie par Philip Kolb, Gallimard, 1971.

Correspondance

Correspondance, édition établie par Philip Kolb, 21 vol. (1880-1922), Plon, 1970-1993.

Index général de la correspondance de Marcel Proust, d'après l'édition de Philip Kolb, établi sous la direction de Kazuyoshi Yoshikawa, Kyoto, Presses de l'université de Kyoto, 1998.

Lettres (1879-1922), sélection et annotation revue et corrigée par Françoise Leriche avec le concours de Caroline Szylowicz à partir de la *Correspondance de Marcel Proust* éditée par Philip Kolb. Lettres inédites, sélection et annotation par Françoise Leriche. Préface et postface de Katherine Kolb. Notices biographiques des correspondants par Virginie Greene, Plon, « Volumes », 2004.

Correspondance, édition par Jérôme Picon, GF-Flammarion, 2007.

OUVRAGES ET ARTICLES SUR PROUST

Douglas Alden, *Marcel Proust's Grasset Proofs. Commentary and Variants*, University of North Carolina Press, 1978.

Jean Autret, *L'Influence de Ruskin sur la vie, les idées et l'œuvre de M. Proust*, Droz, 1955.

Richard Bales, *Proust and the Middle Ages*, Genève, Droz, 1975.

Richard Bales, *Bricquebec*, Oxford, Clarendon, 1989.

Maurice Bardèche, *Marcel Proust romancier*, Les Sept Couleurs, 1971, t. I.

Roland Barthes, « Proust et les noms », repris dans *Nouveaux Essais critiques* à la suite du *Degré zéro de l'écriture*, Seuil, « Points », 1972.

Pierre Bayard, *Le Hors-sujet, Proust et la digression*, Minuit, 1996.

Livio Belloi, *La Scène proustienne*, Nathan, 1993.

Catherine Bidou-Zachariasen, *Proust sociologue*, Descartes & Co, 1997.

Edward Bizub, *La Venise intérieure, Proust et la poétique de la traduction*, Neuchâtel, À la Baconnière, 1991.

Edward Bizub, *Proust et le moi divisé*, Genève, Droz, 2006.

Henri Bonnet, *Marcel Proust de 1907 à 1914*, Nizet, 1971.

Elyane Boucquey, *Le Chasseur dans l'image, Proust et le temps caché*, Armand Colin, 1992.

Annick Bouillaguet, *Marcel Proust, le jeu intertextuel*, Nizet, 1990.

Bernard Brun, « Le dormeur éveillé. Genèse d'un roman de la mémoire », *Études proustiennes* IV, Gallimard, 1982.

Bernard Brun, « Brouillons des aubépines », *Études proustiennes* V, Gallimard, 1984.

Bernard Brun, *Marcel Proust, « Les Idées reçues »*, Le Cavalier bleu, 2008.

Stéphane Chaudier, *Proust et le langage religieux. La cathédrale profane*, Champion, 2004.

Antoine Compagnon, *La Troisième République des Lettres, de Flaubert à Proust*, Seuil, 1983.

Antoine Compagnon, *Proust entre deux siècles*, Seuil, 1989.

Raymonde Coudert, *Proust au féminin*, Grasset, 1998.

Vincent Descombes, *Proust*, Minuit, 1987.

Gilles Deleuze, *Proust et les signes*, PUF, 1964.

Dictionnaire Marcel Proust, sous la direction d'Annick Bouillaguet et Brian G. Rogers, préface d'Antoine Compagnon, Slatkine, 2004.

Serge Doubrovsky, *La Place de la madeleine*, Mercure de France, 1974.

Jacques Dubois, *Pour Albertine*, Seuil, 1997.

Sophie Duval, *L'Ironie proustienne, la vision stéréoscopique*, Champion, « Recherches proustiennes », 2004.

Emily Eells, *Proust's Cup of Tea. Homoeroticism and Victorian Culture*, Farnham, Ashgate, 2002.

Cynthia Gamble, *Proust as Interpreter of Ruskin. The Seven Lamps of Translation*, Birmingham, Summa Publications, 2002.

Gérard Genette, « Discours du récit », dans *Figures III*, Seuil, 1972, et *Nouveau Discours du récit*, Seuil, 1983.

Gérard Genette, « L'âge des noms », dans *Mimologiques*, Seuil, 1976.

Gérard Genette, « "Un de mes écrivains préférés" », dans *Figures IV*, Seuil, 1999, p. 283-296.

Francine Goujon, *Brouillons d'écrivains, du manuscrit à l'œuvre*, Flammarion, « Étonnants classiques », 2004.

Almuth Grésillon, Jean-Louis Lebrave, Catherine Viollet, *Proust à la lettre. Les Intermittences de l'écriture*, Tusson, Du Lérot, 1990.

Geneviève Henrot, *Délits/Délivrance, thématique de la mémoire proustienne*, Padoue, CLEUP, 1991.

Anne Henry, *Marcel Proust. Théories pour une esthétique*, Klincksieck, 1981.

Anne Henry, *Marcel Proust romancier. Le Tombeau égyptien*, Flammarion, 1983.

Anne Henry, *La Tentation de Proust*, PUF, 2000.

Dominique Jullien, *Proust et ses modèles, Les Mille et Une Nuits et les Mémoires de Saint-Simon*, José Corti, 1989.

Luzius Keller, *Marcel Proust : la fabrique de Combray*, traduit de l'allemand par Jean Kaempfer, Genève, Zoé, 2006.

Julia Kristeva, *Proust et le temps sensible*, Gallimard, 1994.

Philippe Lejeune, « Écriture et sexualité », *Europe*, n°s 502-503, 1971.

Franck Lhomeau et Alain Coelo, *Marcel Proust à la recherche d'un éditeur*, Olivier Orban, 1988.

Nathalie Mauriac Dyer, *Proust inachevé. Le dossier « Albertine disparue »*, Champion, 2005.

Jean Milly, *La Phrase de Proust*, Champion, 1983.

Jean Milly, *Proust dans le texte et l'avant-texte*, Flammarion, 1985.

Marcel Muller, *Les Voix narratives dans « À la recherche du temps perdu »*, Genève, Droz, 1965.

Jean-Jacques Nattiez, *Proust musicien*, Bourgois, 1984.

Mireille Naturel, *Proust et Flaubert*, Amsterdam, Rodopi, 1999.

Christian Péchenard, *Proust et les autres*, La Table ronde, 1999.

Sylvie Pierron, *Ce beau français un peu individuel. Proust et la langue*, Saint-Denis, Presses universitaires de Vincennes, 2005.

Anthony Pugh, *The Birth of « À la recherche du temps perdu »*, Lexington, French Forum, 1987.

Anthony Pugh, *The Growth of « À la recherche du temps perdu » : A Chronological Examination of Proust's Manuscripts*, Presses de l'université de Toronto, 2005.

Recherche de Proust, Seuil, « Points », 1980.

Jean-Pierre Richard, *Proust et le monde sensible*, Seuil, 1974.

Paul Ricœur, « *À la recherche du temps perdu* : le temps traversé », dans *Temps et récit II. La configuration dans le récit de fiction*, Seuil, 1984.

Brian G. Rogers, *The Narrative Techniques of « À la recherche du temps perdu »*, Champion, 2004.

Marion Schmid, *Processes of Literary Creation, Proust and Flaubert*, Oxford, Legenda, 1998.

Michel Schneider, *Maman*, NRF, 1999.

Anne Simon, *Proust ou le Réel retrouvé*, PUF, 2000.

Gareth Steel, *Chronology and Time in « À la recherche du temps perdu »*, Genève, Droz, 1969.

PÉRIODIQUES

Cahiers Marcel Proust, Études proustiennes, Gallimard, I à VI, 1973-1987, remplacés par *Série Marcel Proust*, Paris-Caen, Minard, « Lettres modernes », à partir de 2000.

Bulletin d'informations proustiennes (*BIP*), Presses de l'École normale supérieure, devenues Éditions Rue d'Ulm depuis 1975.

Bulletin de la Société des amis de Marcel Proust et des amis de Combray, Illiers-Combray, 1950-1989, devenu *Bulletin Marcel Proust* en 1989.

A. H. P. et B. B.

TABLE

DU CÔTÉ DE CHEZ SWANN

Composition et mise en page

NORD COMPO
multimédia

N° d'édition : L.01EHPN000341.N001
Dépôt légal : août 2009
Imprimé en Espagne par Novoprint (Barcelone)

Cavafy poète -